左眼中的世界

THE WORLD IN THE LEFT EYE

谜局

兰思思 著

浙江文艺出版社

序　言

"你想过自己三十岁时什么样儿吗?"

"想过,有一个疼我的丈夫,有一双可爱的儿女,每天早上,我在晨光中醒来,给他们做早餐,再把他们一个个叫醒……反正不是像现在这样陪你在酒吧喝酒。你呢?"

"我的三十岁?哦,我想我该成为某个行业的佼佼者,站在台上做报告,底下掌声一片,哗……为什么我们会变成现在这样?"

"很多原因吧,哪能样样都顺心呀!"

"唉,真快,一转眼就三十了,都没做好心理准备呢!前面等着咱们的可就是四十、五十,不是十几二十喽……想想都可怕,我好像看见两个佝偻着背的小老太……不能再这样下去了!"

"你想怎么样?"

"哎,你闭上右眼,用左眼看这个世界……什么感觉?"

"……有点晃。"

"我们一直生活在两只眼睛的世界里,四平八稳,瞻前顾后,但你闭上右眼,一切就不一样了,世界忽然变得危险,好像在朝一个角度倾斜……"

"为什么是右眼?"

"因为右边在心理上给我们更多安全感,也让我们止步不前,左边就不一样啦!左边代表冒险、不稳定,以及……更多机遇……"

"头好晕,你到底想说什么?"

"我想说什么……我想说的是,我们担心失去的并非手上的什么,事实上,我们如此贫瘠,能够失去的不过是未来向好的方向发展的可能性而已。但没人能确定,忍受眼前的平庸,生活一定会在某天变得美好,也许相反呢?可我们为这虚无的可能性,放弃的却是改变的勇气……所以,我要抛弃四平八稳的日子,我受够了!我得改变,必须改变!"

目录

第一章　袋　鼠　　　　1

第二章　难以突破　　　29

第三章　机　会　　　　69

第四章　铸　错　　　　101

第五章　埋　葬　　　　131

第六章　密　告　　　　163

第七章　轻浮背后　　　193

第八章　反　击　　　　225

第九章　谁也改变不了谁　255

第十章　对　赌　　　　285

第一章 袋鼠

他把袋鼠放在掌心把玩,一边回忆那地方原来放的是什么——那只黄色橡皮鸭,有次他拆食品包装时掉出来的赠品,随手搁桌上,后来被郁萦要走了。

她什么时候把袋鼠放这儿的?

他仔细端详袋鼠,然后说:"我改主意了。"

等待的时间里,郗紫折了只袋鼠,少女时代残留下来的技艺之一。纸是从一张写废了的信息表底部裁下来的,尺寸偏小。

折好了,她把袖珍袋鼠搁在掌心,看上去倒像只微缩版恐龙,神情迷茫,充满对现代世界的困惑。

还有闲情折纸,至少表明她不紧张。

七年前,郗紫本科毕业,首次参加面试,长桌对面坐了一排考官,她故作镇定,然而背熟的英文单词在口腔里不受管束地往外乱蹦,一个年轻些的考官不露声色地低下脑袋,他脸上的表情郗紫至今想起来仍耿耿于怀。

门被推开,圆脸女孩走进来。

"郗小姐,宗先生开完会了,请跟我来。"

她大概才开始做这种穿针引线的工作,态度热情。

郗紫起身跟她走,暗暗觉得有意思,他们称呼宗先生,而不是宗总或别的什么。

对这家名叫永辉科技的公司,郗紫所知甚少。网上搜来的那点可怜的资料显示,公司是五年前成立的,生产某类电子配件,专供手机、电脑等数码设备使用,因为需求量大,销售额颇为可观,不过产品技术含量不算很高,行业竞争较为激烈。

女孩走路飞快,进了办公大厅,她不时和身边经过的同事打招呼。大厅里走动的人多，略显凌乱，但人人脸上带着朝气，仿佛对现状挺满足。

企业和人一样，也有明星与非明星之分。在外面初见这栋缺乏个性的厂房时，郗紫是有些失望的，走进来才发现，再小的地方，也可能藏着勃勃生机。

她意识到自己正以居高临下的姿态审视这家年轻的本土公司，尽管在此之前，她刚被两家与永辉规模类似的民企拒绝。其中一家嫌她没有销售经验，另一家显然对她的薪酬要求有意见——那个大嗓门的老板发牢骚时门没关，而郗紫恰好经过。

"这些外企出来的家伙怎么要价都这么高?!"

她在一家跻身世界500强且排名非常靠前的跨国公司待了七年。有这样一种说法：一旦你在那地方待满五年，身上沾到的那股"盎格鲁-撒克逊"式的傲慢一辈子都洗不干净。这话也许刻薄，但不无道理。

房间里有点暗，但顶灯全都开着，也许是因为整体呈现出一种灰色调的缘故——郗紫对色彩总是很敏感，也可能是空间太大了，还有点乱。不过仔细看，收拾得还算干净，乱的感觉来源于墙角堆起的几摞纸箱，把办公室搞得像小型仓库。

有个人从窗边的办公桌后绕出来，走近，并与她握手："郗紫小姐是吧？你好，我是宗兆槐。"

眼前的男人不高不矮，不胖不瘦，没有小肚腩，没有谢顶，与郗紫之前见过的民企老板形象相差甚远。

他们在办公桌旁的一组深棕色沙发落座，郗紫占据了长条边，宗兆槐坐在与她垂直的转角部位，这种角度既亲和又不失主次感。

郗萦从容打量着眼前这个企业负责人：长脸，下巴略方，五官勾勒清晰，前额开阔饱满，眼神明净，最突出的是双眉，浓密乌黑。她觉得眼熟，好像在哪里见过。

男人裹在一套半旧不新的深色西装里，西装扣子开着，里面是件烟灰色低领羊毛衫，搭配很随意。如果是在别的场合遇见，郗萦大概不会留意到他——或许也和肤色有关，他不白，也算不上黑，拥有这种肤色的人很容易将自己淹没在人群中。年龄在三十五岁上下，但以郗萦的经验，长得好看的男人实际年龄通常会比看上去要大几岁。

宗兆槐与她聊了几句，算是开场白，接着问她为什么要放弃那家著名的外资企业，转而选择永辉这样的小公司？

他对自己公司寂寂无名似乎并不在意。

郗萦被他出乎意料的长相弄得有点分神，幸好这个问题不是第一次被问到。

"我想给自己人做事。"她说，用很随意的口吻，"在外企打了这么多年工，回头想想没什么意思，无非是挣一份养家糊口的工钱。所以我想，帮自己人干或许感觉会不一样，我熟悉外企流程，知道他们各方面的运营是怎么回事，这些经验对民营企业应该会有帮助。"

这套说辞听上去有点空，但郗萦的确是这么想的。宗兆槐仔细听着，并微微点头，嘴角始终挂着一点笑，仿佛无意，但很能给讲述者鼓励。

"而且你知道，在同一个地方干同样的事，时间长了会生出惰性。但在我们那样的公司，即使转岗意义也不大，分工太细，每个人都是按部就班完成工作，谈不上什么挑战，如果非要说有的话，"她停顿了一下，"可能就是在发生问题时，怎么样巧妙且不得罪人地把责任从自己身上摘干净吧。"

宗兆槐的笑意深了些,郗紫能分辨出那是一种深以为然的认同感,这令她有些愉悦。

"你在之前的公司一直是做人事和行政方面的工作,"宗兆槐说,"没有销售经验,但你来我们公司应聘时的笔试成绩却排在第一。我很好奇你是怎么得到这些专业知识的。"

"我第一任老板做过十多年销售,后来年纪大了,转到我们部门等退休,他是个挺有意思的上司,喜欢拿销售实例给我们灌输各种道理,其实很多工作的原理都是相通的。"

"能具体说说你对销售工作的理解吗?"

郗紫说:"销售说白了就是一门攻心艺术。用一句话概括就是,你想从客户那里有所得,就必须先有所给予。"

宗兆槐轻轻笑了下,郗紫发现他的笑容温润柔和、毫无老板该有的敏锐,她心头莫名闪过一丝担忧,好像这家还处在幼儿期的公司明天就会在他的笑容里倒闭似的。

"你觉得给予的尺度,多少算合适呢?"

"这个得看实际情况,以自己的承受力为限吧。"

"如果利益丰厚,你能豁出去吗?"

她反问:"豁出去了就会有回报吗?"

"不一定。"

"但不豁出去肯定没有,对吧?这道理我懂。"郗紫耸了耸肩。

宗兆槐笑笑,没表态,又问:"为什么会想到转做销售?"这个问题通常在一开始就该问的。

"因为销售赚钱多呀!而且工作也很有挑战性,我想看看自己在这方面能不能做出点成绩来。"

宗兆槐十指指尖相对,顶住下颚,若有所思,神情依然是温和的。

"但你的转变,我是指从后勤支持部门转到前线做销售,这个跨度有点不同寻常。销售的压力非常大,考核指标是具体的销售额,那是实实在在得靠自己挣出来的,而且工作时间也不稳定,尤其对女性来说,有诸多不便……你,是不是受什么刺激了?"

郗紫没想到他会这么问,着实怔了一下,一股敌意涌上心头,她笑了笑,摆出一副"随你怎么说"的表情。

宗兆槐没有追问下去,又转回前一个问题:"如果客户的要求是你始料未及的,你会怎么应对?"

郗紫此时的热情已减了大半,有点硬邦邦地说:"请举个例子。"

宗兆槐盯着她的眼睛,像在检视她似的。

"很难举例,或许是让你干些与灰色地带有关的活儿,或许要你陪酒,讲讲黄段子,诸如此类。"

"那得看心情。"

宗兆槐点点头,郗紫知道,这回不是赞成,纯粹只是她的回答被接收到了的表示。

他们又聊了些别的,宗兆槐的问题不尖锐但越来越专业,郗紫渐渐难以应付,她清楚地预感到,这回又没戏了。也许他给自己面试机会完全是出于好奇——不仅女人,男人也八卦着呢。这么一想,郗紫反而放松下来,身子向后仰,腿略略伸直了些,选了个舒服的坐姿,谈话时她的双腿始终优雅地朝一边倾斜,现在感觉都快木掉了。

该聊的似乎都聊完了,宗兆槐总结时,眼睛专注地盯着郗紫,他没有在意对方明显急慢的神情。

"你很情绪化,尤其在我问了那个让你不太高兴的问题之后。我只是想看看你控制情绪的能力怎么样。还有,没有哪项工作可以用一句话总结,就像没有放之四海而皆准的万能真理一样,我从来不信。"他的声音依然和善。

"我明白,"郗紫笑着回答,"就像不是每个老板都会坐在金碧辉煌的总裁室里办公一样。"

宗兆槐显然听懂了她的讥讽,扭头扫了一眼房间,目光又转了回来:"我的办公室有什么问题?"

"你不觉得像个仓库?"

"乱吗?阿姨每天都会来打扫。"他的表情告诉郗紫,他一点都不在意。

郗紫说:"不是乱的问题,如果你在这儿接待客户,他们会有什么感想?如果是我,在这种地方谈生意,我会觉得没被尊重。"

他挺有耐心地解释:"接待客户我们有专门的会客室,我从不把他们带到办公室来。"

"哦——"郗紫拖长了声调,"那就是说,在你眼里,只有客户才值得尊重,员工或是潜在员工你都无所谓?"

宗兆槐看着她,沉默了几秒,然后很认真地回答:"我把员工看作家人。"

郗紫又指指玻璃茶几上的烟灰缸,再指指两米外的纸箱:"在这儿抽烟你就不怕引起火灾?你们公司做 EHS(环境、职业健康安全管理)的人从来没跟你提过?"

宗兆槐还没来得及说什么,他桌上的手机便响了起来。

"对不起,我接个电话。"他冲她礼貌而抱歉地一笑。

郗紫觉得自己该离开了,环顾四周时,一种难以言表的情绪浮上心头,她不愿承认那是遗憾,反正这个公司也不是她的首选。

大概是个很重要的电话,而且电话那头带来的显然是个坏消息,宗兆槐听了没多会儿脸色就变了,从站着改为坐下,并迅速打开电脑,一边查邮件一边简短回应。

"梁总知道了吗?好,你尽快跟他讨论下,晚上咱们开个会……"

挂了电话,他对着电脑显示屏沉思起来,完全忘了郗紫的存在。

郗紫等了两分钟,然后起身走过去。

宗兆槐的目光掠过她,像从梦中醒来,脸上浮起歉意:"不好意思,你可以离开了,谢谢你对我们公司的信任。"

他站起来,再次与郗紫握手,但没有送她。郗紫一转身,他便又坐了回去,目光依旧盯着电脑。

郗紫走过沙发,瞥了眼那些奇怪的纸箱,忽然又转回来,重新走到宗兆槐桌前。

"我应该没机会再来这儿了吧?"

宗兆槐朝她温和地笑了笑:"我现在没法告诉你,恐怕得等人事部通知。"

郗紫的目光掠过他如同蛮荒之地的办公桌,看到电脑旁有个黄色的橡皮鸭,小鸭脖子里还打了个领结,这是他桌上唯一有色彩的东西。

她拿起鸭子:"这个,能送我吗?"

宗兆槐显然对她的要求感到意外,愣了一下才点点头,神色有些无所谓。她猜得没错,想必是别人送的,随手搁桌上了,无足轻重的东西。

郗紫站在街边等出租车。

初春的下午,气温还算宜人,抬头时,她有些惊奇地发现能看到蓝天了——两个小时前,她抵达这里时,空气里还满是霾,阴恻恻的。这算好兆头,还是老天爷别样的嘲讽?

半天没见有出租车经过,这地方的交通确实很糟糕,但也正是她需要的——除了突如其来的民族情怀,找家远离主城区且交通不便的公司是郗萦跳槽的另一个动机。

她回头扫了眼那依旧灰扑扑的厂房,却不再像来时所见那般了无生气。看来任何东西都得跟人挂上钩才能生动起来。

一股怅然莫名涌上心头,她沿着来路朝前走去。

叶南坐在沙发里,头发梳得油光锃亮,同样是西装,穿在他身上仿佛会发光,一条胳膊搭着沙发沿,露出手腕上款式简洁的朗格表。如果不是面部线条过于硬朗,他很容易被人归入奶油小生之列。秘书刚送来一杯现磨咖啡,浓香四溢,这是特意为他准备的,宗兆槐只喝清茶。

这间办公室里,叶南唯一满意的就是这组软硬适中的真皮沙发,宗兆槐原打算放套硬木椅子了事——还是从老办公楼挪来的。在叶南的强烈建议下,才更换成了现在这套。

"兆槐,你这办公室真该好好整饬整饬,窝这地方干活不觉得没劲啊?好歹也是个老板,给人看着多丢份!"

叶南明知宗兆槐和自己相反,对物质享受从来不上心,但眼见他认命地缩在几堆高低不一的箱子旁办公,还是忍不住想牢骚几句。

"我觉得挺舒服。"宗兆槐拆了盒烟递过去,目光朝纸箱扫了一眼,"不过你这口气,前几天我刚从另一个人嘴里领教过。"

叶南接过烟,点上,颇有兴致:"谁?"

他抽烟有技巧,尽量不吸入肺里,且每次只抽半根,说是想多活两年。宗兆槐劝他戒了算了。

"戒了？那多没人情味儿！谈生意怎么能不抽烟呢！"

宗兆槐说："来面试的，有点自以为是。"

"女的吧？"

"呵呵。"

"对她有兴趣？"

叶南脸上的笑多少带点猥琐，宗兆槐习惯了，并不在意，也不接茬。

"不行，干文职的，没一点销售经验。"

"那你还见她？"

宗兆槐把郗紫的背景跟叶南说了说。

叶南有些意外："哟，TEP的人呀！那可是出了名的外企，她怎么想跳你这儿来了？"

"她说想改变。"

叶南笑，陈词滥调的一种。

"真不打算要她？把她招进来，转别的部门用也好啊。"

宗兆槐不动心，伸手在烟缸上磕磕灰。

"我要会打仗的，她来了有什么用？而且我要的人得懂灵活变通，外企的人习惯了讲规则讲流程，遇到麻烦，大家抓着流程搞内耗，统统都得死。外企的人还是待在外企合适，转到我们这种公司肯定水土不服，改变观念可不是容易的事。"

"那可惜了。"

"可惜什么？"

"你留意她了，但缘分不够。"叶南嘎嘎地笑起来。

宗兆槐朝他哧了一声，转而问："阮思平那儿，真的一点办法都没了？"

谈话转入正题,叶南也不开玩笑了。

"我找了四五根线,都说不好弄。宇拓提前半年就开始打点了,根基已经很深,据说还找了上面的关系,这严丝密缝的架势,完全不想给别人一点活路啊!"

宗兆槐没有沮丧,他不是那么容易放弃的人。

"阮思平这人怎么样,有什么特别爱好吗?"

"工程师出身,有技术底子,为人谨慎,跟谁都保持一定的距离。读书人嘛,总有那么点清高,也没什么不良嗜好,听说家里老婆看得严,生活作风上,估计也是有心没胆。"

宗兆槐站起来,抱着膀子在房间里踱步。

叶南又说:"这两年富宁内部不平静,头头脑脑们斗得厉害,阮思平能坐上现在的位子,也是各方利益平衡的结果。他这人圆滑低调,不显山不露水的,也难怪老何一上来押错了宝,但也不能怪他,谁会想到黎总会突然被下课呢!总之,这些集团公司里的关系都复杂着呢,一般人插不进去。"

宗兆槐从他面前走过,没有停步。

叶南喝了口咖啡,盯着他的背影道:"我还听说阮思平上位张廉可是出了大力的,三年前张廉管制造部时宇拓就跟他合作过,孔志成那老家伙无缝不钻,这条关系他不可能不好好把握。现在你该明白宇拓为什么能先人一步在阮思平身上下功夫了吧。我看这事儿没什么转机了,你早点撤出来换地方吧。"

宗兆槐没表态,握着拳头轻敲自己下巴,过一会儿才说:"真不甘心,下了那么多本,眼看又得打水漂。"

"做生意就是这样啦,不可能一帆风顺。"

"已经是第三次了,如果这回再失败,公司士气会大落,以后恐怕更没希望。"宗兆槐说,"我们的东西质量一点不比人家差,可每回招标都被打回来,就因为还没有哪家像样的客户用过我们的产品。这是个死循环,必须尽早打破!"

叶南瞟了眼宗兆槐略显激动的脸,不明白他这么固执是为什么,按永辉目前的订单量,两年内吃饱喝足没问题,然而做老板的总是不知足,千方百计要扩张、做大,把自己往险峻的路上逼。

叶南曾劝过宗兆槐,赚钱适可而止,用不着那么拼,工作之余也得享受生活。但显然,他俩对人生价值的定义不在一条基准线上。

"没时间也没心思享受。像我们这种规模的公司生存不易,想活得久一点就不能只顾眼前,日子越好过,越要保持警惕,为难过的时候多做准备。"说这话时,宗兆槐语气深沉,目光深远,仿佛正站在一艘即将卷入惊涛骇浪的海船上。

宗兆槐再次踱到叶南面前,这回他停住了脚步,带着商量的口气说:"你再帮我找找人,看能不能安排我跟阮思平见个面,我想跟他好好谈一谈。"

叶南有点头疼:"就算见上面也改变不了什么。"

"不是还没开始招标吗?只要还有一线机会,我决不放弃。"宗兆槐说着,走回自己的办公桌前,坐下,一脸平静地望着叶南。叶南明白,他这表情通常表示主意已定,很难再劝得过来。

"唉,我真是服了你!"叶南用力一拍沙发,"好吧,我去找人!不过咱们丑话说在前面,见个面问题应该不大,但你得做好继续打水漂的心理准备!"

"你只管安排,其他交给我。"宗兆槐其实并无把握,更像在激励自己,"总有办法的,没有解决不了的问题。"

他这执拗劲儿令叶南忍不住叹气:"兄弟,这可不是咱们在学校解数学题,最后总会有个标准答案……咳,不说了,反正你怎么要求我就怎么做吧!"

叶南的口气是不带任何希望的,但这影响不了宗兆槐,这些年的从商经历让他坚信一点,是人就有弱点,有弱点就能被攻破。阮思平之所以成为一道难题,只不过是因为距离太远,他暂时摸不到对方的软肋。难题永远会有,不是在这里就是在那里,而这一次,宗兆槐决心不再退让。但是,要怎样才能突破呢?

思考时,他的目光扫过桌面,很快停留在电脑显示屏旁边,一件陌生的小玩意儿闯入眼帘,是只用白纸折成的袋鼠。

他把袋鼠放在掌心把玩,一边回忆那地方原来放的是什么——那只黄色橡皮鸭,有次他拆食品包装时掉出来的赠品,随手搁桌上,后来被郗紫要走了。

她什么时候把袋鼠放这儿的?

他仔细端详袋鼠,然后说:"我改主意了。"

叶南摸不着头脑:"什么?"

宗兆槐已经抓起电话拨号码,很快说:"老梁,那三名销售的录取通知你发出去没有……那好,先别发,我有个想法,一会儿过去找你。"

挂了电话他才告诉叶南,他打算把郗紫招进公司。叶南瞪着他,神情诧异而新鲜。

"生意场上变故太多,而我们又过于依赖以往的经验,老何这回的错误正好印证了这一点。找些和我们不太一样的头脑参与进来,说不定能带来些新思路。"

宗兆槐此时对郗紫的看法已完全转变。

"她很会观察,有一定的分析能力,那天来面试,她一进来就分析了我的办公室,也许还在心里分析了我。"

"你指望她帮你分析什么?"

"还不知道,但这是种宝贵的能力,一个人到了三十岁还能保持住好奇心不容易。"

"如果她对你的客户也指手画脚呢?"

"不会,她又不傻,她是觉得自己没希望了才敢对我说那些话。"

"你肯定她愿意来?"

"咱俩打个赌?"

叶南大笑着摇头。

宗兆槐微眯了下眼睛,紧张的神情略略退去一些,取而代之的是几分调侃。

"你猜她来永辉后,看见我的第一面会说什么?"

"感谢你?"

"不,向我道歉。"

还有什么比部门例会更无聊乏味的事?

坐在会议室里,郗萦不止一次这样想。上司 Joe(乔)正在逐条过滤上周的部门投诉,然后她听到 Joe 点了自己的名字。

"Wendy(温迪),Jason(杰森)航班改签的消息你怎么没有及时通知接机师傅?"

"那天我不在,对这件事不太清楚。"只有心生去意的人才会用这种最易遭受攻击的借口。话一出口,郗萦就明白自己犯了低级错误,但只能硬着头皮解释:"我请假了。"

Joe 果然开始亢奋地奚落她,郗萦毫无招架之力,怪谁呢,谁让她心不在焉神游物外来着。

她的手机响了,每回开会她都带着手机,无聊时还能刷网解解闷儿。

电话是高谦打来的,她犹豫了一下,还是站起来,朝意犹未尽的 Joe 说一声"Sorry(对不起)",一边接电话,一边匆匆走了出去。

三个月前,高谦还是她男朋友,现在两人已形同陌路。高谦打电话来是想向郗紫要回他那只白金壳的打火机。

他解释说:"如果只是个普通打火机就不打扰你了,那是我们大学同学会五周年纪念,专门找品牌店定做的限量款,外面买不到。"

郗紫从鼻子里哼气儿:"你还怀什么旧啊!你不就喜欢除旧迎新吗?"

"郗郗,别这么刻薄……"

"打火机我早扔了,让你那新欢想办法给你再找品牌店做个新的吧,她不是特能耐,什么稀奇古怪的要求都能满足你吗?"

高谦原本赔着小心,这时候也有些恼了。

"郗紫,你有点风度好不好?就算咱们分手了,可……"

"跟我谈风度?!你也配!"

她没再给高谦说话的机会,狠狠挂断,眼眶里迅速涌起一股热意。

真没出息。

不过也不全是因为高谦。她从会议室出来时心情就差到了极点——最近没一件事是顺的,如果他换个时间打来,自己或许能温和些。

郗紫没有立刻回会议室,她转到属于自己的格子间,从抽屉里取出坤包,很快在隔层里搜索到高谦的打火机,随手便丢进了桌下的字纸篓。

放回坤包,想想那打火机还在自己附近,顿觉一阵不舒服,她矮下身去,从字纸篓里把打火机又捡了出来——得把这破玩意儿扔远点。

她用两根手指夹着打火机,一脸嫌恶地下楼,出门,一直走到楼外的吸烟区,正要往橘红色的大垃圾桶里扔,身后传来老赵慌不迭的阻拦声:"哎,别扔啊!这么好的东西,给我得了!"

老赵抽烟,一块钱一个的打火机迎风点个火很费劲。

"扑通"一声,打火机还是给丢进了垃圾桶。

"已经脏了。"郗紫面无表情地说。

两人站在垃圾桶旁聊了会儿天。

老赵在销售部,平时跟郗紫有些工作上的往来,两人颇能谈上几句,他俩在公司都属于干活不积极,不受上司重视的那类人。

"日子不好过吧?下个月又要搞整合,经济不景气,光折腾人了。Wendy 啊,你得小心你老板给你穿小鞋——最近有没有出去找找机会?"

郗紫听了,更觉心烦:"看了,一时半会儿哪能找着合适的?"

老赵便说可以给她介绍个公司,也是外企,做培训,薪水和现在差不多,谈得好兴许还能涨点儿。

郗紫摇头:"谢谢你,不过我受够天天伺候人的工种了。"

老赵吞云吐雾地笑:"只要是打工,哪有不伺候人的?"

"这么说吧,伺候皇帝是伺候,伺候太监也是伺候,我为什么不伺候最大的那个主儿?"

"伴君如伴虎!"老赵扭头看着她,"怎么,你还真想干销售啊?

钱是能多挣些,但很辛苦啊,而且你没经验,想跨进去也有难度。"

郗紫被戳到痛处,双眸没有焦点地瞪着远处,许久没吭声。

回会议室的路上,手机又响了,她扫了眼号码,应该是座机,开头三位有点眼熟,她的心立刻怦怦跳起来。

她接了,压制着忐忑低声问:"哪位?"

耳边响起一个有几分熟悉的甜美嗓音:"你好,是郗紫小姐吧?我这里是永辉科技人事部,请问,明天你有时间再来趟我们公司吗?"

三月初,春寒料峭,一股冷空气正在南下。

江南没有供暖,天再冷,母亲也没有开空调的习惯,厚实的棉被盖了一层又一层,压得郗紫脚发麻。

冬季是个听天由命的季节,而郗紫实在受够了,她在新租的房子里铺了地暖,又买了张小矮桌和两个软坐垫,干脆在暖融融的地板上开饭。

姚乐纯像摆弄法式大餐一样郑重地摆弄着火锅材料,对于吃,她有着异乎寻常的珍视态度。

"热爱美食者必热爱生活。"她总这样说。

郗紫坐她对面,用一件宽大的过膝长毛衣裹住大半个身子,底下一条紧身羊毛打底裤,光脚,长发扎成一束,盘在头顶,像个道姑。她的脸蛋光洁如瓷器,是张漂亮的鹅蛋脸,五官却不出众,丹凤眼让她看起来懒洋洋的,嘴唇呈性感的菱形,但牙齿不太整齐,鼻子是最大的亮点,秀巧挺拔,有点高高在上的味道,还有个小小的、看上去很是倔强的下巴。总有人说她孤傲,也许和鼻子与下巴的形状不无关系。

她的五官分开看没什么特别,合在一起却有种极致的柔媚,尤其笑得厉害时,双眼眯缝成两道弯弯的月牙,小虎牙若隐若现,颇有几分神似日本老牌女星田中裕子,常常让交谈的另一方失神。

但她很少开怀大笑,一来因为牙齿,二来也不觉得生活中有什么值得太高兴的地方。

姚乐纯则是一副标准美人样儿,唇红齿白,明眸善睐,笑容有着水果般的清甜。不过她和郗紫在一起时,从不为自己的美貌得意,反而常常羡慕郗紫既冷又媚的女人味,在她的概念里,完美代表着乏味,因而也欠缺情趣。

姚乐纯本来有一头乌黑秀美的长发,可最近她忽然厌倦了,所以剪了个奇怪的发型,脑后的头发由左向右陡峭倾斜上去,前刘海却又整齐得咄咄逼人,如同纪律严明的军队正打这里经过。

她为一本畅销杂志撰写美食文章,又在另几本生活杂志上分别开设了指点女性穿衣打扮及讲解茶道、插花的专栏,她喜欢各种与美相关的技能,日子过得精致而悠闲。不过,和郗紫一样,她的烹饪技术也很糟糕,对于美食,她仅仅停留在精于理论的阶段。

"我妈总担心我将来成不了贤妻良母。"

她语气欢快,把一碟土豆片倒进沸腾的汤里:"真应该出去吃,你生日那天光喝酒了,一直想补顿大餐给你。"

"不要,还是这样好。"郗紫惬意地盘起腿,"还记不记得有一年圣诞夜我妈不在家,咱俩吃火锅的事?"

"当然记得,高二那年嘛!"

"好怀念!热气把整个房间都填满了,而且就咱俩。"郗紫叹息。

她们的友谊可以追溯到十六年前的初中时代。那时女生可简单分为两类,开朗型和内向型,她俩都属于后者。郗紫的安静、早熟令姚乐纯着迷,而郗紫喜欢姚乐纯是因为她的温柔善良,还有小俏皮——

"为什么他们老把 America 和 Australia 搞混？我就不会,因为我只会 America 的拼法。"

她俩经常会对某个男生形成相同的看法,不过谁也不会撂下对方去追随心仪的男孩。这种默契一直延续到高中毕业,之后两人对异性的审美终于分道扬镳。

"这样也好,可以避免咱俩爱上同一个男人。"姚乐纯说。

她们为自己的解析能力沾沾自喜,有些观点难免有少女特有的自以为是,但还是为她们赢得了某种优越感,当然学习成绩出色也是因素之一,姚乐纯的成绩要更好一些。

除了观察男生,她们也分析自己。

"你生活在一个父母健全的家庭,所以比我乐观,我常常会觉得压抑。"郗萦从不掩饰自己对单亲家庭的失望。

"平衡很重要。我爸脾气急躁,不过他能在我妈妈那儿得到缓冲,波及我的能量就微乎其微了,我妈妈就是那个平衡点。"姚乐纯说,"你妈妈缺少这样一个可以供她发泄情绪的人,所以你的压力才会大得难以承受。"

除了平衡,郗萦认为姚家另一个吸引自己的地方是无处不在的幽默感。幽默是寻常生活中不可或缺的闪光点,犹如菜里的盐巴,少了就没味道。

有次她在姚家吃饭,姚乐纯埋怨她母亲蒸的蛋饺软塌塌的不好吃,她爸爸也尝了一个,然后摇头晃脑地评价:"侍儿扶起娇无力,东风无力百花残。"

姚乐纯说:"奶奶做的蛋饺好吃,硬邦邦的有嚼劲儿。"

她爸爸又说:"金戈铁马,气吞万里如虎。"

姚妈妈从厨房里出来,看到每个人都在笑,她神情迷惑:"我错过什么了吗?"这是她的口头禅。

姚爸爸长相英俊,姚乐纯容貌上的优势大多承袭自父亲。姚妈妈外貌不出众,但温柔和善,是家里的主心骨。

郗紫家从未有过如此轻松的气氛,即使在爸爸还没离开的时候。

两人喝加热过的花雕,郗紫还在酒里加了两勺糖,她喜欢豪饮,姚乐纯则偏爱慢酌,这大概和性格有关,郗紫做事看重结果,姚乐纯更享受过程。

"还是中国酒好喝,洋酒的口感太差劲了!"郗紫一口饮尽后赞叹。

姚乐纯提醒她:"花雕度数不高,但也容易醉的,别喝太多,只能适量。"

郗紫又给自己杯子里倒上一些,伸出手指横在杯子上比画:"不多,3 fingers(三指高)!"

失恋那段时间,她着实酗过一阵酒,每当黄昏来临,她几乎能听见全身血液流动的声音,奔涌着喧嚣,每个细胞都在渴望酒精。

那样纵容自己沉沦,她当然不敢回家,借口出差住在小旅馆里,半夜醒来,脑子里常常一片空白。直到三十岁生日那天,她在酒吧与姚乐纯聊了一整夜,才算幡然醒悟。

"天真要不得啊!"郗紫喝着酒唏嘘。

高谦劈腿前有过各种蛛丝马迹,比如郗紫曾在他公寓里发现一副女式太阳镜(他解释说是表妹的),还有几次他一接电话就往房间里走,还反手把房门锁上了,稍微动动脑筋就猜得出来是怎么回事。但她被愚蠢的浪漫蒙蔽了眼睛,以为这个男人真会像承诺过的那样对自己好一辈子。

郗紫还在上高中时，高谦就想过各种办法接近她，他俩就读于同一所学校，高谦比她高一级，但那时郗紫处在母亲严厉的管教之中，高谦无从得手。

她工作两年后的某个情人节，高谦突然捧了束花从天而降，郗紫被冲昏头脑，也不想想他这些年都去了哪儿，为什么到现在才来找自己。她义无反顾跳进去，以为找到了终身依靠。

"真是蠢，非要等他亲口告诉我完蛋了才肯撒手！"她的牙齿咬得咯咯作响，尚未远去的羞辱感重又浓烈起来，"男人没一个好东西！"

"也不是每个男人都这样。"姚乐纯温和地反驳。

郗紫不客气地瞪她一眼："我是掀开自己的伤疤警告你，别指望男人能给你带来一劳永逸的幸福，得靠自己，无论什么时候，都得靠自己！"

"你有这种想法，想嫁出去就更困难了。"

"我没想着要嫁出去！"

姚乐纯在她凌厉的眼神下勇敢坚持自己的观点："我跟你不一样，别说现在三十岁，就是到四十岁还单身，我也不会放弃找到好男人的信心——你用什么样的眼睛看世界，世界就是什么样子。我相信，会有一个人在某个地方等着我。"她重重地点头，显得很自信。

郗紫先皱眉听着，随后笑了。她喜欢姚乐纯的天真，那是她自己从未有过的，即使有，也是很久以前的事了，久到好像是几辈子之前。

"好浓的鸡汤味儿。"她笑着总结道。

姚乐纯很好奇郗紫是怎么说服她母亲搬出来独居的，她对郗紫的母亲始终充满畏惧——郗紫二十多岁时下班晚归，她母亲还会给她脸色看。

"还没跟她说呢!"

"你妈会同意吗?"姚乐纯对此表示怀疑。

"这就是人到三十的好处,凡事只要自己想,都有胆争一争,也能争一争了,因为她再也不好意思拿'你还小'这样的理由来压我……不过肯定得唠叨几句。"

"我搬过来和你住一段吧,你好有个借口。"

"不要!我想一个人住,清净。"

"真无情啊!"

姚乐纯给她带来许多生活小用品,收纳盒、纸巾架、笔筒、铜丝绾成的兔状回形针,茶叶小滤壶,绘着紫色薰衣草图案的白瓷茶壶,各种杂七杂八的东西,还包括一大摞碟片,美剧、韩剧、日剧。

"晚上睡不着可以解闷。"

郗萦一边翻碟片一边说自己恐怕会忙得没时间看。

"你现在还迷韩剧?"她笑话姚乐纯,"我从来没看完过一部韩国拍的电视剧,节奏慢,情节又狗血,不是撞车就是白血病,不把男女主角折腾得死光光不算完……咦?!原来是这个人呀!"

姚乐纯凑过去看:"怎么了?"

郗萦指着《蓝色生死恋》的男主角,一脸诧异。

"永辉的老板,我总觉得有点眼熟,像在哪里见过,原来是长得像他。"

姚乐纯两眼放光:"像宋承宪?!那你走运了!"

郗萦白了她一眼,把那张碟片丢在一旁。

"跟我有什么关系!我是去挣钱的,又不是去泡男人!"她又瞥了眼那张剧照,"其实就眉毛像而已。"

姚乐纯把片子取在手里细瞧："那也不错了，有这种面相的男人会很温柔的。"

郗紫没有反驳她，继续查看其他碟片，但有些心不在焉，过一会儿忽然说："但愿他别太软弱了，做生意的人最怕优柔寡断。"

她开始跟姚乐纯聊永辉，平凡的厂房，生气勃勃的员工，英俊儒雅的老板，还有好得出乎意料的福利，姚乐纯听了也觉得意外。

"这公司难道特别赚钱？"

"不见得。估计是宗老板的观念问题吧。"

"谈谈你对他的印象，别考虑太深，第一印象最可靠。"

"一个……旧式的落魄书生，好像难当大任的感觉。"

"那你还去？"

郗紫不以为然地做了个体操动作。

"感觉和现实是两回事，他不是把工厂建起来了吗？而且看上去运行得不错，说明他是个有头脑的人，我觉得他很值得研究，以前没见过这样的老板，怎么说呢……不庸俗。"

她端起酒杯喝了一大口，神情明朗起来："我认为是个好兆头。"

不过郗紫第二次去永辉并没有碰到宗兆槐，接待她的是销售总监梁健，据说是她未来的直接上司，四十多岁，瘦高个儿，戴副眼镜，看上去挺沉稳。

梁健先跟她谈了谈公司的运营理念，但他显然更相信眼见为实的道理，短暂介绍后就带郗紫在整个公司转了一圈，让她看到永辉整洁漂亮的车间，豪华时尚的会客室。公司还为员工配备了健身房和医务室，有些地方考虑得比外企都周到，比如带冰箱和沙发的母婴室（专供哺乳期女性使用），令郗紫大开眼界。

"以前就茶水间有冰箱,"梁健解释,"有些女职员挤了奶暂存在冰箱里,被人当饮料喝了,她们意见很大!"

这趣闻有些敏感,但梁健面不改色讲给郗紫听,她也不便说什么,笑笑而已。

很快就到午餐时间,梁健带她去餐厅吃了顿便餐,饭菜供应丰盛,质量也很好。

其实在用餐之前,郗紫就已经做了决定,但还有个条件没谈妥,梁健认为她要求的薪水高了点儿,希望她能往下调一些。

"这只是底薪,销售还有提成拿,做得好,收入会很可观,而且公司的福利也很不错。"

但郗紫坚持自己最初的要价,她罗列了几条事先想好的理由,虽然是讲给梁健听,然而她却有种错觉,好像自己还坐在宗兆槐的办公室里,而他在斜对角,依然是一副认真听取的神色。她认为他不会拒绝。

最后,梁健妥协了。

郗紫先跟母亲说了跳槽的事,从大名鼎鼎的外企跳到一家之前听都没听说过的民营企业,这种转换没多少说服力,母亲的眉头果然越皱越紧,直到郗紫报出新职位的薪水数额,母亲的神情才缓和下来。

"出去闯闯也好。"她微微点着头,好像女儿是在向自己征求意见,而非先斩后奏。

然后郗紫才提到想搬出去住的打算,措辞格外谨慎。

"那地方还是个待开发的小镇,交通很不方便,没有直达城里的公交车,得去火车站转一圈。上班时间又规定得早……"

"他们不提供班车？"母亲的目光又敏锐起来。

"没有，住在市区的员工很少。以后可能会有吧。"郗紫撒了个谎。

她可以在母亲背后说三道四，但一到母亲跟前就立刻恢复了小时候的样子，说话小心谨慎，唯恐惹母亲起疑。

小象效应——小象从小被绑在树上，刚开始还会反抗挣扎，时间长了就认命了，长成大象后，即使没有绳子绑着它，它也不再想着逃跑。

母亲沉默了一会儿方说："有几句话，你别不爱听。"

"您说，我听着呢。"

"你今年三十了，按说我不该再处处管着你，但你从小就缺分寸，说话做事容易偏激，一个人住在外面，跟人打交道时尤其得注意。还有，不要轻易相信别人，也别再找高谦那样的男朋友，要找就找合适结婚的。"话说到最后，母亲下巴高昂，孤傲毕现。

这口气郗紫听了二十多年，二十年来，她胸口堵着一团污秽的戾气，越聚越浓，总想找机会爆发一次。

但不是今天。今天她的目标是顺利搬出去。

她把驳斥的话咽回去，妥协性地点了点头："我知道了。"

母亲一直看不上高谦，那家伙自己也不争气，最后用让郗紫心碎的一招证明了母亲眼光的毒辣。

有时候郗紫也会反思，当年她坚持要和高谦在一起，会不会就是因为母亲反对？她用这种方式来反抗母亲对自己长期的压制，而她其实并非一开始就真的爱上了高谦。

现在她痛恨高谦，是否也包含着被母亲羞辱的成分？

郗萦把房子租在离公司步行仅十分钟脚程的拆迁户小区内，这个小区里住着许多在园区打工的年轻人，他们来自五湖四海，有些诚实友善，有些则行踪鬼祟，不过无所谓，反正关起门来就她一个人。

她租的是间约五十平方米的单身公寓，一个房间加一个极小的储藏室，厨卫齐全，客厅还算宽敞。不过总体而言仍是个格局紧凑的蜗居。

小房子给她带来前所未有的安全感。

她和母亲合住的房子位于城中心，有一百二十平方米，是父亲留给她们的最大一笔财产，房价飞涨的今天，这套房子估值怎么也得超过三百万了。不过母女俩日子一直就不拮据，母亲有份不错的工作，在一家事业单位任职，她又擅长精打细算，这些年，两人没在经济上吃过苦，母亲在某些方面的俭省不是因为贫穷，而是习惯使然，或者就是源于一种她自己都没弄明白的自虐心理。

第一天上班郗萦起了个大早。昨晚她查过气温，早晨只有三摄氏度，但她讨厌臃肿的羽绒服，看了眼窗外灿烂的晨光，她把那件柔软的驼色长大衣穿在了身上。

大衣里面，她选择了一套淡粉色薄呢西装套裙，与她白皙娇嫩的肤色相得益彰。相对于韩式女装，郗萦更喜欢含蓄典雅的日式风格。她任由长发披在肩头，头顶挑起一股扎成辫子，垂在发间，这让她过于文静的装扮有了活泼的气息，看上去更年轻了。

姚乐纯一定会说，衣服的颜色太嫩，头发样式也有些学生味，不适合营造专业沉稳的气质，但郗萦在着装方面从来只依从自己的喜好，而非别人定的规则。凭什么人过了一定年纪就非得往老成稳重里打扮？

她喜欢的颜色都是些亮而轻的色彩，不像姚乐纯，偏好黑、灰这一类沉重的色调。也许人的喜好和性格也会形成互补关系吧。

三月上旬，春天的气息日渐明显。

墙角的白玉兰开得烂漫繁华，空气里有结香刺鼻的气味，一只喜鹊站在银杏枝头，用嘴使劲拗一根树枝，好捡回去修巢。

郗萦脚步轻快地出了小区，走在一条新修的主干道上，道旁是条窄河，沿河垂下千条万缕的迎春，黄灿灿开满了堤岸。

如果不是这次跳槽，郗萦大概一辈子都不会认识这个叫渔港的小镇，也就不可能知道除了喧闹的城市，还有如此安静美丽的地方，而且离她并不遥远。

一个大巴车司机从河里沿着码头走上来，手上拽着把刚洗干净的墩布，他将墩布使劲往银杏树干上甩，溅起的层层水珠在晨曦中发光。

小时候郗萦喜欢对着阳光喷水，幻想能从水雾中看见彩虹，书上是这么说的。

书是爸爸给她买的，上面有很多稀奇古怪的实验，她和爸爸尝试了好多种，比如把木头泡在肥皂水里，据说晚上可以看见它发光；他们还在桌上转鸡蛋，据此判断鸡蛋是生的还是熟的。与父亲相处的时光快乐而短暂，郗萦总是念念不忘。

而母亲只记住了父亲的背叛，还要她也记住。

刚开始她们的确同仇敌忾，在她九岁的时候。那年父母刚离婚，她听母亲的话，在各个方面都很努力很争气。但孩子心里很难长久地容下仇恨，她开始想念父亲，并几次偷偷跑去见他。还有她的成绩，虽然能保持在上游，却不拔尖，这些都让母亲失望。

现在，郗萦遭遇了同样的背叛，对此她格外警惕。她自赎式的跳槽就是为了避免走母亲的老路，成为一个被仇恨控制的人。

第二章 难以突破

郁萦笑笑:"也不是,和我母亲有关。我对所有强加到头上的要求都很反感。我是射手座,我们这个星座最大的特点是热爱自由。"

宗兆槐对星座说没什么共鸣:"青春期叛逆的想法,谁都有过。"

梁健召集部门下属开早会，把郗紫介绍给大家，除了她，另有三位男性销售，也是新近入职，比她早几天来报到，看样子和老职员们混得挺熟了。

销售部秘书是个名叫刘晓茹的女孩，活泼热情，握手时亲热地称呼郗紫为"小郗姐"，郗紫很不习惯。

"叫我 Wendy 好了。"

刘晓茹眨了眨眼睛说："我知道你们外企出来的人都喜欢用英文名，不过我们这儿没这规矩，洋名字叫起来太拗口了，好像在称呼另一个人，还是叫你小郗姐顺口。"

这女孩有着非凡的自信，还有点固执。

到办公室来参加会议的老销售不多，刘晓茹告诉郗紫，大多数销售都在外面跑客户，平时也很少到办公室来。

早会开了半小时不到就散了，会后梁健叫住郗紫，他有话要说。

"你初来乍到，以前也没干过销售，所以我安排了一位师傅带带你，他叫何知行，是咱们这儿的老销售，经验丰富，你先跟他干俩月，把和客户打交道的那套方法尽快熟悉起来。"

郗紫问："我什么时候能见到何师傅？"

"哦，本来说好今天早上来的，他临时有点事跟我请了假，下午会过来。"

午饭后没多久,梁健打电话让郗紫去趟他办公室,何知行来了。

何知行的年纪大约在四十岁上下,体格魁梧,手长脚长,乍看气宇轩昂,仪表堂堂,但一张脸明显被酒精和夜生活浸润过度,蒙上了一层灰暗的疲倦,神情看上去也不怎么友好,郗紫主动与他握手,他往后退一步,看似无意地避开了。

梁健语含亲热地给郗紫介绍何知行,说他是永辉的元老,金牌销售,曾经带过好几个徒弟,个个成绩不俗。

"老何,小郗是你头一个女弟子,你可要好好教她啊!"

郗紫觉得他开玩笑的语气很不自然,热情过了头,令人生疑。何知行抱着膀子呵呵地笑,或许是烟抽得太厉害把嗓子都熏哑了,一开口仿佛就会冒烟出来。

"可我那些招数只适合男销售,女销售不适用啊!尤其还是没结婚的大姑娘,哈哈!"

郗紫拿不定主意该跟他们一块儿打个哈哈糊弄过去,还是绷脸表明自己没受到尊重,于是她选择了沉默。

拜师会让郗紫不舒服,也有点失望,但她很快提醒自己,销售这行当就是这样,三教九流什么样的人都可能遇上,早一点撞南墙不是坏事。她还能指望被保护得好好的就把单子给签下来不成?

她离开梁健办公室后去了趟洗手间,出来时听到一个洪亮的嗓门在嚷嚷着什么,因为过于激动,听上去嗡嗡嗡的仿佛全是回响。这声音不陌生,而且就来自梁健办公室。她犹豫了一下,走过去。

"招这么个没半点经验的人进来还要硬塞给我,你什么意思?!我要求降指标你又不让,梁健我告诉你,没你这么算账的!"

经过梁健办公室时,郗紫抑制住心跳,转头朝里面瞥了一眼,刚巧梁健走过来关门,两人目光相撞,梁健毫无表示,镇定地把门关上。

郗紫在自己位子上呆坐了片刻,刘晓茹悄悄凑过来,蹲在她脚边,一脸同情地望着她。

"你别放心上,老何那不是针对你,你进来时笔试成绩第一大家都知道。"

郗紫咧了咧嘴,找不到话说。

接下来,大约是为了宽慰她,刘晓茹给她讲了何知行言行暴躁的原因。

永辉原来的业务范围一直停留在通信电子行业,但行业规模正日渐萎缩,宗兆槐开始寻找新的拓展领域,日益蓬勃的汽车业显然是最佳选择,但要进入新领域不容易,虽然也找了关系,下了苦功,但头两次努力都被对手在半道上截杀了。

"咱们最大的竞争对手是宇拓。宇拓资历老,规模大,背景也深,对任何想在市场上跟他们分一杯羹的新手都严防死守。不过站在宇拓的立场上也能理解,你想想,只要有人撕开一道口子,哪怕再小,他的防线就不再完整,行业老大的位子早晚保不住。"

第三次努力来自何知行搜索到的一条关系线,他有个老同学跳进富宁集团做中层管理,富宁是东部地区三大汽车配件供应商之一。凭这根线,何知行成功攀上管采购的某位副总,经营了几个月,以为好事将成,谁想风云突变,副总突然下台,调上来的新副总阮思平不由分说重新洗牌,让何知行的所有努力付诸流水。

"为什么他不接着做新人的工作?"郗紫问。

"晚啦!宇拓有内幕消息,早就盯上阮副总了。反正老何挺倒霉的,站错了队,上半年的指标他恐怕完不成了。"

何知行走出梁健办公室，郗紫从他毫无起色的神情判断，除了宣泄怒气外，他在谈判中没有得到任何实质性好处。

他径直走到郗紫座位旁，语气生硬："到我办公室来！"

郗紫做好了承接他愠怒的准备，出乎意料，何知行没再迁怒于她，他请郗紫坐，然后把自己埋进办公桌后面的真皮转椅里，右脚无所顾忌地翘到靠墙的一排铁皮柜上，歪着脑袋，手指不断蹭擦下巴。

"唉，销售这碗饭不好吃啊！风里来雨里去，连睡觉都忙着算计，有脸色看算好的，常常连甲方的面都见不着，像你这样的年轻姑娘，入了这行，可得有嫁不出去的心理准备啊，哈哈！"

郗紫不便说什么，再次咧了咧嘴，然后问他对自己的工作有什么安排。

何知行转过头来看着她，眼神有些茫然，仿佛他从未考虑过这个问题。

"看看再说吧，有事需要你做我会告诉你。哦对了，你得先参加新员工培训，去人事部问问，这事儿由他们负责。"说这些话时，他显得很无所谓。

新员工培训以专业知识为主，人事部只占用一小时，把诸如公司理念、规章制度、财务报审流程等基础信息一股脑儿倒给学员，之后整整一周的时间全都交给本部门安排。

讲课老师都是生产、技术、市场以及销售部门的骨干人员，有些内容比较枯燥，有些则生动有趣，郗紫边听边做笔记，她埋头记录时，其他三位学员会轮流纳闷地瞥她一眼。

刘晓茹是专业培训的组织者，她不忙的时候也会进来旁听一会儿,郗紫注意到,每次内容里有八卦时,她必定在场。刘晓茹对另外几位相貌平平且人到中年的男销售没好感,她总是坐在离郗紫最近的位子上,吃饭也喜欢叫上她一块儿去,两人的关系迅速拉近。

刘晓茹爱听八卦,也爱讲,郗紫初入公司,并不排斥有人给她补充些课堂上听不到的东西。

"宗先生想打进汽车业的决心可大了,老何在他面前还立了军令状,你说他现在处境能不尴尬吗?而且啊,我听人说,富宁新上来的那位阮副总之前默默无闻的,老何几次去富宁,对他一点表示都没有,像那些高层管理人员,表面上好像什么都不在乎,其实心里敏感着呢!老何现在就是有心贴上去,人家也只会拿他当笑话看。"

"那富宁的单子,咱们一点希望都没了?"

"也不是这么说。宗先生不肯放弃,你瞧他这几天都没在公司,就是忙这事呢!"

郗紫进公司三天了,的确还一次都没见着宗兆槐。聊着聊着,她就问起宗兆槐办公室里那些碍眼的纸箱。

刘晓茹说:"箱子里装的都是咱们自己生产的配件,宗先生喜欢看着产品讨论,尤其和工程部开会讨论的时候。"

"他懂技术?"

"当然了,他原来是做工程师的,在一家欧洲公司里干过好几年。后来自己出来创业了。"

"他多大了?"

"今年三十七吧好像,小郗姐,你觉得宗先生长得怎么样?"

郗紫说:"还算顺眼吧。"

刘晓茹瞪起眼睛,仿佛想从她脸上搜索到虚伪的痕迹。

"才顺眼哪!你眼界可真高!"

郗萦笑着妥协："嗯,是挺帅的,可能因为他肤色暗,不是那么抢眼……我觉得男人不能光看外表,智慧和气度更重要一些吧。"

还有权势,她心里想着,没说出口。

在永辉这个小小的王国里,宗兆槐站在金字塔塔尖,即使不修边幅,有小肚腩,还谢顶,照样会有异性喜欢他。

"这我同意。"刘晓茹点头,"我也不喜欢现在流行的那种白白嫩嫩的阳光男孩,男人的魅力嘛,主要来自时光积淀和事业上的历练,我猜宗先生以前的经历蛮丰富的。其实,宗先生也不是那种第一眼看上去就很帅的男人,但是看习惯了会越看越顺眼。"

她们的话题停在宗兆槐身上不走了。

郗萦忍不住说："你挺喜欢他的吧?"

"是啊,这有什么!"刘晓茹大大方方承认,"据我所知,每个新来的女员工,只要还没结婚,都会对宗先生产生些期待。他喜欢晨跑,好多人都在路上求过偶遇呢!毕竟他四十岁都不到,长得不错,又有事业,最最难得的是还单身,追这样的男人,不需要背上小三的罪名。可惜到目前为止,没一个人能搞定他。"

郗萦发现刘晓茹对宗兆槐有种压倒性的崇拜,她越是这样,郗萦越喜欢逗她。

"为什么搞不定他?感觉他脾气不错,不像那种拒人千里的男人啊!"

"越是看上去好说话的人越难搞定。"

郗萦猜想,关于如何搞定宗兆槐在永辉的女职员嘴里或许是个永远不会落幕的话题,大家都讨论烂了,所以刘晓茹聊起来才会这样自然。

她猜："他是不是有老婆啊,也许是隐婚一族呢,按说这个年纪事业有成的男人早该结婚生子了。"

"不可能！我和戚芳很熟——戚芳是他秘书,有次我帮她复印宗先生的护照时扫了一眼来着,上面明明白白写着单身。"

郗縈又猜测:"也许他有女朋友,但平时比较低调,不带出来。"

刘晓茹再次否定:"宗先生是工作狂,在外面有套公寓,但他基本不去住,平时就住公司里——他办公室后面还有个卧室,他一直睡那里面。从来没女人来找过他,公司里也没人看见过他和什么女人有来往。"

"他不是本地人?"

"不是,他老家在新吴,离三江不远。"刘晓茹接着刚才的话题说,"而且,他连娱乐活动都不参加,不管是公司组织的还是跟客户应酬。我听销售们说,他去见客户,只到吃饭的部分,后面的节目都是梁总和销售们陪着。"

"后面都有什么节目?"

刘晓茹抿唇笑:"这就不好说了,反正丰富多彩,都是些娱乐场所吧。"

郗縈觉得有趣,思索起来,娱乐场所也没那么可怕,不过显然会提供某些特殊服务,宗兆槐是怕这些吗?

"这就奇怪了,"她低声说,"难道他是 gay(同性恋)?"

刘晓茹一听,嘴巴顿时张得老大,拿眼瞪着郗縈。

"怎么,被我说中了?"郗縈悚然问。

"不是！小郗姐,你的想法可真大胆啊！"刘晓茹当真歪脑袋想了想,"但他也没有男朋友,除了公司下属,也就跟叶南走得比较近。"

"叶南是谁?"

"宗先生的朋友,本地人,开了个咨询公司,专门给生意人牵线搭桥的。"

"还有做这种生意的？"

"他有个叔叔在市委，人脉资源丰富，不用白不用……不过叶南是有名的花花公子，女朋友三个月就得换一个，听说有些还签协议呢。他和宗先生纯粹只是合作关系啦！"

郗紫当然是在开玩笑，直觉告诉她，宗兆槐不会是gay，gay一般都有洁癖，讲品味，热爱秩序，而宗兆槐却能宅在灰头土脸毫无美感可言的办公室里，穿半旧不新的西装，桌上摆着廉价水笔。

当然，她对gay的了解全都来自书本和影视剧。

培训第四天，由技术部总监邹维安给他们介绍公司新产品，这个被称作U3的系列新品，就是永辉用来进军汽车行业的武器。

邹维安长了一副看上去能浑身滴出奶油来的小生模样，年纪应该不大，三十出点头，把自己拾掇得光亮整洁，走起路来脚下生风，神采奕奕。

郗紫对这种过分注重打扮的男人没什么好感，但他讲起课来真不赖，内容通俗易懂，条理清晰，思路敏捷。

邹维安对郗紫认真听课的劲儿大加赞赏，但他轻浮的性格注定会往过火的方向倾斜，没多久，他就开起郗紫的玩笑来，以献殷勤为目的，也免不了占点口头上的便宜，引得另外三位新员工集体朝他侧目，而他浑然不觉，或者根本不在意。

下课后，邹维安居然正儿八经约郗紫吃饭，这令郗紫惊诧，她原以为那只是他上课时的噱头，一种演讲风格。

她婉言谢绝了。邹维安并不失望，颇有风度地说："那下次吧，下次你可一定要赏脸啊！"

郗萦向刘晓茹打听邹维安这个人,得知他早有妻儿。

"你得小心,"刘晓茹告诫她说,"这家伙是个花心大萝卜,看见美女就勾搭,没节操的。"言辞里满含轻蔑,不过他在永辉不受尊重并非只是因为轻浮。

刘晓茹告诉郗萦,邹维安是永辉创业的几个元老之一,支撑着技术的半边天,深受宗兆槐重用,但两年前他叛逃去了永辉的对手公司,那边出双倍价钱把他挖过去开发新技术。然而好景不长,干了不到一年,他就因为引诱老板的女儿被踢出局。

"这事儿圈子里都知道,他那会儿可狼狈了,老婆差点就跟他离了。"

郗萦惊诧:"那宗先生还肯让他回来?"

"因为他懂技术啊!这人情商低下,但智商超高。他被赶出来后,宗先生第一时间找到他,跟他大谈旧交情才把他又弄回来的。他回来没多久,U3产品就出来了。"

郗萦想,这小小的公司里,事情却又多又复杂。

"不过你用不着过分担心他,"刘晓茹以为她在为邹维安的追求烦恼,"他就是张嘴,你不理他,他慢慢也就消停了。对了,邹维安跟老何关系不错,他在咱们公司人缘不好,但帮老何解决过客户难题,老何一直挺看重他的。"

培训最后一天,宗兆槐终于出现了。

他站在讲台上,给新员工们讲着千篇一律的鼓舞士气的话,在合适的地方来几句得体的幽默。郗萦没有特别仔细听宗兆槐讲话,她在从头到脚打量他,琢磨他。

宗兆槐穿着与郗萦第一次见面时款式相似的西装,除了颜色略有变化，依然是旧衣服，胳膊肘和后面的下摆上有些细碎的褶皱。不过并不显得寒酸，或许正因为是旧衣服，他穿在身上才觉得舒服自如。

这些日子通过与刘晓茹的交流，郗紫对宗兆槐增添了一些新认识，现在，她正努力将这些新内容黏附到宗兆槐身上去。

她想不清楚自己为什么要这么做，宗兆槐并非她来永辉的目的，也不是她今后工作的研究对象，也许她现在研究他，只是出于无聊。

宗兆槐没有特别留意郗紫，他温和的笑容是针对会议室里每个人的，他的目光掠过郗紫脸上时也未有过停留。

他对郗紫和其他新员工一视同仁。

不过郗紫的心头仍然徘徊着一个疑问：为什么他会把自己招进永辉？就连何知行都清楚她当销售不合格，作为这个公司的最高负责人，他会不知道？

他究竟是怎么想的？

宗兆槐的讲话仅用了二十分钟，讲完他就离开了。

他们的培训也接近尾声，刘晓茹给每人发了张卷子，测试培训效果。

因为这场考试，他们错过了员工正常的午餐时间，比平时晚了一个小时去餐厅。

离开培训室，郗紫先上了趟洗手间，出来时，她在走廊这头一眼就看见宗兆槐，他正站在办公室门口与一个衣冠楚楚的男人说话。

她犹豫了一下，然后朝那个方向快步走去。

叶南手上拎着个做工考究的小牛皮公文包，是他从古董拍卖会上淊来的,皮包表面的纹路与褶皱有旧时代的韵味,他就喜欢这种带点历史感的旧物,不过他也同样喜欢现代生活中多姿多彩的节目。

"今晚在梓园有个活动,都是跟咱们年纪差不多的,不会瞎闹,你也来吧!"

宗兆槐说:"我晚上有事,你好好玩。"

"你哪天晚上没事啊?人不能总闷着头干活儿,也得找机会放松放松。"叶南很喜欢邀请宗兆槐参加各种娱乐活动,虽然鲜有成功的时候,他把这看作挑战,也算乐趣之一。

"哎,他们还请了那个谁。"叶南报出个宗兆槐完全陌生的名字,"长得有点像李玟,身材火爆,歌唱得也棒,去年上过某个电视大赛,很火了一阵。你要是去,我给你介绍。"

"谢谢,我还是喜欢良家妇女。"

宗兆槐感觉有人朝他们走来,转头看,是郗萦。

"宗先生。"她用大家一致的叫法称呼他。

"考完了?"

"对。"

宗兆槐端详她:"你没发挥好?"

郗萦自信地一笑:"不是,我想和你聊几句。你一直很忙,培训时也没找到机会。"

她朝站一边旁观的叶南点头致意,后者正饶有兴致打量着她,不过也不像是在看好戏,倒仿佛随时愿意为她提供帮助似的。郗萦已猜出这人是谁,他有双掮客的眼睛。

宗兆槐也扫了叶南一眼,然后问郗萦:"什么事呢?"

郗萦见叶南没有要回避的意思,宗兆槐显然也没觉得有这必要,她用牙齿迅速咬了下唇,随即松开,大大方方说:"我其实是想,向你道歉。"

叶南的双眉骤然间挑得老高,笑容别有深意,目光频频在宗兆槐与郗萦之间切换,但宗兆槐没再看他。叶南怕自己笑出声,拍拍宗兆槐的胳膊:"我先走了,有消息给你电话。"

临走,叶南的目光再次掠过郗萦,她不明白他笑得那么诡秘是为什么。

"饭吃了没?"宗兆槐问。

"没呢!"

"一起走吧。"

陆续有用过午餐的员工从餐厅出来,他们愉快地与宗兆槐打着招呼,郗萦只能见缝插针地与他说话。

"那次我来面试时可能显得不太礼貌。"

她的确对自己那天的表现感到懊恼,有点过于傲慢了,而这是她近来一直告诫自己要努力避免的;还有就是,她比较在意宗兆槐怎么看自己,毕竟她将在他的世界里有一个新的开始。

"让你不安了?"

"有点。"

"用不着,我不会因为某人说的几句话对他形成固定印象,你做好自己的工作就行。"

回答与郗萦预料的差不多,这让她几乎是立刻就忘了此前的懊恼,忍不住又想挑战他。

"如果你的员工做了错事呢,你还能保持客观看待他吗?"

"为什么不能?就事论事,一切按公司规程处理。"

郗萦感到不可思议:"你难道没脾气的吗,从来不会生气?"

她执着的追问让宗兆槐觉得有趣。

"没有比发脾气更容易的事,但发泄完了,残局还得自己收拾,如果不想给自己制造更大的麻烦,就得学会控制情绪。"

一位上了年纪的保洁员经过他们身旁,满面笑容与宗兆槐打招呼:"宗先生,吃饭了吗?"

宗兆槐说:"正要去吃——陈阿姨,你的腿怎么样,好点儿没有?"

"好多了,谢谢您惦记着。"

"小赵过两天从泰国回来,我让他给你带了两瓶跌打损伤膏,听说很管用,等见着他人你直接问他要。"

"哎,好!好!"保洁员温暖的笑容是发自内心的。

他们已经走到餐厅门口。

郗萦又说:"我听说位置越高的人越感性,但你好像不是这样,你一直都是这么理性吗?"

宗兆槐停下脚步,眼里涌动的依旧只是平静。

"你似乎很喜欢归纳总结。这是不是在 TEP 时太依赖流程造成的?"他朝人迹稀疏的餐厅扫了眼,刘晓茹在取餐台边使劲朝郗萦挥手,但她没看见。

"人之所以复杂,在于你永远无法通过他的行为定义他,一两件事不行,四五件甚至更多也不行。简单定义一个人只会把你带上歧路。"

郗萦又想辩驳,但宗兆槐继续说:"任何事都有它发生的特殊性,郗小姐,我希望你能多留意细节,而不是急着找共性。有时候,你要找的真相往往就在被你忽略掉的细微差别里——去吧,小刘在等你。"

取餐后,郗萦坐到刘晓茹身旁,宗兆槐则在离他们比较远的角落,他身旁很快就围上去两个经理。

"你和宗先生在聊什么?"刘晓茹问。

"考题。"郗萦才不会把自己"受训"的内容搬给她听。

"你担心自己的成绩啊?没事啦,销售最后还是得看业绩的。你的业绩肯定不会差!"

郗萦笑了下:"为什么对我这么有信心?"

"不知道,直觉吧。"刘晓茹有点没心没肺,"你不是大公司出来的嘛!"

"好吧,承你吉言……你觉不觉得,宗先生很善于收买人心?"

她把宗兆槐与保洁员的对话转述给刘晓茹听,刘晓茹不以为然。

"就算是收买人心,又有几个老板能做到他这样?谁家里有困难,不用自己开口,宗先生就帮着解决了,所以大家会这么死心塌地为他干活啊!告诉你,他记得每个员工的名字。"

"公司里一共多少人?"

"三百多吧。民企的流动率是很高的,但咱们公司是例外,很多都是开厂就进来的老员工。"

郗萦不说话了,心不在焉吃着饭,目光频频扫向宗兆槐,但他并未留意到郗萦,他在和下属谈着什么,表情专注而凝重。

从餐厅返回办公室的路上,宗兆槐接到了叶南的电话。

"兄弟,我又输了!"叶南大笑着说,"幸亏没跟你赌!"

"你怎么知道是她?"

"男人的直觉!"叶南得意扬扬,然后开始评价郗萦,"长得不算漂亮,但很特别,对男人有那方面的吸引力,你懂我指什么吧?所以,你要小心了!"

"什么意思?"

"小心她咬你,哈哈!"

培训结束两天了,何知行连个影子都不见,郗萦给他打电话,他要么不接,要么就推说忙,让她找梁健问问有没有活儿要干。

梁健则说:"你跟老何一组,规矩不能乱,他是你师傅,活儿得由他分配,你还是得盯住他。"

郗萦没辙,心里又觉得憋屈,想起何知行说过的话——"有脸色看算好的,常常连甲方的面都见不着"。

有天午休时,人事部通知郗萦去领一份住房补贴申请单,只要她买房,就能享受每个月基本工资百分之二十的补贴。梁健说得没错,公司福利确实比预想的还好。

郗萦正坐在格子间里研究资料,忽然感觉身旁有道阴影,抬头看,是宗兆槐。他的目光停留在郗萦摊开的记事本上,里面没记多少正经东西,都是她无聊时即兴画的人物素描,各种姿态都有,想掩饰已经来不及,她只能神色不动。

宗兆槐把本子捡起来。

"你画的?"

"嗯。"

他逐页翻看:"画得不错,你好像不是学美术的?"

她那么擅长观察,也许跟喜欢素描有关。

"不是,我小时候上过素描班,打了点基础,但没坚持多久,到现在也是野路子,随手画着玩。"

"为什么不学下去?"

她停顿着，一时不知该怎么回答。

宗兆槐瞥了她一眼，仿佛想替她解围："学习忙？"

郗萦笑笑："也不是，和我母亲有关。我对所有强加到头上的要求都很反感，我是射手座，我们这个星座最大的特点是热爱自由。"

宗兆槐对星座说没什么共鸣："青春期叛逆的想法，谁都有过。"

但郗萦面临的问题不只这些，她没说下去，和宗兆槐还没熟悉到这种程度。

宗兆槐放下本子，手抓着格子间栏杆的顶部，用力握了握，似乎还想说点什么，但没找到合适的语句，便松开手，走了。

郗萦觉得意外，他居然不问问自己工作上的进展。他要是问的话，自己该怎么回答呢？

她把本子收好，拿起座机听筒，继续拨何知行的号码。

又过了两天，梁健组织部门庆功宴，有位同事签下一张金额不小的单子。

当何知行出现在包厢门口时，郗萦简直惊喜，她发现，讨厌一个人和喜欢一个人在情感付出上是差不多的，这些日子，她白天黑夜都惦记着怎样能见上何知行一面。

技术总监邹维安也被邀请了，他与何知行一左一右将郗萦夹在中间，两人轮番拿她开玩笑，先是试探性的，之后言辞渐渐放肆。

郗萦想这或许是个机会，她把女性矜持丢在一边，保持愉悦与他们周旋，但又不出格，实在抵挡不住时就装装傻，尤其对邹维安，基本上有问必答，让这个平时在公司不怎么受女性待见的男人自信心爆棚。

感觉时机差不多了，郗萦便问何知行什么时候带她去见客户。

邹维安果然跳起来为她出头了。

"老何你还没带小郗出去过呐！怎么搞的你？"

何知行装憨厚，只是呵呵地笑。

郗萦说："何经理嫌我程度低，拖他后腿。"

"胡说！小郗又聪明又踏实，培训的时候就数她最认真，成绩也最好。这么厉害的徒弟你得赶紧带出来啊！"

何知行拿手里的酒杯点着郗萦说："姑娘家干销售不容易的。"

"谁说的，女孩子做销售有天然优势！"

邹维安细数女销售的长处，何知行一开始还回两句，后来明显招架不住。

刘晓茹也为郗萦说话："老何你可不能歧视女同胞啊！"

郗萦抿着果汁听他们唇枪舌剑，真比自己一次次用电话围捕何知行省力多了。

谈到后面，邹维安不耐烦了，拍着桌子让何知行立马拿出个计划来，其狰狞的架势令郗萦有点担心何知行会不会翻脸。

她的忧虑显然是多余的，这两人之间的关系比她预料的要牢固。何知行拗不过，终于松口说："下周三我要去趟天水，小郗你有空跟我一块儿去吧。"

大家鼓掌起哄，庆祝郗萦的胜利。

郗萦感觉梁健的视线隔着桌子向自己扫来。她嫣然一笑，举起啤酒瓶给何知行倒了个满杯。

"师傅，我敬你！"

两人碰了碰杯，各自饮尽，颇有点冰释前嫌的意思。

目的达到，郗萦起身去洗手间，回来时，席上的话题已经转移，他们在拿刘晓茹开涮，无非是劝她早点找个男朋友，早点嫁人之类的毫无新意的套路——围绕在单身女性身上永恒的话题,像苍蝇一样讨厌。

"再不抓紧,好男人都被抢光啦!"

刘晓茹涨红了脸,显然是被逼急了,忽然指着郗絷说:"你们干吗不先问问小郗姐呀!她比我大三岁呢,不也还单着!她都不急,我有什么可急的呀!"

郗絷惊讶之余不免生出一丝鄙夷,看着刘晓茹明显比自己老相的脸,不无小人之心地揣测,刘晓茹平时跟自己那么亲热,或许是因为在她身上找到了某种平衡。

郗絷想宣扬一下自己的不婚主义,但随即放弃了,跟这帮人没什么可说的。

刚才的胜利如稀薄的云烟,被吹得一干二净。她陡然间意兴阑珊。

这回何知行没爽约。周三上午他把车开到公司门口,郗絷已经拎着小坤包站在台阶处等他。

何知行开一辆黑色别克君威,与他的体形颇为相称,他让郗絷坐在副驾位上,郗絷刚绑好安全带,他就用力踩下油门……

比约定时间提早了半小时到客户公司,要见的人还在开会。两人只能在行政楼外找了块空地站着干等。

天气暖和起来了,阳光照在身上带来惬意的温热。

郗絷双腿绷得笔直,两只手牢牢抓住坤包手柄,无所事事地望向远处围墙边的一排香樟,细弱的枝干用木架子撑着,显然种下去没多久。围墙墙面也才新刷了层浅灰色油漆,风吹过,仍能闻到淡淡的漆味。

树小墙新画不古。郗紫想开句玩笑,不过一想到身边站着的人是何知行,她立刻没了兴致,跟这人在一起,还是谨慎点儿为妙。

何知行掏出烟盒,扫一眼郗紫,抽出一根递过去:"来一口?"

"谢谢,我不抽烟。"

他便把那根烟叼在自己嘴上,烟盒又塞回兜里。

郗紫看他歪着脑袋用打火机点烟,忽然触动不愉快的记忆,便转过脸去,但随即听见何知行含糊不清地叫唤自己。

她不解地转身,何知行的烟并未点上,他把打火机递向郗紫。

"来,给我点根烟。"

郗紫惊诧:"什么?"

"徒弟不都得给师傅点烟吗?"

何知行眼里含着嘲弄,似乎在后悔酒宴上一时的妥协。

郗紫略一沉吟,便走过去,果断地接过打火机,给他把烟点着了。

她这么干脆,何知行反而有些尴尬了,但他还不想认输,深吸一口烟,又冲着上空缓缓吐出个烟圈。

"心里有气啊?"

"没有!"

何知行眯着眼笑:"瞧你那脸,白森森的,腮帮子都鼓起来了。告诉你,我这是在教你。"

郗紫阴着脸不吭声。

"上次吃饭,邹总说的话也不全是强词夺理,女人有女人的长处——你知道女人最大的武器是什么?"

郗紫警惕地看看他,嗓音里充满怀疑:"什么?"

"身体。"何知行笑得鄙夷而开怀。

郗紫气坏了,绷起脸来刚要发作,何知行的手机忽然响了,他取出来扫一眼,立刻收敛玩笑神色,一边迅速处理烟蒂,一边吩咐郗紫:"赶紧走,杨总来电话了!"

深夜十一点,郗紫合上杂志,关灯睡觉,正蒙蒙眬眬地荡入睡梦,耳旁猛然传来爆竹炸裂的声响。她受到惊吓,浑身一颤,从迷糊中重返现实。

似乎从她搬来以后,这小镇上的爆竹声就没断过。治丧、婚嫁、开业,甚至有人过生日,都要通过这种单一的方式告白世界。爆竹声可能在任何地方任何时间炸响,有些可以持续一两分钟,在楼宇间,完全不顾别人是否受得了,蓝雾四起,一地狼藉。

她讨厌喧哗,尤其是这种人为制造的恐怖噪音——一种愚蠢的旁若无人的自由主义。但也对它无可奈何,它是风俗,是传统赋予的权利,哪怕令人厌憎,也只能默默忍受。

一时半会儿睡不着,郗紫爬起来,给自己倒了杯水,站在窗边慢慢喝。

四周重归宁静,月亮明晃晃地挂在对面楼宇的顶上。她心里忽然空落落的。

深夜是最容易产生怀疑的时候,怀疑世界,怀疑自我,乃至怀疑一切存在的合理性。

她生日那天,喝得醉醺醺之际曾跟姚乐纯发誓,她要告别死水般的既往,奔向新的方向,她要拥抱她向往已久的自由,无惧惊涛骇浪。

她以为离开七年的公司和六年的男友,还有在她生命中到处布下阴影的母亲后,就能像起航的飞机,直冲云霄。

两个月过去了,她依然停留在地面。

改变人生哪有那么容易。也许她只是从一个熟悉的窠臼跳入另一个陌生的窠臼而已。

但想到过去在 TEP 那一成不变的生活，厌烦的情绪卷土重来。没什么可懊悔的，她一点都不想再回到过去。无论如何，她已经开始行动了，这比什么都重要。

郗萦振作了一些，思绪回到眼前的工作上。

最近这段时间，她倒是陪何知行去见过几次客户，都是他以前签下的单子，还在合约期，订单上的数字按月消化着，何知行拜访他们也没什么正经事可谈，无非吃喝聊天，给公司多开几张报销发票。

郗萦明白这种定期回访是为了维持客户关系，还是有必要的。但晚上陪客户吃过饭后，何知行就会赶她离开，笑称后面的活动女士不宜。何知行懂技巧，每次都在她要发作前刹车，找个什么由头把她的怒火压下去。

刘晓茹告诉她，其他三名新销售早在各自的组里接任务了。

"不过你也别生老何的气，富宁的事一直这么僵着，宗先生都不让他插手了，当然他也使不上力。至于新单子，也没那么容易就有，这会儿正是青黄不接的时候，他也是一肚子气没处发，只能跑跑老客户，然后等机会喽。"

郗萦决定自力更生。

何知行只是她师傅，不是她老板，等条件成熟，她完全可以直接去找梁健要项目做。当务之急是熟悉产品。

她设想自己单独去跑客户，他们会怎么问，自己该怎么答，她把能够考虑到的方面统统记录下来，再结合培训课上那些知识，做成一个课题。不明白的地方就逐条去找研发部、售前人员讨教。她给自己找到前进的动力，受何知行冷遇的郁闷明显减淡了。

郗萦的身影经常出现在第一线,她去车间查看生产流程,到设计室虚心向老师傅们请教公差问题,花半天时间蹲在资料室学习怎么看图纸。

她在楼上办公大厅时鲜少撞见宗兆槐,到了楼下,却几次三番与他邂逅。

他的穿着依然随随便便,有时是西装,有时是和工人一样的工作服,但大多数时候他穿一件黑色皮夹克,袖口都有些磨损了。他显然不在乎自己在别人眼里的形象。

偶尔,他手上还会多出个安全帽,那是进铸轧车间时需要的。为了节省成本,永辉还自制许多辅助产品,甚至包括装配件用的塑料托盘。这和郗萦在TEP时接受的理念完全不同——

"我们只做核心产品,大多数公司能制造的东西,我们不做,全部外包。"

她注意到宗兆槐时,宗兆槐自然也看见她了,两人目光相遇,他会微微点一下头,好像在车间看见郗萦很自然。

郗萦偶尔会觉得别扭,猜想宗兆槐会不会以为自己是故意在他面前表现呢?但她很快放弃了这种没有意义的猜测。

有一天,郗萦在清洗车间隔壁的资料室里查一组数据,现在她能熟练分清A产品和B产品在外形与功能上的差别了。

临近中午,管资料的女孩丢下她先去吃饭了。隔壁清洗线传来机器运行的声音,隆隆作响。

玻璃门被轻轻叩了两下,宗兆槐推门进来。

郗萦抬头,朝他笑笑,没有站起身。宗兆槐神情悠然地踱到她旁边,扫一眼摊开在桌上的长条形图纸。

"怎么老在这儿看见你,老何没给你安排任务?"

郗紫很想告何知行的状,但还是忍住了。越级、讲上司坏话均属恶劣的职场行为,更何况两者叠加。

"他让我先熟悉一下产品。"她还得替师傅圆谎。

"能看懂吗?"

"能。"郗紫笑,"要不你考考我?"

宗兆槐伸出右手食指,缓缓在图上推动,他手指修长,有聪慧的气质,郗紫记得有种说法,手是人的第二张脸。

手指停在某处,宗兆槐问了个问题,郗紫从专业性上判断,他对自己的学习能力有所保留,她轻松地回答了。

紧接着,问答又进行了两三轮,郗紫注意到宗兆槐的嘴角慢慢勾出笑意。

"不必整天泡在线上,"他说,"作为销售,你在产品方面的知识已经足够。"

门外有个身影一阵风似的卷了过去。

"比起熟悉产品,我更希望你在人际关系方面多下下功夫。"

郗紫正想说话,那阵风又跑回来,是物料部管出货的女孩,隔着玻璃窗朝里面仔细张望了一眼,然后急促地敲了敲门。

宗兆槐示意她进来。

女孩把一份单子和一支笔递给他,需要签字。宗兆槐快速浏览完,提笔签名。把单子还给女孩时,他朝她微微一笑,说了声:"谢谢!"

郗紫看见女孩的脸迅速转红,有点羞涩又有点兴奋地转身跑了。

他道谢真诚,笑容温暖。即使思考严肃问题时,神色中也带着一丝温柔。对于自己的言行,宗兆槐或许是无意识的,女孩们却为之神魂颠倒。在郗紫的印象里,从没听他对谁说过轻浮的话,不像邹维安,一会儿夸这个一会儿夸那个,但没人把他的赞美放在心里。

等那女孩走了,宗兆槐让郗紫和他一起去餐厅。

路上,郗紫问:"富宁的单子咱们还有希望吗?"

"在攻关。"宗兆槐转眸瞥了她一眼,"老何让你问的?"

"不是。我听说了富宁的一些情况,希望自己能帮上忙。"

"现在局势不明朗,等等再说吧。"

郗紫点头,回到他们之前被打断的那个话题。

"你是不是觉得,我在人际关系方面有什么问题?"她觉得宗兆槐刚才的结论不是随口说说的。

"嗯,一个好的销售,必须是一位处理人际关系的高手,你在这方面太被动了。"他没有含糊其词,"何知行不带你跑业务,你就乖乖地待在公司里干等着?"

郗紫觉得委屈,她已经挺努力了,没想到宗兆槐并不认同。

"他有他的考虑,我只能尽量做好自己能做的。"她说着,忍不住戳他一下,"就像你对富宁,目前不也只能耐着性子等吗?"

她想试试宗兆槐的底线在哪里。

他没有绷脸。

"做事还得从积极的方面去考虑,就拿富宁这个事来说,我们的对手都认为永辉已经被踢出局,完全没戏了。所以他们在考虑接下来的对策时不大可能把永辉放在重点防御的位子上,这对我们来说是好事:对手们放下了戒心,意味着不会再有那么多双眼睛盯着永辉,我们的很多工作反而好做了。"

郗紫用力抿唇,找不出这件事与自己有什么关系。

"那我能干什么呢?"

宗兆槐看看她："我不会告诉你具体该怎么做。但被动等着肯定不是好办法。你可以把何知行当成第一个客户，也许这个客户有点难搞，但你只要够细心，把他这个人琢磨清楚了，总能找到可以突破的地方……你好好想想。"

周末了，按说郗萦该回家看看母亲，但前一天她接到吴伟的电话，约她出去吃饭。她在母亲和同学之间徘徊，最后选择了同学。

她打电话告诉母亲，周末要加班，母亲没说什么，叮嘱了几句让她注意保暖之类的话。从小母亲就怕她着凉，冬春之际更是把她裹得像只粽子。郗萦离家后的第一件事就是给自己的身体进行报复性减负。

吴伟是郗萦高中时的同班同学，高三那年两人的座位就隔一条狭窄的走廊，经常互借学具。吴伟和高谦也很熟，他们都是校篮球队的主力，郗萦和高谦谈恋爱那会儿，吴伟还请他们吃过饭。

郗萦不愿承认自己期待从吴伟嘴里听到一些高谦的消息，最好是他跟那小贱人分手了。她甚至做了高谦有可能回头的假想。起先她恶狠狠地坚决否定，但想多几次后，就没那么坚定了，六年的感情，要从血肉中剔除干净没那么容易，她甚至考虑了给他一次悔过机会的可能性。最终，她唾弃了这个想法。同时感慨，习惯的力量真是蛮横而可怕。

吴伟明显发福了，也才三十岁而已。三年前郗萦去参加他的婚礼时他身材还挺匀称的。

"男人一结婚都这样，家里饭菜好，人也变得婆婆妈妈了。"他自己解释说。

发福还跟两年前老婆生孩子有关，什么剩饭剩菜他都兜着，最后把小肚子给兜出来了。他老婆头胎生了个儿子,正在为生二胎烦恼。

"我老丈人和丈母娘喜欢女孩,想让我们再生一个。我老婆也有这心思,唉,我真是压力山大!"

他们边吃边聊,分手的话题是怎么也绕不过去的。

"你俩都六年了,还是没熬过来,唉。"吴伟为他们惋惜,"前段时间我跟高谦碰过面,我看他那意思,也有些后悔。"

郗紫屏住呼吸。

吴伟瞟她一眼:"他说你脾气太倔了,一有矛盾都是他认错,也不管是不是他的问题,你从来不会哄他,他觉得,跟你在一起……憋得慌。"

郗紫面无表情地把盘子里的意面拨来拨去,心渐渐失衡,她误会了,高谦毫无回头的意思。

"你约我出来,总不至于是为高谦讨个公道吧?"她冷面开起玩笑来。

"不是不是!你们这事儿再怎么说也是他不对,劈腿是个品德问题!"吴伟挺起腰,"我跟你说这些吧,是想让你知道知道男人的心思。郗紫,你可能不知道,以前你在咱们班,好多男生暗恋你,那时候大家喜欢你,就是喜欢你谁也不睬的那股子冷傲劲儿。但到娶老婆时,男人的标准会变的。"

郗紫低头吃一口意面,有点凉了。她朝吴伟不置可否地笑笑。

"别绕弯子了,有什么事你就直说吧。"

"那行,我就直说了啊!"

吴伟想给她介绍对象,据他介绍,男方条件不错,海归,建筑系硕士,收入丰厚,离异,有个四岁的儿子。

郗紫不假思索就拒绝了。

吴伟尴尬着脸:"你连见都不见?"

"我不想结婚。"

"啊?这是为什么,受刺激了?"

"没什么,反正没这想法。"

吴伟隔靴搔痒似的劝了她几句,郗紫自然不为所动。

两人又闲扯了一会儿,吴伟吞吞吐吐地问:"那什么,你……跟姚乐纯还有联系吧?"

"有啊!"

"她怎么样,也还单着?"

郗紫警觉地抬眸:"是又怎么样?"

"你看这样行不行,把她约出来,和我那朋友见个面?"

郗紫啼笑皆非:"你还想一货两卖啊?"

吴伟讪讪的:"你不是不愿意嘛!"

"你的意思还是他的意思?"

吴伟忙说:"我的意思,我的意思!我朋友人不错,属于稀缺资源,不能便宜了外人你说是不是?"

郗紫解决掉三分之二的意面,擦了擦嘴巴和手,把毛巾往桌上一丢,准备结束这次会餐。

"姚乐纯的主意你就别打了,连我都看不上的人,她肯定更看不上。"

吴伟有些挫败感:"郗紫,你吧,有时候说话太直,容易吃亏。"

"怎么办呢,我就是这么个人。"郗紫望着昔日的同学,无所谓地笑了笑。

郗紫把吴伟的"阴谋"一五一十讲给姚乐纯听,简直怒不可遏。

"瞧瞧咱们在那帮势利家伙眼里成什么了！折旧货品！只配给人当后妈！什么东西呀！"

"你理他们干什么呢！"姚乐纯一点不恼，"咱们自己过自己的，别自己瞧不起自己就好啦！消消气儿，来！尝尝我买的石窑烘烤面包，排了老长的队才买到。"

她把一根长法棍递给郗紫，郗紫只得掰下一块塞进嘴里，姚乐纯满怀期待望着她。

"有没有吃出岩石拙朴醇厚的味道？"

郗紫蹙眉："的确硬得跟石头一样。你怎么想起来买这个？"

"接了任务呗，要给这家面包房写篇软文，你吃一口就受不了啦？我都吃一星期了！"

她一进门就脱掉新买的高跟鞋，坐在沙发上直揉脚。

郗紫给她倒了杯水，问："你不会是走来的吧？"

"坐公交，到站后本想拦辆出租来你这儿，谁知道这地方只有那种三个轮子的小飞龙，他们开起车来横冲直撞的，我怕小命不保，只好靠两只脚走过来了。"

"这里出租车很少，你该在市区拦。"

"那多贵，我想省点钱嘛！"

郗紫弯腰捡起她的小红皮鞋，她俩逛街时姚乐纯一眼看上的，喜欢得不行，可惜断码了，她平时穿230，但只剩小一码的225了。试穿时她觉得还好，就买了下来，但路走多了简直像上刑。

"不合脚干脆扔了买新的，别受罪了。"

"不要！"姚乐纯怕她真扔似的，赶紧从她手上夺回来，"其实还好了，没那么难受，我穿个平底鞋走这么多路也会脚疼。"

姚乐纯从不轻易抱怨。

"225 is good, but 230 is better.（225码好穿，230码则更好。）"她的乐观随处可见。

这是姚乐纯第二次来渔港看郗紫，镇上的饭馆没一家看着放心的，大都是山寨货，郗紫干脆买了菜亲自下厨。离开母亲后，她学会了自己做饭，虽然都很简单，通常就是一荤一素加碗面或是一点米饭。

"我发现做菜的难点还是在油盐酱醋的把握上，不能多也不能少，这是我做砸了好几顿饭后才明白的，实践出真知啊！还有，素菜一定要和肉放在一起炒才好吃，不过我更喜欢吃素菜，肉的功能相当于调料。"

姚乐纯站她身后看她忙活，欢喜地直搓双手："郗郗，你越来越像贤妻良母啦！好好努力，以后我会更勤快地来看你！"

"我才不要做贤妻良母！"郗紫用力地盖上锅盖，"男人靠得住，母猪能上树！"

她语气还是恶狠狠的，但心里没之前那么郁闷了。母亲说她容易偏激，一点没错，她总疑心是遗传的毛病。

如果自己是某种易燃物品，那姚乐纯差不多就是一台灭火器，总能在郗紫愤愤之时喷出甘霖，让她重归宁静。她俩十多年的友谊，不是偶然形成的。

"跟我讲讲那个像宋承宪的男人嘛，你俩相处得怎么样？"姚乐纯兴致勃勃。

"拜托，他是老板，我是下属，能怎么样？"

"没擦出点火花？"

郗紫白她一眼："我又不是火柴头！"

不过她还是把与宗兆槐有限的几次交流都讲了出来——再后来,包括从同事那里听来的八卦。

姚乐纯听完也是皱眉:"多年单身,从不近女色,为人处事彬彬有礼,除了没什么品味……"

"也不是没品味!"郗紫纠正,"他喜欢用旧物,但不代表他邋遢,我感觉他对物质没什么追求,如果有,以他的能力,要什么没有啊!"

"一种健康的生活方式,有点像清教徒。"

"嗯?"

"清教徒主张禁欲,过俭省的日子。"

"他应该不信教!"郗紫说,"是 gay(同性恋)的可能性更大些。"

"你对他有感觉?"姚乐纯狡黠地盯着她,"不然不会观察得这么仔细嘛!"

"如果他是 gay 呢?"

"那就把他掰直了!"

郗紫大笑。

新的一周来临。

郗紫开始研究客户分布图,公司分给何知行的是东部地区,很大一块肥肉,竞争也异常激烈,好多客户他都拼了命努力过,但公司方面先天不足,输多赢少。而且市场分配格局已定,除非出奇招,否则很难改变现状。

她正琢磨着可以从哪几家下手,何知行的电话来了,让她送份资料去 A 公司,尽快。

"别打车,等车浪费时间,去行政部申请辆车子直接过来!"

郗紫准备好资料跑去行政部,却被告知所有车子都外出办公了。

"你还是打车吧,要不要我给你叫辆车?"女孩挺负责。

郗紫只能点头,她也没别的办法。

宗兆槐恰好经过,看见她为难的神色,问了问情况,然后说:"我正要出去,坐我的车吧,我送你过去。"

宗兆槐自己开车,一辆法国牌子的SUV,摩卡棕色,也就二十多万。

郗紫忍不住调侃他:"你太低调了,这车还没梁总的好。"

梁健开的是奔驰。

"他老要见客户,是该开好点儿的车。"

宗兆槐开车极稳当,逢转弯必提前减速,跟何知行截然不同的风格,坐在他车里会觉得很安全。

郗紫说:"何经理如果看见你亲自送资料过去,不知道会怎么想?"

"不会有什么想法。"听他的口气,大概不是第一次给员工跑腿了。郗紫的视线落在他抓方向盘的手上,过了好一会儿才挪开。

"你是不是想在公司里营造一种,唔……一种平等的氛围?"她问。

宗兆槐娴熟地打方向盘转弯,目光扫过路面。

"你在TEP难道不是这样?"

"也是啊。所以我有时会觉得奇怪,很多人知道我要来永辉都劝我别冲动——我这么说你不会生气吧?"

"不生气,情理之中。"

"他们告诉我许多民企让人难以忍受的地方,裙带关系啦,潜规则啦,还有人治、一言堂,等等。可在这里我没有看到这些东西。"

"你好像有点失望。"

"也不是。"郗紫不知道该怎么表达自己的感觉。

"其实我对TEP的文化也只是习惯而已,并不认同。很多都是表面功夫,亚太区的头头要来了,我们这些喽啰忙了一周,脚子要跑断。但等领导们一到,大家都得装出一副轻松的样子,好像根本没在什么地方费过心。那些头头们还特别喜欢跟小职员打招呼开玩笑,态度热情夸张,好像大家真的是平等的,你不觉得这是一种虚伪?人类几千年来一直生活在等级社会里,只是现在开始使用遮羞布了。"

"你这么一说,我觉得自己快成跳梁小丑了。"

"我不是讽刺你!也许你真的比较理想化吧,认为足够尊重员工就会有回报……我读过一本小说叫《四面墙》,你听说过吗?"

"没,讲什么的?"

"写的是一个知识分子在监狱里的所见所闻。他把吃不了的馒头分给别的犯人,后来被管事的犯人头头制止了,那人告诉他:你第一次送,人家对你感恩戴德,但十次之后就会习以为常。哪天你忘了给,他还会埋怨你。人心就是这样不知足。"

宗兆槐沉默了片刻,问:"你是不是担心,公司哪天会在我手里完蛋?"

郗紫笑起来,同时对他的领悟力感到惊异,她很少遇见思维如此敏捷的人。

"不是,我对你的智商有足够信心,你就当我胡说八道好了。"

宗兆槐微笑。

郗紫说:"我是不是不该跟你聊这些?我的立场好像有问题,其实你对员工好,我应该开心才对。"

宗兆槐摇头:"我喜欢听真话,你的想法很特别。我不想改变你,就像你也很难改变我……永辉还是有跟你想的不一样的地方,需要时间,你自己慢慢去发现。至于这公司能发展到什么程度,谁也没法预测,咱们只能走着瞧——说说你吧,最近有什么进展吗?"

郗萦耸肩,赧然。

"没进展,何经理是个,唔……极有主见的人。不过,我至少弄明白了他为什么讨厌女销售。"

那还是在来永辉之前,何知行推销过两年医疗器材,那时他三十不到,年轻气盛,踌躇满志,却在市场争夺中屡屡栽在一个女销售手里,他们分属不同公司但推销区域重合。不管他怎么努力,总在以为大事将成之际功亏一篑。很久以后他才得知对手的终极制胜秘诀是美人计,人家都上客户的床了,他还被蒙在鼓里。这事给何知行造成了极大的心理阴影,后来他就开始朝机械、电子等女销售少的行业转移。

他对女销售有根深蒂固的敌意,不是郗萦说几句软话就能消除的。

"我搞不懂,为什么你们要把我塞给一个对女销售有偏见的人?"郗萦终于不再掩饰自己的不满。

"因为合适。"

宗兆槐的回答简洁得让她生气。

"合适?!哈!真不明白你们评判合适的标准是什么!"

她笑声尖锐,宗兆槐沉默了好一会儿才开口:"你这种态度,我是不是可以理解为外企对民企的傲慢?"

他没有过于不悦的神色,但嘴角微微下拉,不像是在开玩笑。郗萦想,也许自己是放肆了,居然忘了他的身份。

"不算,"她很干脆,"顶多是女人对男人的傲慢。"

宗兆槐失笑,语气缓和了不少:"你对这事怎么看?"

"啊?"

"我是指,何知行败在那个女销售手里。"

"个案吧,我觉得。"

然而,她随即想到高谦的新欢,那女人也是先把他搞上床,然后顺理成章把郗萦扫地出门。妒恨夹杂着挫败感从心头滚过,她哼了一声:"但这招确实管用。"

A公司他俩都没去过,宗兆槐用电子地图导航,但还是在高架桥下迷了路,再加上郗萦的胡乱指点,车子拐进一条居民区小巷。

路很窄,道旁还停着一溜车,令路况更糟,一位年事已高的老人颤巍巍地走在路中间。宗兆槐放缓车速,慢慢地在他后面跟着。

郗萦等得有些不耐烦。

"为什么不提醒他给咱们让下道?"

宗兆槐嘴巴朝老人努了一下:"你瞧他有多大年纪?可能超过八十了,让他先过去吧。"

"可他走得也太慢了。"

宗兆槐瞥了她一眼:"有点耐心,谁都会老的。"

郗萦好辩的劲头又上来了。

"那要是后面有车朝你摁喇叭呢?"

宗兆槐朝后视镜看看,什么都没有。

"你问题真多,十万个为什么?小时候父母没少被你烦吧?"他笑着问。

"他们总是认真回答我每一个问题。"

"也是,要不这毛病早改了。"

郗萦扑哧一声笑出来,想不到他还挺幽默。

她曾对姚乐纯这样评价宗兆槐——"他冷静得像架机器,幸好不算凶恶。"

对一个人的认识总是处在不断修正之中。

七拐八弯后,他们总算找到了 A 公司的大门。

郗紫下车前向宗兆槐道了谢,她以为他会立刻离开,但宗兆槐问她:"你要多久?"

"大概十分钟吧。"

"那我在这儿等你,这地方不好走,回头别迷路了。"

郗紫有点意外:"不用,我一会儿可以打车回公司,你忙你的去吧。"

但宗兆槐已经给车子熄了火,并落下了车窗。

五分钟不到郗紫就出来了。

宗兆槐的车还在临时停车坪那儿。郗紫走过去,看见车里伸出一只手,搁在窗沿上,指间的烟袅袅升起一缕蓝雾,那只手一动不动,像睡着了,任烟雾在无风的空气里寂静地袅袅上升。走得更近一些,郗紫能看见车里的宗兆槐了,他懒散地靠在椅背上,目视前方,像尊雕塑,脸上有种近乎天真的茫然。

她脑子一热,突然起了玩心,蹑手蹑脚走上前,然后使劲喊一声:"嗨!"

宗兆槐果然吓了一跳,烟蒂抖落在地,但对她的玩笑没什么回应。郗紫替他把烟踩灭,然后钻进车里。

宗兆槐系好安全带,发动车子。

"这么快?"他问。

"他没要我上去,让门房转交了。"郗紫礼貌地问了一句,"没耽误你时间吧？"

"没有，我本来也没什么事，就想出来兜兜风。"

"接下来去哪儿？"

宗兆槐想了想说："送你回公司吧。"

郗紫暗暗努了下嘴，本来还指望他能请自己喝杯咖啡呢！

车里有股淡淡的烟味，郗紫把车窗开到最大，问他："你烟瘾大吗？"

"不算吧，考虑问题时会抽上一根。"

"你刚才，是不是在思考富宁那个项目？"郗紫忍不住猜测。

宗兆槐没有瞒她："嗯，阮副总下个月会来公司考察——今天早上刚确认的消息。"

这绝对是个好消息，郗紫两眼放光，好几个念头同时从脑海中闪过，她在考虑自己能从中找到些什么机会。

"这么说有希望了？"

"还很难讲。"

"已经是很大的进展了——那位叶先生帮了不少忙吧？我看他最近没少来公司。"

"嗯。"

"他为什么这么肯帮忙，你花了不少钱吧？"

"他是我大学同学。"

没想到还有这层关系。

"你大学学的什么？"

"电机工程。"

郗紫没想到他回答问题这么爽快，便乘胜追击，连问了好几个与他背景相关的私人问题，当然没敢太过分，宗兆槐都以简洁的语句一一作答。

"还有个问题。"郗萦瞥一眼他身上那件黑色皮夹克,"你为什么老穿这件皮衣?"

"帅。"宗兆槐不假思索。

郗萦笑起来:"那也用不着一直穿啊,好看的衣服多着呢!"

"五年前我在香港买的,穿着很舒服,有点旧了,一直不舍得扔。"他转过脸来,"你问这么多,对我有兴趣?"

看他表情,明显是开玩笑,郗萦心里一动。

"如果我说是呢?"

他的笑容淡了不少:"你会失望的。"

忽然就冷场了。

车里安静下来,郗萦把目光转向窗外,内心并不平静,好似空房间里打进了一束光,光柱中尘埃乱舞。

就这样结束谈话,郗萦心有不甘,快要进小镇时,她打破了沉默。

"能再问你个问题吗?"

"嗯?"

"你是一直这么一本正经的,还是做了老板后迫于形势不得不这样?"

宗兆槐的浓眉微微上挑。

"我一本正经?你不如直接说我无趣。"

"你要这么定论也行。"

"我只是喜欢工作胜过别的罢了。"

郗萦不认同:"没人会喜欢工作,但有人喜欢寄情于工作,这是两个概念,你应该也是属于后者,我没猜错吧?"

宗兆槐似乎被问住,沉默半晌,反问:"那你告诉我,除了工作,还有什么乐趣?"

"对有钱的男人来讲,乐趣多着呢！旅行,买游艇,养女人……"

"我都不感兴趣。"

"包括女人?"

"女人?"宗兆槐摇了摇头,"我从来就没了解过女人……我也不了解我自己,也许我是gay呢！"

他说话的口气里含着一丝讥讽,仿佛知晓一切。

郗萦吃了一惊,她立刻想到刘晓茹,还有宗兆槐的秘书戚芳,那两个女孩没事就爱凑一块儿窃窃私语。

第六感跳出来警告她,以后说话得小心点。

车子停在公司门前的十字路口等绿灯,宗兆槐扭头瞥了郗萦一眼。

"怎么不说话了?"

郗萦振作精神,装作毫无察觉的样子又问:"你为什么讨厌女人?"

"不是讨厌,是怕。"他停顿,然后说,"女人心思太多,我应付不过来。"

这让郗萦推出一个合理的结论:"你是不是吃过女人的亏?"

宗兆槐把左胳膊横搭在方向盘上,笑了两声。

郗萦觉得自己方向没错。

"其实面试那天你问我是不是受刺激了,我就有这感觉,如果不是有同样的遭遇,你不会那么问。"

宗兆槐看看她:"这么说我猜对了?"

郗萦坦然承认:"是啊,被一个混蛋甩了,换工作也是想找个陌生的地方重新开始——你呢,受了什么刺激才出来创业?"

她还想对宗兆槐了解更多，但车子已驶入永辉大门，很快开至他的专用停车位。

宗兆槐用力踩下刹车，两人同时向前俯身。他朝郗萦这边侧身，神情有几分调侃："十万个为什么小姐，你可以下车了。"

第三章 机 会

宗兆槐应声而入,身上那件湖蓝色衬衫的袖扣还一丝不苟地锁紧,但领带微微扯松了,神情似乎有些烦躁。他瞥了郝萦一眼,什么都没说,坐回自己的位子。

阮思平一行来永辉的那天，整个公司就像一壶快烧开的热水，处于沸腾边缘，到处可见忙碌的身影、热切的目光，每个角落都收拾得闪闪发亮。

刘晓茹数了数富宁的来客，才四个。

"没有上次来的人多。"她对郗紫说，然后又自我安慰似的补充一句，"不过阮副总亲自来了，说明还是很有希望的。"

上回富宁的代表们莅临公司，是由何知行唱主角，世异时移，他现在成了可有可无的随从，混在永辉的接待人员队伍里充数。主角换成了宗兆槐，一切都是从头来过。

在前不久的动员会上，宗兆槐说，让阮副总等项目决策者到永辉来再听一遍我们的产品介绍，其意义在于抹掉之前对永辉的负面印象，这样我们才有赢得重新开始的机会。

他说这段话时，郗紫注意到坐在边上的何知行低下了脑袋。

宗兆槐走在阮思平身边，步伐稳健，器宇轩昂，带领客人们有序地走进会议室。

今天他穿了一身崭新的深色西服，里面是件挺括的湖蓝色衬衫，打着细条纹领带，裤线笔直清晰。他昂首阔步，神采奕奕，像杂志上常见的那类身手敏捷、头脑精明的金融或是法律界精英，好像他从未毫无形象地埋首在纸箱旁办过公。

郗紫开始明白刘晓茹那种盲目崇拜由何而来——她们肯定不是第一次看见这样英气逼人的宗兆槐。

起先，郗紫作为与富宁项目有关联的销售人员也坐进了会议室，递茶送水是秘书们的职责。

何知行一进房间就拣了个角落的位子坐下，出于礼貌，郗紫只能跟过去，坐在他旁边。

宗兆槐做了开场白，然后是梁健以项目总负责人的身份对项目进行优势陈述，技术部分的解说由邹维安担当。

会议室里暗流涌动般的紧张感始终挥之不去，主要来自永辉一方——大家太想赢了。不过气氛被调动得很好，邹维安的活跃，梁健的沉稳，宗兆槐对场面控制的能力，三个人配合得天衣无缝，男人的魅力果然在工作中最能得到体现。

以郗紫在 TEP 接受的演讲培训标准来评判，永辉今天的表现堪称完美，她不知道能不能打动阮思平。

她把目光投向长圆桌的另一边，阮思平和他的下属坐在离投影幕布最近的地方，他大约五十多岁，白而胖，有张老太太般和善的脸，头发大半还黑着，但极稀疏，薄薄的一层贴在脑门边，听讲时，他面带笑容，看起来不像传说中那么难搞。只是除了微笑，他很少开口。

两个环节转换的间隙，何知行用手指碰碰郗紫的胳膊，让她给自己去取份资料。等她重返会议室，却见何知行叉腰等在门口，拿过郗紫递上来的资料后，他又连着交代给郗紫几件琐事。

郗紫犯难地指指会议室："可我还得……"

何知行立刻打断她："里面人太多，你就别进去了，反正跟你也没什么关系。"

郗紫再次被气到内出血，她几乎立刻就动了强行挤进去的脑筋，但何知行正极不友好地瞪着自己，好像就等她闹起来似的。

她一言不发，返身就回了自己的格子间。

刘晓茹一路小跑往会议室送茶点，看见郗紫坐在位子上，没精打采，顿时惊讶地停下脚步。

"老何让我给他处理点事情。"郗紫尽量解释得轻描淡写一点，免得刘晓茹到处乱说。

何知行对郗紫的敌意在明显升温。

她仔细回忆，很快锁定症结。刚才在会议室里，邹维安随口拿她开了句玩笑，梁健便紧接着话音把她介绍给了富宁的客人，好像她是颗冉冉升起的销售新星，却只字未提何知行。她当时只顾不好意思，对何知行铁青的脸色并未特别留意。

郗紫盯着会议室的门，眼神幽怨，她不知道自己还能干什么。以前在TEP，能不参加的会议她都尽量找个理由躲掉，而这会儿却在为进不去会议室恼火。这么一想，又不觉哑然失笑。

快到中午时，阮思平独自从会议室里出来。

郗紫始终关注着会议室周围的动静，此时见阮思平在门前探头探脑，一副若有所思又无所适从的样子，而附近恰巧没什么人。她灵机一动，立刻撂下手上的活儿迎上去。

"阮总，您有什么需要吗？"

阮思平朝她微笑，他认得这个刚才还坐在会议室里的女孩。

"请问茶水间在什么地方？"

"您往前直走，到那个路口右转，出了玻璃门就是。"

没等阮思平点头，郗紫又改主意了："我带您过去吧。"

阮思平从口袋里取出一个药包,他向郗紫解释,最近一次体检,他的心脏查出点小毛病,目前正在调理,需要按时吃药。

郗紫从柜子里找出一只干净的瓷杯,又用热水烫过,阮思平正要接过去,郗紫没给,反而从他手上取过药包,笑着说:"我来吧。"

她撕开药包,将粉末倒进杯子,又在饮水机上接了小半杯热水,拿调羹缓缓搅拌。

郗紫有双漂亮优雅的手,她自己深知这一点,春天,她喜欢穿中袖针织衫,为的就是在合适的季节露出白玉一样细腻的手腕。

阮思平站在她身旁,始终笑吟吟地看她为自己忙碌,一股中药的气味在两人周围悄然扩散。

"去年年底我来过你们公司,那次没见到郗小姐,你是最近才加入永辉的?"

郗紫说:"是呀!我三月份刚进的公司。"

阮思平看看她:"毕业不久吧?看你年纪还很小呢!"

郗紫莞尔:"不小了,我都三十了。"

阮思平十分惊讶:"是吗?一点看不出来!"

郗紫把杯子递给他,阮思平说了声"谢谢",接过杯子试着喝了一口,药剂的温度不冷不热,刚好,他露出满意的神色。

"我这次来永辉,感觉跟上次大不一样了。"

"哦,哪里不一样?"郗紫殷切地望着他。

"怎么说呢……主要是精神面貌方面吧,变化不小啊,呵呵!"他转头朝郗紫笑笑,笑容里含着几分讥讽,显然是在暗示自己受到的待遇前后迥异。

他第一次来永辉,身份还是技术部头头,名义上被捧为产品选型环节中必不可少的一把衡量标杆,实际不过是陪衬,谁都知道,真正的决策权在黎副总手里握着呢。"

郗萦只当没听懂,恭维说:"您是我们公司的贵客呀,宗先生非常重视您这次的考察呢!"

阮思平点头:"嗯,你们宗总人不错。"

郗萦正要听他说下去,梁健的身影出现在茶水间门口,满脸堆笑。

"阮总,到处找您呢!"

阮思平忙放下杯子:"我出来喝口水。"

梁健说:"您有什么需要吩咐我们一声就行了。"

"哎,小事,别总麻烦别人。"

"常听人说阮总体贴下属,亲和力强,果然名不虚传呀!"

阮思平一边谦虚着,一边走出去,到了门口,忽然又转过身来,特意对郗萦说:"谢谢你啊,郗小姐!"

跟在他身后的梁健也扭头扫了眼郗萦,她面带微笑,正在水池边清洗阮思平用过的那只瓷杯。

晚宴安排在城区一家五星级酒店的日本料理餐厅——阮思平喜欢吃日料。会议至六点结束,与会人员从房间鱼贯而出,车子早已等候在办公大楼门前。

郗萦犹豫自己要不要同去——何知行从她面前走过时一语不发,完全把她当成空气。她正为自己的处境觉得尴尬时,梁健夹着笔记本匆匆跑出办公室,脚步不停地招呼她:"小郗,还不赶紧下楼,车子马上要开了!"

郗萦立刻神清气爽,很快收拾好东西追了下去。

有时她也恼恨自己对何知行的无条件顺从,但七年从业经历已将诸如"专业""理性""团队精神"这样的标签深深烙在她身上,她很清楚,把和上司或同事的矛盾公开化是不明智的,不管谁赢,双方都不会有好结果,除非你准备辞职了;而当众发脾气更是幼稚的表现,会被人当作缺根筋的泼妇。

宗兆槐要她把何知行当成客户来对待,然而这么多天下来,郗紫却找不到一点办法来攻克他,那家伙简直油盐不进,着实让人烦恼。

这天作陪的人比较多,在和风厅开了四桌,梁健把富宁来的代表拆散了交给相关部门,开着玩笑叮嘱大家务必好好照顾客人,不能有半点闪失,而他自己则跟宗兆槐陪同阮思平在一个单独的小包间里。

郗紫打定主意离何知行远远的,她在宗兆槐秘书那一桌谋到个空位,长条桌上摆着精致玲珑的餐具和几叠冷菜,菜谱事先已由戚芳选定,等着上就是了。郗紫和戚芳不熟,只知道她是个很生活化的女孩,圆脸短发,看上去很干练,她结婚三年,有个两岁的宝宝。

坐了没多会儿,梁健从小包间里步出,目光四处搜索,最后落到郗紫脸上。

"小郗,到包间来,这里多个位子!"

众人惊讶地把视线转向郗紫,而她比别人更惊讶,梁健当然不可能随随便便拖个人进去充数,谁都知道宗兆槐一定会趁此机会与阮思平谈些与项目有关的机密话题。

这是一个明显的信号。

何知行冷眼旁观,嘴唇用力抿紧。

包间里是榻榻米式的摆设,刚够四个人坐,小方桌拉近了彼此的距离,桌子底下挖出一个四方形的凹坑给客人放脚,看着有些怪异但很实用——中国人不习惯盘着腿吃饭。

郗紫初进门就感觉到气氛紧张,宗兆槐脱下的西装搭在窗边的沙发扶手上,他与阮思平相向而坐,占据了靠墙的两个位子,两人倾身向前,正低声交谈,脸上都是聚精会神的表情。

阮思平先看见郗紫,微蹙的眉头骤然一松,谈话即刻中止了。郗紫被安排坐在阮思平身边,与梁健面对面。

服务生紧跟进来,询问开什么酒,墙角的柜台上摆着茅台、红酒、日本清酒和一扎橙汁。阮思平因为健康原因坚决不肯喝酒,梁健只得让服务生给他倒了杯橙汁。

郗紫说:"那我也喝橙汁吧,陪阮总。"

服务生举起果汁壶正要给她倒,宗兆槐出其不意伸手,把杯子拿了过去。

"做销售的怎么能不喝酒?"

他给郗紫倒茅台,满满一杯,郗紫有点呆。

在过去的同事聚餐中,她从不喝酒,也没人敢如此粗鲁地替她拿主意。但她即刻反应过来自己眼下的身份,她不再享受女性特权。

宗兆槐说:"阮总,知道您今天不能喝酒,我们特地把小郗请来替您喝。"

阮思平开怀大笑,转头望着郗紫:"看来郗小姐的酒量深不可测啊!"

郗紫娇笑着求饶:"宗先生,我喝不了多少的,你千万手下留情。"

阮思平体贴地说:"茅台即使喝醉了也没事,不上头,睡一觉就好了。"

反正横竖都得喝,郗紫索性大大方方举杯,先敬了阮思平一杯。她是一口喝干的,梁健笑着为她鼓掌。

桌上有湿巾,但她抬起手背来抹了抹嘴角。

男人崇拜女性的优雅,但女人不经意间流露出的孩子气更容易吸引他们,郗萦六年的恋爱不是白谈的。

阮思平把湿巾递给郗萦,眼里含着关切。

"怎么样,这茅台滋味不错吧?"

"嗯,醇厚,有劲道。"

梁健紧跟着又把郗萦的杯子满上。

"你慢慢喝,吃点菜。这酒啊,不能喝太急,否则品不出味道来,还容易醉。"阮思平对郗萦的关心真切自然。

有了郗萦的存在,阮思平的心情放松了很多,话也不知不觉多起来。郗萦思忖,梁健把自己拉进来的目的应该达到了吧?

郗萦的脑子里晕乎乎的,毕竟是五十多度的白酒,跟她平时喝的二三十度的那些不可同日而语。但她还是留神听桌上的谈话。

每当梁健或是宗兆槐想把话题往项目上引时,阮思平都会不动声色地避开,而且他很喜欢把郗萦作为挡箭牌。

"郗小姐的姓不太常见,和东晋那位郗鉴将军有没有什么渊源?"

郗萦说:"小时候听我爸提过,但也不是那么肯定,即使有关系大概也是很远的分支了——阮总对历史很熟悉呀,平时一定特别喜欢读历史类的书吧?"

这话题显然对阮思平的胃口,他当即讲了几则郗鉴的轶事,大多来源于《世说新语》。郗萦平时也喜欢读点闲书,因此很能接得上话,这几乎让阮思平欣喜。

"'竹林七贤'里,郗小姐最欣赏哪一位?"他的手指在桌面上轻快地叩动,"我看十有八九是嵇叔夜,女孩子都喜欢那一类型的男人对不对?"

郗萦说:"嵇康太清高了,有点不通时务,我更欣赏务实的人,比如山涛。不过这七个人里,如果说到聪明,那肯定是阮籍了,情商智商都高,所以他能保全自己,虽然活得有些痛苦。阮总,您和阮籍,是不是也有点血脉承续的关系呢?"

"啊?哈哈,这我还真说不上来,我们这个姓不算大姓,但还是挺常见的。"

郗萦和阮思平侃侃而谈时,宗兆槐和梁健就只有旁听的份儿,郗萦意识到他俩被冷落了,便在某个停顿的间隙,笑着说:"我在阮总面前班门弄斧,让各位见笑了。"

宗兆槐倾身给阮思平添饮料:"早就听说阮总学识渊博,擅长谈古论今,今天我算是见识到了。"

梁健也恭维道:"是啊,他们两个读书人一聊起来,我这俗人就是想说话也插不进去。"

阮思平一脸愉悦,由衷地夸郗萦。

"郗小姐不仅书读得多,而且有自己的见识,这在年轻人里可是很难得的。"

"阮总过奖了。"

阮思平又说:"我说句玩笑话你别在意啊,依我看,郗小姐聪明体贴,不像销售,倒适合做个贤妻良母,在家相夫教子,哈哈!"

郗萦一边跟着笑一边想,到底还是回到世俗上来了。

接下来针对她个人问题的谈话,内容与以往千篇一律。

郗小姐结婚了没有?没有。

男朋友肯定有吧?也没有。

哦——语气变得意味深长。

郗萦看得出来,对方在将自己重新归类:又一个大龄剩女——这个队伍似乎正在变得庞大,令男人们既遗憾又满足。

"天涯何处无芳草,这句话也适用你们女孩子啊,哈哈!"

阮思平的眼里多了一丝亲切,也许是怜悯。

郗紫说:"好男人不容易找。"

"哎,不要灰心嘛!咱们在座的几位,我和梁总就不说了,都成家了,不过我们成了家也都是安分守己,乖乖听太太的话——你们宗总我听说也从不涉足娱乐场所,即使是工作需要也不破例,在行业内传为美谈啊!小郗你说,他算不算好男人?"

"算,你们都是好男人!"她举起酒杯,"我敬所有好男人一杯!"

这一杯酒下去,郗紫头晕得更加厉害,她稳了稳心神,还行,能控制得住。

阮思平朗声笑着,更进一步说:"宗总也是单身啊!郗小姐,你刚才说喜欢山涛那样务实的男人,我看你们宗总就是个现代山涛,脚踏实地,把公司一步步做到现在这么大!"

宗兆槐谦虚地接话:"永辉的规模不值一提,还得靠阮总多关照。"

"哈哈哈!我说什么来着,宗总就是这么务实吧!"阮思平拿手点着宗兆槐,转头对郗紫说:"郗小姐,你搞定了宗总,不就等于搞定了自己的终身大事?"

或许是酒精发挥了作用,这露骨的玩笑没让郗紫觉得尴尬,她看都不看宗兆槐:"阮总就别拿我开心了,宗先生我哪里高攀得上。"

阮思平笑着说:"郎才女貌,我看很合适嘛!"

宗兆槐神色自如,脸上挂着轻暖的笑容。

"小郗是梁总的得力助手,我跟梁总有约在先,"他等阮思平用好奇的目光盯着自己时才幽幽吐出下半句,"不互相挖墙脚。"

三个男人静默了数秒,随即爆发出一阵大笑。

阮思平也不是当真要撮合好事,玩笑点到为止。郗紫的目光掠过宗兆槐的笑脸,恍惚之间,她突然很想知道他内心真实的想法。

酒劲渐渐上来,郗紫觉得五脏六腑都在翻腾开来,她有点坐不住,唯恐再留在包间里会出洋相,便借口去洗手间,起身时微微有些摇晃。

阮思平和宗兆槐同时看向她:"你没事吧?"

郗紫说不出话来,摆了摆手,又抱歉地笑笑。

出了包厢,她扶着墙,沿走廊一路向前,到尽头,再右拐——无须选择,这是唯一的通道。她不确定洗手间在走廊的哪一头,算她运气好,抬头就看到洗手间的标志。

她吐不出来,对着水池干呕了一阵,又扑了些冷水在脸上,感觉稍微好点了。她推开洗手间的门打算回去,陡然间,心情有些悲壮,还有种莫名的神圣感——她希望自己的努力对推动项目有用,尽管在细节方面,她其实一无所知。

出了门郗紫就被吓一跳,何知行靠在洗手间对面的墙边,像存心在等她。

两人视线刚对上,何知行就哼了一句:"喝酒了?脸色很差嘛!"

酒精让郗紫的思维明显迟滞,她拿不准用什么态度对待何知行,便轻轻点了点头。

何知行忽然俯首,很近地审视她的脸,郗紫正欲躲闪,他却一把抓起郗紫的胳膊,把她往玻璃门外拉,郗紫身子软飘,无力反抗,只能跌跌撞撞跟着他走。

"你干什么呀?"她低声表示不满。

何知行只顾走,没理她,手上更加用劲,仿佛怕她溜掉。

门外栽着排疏竹,一阵风过,竹叶碰擦发出悦耳的沙沙声,郗紫晕一阵清醒一阵,但风吹过皮肤的感觉很舒爽。这里是酒店的边门,再过去大约是厨房,能听见抽油烟机正隆隆作响。

郗紫慵懒地靠在门框上,注视着何知行从兜里掏出一包烟,捻出一根,点上火。

"里面情况怎么样?"他仰天喷出一个烟圈,闷闷地问,语气里似乎含着屈辱,也许的确如此,曾经是他的项目,现在却要靠打听来了解进展。

郗紫摇头:"项目的事,他们一句都没提。"

何知行幸灾乐祸:"那是不想让你听见,防着你呢!"顿一下,"也可能是你笨,听不出来。"

郗紫没好气:"我是听不懂他们在说什么,你从来都没教过我。"

何知行听出她的怨愤,忍不住笑:"教了你又能怎么样?这单子不落在我手上,你也没份操作。"

他的怨气比郗紫还深,而郗紫是他唯一可以发泄的对象,他肆意攻击她,用极其轻蔑的口吻:"你一个完全没经验的女孩子想干销售,吃错药啦?真当被叫进去陪客户喝几杯酒就能转大运?趁早醒醒啊!我给你指条明路,回去赶紧转部门,擦亮眼睛找个男人把自己嫁出去!女人就得有女人的样子!"

他显然没喝酒,口齿伶俐,盛气凌人,令郗紫无招架之力。她平时被何知行欺负惯了,这会儿倒也不是特别生气,只是看他举着香烟的手在空中挥舞的样子,忽然觉得好笑。

何知行离她很近,两步距离而已。他还在教训她,不时停下来,抽口烟。

郗紫慢慢直起腰,靠过去,冷不丁夺下他嘴边还剩半截的烟。她仰脸,眯着眼睛,学何知行的样子,用力吸一口,但没有吞咽,直接往他脸上吹。

何知行毫无防备,整个人都呆住。

月亮从云层中闪身而出,月光洒在郗紫洁白的脸上。她能想象得出自己此刻妩媚的样子。

何知行看着她,眼神完全变了,好像第一次认识郗紫。这神情郗紫很熟悉,对男人的欲望,她有着比对命运更牢靠的把握。

何知行忽然朝她笑笑,仿佛清醒过来,他朝郗紫伸出手——郗紫以为他想要回那半截烟,但他猝然揽住郗紫的后脑勺,把她拨进自己怀里,随即对着她的嘴,毫不迟疑地吻上去。

郗紫没想到他如此大胆,完全拿自己当夜总会的小姐对待。可火是她放的,再要翻脸改贞妇显得矫情虚伪。

她没有抗拒,也没有回应,不动声色等他自动撤退。

过了好一会儿,何知行才意犹未尽地松了嘴,但他没有马上放开郗紫,她C罩杯的胸顶在何知行的心脏部位,令他血脉偾张,这时他不再视郗紫为眼中钉,她变成了一个纯粹的女人,魅力十足。

"一会儿找家酒店开个房?"何知行的声音比平时柔和多了,藏着压抑的兴奋,他的身体正在起某种反应,还有深埋心底的积郁,令他不顾一切,急需找个宣泄口。

郗紫摇头,淡淡地说:"我不跟有妇之夫上床。"说完,她推开了他。

何知行的手流连在她身上,依依不舍,但郗紫的身体还是一寸寸从他掌心里流失了。

郗萦穿过那扇玻璃门,重新走回廊道暗黄色的灯光里。

女人对付男人最有用的武器是柔媚。每次吵架过后,高谦总这么开导她。

"你就不能跟我撒个娇,哄哄我?"他不无委屈。

但郗萦从来不屑这样做,于是高谦叛逃进了另一个女人的怀抱。

"果然他妈是真谛!"她恶狠狠地,又不无鄙夷地在心里骂了一句。

她沿着原路往回走,只觉得身子轻飘飘的,仿佛随时都能飞起来,手指划过粗砺的墙面,指尖微痒,令她想笑,心底却感到奇异的痛。

回到包间,只有梁健和阮思平在,宗兆槐的位子空着。在她离开的这段时间里,那种密谋的气息又悄悄摸了回来。

阮思平一看见她就问:"郗小姐好点没有,怎么去了这么长时间?"

郗萦已经对时间的长短失去判断力,她软软地坐下,对阮思平嫣然一笑:"没事,我好多了。"

其实她的脸依然红得像洇染开的胭脂,先前的机灵劲儿完全被醺醉后的酣态取代,阮思平的视线迟迟挪不开,连梁健都不免朝她多看了几眼。

"宗先生呢?"她托着下巴问。

梁健说:"他去洗手间了。"

宗兆槐应声而入,身上那件湖蓝色衬衫的袖扣还一丝不苟地锁紧,但领带微微扯松了,神情似乎有些烦躁。他瞥了郗萦一眼,什么都没说,坐回自己的位子。

阮思平接了个家里打来的电话,从语气中能听出来,他和妻子感情不错。

通完话,他摇着头把手机收好。

"对我不放心,说了没喝酒她还不信,千叮万嘱让我早点休息,呵呵。"

梁健附和说:"真羡慕阮总跟夫人这么恩爱,我家那口子现在都懒得理我了,甭管我多晚回家,她一个电话都不会打!"

"哟!这是伤着心了,回去得哄哄她,女人要靠哄的。"

"是啊,我听阮总的,等忙过这阵带她出去玩一趟。"

又聊了几句,阮思平低头扫一眼腕表,用征询的口吻说:"不早了,我看咱们今天就到这儿吧?"

从菜色上看,的确已接近尾声。

梁健忙道:"才八点半,我们下面还安排了些节目,想请阮总……"

阮思平摆手打断他:"那都是你们年轻人的活动,我这个年纪玩不动喽,在家时我就习惯早睡,错过时间点容易失眠。"

梁健还想挽留,宗兆槐拦住他:"就让阮总回去休息吧,身体最重要。"

接送阮思平的车一直守在饭店门口,把阮思平送上车后,宗兆槐问梁健:"富宁其他的客人你都安排妥了?"

梁健说:"都安排好了。维安和老贾一会儿带他们去加州夜总会,老贾刚还发短信问我阮总吃得怎么样了呢!他们其实早完事了,就等阮总一走,他们也可以尽快撤。"

宗兆槐又问跟出来的郗萦："你怎么说,是回家还是跟他们一块儿玩玩去？"

"我回家。"郗萦酒意未散,只想睡觉。

"梁总送我回公司,你要不要搭车一起走？"

郗萦听宗兆槐的口气不怎么热情,他这么问大概纯粹出于礼节,她想到那两人在车上也许会谈项目的事,自己旁听不合适,便摇了摇头。

"不用了,我还要去超市买点东西,你们先走吧。"

宗兆槐果然没再说什么。

梁健一边开车,一边对宗兆槐夸郗萦。

"小郗挺能耐的,阮副总说什么都能接得上话,我看阮副总今天晚上聊得很高兴呢！"

宗兆槐闷声说："那有什么用,关键问题他一个都没吐出口。"

"这倒也是。"梁健的热情顿时失却大半,"我按你说的,等你和小郗都不在时,把好处全给他抛出来了,可他都不接茬,光跟我打哈哈,看样子不好搞。"

他把自己和阮思平之间的对话详细地讲给宗兆槐听。

宗兆槐沉默地望着窗外,似乎有点心不在焉,这让梁健不安。

"宗先生,你看接下来咱们怎么办呢？"

梁健的口气里满含期待,这些年他跟着宗兆槐,不止一次遇到特别麻烦的坎儿,而多数时候宗兆槐都能想办法带着他跨过去。

宗兆槐没有回答他,食指下意识地轻叩唇齿,梁健知道这是他深思的标志,最好不要打扰。

自从梁健把富宁从何知行手上转过来后,他脑子里那根弦就没松快过。宗兆槐不止一次和他探讨过突破方案,所有的招数他们都试过了,努力程度与以往相比有过之无不及,但阮思平还是没有被撬动哪怕一丝细缝的迹象。

他俩都很清楚,如果不是叶南努力挖关系,再加上钱的作用,阮思平是不可能组织这次参观活动的,但也仅此而已。宗兆槐费尽心思得到的只是个面子,而这恰恰是他最不需要的。

车子开进渔港不久,永辉的建筑物便在夜色中遥遥可望。

宗兆槐远观自己亲手建起来的这家公司,一股柔软的暖意从心底缓缓升起。他叹息似的轻语了一句:"办法总会有的。"

他坚定的语气让梁健重又安下心来。

郗萦总算把自己折腾上了床,她几次难过到想吐,最终却神奇地止住了,她认为这是一种胜利——她实在害怕因胃部抽搐而导致的全身虚软。

本以为能够凭借酒意很快入眠,但神经显然还沉浸在晚宴的亢奋之中,余颤不断,迷糊了半小时后,她突然清醒,再也睡不着,并开始回味这杂草丛生般的一天。

她在"草丛"里走着,对回忆到的各种场面挑挑拣拣,她看见宗兆槐的脸,还有阮思平和梁健,他们分别带给她困惑、得意以及鼓舞的滋味。而另一种感觉突然从隐蔽处冒出来,她心一沉,转头就跑,但那感觉如迅捷的兽,凶猛地将她扑倒——是羞耻感。

她怎么会干出那种事来——诱惑何知行,还跟他接吻!

骄傲如她怎么会堕落到如此地步?

八成是被吴伟刺激到了,她也落入俗套,陷入大龄剩女的恐慌心态中,忍不住想从男人身上寻找存在感,结果却适得其反。

还因为征服欲。

她太想征服何知行了,然而用的却是最原始低俗的手段,只有没辙的女人才会用这样的方式去征服男人。

她拉过被子,用力盖住自己的脸,希望明天醒来,一切都能如梦一样烟消云散。

翌日,记忆没有自行删除,不过何知行连着两天没来公司,让郗紫有了喘息的机会。

第三天,他来了。

郗紫始终心怀提防并留意着何知行的一举一动,当他终于打电话来让郗紫去他办公室时,她瞬间松了口气——悬在脑袋上的那只靴子终于落下来了。

才进门,何知行就吩咐她:"把门关上。"

郗紫僵持了几秒,还是照做了,然后她站在门边,与何知行相距足有四米,是他房间内的最远距离了。

何知行见状瞪她一眼:"站那么远干吗,我能吃了你?"说完自己先笑了,不是那种凶神恶煞的笑。

郗紫略放松,讪讪走近,在他对面的椅子里坐下。

何知行站在窗口,娴熟地掏出烟盒,边拆边问郗紫:"抽不抽?"

郗紫摇头。

"装什么淑女啊!"他哼一声,自行抽出一根点上,惬意地吐了个烟圈后才问,"真想干销售?"

"嗯。"

何知行用夹着烟的右手指指自己桌上一份资料:"拿去,给你的。"

郗萦探身取来翻看,是一份完整的客户资料,她顿时激动起来。

何知行往窗外弹了弹烟灰,转过头来说:"前面三个都是有点意思的,我做了些工作,你随便挑一个,自己跑跑试试。"

"谢谢师傅。"

这声"师傅"她喊得真心诚意,但随即想到成果背后的原因,又不无别扭。

郗萦捧着资料研读的当儿,何知行已经抽完一根烟,在窗框上摁灭了烟蒂,然后走到郗萦身边。

他盯着郗萦看了会儿,伸出右手,缓缓落在她光裸的脖子上。

郗萦脖颈的线条很美,何知行那天晚上就注意到了,指腹带着欲望轻轻地在她肌肤上摩挲。

郗萦僵住,近距离嗅到的烟味格外刺鼻,何知行喜欢抽进口烟。

是她的错,一时轻浮让自己在对方眼里成了廉价货色。

她抑制住厌恶,眼睛还盯着纸面,不动声色地问:"你打算花多少钱养我?"

在脖子上滑动的手指顿住,口气依旧是轻佻的:"你贵吗?"

"不便宜。我今年三十了,给人养也不是不行,但下半辈子别想摆脱我。"她仰起脸来瞪着何知行,神情格外认真,目光中充满恨嫁女的执着。

何知行哈哈一笑,收回手,想就此把挑逗转化为纯粹的玩笑。

郗萦却担心他以后再有反复,加重语气强调:"劝师傅一句,乘工作机会在外面玩玩就算了,千万别沾上我这种大龄未婚女,会闹得你家鸡犬不宁。"

何知行的笑容难免尴尬。

郗萦手上抓着资料,准备出门,到了门口又转回来。

何知行深陷在椅子里,注视着她的目光尤为复杂——既不甘心又无可奈何。

她沉吟了下,说:"还有,我不抽烟不是想装淑女,是讨厌烟味。"

五月下旬,梁健召集全体销售开项目讨论会,在外出差人员也必须打电话到办公室参加会议。每个人都把最近的工作进展汇报了一遍,包括郗紫,她正在追踪飞远公司的一个项目——何知行推荐给她的,已经有了眉目,目前处于竞标阶段。

她还没有出师,这项目仍然得算在何知行名下,不过梁健在会上特别表扬了郗紫。老板知道自己在努力,这让她觉得欣慰。

电话里有同事问:"梁总,富宁那边什么时候可以投标啊?咱们能拿下来吗?要是能拿到,我手头有两家汽车制造商值得去谈谈,人家现在看咱们的 U3 销售额为零,怕担风险,不敢要咱们的货啊!"

话音刚落,好几个声音都冒出来附和,好像人人手上都有资源,就等富宁的项目瓜熟蒂落了。

梁健等他们抱怨完了才说:"这事儿宗先生亲自在操作,你们谁要觉得比他更有把握,我立马跟宗先生推荐,You can you up(你行你上)!"

众人笑。

"富宁这张单子咱们肯定是要争取的,但想成事不能光靠决心,还得有耐心。就像诸葛亮借东风,东风不来就只能耐心等着。"

"梁总,咱们等的这东风到底是什么啊?"

"你问我?我要知道还在这儿跟你们瞎掰呼?"

众人又笑。

梁健最后叮嘱大家:"做事不能浮躁,得一步步来。你们啊,都别惦记这事儿了,交给宗先生办吧。咱们各自把手头的活儿干得漂漂亮亮的,就算是对公司对宗先生最有力的支持!"

阮思平走后,富宁的名字仍会在公司各个角落被屡屡提及。各种猜测层出不穷,不过大多数人还是抱乐观态度,郝萦感觉,永辉的员工对宗兆槐有种超乎寻常的崇拜。

宗兆槐常常把梁健叫去办公室,两人一谈就是好几个小时,但迟迟没有新消息公布,渐渐地,热度消退,公司里又恢复了昔日的平静。

郝萦某次经过小会议室,见门开着,就往里面扫了一眼。

宗兆槐正和技术部开会,工程师们热烈地讨论着什么,宗兆槐不说话,眼睛盯着电脑屏,思虑很深的样子,他用右手拇指撑住下巴,食指完全是无意识地凑在齿间,慢条斯理地啃咬。郝萦不记得在哪本书上读到过——喜欢咬手指的人从小就缺乏安全感。

郝萦把全部精力都投入了手上的这张单子,差不多每隔两天就会去拜访一次客户,尽管前往飞远单程就要花费三小时,但她认为与客户培养感情是非常重要的一环。

客户也会经常问她一些与产品技术相关的细节问题,那是售前工程师的职责范围,但郝萦不想让自己仅仅充当传声筒的角色,在接通工程师电话之前,她通常会先照自己的理解解释一番。

她的努力卓有成效,有次客户很认真地问她:"你原来是不是搞技术的?"

郝萦的这些知识都是她从第一线请教来的,她始终是个相信学习的人。不过前一阶段她没有什么目的,碰到什么记什么,现在则有了针对性,可以有的放矢地提问并积累信息。

郗紫的第一任上司经常告诫他们：想了解真相，自己去查，不要坐在办公室里等别人给你发二手资料。

她在车间里依然能频频见到宗兆槐的身影，他似乎不是个喜欢老老实实待在办公室的老板，随时有可能出现在工厂的任何地方。

他们有很多次可以交谈的机会，但宗兆槐显然不想打扰她，有时他会站在远处打量郗紫一会儿，有时则突然走到她身后，看她到底在干什么，除了点头打声招呼外，他基本保持沉默。

宗兆槐不说话，郗紫也就自顾自继续，或者与人沟通，或对着电脑查资料，等她从思绪中重返现实时，宗兆槐往往已经走了。

郗紫察觉自己也开始怀有某种期待了，换言之，她变得越来越像永辉的其他女职员了。

午餐后，郗紫独自去散步。

与公司一墙之隔，有片颇像样的草坪，葱郁的绿色从围墙下铺展出去，四四方方的两块，中间的羊肠小道上栽了两排笔直的水杉。来自不同公司的职员们在水杉下行走，也有部分聚集在小道尽头的矮墙边抽烟聊天。

郗紫沿草坪的一条边缓缓踱步。

飞远的项目这两天就该出结果了，她像临近大考那样，有点紧张。其实没必要，以她在客户那里得到的种种反馈，这一单她赢的概率很大。

早在何知行把项目移交给她之前，他已经替郗紫打好了基础，而且这个单子的金额不大，对手们或许不太放在眼里，谁都没有郗紫跑得勤快。她渐渐懂得，销售技术，除了必要的利益引诱外，攻心至关重要，谁都希望能被尊重，得到足够的重视，尤其作为甲方的客户，这种心理尤其强烈。

走着走着,她发现自己跟前面一拨人靠得过近了,便放慢脚步,目光不经意地扫过旁边那条小路。

刘晓茹和戚芳手挽手走在草坪的另一条边上。最近她俩差不多一有空就黏在一起,戚芳要给刘晓茹介绍男朋友,这会儿估计是在传授经验或是商量对策吧。

这消息不是刘晓茹告诉郗萦的,但这种事通常都瞒不住。郗萦从她最近的精神面貌上也能得到证实。刘晓茹新剪了个发型,她原来总是扎个马尾辫,现在改成了丸子头,但她不是那种可爱型女孩,这发型只能衬得她更老气。郗萦不便发表评论,对有些人,你只能表扬,负面的话最好留在肚子里。

她转个弯,正准备绕道继续走时,手机响了,是她在飞远的一个关系很铁的女孩打来的,语气兴奋地告诉她,开标结果出来了,永辉赢到了单子。

郗萦飞奔至梁健办公室,感觉心情像块即将融化的巧克力。

她没跑过信息传播的速度,梁健已经知道了,先恭喜了她,紧接着与她商量,这个首单是她在跟何知行实习阶段拿下的,销售额只能给她记一半,提成当然也只有一半,问她有没有意见。郗萦摇头。

"那我能不能出师了?"这才是她最关心的。

"没问题,明天开始你直接向我汇报吧。"

终于可以摆脱何知行了,郗萦长舒了口气。客观点说,何知行最近对她还是不错的,也没再偷偷占她便宜,但郗萦讨厌这转变背后的原因,像吞了只苍蝇,还是她主动吞的,她想尽快忘记。

梁健说:"这周你挑个日子,咱们部门出去吃一顿,给你庆功!"

这是销售部惯常的做法,主要针对新人,郗萦已经吃过与她同时入职的那三位男同事的庆功宴了,今天她总算也可以扬眉吐气了。

这是部门内的小型聚会,由刘晓茹在同庆楼订了间包房。

何知行不知何故没有到场,宗兆槐却意外出现了,就坐在郗紫身旁,一改之前高深莫测的态度,神色和悦地向她道贺。

郗紫跟他开玩笑:"如果我再不出点成绩,你是不是要考虑把我扫地出门了?"

宗兆槐也笑了笑:"在你眼里我就这么急功近利?"

他亲自给郗紫倒酒,眼看就要斟满,郗紫忙出手阻挡:"可以了,上次喝太多,回去难受了很久。"

宗兆槐没勉强,把酒瓶放下,嘴上却说:"你得练一练,销售酒量不好,做不了大单子。"

梁健忙贡献自己的经验:"小郗,你每天晚上喝一杯,隔几天加点量,不用太多,但得坚持,天长日久的这酒量就练出来了。"

"行,明天晚上我就试试。"

一位同事笑道:"干吗要明天晚上,今天晚上就开始好啦,我们这么多人陪你!"

大家轮流向她敬酒,但郗紫坚持都是自己人,不肯玩命喝,宗兆槐又适度替她解围,因此这天晚上她虽然喝得双颊飞红,但没有酩酊大醉。

宗兆槐没喝酒,他自己开车来的,回去时,郗紫就搭了他的车,两人同路。

胜利的喜悦和因恭维而引起的得意还在郗紫身体里徜徉,酒也喝得刚刚好,身子轻飘但理智尚存,她有了强烈的表达欲,在每个问题上都渴望与人一争长短。

宗兆槐整晚都对她和颜悦色，能回答的问题尽量回答，对她近乎挑衅的语气也不过一笑置之。

"我就想知道，你到底是靠什么让员工对你俯首帖耳的？"郗萦神色亢奋，"你很少在员工面前通过高谈阔论来强调你的意图，你甚至连员工大会都不召集，你知道我在 TEP 这七年开了多少所谓增强公司凝聚力的会议吗？"

她掰着手指头胡乱数了数："平均每个月一到两次吧。可我到永辉都三个月了，一次都没有。"

宗兆槐想了想，这样回答她："企业是个团队，团队必须有领路人，但如果领导的个人意志太强，反而会对团队造成伤害。每个人都渴望一定程度的自由，尤其是在他自己管辖的领域内，谁都不愿意有个外人跑来对自己指手画脚，所以我宁愿隐藏起来，让员工按照自己的思路工作，我只在被需要的时候才出现。"

"你能这么想真是不容易，一般民企的老板控制欲都很强，他们希望把企业牢牢掌握在自己手里，员工的想法如果超出他的理解范围就会不舒服，他们宁愿相信亲戚也不找职业经理人，所以一个企业就像一个王国，有王，有封臣。"郗萦歪着脑袋思索，"可是，我也没感觉到永辉有什么民主气氛啊！他们除了谈论自己的工作，就是在谈论你：你会怎么想，你希望得到什么样的结果。"

她的口气仿佛自己是宗兆槐请来的分析师，然后，她恍然大悟。

"你看！这家公司其实并不是靠流程，而是在靠你的个人魅力运作嘛！因为他们相信你，把你当作，呃……精神领袖，哈——梅——内——伊，你是永辉的哈梅内伊，哈哈！"

极少有人会跳出来对公司的大政策说风凉话或是不合作，即便何知行，他所有的怨毒也只针对梁健，从不触及宗兆槐。

"永辉还是有跟你想的不一样的地方,需要时间,你自己慢慢去发现。"宗兆槐曾这样对她说过,也许指的就是这个。

宗兆槐不表态,也不接茬。

郗萦的手在空中挥舞:"如果明天你把公司卖掉,我是说如果,搞不好过了多久永辉就垮了。就像当年的德国首相俾斯麦,他能利用大国之间的矛盾巧妙周旋,为德国赢取最大利益,他的继任者卡普里维说俾斯麦可以同时向空中抛五个球而不落地,但他自己连抛两个球都做不好!"

宗兆槐等车子转过一个环岛,驶进宽阔的马路后才开腔:"靠流程运转是很好,但得等公司各方面都成熟了才行,你不能让一个两岁的小孩写论文。"

郗萦嫣然一笑:"我不是在批评你管理公司的方法。说实话,你这么做也没什么不好,至少我看到永辉的工作效率比 TEP 高很多。"

她讲了太多话,这时终于觉得累了,便沉默下来。

车子再一次转弯,进入一条分道。

宗兆槐忽然说:"我不觉得我有什么魅力可言,大家肯留在永辉做事,只是因为我出手大方。"

"你指那些福利?"郗萦晃了下脑袋,但思考忽然变得费劲起来。

"对。我给出的薪水、提成,还有各种福利,都是尽我所能给到最高——对打工者来说,经济利益才是衡量满意度的根本指标。"

郗萦眨了眨眼睛。

也许他是对的。遍布整个公司的仍是单一的人治思想(这点与其他民企没什么不同),但宗兆槐废弃表面的强制,用另一种方式(优厚的待遇,还有尊重员工的态度)将自己的意愿渗透进员工心里,员工们便自觉自愿按照他的要求去履行了。

宗兆槐总结:"大部分问题都可以用钱来解决,大部分东西也可以用钱买到。"

郗紫单手撑着脑袋,笑了笑,有点不以为然。

"就没有例外?"

他们又停在那个十字路口等绿灯,已经进渔港了。

"有,但不多。"

他扭头看向郗紫,黄色灯光打在她额前,营造出类似舞台的效果。她歪着身体靠在椅子里,看上去很小,像个娇嫩的小女孩,迷蒙的脸部有种圣洁的感觉,宗兆槐转开了视线。

"如果我说想买下你今晚,出多少钱你会愿意?"

他口气里没有玩笑成分,反而有种冰冷的类似悲凉的感觉。

郗紫怔了一下,竖起脑袋想了想,又继续躺回去。

"你这是在跟我调情吗?"

男人说出这样的话并不令她意外,但出自宗兆槐之口,郗紫还是感到一丝失望。

宗兆槐依旧没有用笑意来解围,保持着平淡的语气说:"只是打个比方。"

他那么严肃,郗紫便也认真想了想,随即摇头:"不。"

"多少钱都不愿意?"

"对,不愿意。"

他终于笑了笑,很轻。

"所以,也有钱买不来的东西,比如,一个女人的尊严。"不知为何,他的语气里带着点嘲弄,也许是针对自己。

过了一会儿,他又说:"但钱的确是个好东西。"

郗萦介于半梦半醒之间。

迷糊中,她好像又回到了六岁,还躺在爸妈那张老式婚床上。床靠着墙的那面镶嵌了一面镜子。独自一人时,她喜欢趴在床上,腹部以上高高仰起,手掌捧住面颊,对着镜子仔细审视自己,希望通过这种方式让脸上的某个部位变得好看一些。六岁时她还没什么审美意识,自我评价无非来自对大人谈话内容的采集。

镜子后面是略显斑驳的白墙,她纤细的手很容易就穿过床栏的缝隙去触摸那墙,她在墙上抠出一个个深浅不一的孔,完全是无意识的,那些至今说不定还在的细孔可以用来测量她童年时无聊的程度。

有时,她会刻意让自己留意周围的情境,加深印象,向自己保证遥远的将来她还能记得起当时的一切。她的确通过这种方式记下了时光中的许多片段,那些片段并没有什么特别,又一种无聊时自娱自乐的把戏而已。

某个星期天的早晨,她醒了,但赖在床上不肯起来。母亲在厨房忙碌,碗碟不时发出各种碰撞声响,父亲不在家,也许是被母亲差去买东西了。窗外下着雨,滴答个没完。那时候她的心是满的——父母虽然彼此间交谈不多(她不知道那两人之间的感情已经开始恶化),但都很宠她。

好多年以后,她仍会想起这普普通通的一幕,平淡无奇,却能通向永恒,至少当时她是这么认为的。

她蓦地醒来,所有恍惚和不确定都像云烟一样散开。她发现自己置身于一间单身公寓的床上,她不再处于童年期,而是过了三十岁的生日。父亲在八年前过世,母亲也被她巧妙地抛弃在城市的另一端。

此刻，她孑然一人。

月光侵袭进来，银辉洒满房间——临睡前，她忘了拉上窗帘。

她在床上缓缓挪动脑袋，月亮很快映入眼帘，淡金色的一轮，如一只温柔性感的眼睛。

她默默地与它对视，感觉到情欲在体内如潮水般涨起。她的手慢慢探入下身，轻轻抚摸自己。她十几岁时就学会了自慰，虽然过后也会有羞愧感，想要戒掉，但没能成功，那是她应对母亲以及繁重学业的一种放松方式，一如烟瘾。

长大后，她接触的书多了，才知道这属于人类自然的生理需求，很多人都有过类似的隐秘行为，她的罪孽感顿时完全消失。

后来她与高谦相恋，他为郗萦在性爱方面打开了一扇门。在那之前，郗萦自认为在异性眼里是高傲的冰清玉洁的形象，这也是母亲致力培养她的方向。

高谦毫不犹豫地把她从神坛上拉下来。他们约会后不久，他把郗萦带到自己新租的公寓，给她放一部日本 AV，那是郗萦第一次看到如此荒诞大胆的情色内容，内心大为震撼。

高谦在性方面有不少稀奇古怪的想象力，他曾要求郗萦当着他的面自慰，以助"性"致，但郗萦做不出来，她连自己有自慰的习惯都耻于向高谦坦白，她知道高谦有过，他在这方面从来都是开放坦率的。

母亲从小严格的管教早将她的外在行为牢牢束缚在一个壳里，她的一部分自我给捆绑了起来，而她的前卫、叛逆只敢藏在思想深处。

潮水猛烈涌来。郗萦咬住下唇，身子用力蜷曲，全部注意力都凝聚在一点上，随后，她在呻吟中得到了满足。

她仰面躺着，后背有轻微的汗意，内心却空落落的。

有个问题她一直不愿多想，母亲是怎么度过这些漫长而寂寞的日子的？她曾有过如自己这样的欲求吗？

有血缘关系的人在这方面尤其难以启齿，更不可能互相刺探，更何况母亲总是在她生活中扮演着指导者的角色，高高在上。

想到将来有可能和母亲一样，变成一个孤僻古怪的年老妇女，郗萦忽然从心底里生出一股恐惧，冰凉刺骨。

不过这只是一刹那的事，很快就过去了。人总有软弱无助的时候，尤其是在这样的深夜。

她转头去看月亮，它已经移过对面楼顶，在两座建筑物中间，温柔的眼睛始终含情脉脉注视着她。

有些男人以高智商让女人对他膜拜，也有些浑身上下都充满荷尔蒙的气息，在肉体上对女人形成吸引力。

她一直把宗兆槐归为前一种。然而刚才，她闭着眼睛陷入幻想时，满脑子都是宗兆槐的身影。意识到这点，郗萦的心一阵悸动。

难道她也落入俗套，和刘晓茹她们一样，迷上了那个咫尺之间最出色的男人了？难道人注定会沦为环境的奴隶？

她翻了个身，背对窗户，闭上眼，勒令自己停止思考。

希望明天在公司，她还有勇气正视宗兆槐的眼睛。

第四章 铸错

他讲个不停,郁萦突然朝他转过脸来,双眸通红,一脸憔悴,还带着惶遽。

梁健察觉到她的异常,猛然顿住:"你怎么弄成这样?出什么事了?"

"梁总,我……"郁萦嘴唇哆嗦着,无法说出一句完整的话。

梁健用座机给郗紫打电话。

"小郗,现在有空吧?到宗先生办公室来一趟!"

郗紫推门进去,宗兆槐和梁健都站在窗前,脸上残留着热烈讨论过的痕迹。

宗兆槐招呼郗紫:"过来坐。"

三个人在沙发里坐下,当宗兆槐的视线投向自己时,郗紫勇敢地迎上去。

"不要转开。"她暗暗命令自己。

反而是宗兆槐快速扫了她一眼后就避开了,他把脸转向另一边,示意梁健先说。

梁健望着郗紫:"我想听听你对富宁单子的看法。"

郗紫的注意力立刻集中起来,她不假思索:"只要结果还没定,我们就不该放弃。"

梁健满意地点头,看了看宗兆槐,又说:"富宁这单会在本月底正式启动,他们采取定向招标的方式,也就是说,只有收到邀请书的供货商才有投标资格,前段时间宗先生一直在为这个事跑,总算为咱们永辉赢到了一张入场券。"

郗紫还没来得及高兴,宗兆槐就说:"进得了赛场不见得能赢到名次,即便能入候选人名单,我们也极有可能在最后环节被刷下来。"

郗紫让自己的眼神充满坚定:"不是还有时间吗?只要找对路子,不可能也会转变成可能。"

听到她如此执着的口气,宗兆槐望着她笑起来,这一次,他的目光在郗紫脸上停留了较长时间。

梁健也点头表示赞许:"小郗讲得很好。做一个项目,建立信心十分重要。如果自己都不相信自己能赢,结果可想而知。就拿何知行来说吧,这张单子原先是在他手里的,但富宁换人后他一蹶不振,完全成了甩手掌柜。投标工作马上就开始了,这两天我和宗先生一直在商量找谁来接手比较好,一定得是个对最后胜利有坚定信心的人。"

讲到这里,他停顿了一下:"小郗,你觉得有信心吗?"

宗兆槐也注视着郗紫,神色格外认真。

郗紫心跳加快,呼吸微窒。进办公室前她就隐隐存着期待,但没想到宗兆槐和梁健会把这样一副重担交给自己。

"可我没什么经验。"她有点犹豫。

宗兆槐说:"你不是刚拿下飞远的单子嘛!"

他轻松的语气让郗紫心中顿生一股豪情,但没立刻表现出来。

"这个项目原来是何经理的,如果我来做,他会不会有什么想法?"郗紫觉得有必要公开澄清一下。

梁健说:"老何的确是最熟悉富宁情况的人,但现在富宁局势有变,我们肯定是指望不上他了,我已经找他谈过,他自己也认为没能力再接着干下去。"

郗紫点头,这么说,如果自己接手,何知行不会对她有意见了,至少表面上不会。她倒不是怕何知行,但还是觉得最好不要得罪他为妙,尤其在发生了那件尴尬的事之后——倘若他对自己不满,到处乱说也是个麻烦。

"富宁的情况比较特殊,时间也紧迫,我不打算让太多人参与进来。"宗兆槐看了眼梁健,"投标小组还是由梁总负责,小郁配合,另外会从研发部抽个工程师过来做技术支持。"

梁健补充说:"招标文件会涉及一些商业机密,为减少风险,就不另外找人分担了,这也意味着小郁你的工作量会比较大,如果有什么问题,现在可以提出来。"

郁紫立刻表示自己没问题。

"那好,回头我把富宁的资料都交给你,你尽快熟悉起来。另外,我们得在招标前再跟阮副总见个面,看看还有没有努力一把的可能性。"

"我觉得,如果宗先生亲自去,效果是不是会好些?"郁紫把目光投向宗兆槐,"宗先生,你去富宁回访过阮总吗?"

"去过一次。"

梁健解释:"宗先生只能做一些礼节性的拜访,具体操作还是得咱们底下人出面,将来如果情况有变,也能有回旋的余地。"

郁紫点头。

"上次阮副总来,小郁表现得很好,完全超出我预期,"梁健笑吟吟地说,"我带你去富宁,阮副总即便不愿意见我,也不能不给小郁一个面子吧。"

郁紫忙说:"梁总也不能把希望都寄托在我身上,我虽然也希望能成,但就怕面子没你们想的那么大。"

大家笑过之后,宗兆槐感慨道:"永辉发展到今天,有点进入瓶颈的感觉,现在全公司都盯着富宁这张单子,咱们等这机会等很久了,这次要能把富宁拿下,公司士气必定高涨,永辉也可以乘此进入一个新的发展阶段。"

他站起身,抱着膀子在办公室里踱步,神情渐渐陷入亢奋。

"我二十八岁开始创业,一连两次都失败了,第一次完全不懂商业规则,傻傻地照本宣科,死得很惨。第二次脸皮厚了点儿,但在一个厚颜无耻的要求面前还是没能挺住,给人摆了脸色,倒是坚持做了回硬骨头,结果穷得发不出工资,只能再次关门,退回原点。"

郗紫望着走来走去的宗兆槐,他极少提到自己的创业史,而这恰恰是郗紫很感兴趣的地方。

"第三次,我终于懂了,生意场上其实没什么规则可言,赢了你就是王,可以在各种场合大谈你自以为是的成功学,输了你就什么都不是!至于你是怎么输的,是因为坚持了良心、底线,或是任何道德层面上的原则,没人在乎!大众眼里永远只看得见胜利者!"

他神情激愤,整个人不再散发出温和的气息,而是出人意料地亮出尖锐的刺,令郗紫诧异,也有点憷然。但与此同时,她又被宗兆槐的这番话给点燃,因为这熊熊燃烧的火光也照亮了她跳槽以来始终无法泯灭的野心。

她跳槽、冒险加入永辉,不就是为了有朝一日能够一洗长期笼罩在自己头上的晦暗,扬眉吐气吗?

此刻,郗紫怀着跃跃欲试的心情,却又苦于不得其门而入,说到底,她在销售方面依然是只处于初级水平的菜鸟,而富宁项目存在着重重艰难险阻,且诡异莫测,不是光靠勤奋和野心就能突破的。

"那具体我们要怎么做呢?"她诚恳而渴求地望向宗兆槐。

宗兆槐在窗边停下脚步,扭头看着郗紫,吐字异常清晰。

"目的越简单,行动就越有力,你得把那些伪善的东西全都去掉。"

郗萦依然无法准确领会他话中的含义："比如说？"

"同情心、道德感，把这些与目的不相干的东西统统剥离。"宗兆槐的声音里透着冷静和一丝残酷，"你吃猪肉时会想到杀猪的惨状吗？据说屠夫宰牛时牛会流泪，但作为人，你会因此就放弃吃牛肉的权利吗？"

郗萦怔怔地盯着他，宗兆槐没有如她所愿教给她实际的操作方法，但他的语言充满一种野蛮的力量，令她内心震撼，并受到莫名的鼓动。

宗兆槐再次转头，面向窗外。

"做一件事，心里只能存一个念头——要赢，你所有的行为都要为这个目的服务。只有这样，我们才有赢得胜利的可能。"

他嗓音低沉，说到最后，声音渐次低下去，好像有什么东西，把他的思绪连同灵魂一并带走了。

郗萦能清晰感觉到身体里有股热流正在磅礴涌动。宗兆槐今天的言论无疑契合了她长久以来的失意情绪，她感到脑子里有一根类似的弦与他的声音共振了起来。

要赢，一定要赢！

梁健交给郗萦厚厚一叠富宁项目的资料，她如饥似渴，像海绵一样对信息进行快速吸收。

一个声音扑到她耳边："小郗姐，有什么需要帮忙的尽管说话啊！"

"谢谢！"

郗萦抬头看看刘晓茹，自从换了发型，她比从前更活泼热情了，看来恋情进展得不错。

郗紫问:"这两天你看见老何了没有?"

"他没来,说是家里有老人病了,在陪院呢,请了一周的假。"刘晓茹见她出神的样子,压低声音问,"你是不是担心他对你有意见?"

郗紫朝她笑笑。

"没事的啦!老何心眼也没那么窄,你看他不是把飞远让给你做了?再说,他在富宁前期下了那么多功夫,宗先生心里都有数的,等单子拿下来,肯定要给他记上一笔的——我猜啊!"

又一天,郗紫在餐厅碰见邹维安,他捧着餐盘追过来,硬是和郗紫挤在了一桌,抬手潇洒地把头发往后一撩。

"听说你接大单了?"

郗紫谦虚地说:"算不上,就是给梁总打个下手。"

"宗先生可重视富宁了,这单你要能做下来可就大发啦。不过依我看,难哪!"

郗紫不想在他面前发表必胜宏论,点头说:"是啊,我们尽力,最后能不能成,还得看运气。"

"你是梁总的人,按说我不该多嘴,不过我蛮欣赏你的为人,这是真话,平时公司里的人怎么拿我取乐子我都知道,但你从来没有过。要不怎么说大公司出来的跟小公司的就是不一样呢!"

他这几句话说得格外严肃,都有点不像平时那个嘻嘻哈哈的邹维安了,郗紫一口饭含在嘴里,笑又笑不出来,格外谨慎地咀嚼着。

邹维安凑近她一些,低声说:"做事留点神,富宁这个单子水很深……总之要注意,保护好自己。"

郗紫总算把米饭咽干净了,又喝了口汤,这才开口:"谢谢邹总提醒,我会小心的。"

三天后,郗紫坐上梁健的车前往富宁。从三江到富宁总部所在的黎城,车程约四小时。

这趟行程就梁健和郗紫两个人,梁健的意思是,不要兴师动众,最好能以朋友的身份约阮思平出来私下谈。

此前他在电话里约了阮思平三四次,都被对方以各种理由婉拒了,梁健便决定来个突然袭击——都到你家门口了,你总不好意思再躲着了吧?

郗紫问:"见了面,咱们跟他谈什么呢?"

"还能谈什么,当然是谈条件了!公司角度的,个人角度的,都得尽量满足他。"

公司角度的条件,郗紫已经了解得差不多了,她对个人角度的谈法更感兴趣。

梁健说:"投其所好呗!阮副总是读书人,喜欢舞文弄墨,我给他准备了几幅字画,听说他还喜欢写写文章,我找了家在国内有点影响力的专业期刊,随时可以发他写的东西。不过这些别人都能办得到,他不会放在眼里。咱们现在最大的优势只有一个。"

"是什么?"

"产品价格。"梁健坦率地向郗紫和盘托出,"阮副总新官上任,不大可能在个人要求上狮子大开口,他还想积累政治资本呢!对他这种人来说,良好的声誉比物质满足重要多了。所以,我和宗先生商量了很久,决定把宝都押在低价上,做拼死一搏。"

郗紫蹙眉:"可咱们目前的报价已经很低了呀!"

梁健叹了口气:"宗先生打开新市场的意愿非常强烈,强烈到他愿意亏本去做,只要能成功。"

他把宗兆槐反复斟酌出来的最终报价告诉了郗紫,价格之低令郗絷震惊。

"可是,我们这样没有下限地压价会对整个行业都造成伤害,而且以后再到别的公司投标,价格只怕也很难再拉得上来吧?难道要一直亏本做?"

郗絷觉得宗兆槐这种做法不可理解。

"没办法呀!如果不这么干,咱们就一点出线的机会都没有。左右都是错,两害相权取其轻吧。按宗先生的话讲,车到山前必有路,哈哈!"

郗絷觉得梁健的乐观里透着一股子无奈,或许他也不赞同宗兆槐的竞价政策吧,但确实找不出别的办法来。

梁健瞟了她一眼:"别想太多,眼看就要上阵了,宗先生不是教过你吗,要意志坚定,目的明确,排除杂念。"

郗絷笑笑:"宗先生当年也是这么跟你说的?"

这句话勾起了梁健的无限感慨。

"可不是,四年前,他就是这么手把手把我带出来的,在那之前,我一直是个失败的销售,很失败。如果没有他,我可能早转行干后勤去了。"

两人在黎城的假日酒店安顿完毕,差不多已近黄昏。郗絷在梁健房间听他给阮思平打电话,她头回参与这样的"偷袭战",心情紧张,又掩饰不住兴奋。

阮思平很快接了,梁健用一种既恭敬又家常的口吻与他寒暄了几句,很快直奔主题,阮思平被打了个措手不及。

"阮总,我们就是想请您吃个饭,叙叙旧,真没别的意思!我可把小郗都带来了,她不止一次跟我说,阮总是知音,她可一直惦记着能再跟您见面呢!"

梁健一边说一边朝郗萦挤了挤眼睛,作为把她搬出来救场的歉意,但郗萦担心的却是自己恐怕没那么大面子。

挂了电话,梁健长吁一口气。

"怎么样?"郗萦特别紧张。

"他说得查一下最近的安排,回头再给我电话。"梁健比她有信心些,"我听得出来,他口气没前几次那么硬了。"

二十分钟后,阮思平的电话打了过来。

郗萦屏息凝神盯着梁健的脸,他不断发出"嗯、好"这样的应承声,但没有明显的喜悦之色,郗萦揪着心,吉凶难辨,眼看着梁健放下手机,目光转向自己。

"他请咱们明天上午到他办公室去谈。"

郗萦刚想欢呼,却见梁健眉头紧锁,她忙问:"不是好事?"

"我想跟他私下谈,这样把握更大一些,咱们的价格政策太凶险,如果确定永辉连招标候选名单都进不了,就没必要透露给他了。"

郗萦在梁健对面坐下:"那明天咱们找机会单独跟他聊聊不行吗?"

梁健叹了口气:"没这么简单啊,小郗!我三番四次找他,他不会不懂那是咱们想再跟他讲讲条件的暗示,可他连听一听的兴趣都没有,直接就把咱们的拜访给公开化了,这说明什么?说明他根本没把永辉考虑在内!"

郗萦一听,也跟着犯愁:"既然这样,明天咱们去了不也是白去?"

"去终归要去的,他都给咱们发出邀请了。"梁健耸了下肩,"到时只能看情况想对策了。小郗,明天打扮得漂亮点儿啊!"

最后一句他是半开玩笑说的,郗萦则认真地点了点头。

两人都是既没心情也没胃口,只在酒店中餐厅随便吃了点东西,然后各自回房。

郗萦从行李箱中翻出随身带来的几套衣服,经过仔细挑拣,选定了翌日的着装,上身一件冰蓝色丝绸立领长袖衬衫,下身配一条亚麻灰的过膝中裙,依然是她钟爱的古典风格,柔软与干练兼具。她把衣服挂进柜子,又烧开一壶水,给自己泡了杯速溶咖啡。然后,她走进阳台,靠在栏杆上眺望对面一栋高楼的幕墙,彩色霓虹灯不断闪烁,变幻出无穷图案。

她满脑子都是明天见面的细节,总觉得还能再争取点什么,而不是像现在这样被动地等待。

她把三米长的阳台来回踱了无数遍,一个新的想法终于成形。她冲进房间,抓起手机给梁健打电话。

"梁总,你现在有空吗?我想跟你谈谈。"

"可以,到我房间来吧。"

"我觉得咱们不该浪费这个在富宁公开露面的机会,"郗萦喝着梁健带来的龙井,侃侃而谈,"咱们可以向阮副总争取再做一次产品宣讲会,他应该不会拒绝的。"

梁健蹙眉:"可咱们早就做过产品宣讲会了,再来一遍没什么意义。"

"不必做全面介绍,而是把侧重点放在咱们的优势上,比如宗先生一直引以为傲的低出错率。"

郗萦把自己的电脑推到梁健面前,显示屏上展示的是一张她两天前整理出来的表格,她指着上面几个圈出来的数据项解释:"我做过比较,这几项关键参数咱们在同类产品中是控制得最好的,因为永辉有非常高效的过程控制系统。咱们可以把富宁质量部和技术部的骨干召集过来,这些人对供应商提供的配件都很挑剔,对退货、返工这样的情况尤其敏感,因为一旦拖后他们工作的进度,他们就会陷入被动。而永辉的退货率比宇拓低很多,如果能得到这些人的信任,对咱们会非常有利。"

"但这些技术人员在最终决策中的影响力有限,宇拓或是那些有内部关系的供应商,只要产品合格率达标就能进线,功夫可都在技术以外啊!"梁健说着,怕打击郗萦的积极性,又夸赞她道,"当然你能想到这点也非常好。"

郗萦没有气馁:"梁总,我觉得咱们的目光还是要放长远,不管这次能不能赢,利用好每个机会展现自己,也许希望就藏在这些点滴的小行动里呢!宗先生以前对我说,做事要注重细节,争取把每个细节做到最好,不要随便放过去。即便这次赢不了,咱们能让客户牢牢记住永辉这个名字,就算没白来!"

梁健面露笑意,显然被说动了:"行!那就按你说的办吧!"

"那我现在就给小葛打电话?"小葛是他们项目组里提供技术支持的工程师。

梁健沉吟片刻,问:"小郗,如果明天让你上台去讲,你行不行?"

郗萦眨巴着眼睛,犹豫不决。

"我倒不是为了省人工,但我觉得,你去讲会比小葛有激情,现在不比项目开初,宣讲会客户们听了不知多少轮,思想上肯定都疲沓了。这时候得有一些新颖的声音出现才可能抓得住他们的注意力。我觉得你能行。"

郗萦暗暗握拳:"好吧,那就我来讲!"

第四章 铸错

梁健所料不差,阮思平没有给他们与自己单独见面的机会,在他那间古色古香的办公室里,坐着采购部的几位主管,彼此间的寒暄充满仪式上的热情与实际上的距离感。不过在这令人稍感沮丧的氛围中,郗紫敏锐地察觉出阮思平对自己的态度依然是热情的,尤其在她刚进门的刹那,阮思平的眼睛明显一亮。

十分钟后,秘书进来通知阮思平去开会,郗紫赶忙提出组织宣讲会的请求,这与阮思平的计划相左,他原先打算把永辉的人委托给采购部敷衍一下就完事了。

见他为难,采购部的陈部长便表示,各供货商的宣讲会都做过了。

"包括你们永辉。"言下之意不想再听一遍。

郗紫以简洁的语言向阮思平做了解释,内容与昨晚她游说梁健的大同小异,并强调:"最多半小时,不会耽误很多时间。"

阮思平沉吟不语,梁健见状便说:"如果不方便就算了,事先没跟阮总商量就提出这个请求,确实有点唐突了。"

郗紫还想争取,梁健用眼神制止了她。陈部长等人松一口气,起身准备带他俩离开阮思平的办公室。

也许是郗紫那一脸的失望触动了阮思平,他叫住众人,说:"梁总和郗小姐既然来了,那就给他们这个机会再宣讲一次吧。"

郗紫激动得双眸放光,阮思平看在眼里,不觉呵呵地笑:"不过把技术部的人召集起来也需要时间,你们这个会,放在下午两点怎么样?"

"完全没问题!"郗紫朝阮思平一欠身,"太谢谢阮总了!"

陈部长半开玩笑道:"这样对别的供应商恐怕不太公平吧?"

阮思平说:"没什么不公平的,其他人如果想来讲,你让他们来嘛!咱们可以有机会充分了解各家的产品特点。再说了,你们采购部买东西难道光凭人嘴上几句话就拿主意?"

陈部长笑着闭嘴了。

下午的宣讲会很成功。

郗萦在热烈的掌声中走下讲台时,整个人都好像轻飘飘的,七年的职业生涯,这是她第一次感受到工作带来的振奋与愉悦。

梁健朝她竖起大拇指,不吝赞誉之词,又开玩笑说:"反响这么好,一半是因为你的激情,另一半是你靓丽的形象,如果换我上去,就是吹得天花乱坠,下面也架不住有人打着哈欠想睡觉!"

郗萦内心雀跃,但还是保持着冷静:"就是不知道会不会在什么环节上起到一点作用。"

梁健鼓励她说:"多少总会有一点的,我们前面两次来富宁都是反响平平,今天过后,至少富宁的人都知道角逐者里有家叫永辉的公司了,哦,还有,他们的销售很漂亮!哈哈!"

在陈部长的陪同下,他们再次去了阮思平的办公室。

阮思平没有去听宣讲会,但对公司各种动态都了若指掌,他笑着恭维郗萦,梁健不失时机表示,富宁的项目他们打算让郗萦挑梁,她虽然年轻,但聪明务实,而且从不轻言放弃。

"阮总,今天晚上我和小郗做东,想请您和陈部长聚聚,不知道你们肯不肯赏光?"

阮思平说:"哎,你们是富宁的客人,怎么能让你们请呢!当然得由富宁来尽地主之谊啦!不过,我晚上脱不开身,跟区管委会的刘局长约好了谈点事,就不能奉陪了。"他目光转向陈部长:"永辉的客人就交给你了,务必要替我招待好啊!"

陈部长笑着点头。

梁健与郗紫飞速交换了下眼神,彼此心里都有些沉甸甸的,这阮思平狡猾得像泥鳅,最后一个可以抓住他的机会也被他滑脱了。

在阮思平的建议下,晚宴由采购部和技术部的骨干共同作陪,在市区一家川菜馆要了个包间,坐了满满一桌人。梁健与陈部长紧挨着,挖空心思想套近乎,但陈部长口风紧,翻来覆去的话无非表达一个意思:招标过程肯定是公平、公正的,不会对任何一家预先就搞倾斜。

酒宴过半时,陈部长认为责任已尽,找了个由头先溜了。

郗紫察言观色,看梁健的神情,显然大势已去,他内心凄凉,却只能强打精神硬撑着。不过郗紫却觉得还远没到绝望的份上。

陈部长走时,采购部的人也都一窝蜂跟着离开了,席间就剩了五六个技术部的工程师,都是下午来听产品宣讲会的。他们对郗紫大都抱有好感,说起话来滔滔不绝。

郗紫陪他们边喝酒边聊,他们也向郗紫敬酒,但不强迫她喝完,这让郗紫发自内心觉得,还是跟相对单纯的工程师相处比较愉快。

随着聊天的深入,郗紫逐渐搜集到一些富宁内部的敏感信息,比如阮思平上任后面临的困境:公司领导层竞争激烈,他虽然险胜一着坐上副总的位子,地位却不见得稳当。阮思平兼抓财政,富宁这两年财务吃紧,资金周转紧张,各个部门都在找他要钱,巨大的压力下,他想过精简部门,裁掉冗余人员,但关键部门背后都有靠山,不是他想动就动得了的,无奈之下,他只能把拟建的员工宿舍楼暂停了,这在底层员工中又引起极大不满。

这些工程师中不乏指望购买公司优惠楼盘来安家的人,他们情绪激愤地指出:"原以为阮总为人正派,又是我们技术部出去的,上台后能给大家一些实惠,谁知道他动不了那些有背景的,又想出政绩,就拿我们的利益去邀功!这人一高升啊,全都会变样!"

饭后,郗紫邀请大家去唱歌,但这些人心里清楚,永辉在这次招标中不是主角,工程师们实诚,不好意思蹭便宜,一吃完饭,大伙儿就全散了。

郗紫早在结账前就发现梁健不知去向,等她结完账走出饭店,看见梁健正站在街角打电话,一手插在裤兜里,垂着脑袋,表情专注。

郗紫朝他走过去。

梁健很快结束了谈话,一边收起手机,一边问郗紫:"这么快就结束了?"

"嗯,他们不想去唱歌,都回家了——这边的情况你跟宗先生说了吗?"

"刚刚就是在跟他通电话。"梁健一脸落寞,"惭愧啊,没有好消息告诉他。"

"要不要再想办法跟阮副总接触一下?"

梁健摇头:"没用的,我给宗先生打电话之前,又老着脸给他打了一个,竭力表达咱们的诚意,他也就没再跟我打官腔,他告诉我,目前的格局再想要变是不大可能了,因为牵涉到各方的利益,牵一发动全身,他也很难做。"

预料之中的结果。

郗紫问:"宗先生一定很失望吧?"

梁健苦笑:"那是肯定的,不过来之前我就给他打过预防针了。"他转头看看郗紫,"虽然这事儿没希望了,不过宗先生对你的努力很赞赏。"

听他这样说,郗紫心里很是歉疚。

梁健说:"干销售这行吧,说难听点儿,有时候技巧全使完了,就得拼蛮力了。不信邪,相信奇迹,一根筋地往死胡同里钻。"

"这也是宗先生教你的?"

"是啊!"梁健笑起来,"如果不是有这样的蛮劲儿,永辉也不可能在短短五年内发展到现在的规模。不过在这点上,我现在远远比不上你了。"他叹了口气,"可能年纪大了,而且经历的失败远多过胜利,很难再重建信仰。"

郗紫发现他今晚一反常态,颇多感慨。

两人并肩往回走,假日酒店就在两条街以外。

梁健又说:"今天晚上我本来都在蓝湾会所订好位子了,那里有黎城最棒的日式料理,阮副总很喜欢那地方,环境好,还清静……全泡汤了,唉!"

郗紫咬着下唇,内心的不甘越来越强烈。

"对了,小郗,你发现没有,今天陈部长全程都盯着咱们。"

"发现了,他好像很怕咱们跟阮副总单独谈话。"

"因为他也有利益掺和在里面呗,怕咱们瞒着他跟阮副总搞交易。上亿的大单,足以保证一家像永辉这样的企业在今后五年内稳步发展,换谁都会下死劲争取的!可惜了,咱们走错一步,错过了最好的时机,现在无论想赢的决心有多大也使不上劲儿了……满盘皆输!"

放弃之后,梁健似乎很快就释然了。快到酒店时,他说要去给家人挑点礼物,问郗萦想不想同去,她拒绝了。

不知为何,梁健轻松的态度让郗萦很不舒服。

坐电梯回房间时,郗萦满脑子都是宗兆槐抱紧双臂在办公室里来回踱步的景象。她想起临行前宗兆槐的重托,还有他满怀期待的眼神。

难道就这么放弃了?

郗萦在房间里坐立不安,内心激烈斗争,一个声音要她像梁健那样顺天应命,接受失败的结局,而另一个则催逼她一再延伸思路,寻找更多的可能性。

终于,强硬的一方占了上风。

看看时间,九点刚过。她冲了个澡,换上一条奶黄色连衣裙,简洁的晚礼服款式,又把松散的头发重新绾紧。做完这一切,她翻出手机,深吸一口气,然后拨了阮思平的手机号码。

阮思平刚结束饭局,正行驶在回家的路上。起初,他以为是梁健不死心,又让郗萦来游说自己,便百般推托,直到明白郗萦是瞒着梁健孤身约自己时,虽然明知这里面有极大的风险,他仍然动心了。

"你想在哪儿见面?"阮思平问。

郗萦说:"我对黎城也不熟,您说个地方吧。"

听她这样讲,阮思平放心了许多,存心拿她逗乐子:"既然是郗小姐约我,地点当然还是得你来定嘛!"

"那……要不就蓝湾会所吧,阮总您觉得怎么样?"这是郗萦在黎城唯一知道的娱乐场所。

阮思平是蓝湾的常客,他约人谈事时一般都是在蓝湾,当即表示没问题。

郗䅉先一步到蓝湾会所,门前的停车场里停满了豪车,连马路边禁停的地方都给占满了,可见这家会所生意有多火爆。

她用个人名义要了个包厢,白脸高个子的服务生领她进去。走廊里铺着颜色艳丽的土耳其地毯,包厢的门上绘满烦琐妖娆的图案,走几步就可以看到一尊希腊风格的雕塑立在墙边,裸露的大卫,掷铁饼的运动员,塑像表面晶莹剔透,在明亮的走道灯下闪闪发光。包间在走廊最后一间,尽头的墙上挂了幅版画,毕加索风格,抽象难懂。

郗䅉清晰地记得那一晚目力所及的一切,在日后的回忆中,这些场景总是毫无征兆地同时涌现,不由分说堆砌在她眼前,而她不愿细看就硬生生把画面切断。

包间内很宽敞,摆着成套家具,玉面茶几上的酒水琳琅满目。

服务生走后,郗䅉打开音响,一边心不在焉听着歌,一边重温说服阮思平的措辞。

房间的私密性很好,房门一关,有种与世隔绝的错觉,好像你可以在里面干任何见不得人的勾当,而不必担心被发现。

郗䅉发现自己的思绪开始豁边,大概是紧张过头了,她自我解嘲地笑起来。

听了二十多分钟歌后,门被推开,还是刚才那个白脸高个子的服务生,他领着笑意盎然的阮思平走进来。

阮思平腋下夹着只黑色公文包,完全是领导者做派:"哎呀,小郗,不好意思啊,让你久等了。"

"没有没有,我也是刚到!"郗䅉忙起身让座。

阮思平要开车,滴酒不沾,郗䅉便点了茶和果汁。看他跟服务生开玩笑的模样,显然对这地方很熟悉。

阮思平愿意在蓝湾和自己见面,也许是想表明他的行为光明磊落吧?这样一想,郗萦便发现自己犯了个错误,因为这预示着阮思平依然没把永辉考虑在内,更不可能冒着被人议论的风险跟永辉进行内幕交易。

她还是没经验,考虑问题太单一了。郗萦懊恼地自责。

"郗小姐在电话里说,有一些关于富宁公司内部的问题想和我聊聊,我这来的路上就想,难怪你们宗总这么看重你,到我们公司半天的工夫,就看出问题来了,呵呵!"

郗萦被调侃得脸红:"阮总,我是不是不知天高地厚了?"

"哎!我那是玩笑话!如果不是想听听你的想法,这么大晚上的我还赶过来干什么呢!"阮思平一声叹息,"不瞒你说,我这个副总不好干哪!上任半年不到,千头万绪,无从下手,到现在也没哪件事儿是干干脆脆办完的,我这心里也窝囊着呢!就拿眼下这个项目来说吧,公司原来打算得挺好,搞改制,把产能翻番,争取三年内达到行业前三的目标。可一实施下去,味道全变了!招标成了利益部门的博弈场,今天你来打招呼,明天他来讲情面,我真是疲于应付!"

郗萦听得有些尴尬,无法接茬。

阮思平忙朝她摆手:"我不是说你们永辉啊,唉,当着郗小姐的面我说句实在话,你们那点规模还上不了场厮杀——我这么说,郗小姐不会对我有意见吧?"

郗萦笑着说:"怎么会呢!我就是想听阮总讲真话,那些场面上的客套就在场面上讲吧。"

"呵呵,你能理解就好啊!你们一趟趟来找我为的什么,我懂。但我就是有心想帮你,也没这个能力。"

阮思平与她推心置腹讲了自己的难处，既要把事情办好，还得兼顾各方利益，平衡种种错综复杂的关系，目前的格局大致就是这样了，再想有所改变，很难，毕竟相关人员前期做了大量工作，不可能推翻重来。

郗紫等他讲完，才说："阮总，恕我斗胆问个问题。"

"嗯，你说。"

"我听您刚才这一番考虑，都是在顾虑别人，您有没有为自己想过呢？"

阮思平稍稍愣了一下，随即笑起来："郗小姐有什么想法，可以直说。"

郗紫正要开口，有人敲门，那个被阮思平称作小丁的服务生再次走进来，一脸歉意，还微有些惶恐："不好意思阮先生、郗小姐，这个包厢被人预订了，我……我之前不太清楚，所以得麻烦你们挪个房间，实在对不起。"

郗紫被打断了话头十分不悦，而且也觉得他这个要求太过分，便数落了小丁几句："哪有你们这么办事的，我从来没听说订了包间还要给别人让出来的，他们是客人，我们难道就不是了？"

碍着阮思平的面，她说话已算客气，当初在 TEP，郗紫负责给出差来三江工厂的各路同事预订酒店，无论同事们在酒店出现什么样的问题，哪怕有些问题摆明了是 TEP 的人造成的，出于一种强悍的企业文化，郗紫从来都是维护自己的同事，把责任统统归咎到酒店头上。

小丁被她训得脸发白，再三表示这一单他给郗紫打六折。

郗紫说："我不稀罕打折，我就是不想换地方。"

小丁说不过郗紫，一脸为难地呆杵在他们跟前。

阮思平见状便问小丁："对方什么来头？"

小丁说是个建筑老板，老客户了，并暗示这人背景不太干净，跟黑道上的人有点关系，所以比较嚣张。

阮思平不想多事，和颜悦色劝郗紫："要不就换吧。也不是什么大事。"又转头吩咐小丁："你得把我们的东西都挪过去啊！"

小丁惊喜不已："一定一定！谢谢阮先生理解，哦，还有郗小姐，非常感谢！"

既然阮思平开了口，郗紫便不好说什么了。

新挪的包间在走廊另一边，摆设跟原先那间差不多，不过看上去漂亮多了，一组崭新的嫩黄色沙发占据了近两面墙，特别亮丽抢眼。郗紫估计是会所弥补他们的表示，愠意也就淡了许多。

阮思平打量着房间，对小丁说："这个包间我还是第一次进来，格局比刚才那个好，更洋气，就是小了点儿。"

小丁忙解释说，这个房间重装过没多久，最近刚开始推广。

小插曲很快就过去了。

等房间里重归宁静后，阮思平笑着对郗紫说："好了，咱们言归正传，我想听听你是怎么为我考虑的。"

郗紫脑子里一刻都没放松过："阮总，我不太会客套，怎么想可就怎么说了。"

阮思平笑着示意她往下说。

郗紫道："目前这个竞标项目，阮总是从前任那里接手的，您操办好了，大家会认为是前任的功劳，若是有点什么闪失，对您的名誉损失更大，公司上上下下的人可能会误认为阮总的能力比不上前任。"

阮思平并未太放心上："没办法呀，这个烫手山芋不论愿不愿意，我都得接嘛！"

郗紫不露声色道:"我听说阮总为了省钱,把拟建的一个员工楼盘给暂停了?"

"呵呵,是不是有人向郗小姐抱怨了?"

"物不平则鸣,更何况是人呢!中下层员工判断一个高管英明与否,大多会和自己的利益挂钩,这个楼盘在阮总的前任手上审批通过了,却在您手上被暂停,您认为他们会怎么看待您?"

阮思平沉默,他并非没考虑过这个问题,但实际情况令他捉襟见肘,他认为员工的利益是暂时牺牲的,然而对何时才能将此利益返还却心里没底。

郗紫察言观色,又向前推进一步:"员工对管理层升迁没有话语权,但他们的不满会形成一股暗流,间接影响到上层的评判,民心如水,水能载舟,亦能覆舟。"

阮思平看向她,目光中隐隐有赞赏之意:"那么,你有什么高见呢?"

郗紫感觉火候已到,她做了次深呼吸,随后抛出自己费尽思量想出来的方案。

"阮总,我是这么替您考虑的,如果您在这次招标中把各方利益暂搁一旁,然后把评标标准朝性价比高的供应商倾斜,说不定能从中节省出一大笔资金,到时,您可以把这笔钱转去建员工楼盘,这样一来,员工满意度上去了,阮总的民心也算是挣到了。"

阮思平微笑:"你提到的这个倾斜方向是肯定的,再怎么说,买东西质量必须得放在首位嘛!但省下来的钱也不足以重启建楼啊!"

郗紫脱口而出:"如果您有心想做,永辉可以在报价方面再做一次大让步。"

阮思平一听立刻来了兴趣:"哦?你们最低能到多少?"

郝紫明白成败在此一举,她不再犹豫,当即把梁健告诉她的底线给报了出来,阮思平也大感意外,怔了好一会儿。

郝紫趁热打铁:"阮总,我替您算过,如果照这个报价走,楼盘的启动资金是没问题的,而且在付款周期上,咱们也还可以商量。"

阮思平神情郑重起来:"你能代表你们公司吗?"

郝紫咬咬牙:"能!"

这对阮思平而言,是个非常诱人的建议,他站起身,在包间里来回行走,时而低头,时而目光平视,紧张地思考,迅速权衡着各种利害关系。郝紫的心怦怦直跳,她知道最为关键的时刻到了,一声都不敢吭。

良久,阮思平的眉头终于松开,他走回来,重新落座,郝紫死死盯着他的眼睛,恨不得立刻就能从中检索到自己渴望的答案。

谈话还没开始,小丁又进来了,手上端个托盘,分别给两人的杯中续满茶水和果汁,脸上还洋溢着感激的表情,比刚才更浓烈。

"郝小姐,我们经理说了,非常感谢您和阮先生的配合,这一单我们会所给您全免。"

"哦,哈哈!不错嘛!"阮思平笑着说,"你们果然会做生意。"

郝紫也道了谢,但她对免单的事毫不关心,她的心思全在阮思平即将道出的决定上,而且,经过小丁这一打岔,她的心情被搞得更紧张了。

小丁走后,阮思平端起茶杯,招呼郝紫:"来,别光顾说话,喝点东西润润口。"

为表配合,郝紫连喝了好几口,差不多将果汁饮尽了,才放下杯子,神情恭谨地等他的下文。

解渴以后,阮思平终于慢悠悠地开口了。

"说实话,郗小姐,你这个思路我很赞赏,不过,实施起来难度不小啊!"

他没法告诉郗紫,宇拓是由提携自己上位的领导亲口关照的,除非他以后不再需要该领导的庇护,否则将大头分给宇拓是铁板钉钉的事,剩下那些零敲碎打的"安慰奖",还得用来照顾各种与富宁有深厚渊源的关系户,根本轮不上永辉。退一步讲,即便他把这些零星的单子全都给永辉,也不过杯水车薪,省下来的资金完全不足以重启楼盘。再者,永辉也不见得肯为了这点面屑在价格上做大幅让步。

但郗紫的提议还是给了阮思平很大的启发。

宇拓的董事长孔志成仗着与张廉关系硬,并不把阮思平放在眼里,虽然这个项目已经归在阮思平名下,但宇拓依然把好处全都往张家送,阮思平看在眼里,作声不得,内心却已经不爽孔志成很久了。宇拓他是必须接受的,但阮思平被郗紫一语点醒,他完全可以在价钱方面使劲再往下压一压嘛,而且到时还可以用永辉的报价来吓唬他们,即便最终成不了事,煞煞孔志成的锐气也好。

郗紫一听他的语气,心知不祥,脸色瞬间就转白了。

"我只能说声抱歉了!"阮思平的歉意是真诚的。

郗紫的心骤然沉下去,犹如失去平衡的陀螺,她来不及掩饰失望,猝然低头去端果汁杯,同时,一股热意迅速充盈眼眶。明知这样很丢人,她却无法控制自己。

果然是希望越强烈,失望的打击也来得越大。

她委屈失落的神色被阮思平尽收眼底,难免动了怜香惜玉之情,虽然这点感情远不足以让他改变决定。

他抽了张纸巾递给郗紫,语气格外温和:"小郗,真对不住,让你这么失望。"

郗紫不好意思地接了，低眉顺眼擦拭眼泪，幸好情绪很快得到控制，她抱歉地朝阮思平笑笑："是我该道歉才对，我的表现太不成熟了。"

阮思平和蔼地笑着，神色里平添了几分长者的慈祥。

"不是我夸大其词，工作了这么多年，像你这样头脑清晰的姑娘我碰见的真不多，小郗啊，你和那些装腔作势的女孩不一样，你是能干大事的，我今天就把话撂这儿了。不过有一点啊，我还是要提醒你，不要过于急功近利，太计较一城一池的得失。你做的这个工作，既要有锲而不舍的精神，更要有忍耐力，要等得起。"

郗紫的心情渐渐平静下来，反正是没指望了，她反而觉得轻松起来，阮思平的这番劝慰也起到一定的安抚作用，她真心实意地点头，表示接受。

阮思平主动给她添饮料："别灰心，这次的买卖不成，咱们还有下次。你也不是指着这一单过一辈子，对不对？"

郗紫抹掉眼泪，重新展露笑颜，举杯与阮思平相碰："那就借阮总吉言，但愿咱们能早日合作！"

阮思平呵呵地笑。

"小郗，我喜欢你这种个性，拿得起放得下，不瞒你说，我有个表妹跟你性子很像，小时候就数她最爱跟我斗嘴，可惜后来去了国外，嫁给了洋人，不回来了！"

郗紫不失时机，半开玩笑地说："如果阮总不嫌弃，就认我做干妹妹吧！"

阮思平一听，满脸愉悦，开怀大笑道："怎么会嫌弃，阮某求之不得！"

郗紫的笑容便更加甜美："阮大哥，以后有可以关照的地方，可千万记得小妹啊!"

"一定!一定!"

今晚两人刚碰面时,各怀目的——一个想攻,一个要防,谈话并不轻松,此刻大局已定,再加上郁紫的眼泪对氛围起到很好的软化作用,接下来的聊天内容不知不觉就往私人领域扩展。

阮思平谈到他们那代人年轻时生活的艰辛,求学的不易。郁紫也贡献了自己失败的恋情作为谈资,引出阮思平新的感慨,人一到他这个年纪,总是有诸多不顺(哪怕他有着不错的前景与和睦的家庭):杂务缠身导致严重缺乏私人空间和时间,家里儿子不省心,老婆要求又太多。

郁紫渐渐感觉到一种奇怪的晕眩,她没有喝酒,而这种晕眩跟醉酒的感觉也大不一样,她猜想,也许是之前自己太紧张了,或者房间里气闷的缘故,不是说这个房间才装修过吗,她对气味又特别敏感,而鼻息间确似有残留的涂料味飘过。

她的脑子沉沉的,坠坠的,像要把她拉向一个未知的黑洞,而阮思平的声音忽远忽近,显得飘忽不定,他的脸也仿佛是无数个拷贝的重叠,显得怪诞离奇。在所有这些幻象之中,她却能清晰捕捉到阮思平的眼睛。

他的目光从很远处投射过来,那双眼睛里有着她无法接受的含意,暧昧而模糊,带着浓厚的色迷迷的意味。她急切地想要辨清现实,然而,她越是想看得清楚一些,眼前的场景便摇晃得越厉害。

不祥的预感正黑沉沉地从头顶笼罩下来,可她无力推开,恐慌攥住了她,心跳也正在进一步失控,她根本没办法挣脱眼前的一切,在意识飘远前,她依然死死抓住"侥幸"这根浮木不肯撒手。

一夜的梦荒唐至极,而且惊世骇俗。

渴望从每个毛孔中喷薄而出,郗萦梦见自己与一具白胖的男性身体反复纠缠,那样肮脏,又那样酣畅淋漓,她不知廉耻地从中得到了满足。

醒来的刹那,郗萦的身体里仍荡漾着那不计后果的情欲的余孽,在圣洁的晨曦中,她觉得一切更加罪恶、羞耻,只想尽快忘掉。

然而,她很快就发现不对劲。

明亮的光线并非来自窗外,而是灯光,贴着金色墙纸的天花板让她的脑子陷入一片空白,她不在自己的小屋里,更不清楚现在是什么时间。

身上感觉到凉意,她本能地用手去摸索,悚然发现,除了一块厚实的毛巾毯搭在她腹部外,身体其余部分竟不着寸缕,她猛地翻身坐起,目光急迫而惊骇地在四周搜索:华丽的家具、各种奢华的摆设,她躺在沙发上,嫩黄色的宽大的沙发——她忽地清醒过来,这是蓝湾会所的包房,她整晚上就没离开过这儿!

几乎是在感到恐惧的同时,她已看到沙发另一边还躺着个人,白胖的男性身躯,与她一样,除了腰腹处裹着毛巾毯外,基本上也是赤身裸体。

等她看清那是还在熟睡中的阮思平时,郗萦脑子里顿时如爆竹般炸裂开来,轰然作响,把她整个人炸得四分五裂!

那不是梦,所有那些肮脏恶心的场景都曾真实发生过!

她发出撕心裂肺的尖叫。

阮思平从混沌的睡意中惊醒,脸上挂着懵懂,双手在堆满赘肉的身体上划拉,随即看见一边发抖一边迅速往身上套衣服的郗萦,他一脸大惊失色的表情。

"这是怎么回事?!"他喃喃地,过于惊恐地问。

没人回答他。

郗紫的裙子拉链给卡住了,拽到一半怎么都拽不上,她下死劲往上拉,拉链断了,裙子开着一小道口子,幸好她随身带了件薄外套,胡乱穿上,勉强能遮住损坏的地方。

她嘴唇泛白,眼神绝望,阮思平彻底清醒过来,意识到事态的严重性。

"小郗,这是误会!你听我解释,我没有,我……我不知道怎么会,我糊涂了,什么都不记得了……小郗!郗小姐!"

他装腔作势的声调加重了郗紫的恶心感,她连扭头看一眼的勇气都没有,在阮思平徒劳的叫唤声中冲到门边,咬牙拉开把手,一阵风似的跑掉了。

早上七点,郗紫守在梁健的房门口,她敲过门了,里面没人。

她双臂抱在胸前,背靠墙站着,佝偻着腰,那样子既像在思考,又好像哪里不舒服。她已经洗过澡换过衣服,但似乎没什么效果,她依然颤抖得厉害。实际上,她根本无法思考,她在跟自己的记忆做斗争,那些骇人而邪恶的场面争先恐后涌入脑海,她嫌恶地推开,它们消失了片刻,又顽固地反扑回来。

梁健终于出现在走廊上。

"早啊!小郗,你怎么在这里?吃过早点没有?"他快步朝郗紫走来,"我刚去自助餐厅吃了点东西,打算再过半小时给你打电话,咱们一会儿就回三江,在黎城没什么可干的了……"

他讲个不停,郗紫突然朝他转过脸来,双眸通红,一脸憔悴,还带着惶遽。

梁健察觉到她的异常,猛然顿住:"你怎么弄成这样?出什么事了?"

"梁总,我……"郗萦嘴唇哆嗦着,无法说出一句完整的话。

梁健迅速取出房卡开门:"进来说!"

他的房间格局和郗萦住的那间一模一样,她走进去,径自打开写字桌底下的柜子,又拉开小冰箱的门,取出一小瓶洋酒,也不征求梁健的意见,用力拧开盖子,仰头一阵猛灌。

一股暖流从心底直蹿而出,镇住了全身的颤抖。

梁健站在郗萦跟前,关切而疑惑的目光始终注视着她:"到底怎么回事?"

郗萦终于开了口:"我被暗算了!"

第五章 埋葬

"谢谢阿姨!"女孩甜甜地笑。

她的眼睛多大呀,里面盛满了蜜糖,郁萦忽然渴望生在那双眼睛所看到的世界里,没有罪恶,没有阴谋。

有人持续敲门,谨慎而礼貌。

郗紫慢吞吞下了床,披上外套走到门边,透过门孔往外扫了眼,是来提供客房服务的酒店工作人员。

她打开门,服务员含笑推着餐车进来。

郗紫没觉得饿,但梁健坚持给她订了一餐饭。

"一定要吃东西,否则身体会扛不住。"

牛腩面配烤鳗鱼,还有一盘生菜沙拉。浓郁的食物香气令郗紫生出重回尘世之感。

听完郗紫简短却是支离破碎的讲述,梁健气得浑身哆嗦。

"听着!你哪儿都别去,回房里待着,好好休息,我这就过去找那混蛋算账!"

此刻是中午,梁健杳无音信,郗紫也不敢打电话问他进展,仿佛任何与阮思平沾边的事都会让自己陷入二次伤害。

她努力吃喝,饿的感觉追随而来,身体正从最初的震撼中一点点恢复,但她还是无法回忆昨晚,更不能分析,思绪只要稍微一转过去,她就开始头痛。

吃过饭,她打开电视,看了七八分钟,但什么都没看进去,她与电视之间隔着一层屏障,这层屏障也将她与整个现实世界分隔开来。她不知道自己究竟在想什么,思绪杂乱、无序,直到困倦将她包围,她歪在床上,沉沉睡去。

午后三点,梁健回来了,他没回自己房间,直接敲开了郗萦的房门,脸色疲倦,步履拖沓。郗萦不敢看他的眼睛,所有不确定的、难熬的、恐怖的感觉又回到她身上,她无力驱除,只能任由自己流露出最为脆弱无助的一面。

郗萦垂头坐在床边,梁健靠在写字桌的边沿上望着她。

"我到蓝湾的时候他已经溜了,现场处理得干干净净,这不奇怪,他是个谨慎的人,事前肯定都考虑周到了。没人知道昨晚发生过什么,这件事显然是他买通小丁一个人干的。小丁不在,我联系不上他,也没法明目张胆问其他人。我估计那混蛋应该到公司了,就打车去了富宁,他果然在办公室里。"

郗萦浑身筛糠似的抖。

"一开始他不承认,我跟他谈了很久,他一口咬死没那回事,后来我说,昨晚你没回家总是事实吧?如果我告诉你老婆,你不是出公差,而是在外面玩女人,她会怎么想?即便你把痕迹消灭得干干净净,你老婆对你难道一点都不起疑?还有,世上没有不透风的墙,只要你干过的事,总会留下蛛丝马迹,你可以收买小丁做手脚,我为什么不可以?只要我出更多的钱,不怕没人开口。我说完这些,他态度才软下来,但还是含糊其词。"

梁健小心地瞥了郗萦一眼:"后来我说,小郗那里保留了证据——小郗,原谅我不得不撒这个谎,这家伙太不是东西了!"

郗萦低着头没说话,左手紧握右手,想把恼人的战栗捏得粉碎。

"我没告诉他到底是什么证据,但向他保证到了法庭上绝对有效。他终于开始担心,怕我说的是真的。他考虑了五六分钟,然后要求我证明自己没带录音笔之类的东西在身上。他说,只要咱们不闹,他愿意做出一些补偿。我说这事我做不了主,得看小郗的意思。"

梁健盯着郗紫,声音低下去:"小郗,你打算怎么办?"

郗紫的脑子里满是乱糟糟的回响,一颗心又乱又痛,完全无法冷静下来思考。

"你要不要报警?"梁健的口吻小心谨慎。

郗紫黯然摇头:"我不知道。"

"你要跟他谈谈吗?"

郗紫眼里闪过惊惶:"不,不要!"

她一点都不想再见到阮思平,这辈子都不想看见。

"那么……"梁健的嘴巴从左边努到右边,有点难以启齿似的,"他提了个建议,作为这个意外的……补偿。"

见郗紫没有反对,他才缓缓说下去。

"他的意思是,只要这件事不公开,他……会在招标时想办法给永辉找些机会。"

郗紫咧了咧嘴,想笑,眼圈却瞬间红了:"我不是出来卖的!"

梁健挺直了腰:"好,那咱们就报警!"

郗紫却又犹豫起来。

报警,把这桩丑事公开,于阮思平的事业、家庭固然都有损伤,但那样对她又有什么好处?况且,她手里没有任何证据,这事闹到最后搞不好还是自己吃亏。更为重要的是,她对自己能否承受随之而来的种种非议也毫无把握。

"我能再考虑一下吗?"

"当然,决定权在你手里。"

郗紫把脑袋低下去,深深埋入拱起的双腿与腹部形成的空隙中。

第五章 埋葬

梁健默默等了会儿,问:"你饿不饿?咱们先去吃点东西。"

郗萦摇头。

"那就去喝杯咖啡,先放松放松,别老钻在这件事里。"

"我不想出去。"

她害怕走到人群中去,害怕与他人目光相触。她怕喧哗,一切热闹喧腾的场景。

梁健走到她身边,语气轻柔但很坚定:"小郗,这不是你的错。你是为公司才走到这一步的,我和宗先生会一直站在你这边,支持你……"

宗先生。

郗萦直到此时才想起这个人,她猛然抬头,嗓音里有抑制不住的战栗:"宗先生知道了?"

"没有,我还没来得及给他打电话。"

"别告诉他行吗?"她痛苦地移开视线。

梁健愣了一下:"但如果咱们报警的话……恐怕瞒不住。"

郗萦沉默。

梁健不敢催逼她,但坚持要带她出去走走,她不能老这么躲在房间里。

"这不是世界末日。"他说。

他们出门时,天色已暗,夕阳的余晖将建筑物的影子拉长,市声熙攘,但人们行色匆匆,谁也不去注意谁,郗萦紧绷的心弦缓缓松弛下来。

在一家生意火爆的面馆里,梁健让郗萦坐在位子上守着,他到柜台点吃的。起先,郗萦只敢盯着面前的筷筒发呆,乱糟糟的喧哗形成一种均匀的市声,作为背景将她包裹起来,她感觉自己像个易碎的泡沫。

"阿姨,我要一双筷子!"一个四五岁大小的女孩双手扒着桌子边沿请求她。

郗紫忙抽了一双递给她。

"谢谢阿姨!"女孩甜甜地笑。

她的眼睛多大呀,里面盛满了蜜糖,郗紫忽然渴望生在那双眼睛所看到的世界里,没有罪恶,没有阴谋。

梁健走过来,把点单收据压在号牌下,然后坐到郗紫对面的椅子里。

"这家店的鳝糊面做得不错,算老字号,我之前来出差,晚饭都是在这儿解决的。"

郗紫点点头,抽出两双筷子,用餐巾纸反复擦拭,然后将其中一双轻轻搁在梁健面前的小碟子上,她举止局促,像换了个人。

自从出事以来,郗紫一直不敢与梁健对视,他心生怜惜,又不知道该怎么安慰她。

面条端上来了,香气扑鼻,周遭都是呼哧呼哧吞面的声音,这平日里令郗紫觉得不雅的行为,此刻仿佛被赋予了新意,它象征一种对流言满不在乎、对世俗评判的反抗姿态。

她吃着面,也想发出响亮的声音,但做不到——在家吃饭时,母亲不许她说话,不许发出吞咽食物的声音。

这一天格外漫长,郗紫把自己完全交给梁健,他说去哪儿就去哪儿,他说干什么就干什么。她让脑子停顿下来,唯有如此,才能勉强让自己平静片刻。

第五章 埋葬

梁健就这样陪她走着,不多话,哪怕是无关痛痒的谈话也会耗费精力,他让郗萦的神经得到彻底放松,让她从激愤的状态中逐渐恢复理智。

郗萦由衷感激他。

因为这个突发事件,他们不得不在黎城多待一天。梁健说,他告诉宗兆槐他们还在富宁做最后的争取,没提郗萦的事。

他们返回酒店,梁健送郗萦回房后,没有立刻就走。

"现在感觉好一些了吗?"

郗萦点点头。

"明天咱们就回去了,如果你想报警,最好尽快。"

噩梦如阴影般重新追上了她。

郗萦一直觉得自己够坚强,连高谦的背叛她都是昂着头颅挺过来的,现在她才明白,真正残酷的打击是什么样的。它像一把重锤,带着惯性从远处砸来,在毫无征兆的前提下,朝你重重击下,瞬息之间就能把你砸得粉碎。

"如果……不报警呢?"她哑声问。

"那就用另一种方式来处理。"梁健的声音冷静而克制,"我反复考虑过了,这件事不能就这么算了,必须让他付出代价。"

郗萦很清楚梁健所谓的代价是什么。之前永辉无论怎么努力都于事无补,而她的鲁莽却为黯淡无光的前景意外开辟了一条新路,真是讽刺。她在心里苦笑,但并未因为梁健打算利用自己的痛苦而愤怒。没错,阮思平必须为此付出代价。

"我不想再出面。"她垂眸低语,算是默认了梁健的提议。

"不用你出面,我会全权负责。"梁健宽慰她,"我知道你想赶紧脱身,我也这么希望。我向你保证,这件事除了你我,那个混蛋,或许还有小丁,不会再有其他人知道。小丁不见得了解太多,而且他已经溜得人都不见了,姓阮的自己不可能往外说,过不了多久,你的生活就会恢复平静。"

这保证对郗紫而言充满诱惑。她忽然忆起儿时的恶作剧——她与邻居男孩失手杀死了一只白色芙蓉鸟,为了逃避惩罚,他们把鸟埋进远离家门口的一个荒废沙堆,然后谎称鸟不小心跑了。过了两周,她和男孩忍不住跑去沙堆查看那鸟的下场,发现它只剩了一具残骸。

后来男孩因为搬家不知去向,这桩在当时让她颇感震撼的杀戮至今无人知晓,虽然它深深藏在郗紫的记忆里,随着时光的流逝,某些细节被夸大,深刻得好像永远难以磨灭,但因为有足够的时光相隔,不会对她造成伤害。

任何秘密都会被岁月侵蚀得模糊不清,你永远只会记得你愿意记住的部分。

在实际生活中,埋葬远比追求所谓的正义省事,你只需盖上沙土,然后转身,遗忘。反之,你会无休止地一遍遍重新进入那片黑暗森林,不断重温、讲述,反反复复刺伤自己,直到麻木。正义来临时,也许你已经遍体鳞伤。

郗紫知道这是懦弱、逃避,但接受起来的确没那么艰难。

她深深吸了口气,好像同时吸入了一个决定,然后徐徐吐出,她听见自己的声音,干涩而沙哑:"那就……按你的意思办吧。"

刘晓茹看见郗紫时吃了一惊:"小郗姐,你怎么瘦了一圈?"

"是吗?"郗紫略显尴尬地摸摸自己的脸,"可能是睡眠不好吧。"

从黎城回来,她没有立刻上班,休息了一周才回公司。

"富宁的项目很难搞吧,进展怎么样了呀?"刘晓茹兴致勃勃地打听,"梁总什么消息都不透露,也不说有戏,也不说没指望,神神秘秘的。"

"我也不清楚,我只是个陪客。"

刘晓茹嘟起嘴,断定郜紫是在敷衍自己。

"不说算啦!哦,梁总交代了,让你一到公司就去找他。"

"他在办公室吗?"

"在啊!他最近可忙了,每天七点不到就来公司啦!"

郜紫在走廊上迎面撞见宗兆槐,他从办公室里出来,看样子是要去车间。两人目光碰触的刹那,郜紫差点就想转头跑掉。

"回来了,小郜?"

宗兆槐温和的笑容一如既往,口气也淡淡的,总是那样漫不经心,但他的眼神与往日不同,带些探究的气息,也许他和刘晓茹一样,注意到她骤然瘦削的容颜。

郜紫点点头,转开视线,匆匆往前走,几乎要小跑起来。

她休假时,有个公司的座机号码打给她,她等了很久才接,但对方已经挂了。郜紫查公司电话表,是从宗兆槐的办公室打出来的。

她出完差直接请假,梁健肯定会帮她编造一番合理的解释。

"小郜做项目还是不行。"他也许会这么告诉宗兆槐。若是从前,郜紫听到这样的评价必定会不服气。而如今,只要能将她与那段噩梦隔开,无论什么理由她都愿意接受。

宗兆槐对她一定很失望吧。他还想了解什么?或仅仅是问候?

几天前,郜紫还把他当成性幻想的对象,但现在,她最不想见的就是这个人。

梁健热情地把郗紫迎进门,又给她端来一杯热气腾腾的现磨咖啡。

"我让晓茹特别为你准备的,口感不错,还提神。"

郗紫接过咖啡杯,说声谢谢,坐下。以往这时候,她心里会升起期待,好像自己是一根长矛,随时有可能被投掷出去,夺取某种胜利。然而此刻,她捧着香气四溢的咖啡杯,却是心如死灰。

在家休养期间,梁健给她打过三四个问候电话,郗紫猜他大概是担心自己想不开。如果二十几岁遇上这种事,也许她会想到死,但年龄给了她足够的承受力,咬着牙,流着血,终归还是熬了过来。

"小郗,回来有什么想法吗?"

"想法"这两个字莫名刺痛了郗紫,她摇摇头。

"前两天,行政部主管辞职了,我不知道你对那个位子是不是有兴趣?"梁健审慎地望着她。

郗紫抬起头:"你希望我离开销售部?"

"不!不!这只是我个人的建议。"梁健清了清嗓子,"听说申请这个职位的人挺多的,晓茹也向我透露了想去试试的意思,对女孩子来说,算是个不错的职位,薪水不低,活儿也没太大挑战性……你在销售部也干了半年多了,如果觉得不合适,这至少是个挺好的机会。"

郗紫默然。

梁健又补充:"当然了,也不是说你只能去行政部,公司里其他部门你都可以考虑,只要你有意向,我会尽力为你安排。"

他的慷慨让郗紫感受到一份善意,也让她觉得安全——至少眼前这个人是靠得住的。

她轻声说:"谢谢,我能考虑一下再给你答复吗?"

"没问题!"他顿了一下,口气低沉了些,"你慢慢考虑,不必急着做决定,等富宁的项目完全结束后再调动也来得及。"

郗紫的身子难免一颤,她喝了口咖啡,鼓起勇气来问:"项目方面,还有什么需要我做的吗?"

项目的时间表在此之前已深深烙在她脑子里,不用刻意回想就能记起,下周就是投标时段了。梁健说:"文书方面的工作我完成得差不多了。"他笑了笑,"对外我会说都是你做的。下周投标,我和小葛两个人去就行,到时你找个由头休几天假,不用来公司,免得有同事问长问短。"

郗紫心存感激:"两个人恐怕应付不过来……或者,你就把晓茹调过来代替我吧。"

梁健手一摆:"不用!我刚跟宗先生做事的时候还没秘书呢,不也都过来了?反正现在外界都认为永辉只是个陪客,咱们就低调着点儿,不是坏事。"他神情郑重,"小郗,这个单子如果咱们真拿到手了,我还是会记在你头上。即使你调部门,我也希望你能风风光光地离开销售部。"

郗紫没有作声,现在她根本没法深思任何与富宁相关的事。不过这时候她又难免猜想,梁健一定正在进行着某种不可言说的活动,再怎样也无法否认,他利用了郗紫的不幸,尽管带着歉意。不过她不会因此谴责梁健——母亲常常教导她,不要以为有人会平白无故向你提供倚靠。

她不问,梁健当然也不会说,他们心照不宣,对那件事守口如瓶,这很好。

埋葬,遗忘,她正走在路上。

事实上,对于自己的未来,郗紫想得比梁健更远,她考虑过离开永辉——不久前的雄心壮志在那夜统统被葬送,她不会再做销售,也许重新找家外企,重操旧业做后勤,但内心不再躁动。

也许她还会考虑找个可靠的男人结婚,一辈子躲在婚姻城堡里,不再有坚如磐石的意志(她似乎也从未拥有过),也不再野心勃勃。走大多数女人走的路,这算不上太坏的选择。

但目前还不是时候。

她不想因为自己的离开引来狐疑的议论,那些不祥的猜测会像阴影一样尾随着她,说不定还有可能破坏她彼时已经到手的新生活。

必须要等项目尘埃落定,等沙土将秘密埋葬得足够严实,等"它"连残骸都不剩的时候再走。唯有将一切残痕都处理干净,她才能够安心向前。

秘密像一个两头尖锐如针的硬核,它顶在郗紫的身体里,只要有所动作就会被刺痛。在觉得自己快要扛不住的时候,她给姚乐纯打过电话,她需要倾诉,尽管此前她一再告诫自己,遗忘是最稳妥的办法。

姚乐纯在电话里快乐地问候着她,同时对她的邀请感到抱歉。

"我见不得人啦!"她开心地娇嗔,"昨天吃了个芒果,没擦干净嘴巴,现在整张脸都肿了,像个猪头!咱们得等上几天才能见面!"

郗紫忽然想回去看看母亲。她真的那么做了。

母亲见她回来很高兴,当然她从不会喜形于色,多年来,她扼杀掉自己各种喜怒哀乐,如同行尸走肉般活着,而她自以为这是一种很高的境界。

两人一起吃了晚饭,饭桌上,母亲一反常态,喋喋不休说着不相干的事,谁家孩子终于结婚了,谁家女儿怀上了二胎,婆家娘家为姓氏的问题暗暗较劲,还有谁家儿子媳妇闹离婚,两个人家争抢孙子,把110都惊动了。

世俗生活就是一幕幕热闹的悲喜剧,被一代代传承下来,偶有疲倦感,也无人敢谢幕退场。

郗紫耐心地听着,心中却对这些内容充满鄙夷,而母亲的叙述和藏在后面的目的则充满了矛盾:她给郗紫展示别人婚姻的种种不幸,又希望女儿能尽早跳入同样的城堡。

"小紫,早点结婚吧,你虚岁都三十一了!我老了,以前要强,总希望你能出人头地,也许就是因为这种想法才耽误了你,现在我想……"

"别说了,妈!"郗紫骤然打断母亲,态度粗鲁得连自己都惊讶,她站起来,"我还有事,先回去了!"

她进自己房间取了几件物品,走出来时,母亲还愣愣地坐在饭桌前,手上捧着半碗米饭,她错愕受伤的眼神让郗紫心生怜悯——她是第一次被女儿这么吼,但郗紫不想弥补。

家里惯常而熟悉的氛围与她将要道出口的痛苦格格不入,而母亲也摒弃了一直以来要她独立自强的想法,改用世俗庸常的那一套来要求女儿。

郗紫断定,母亲不会是个好的倾听者,更不可能给自己提供什么好的建议,她也许会震惊,然后觉得女儿太蠢,她会把自己从这场谈话中遭受到的难堪与疼痛加倍还到郗紫身上。

郗紫明白,自己永远不可能向母亲揭开伤疤,并祈求得到安慰。

小时候,她也有过类似的无助时刻,软弱得想哭,想找个怀抱汲取一点温暖。她去找母亲,母亲仅仅皱一下眉,连训斥都不需要,她就委委屈屈地把哽咽吞回肚子里了。

"小紫,你要坚强,要有出息!你和别人不一样,你没有爸爸,你得靠自己,别指望将来会有谁当你的救世主!"母亲总是这样无情地提醒她。

在不合适的年纪被硬性灌入过于成熟的观念,等于剥夺了她在当时的某种权利——一种身为儿童可以幼稚可以撒娇可以不负责任的特权。

郗紫没有享受过这种权利,她的少女时期被母亲赋予了实现野心的重任:母亲希望父亲能看到,在他缺席的情况下,女儿反而更出色。她不知道,过分的教育反而令郗紫叛逆暗生,并在情感上离她越来越远。

这一切都发生在郗紫回三江后的第二天,此后她再没产生过向谁求助的念头。

她用酒精麻痹自己。

在打开第一瓶酒时,她还起过抗拒的念头,也许她该坚强一点,清醒理智地熬过这一劫。

但面对那样一大坨黑色的污秽物,她实在太难忍受,那猥亵的梦境总是不断从脑海里冒出来,画面肮脏、恶心,而这些都是真的。

真不可思议,她居然有过如此愚蠢的自信——阮思平千方百计地躲避宗兆槐和梁健,却不躲自己,她不想想为什么,简直是送上门去被人践踏。

她用力旋开红酒瓶的盖子,倒满一杯,豪爽地饮下,没有任何不适感,她的酒量的确有所进步。她喝光了大半瓶,终于陷入迷糊,倒头就睡。

有天傍晚,郗紫坐在窗前,望着外面长时间发呆。脚边搁着一只红酒瓶,里面的酒已经少掉三分之一,不过那是昨天的战绩,今天她还没开始喝。

一想到喝酒,她的后脑勺就隐隐犯起疼来。酒能让她摆脱清醒的现实,但也会从她这里拿掉些什么,比如健康。

仿佛是突然之间,夕阳闯入她的视野,硕大的黄澄澄的一枚,耀眼夺目,又如此沉寂,不为万物所动。

不管你是不是注意到它,它每天都在有规律地起落,无穷无尽,直至永恒。

郗紫的心就这么平静了下来,不再躁动、失衡,同时,一股清凉之意贯穿全身,宛如真正的苏醒。这是此前她无论怎样努力自我安慰都无法达到的境界,身心自有它恢复的节奏。

她起身,拎上酒瓶,走到水池边,拔去瓶口的木塞,把酒全都倒进池子里。

一周后,姚乐纯到渔港来看郗紫,她脸上的"芒果肿"已全消,依然如花似玉,神采奕奕。

她对郗紫这段日子遭遇的变故一无所知,感慨完郗紫因工作繁忙而愈显苗条的体形后,她便兴致勃勃谈起了最近流行的一种穿衣款式,她认为那是一种恶趣味,但大众兴趣浓厚,而她自己则在坚持品味和金钱诱惑之间摇摆。

郗紫给她倒茶:"别急着说,我来猜猜,你肯定选择了钱,对不对?"

"错!这次我选了品味!我拒绝按编辑的意思写。结果你猜怎么着?我一下子得到四五篇约稿!说白了,这就是个需要坚持个性的年代嘛!"

"英明!"

两人哈哈大笑。姚乐纯不知道,这是郗紫连日来第一次发出笑声。

午间散步时,郗紫碰到何知行,他原本打算回公司,看见郗紫后改变方向,陪着她一块儿往前走。何知行端详着她原本圆润现在却略显瘦削的脸庞,眼神含情脉脉,仿佛郗紫是他的专属品。

"瘦了呢!"语气暧昧得令郗紫不得不走开几步,与他保持距离。

"怎么去了趟黎城回来就病啦?"

"吃坏肚子了。"她不咸不淡撒着谎。

何知行自以为是地呵呵了一声:"不光这个原因吧?希望越大,失望也越大哦!"

郗紫没说话,一步步往前走着,脚步不再如从前那样敏捷。进入六月,气温不高不低,舒适宜人,她穿着浅荷叶色的棉布套裙,肤白如凝脂,眼眸中昔日的傲气不复存在,现在她整个人都是柔软的,还有些忧郁。

何知行显然被她此时的样子迷住了。他收起嘲讽的口吻,开始安慰郗紫,给她的未来出谋划策,徒劳地做着各种努力。

郗紫现在很清闲,表面上,她还是富宁项目的参与者,但实际上已没什么可做的了,梁健也不再频频把富宁挂在嘴边,他开始狠盯其他单子,人们纷纷猜测富宁十有八九是黄了。

郗紫不主动找项目做,也没人管她,唯一能对她发号施令的梁健由着她。她知道自己这种状态会惹人说闲话,刘晓茹不止一次向她旁敲侧击,对她在公司的前途表示担忧,销售到头来还是要靠业绩说话的。

作为销售，成天待在办公室是不合适的，郗紫只能强打起精神，继续装模作样整理资料，和从前那样一趟趟往楼下跑。

中午时，她喜欢去资料室，管资料的女孩以为她要查文件，便把地盘让给她，自己去食堂吃饭了。

郗紫其实什么都看不进去，她觉得这地方不错，狭小，安静，时值饭点，也没什么人来打扰，她可以找份图纸装样子，发上半小时的呆，那种真空的、什么都不必想的状态令她沉迷。

这天她还在选文件时，玻璃门忽然被推开，发出粗暴的动静，郗紫浑身哆嗦了一下，惊恐回眸，看见宗兆槐从门外走进来。

郗紫的眼神把宗兆槐吓了一跳，宛如看到猛兽迫近时的羚羊，那种清楚自己无路可逃的、绝望、惧死的眼神。他怔了有两三秒，才低下头嘟哝："这门哪里卡住了。"

郗紫很快恢复正常，随手从架子上抽了本质量手册，在桌上摊开，低头翻看，心里却是一团乱麻。宗兆槐一进来，房间里的味道全变了，到处充斥着他的气场，没有哪里是安静的。

她想逃，但找不到适当的理由。

宗兆槐草草把弄了一番那扇有毛病的门，无果，便任凭那门半开着，转身朝郗紫走来，并在她侧面站定。

"哪里不舒服？"

郗紫低着头说："没有啊！"她死死盯牢眼前的几行字，反复读了几遍，没有理解。

宗兆槐沉默了一会儿，问："发生什么事了？你以前不是这样的。"

他在郗紫身上感受不到一丝往日的高傲和俏皮，此刻的她看上去毫无生气。

"没什么事。"她吸了吸鼻子,竭力保持镇定。

为了证明自己没撒谎,郄萦挤出个笑容,并抬头迅速扫了宗兆槐一眼。然后,她整个人都冻住了,宗兆槐目光深沉,好像发生过的一切他都心知肚明。这令郄萦猝然转眸,再也提不起矫饰的勇气。

她用力将手册合上,站起身:"我还有事,得走了。"

她来不及等宗兆槐给自己让路,就擦着他的肩过去,迅速穿过那道门,逃离。

郄萦不想继续无所事事地窝在销售部。倒不是说她在乎自己被人议论有吃闲饭的嫌疑,但即便她只是装出工作的样子,也无法避免在部门会议以及同事闲聊时触及一些敏感话题,有时也许仅仅只是一两个字眼,就能令她思绪翻飞,无论她怎么努力设防,意识总会在某个拐点上狡猾地打一个弯,随即粗暴而迅猛地把她推入黑色区域,让她在瞬间陷入沮丧无望的心理状态。

她向梁健申请调入行政部,梁健毫无二话,立刻帮她办理了转岗手续。

郄萦有了一间独立的办公室,虽然面积有点小,但她很满足。

刘晓茹帮她搬家,言语中充满不舍和隐隐的妒意,对一个立志做贤妻良母的女孩而言,行政部主管简直就是职业生涯的最佳归宿。

郄萦挪位子两天后,何知行晃荡到她办公室来,语气俨然如功臣。

"这就对了!我说什么来着,干销售没意思吧?女孩子嘛,还是适合处理些事务性工作,上战场打仗那是男人的事儿!"

郄萦却心知自己在这间办公室里也待不了多久,她现在是只受伤的鸟,等休养一阵后,她还得重新起飞,至于飞向何方,她还很茫然,但这是她得坚持的信念,她得靠这个支撑下去。

"富宁开始投标了,你知道吗?"何知行用对自己人的口吻轻轻说。

"不清楚。"郗紫尽量让自己表现得没那么生硬,"我都换部门了,这事儿跟我没关系了。"

"也对……听说咱们也去投了。"何知行还是忍不住向她透露,"位次排得很后面,有点像安慰奖,要能中那真是活见鬼喽!"他幸灾乐祸地说。

行政部的工作琐碎繁乱,郗紫的前任建立了一系列流程,以她的眼光考量,有极大的调整空间。起先,她忍着没动手,规划整理极费时间,督促执行更是旷日持久的过程,也许她不久就会离开,让一切半途而废。

忍了三天,郗紫到底还是着手整改了,无所事事远比白干一场更令她煎熬。

现在郗紫有三名下属,全是已婚已育的女性,从各个不起眼的职位一步步挪到了现在的位置,不出意外的话,她们是打算一直在这里干下去了。这三个人见识都不高,又缺乏改变的动力,郗紫向她们提出要求后,收获到的总是一张张迷惑不解的面孔,她不得不把意见写得更详细,更容易被领会,也更方便操作。

于是,郗紫开始频繁加班,但不要求她的员工也照做,她知道这些女同事都有孩子要照顾,当然,也多少清楚她们对自己的革新理念不以为然。

她几乎是狂热地陷入了这份新工作,因为当她全身心沉浸到条分缕析中时,她会忘记自己曾经遭受过的痛苦。

有天晚上,郗萦正加班查阅资料,突然像灵光闪现似的意识到一点:三名手下之所以怠于执行她下达的指令还有一个原因——外快。管厂车,负责食堂,采购文具用品,甚至废旧品买卖,只要是和供应商打交道,都有油水可捞。

换作六七年前她初入职场时,肯定铁面无私,搬出规章制度来执行了,老陈就是这样离开 TEP 的。

老陈是司机,租车公司外派到 TEP 来开小车的,归郗萦管。她两次抓到老陈上班时间躲在司机室睡觉。租车公司每季度都有考核表,郗萦如实填写了。表格还没交上去,老陈就来找她求情,说他以后会改,但要是让公司知道了,他的工作肯定保不住,希望郗萦给个机会。

她拒绝了。

"如果今天我包庇了你,以后就没法管别人了。"

那时,郗萦认为正义是绝对的,不容商量或妥协。

在职场泡久之后才发现自己的幼稚,她对老陈深感愧疚,当年的自己苛刻得不近情理。

现在,郗萦明白,任何领域都存在灰色地带,比如鲜有销售不虚报账目的。只要不出格,在情理容许的范围内,何必去挡人财路,况且靠那点小恩小惠也发不了财。

但这么一考虑,她对自己兴头十足地忙活的整改突然就失去了热情,好像整个计划就是场儿戏,避重就轻,光顾着做表面功夫了。神经一松弛,疲倦感就上来了。

看看窗外,天已黑得看不到边际。

六点时,她在餐厅吃了顿晚饭,这会儿又觉得饿了,看时间,已经八点半。她收拾了东西,锁上办公室的门回家。

走到楼梯口,身后有人叫她,不必回头就听得出是宗兆槐,天晓得他从哪儿冒出来的。郗紫只能停下来等他。

宗兆槐加快步伐走过来:"又加班?"

"嗯。"

两人并肩往楼下走。

"最近你好像天天加班吧?"

郗紫笑笑说:"你都看见了?新官初上任,最倒霉的就是老板看不到自己怎么卖力。"她现在直接向宗兆槐汇报了。

宗兆槐瞟了她一眼,注意到笑容重又爬上了她的脸庞。郗紫自己也觉得欣慰,也许换个环境的确有帮助,而且那事过去也大半个月了。

天大的灾祸,只要有足够的时间,最终都会化成一团模糊的黑影,被当事人踢得远远的。

宗兆槐问:"你走回去?"

"是啊!"

"这么晚了不太安全。"他略作沉吟,说,"我送你。"

郗紫不免诧异:"不至于吧,我每天都这么走回去的。"

"你肯定没看新闻。"宗兆槐瞥了她一眼,"南河巷出了桩命案,就昨天,凶手还没抓到,那地方现在都半戒严了。"

"这我知道,不过南河巷在西北边,我住南边,没什么关系。"

"凶犯是大活人,长着腿呢,谁规定他只能老老实实蹲南河巷了?"

郗紫以为他开玩笑,但走出行政楼后,宗兆槐还紧随她身旁,她便有点哭笑不得。

"我又不是三岁小孩。"

宗兆槐正色说:"三十岁的姑娘更危险——走吧。"

这份关怀让郁萦很不习惯,还有点疑心,他这么做是不是在补偿自己什么?这念头让郁萦陡然间毛骨悚然,好不容易恢复平静的心情又起伏不定起来。

如果真是所谓的补偿,岂不意味着宗兆槐已经知道了?

她胡思乱想着,不知不觉就随宗兆槐走到行政楼一侧的停车场——宗兆槐坚持要开车送她回去。

停车场与原料仓库相对,那里晚上没什么人。等他们走近,仓库里却传出轴承管掉落滚动的声音,凌乱、刺耳,水波纹一样扩散开来。宗兆槐立刻止步。

郁萦也紧张起来:"里面是不是有人?"

宗兆槐说:"你在这儿等着,我进去看看——也许有贼。"

郁萦忙拦住他:"别!太危险了,我到前面去叫保安来吧。"

"等他们过来贼早跑了!"

宗兆槐左右望了望,借路灯光在墙根找到一截铁棍,他俯身拾起,在手上掂了掂,就朝仓库里走,挺有信心的样子。

郁萦想象了下他与群贼打斗的场面,心头突突直跳,赶忙追上去,紧挨着他,压低嗓门,还试图劝他:"何必冒这个险,没必要。还是去找保安吧。"

这是个预备仓库,还没有完全启用,但面积很大,挑高六米,夜里走进去感觉格外空旷。仓库只在靠近大门的墙上亮着盏荧光灯,越往里走越昏暗,仿佛摸不到边际的汪洋。

宗兆槐脚步稳笃,他用与郁萦一样低的声音问:"你信不信命?"

"不信。"

"我信,死生天注定。"他说,"而且,越是怕死越死得快。"

他的镇定让郗紫紧张的情绪大大缓和,也是,大不了就是死嘛!

她从没这么大胆过,不过也许是因为有两个人的缘故。面对凶险难测的未来,有个伴儿无论如何强过独自一人。

"你看我提着铁棍,像不像悟空?"他还有心情说笑。

郗紫咧嘴,很快又收敛了笑意。

再往里走,更黑了,宗兆槐示意她别再跟着自己,郗紫不肯,她得看着他,她害怕等在某处,然后冷不丁听到他的惨叫,她觉得自己会心碎的。

"要死一起死。"她说,这话其实很不吉利,但说出口时有种酣畅淋漓的豪气。

宗兆槐笑了,他右手握棒,左手伸过来,拉住了郗紫的手:"走这边。"

郗紫忽然有种奇异的愉悦感,刚才还沉甸甸的心情,此刻已然飘飘悠悠起来,令她几乎忘了他们还身处险境。宗兆槐抓着她的手很有力度,在她转错方向或者脚步变慢时,他会牵引她走到正确的路上。他掌心温暖,传递出不容置疑的可靠,让郗紫不再担心他有可能在恶战中落败。

和他在一起,很安全。这是郗紫此时此刻所能感知的一切。

到了响声的发源地,但见原料散了一地,旁边是扇窗户,破了个脸盆那么大的洞,外面有微弱的灯光映射进来。

郗紫松了口气:"也许是猫。"

宗兆槐盯着那些金属原料:"猫有这么大力气?"

"……也许有一群。"

他瞥了郗紫一眼,郗紫讪讪。

宗兆槐把铁棍往地上一扔,有点遗憾似的:"当不了悟空了。"

须臾,值班经理带着两名保安气喘吁吁地赶到,宗兆槐嘱咐他明天让人把原料挪主仓库去。

"别图省事随便找地方卸货。还有,要加强保安的防范意识,增加巡逻次数,今天正好给大家都提个醒。"

经理唯唯诺诺。

交代完毕,宗兆槐就带着郗紫离开了,他坚持把郗紫送到小区门口才离去。

这一晚对郗紫而言是个转折,此前她很害怕看见宗兆槐,即便在走廊上相遇随便打个招呼她都会惊慌失措。但经历过假想中的死亡威胁后,她又能与宗兆槐自如对话了,她不再羞于迎视他投过来的目光。

他们重回到最初相遇的时刻,不,比那时更亲密。她刚进来时,对宗兆槐的态度多少是带点俯视的——看他究竟能把这公司带到何处,再直白点儿,他能经营多久?至于现在,她的姿态已经改成了仰视——宗兆槐身上有种力量,不那么容易被发现,但它很强大,且源源不绝,吸引着她忍不住想靠近。

郗紫买了辆自行车,开始骑车上下班,这样既节省时间,安全性也高点。

骑车上班头一天,她在市民广场旁的小道上看见正在晨跑的宗兆槐,他穿一身白色耐克运动服,步履坚定有弹性,脑袋高高昂起,显得意气风发,他跑起来速度不快,但很有节奏。

郗紫追上他,按两下车铃,放缓速度与他并行。

"偶遇成功!"她笑着调侃。

宗兆槐转头看见郗紫,立刻露出明朗的笑容:"骑上车了?"

"对啊！这样可以早点到公司，"她故作殷勤，"老板，我是不是个好员工？"

"哪有那么容易就当上好员工了！"宗兆槐说，"这样，咱俩比赛，谁先到公司，谁就是好员工！"

郝萦大笑。

宗兆槐斜睨她："还没比就认输了？"

"你不觉得这样很幼稚？"郝萦笑得脚都使不上劲儿了。

宗兆槐没理她，一本正经宣布："输的人请客！预备——开始！"

他刚一喊完就猛然提速往前飞奔。郝萦慌忙止住笑，用力踩踏脚，晃晃悠悠追上去。

她轻敌了，没想到宗兆槐跑步飞快，等郝萦回过神来要认真对待时，公司大门已近在眼前。他俩差不多是同时到达的，在谁的脚先踏入拉门那道坎儿的问题上争论不休。

最后宗兆槐妥协说："行，就算你赢了吧，我请你吃饭，地点你挑。"

郝萦笑："那我就不客气啦！我爱吃法式大餐：鹅肝酱、鱼子酱、澳龙……"

结果他们还是在镇上找了个小饭馆吃了顿本地饭菜。

服务员笑容可掬，态度极好，这令郝萦惊诧，她一直觉得三江的餐饮服务意识非常差劲，她还在 TEP 的时候，有次公司在市区一家著名的烤鸭店订座吃饭，因为服务员生硬的态度吵了起来，店员们自始至终都很强硬："不爱吃就走，我们客人多的是！"

她把这段经历讲给宗兆槐听，他笑，感同身受，又指指柜台："老板不是本地人，你现在知道为什么这里的服务态度好了？"

等餐时，他们很随意地聊起来。渔港这镇子大约有四万本地人，但因为十年前建起了工业园,陆续拥入近十万外来务工人员——全国大迁徙的一个缩影。

他俩都很喜欢这小镇,喜欢它与城市保持相当距离,喜欢这里的宁静。

饭菜上来了,口感居然不错,尤其是椒盐排骨、老烧豆腐和荠菜大馄饨,完全超出郗萦预期,她暗忖将来可以请姚乐纯到这儿来打牙祭。

"如果不是来永辉应聘,我都不知道三江还有这么个地方。"

宗兆槐接口说:"是啊!如果不是建厂做生意,我也绝不可能到这地方来,而且一待就是五年。"

"可你本来就不是三江人吧?"

"谁说我不是?"

郗萦瞧他神色就知道他又在逗自己,便反诘:"你会说三江话吗?"

宗兆槐勇敢地试讲了两句,但磕磕巴巴,犹如一只松鼠在树洞里探头探脑,毫无自信。

郗萦捂嘴笑了会儿,忽然说:"你好像变了。"

"你指哪方面?"

"你以前总是一本正经的,没这么爱说笑。"

宗兆槐看看她:"那时我们还不熟,所以你不够了解我。"

"那你觉得自己是个什么样的人?"

他挺当回事地想了想,回答:"执着、认真、友善……偶尔也喜欢耍耍宝。"

一周都没到,郗萦的自行车就在公寓楼下丢了,她只能继续步行。

传闻渐渐多了起来,人们开始猜想宗兆槐在追郗萦,或是相反,郗萦在追宗兆槐,怀疑的人越来越多,刘晓茹终于被派来向郗萦打探口风,并转达其他女同事的羡慕妒忌之情。

当一个大众情人单身时,仰慕者可以在彼此之间公然表达爱意,因为他不属于任何人,她们是共享关系。一旦他被宣布为某人独有,以往的爱慕很容易会转成对某人的妒意。

郗萦始终保持着冷静,她很清楚,自己不可能跟宗兆槐发展出雇佣关系以外的任何关系。她的确喜欢靠近他——他的温和善意如同良药,正让她从噩梦中一点一点恢复过来。但她绝不会靠得太近,有东西明确横亘在他们中间,即使她竭力想忘记,却依然无时无刻不感觉到它的存在。

况且知道那件事的人不止她一个,如果哪天自己真的和宗兆槐发生些什么,以梁健对宗兆槐的耿耿忠心,他大概很难保持沉默。

现在这样的距离刚刚好。

不过有时——很偶尔的,她会希望梁健已经把秘密向宗兆槐坦白了,这样她就不必在面对宗兆槐时,总怀着一种矛盾而复杂的心情。

下午两点,郗萦躲在办公室里画图。

她很喜欢两点到四点的这段时光,大部分人昏昏欲睡,世界因此显得安宁平和,毫无冲突的可能性,也没有杂念横生,一个自我充盈满足的时空——前提是没人来打搅。

门被敲了两下,郗萦抬眼,看见宗兆槐走进来。

他穿了件黑色T恤,配一条珠灰色棉布长裤,式样比较宽松,两只手都插在裤兜里,和室内的悠闲氛围颇为相衬。

郗萦注意到,宗兆槐最近在衣着上比以前讲究了许多,虽然还是休闲裤和衬衫T恤之类,但款式、颜色都丰富了不少,连头发也时刻保持整洁精神,好像随时会上电视接受采访似的。

"在忙什么?"他走近,两指拈起一张已经完工的A3纸,上面画着一些安全标示和注解。

郗萦向他解释:"我打算做一些EHS(环境、健康与安全)方面的知识普及宣传画。"

部门内部的流程整改已经完成,因为不触及实质,她的三名手下均抱支持态度,表面文章做得都是可圈可点。接下来,郗萦打算在安全领域继续忙活点东西出来。工作就是这样,只要你想,永远能找到事做。

据郗萦观察,永辉的员工普遍缺乏安全观念:车间区域的各类警告标示不够明确;压铸间的行车在作业时底下居然有人随意走动;而配电间的门锁总是开着——有次她走路不小心,差点跌倒在那些裸露着金属的开关上,工人告诉她那些金属都带强电流,一碰上就得完蛋!

她忧心忡忡问:"为什么不把门锁起来,或者用绝缘材料做个防护罩?"

工人们回答:"那多麻烦!"

郗萦在TEP时,每年都要完成一次EHS方面的线上测试,题目内容大同小异,这么多年做下来,即便没有资料可查,她光靠回忆也能整理出较为详细的安全须知。

"这主意不错!"宗兆槐露出满意的神色,不过他随即问,"你就画在这种纸上?会不会小了点,你不是打算做成海报吗?"

"公司只有这么大的纸,设计室倒是有大尺寸的,不过拿来画画有点浪费了。"

宗兆槐的手掌在桌面上用力按了两下,然后说:"这有什么难的!跟我走,咱们找家文具店去买纸。"

郗紫惊得下巴差点掉下来:"现在?!"

"嗯哼!"

"你,你没别的事忙吗?"就为买几张纸,劳动总裁大驾,真是闻所未闻的事。

宗兆槐笑了笑:"你得知道,处在我这个位子上的人,除了出麻烦时救救火,主要就起个监督作用,我可以表现得很忙,让员工觉得我什么都了解,但哪天我想给自己放个假,应该不会有人反对。"

他是老板。郗紫屈服了,简单收拾了一下,拎起包跟他走。

他俩一前一后从大厅走廊上经过,好多双眼睛都朝他们看着,郗紫尽量无视,她望着宗兆槐的后脑勺,真想看看他此刻的表情。这么嚣张地印证传闻,他究竟是怎么想的?

他们去了市区的老牌百货大楼,地下一层有个文具超市,供货全面。郗紫从读小学开始就没少在这地方逛。她很快找到摆大型纸张的货架,五颜六色,材质各异,一沓沓平躺着。

郗紫挑了几款浅色纸,小心抽出,宗兆槐像随从似的帮她把纸张卷起来,拿在手里。

一位满头灰发的老人朝他们走来,用三江话问宗兆槐:"师傅,毛笔在啥地方啦?"

宗兆槐立刻流露出一丝窘迫的神色,四下张望,不知道该怎么指点对方。郗紫忍住笑把正确的方位告诉了老人。

"师傅,这些纸麻烦帮我卷起来。"她学老人家的口气,"谢谢了,师傅!"

"笑什么?"宗兆槐自己嘴角也含着笑意,"师傅是个尊称。"

"你其实没弄明白他在说什么吧?"

"我能听懂!"他辩解,"但我没在这儿买过毛笔。"

他认真解释的神情让郗萦再次笑了起来。

市区车位紧张,宗兆槐只得把车停在百货大楼的对面。他们沿原路返回,经过一条点缀着古罗马式柱子的走廊,沿街店铺的橱窗里,穿各种款式服装的木制模特争奇斗艳。

宗兆槐忽然发出"咦"的一声,在一家麦当劳门口止步。

"饿了!"他说,说完很干脆地推门进去,郗萦怔了一下,只得跟着。

排在不算长的队伍里,宗兆槐问她:"你想吃什么?"

"我不饿……来杯橙汁吧。"

店堂里没有节假日那么挤,但人还是不少。取了餐,他们在靠近垃圾箱的一个角落找到张狭窄的小桌,两人面对面坐下。

宗兆槐剥开包汉堡的纸,浓郁的香气直扑郗萦鼻子,她觉得桌子实在太小,稍微往前倾身就要碰到对方的手了,这距离已经超越安全线,显得有些危险。她尽量往椅背上靠,侧过身子,面朝窗户,不过想观察宗兆槐依然十分方便。

他慢吞吞地咬着汉堡,视线越过郗萦,望向玻璃门外的行人,像在出神地想什么,不过每次快要咬到包装纸时,他总能提前把纸翻下去一些。

明明极为沉稳,他此时的表情却有着孩子气的天真,眼神里还带一点茫然,好像对这个世界所知不多。

郗紫以前遇到的男人,大部分与何知行差不多,他们聒噪,自吹自擂,急于评价任何事,并总是在表达对自身遭遇的不满。她从未碰见过像宗兆槐这样的,能够如此沉静、安然,仿佛从旧时代穿越而来。

她知道他身上有些东西正吸引着自己,似乎要将她卷入某个无法掌控的旋涡,尽管她小心谨慎提防着,但没用,感情自有其顽强的生命力。

为了掩饰情绪,她不得不长时间盯着窗外的一棵合欢树,表现得好像她对那棵开出粉红色伞状花朵的树很着迷的样子。

夏天的迹象已经非常明显,建筑物朝阴的一面爬满郁郁葱葱的常春藤,路灯上挂着带土的方木格子,盛开的牵牛花懒洋洋地趴在上面。行人都换上了短袖,爱美的女人在强烈的阳光下纷纷撑起花伞。

郗紫也不再披着长发,她把头发高高绾起,用一根镶了紫色水钻的发簪固定住,露出纤长白皙的脖子。

她把头转回来时,发现宗兆槐正悄然注视着自己,汉堡已经吃完,他正在喝咖啡。两人的目光未曾提防地碰到一起,又同时移开,仿佛彼此的眼神里都含着不可告人的秘密。

郗紫调整了一下,重新将视线转到他脸上:"可以走了吗?"

宗兆槐接纳了她经过包装的目光,一如他自己的,眼睛里滤去不必要的情绪。他点点头,把纸杯撂在桌上,站起身来。

第六章 密 告

宗兆槐没有立刻从那种情绪中抽离出来,他怔怔地把目光从地面转向郝萦,脸上还堆积着可怖僵硬的铁青。他最隐秘的一面就这样暴露在郝萦面前,赤裸裸的,毫无闪避的可能。

郗紫花两天时间把海报插图全画完了,她还打算剪些花纹图案做装饰,忙到一半,宗兆槐又来了,对她正在干的手工活表现出极大兴趣。

"剪纸呢？我也会。"

他挑了张绿色的纸,想一想,将纸折了几折,操起剪刀就剪。郗紫等他剪完,展开来看,居然是呈波浪形的藤蔓植物。

她惊诧:"你还会剪这个呀！能不能教教我？"

"不能。"

"这么小气？"

"我随手剪的,这会儿都忘了。"

郗紫戳穿他:"怎么可能！你刚才明明想了想的。"

宗兆槐笑起来,让郗紫取张纸,他重新操作,手把手教给她。

"我小时候可喜欢玩这个了,还有折纸。"郗紫说,"我爸的手和你一样巧。"

"那只袋鼠是你折的？"

"嗯？"郗紫一愣,转过念来,笑得很俏皮,"你发现了？拿了你的东西不好意思,总得回点礼是不是？"

完工的大海报躺在办公桌上,郗紫满足地盯着看。

"也不知道有没有用。"她指着防火内容的部分,"也许我该把场面画得再惨一点,可以给人更深刻的印象。"

"就这样挺好。"宗兆槐说,"煽起廉价的同情心属于低俗行为。"

郗紫辩解:"可是那样效果肯定更好啊！我的目的是让他们有安全意识,海报只是个手段。"

"别抱太大希望。"

郗紫撇嘴瞪他,宗兆槐没朝她看:"人活到一定年纪,也许四十也许五十——有些懒人还要更早些,就不太肯动脑筋了,全靠经验过日子,反正从前攒下来那点阅历足够应付着凑合下去,你再想往他们脑子里塞东西,难。"

郗紫发现他虽然外表温和,但有些观点很残酷。

"这么说,你觉得我是在白费工夫喽?"她不太高兴地说。

宗兆槐望着她,还是那么和善地笑着,看不出有丝毫嘲讽之意:"小姐,这是你的工作啊！"

叶南满面春风走进来:"宗老板！原来你躲在这儿！"

郗紫鲜有见他不是这样神气活现的时候。

"我到你办公室,你不在,你秘书让我上郗小姐的办公室来找找。"叶南亲昵地拍了拍宗兆槐的肩,"看来你是这儿的常客喽！"

他朝郗紫挤挤眼睛,暗示这是个别有深意的玩笑,郗紫大方地笑笑,不作回应,她早过了一被人打趣男女关系就脸红的年纪了。

宗兆槐将一张废纸反复折叠,倒不急着走开:"怎么忽然跑过来了？连个电话都不打,有事？"

"纯路过,上来看看你。顺便看看……"他的眼睛又朝郗紫瞄去,大概是想再酝酿个乐子出来。

宗兆槐猜出他的意图,把纸往桌上一丢:"走吧,去我那儿,正好有事跟你商量。"

那两人一走，房间里便安静下来。

郗絷收拾着凌乱的桌面，有点走神——叶南来大都跟富宁有关。尽管过去快一个月了，念头冷不丁触及时，她依然会心惊肉跳，总好像那个秘密已经暴露无遗，而自己还蒙在鼓里。她心上荡着恼人的涟漪，但即刻决定不再深究下去，断然令思绪悬崖勒马。

消息终于传来，永辉拿下了富宁项目近二分之一的量——那张单子数额巨大，永辉一家根本消化不了，其余二分之一落在宇拓手里，另有两三家富宁的长期合作供应商也分到了一些零碎。

梁健把这个好消息以一封电子邮件的形式发出，语气热情洋溢，足以煽动起每个员工的自豪感，公司凝聚力骤然间达到一个新高度。

郗絷仅仅扫了一眼就把邮件关掉了，这结果在她意料之内，她不可能觉得高兴，但也没再像往常那样感到刺心。

阮思平兑现了诺言，那么，是不是意味着这件事就此了结了呢？

她让思绪的触角往前又延伸了一点点：阮思平的就范是不是也表明他对自己心存愧疚？

到此为止吧。

终于走到结局了，她希望这一页能尽快翻过去。

梁健打电话请郗絷上他办公室，在郗絷面前一脸春风，不加掩饰。

"小郗，咱们成功了！"他左拳擂着右手掌，兴奋难抑，"真不敢相信，之前争取了那么久，以为没希望了……哦，小郗，这个单子你是功臣，没有你，我们手上一点筹码都没有！我这么说希望你别介意，我是真心感谢你。对了，还有宗先生，他也高兴极了，这结果他完全没想到啊!"

郗紫除了苦笑,什么话都说不出来。

梁健请她坐下:"虽然你不在销售部了,但我还是打算把这单记一部分在你头上。我跟宗先生商量过了,他没意见!"

郗紫顿觉难堪:"你怎么跟他说的?"

"我告诉他,咱俩去黎城找阮思平谈的时候,你费了很大力气说服他,毕竟咱们的产品质量最过硬嘛!我没提别的原因,你放心!"

郗紫狐疑:"宗先生信了?"

"一开始他也不信,谁都不会信嘛!但结果就是咱们赢了!不由他不信啊!对了,星期六晚上有个庆功宴,全厂员工都会参加,我打算在会上给你发个大奖,你准备一下发言词,不用多,简单几句就行了。"

他见郗紫脸色难看,忙又说:"如果你不愿发言也没事,就是上场走个形式。"

"我不要什么奖,我也不要你把单子记在我头上。"郗紫语气淡漠。

梁健愣住,一屁股坐到她身旁,给她算能从这张单子里拿到多少提成:"六十万呢!不是小数目,而且是你应得的,为什么不要?!"

他甚至还找宗兆槐批准这个特例,郗紫分成的比例在永辉算得上最高,同行业中也很少有销售能拿到这么高的提成。

"我不想跟这张单子有任何牵连。"郗紫一字一顿地回答他。

再遇到宗兆槐,郗紫连招呼都不想打,决绝地一低头,擦肩过去,但她无法屏蔽宗兆槐的眼神——他眼里有话,只是还没准备好该怎么表达。

他迟早会带着疑问找上门来,也许他已经知道了。郗紫身上一阵冷一阵热,她毫无来由地在心里对自己发出冷笑。

她心神不宁地待在办公室里,无心做任何事,索性翻开笔记本,用水笔在空白页面上涂鸦,她画了一头怪兽,狰狞的獠牙,尖利的犄角,瞪圆的眼睛凶狠地盯着世界。

这是一只鬼,她想,住在她心里。

门被敲响,她惊得一哆嗦,本能地合上本子。进来的不是宗兆槐,而是邹维安,打探消息来了。

"小郗,咱们拿到富宁的单子了,你听说了吧?"

"嗯。"郗紫不想搭理他,给电脑屏解锁,随便打开个文件,装作忙碌的样子。

邹维安倾身过来,鬼鬼祟祟地说:"你不觉得这单赢得蹊跷吗?外面都议论纷纷,说永辉搞暗箱操作了呢!"

郗紫努力控制,保持冷淡,但她的脸想必正变得越来越苍白。

邹维安的目光在她面庞上转了几圈,不死心:"你在黎城时就没听说过什么?"

"没有。"郗紫的态度生硬而警觉,她迫使自己瞪向邹维安,"我不懂邹总什么意思。"

邹维安在她明显的敌意面前退缩了,他坐回去,用手掌捋了捋后脑勺:"也是,你就一跟班,上层的那些个交易不可能让你知道。"

邹维安来找郗紫是上午的事,下午,何知行为了分成的问题跟梁健干了一架,整个办公大厅都被惊动了,宗兆槐亲自介入调解。不久便看见何知行从梁健办公室大踏步出来,怒气冲冲,谁也不理。

郗紫没去瞧热闹,但即使坐在办公室里也能听到外面的议论。一块肥肉到口了,所有相关人员都拥上去争,这场面让郗紫觉得恶心。

有人经过她门前，半开玩笑丢进来一句："郗经理，你不也参与过富宁那事儿嘛！你也该有份的呀！"

郗紫真想操起茶杯砸到那人脸上。

快要下班时，宗兆槐打电话来，让郗紫去他办公室聊聊。放下电话，郗紫深吸了口气，该来的总是会来。

宗兆槐和和气气请她坐，不像有大事要谈，他正在沏茶，也没问问郗紫，顺手就给她来了一杯。

郗紫道过谢，把茶杯接在手里，为了掩饰紧张，她低头轻啜了一口，很好的茶，清香袭人。宗兆槐坐在离她远一些的沙发里，始终注视着她。

"叶南上次来带给我的翠芽，你要喜欢，拿一罐去。"

郗紫摇了摇头。

宗兆槐的手掌撑在膝盖上，说："下午何知行跟梁总吵架，你听见了吧？"

郗紫不作声。

"他有怨气，觉得自己前期做了许多工作，现在单子到手，多少得给他分点儿……是我让梁健别分给他的，他判断失误，导致后面的被动局面，以及……你的牺牲。"

郗紫手一抖，满杯的茶水泼出来一些，烫得她皮肤发红，她放下杯子，不敢看宗兆槐，声音战栗得连自己都陌生。

"你知道了？"

"嗯……梁健说你不肯要提成，我明白这里面肯定有故事，再三问他，他瞒不住，就说了。"

狰狞的场面忽然间张牙舞爪扑过来,郗萦用力捂住脸,全身像坏掉的机器,抖个不停。她觉得自己动弹不了了,她宁愿现在就去死。

一只手谨慎却颇有力道地按在她肩头。

"这件事,我负全责。"他嗓音低沉,听得出痛苦,"我不该让毫无经验的你上阵,更不该在你临走前说那些蛊惑人心的话。煽动情感不仅是低俗行为,有时还可能导致灾难。"

郗萦在自己的掌心里泣不成声,眼泪漫过指缝溢出来,洒在象牙白的裙边上。

宗兆槐始终站在她身边,过了一会儿,又轻轻把她的脑袋揽向自己。

郗萦终于卸下所有防备与警惕,她放开手,靠在宗兆槐身上失声痛哭。她的脸颊紧紧贴着宗兆槐的衬衫,深切感觉到他的存在,还有他的体温。

她从未如此放肆地哭过,母亲总是教导她要坚强,这会儿她把那些坚硬到令人厌恶的教诲全都抛到无穷远,她觉得快被自己的泪水淹没了。

宗兆槐一直抓着她的手,不让她被惊涛骇浪冲远。郗萦的手指痉挛似的掐入他掌心,宛如溺水之人,拼死抓住唯一可以凭借的浮木。

等她从滔天的泪水中解脱出来,已是半小时之后。宗兆槐给她换了杯茶,又斟酌着建议:"我房间里有洗手间,不介意的话,你可以进去收拾一下。"

他的办公室里面果然有个房间,一门之隔。洗手间位于办公室和卧室之间,简单得几乎没什么东西,但很干净。

郗萦弯腰掬水,往面庞上轻扑,然后用面巾纸将水分都吸干净,她始终不敢抬头去看镜子里的自己。

宗兆槐的衬衫被郗萦的泪水弄得一塌糊涂,等他换了身干净衣服重新出来时,郗萦已经端然坐在沙发上,状态看上去比刚才好些了,虽然眼皮还肿着,洗净了脂粉的脸光洁圆润,微低着头,颇有楚楚之姿。

她依然无法迎视宗兆槐的目光,但哭过之后,胸中的块垒消融了不少,她不再筛糠似的抖,浑身略有些乏力。

宗兆槐在老位子上坐下,倾身向前,手肘撑着膝盖,双掌交握,视线固定在茶几一角,这个姿势向郗萦暗示,他想说的话对他而言比较艰难。

"我曾经把这张单子看得很重,"他说,眼睛继续盯着那一角,"甚至愿意不惜任何代价得到它……但不应该是以现在这种方式。"

一阵沉默后,他把目光转向郗萦,语气格外严肃:"我会让梁健终止合同操作流程。"

郗萦百感交集,但这结果并不是她迫切想要的。在发生了那样的事以后,无论做什么,都无法弥补对她的伤害。

她心情复杂,想了想说:"算了,这样永辉的损失会很大,好不容易走到这一步,何必……"

宗兆槐说:"但凡有点血性的人,都该为你讨回公道,这样利用你,我觉得可耻。"

郗萦逐渐坚定起来。

"和你没关系,是我自作聪明才落得这种下场……我不知道怎样才算公道,把事情公开?说实话,我承受不起。以前看到女性受辱抗争的新闻,我会觉得那是天经地义的事情,但轮到自己头上,才明白那需要多大的勇气。"

她盯着手中的茶杯，一小圈水面因为她的摇晃不断泛出涟漪。

"不，我一点都不想公开，只想让它快点过去。"

宗兆槐目光紧紧锁住郗萦："就这么放过他?!"

"他不是兑现承诺了吗？肯定有人不想看到这个结果，他往后会有很多麻烦，还可能做不长……"郗萦飞速扫了宗兆槐一眼，又将视线转开，"你以前问我信不信命？我说不信，但现在我选择信，我相信一个人的所作所为早晚会遭到报应。"

宗兆槐深深注视着她，沉吟良久，他缓缓挺腰坐直："既然这样，那我只有……尊重你的决定。"他的神情无比凝重，"这件事，从今往后——不存在。"

销售部发出一封嘉奖邮件，奖励所有参与富宁项目的人员，郗萦、何知行都在列，分别获得奖金两万元。

不过打到郗萦账户上的除了这公开的两万块，另有一笔六十万的巨款，她查了下来源，是宗兆槐以个人名义转给她的。郗萦满心不悦地去找他。

宗兆槐说："绝没有侮辱你的意思，就当给我个机会，买个心安。"

郗萦本打算全额退回，这会儿忽然改了主意："好吧，我收一半，我也求个心安。"

庆功宴上，郗萦特意选了个不起眼的角落坐，身边都是其他部门的同事，跟她不熟，彼此打过招呼后就各吃各的了，她觉得比在自己部门待着自在。

居然还有助兴节目，而且销售部是主角，唱念做打样样俱全。想不到自己身边能人辈出，郗萦甚感诧异。

一位同事告诉她:"都是过年时候的老节目啦!估计抽时间又重排了一遍,瞧他们这劲头多足!打了翻身仗到底不一样啊!"

另一位同事说:"富宁这单子一拿,咱们公司市场前景大好,前两天我碰到销售部老钱,他手上也有个做汽车的客户在谈,说是有戏!"

"我听说宗先生计划给所有人都发个红包呢!这才叫真正的普天同庆!"

"哎呀,真不错!宗先生就是出手大方——不知道红包能给多少?"

"肯定比不上销售们拿得多啦!"

郗紫沉默地听着议论,思绪乱飘,抓不住个究竟,幸好心情还算平静。

才吃了没多会儿,何知行忽然寻过来,郗紫身旁正巧有个空位,他一屁股坐下去,脸阴沉得像要下雪。

不过还是有胆大的同事跟他开玩笑:"何经理,拿到奖金了吧?这回可别再闹了啊!"

何知行冷笑:"两万?!打发叫花子哪!"

他转头对郗紫说:"我找梁健谈,问他这单子算谁的,他说谁的都不算,是公司的。哈哈!敢情我前面找人疏通搭关系都是白费工夫!我当然得跟他吵啦!"

郗紫不接这话茬,给他挪了副碗筷过来,神情淡然:"我以为你不会来了。"

"干吗不来?庆功嘛!这么重要的时刻,当然得来看看!"何知行一脸愤愤,"就是得吵!不吵两万都没有!我也不光为我自己,小郗,还有小葛,你们没有功劳也都有苦劳啊!我不去吵,哪来你们的奖金?!不过跟这张单子比,这点钱他妈的算个屁!"

郗紫不理会他的自我表功,还算客气地说:"如果实在觉得不舒服就走呗,何必跟自己过不去。"

何知行神情萎靡下来,半晌才叹了口气。

"老何,做人要知足,宗先生也是论功行赏。"刚才调侃他的那位老员工也劝他,又难免带点嘲讽,"你要从头到尾把这个单子掌握在手里,谁会抹杀你的功劳啊!"

何知行冷不丁笑了两声:"别得意,合同还没签呢,只是公布了中标结果而已。能不能顺利走到终点都是两说!"

"你可别乌鸦嘴!瞧宗先生多高兴!"

宗兆槐坐在舞台下的主桌上,几个年轻女孩正起哄着要他表演节目,他满脸是笑,努力推拒,其中一个女孩,穿着闪闪发光的晚礼服,大概是主持人之一,见宗兆槐始终不肯就范,便匆匆跑上台,抓过话筒,开始煽动大家一起要求宗兆槐上台献声。

"吃年夜饭的时候,宗先生答应我们下次聚会一定表演,我们绝不会再让他耍赖啦!大家说是不是?"

"是!"应和声震耳欲聋,显示众望所归。

宗兆槐不得不上了台,他从主持人手中接过话筒。

"呃,唱什么好呢?"他一脸无辜,这孩子气的表情惹得底下笑声一片。

"宗先生唱《马兰花》!"

"《摇篮曲》!"

"《套马的汉子》!"

"《图兰朵》!"

各种馊主意。

宗兆槐走到舞台中央,低头笑了笑,然后说:"我唱一首情歌吧,《爱你在心口难开》。"

一声女孩的尖叫划破长空,紧接着是一片寂静。

宗兆槐有宽阔的音域,金属般的音线,还会在适当的地方做几个狂野暧昧的动作配合情境,这首歌被他唱得欢快而逗趣,完全颠覆了他平时低调稳重的形象,全场女性几近疯狂,嗓门都快喊破了。

郗萦在歌曲即将收尾时悄悄溜了出去。大厅里的气氛实在热烈,快要让人窒息,她觉得眼睛酸涩,急需一点清凉的空气。

酒店门外是条长廊,她沿着廊道一直走下去。不知何时又下起雨来,雨从翘起的檐上落下,坠入廊下水沟,滴答有声。

走到假山旁的亭子间,四周空寂无人,郗萦在美人靠前坐下,歪头望着被灯光照亮的雨丝,感觉这雨没完没了,好像永远也不会停似的。

早晨她下楼时,一楼的老太跟她抱怨最近总下雨,老太和孙女儿一块儿过,儿子儿媳都在城里打工。

"衣服老不肯干。"她捏着孙女儿天蓝色的校服嘟嘟哝哝,好像衣服也有自己的主观意志。

风吹酒醒,雨滴心帘。

也许是时候离开了,她想,趁一切还来得及。

之前她有点犯傻,怎么会以为从此与富宁没关系了呢?两家公司的合约期为五年,五年里不知道有多少可能性。只有她离开,才能彻底了结——那件事,以及她刚刚察觉的情愫。

她虽然三十岁了,感情生活却很单纯,只有一个高谦。读书时她就知道有男生暗恋自己,但从未对谁动过心,就连高谦,如果没有高大帅气的外表,没有高中时不断纠缠她打下的感情基础,没有成年后各种浪漫到极致的手段铺垫,她或许也很难坠入情网。

有段时间她曾怀疑自己会不会是同性恋,并偷偷查阅了相关资料,答案是否定的:她和姚乐纯之间只有纯粹的友谊——她从未渴望把姚乐纯弄上床,任何亵渎的念头都没有过。

现在,情况不同了,她遇到了让自己怦然心动的男人,忽然明白,爱情无须测量,也不用人教,当它来了,你就会懂。

坐了不知多久,长廊上传来脚步声,她转首,宗兆槐四下张望着走了过来。

他在郗萦身边坐下,仰头看看那雨:"江南的雨季到了。"再看看她,"怎么跑出来了?"

"里面有点闷,我出来透会儿气——你唱歌很好听。"

宗兆槐双臂伸展,搭在栏杆上,显得挺欣慰:"我还以为开唱前你就跑了呢!告诉你个秘密,我就会唱这一首歌。"

郗萦笑,不相信。

他解释说:"我唱歌不记歌词。刚唱的那首,是这两天临时抱佛脚练出来的……你听到就好。"

郗萦转过头来,看见宗兆槐眼里有顽皮的光一闪而过。她不敢接话,怕有些东西暴露出来再也无法隐藏,她的心起伏不定,难以平静。

突然的沉寂,再加上雨声,让气氛变得暧昧而模糊。郗萦越来越不安,仿佛昏暗中,心底有什么东西会冲出来,并且发出明确的声音,宣告了某种事实。

她轻轻撩了下鬓发:"我们,进去吧。"

宗兆槐突然问:"你想回家吗?如果想,现在就可以走。"

郗紫心动,但还是说:"里面还没结束呢,就这么离开不太好吧?"

"别让人发现,咱们偷偷地溜。"

他站起来,略微弓起腰,仿佛挺直腰杆真会被谁发现似的。郗紫仍坐着,瞧着他那副搞怪的模样发笑。而宗兆槐随即返回,一声不响牵住她的手,把她拉了起来。

他带郗紫从一扇小门穿了出去。

雨还在下,两人都没带伞,一路小跑到停车场,然后湿答答地钻进车里。

宗兆槐发动车子时,扭头瞥了郗紫一眼,他的双眸在暗色里闪着光,充满狡黠,冲郗紫坏坏地一笑,令郗紫再次捕捉到他新的一面。

每个男人的内心都住着个小男孩,永远长不大,渴望破坏,渴望违规。

开着车,宗兆槐问:"你有过什么愿望吗?"

郗紫愣了一下,摇摇头。

"不用很具体,可以是长期的,不切实际那种也行。"

"你为什么想知道?"

"好奇。"

郗紫沉默了一会儿:"你还在想补偿我?"

"补偿你什么?"他不再是搞怪的口吻,变得严肃了一些。

"那件事……"

宗兆槐打断她,口气坚决得近乎武断:"那件事不存在。"

郗紫转过脸去望着窗外。

假设它不存在,好难,总是在她毫无提防时,它会跳出来咬自己一口,即使她用理智将它埋入记忆深处,但当她这么做的时候,其实已经意识到了它顽固的存在。

她叹了口气，不光是为自己。

如果她才二十出头，没经历过男人，也许会一时天真，相信遗忘的力量。真实情况是，她谈过六年恋爱，足够了解男人对那种事有多在乎，哪怕嘴上信誓旦旦。

那会是一根永远扎在心上的刺。她不想哪天闹矛盾，对方翻出这笔老账攻击自己，她绝对受不了，尤其来自深爱的男人。

尽早抽身。她在心里警告自己。

"先说说我的吧。"宗兆槐说，"我想把永辉办成一家百年老店。"

"光靠给人提供零配件恐怕不容易实现吧。"郗萦排除杂念，专业头脑开始运作起来。

"不绝对，德国就有不少专做汽车配件的家族企业，它们有近百年历史，当然咱们国内是不容易，市场变化太快，很难把得准脉。等时机合适，我会考虑做一些终端产品，目前就算是过渡期吧——你知道我刚开始办厂做什么产品吗？"

"电子玩具？"郗萦乱开玩笑。

"没那么高级，做塑料膨胀螺丝，你如果装修过房子应该不陌生——这行当发不了大财，但我运气还行，的确让我赚到一点底子。"

郗萦真有些惊讶："你创业的跨度还蛮大的。"

"所以了，我对将来还是很有信心的。有一百年的时间来考虑出路，没那么着急。"

"说得你好像真能活一百年似的。"郗萦心情好了不少，"不过国内私企有个特别棘手的问题不容易解决，以前我跟 TEP 的同事讨论过。"

"哦，是什么？说来听听。"

"后继无人。第一代老板辛辛苦苦打下江山,但舍不得交给专业人士打理,自己的下一代又不见得有能力支撑下去,通常一移交,企业就开始走下坡路,老话说,富不过三代。就这道理。"

宗兆槐不太在意地笑了笑:"我想我不会有儿子可以继承,等永辉规模够大,我会组建董事会,让员工按比例持股,并逐步把公司交给职业经理人运作。"

郗萦的注意力停留在他的第一句话上:"你的意思是,你不准备结婚生孩子?"

他实事求是地说:"我不知道。我对个人生活没什么信心,也许将来运气会好一点,但我喜欢做最保守的估计和最坏的打算。"他瞥了郗萦一眼,"说说你的吧。"

郗萦曾经有过,但现在她无法继续心怀期待地憧憬。

"如果可以,"她慢慢地说,"我想回到二十四岁,让后面的日子重来一遍。"

二十四岁,是她接纳高谦的那一年,如果让她回去,她会拒绝他热烈的追求,然后,也许会碰上一个别的什么人,也许始终孑然一身,后者的可能性似乎要大一些,她觉得自己在与异性和谐相处方面没什么天赋。

她一个人,没有遭受强烈的心灵创伤,或许就不会发什么改变命运的宏愿,她的生活大概会和姚乐纯一样,有点孤独,但充实、安宁。不排除中途把自己嫁掉的可能性,而发生这一切必定是从容自然的,就像一个人在公园里悠闲地散步。

但都不可能了,每个人的命运都将在遭遇那个颠覆你人生的刹那开始转折,从此汇入无法预知的生命洪流。

"我觉得三十岁正好。"宗兆槐或许以为她是在感慨青春不再,"不算年轻但也不老,我从不认为年轻是什么好事。十几二十岁的年纪既愚蠢冲动,又想法多变,是自傲与自卑的结合体。年龄的增长就像稳定剂,帮你把冲突的观念捏合起来,让你找到一个方向,然后心平气和走下去。"

"你这想法真特别,我还是头一回遇到讨厌自己年轻的人。"郗萦被勾起好奇心,"你年轻时是什么样的,犯过错吗?我是说比较严重的那种。"

宗兆槐的神情凝重起来。

"那时候的我,是个不值一提的蠢货……一个连自己都想永远忘掉的傻瓜。"

他脸部的线条蓦然间僵硬起来,仿佛回忆起某些不悦的往事,虽然他什么都没说,郗萦还是感受到了那份沉重,她相信宗兆槐的记忆中也有一块黑色区域,否则他不可能说出这些话来。一个憎恨自己青春的人,这是她对宗兆槐又一个新的认识。

她没再追问下去。

他们开回小镇时,雨已经停了。广场边摆起了夜市,人来人往,热闹纷杂。郗萦把脸贴在窗玻璃上,注视着外面。

真应该晚上出门走走,吸点人气。以前姚乐纯经常这样说,让郗萦觉得她俩是久居盘丝洞的两个妖怪。

宗兆槐放慢车速,飞快扫了她一眼:"想不想下去走走?"

夜市以约定俗成的布局占据了半条街,各种做工粗糙的廉价品充斥着地摊:袜子、毛巾、内衣……他们一路过去,脚步不停。

过了日用品区是花鸟市场。郗萦在一大盆金鱼跟前蹲下,看色彩斑斓的鱼儿在水里晃晃悠悠，它们的日子过得可真悠闲。

鱼清楚自己所处的可怜环境吗？它们不可能知道自己的命运是随时被卖掉，然后在某个鱼缸，或是更简陋的什么小瓶子里死去。如果知道，它们一定不会还这么快活。曾有人说，意识是人类恐惧的源泉。

"喜欢吗？喜欢可以带几条回去养。"宗兆槐说，他也蹲了下来，不过他的注意力不在那些鱼身上。

郗紫摇头："我怕会养死，我连植物都照料不好。"

宗兆槐问老板："这鱼怎么卖？"

老板快速挪过来，很快就讲定价钱，宗兆槐要了两条鹅头红，还挑了只玻璃鱼缸，一袋鱼食。两条对自己前途懵然无知的小鱼儿从大水盆转移到透明塑料袋里，它们依然摆着尾巴欢快地游着，只是行动不再那么确定，稍稍透出些困惑。

老板叮嘱："喂食别太勤快，鱼儿贪嘴，会胀腹死掉的。"

"我也没养过鱼，"宗兆槐对郗紫说，他抱着鱼缸，装鱼的塑料袋和鱼食都塞在里面，他不时举起来研究一番，"如果它们在我手里能活满一个月，我再送给你，好不好？"

郗紫不太热情："你干吗非要养呢？"

"尝试一下，没做过的事都得有勇气去试试。"他说着，又把鱼缸举到眼前，那神情堪称含情脉脉，看得郗紫笑起来。

街的尽头有家花店，与夜市隔了一段距离，里面亮着日光灯，满屋子都是花，却散发出落寞的气息，也许因为一个客人都没有。

郗紫在店门口站住，宗兆槐又看向她："想不想……"

他还没问出口，郗紫就说："对，我想要束花。"

说完，她看见宗兆槐的眉宇间明显舒展，今晚他问了太多遍"想不想",郝紫几乎觉得,如果不主动要点什么他晚上会睡不好。

一个男人如果想追求一个女人,大概很少会想到带她来逛夜市,还这么认真地对着满地廉价品一遍遍询问吧?多傻气,可郝紫依然很喜欢。

她不再去考虑诸如"将来"这样严肃的问题,这问题迟早还是要好好对待的,但不是现在。

宗兆槐在花店无措的样子是个明显的迹象,他的确很少给女人送花。

"你喜欢什么花,这种呢?还是这种?唔……或者带点紫颜色的那种?"

郝紫也瞧得眼花缭乱,完全拿不定主意。

女店主笑吟吟地旁观了他们一会儿,插进来说:"每种花都有特定的花语,送女朋友当然是红玫瑰最合适了!"

宗兆槐用食指挠了挠鼻梁:"是这样吗?那就来一束……"

"我想要康乃馨!"郝紫在他说出口之前抢着做了决定,然后朝宗兆槐笑笑,"玫瑰太浓烈,让人不安,我还是喜欢康乃馨……比较温和。"

两人一个抱着鱼缸,一个捧着花束,在下过雨的湿漉漉的街道上走着,表情虔诚。银色灯光投射在潮湿的脚下,一团一团晕染开,又被他们甩在身后。

即将经过下一个灯柱时,他俩不约而同慢下来,互相对视一眼。

"我能说句实话吗?"郝紫低头看看康乃馨,艳丽的玫红色不太真实,看起来像塑料花,"我其实,不怎么喜欢这种鲜花。"

"我也不太想养鱼。"宗兆槐望着她,表情单纯而无辜。

然后,他们不可自抑地大笑起来,仿佛刚才只是在某个舞台上表演,但很快发现这幕剧不适合自己,便褪下浓墨重彩的戏装。

郗萦说:"我喜欢野花,那种小小的盛开在野地里的,一簇簇或是大片大片,它们能让人感到顽强的生命力,我喜欢它们,但不会想去占有。"

"把花扔了吧。"

"嗯?"

"不喜欢就扔了。"宗兆槐无所谓地说。

"有点舍不得啊!"郗萦垂下拿着花束的手,现在她感觉轻松多了,"带回去放几天吧……我不喜欢鲜花还有个原因,它们迟早会凋零,把桌子弄得很狼狈,我害怕看见残败的景象,有点……呃……像厮杀过后的战场。"

雨后的空气湿润清新,他们再也不想回车上,就这么慢慢地走,镇子太小,散着步就能逛完。穿过一片稀疏的柳杉林时,郗萦改变主意,她想给康乃馨换个命运。

她先把花团揉松,再扯下来,直到掌心被满满的花瓣占据。在一块平整的草地上,她仰头,深吸一口气,稍稍蹲下,再跃起,用力将花瓣撒入空中。

一阵花雨,飘飘然降落下来。

郗萦抬眼,被这美丽的景象深深震撼,几秒钟后,花瓣着地,寂然无声,一地艳丽的尸体,宛如一场隆重奢华的惨败。

这一瞬,她想到了自己遭受过的各种挫折,她在心里挣扎着,也试图抗拒,最终,她妥协了。美好的东西都不会长久。这是自然界的法则,无论你服不服气,只能接受。

郗紫的目光转去搜索宗兆槐的表情,刚才,他也处在这场花雨之下,她想把自己从鲜花中得到的启示与他分享。

起先,她以为宗兆槐和自己一样,被这创意惊呆了,但随即觉得不对劲,他那种神情绝不可能算作愉悦,仿佛是深陷在某个噩梦之中,那恐惧太庞大太深沉,他连逃的机会都抓不到。

"你没事吧?"郗紫轻声问,简直像怕吓着一个梦游的人。

宗兆槐没有立刻从那种情绪中抽离出来,他怔怔地把目光从地面转向郗紫,脸上还堆积着可怖僵硬的铁青,他最隐秘的一面就这样暴露在郗紫面前,赤条条的,毫无躲闪的可能。

这晚的所有浪漫与美好就此葬送。

他们匆匆离开树林,一路上再没有过愉悦而深入的交流。

郗紫觉得惶惑,疑心自己做错了什么。她躺在床上时依然为自己不知道的失误耿耿于怀。直到她确认自己没有错(即使有也是无心的),而她也从未指望过要从宗兆槐那里得到些什么。她把自己的未来与那个实际上已经占据她内心的人撇得干干净净,总算得以在黎明时分入眠。

不过翌日上班,郗紫还是找了个机会,拐弯抹角向宗兆槐打听。

他似乎完全忘了昨晚的失态,回忆了好一会儿才对郗紫解释,当时他的头疼病犯了。老毛病,跟着他大概七八年了,偶尔吃点药,但发作不可预期,也只能随他去。

"没去医院看看?"郗紫问。

"看过,连核磁共振都做了,没用,也许是神经性毛病,医生叮嘱我注意休息。"他耸着肩,轻描淡写,转而兴致勃勃邀请郗紫到他房间:"来看看金鱼!"

推开卫生间旁边那扇门,就是宗兆槐在公司的卧室,一如郗萦预料的那样,房间很朴素,几件必要的家具,看上去质量不错,但色泽款式都有些陈旧。衣架上挂着他的外套,窗边的写字桌上有几本财经类的书籍。

鱼缸也摆在桌上,两条鹅头红无忧无虑相互追逐嬉戏,它们很快就适应了新环境。

郗萦问:"为什么不放在你办公室?"

"我怕分神。"

她半蹲下来欣赏那两条鱼,明亮的光线下,可以看见鱼肚子上有一圈圈白色的浅痕。她还从玻璃缸面的反光中看见了宗兆槐——他正目不转睛注视着郗萦的侧脸。

何知行辞职了,这一结果符合永辉多数人的心理预期,好像因为他的这个决定,世界从此就能安生一些。

不过也有人替他打抱不平。

"如果不是梁总后来居上,以何知行的资历,销售总监的位子没准就是他的。"

"谁让他脾气太直呢!说话老是那么冲冲的,容易得罪客户。宗先生还是看业绩的,业绩不行,资历再老也没用!"

企业中的人来人往司空见惯,郗萦自己也是要走的,她不紧不慢刷新着各个人才库中的简历,偶尔,也会接到一两个猎头电话,但她还没决定离开永辉的具体日期。

也许做满一年再走比较合适?这理由没什么说服力,但郗萦权且接受了下来。

她甚至预先站在一年后的时点,回顾自己在永辉的得失,过去她常常这么干:回顾一年的收获,回顾一件事带给自己的影响——在一个被 PPT 和各种数据包围的环境里,你不得不将这种总结能力操练成习惯。

痛感。这是她在永辉最主要的所得,然后才是其他——在经过充分的心理建设之后。

不过想到自己给永辉带来的变化,以及宗兆槐如今对她这种谨慎呵护的态度,大部分痛感会转化成某种类似悲壮的情怀——她至少没有白牺牲。而正因为她下了决心要离开永辉,离开宗兆槐,这种牺牲的纯净度才达到了最高。

何知行打电话给郗萦,说要请她吃饭,郗萦以为是同事间惯常的那种送别宴:先是官方吃,然后关系好的再聚着吃,没完没了的。反正官方那顿她已经陪着送过了,这种私宴她不想再掺和,没什么共同语言的几个人坐在一起,单调无聊。

但何知行说:"就咱俩,我个人请你。"

郗萦犹豫不决,她吃不准何知行请客的目的,但他口气里有种超脱般的情绪让郗萦动了心。

她沉吟着,不置可否。

何知行看透她的心思,又说:"来吧,不会对你怎么样的,知道你不是随便的女孩子。"顿一下,他又说,"我啊,有点事要告诉你。"

郗萦判断,应该不会是个陷阱。

人是需要通过一定时间的接触才能充分了解彼此的,郗萦因为轻浮被冒犯后,面对何知行曾如临大敌,不过后来戒心就明显淡多了,何知行身上有典型的三江男人的特点,好大喜功,自我感觉良好,喜欢占点小便宜,但胆儿不大,多半图个嘴上痛快。

第六章 密告

她答应赴宴,但事先申明不喝酒,最晚不超过九点,何知行哈哈笑过一阵后,都答应了。

"哎呀,仔细一想,我还没正儿八经请你吃过饭呢!这师傅做得可够失败的!"

何知行把腊味拼盘往郗紫面前推了推,他们定在市中心的一家粤菜馆,郗紫选的。

郗紫说:"这顿我请吧,算送师宴。"

何知行一脸欣然:"也行,一会儿去开张发票,找个名目让永辉买单。"

郗紫笑笑不语,他这毛病是改不了了。

"听说华星想挖你,你辞职是打算上他们那儿吧?"

关于何知行的去向有很多议论,他自己始终不肯吐口,郗紫这么问也无非是想给饭桌上找点话题,并不指望得到答案,反正她也不是真的在乎。

何知行摇了摇头说:"不打工了,没意思。我打算自己干。"

郗紫意外:"你要开公司?"

这么说,永辉又会多一个竞争对手了?

何知行哈哈一笑:"公司我可办不起,没那么多资金,而且风险也大!我呀,准备开个儿童用品超市,现在不就小孩子的钱最好挣嘛!"

郗紫松了口气:"那不错啊!你了解这个市场吗,还是老婆跟你一块儿干?"

"我先干阵子试试水再说,我老婆公务员,饭碗比我的稳当。家里总得有个经济上靠得住的才行。"他看着郗紫,"嗨!以后结婚生孩子,别忘了通知我,婴儿用品我全包。"

郗紫笑了笑:"谢谢——你在电话里说有事要告诉我?"

何知行搁下筷子,神色郑重了些。

"我先问你,打算在永辉待多久?"

"没想过,先待着看吧。"郗紫当然不会把自己的想法告诉他。

"其实,以你在 TEP 七年的工作经历,外面好公司那么多,你随便挑!"

郗紫笑笑:"你说得容易。"

"你以前一根筋非要干销售,那找起来是有点麻烦,现在不干回老本行了吗? 完全没必要耗在永辉啊!"

郗紫忍不住反问:"永辉有什么不好?"

"呵呵,庙小妖风大。待久了你就知道了,也就工资比别的地方高点儿,老板长得帅点儿,把小姑娘们唬得五迷三道的。背地里那帮人还不是个个钩心斗角,谁搞定了宗兆槐,谁就能叼走一块肥肉。"

郗紫心里多少有了底,看来何知行就是想找个人发发牢骚,每个迫不得已离开公司的员工,鲜有不泼完几盆脏水再出发的。何知行下面的话更印证了她的猜测。

"就说梁健吧,那真是个势利货色,眼里除了宗兆槐就没别人,恨不得一人独霸老板,当年邹维安可是硬生生让他给逼走的。"

郗紫蹙眉:"邹维安自己选择了背叛永辉,这总是事实吧?"

何知行神情变得有些牵强:"他那么做是不地道,但梁健如果不踩他,他在永辉待得好好的,也不会想跑啊! 梁健这个人,别看他表面上和和气气的,整起人来手段黑着呢!"

郗紫不再接茬,低头吃自己那份鲍鱼汁拌饭,她吃得认真,只想快点吃完找个由头走人。

"你不信?!"何知行悻悻,"你以为富宁的单子是怎么夺来的?"

"富宁"二字冷不丁撞入郗紫耳膜,她顿时呼吸不匀,一粒米呛进气管,咳得半死,何知行忙把茶杯递给她,还想为她拍背,被郗紫伸手隔开。她趁自己脸还红着,故作镇定地问:"富宁是怎么回事?"

"外面都传开了,说永辉是通过不正当手段才抢到这一半的订单额,有种说法是……"他从高谈阔论改为窃窃私语,"永辉不但贿赂了阮思平,可能还涉及威胁他。"

郗紫沉声追问:"有证据吗?"

"证据当然是没有了,如果谁掌握了证据,早跑去举报了对不对?但这件事绝不是空穴来风。"

何知行推开挡在两人面前的杯杯盏盏,手肘撑住桌子边缘,上身尽量往郗紫那边倾,他把郗紫苍白的脸色理解为见识寡陋的表现。

"老邹有天晚上加班到深夜,那是宗兆槐交给他的一个紧急任务,他完成得差不多了,本来说好第二天早上交的,他大概是想表功——你知道老邹那人的,而且宗兆槐的办公室差不多二十四小时都开着,谁有事都能去敲他的门,所以老邹一干完就跑去找老板了。"

他说得兴起,端起茶杯来猛灌一口,放下,接着说:"那时候办公室里已经没人了,但梁健的房间还亮着灯,他不在里面,老邹立刻猜到他准是去找老板摇尾巴了。老邹就到宗兆槐办公室门口,门没关紧,虚掩着,他侧耳听了听,果然听见梁健在里面。"

郗紫用半真空的大脑猜想,门也许是紧闭着的,而邹维安悄悄按下了把手。

"他跟宗兆槐在讨论一个计划,估计已经谋划很长时间了,那个计划,现在想起来还是让人毛骨悚然哪——他们打算在万不得已的时候给阮思平下个套,逼他把合同给永辉。老邹都听呆了!"

一股寒气直逼郗紫的五脏六腑,她也喝了口茶,却浑然不知其味。她竭力保持镇定:"他们想给阮思平下什么套?"

"具体不太清楚,老邹怕被发现,没听完就赶紧溜了。后来他提醒我千万别搅进这张单子,搞不好弄一身臭。我当时已经有了离开永辉的想法,也确实不想卷进什么丑闻,一旦出了事,客户恨的是我,我还怎么做人哪!我就一打工的,犯不着嘛!"

"那是什么时候的事?"

何知行想了想说:"好像就是你跟梁健去黎城前一周吧——你当时在黎城,就没发现什么不对劲的地方?"

郗萦苍白着脸,摇了摇头。

何知行表示理解。

"他们搞那些勾当肯定不会告诉你的,不过你还是要当心梁健,万一东窗事发,他把责任推你头上的可能性很大,否则怎么解释他非要拉着你一块儿去呢?"

他的视线越过郗萦投向远处,有点感慨又有点不甘:"居然让他们干成了!"

何知行坚持送郗萦回去,路上他又表白说:"我倒不是因为在这个单子上没捞着什么好处怨恨谁,我都快走的人了是不是?我是担心你,咱俩总算师徒一场,我不想你被蒙在鼓里。"

郗萦闷声不响。

"还有,你跟宗兆槐也别靠太近,一来容易招小姑娘妒忌,他对女人没兴趣,不会跟你来真的,二来他可能比梁健更那什么,"他掂量着,勉强抛出个判断词,"复杂。反正,千万别相信一个商人会有什么实心眼儿,他干的每一件事都有明确的目的,我在永辉这几年,没少领教过他的手段。"

郗萦渐渐理出了头绪，所谓不正当手段的风声多半是何知行虚张声势，他走得太憋屈，实在咽不下这口气，所以想在梁健身边埋点恶心他的玩意儿，但又不想闹大了惹祸上身，郗萦便顺理成章成了接收者。

何知行在渔港第一个十字路口放缓速度，他来回于这个小镇也有四五年了，以后大概不会再光顾这犄角旮旯。等红灯时，他右手有节奏地拍着方向盘，嘴里哼着小调，仿佛在吟诵一曲离别悲歌。

郗萦则沉默地盯着十字路口中心的那个地界，她似乎看到自己正站在那里，朝着四个方向茫然四顾，不知该选择哪一条路。

第七章 轻浮背后

"你怎么判断我说出来的就是真相?任何语言,一旦出自某个人的嘴,必定是经过修饰加工的——根本不存在所谓的客观事实。"

他断然拒绝的态度让郁萦明白,他既不想坦承,也不准备否认,他不会对此做任何解释。

"你想请一周的假?"宗兆槐看看假条,又看看郗紫,"出什么事了?"

"最近身体不太舒服。"郗紫说,"常常,觉得头晕。"

宗兆槐双眉拧起:"严重吗?"

她的脸色看起来的确不太好,苍白,虚弱,一点血色都没有。

"我也不清楚,去看了才知道。"

她看见宗兆槐的食指在桌面上叩了几下。

"走吧,我送你上医院。"他当真取了车钥匙准备动身。

郗紫站着不挪步:"我预约了专家门诊,要后天才轮到。"

"那我……"

"不用麻烦了,我自己会去。"

宗兆槐的样子似乎有些烦恼,他竭力想为郗紫做点什么,但却徒然。

"好吧。"他妥协了,"有什么问题一定告诉我。"

"我会的。"

郗紫正要走,宗兆槐又问:"那晚上,我可不可以去看你?"

郗紫的目光依然盯着别处:"我一会儿就走了,回我母亲那儿。会一直待在市里,直到……检查结果出来。"

一周后，郗萦如期返回公司。

宗兆槐不在，他前天去了日本，要今天傍晚才回得来——出发前他给郗萦打过电话。

梁健刚结束部门例会，下属们正往门外散去，有个身影却逆向走了进来，他抬头，是郗萦。

"小郗回来啦！"梁健愉悦地招呼她，"快进来坐。"

郗萦慢慢走进去，坐在靠墙的一张转椅里，椅垫上还留着前面坐客的余温。

梁健忙着收拾杂乱的桌面，嘴上和郗萦搭讪："我听宗先生说你身体不太好，进城做检查去了，怎么样，应该没什么问题吧？"

"我身体没事。"

"那就好，呵呵。想喝点什么？"

"随便。"

梁健挺热情地给她沏了杯明前茶："宗先生给的，口感不错，就是有点清淡。"

郗萦看着他把杯子放在自己面前的玻璃圆桌上，然后说："梁总，我有点东西，想给你听听。"

"哦？什么好东西？"

梁健推了推眼镜架，好奇地看着郗萦摊开手掌，掌心里是一个小巧的 iPod，连着一副白色耳机，她一声不响递给梁健。

梁健疑惑地接过。等他戴好耳机，郗萦便打开了播放按钮。梁健凝神听着，没多久，郗萦满意地看到，他的脸色越来越难看，这令她有种报复般的快意。

梁健拉下耳机后做的第一件事是把办公室的门关上。做完这事后,他的手又在门上停留了一阵才慢悠悠转过身来。

他一度走错了方向,想坐到郗萦身旁的一把椅子里去,但很快就改变主意,回到自己的办公桌后面,也许那地方让他觉得要稍微安全些。

"我不明白……"他指指扔在桌上的iPod——但郗萦从他的口气里听出,他不但明白,还听懂了音频里的每一个字,"你从哪儿弄来的这东西?"

刚才他在门边逗留,想必设计过一系列应对策略,或许还考虑过全盘否定,但来不及思索最终会带来怎样的后果,于是选了这样一个含糊其词的开场语。

郗萦被何知行一语点醒,她发现自己在思考富宁那个恐怖事件时存在致命疏漏,她开始考虑另一种可能性——令她不寒而栗但并非无稽之谈的可能性。

她先去蓝湾会所找那个给她下药的服务生,他当然不在了。

"小丁早辞职啦!是挺突然的,但我们这地方流动性本来就大,年轻的男孩女孩一会儿来了,一会儿又走了,家常便饭嘛!"

"他还在黎城吗?上哪儿可以找到他?"郗萦追问。

"不知道,在这儿干活的都是外地孩子,今天在黎城,明天可能就跑深圳去了。他们离开会所就跟我们不再有任何关系了,谁会关心他往哪儿跑呀?"

"他在这儿有朋友吗?他应该会跟朋友们保持联系吧?"

不清楚。

不知道。

没人搞得清。

在一系列碰壁之后,郗萦终于找到一位和小丁藕断丝连的女孩——那女孩犹豫不决的口吻让郗紫抓到了机会,她不断央求这个抹着烟熏妆、也许二十岁都不到的姑娘,并一再提高回报酬金——她有宗兆槐给的三十万做后盾,足以让那女孩动心。最后,女孩用她自己的手机拨通了小丁的新号码——他藏匿在某个谁也不清楚的地方。

但郗紫不认为自己有必要向梁健交代调查的过程,她笑笑说:"世上没有不透风的墙,你干过的事总能留下蛛丝马迹——这话是梁总说的吧?还有,'你可以收买服务生,我为什么不可以?只要我出更多的钱,不怕没人肯开口。'你这套说辞从来就没对阮思平用过,全是编出来蒙我的,对不对?"

"不过我还是得谢谢你,梁总,是你向我指明了找到真相的方法。"她深深地望着梁健,眼神中充满嘲讽。

梁健眼眸低垂,神情变幻莫测,应该是在寻找某种应对方案。

郗紫冷眼盯着他:"你没什么要说的?"

梁健终于抬起头来,面部表情渐渐凝结成一种确定的神色。

"小郗,这是个误会,你不要听他的一面之词。那种地方的人,为了钱可以信口开河。"他揣测着,语气格外体贴,"是他来找你要钱吗?他敲诈你?如果是这样,你把他的联系方式给我,我帮你摆平……"

郗紫的心情像是被车轮碾过的石子路,愤恨和强烈的不甘让她头脑发涨,但她没有冲动,她硬生生把眼前这一切都消化下去。

"梁总,你可真是好心!上一回你替我出头,我被你卖了还对你感激涕零!"她恶狠狠地说,"没有下次了,我只会蠢一次!"

"小郗,这个事情,它不是你想的那样……"梁健还想竭力挽回。

郗紫的眼神锐利如刀:"是吗?那我把这段录音放到网上去,看大家有没有兴趣辨认真相,你猜二十四小时下来,浏览量会是多少?

几万，几十万？多好的财经版丑闻。"

梁健叹了口气，态度终于软了下来。

"这件事完全是意外……谁也没想到最后会变成那样。"

郗紫语气冷漠："但你们一开始就商量给阮思平下套，这总没错吧？"

梁健不确定郗紫手上究竟掌握了哪些内容，如果他胡乱否认会不会令自己的语言缺乏可信度，思量了好一会儿，他终于决定承认。

"是那么想过，因为实在没办法了，能想到的常规点子全都用上了，不管用。除非铤而走险，否则这单子一点希望都没有。"

一开始，他考虑用职业女郎，人都找好了，地方也布置妥帖了，只等把阮思平请进蓝湾这事儿就算成了。然而他左请右请，阮思平就是不肯赴约。

"那天晚上，我真以为没戏了呢！也给宗先生打了预防针，我告诉他只能这样了，天时地利人和一样都不……后来我接到小丁的电话，他说阮思平到了蓝湾。"

郗紫想起在包间时，阮思平和小丁熟稔的情形，那会儿阮思平得意扬扬，觉得自己处于一个很安全的地方，梁健为此应该花了大价钱。

梁健迅速扫了她一眼，接着说下去。

"小丁告诉我，和阮思平在一起的是个漂亮女孩，根据他的描述，我猜出来是你。"

"你一定欣喜若狂吧？"郗紫不无讥讽。

"不！我很矛盾。我宁愿他去赴会的是别的什么人……但那确实是个难得的机会，错过就不会再有了，所以我一时糊涂……"

他望过来的眼神里流露出一丝真诚的歉意，郗紫厌恶地避开了。

"所以你让小丁找借口,把我们换到被你布置过的房间?"

等她终于敢直面那个黑洞时,发现自己疏漏了种种可疑的迹象:小丁是在她与阮思平聊了一会儿之后才提出换包房要求的,此前她一直以为这是阮思平的阴谋,但现在想来太不合逻辑,阮思平实在没必要费这样的周折。再者,以他的谨慎,怎么可能会选择一个自己经常出入的地方做那种丑事?还有,如果真是阮思平所为,他完全可以趁郗紫昏睡未醒时溜之大吉,而不必等到翌日早晨去面对一个惊恐疯狂的女人。

"那段视频呢?"胸口涌起类似恶心的滋味,郗紫用力将它压下去。

梁健事后曾向她道歉:"后来我说,小郗那里保留了证据——小郗,原谅我不得不撒这个谎,这家伙太不是东西了!"

事实上,这是他所有谎言中唯一的真话。

"已经处理掉了。"

郗紫瞪着他。

"全删光了。"梁健解释,"合同都签了,那东西也没用了。"

郗紫笑,当然不是善意的。

"删光?你觉得我这么好骗?那是你握住他的把柄,你们有五年期的合同要履行,有了这个东西在手,合作对你来说会方便很多。"

梁健沉吟了一下,说:"就算我把视频给你,你也会认为我还有备份,它对你没意义,只能让你堵心。我可以向你保证,不会将它公开。"

郗紫出离愤怒:"你们这是犯罪!"

"谁能证明?小丁可以在电话里跟你随便乱讲,你以为他敢公开做证?我打赌你这会儿根本找不到他了。"梁健在椅子里挺直腰杆,口气软中带硬,连笑容也变了种色彩。

他在蓝湾物色合作对象时,很快就注意到小丁。这男孩腼腆木讷,唯独收小费时两眼放光,通过交谈得知,小丁家境不好,有很重的生活负担,他需要钱,而梁健需要的正是他这种人。他并未让小丁了解太多实情,小丁的任务只到下药部分,后面就由梁健自己亲手操作了——他包下那间套房,里面的秘密只有他知道。而小丁显然不笨,从刚才的电话录音中可以听出,他完全猜得出套房里会进行什么样的勾当。梁健给他的钱是分几次打出的,目前还有一笔尚未支付,为的就是防他乱说话,看来那家伙是不打算要尾款了,当然郗萦肯定会给他足够的补偿。

郗萦的手开始颤抖:"你不要逼我!大不了鱼死网破!我只要把电话记录公开,会有人去查的,你们那些对手巴不得你们出点事,这样他们就有文章可做了!"她胸口剧烈起伏,声音极不稳定。

在蓝湾时,梁健原来只打算摆拍几张床照了事,孰料中途阮思平有苏醒的迹象,他只能躲开暂避。接下来,不可思议的事发生了,大概是另一种药开始发挥作用,阮思平竟假戏真做起来,而郗萦看上去也很配合,至少从视频效果看,完全超出梁健预期,一切都堪称完美。

此时,郗萦以质问的姿态审视着他,梁健本可以就当时情形反驳几句,然而郗萦眼中显而易见的痛苦触动了他,心虚之下,梁健没敢再刺激她。

他收起硬邦邦的态度,站起来,表情忧虑,语气却很温和:"小郗,咱们都别说气话,先冷静一下,好吗?"

梁健端起郗萦的茶杯,茶水已经凉透,她一口都没喝。梁健倒掉一半,冲入开水,又走回来,把杯子递给郗萦,这是个寻求和解的动作。

郗紫抬手用力一推,梁健毫无防备,杯子滚倒在地毯上,没发出多大动静,瓷杯也没碎裂,茶水将蓝色地毯濡湿了一片。

梁健拿起纸巾盒,蹲在地上不声不响收拾着。

郗紫看见他鬓边过早泛白的头发,忽然感到一阵心酸。在她最彷徨无助的时候,是面前这个人给了自己支撑的力量,尽管后来那被证明都是假的,但这种感觉还残留在她体内,搅乱她的心扉。

梁健站起来,把弄脏的纸巾都丢进字纸篓,扭头时发现郗紫在哭,他把纸巾盒递给她,然后在她身边坐下。

"小郗,咱们心平气和地谈一谈,可以吗?"

郗紫擦着泪,没吭声。

梁健两腿伸直,双手撑在大腿上,慨然长叹:"一个人太想做成一件事,就容易犯错误。我也一样,我现在的一切都是宗先生给的,我太想回报他了。以至于……把良知道德都抛掉了。"

他转脸瞟了眼郗紫:"我本来想好好补偿你,跟宗先生争取到最大的分成额度,谁承想你不稀罕。"他低头笑笑,很惭愧的样子。

"这个事情,如果你非要公开,我也拦不住你。公开之后,永辉也许会受到一些影响,但这种负面传闻在每个大型项目招标过后都会有,中标的供应商就没有哪家能不被人攻击的,只要没有真凭实据,最后都会不了了之。

"最坏的结果是合同无法履行了。永辉不是大公司,被踢出局后,不会有多少关注度,我们还能从头再来……但是你呢?"

他用近乎慈祥的目光望着郗紫。

"你能从中得到什么呢——除了出一口恶气。那些流言会一直跟着你,别人看你的眼神会完全不同,你下半辈子有可能一直生活在阴影里,你会受不了,真的。"

郗紫再度激动起来,被梁健那完全替她考虑、为她担忧的语气所激怒。

"你经常这么干吧?"她呼吸急促起来,"给客户下套,逼他们妥协!要不,怎么解释这短短几年里疯长的销售额?"

梁健摇了摇头:"别把我想成恶魔。小郗,我知道你很聪明,又有大公司背景,分析起来头头是道,但极端手段只能偶尔使用,在迫不得已的情况下……我们的东西质量是过硬的,但市场环境有时候很恶劣啊!"他的思绪短暂飘远,又被拽回来,"我承认,这件事做得极不光彩,我很抱歉,小郗。"他低沉地忏悔。

郗紫望着他,没有任何接受的表示。

还有最后一个问题——宗兆槐知道吗?

"他不会不知道吧?这么大的事,你不可能不跟他商量就自作主张。"郗紫目光死死盯着梁健。

"不不,他不知道。"梁健一口咬死,"从头到尾都是我一个人的主意。我怕告诉了宗先生,他会反对,那我们就失去这个机会了。当然事后我向他坦白了,他狠狠骂了我。"

郗紫面无表情地站起来。

"你有什么打算?"梁健紧张地盯着她。

郗紫径直走到门口,拉开门,脚步顿住。

梁健吃不准她的心思,只能用恳求的语气说:"你有什么要求,咱们都可以商量。"

他忐忑地等着,期待郗紫能在离开前给出个明确态度,她似乎拿定了一个主意,但并没有回过身来告诉梁健,而是一言不发走了出去。

傍晚六点,宗兆槐从机场直接返回公司,郗紫还没下班,她听到人们在走廊上与他打招呼的声音,宗兆槐温和愉悦地回应,还有行李箱在地毯上拖动发出的响声。放大了的,格外刺耳的这些动静,离她近了,又很快远去。外面重新安静下来,但还有一种不安的令人躁动的声响,是她自己的心脏,在剧烈跳动。

桌上的座机很快响起铃声。

"郗经理,宗先生请你去一趟他办公室。"电话里是戚芳的声音。

"知道了,谢谢!"

郗紫关电脑,收拾桌面,然后锁门离开。大厅里还剩三分之一的员工,正在做下班前的准备。经过戚芳的桌子时,郗紫看见她在打电话,脸上挂着已婚女子那种权威般的老练。

"你用玫红太艳,跟你肤色不配,试试肉蔻色……"

她感觉有人走过,抬头扫了一眼,视线正好与郗紫的撞上,彼此友好地笑了笑。

行政经理的职位出现空缺时,好多女职员都去申请了,包括戚芳,如果不是因为郗紫,她应该是最有希望的候选人。

郗紫敲了门进去,宗兆槐还蹲在地上整理行李箱,不过已接近尾声,各种包装精美的礼盒堆满玻璃茶几。他的办公桌上另外放着个白色的大纸袋,右下角印着免税店的图标。

每次有人到境外出差,都会被硬塞一张采购单,郗紫没想到宗兆槐也会替女孩们带东西。

"你先找地方坐吧。是不是有点乱?我马上让戚芳来把东西搬走。"

他语气欢快,好像什么事都没有,但郗紫一进门就留意到他的表情——他看向自己的第一眼,忐忑、忧虑,想要断定什么,又似乎妄图蒙混过关,非常快速的一眼,之后便是如沐春风的笑容。

宗兆槐立刻给戚芳打了电话,后者领着两名女同事进来把东西都搬了出去。她们叽叽喳喳,像小鸟一样单纯兴奋,不过瞄向郗萦的每道目光都充满深思熟虑的猜疑。

等人都走了,宗兆槐拎起桌上那个印有免税店标记的纸袋,递到郗萦面前:"给,我随便挑了点,但愿有你喜欢的。"

她没接,脸上一丝笑容都没有:"为什么对我这么好?"

宗兆槐用微笑代替回答,见她不感兴趣的样子,只得把袋子放在茶几上。

"梁总都跟你说了吧?"郗萦没有马上发作,缓慢地切入正题。

"那件事……"他斟酌着,神情渐趋凝重。

"不存在?!"

郗萦发出尖刻的笑声,宗兆槐也笑了笑,很好脾气的那种。

"我以为都过去了。"他在沙发里坐下来,语气仿佛有点遗憾。

"我也这么以为,直到发现它是个圈套。"郗萦说。

她站在宗兆槐对面,背靠那堆纸箱,离他远远的。宗兆槐靠在沙发里,望着全身戒备的郗萦,神情反而平静下来,郗萦看不出他拿的什么主意,承认?否定?但他心里肯定已经有了个态度,他又不是刚知道。

"谁跟你说的,何知行?"

"不是。"郗萦不想把何知行扯进来。

"用不着替他掩护,这不难猜。他是怀着不满离开的,临走肯定会朝永辉踹上两脚——你跟他一直保持着联系?"

郗萦没明白宗兆槐此时的眼神代表什么,但他这么镇定倒是令她意外,这么说他是打算否认了。

她开始质问:"梁健是什么时候给你打电话的?我是指那天的事,在黎城。"

宗兆槐思索了一下:"早上吧,记不太清了。"

"他怎么跟你说的?"

宗兆槐抬头看看她:"你不会爱听的。"

郗紫勇敢地与他对视,学梁健的口吻说:"宗先生,咱们的计谋成功了!是这样吗?"她有点神经质地笑起来,感觉在他面前自虐很痛快。

宗兆槐没有笑,他陷入沉默。

郗紫的目光从他短匝匝的头发向下扫,溜过浓密的双眉,低垂的眼帘,他脸上依旧呈现出往昔的温和与沉毅。不久前,她看到这张脸时还满怀克制与眷恋的矛盾情绪。一个人一旦温柔地走入另一个人心里,要想干净无痕地将他赶出去是多么困难,犹如从泥塘里拔出双脚。

她迅速转开视线,怕被习惯的情感拖曳。

"你不是事后才知道,"她说,用一种精明的、带点侦探气息的口吻,"这么大的事,梁健没胆量自作主张,他肯定会先征求你的意见。"

"有区别吗,之前还是之后?你已经把我归入不可饶恕的行列,不论我说什么你都不可能原谅我。"

郗紫愤怒:"我有权知道真相!"

宗兆槐笑了笑,宽容而怜悯。

"你怎么判断我说出来的就是真相?任何语言,一旦出自某个人的嘴,必定是经过修饰加工的——根本不存在所谓的客观事实。"

他断然拒绝的态度让郗紫明白,他既不想坦承,也不准备否认,他不会对此做任何解释。他表明这样的态度时也仍保持着谦谦君子的风度,但郗萦已经感觉到这种态度背后的强硬,他不会比她预想的更容易对付。

郗萦的双手在背后紧握成拳,用力顶着纸箱表面,她嗅到一股从包装袋里散发出来的香气,是刚才那堆礼品的残留,这味道令她亢奋起来。

"你不说,我也能猜出来。你不仅事先就知道,而且整件事都是你一手策划的!"

面前的那张脸依然保持平静。

"阮思平来永辉参观那天,我跟他在茶水间聊过几句,刚好被梁健看见了,他八成在你面前多嘴,说阮思平对我感兴趣,那时你大概还没有一个明确的计划,但你留了心——你喜欢听身边的人给你传递各种小道消息,别人都是听过就算,但你不一样,你是这家公司的老板,你会利用一切可以利用的信息。你让梁健把我拉进包间,为的就是进一步观察阮思平对我的态度。"

此刻的郗萦思路清晰,逻辑严密,长期困扰她的痛苦消失不见了,相反,她激动、振奋,忘了自己的身份与性别,她和面前这个始终沉默不语的人就像狭路相逢的劲敌,为了攻击与拆招费尽思量。

"梁健或许没撒谎,你们的确有过别的打算,但你从来就没放弃过我这条线。我去黎城前,你对我说了那些蛊惑人心的话,你不是一时冲动才说的,你知道那时我急于成功,以便证明自己的价值。还有梁健,他故意在我面前表现得对项目缺乏信心,为的就是要激起我的好胜心!你很清楚这么做对一个没有经验又野心勃勃的新手来说会产生怎样的效果,你们一个唱红脸一个唱白脸,用激将法坚定了我跳入陷阱的决心!"

她重复宗兆槐说过的话:"煽动情感不仅是低俗行为,有时还可能导致灾难——你早就预料到了这个结果。"

宗兆槐沉默依旧,但脸上微微起了一丝变化。

郗紫继续:"你让梁健把所谓的最低报价透露给我,让我以为有了找阮思平谈判的筹码,那价格低得让我吃惊,但其实你压再低点儿也没事,反正合同上签的不会是这个数字。"

宗兆槐终于开口了:"是梁健逼你去找阮思平的?"

郗紫冷笑:"这是另一个问题,等会儿再说!"

她昂着脑袋,现在是她把持谈话的走向。宗兆槐没反对,他闭上嘴,心平气和接着听。

"阮思平的态度在你预料之中,你也猜到梁健找职业女郎那手不太可能起作用——阮思平跟你们撇清还来不及,怎么会愿意和你们私下沟通?!但你猜对了我的心思,我求胜心切,千方百计想把这项目往成功的可能性上推,你猜到——我会尝试私下找阮思平谈。"

她停下来,感觉有点渴,但没有喝水的打算,那会破坏眼前的气氛,让正在凝聚起来的沉重感丧失。

"梁健几乎是手把手在教我怎么入瓮。他暗示我阮思平喜欢哪家会所,而我在黎城人生地不熟,当然会选他告诉我的那家,他在那里布好陷阱,只要我能把阮思平带进去,你们就算成功了!说实话,这计划相当疯狂,只要在任何一环上出点岔子就会失败,几乎不可能行得通,但你认为值得一试,反正当时你已经到了山穷水尽的地步,试试至少不会带来什么损失——你当然没必要把我的感受考虑在内,对吧?你们面临的最大问题是,我在阮思平眼里究竟有多少分量?瞧!你们运气多好,他居然同意跟我见面!我是不是该向你表示祝贺?"

宗兆槐垂眸，脸上浮起一丝轻微的苦笑。

最痛苦的部分到了，那些羞耻到令郗萦颤抖的场面随着记忆的开启奔涌而来，她站稳脚跟，确保自己不被击倒。

"我记得醒来时，阮思平说他也不知道是怎么回事，他没撒谎，但那时我太混乱，根本没法冷静下来思考。之后，我跟他就不再见面了，这是顺理成章的事，你事先就料到我会把所有麻烦都甩给梁健，这对你们来说再好不过，因为接下来梁健使的那些龌龊手段是不便让我知道的——他用视频跟阮思平做交易，阮思平虽然觉得冤枉，但事情公开会严重影响他的地位，还有家庭，他很难解释清楚整件事的前因后果，除了无条件答应你们他别无选择……而我对这一切毫不知情，还以为阮思平是因为愧疚才妥协。如果我够理智，稍稍动一下脑筋就该清楚，以你缜密的心思，根本不可能相信梁健为我编造的谎言，然而你信了！那时我急于忘掉在黎城发生的一切，我把梁健，还有你，看作保护我帮助我的恩人——哈哈哈！"

她尖锐刺耳的笑声在整个房间里回响，但无人回应。

宗兆槐站起身，绕到办公桌边，拉开抽屉，从里面摸出烟盒，不忘征求郗萦的意见："可以吗？"

郗萦瞪着他，他叹口气，又把烟盒丢回去。

"你希望我怎么评价你这个故事？"

"我还没讲完！"郗萦挑衅似的扬起脑袋。

宗兆槐挑了下眉，带着妥协的神情靠在窗边，手背在身后，想念着烟的味道。

"你刚才问我是不是梁健逼我去找阮思平的？没错，他没逼我，你也没逼我，是我瞒着你们主动去找的阮思平——正如你期待的那样。你能成功，取决于对我心理的精确把握。其实你一开始没打算录用我吧？但阮思平的油盐不进让你觉得很难搞，而我，不知道哪方面引起了你的注意，于是你有了个打算，或许我这种新手能出奇制胜或是怎么着，不管是因为什么原因，我被招了进来，你还答应了我不太合理的薪资要求。"

"袋鼠。"宗兆槐说。

"什么？"郗紫一时没反应过来。

"你在我桌上留了只折纸袋鼠。"宗兆槐提醒她。

郗紫瞪着他。

"没人会在面试那种场合做奇怪的交易。"宗兆槐解释，"你要走了我桌上的一个小东西，又给我留了点纪念，这种突破常规的行为正是我那时需要的。"

郗紫久未想明白的问题终于有了答案。

"你比我预料的还要聪明。"宗兆槐客观评价道。她聪慧的特质不是在阮思平事件中得到充分体现的，而是现在。

一开始，他的确没想好该怎么用她，他接近郗紫，与她交谈，有时候谈话显得有些暧昧，因为他想看看郗紫在那种情况下会有什么反应。他不断分析她，掌握她性格中的优点和缺陷，充分了解到她骄傲、好胜、轻敌以及自负的一面。

他在她周围画了个圈，巧妙利用了她，并试图把她封在里面，而她凭自己的智慧走了出来。

此刻，他用一种类似敬佩的眼神望着郗紫，仿佛还带着一丝发自肺腑的欣赏，那是出于对同等水平对手的敬意。他们去掉了对方身上的伪饰，彼此看透，彼此懂得，撇开道德意义，她堪称他的知音，虽然是以咬牙切齿的方式。

该陈述的似乎都已陈述完毕，郗紫激荡在半空的亢奋也随之消失,灵魂跌落归位,她恢复了受害者的身份——一名女性,曾经被深深伤害。她紧绷的身体松软下来。

现在,他们之间还剩下一个悬而未决的问题,也是最关键的那个。

"你想怎么样?"宗兆槐问,口气是宽容的,近乎劝诱,仿佛即使郗萦打算要他的命,他也会毫不犹豫地答应。

"我就想知道为什么,你为什么要这么做?"郗萦的声音略显疲惫。

"不为什么,就为赢这一单。"

宗兆槐从办公桌后踱步出来,双臂抱在胸前,如他往日沉思时那样,缓缓从郗萦面前经过。

"你有过强烈的想赢的念头吗?当你想赢,哪怕要求不高,只要一次,可得到的结果却永远是输,那时你会觉得自己被霉运诅咒了,也许一辈子翻不了身。当这种想法像毒药一样侵蚀你的思想时,你会变得不顾一切,不择手段,就为了能赢上一次,好破除总是输的魔咒。"

他走到房间尽头,又折返回来。

"做销售可不像你以前坐办公室那么舒服,你会面临许多危险:恐吓、威胁、钱色交易、权钱色交易,有时是别人对付你,有时是你对付别人。你不这么干就得靠边……所以面试时我问你,能不能豁出去?我没法回答你具体是怎么个豁出去法,但每一种都不容易。"

他停在郗萦面前,目光却投向窗外:"我没看错你。"

郗萦抓在后背的手再次发抖:"你究竟是个什么样的人,要什么样的人才能像你这样对自己的员工下毒手,还一点愧疚感都没有?"

他曾说把员工看作家人,多讽刺!更讽刺的是她居然信了,他说的每一句话,她都妥帖地收藏在心里。

"我观察他们,利用他们,并为此付工钱给他们,这不是很公平吗?当然,我会顾及不同员工的道德诉求,一般不会勉强他们干违背自己本意的事,否则会给我带来麻烦。"

"那我呢?我哪里让你觉得是可以被利用去色诱客户的?!"郗紫连声音都颤抖起来。

"你道德标准高吗?"宗兆槐反问时不带一丝轻蔑,他平心静气,宛如探讨,"我让你想办法搞定何知行,而你选择的是用身体去征服。"

"我没有!"郗紫惊骇,连声调都扭曲了,"我什么时候跟他……"

宗兆槐转过身来,直视着她:"阮思平来永辉的那个晚上,你跟何知行在酒店门外干的那点事,碰巧我都看见了。"

郗紫脸色煞白,一口气堵在嗓子眼里,她用右手使劲掐着左手掌心,以免自己一时失控,可她连疼痛都感觉不到。现在她明白了,一时轻浮会带来怎样可怕的后果。她大口喘着气,被这藏在一系列事件中的隐秘关联给吓到了。

"我没有,我没有跟他有过什么,除了,除了那天在酒店……"她语无伦次起来。

宗兆槐的目光从她脸上移开,他不在乎郗紫的辩解,他根本没有谴责她的想法,那只不过是给他提供了利用她的依据,以便在将来的某个时刻(比如现在),他不至于因为这样做了而有太重的心理负担。

一瞬间,室内沉寂下来。

郗紫忽然心灰意冷,尽管她还是受害方,却不再有咄咄逼人的气势,当她明白今天的处境全由自己一个轻浮的举动导致时,她便从道德制高点上跌落了下来。

窗外,光线变暗,夜幕正迅速降临。

办公室里虽亮着灯,但总有种昏黄凄凉的味道,郗紫第一次进来时就有过这种感觉。那天她在这个房间里,曾仔仔细细打量过每个角落,还有眼前的男人,略感意外,或许还含着一丝轻视。为什么当时她会认为宗兆槐是个温良懦弱的人?

她太骄傲了,带着从 TEP 沾染来的一圈虚幻的光环,俯视别人,交谈时语气上扬、锐利、锋芒毕露,完全看不透对手深藏的绵密心机——他看着她在自己面前表演,扬扬得意,自以为睿智。

然后,她重重地、愚蠢地摔了下来。

时光重叠,把当时的她与现在的她并列起来,两张截然不同的脸,郗紫的心再次绞痛起来。她不知道接下来还有什么可说的,但她还不想离开,在痛楚的语言的海洋里,她还没有看到可以歇脚的岛屿。

这痛使她清醒了一些,令她对时空重新有了把握,她使劲从回忆中抽离,重返眼前的现实,思路逐渐恢复清晰,她的事情还远未结束。

宗兆槐坐在办公椅里,他沉默着,脸偏向左下方,郗紫看不出他在想什么,她再也不会臆测他的想法了,她对他不再怀着情愫般的缱绻和兴趣,事实上,她开始怕他了。

"所以,在你眼里,我就是个随便、放荡的女人,你顺手就用,连事先问问我的意见都不需要?"

宗兆槐意识到她在说气话,便保持缄默,试图不激怒她。但郗紫的怒气已经被自己的质问激起。

"那么,这些日子算什么呢?你对我表现出来的关心算什么?你都是装出来的,对不对?"

他微微仰起头:"不是。"

"呵,都到这份上了,至少让我听句真话吧!"

"不全是。"宗兆槐谨慎地、略带不安地说,手指在桌面上轻轻叩了两下,旋即收住,口吻回归从前那种充满善意的温和,"我从没说过我做的是对的,我也不打算为自己辩解,之前我就跟你说过,这件事我承担所有责任。"

郗紫看着他,警惕地、不带希望地看着他。

"你有要求尽管提,只要我办得到,一定满足你。"

"这么说,我可以跟你谈笔大生意了?"她嘲讽意味十足。

"随你怎么说吧,我是真的想补偿你。"

郗紫嗓音冰冷:"你以为钱能解决一切?"

他第一次跟她调情,也提到过钱,那时郗紫以为他开玩笑,在她心里,总觉得宗兆槐要比那种浮夸的男人档次高不少。然而,现实如此残酷,不容她留一点幻念。

她感到巨大的失落,不光对他,还对自己,对整个世界。

宗兆槐语气诚恳:"这是我唯一能提供得起的。"

郗紫盯着他研究了很久,像在重新评估面前这个人,宗兆槐避开她这样的目光,耐心等着。

最后,郗紫总算开口:"我不要钱——我要一个公道。"

宗兆槐似乎料到她没那么容易搞定,短促地笑了笑,耐心请教:"能不能说具体一点?"

"你终止跟富宁的合作。"

"理由呢?"

"永辉在竞标中使用了不正当手段!"

宗兆槐笑起来:"从没听说有谁会这么干,这不是自找死路吗?"

"我要求你这么干!"郗萦蛮横地抢白,好像这样就有用似的。

宗兆槐说:"事情发生后我征求过你的意见,关于要不要追究阮思平,你放弃了,你说你承受不了公开的后果——难道现在你就承受得了了?"

"真谢谢你为我考虑得这么周到!不过我改主意了,我决定公开,必须公开!"郗萦愤怒地大嚷,不管不顾。

宗兆槐努起嘴深思了片刻,把手一摊:"我没问题。大众对于性贿赂这种新闻总是保持相当高的热情……如果事件公开,阮思平为了声誉,肯定愿意承认他是被迫的,没错,这是桩丑闻,永辉会担下来——"他目光朝郗萦扫过来,"但你是同谋。"

郗萦依然充满气势地瞪着他。

宗兆槐继续说:"阮思平不可能保你,否则他就是自相矛盾,所以你很难向公众解释清楚自己跟他一样是被下了套,但凡这种事,大家总是乐于往最坏的地方想,他们还会认为你是事后敲诈不成,把丑事抖搂出来报复两边。永辉如果运气够好,还可以把整件事推到你一个人头上:女销售急于做单成功不惜献身客户高管。"

郗萦气得浑身发抖。

宗兆槐瞥了她一眼,语气不无怜悯:"你会成为丑闻女主角,被人采访、研究,被大众当作茶余饭后的谈资,你有勇气承担这后果吗?"

郗萦就近抄起玻璃茶几上的一个空杯,想也不想就往宗兆槐脑袋上砸去。他没躲,坐在椅子里漠然望着她,眼神深不见底,像尊塑像,线条刚毅,风格冷酷。

杯子砸偏了,在他身后的墙上开了花,落下一地碎片。

郗萦冲向门口,像一阵风,正要刮出去,但宗兆槐敏捷得比风还快,他在郗萦离门两步时拉住了她的胳膊。

她拼了命甩，但是没用，他的手比她有劲儿多了。他将她拽回来，把她挤在墙上，控制住她疯狂乱舞的双手。她想咬他、挠他、撕碎他，但所有行动都遭到他轻而易举的封锁。

郗紫抬眼，瞪着发红的眼珠，那里面有疯狂、怒气、恨意，还有惧怕，它们浑然交织、燃烧，也随时可能熄灭。而宗兆槐的眼里依然只有冷静，他理智到令郗紫觉得恐怖的地步，让她想起那个著名的洋葱王子的寓言：

女孩流着泪剥去洋葱王子的外壳，她想看看王子的心是怎样的，王子微笑着，在她手掌心里越来越瘦，最后，王子消失了，他的笑容也消失了。女孩没有看到王子的心，因为他没有，从来就没有过。她使劲地哭，她受骗了。

她怎么会对这样的男人动心？

郗紫的心被撕成条状，挂在风中摇荡，鲜血淋漓地滴下，她觉得自己再也不可能恢复了。此生她将永远无法得到治愈。

她还紧紧咬着牙关，但忽然之间就笑起来，那种满不在乎、破罐破摔的笑，泪水从她的笑脸上慢慢滑落，她眼前越来越模糊，笑与哭堆积在同一张脸上，难堪、扭曲，令一切都变了形。

宗兆槐没有给她擦泪，也许因为不屑，也许不敢，但他看着这样的郗紫，眼里到底还是起了些变化，钳制她的双手松了开来。

"郗紫，我们都现实一点，好不好？"

他整个人好像都在郗紫的眼泪中败下阵来，放软了的口气里，还含着一丝请求："你想要什么，告诉我。除了公开——那对谁都没好处。"

郗紫的脑袋靠在墙上，脸被泪水弄得一塌糊涂，胸腔里的心脏早已四分五裂。

"我要什么?"她喃喃自语,目光涣散。

宗兆槐目不转睛盯着她,用那种祈求和解的眼神。

"我要时光倒流,退到这一切发生之前……我希望我从来就没认识过你。"

她吞下最后的哽咽,用力甩开宗兆槐的手,转身匆匆朝门边跑去。

宗兆槐没再试图阻拦她,他双手叉在腰间,眼睁睁看着郗萦开门,摔门,在自己面前消失。

他仰头,深深吸了口气,重新走回办公桌边,垂头时看到地上杯子的碎片。他站着,盯着那些碎片发了好一会儿呆,然后无视它,坐下来。

没过多久,梁健着急忙慌地敲门进来,环顾室内,眼神惶惑。

"我刚从外面回来——小郗是不是来过了?"

"刚走。"

梁健忐忑地走近,有点明知故问,又心怀一丝侥幸:"她来干什么?"

"兴师问罪。"

梁健的表情被愧疚占满,他嗫嚅着,唉声叹气,为自己给老板带来的麻烦而自责。

"我本该管住嘴的,她来找我的时候,我该坚决顶住,什么都不承认的。"他懊恼极了,"可是看她那副样子,又实在有点……有点不忍心。"

对面的人阴着脸,毫无回应。

梁健心慌意乱:"小郗她会不会……想不开啊?"

宗兆槐沉思了片刻,说:"从黎城回来的时候可能会,现在不会。"

现在她心里装着太多的恨,已远远盖过绝望。

梁健不明所以,又不敢多问。

"那她……会不会把事情捅出去？咱们该怎么办？"

这问题很困难,但他们早晚都要面对,宗兆槐被逼得重新起身,站到窗前,给了梁健一个结结实实的背影。

梁健只能等着。

宗兆槐比他年轻几岁,从他认识宗兆槐开始,就没见他为什么事惊慌失措过,他永远都是这么一副冷静的神情,以不变应万变,甚至局面越险峻,他反而越沉着。但这会儿,他似乎从宗兆槐的背影中嗅到一丝倦怠茫然的味道——他很少这样为了一个难题长时间沉默。

窗外已完全是夜的世界,视力可及的远处,零星点缀着一些灯光,其余全浸没在黑暗中。这小镇一到晚上就透出浓重的荒凉感,没有人气,像被遗弃的岛屿,宗兆槐执着地喜欢这股也许纯粹是出自他想象的蛮荒气息。

他回忆起这些年经历过的那些事,它们跟眼前这件比起来,要凶险得多,他什么样的磨难没遇到过,不都过来了？

在他眼里,这麻烦没多严重,不过依然棘手。

他背对着梁健,自语似的问了句:"你了解她吗？"

"什么……"梁健有点无措,他没跟上宗兆槐的思路。

宗兆槐转过身来,放弃般摇了摇头:"你先出去吧。"

"可小郗那里……"

"没什么大不了的,"宗兆槐摆弄着自己常用的那支塑料水笔,"别声张,也别去逼她……过两天,等情绪好转一点,她会再来找我谈。"

他沉稳的声音给了梁健一丝底气,尽管他不确定宗兆槐是否真的如此有信心。

梁健从未真正了解过自己的老板,他们曾一起彻夜奋战过,分享过胜利的甜蜜、失败的苦涩,但他们的交流仅限于工作,除此之外的领域宗兆槐绝口不提。有时梁健会觉得,宗兆槐就像一个没有过去,也没有未来的机械式人物,脑子里只装了解决问题的程序,而毫无常人应有的情感和欲望。

离开宗兆槐办公室时,梁健感到一股微凉的寒气从尾椎骨那里慢慢往上爬,并蔓延至周身。他不清楚那是出于对郗紫的忌惮,还是对宗兆槐的惧怕,或者,那仅仅只是一种没有任何意义的生理反应。

郗紫一连旷工数日,她连假都懒得请,根本无须担心宗兆槐会拿她怎么样,扣她薪水?经理集会上点名批评?

不会。

郗紫相信,宗兆槐不仅不会惩罚她,还会给她找好休假借口,非常动听的那种——他不就擅长这个吗!

她把自己困在渔港的出租屋里,吃饭、睡觉都随心所欲,过得毫无规律可言,而且,她又喝上酒了。

往上走总是困难重重,需要一次次做心理建设,不断激励自己、监督自己,而往下走就容易多了,买瓶酒,打开,倒入杯子,一饮而尽即可。

不是烂醉如泥的时候,或者说她的脑子还能用一用的时候,郗紫会考虑考虑所谓的前途。

当然,事到如今,她已不觉得有什么前途可言,无非是为自己找一条能够走下去的路,对她而言,不那么困难。

她第一个念头就是离开永辉,离开渔港这个伤心地。然后呢?

回城?不,她不想继续跟母亲做伴了,尤其是在充分享受过独居的自由以后。

那就换个地方,往南边、北边,或者西边都成,随便挑座城市重新开始。找份工作,不再去企业。酒吧、客栈、饭店都行,当个服务员,埋葬掉原来那个傲慢愚蠢的自己,从今往后,脚踏实地,以一个新人的身份过下去。

前三十年,郗萦在母亲的约束下循规蹈矩地走了过来,人生后半段,她不想继续照那个路子走下去。

她想象未来的生活,陌生的环境,全新的历程,感觉还不赖,不是说人生重在体验吗?她振作起来,给自己倒酒,猛喝一气,庆祝新生。

但在另一些时刻,愤懑和不甘充斥着她心头每一个空间。

走?就这么放过他?让他像送瘟神似的看着自己离开,从此高枕无忧,心安理得——那个女人不存在啦,她成了一个新人!

他一定会在心里笑话自己:懦弱、无能、浮夸、虚张声势,其实什么本事都没有,被欺负了也只能哭着跑开。

还有事后他表现出来的那些假惺惺的好,令她心动,难以抗拒,而现在想起来却如此恶心!

她勃然大怒,摔碎酒瓶,双拳紧握,像个打手似的赤脚立在客厅中央。复仇的情绪同样令她振作,全身的血液都沸腾起来。

她在一个个日出和日落之间辗转反侧。屋子角落的酒瓶越积越多,她形容憔悴,蓬头垢面,毫无形象可言。

有天晚上,郗萦突然从梦中清醒过来,脑子里残留着梦境中的一大片湖泊,湖水清澈泛蓝,凉凉地包裹着肌肤,令她有种重返胎儿期的错觉。

她低头,发现自己躺在浴缸里,洗澡水早已凉透。

在梦里,她还看到了一双眼睛。

清醒时,她恨那双眼睛的主人,恨得将银牙咬碎。然而在梦里,她却满腹心酸,把自己受到的委屈絮絮叨叨说给他听,那双眼睛始终柔和地注视着她,并渐渐被痛楚填满。

郗紫没有立刻返回现实,梦里的感觉仍缠绕着她,她沉浸在那情绪里发了会儿怔。这片刻的平静中,她反复思考一个问题:一个人可以分裂得如此彻底吗?——前后表现如截然不同的两个人。还有,他对她,难道真的一点点愧疚都没有?

良久,她起身离开浴缸,一只脚踏出去时,正看见浴缸外有只深棕色的酒瓶滚倒在地,瓶口吐出鲜血似的红酒,宛如一个凶案现场。

差不多是在旷工后的第五天,郗紫重返永辉。

当她比平时晚一个钟点出现在办公大厅时,所有见到她的同事都惊讶地张大了嘴巴。

她修了眉,抹了亮红色唇膏,长发盘成一种复杂但很好看的形状,露出耳朵上点缀着的一对水滴状翠蓝色耳环。衣服选择的是职业款中最性感的那类,领口开得极低,乳沟隐约可见,紧身裙勾勒出臀部妖娆的曲线,腿形纤长劲挺,脚上穿一双黑色浅口高跟鞋。

从前她身上那些竭力想要掩饰起来的部分,如今被重新包装后隆重地推送到公众面前,同事们,尤其是男同事们,目光不再像以往那样闪烁(或带着钩子似的鬼祟而迅速地从她身上搜索而过),他们终于可以正大光明地、坦然无私地看向郗紫——而她宛如盛放在橱窗的展品,精致迷人,闪闪发光。

郗萦微笑着,与近在身旁的每一位同事亲切地打招呼,她并没有搔首弄姿,但那发自骨子里的媚释放在她经过的空气里,袅袅不绝。

人们不敢相信,这就是五天前哭着从宗兆槐办公室里跑出来的郗萦,那时候大家都兴奋到了极点,纷纷地猜测各种可能性。

"这女人终于被甩啦!"每个人心里都是这么想的。

但此时的郗萦举止优雅,风情款款,迷人的笑容发自肺腑,任谁都难以相信这会是一个刚刚遭遇失恋的女人。

而这女人迈着婀娜自信的步子走向了宗兆槐的办公室,所有人再次目瞪口呆——难道在大家不知道的哪天,他俩又和好了?

宗兆槐把郗萦从头到脚扫了一遍,他不知道自己的目光该停留在哪里,最后只能盯着她头发的最顶部问:"你,想好了?"

"想好了。"她笑吟吟地、不含一丝怒气地说。脸上也一扫怨妇般的汹汹气势,看样子是来谈条件的。

"说吧,我听着呢。"

宗兆槐深吸了口气,等着她狮子大开口。

"我想回销售部。"郗萦信心十足地宣布,"我还是觉得自己做销售最合适,这方面我有实力——这你总不能否认吧?"

宗兆槐盯着她的眼睛,他注视着郗萦,说不出话来。

"她究竟怎么想的?"梁健百思不解,"拿一笔钱离开永辉,上别的地方想干什么就干什么不更好吗?"

这是大多数人的想法,一个善意的、皆大欢喜的愿望。宗兆槐认为梁健把这种一厢情愿的念头安在郗萦身上,完全是出于对她的无知。

他暗暗吁了口气:"钱不是她最想要的。"

"那她要什么?"梁健困惑。

"她对我有意见。她留下来……或许是想看看能在什么地方干点……让我不舒服的事吧。"宗兆槐婉转地解释,他用词温和,心里却很清楚,实际情况可能比这还要糟糕。

梁健听闻后还是倒抽了一口凉气:"如果是这样,那咱们更不该留她了!"

宗兆槐反问:"她走了问题就能解决?如果出去了随便乱说,对公司造成的负面影响更大。"梁健不安地调整坐姿,显得像个刚上阵的新手。以往他也没少参与那些卑鄙的谋划,但都是在事前鬼鬼祟祟布局,一旦炸弹引爆,他就不必再跟当事人有过多瓜葛,因此也不会有什么机会内省负疚,偶尔良知复苏时,还可以自我安慰一句,都是为了生意嘛!

也因为此前他们从没算计过自己人(确切地说是身边的人),这计划一开始就令他胆战心惊,它超越了常规底线,而且成功的可能性也很小。

当时他就把疑虑说出了口,宗兆槐反问:"你有更好的办法吗?"他哑然,他没有。

不过梁健必须承认,当他接到小丁的电话时,首先感到的是惊喜,然后才是别的:遗憾、不安、愧疚,以及对宗兆槐在看人方面精准度的膜拜和恐惧——他对着电话交代小丁接下来该怎么办时,心底分明掠过一股寒凉之气。

后患还是来了,一枚随时可能起爆的炸弹如今就安在他身边,他与那个遭自己暗算的人彼此心知肚明,她每天都会出现在自己面前,用眼神提醒他曾经干过的"好事"。

"我总觉得要出事。"梁健喃喃低语,目光中充满苦恼和求助的意味,他能仰仗的人依然只有宗兆槐,后者正用食指有节奏地轻叩嘴唇。

宗兆槐的手终于落下来,按在桌上,他浓眉上扬,仿佛疑团破解,前景乐观。

"让她顶何知行的缺,另外给她配个助手,要男的,你找个机灵点儿的。如果她有别的要求,不要含糊,统统满足她,总之要让她觉得满意。"

他给了梁健一个宽慰的笑容:"有点耐心,这个事情,得慢慢来。"

梁健只能点头,又问:"那何知行呢?要不要我找人查查他,这麻烦十有八九是他惹出来的。"

"算了,他人都离开永辉了。"

梁健还是担心:"他会不会在外头乱说话?"

"何知行?不会,他手上没什么实质性的东西,也就能煽个风点个火。"宗兆槐甚为笃定,"否则以他的德行,早嚷嚷得满世界都知道了。"

他最后叮嘱梁健:"对郗萦要格外留心,别再动赶她走的脑筋,也别试图去刺激她。她比你想象的还要聪明。"

梁健眨着眼睛,再点头。

宗兆槐望着窗外,沉默片刻,又补充了一句:"也很冲动。"

第八章 反击

"为什么?!"他不是恼怒,而是困惑,事到如今,任何一个理性的人都不会反对这样的解决方案。

他声音中的理智足以令郗萦崩溃,她用力推开宗兆槐,蹦起来,声泪俱下:"因为那时候我爱着你,我爱上了你这个自私冷血的混蛋!"

郗萦在试衣间解开连衣裙前胸的一排扣子,然后将刚挑中的一款文胸穿戴起来。

姚乐纯靠在墙边,眉飞色舞讲着家里有趣的琐事——她俩一碰面,总是姚乐纯嘴巴不停,滔滔不绝。

"我爸说我机灵得像猴子,我妈勤劳得像沙僧,我妈就说他胖得像八戒——我爸的啤酒肚这两年真是蔚为大观呀!我爸立刻回嘴,说她啰唆得像唐僧,我说我们家都可以组团去取经了!"

郗萦一边笑一边穿好文胸,然后询问密友意见:"怎么样,好不好看?"

姚乐纯抬着手臂,朝她指指戳戳,眉头皱来皱去的:"好像有点太……太明显了。"

"像肉弹?"

姚乐纯扑哧一声笑了,这正是她想表达的意思,不过她可说不出口。

"有点嚣张,看上去。"她婉转地表示。

郗萦面对镜子调整着胸部:"我觉得不错,这就是我想要的效果——你知道谈生意最关键的是什么吗?"

姚乐纯说不知道,她又没做过销售。

"别让对手脑子太清醒。"郗萦说,她挺着胸部左右打量自己,眼神中流露出满意之色。

姚乐纯咯咯笑了一阵,忽然有点不安:"郗郗,我怎么觉得你,跟从前有点不一样了?"

郗紫没问不一样在哪里,她什么都没说,只是通过镜子给了姚乐纯一个微笑。

不知为何,姚乐纯觉得她这一笑格外沧桑,好像一瞬间将世事看透。姚乐纯不明白自己怎么会有这种荒诞的想法,她朝郗紫做了个鬼脸。

以前她觉得郗紫会和自己一样,过一种平和别致的生活,在心里存点无伤大雅的小幻想,慢慢等待爱情降临。她怎么会想到郗紫会忽然跑去干销售,受刺激后的女人总是会做出些常人难以理解的举动来。

"好吧,恭喜你终于脱离少女队伍,好好做个迷死人的熟女吧——对了,你还没告诉我,你怎么丢下行政经理这么好的差使,又跑回去做销售了呀?"

"做行政没意思呗,整天就是喝茶、剪纸、检查卫生,尽围着别人的吃喝拉撒转,我受不了啦!"

郗紫把连衣裙穿回去,看整体效果:"销售多刺激呀,这秒钟不知道下秒会发生什么!"

姚乐纯也从镜子里看着她:"你真这么想?"

郗紫俏皮地朝好友挤了挤眼睛,现在,她高耸的胸部成为全身最引人注目的地方,连姚乐纯也忍不住瞥了好几眼。

"那个宋承宪还真好说话,你想怎么换就怎么换,他是不是对你……"姚乐纯忍不住打趣。

"我给他抢了张大单呢!"郗紫陡然间变脸,咬牙切齿说,"我就是想当副总裁他也得认真考虑可能性呀!"

姚乐纯只以为她在开玩笑,捂嘴乐道:"干脆当老板娘算了。"

郗紫蹙眉,神情格外冷。

"别开这种玩笑,我对他那样的完全没兴趣!还有,别再管他叫宋承宪了,他俩根本不是一回事……没哪一点像的!"

邹维安给郗紫讲了个笑话,把她逗得前仰后合,那笑话和宗兆槐新聘的秘书有关(郗紫重返销售部后,戚芳如愿以偿,成了行政部主管),某女职员写了张情意绵绵的卡片给宗兆槐,秘书给他整理桌子时没留意,把它误夹在下发的文件里了。

"刚来就结一仇家,往后日子可不好过哦!"

郗紫不以为然:"这有什么!她又不是故意的,是递卡片那位脑子缺根筋!"

"哎呀,总之女孩子之间的恩怨很复杂的啦!"

自从郗紫以全新形象在公司里闪亮登场后,邹维安就开始像苍蝇一样盯着她,只要得空就往郗紫办公室里钻——大家很快就看明白她和宗兆槐之间的关系,很显然,郗紫是又一个求爱失败者,她现在这种高调的花枝招展无非是掩饰自己失败的手段而已。

"小郗,你跟刚来时大不一样了,那时候你可高冷了,想跟你开个玩笑都很难张口。你现在就活泼多了。"邹维安含情脉脉地表示。

"你不是第一个这么说的人。"

"我不是第一个?谁?还有谁比我更关心你?!"邹维安警惕地、气愤地、满怀妒意地问。

郗紫没理会他这种做作的表现,反问:"我以前是不是挺招人厌的?"

"不！不！你那时候更像一位清高的女神，我们只能偷偷仰慕你——我更喜欢你现在的样子。"

郗紫的助理冯晓琪走进来交作业，这是个才从物流部转过来的年轻男孩，身材瘦削，面容清秀，但脸上不断冒出来的粉刺给他的形象打了折扣。他扫一眼趴在郗紫桌旁的邹维安，眼神里充满不屑，感觉这个研发部的头头像只谄媚的哈巴狗，往外伸着热气腾腾的红舌头。

他也不怎么喜欢顶头上司郗紫，认为她放肆的穿着难免影响专业性，不过他并不讨厌郗紫，相反还挺敬重她。

冯晓琪调到郗紫手下刚满一周，其间偷过一个小小的懒，偷得比较巧妙，自认为能蒙混过关——不是说女人胸大则无脑吗？

郗紫把他的作业退了回来，明确标注了修改点，评语足以让冯晓琪羞红脸。

"希望你不是故意的。"她这么写道。

此后他再也没敢掉以轻心。

等冯晓琪走后，邹维安皱眉问："这小子是不是对我有意见？"

郗紫淡淡地说："对你有意见的人多了，你在乎过吗？"

"那倒是！"邹维安坦然笑，"我只在乎你一个人。"

郗紫经常让他感到困惑，不论他把玩笑开得多过分，有些话露骨得换个女孩早红脸了，而她却依然能微笑面对，真正做到了"海纳百川"。不过她越这样，邹维安就越心痒，他觉得自己还有十八般武艺可以在郗紫面前一一使出来，就不信不能够征服她。

但总有人进来打扰——门又被敲响，他恼怒回眸，看见宗兆槐站在办公室门口。

宗兆槐在邹维安离开后把门关上，郄萦见状哼了一声。

"你就不怕别人说闲话？"

宗兆槐一脸不在意的表情，他走到郄萦面前，双手撑在桌上，俯身望着她，郄萦觉得自己好像被笼罩在了他的阴影里，便用脚尖蹬地，连人带椅子往后退了一点。

"梁总把你定的销售计划给我看了，我认为数字有点问题。"

郄萦故作惊诧："你还嫌低？"

"不是，我觉得太高了。即使何知行在也扛不了这么大的数字。"

郄萦笑起来："你怕我完不成？没事啊，到年底我完不成你可以罚我嘛！"

"你想多干点是好事，但也要量力而行，尤其订计划，得切实际，否则就成空文了。"

他又用那种看似无害、完全为对方着想的温和眼神注视着郄萦，她烦躁地转开了脸。

"我这组有两个人呢！"郄萦辩解，"数字往我跟冯晓琪头上一分，也没多少。"

"冯晓琪不算，他是你助理。"

郄萦沉默，她觉得没必要再争论下去。宗兆槐显然读懂了她的表情，目光从她丰满的胸前划过。

他沉吟着，低声说："你穿衣的风格，能不能稍微改改？"

郄萦挑了下眉："有什么问题？"

"穿得太大胆，容易被客户吃豆腐。"

"吃豆腐？"郄萦装出一脸天真，"客户吃了我的豆腐，不好意思一点好处都不给我吧？怎么算都划得来啊！"

她眯缝起眼睛，神色里混合着挑衅与调侃，那张脸既冷又媚，视线定在宗兆槐面庞上,犹如一只爬虫在那里缓缓蠕动,他不觉低下了头,听见郗紫又说:"要不然,你先把这条写进员工手册咱们再来谈?"

宗兆槐放弃了,松开撑住台面的手,一边往门口走一边叮嘱说:"计划书周四才正式提交,你还有时间修改,再考虑考虑。"

冯晓琪进永辉刚满一年,去年填写年度总结时,他在"职业发展"一栏里勾选了销售的岗位。两周前,梁健面试了他,并给他安排了这个销售助理的岗位。

"一般销售助理干满两年就可以转成正式销售,除非自己不愿意,比如刘晓茹,她是女孩子,她希望转到人事部去,当然那得看机会。"梁健向他解释。

在梁健之后,宗兆槐也找他谈过一次,他没有重复梁健已经申明过的工作职责,仅仅向他强调了一点——"郗经理出去见客户时,你得跟着她,别让她单独行动。"

这句叮嘱让冯晓琪觉得新岗位像做保镖。他懵懵然点头,以为这是宗兆槐和郗紫事先商量好的。

他在物流部时就听到过郗紫的传闻,大都和宗兆槐有关,诸如她在销售部混不下去了,缠着宗兆槐把她安排去行政部做了头儿。

"女人归根结底还是要有手段啊!"大家普遍认为这是郗紫与宗兆槐有染的证据,尽管她最终还是被甩了。

也不乏有人心怀酸妒之意地讥讽:"那女人有种从骨子里骚出来的劲儿,哪个男人能扛得住!"

冯晓琪对这些议论没什么想法,那时郗紫离自己太远了,她像任何公司都可能存在的那种话题女郎,永远处于舞台中央。

此时,冯晓琪规规矩矩坐在沙发里,用虔诚的目光打量室内,这是他第二次进宗兆槐的办公室。

宗兆槐亲自给他倒茶,冯晓琪受宠若惊,说声谢谢,接在手里,宗兆槐朝他和善地笑笑。

"郗经理给你安排的工作多吗?"

"不多。主要就是整理文书,以前的那些客户资料有点乱,她让我花点时间厘清。"

"没跟她出去走走?"

冯晓琪脸上浮起犯难的神色:"就一次。郗经理她,好像不太愿意我跟着。"

唯一的那次,也算不上正式——郗紫发现文件忘带了,打电话到公司让他送过去,文件一到手她就让冯晓琪回去,不过他还算机灵,想起来宗兆槐的关照,便在客户办公室外傻等了两小时,事后郗紫很不高兴。

宗兆槐微微皱起眉头:"她都跟那位客户谈些什么?"

"这个……我不清楚。"冯晓琪想起办公室里传出的阵阵笑声。

"就他们两个人谈?"

"应该是。"冯晓琪有些不安,感觉宗兆槐可能吃醋了,他迅速朝对面扫了一眼,不太明显,但心里肯定不舒服吧。

宗兆槐再次强调:"以后你必须跟着她。尤其是晚上,不能让她出一点岔子。"

冯晓琪呼吸急促起来,他有些明白了,又不太敢相信。

"她不让我跟着怎么办?"

"这是你的职责。"宗兆槐的口气不容商量,"万一出了什么事,不仅对她本人不好,也会影响公司声誉,你懂我意思吗?"

冯晓琪从宗兆槐眼里捕捉到的是严肃、冷静、公事公办的气息，这样的眼神无关风月，完全是公司领导才可能流露出来的对于某类隐患的担忧。他有点木讷地点了点头，此前他必定是误会宗兆槐了。

所有人都误会了。

见他明白了这要求的重要性，宗兆槐神色缓和了一些："你有我手机号吗？"

冯晓琪摇头，宗兆槐便给他报了一遍自己的号码。

"存起来，有事立刻打给我。"

"要不要先打给梁总？"

"不，直接打给我。"

"嗯，我明白了。"

宗兆槐直视着他的眼睛，冯晓琪感到一种隐隐的压力，陡然间，他察觉自己的身份有了改变——他成了宗兆槐的"间谍"，安插在郗萦身边的眼线，他说不上来对此是厌恶还是兴奋。

"别等出了问题再打，"他听到宗兆槐用低沉的声音继续叮嘱自己，"发现情况不对时立刻跟我联系，不要犹豫，记住了？"

"记住了！"

直到走出办公室，冯晓琪才渐渐清醒过来，心底一股奇特的情绪油然而生，他受到了信任，接受了一个不可言说的任务，这让他平淡的工作显得与众不同。

他脚下生风，同时紧抿嘴唇，生怕泄露了什么秘密似的。

那个晚上，空气清朗，月明星稀。

宗兆槐刚结束一个会议，坐在椅子里揉着鼻梁两侧放松一下，手机就在这时响起来，是他专门为冯晓琪来电设置的特殊铃声。

他立刻抓起来接听。

冯晓琪的声音听上去急不可耐,恨不能在头一个字里就把所有意思表达完整,结果造成他整句话都磕磕巴巴。

"宗先生,郗经理她……她喝醉了!客户说,说要带她去个什么地方,她……她答应了!他们,"他短暂停顿,大概是在回头看什么,"他们马上就要走了!"

宗兆槐有点恼火,他早提醒过冯晓琪不要等火烧眉毛了再通知自己,不过现在也来不及责备他了。

"你们在哪儿?"

冯晓琪报出饭店的名字。

宗兆槐一边迅速动身一边交代:"你拖住他们,不管用什么办法!记住,一定别让他们离开!我马上赶过去!"

这就是郗萦的目的,她要在宗兆槐面前出卖自己,让他负疚、痛悔,她用作践自己的方式赌他一丝良知,她要让他意识到自己是这些罪恶的始作俑者。

他三步并两步,疯狂冲下楼去。

从城东赶到城北,宗兆槐花了半小时都不到,搞不好会收到一两张罚单。他在饭店门口拨冯晓琪的号码。

冯晓琪得知他到了,简直像溺水的人终于抓到岸上伸过来的竹竿一样欢喜。

"在!都在!我把他们锁包厢里了!"

宗兆槐心一沉:"锁包厢里?!那你呢?你在哪儿?包厢外头?!"

"不不!我也在包厢里,我看着他们呢!他俩都醉了!"

宗兆槐笑起来,这小子虽然手法笨拙,但管用。

"我这就过去,等我敲门,你把门开了,我进去把郗经理带走。"

"那我该怎么跟客户解释呢?"

"随你怎么说,你不挺聪明的吗?但别让他知道我是谁,生意还得照做!"他没说出口的理由是,这事日后万一传出去,他跟永辉就成笑柄了。

进了门,只见郗萦醉态可掬地仰靠在椅子背上,左手撑着后脑勺,精心盘起的头发零零落落飘下几绺,晃荡在脸颊两侧,撩得人心尖发痒。她在听客户讲什么,不时笑几声,一笑胸前高耸的两堆就乱颤。

那客户都五十多了,白粉粉的一张脸凑在郗萦胸前,眼珠子滴溜乱转,分分秒秒想要埋进去的架势。平时估计不敢这么放肆,喝点酒就跟借了好几副胆子似的,连脸都不要了。

宗兆槐走到郗萦背后,她迟钝着没发现有外人进来,倒是那男人诧异地抬起头:"你谁啊?怎么进来的?"

宗兆槐没理会,不客气地拽起郗萦,像拖面口袋一样把她往外拉。

客户急了,晃晃悠悠站起来主持正义:"哎你怎么回事?别乱来啊!小冯!赶紧叫保安!"

他一边张罗一边还想把郗萦抢回来,宗兆槐随手一推,客户酒喝多了,脚底没跟,一屁股坐回椅子里,顿时又惊又怒,转头瞪着毫不作为的冯晓琪。

"他俩认识。"冯晓琪抓耳挠腮地解释,他被无视了半天,这会儿却要对眼前的事负责。

郗萦被宗兆槐半搂半拖着往门口走,也不反抗也不说话,只是咻咻地笑。

客户悻悻,嘟哝了一句:"你们还要不要做生意了?"

宗兆槐都走到门口了,听见这句话,他没回头,只对冯晓琪说:"你告诉他,这单不做了,让他滚!"

郗萦以前小半辈子加起来都没今晚笑得多,宗兆槐在她的笑声里镇定自若开着车,他要把郗萦带回渔港。

"你管得可真宽,"郗萦边笑边奚落他,"我把单子给你做出来不就行了?犯得着派小冯监视我吗!"

"他是为你好。"

"你知道他多傻吗?堵在门口嚷嚷,你们哪儿都不许去!哈哈哈!这是你教他的?真逗!"听着郗萦的话,宗兆槐紧抿双唇,嘴角勾勒出清晰的线条。

郗萦取笑他脸色难看:"怎么着,觉得不舒服,还是怕生意搞丢?放心,这单应该不会黄,老王脾气好着呢,虽然你骂了他,不过等我给他点甜头他一准回心转意!"

宗兆槐克制住不悦,沉声说:"你就不能像点样子?"

"咦,不是你教我的,没机会就要创造机会,再不行还可以用身体来赢,只要能赢,手段算什么呀!我没说错吧,你是这么教我的吧?"此刻的郗萦牙尖嘴利,毫无醉态。

"我不是上帝,你用不着句句话都听。"

"你每月给我发工钱,你当然是我的上帝!"

宗兆槐缄默片刻,轻轻叹了口气:"郗萦,别在我面前演自暴自弃。这招对我不管用。"

她依旧笑着,眼睛乜斜着身边的男人:"哦,那你这会儿跑来干什么?"

宗兆槐闭嘴了,他专心开车。

一路上郗紫喋喋不休,唠叨个没完。多数时候,宗兆槐都不理她,被逼急了,也就是笑笑,让一个个挑衅在空中宛如烟花般寂灭,他不想惹事。

居民区里找不到车位,宗兆槐只得又绕出来,把车停在路边。

郗紫吃力地从车里出来,她以为会踏在人行道上,但车子与之差着点距离,她一脚踩空差点栽下去。

宗兆槐早已下车,见状冲过来扶她:"我送你上去。"

郗紫嘴硬:"我能走。"

"我送你。"他重复了一句,搀住郗紫的胳膊,好像她是个重症患者,郗紫鄙夷地瞪他,宗兆槐视而不见。

时间还早,小区里到处都是散步的住户,郗紫总算不啰唆了,而且还顽固地闭上了嘴。

"你住几号门?"

沉默。

"往左还是往右?"

沉默。

幸好她还能走路,幸好她没把他拒之门外。

客厅里铺着地板,陈设简单:一张低矮的饭桌,一个落地空调,没有沙发,但郗紫把单人床的垫子从卧室里拖了出来,就搁在空调左侧,紧挨着一堵隔开客厅与房间的墙。

郗紫一进屋就钻进卫生间,开着门,传出哗哗的水流声。

宗兆槐站在客厅中央问她:"你晚上睡客厅?"

"我睡哪儿是我的自由!"她气哼哼地嚷。

宗兆槐耐心极好地规劝:"睡地上冷气会不会太足?得小心着

凉。"八月了,江南异常闷热,晚上不开空调很难入眠。

"我就只有客厅这一个空调,房间里没装,省钱!"

"呵,真会过日子。"

郗萦在卫生间用力发出嘲笑声,对他的表扬不屑一顾。

宗兆槐找到空调遥控器,打开,调好温度。郗萦走出来,脸上湿漉漉的,头发重新绾过。

"你怎么还不走?"她尖刻地表示诧异。

"有水吗?我渴了。"宗兆槐四处打量,空荡的客厅里一览无遗。

郗萦从厨房拿了瓶矿泉水给他:"路上喝吧!"

但宗兆槐一点没有要走的意思,他拧开水瓶盖子,猛灌了几口,心满意足,然后在小矮桌前盘腿坐下。

"我们谈谈?"

郗萦给自己也拿了瓶水,在空调风直吹而过的地方席地而坐,跟宗兆槐隔开一段距离。

他再次提醒她:"别对着空调吹,时间长了会骨头疼。"

"你真烦!"她恶狠狠地说。

宗兆槐不再劝了,意识到郗萦不会听他的,她现在什么都跟自己反着来。

他不说话,郗萦就反过来逗他。

"你想谈什么?别谈公务,现在是我的私人时间——咱们聊聊女人吧,你对女人感兴趣吗?"

宗兆槐瞥她一眼,宽容地笑笑,没搭茬。

郗萦继续逗他:"你喜欢女人吗?你到底是不是 gay?你看你连女朋友都没有,平时对着女人也是一副正儿八经的样子,跟唐僧似的。说实话,你不会真是 gay 吧?"

她说话时,眼睛一眨不眨盯着宗兆槐,见他只是沉默不语,她忽然放下手上的水瓶,软着身子朝宗兆槐爬过去。

她像蛇一样蜿蜒地在地板上游动,身体柔若无骨,在徐徐的机器制造出来的冷风里,在暗幽幽的荧光灯下,她的妖媚销魂蚀骨。

宗兆槐不动声色望着爬到面前的女人,她朝他仰起脸,神色天真,口吻恶毒。

"跟我说说,gay究竟是什么样的?你们怎么搞定那方面的需求?是不是,是不是只要看着别人做爱,自己就能高潮?"

宗兆槐忽然伸出手,扳住郗紫的脖子,他俯首,近距离盯着这个恨自己入骨的女人,眼里镇定如水,没有任何波澜起伏。

郗紫看清了他空空如也的内里,她害怕了,意识到自己不是对手,瑟缩地想往后躲,但宗兆槐的力气那样大,她挣脱不开,他掐得她脖子生疼。

"你想让时光倒流,我也想,但这不可能,发生的事倒不回去,咱们只能朝前看。"他顿一下,"我接受惩罚,但不是像现在这样玩游戏,搞无谓的损耗。你提个要求,钱或者其他,不管你要什么,我会尽力——咱们和解,行吗?"

"我不!"郗紫眼眶湿润,怨怒正化为无奈的泪水,尽管她鄙视女人使用这种武器。

"为什么?!"他不是恼怒,而是困惑,事到如今,任何一个理性的人都不会反对这样的解决方案。

他声音中的理智足以令郗紫崩溃,她用力推开宗兆槐,蹦起来,声泪俱下:"因为那时候我爱着你,我爱上了你这个自私冷血的混蛋!"

她终于还是说了出来,她为自己感到羞耻,把最后一点尊严摔出去,供他践踏。她无地自容,转身就往房间里跑。

宗兆槐火速起身追上她,他把郗萦的身子扳过来,面对自己,他想看清她的眼睛,可她躲避、抗拒。他只能看见郗萦布满泪水的脸蛋,顽固低垂的眼眸以及倔强、痛苦不堪的表情。

他放弃了,他的手从郗萦肩上挪至面颊,他捧住她的脸,猝然低头,用力吻下去。

郗萦呜咽着,再次挣扎起来,但力气没走大,他内在的那股力量又冒出来,捆绑住她。她停止挣扎,任他揉弄了一会儿,感受到他急切的欲望宛如压抑在深地的泉水,有了出口,急不可耐要涌出来。

她乘他舌尖深入时一口咬下去。

宗兆槐吃痛松开,他没有恼火,盯着郗萦的眼睛问:"恨我吗?"

郗萦从他眼里看到小小的自己,卑微、可怜、一败涂地。

"恨!"从没有哪一个字,能让她如此饱含情绪、纯粹且果断地从口中吐出。

他笑了笑,仿佛满意这答案,随即伸出手,抓松她的头发,扯开她的衣服。

发簪坠落在地,柔顺的长发散开,贴在郗萦裸露的背部,一丝凉意让她浑身打了个激灵,按说她该清醒,却只感到更大的眩晕,因为醉酒,因为眼前的场景如此不真实,也因为这是她自找的,仿佛失手打翻了一盆火。

恨意依然在郗萦体内涌动,但她没再抗拒,由着宗兆槐把自己放倒在床垫上,冷冷注视他,等着看笑话。

事后,两人都累极了,身体像被抽空,静静地趴着,苟延残喘。

郗萦再次去搜索宗兆槐的眼睛,但他依然避开她,背着她收拾好自己。郯綮刚才抓在手上的衣服还没来得及穿上就又被甩到地上,宗兆槐替她拾起来,递给她,郯綮没接,他就轻轻搁在她身边。

"咳……我回去了。"他低声说,恢复了以往的温柔。

郯綮没回应,她从宗兆槐脸上捕捉到一丝羞惭。这一场较量他终究没能把持住,他输了——郯綮琢磨着他这副表情的含义。

然而郯綮并不因此而觉得高兴,她还没碰触到宗兆槐最本质的那层东西:她想把他层层剥开,搜出他身上最隐秘最黑暗的部分,她想彻彻底底征服他,就像他之前耍弄自己一样。而他始终牢牢地将她拒之门外(也许是将所有人)。他对她而言,依然是个费解的谜。

郯綮明白,自己是在宗兆槐身上玩火,不过她不怕,反正她在他面前已经没什么可失去的了。

宗兆槐走到门边,停了停,似乎还想说点什么,但终于没回头,拉开门,悄无声息走了出去。

翌日。

郯綮很早就起来了,她几乎一夜未睡,在走廊上她看到宗兆槐办公室的门紧闭着,但她知道他在里面。

郯綮没敲门就进去。

宗兆槐在沙发上坐着,倾身向前,手捧一份文件细细研读,脖子朝左侧略歪,百思不得其解似的,仿佛正在解一道难题的高中生,就差在牙齿间咬根笔杆了,但郯綮不会再上当。

听到响声,宗兆槐转眸,见郯綮站得离他一米远,双臂抱在胸前,不急于开口,神色莫测盯着自己。他把文件轻轻往茶几上一扔,回到办公桌前坐下,似乎这个距离对彼此而言要更安全些,他表情里还残留着昨晚的尴尬。

郗紫走过去，隔着桌子坐下，手在桌面上一推，掌心里的车钥匙哧溜一声滑到宗兆槐面前——昨晚他不慎遗失在郗紫屋里的。

宗兆槐朝钥匙扫了一眼，笑笑说："谢谢！"

他出了门就有点找不着北，好容易找着自己的车，一摸口袋钥匙没了，又不好意思回去拿，就这么溜达着回了公司。

郗紫端详着他，慢条斯理说："我给你昨晚的表现打八十分，对一个 gay 来说，算很不错了。"

"过奖——有事？"

宗兆槐头都没抬，煞有介事往白纸上写字，下笔有力，简直像在篆刻。

"有个问题问你。"

"公事还是私事？在公司只谈公事。"

他显然是在用郗紫的话回敬她，但郗紫才不理会，她向前倾身，几乎是趴着研究起宗兆槐来，两人之间仅隔一尺距离，郗紫只要稍稍抬头，呼吸都能吹到他脸上。

宗兆槐神色镇定，行云流水地往下写。

"你为什么讨厌女人？"

"我什么时候说过讨厌女人了？"

"可你干那事儿的时候一直不敢看我，为什么？"

他明显不淡定了，笔下涂涂画画，思路阻滞。

郗紫伸手过去，猛然拔掉他的笔，放在自己手里把玩，她眼神挑衅，宗兆槐宽容地笑笑，身子往后一靠，目光与郗紫对视。

郗紫虎视眈眈，努力钻研他的眼神。她希望从中得到什么呢？歉意、柔情，抑或是屈服？但总得有些什么吧——在经过激烈的昨夜之后。

而宗兆槐很平静地注视着她,似乎和平时没什么两样。

"你恨女人。"郗萦掩饰住失落,把自己琢磨了一晚上的猜想讲出来,"你一定吃过女人的亏,所以你恨女人,在你眼里,女人只配做工具,所以你利用我,伤害我,一点没觉得有什么心理障碍。我没说错吧?"

宗兆槐不为所动,依旧只是微笑,也许郗萦刚进来时他有过难堪,但这会儿已经调整完毕,他在两人之间拉起一道厚重的帘幕,就像他一直以来做的那样。

郗萦忽然觉得沮丧,她意识到自己永远不可能猜透宗兆槐,她这么执着又是何必。

可她依然恨他,恨得无法潇洒地转身离开他。

郗萦站起来,重新打起精神:"你是不是觉得我挺贱的?"

这个问题让宗兆槐脸上的笑容稍稍退掉了一些。

"如果你想点头,别忘了提醒自己,今天这样的我,是你一手造成的。"

郗萦走了。

宗兆槐从胸腔里轻吐出一口气,小心翼翼地。然后,他拉过刚才奋笔疾书的那张纸,盯着上面龙飞凤舞的字迹,那是他打小背熟的一首词。

过了一会儿,他觉得心情平静些了,便找到被郗萦丢在桌角的水笔,试了试流畅度,接着往下写。

叶南有阵子没来了。自从做成了富宁的生意,永辉的销售们就像升级过了武器,骁勇善战,且斩获颇丰。他跟宗兆槐开玩笑:"以后该是我求着你的时候多了。"

宗兆槐谦虚:"都是小打小闹,等他们啃到硬骨头了,我还得找你帮忙。"

叶南对永辉吞下富宁一半的订单量也心存疑惑,传言他听到不少,但没一个靠谱的,而宗兆槐又不愿多谈,只跟他解释说是运气好,碰巧了。叶南很难相信,生意圈里哪有靠运气抢单的,不过他也没追问下去,对方不想说的原因多半是不能说,他听了也不过徒增负担。

这次他来,是想请宗兆槐参加一个酒会。

"真不是相亲会,档次没那么低!我们邀请的可都是有头有脸的人。原来不认识的,经过我们这么一撮合,搭上话了,谈得拢的这生意不就做起来了嘛!"叶南力劝,"你可一定要去啊!我是酒会发起人之一,参了股的。"

宗兆槐略惊诧:"搞个酒会还参股?"

"我们打算长期办下去,等于是给大家提供一个交流平台,等将来有影响了就转会员制,入会得先交会费。当然现在是初级阶段,免费!反正越早加入越划算!"

宗兆槐把请柬又仔细扫了一遍,还是纳闷:"你怎么想起来掺和这个?你不一直喜欢独来独往的吗?"

叶南嘿嘿笑起来,总算道了实话:"这是老徐的意思,他手上的人脉比我丰富多了,时不时我就得求着他,他拉我干这事儿,你说我能推吗?总之你无论如何得给我个面子,25号首场,你来晃一圈就走也成,我脑袋上压着人头数呢!"

宗兆槐把请柬丢一边:"我考虑考虑吧。"

见他没一口拒绝,叶南特高兴:"到时带个姑娘一起来。"

"我上哪儿带去?"

"郗紫啊,我看她对你挺有意思的。"

宗兆槐一脸不自然:"胡说什么呢!"

"你俩掰了?"见宗兆槐不耐烦,叶南赶紧转移话题,"要不我给你弄一个?"

宗兆槐哼一声,明显不敢苟同。

叶南不死心:"找一个吧,都这么多年了,玩玩也好啊!"

"我跟你不一样,我玩不起。"

"观念问题!你吧,放不开,唉,不说了,反正也没人催你。"

"你被催了?"

叶南耸肩:"还用说,那真是年年月月天天催啊!我现在都不太敢回家了!"

宗兆槐反过来调侃他:"那就找一个结了吧,那么多女朋友,你挑一个呗。"

"然后一辈子被人管着?!"叶南撇撇嘴,又笑,"我琢磨着,认识的这些女人里,还真没哪个管得住我的。"

"观念问题,你可以换个心态,挑个要你管的。"

"哈!也没哪个让我有兴趣管——幸好我还有个哥哥,而且听话,不负众望生了个儿子哄老人家开心!"

叶南看到郗紫横穿走廊往餐厅走,他的目光手电一样将郗紫从头到脚连扫了两遍,然后回头对宗兆槐笑,脸上的惊愕喷薄而出。

"嚯嚯!"他叹了又叹,"嚯嚯!"

宗兆槐一推他肩膀:"走吧走吧。"

"这姑娘怎么大变样了?"叶南还沉浸在惊奇之中,"我敢打赌她最近肯定那什么过⋯⋯"他快速在胸前比画了一下:"瞧她那儿,都快涌出来啦!"

宗兆槐不理他，加快脚步走到他前面去。

叶南很快追上来。

"她有男朋友了吧？"他颇遗憾，口气同情但仍坚持客观态度，"而且男朋友肯定不是你！"

餐厅里，好多人围着刘晓茹，她失恋了，平时与她走得近的同事都觉得有义务安慰她。

"我们是和平分手的。"刘晓茹神色克制，"性格不匹配，我们都不是容易让步的人。"

郗萦问："谁先提出来的？"

"我们讨论过，彼此都觉得不合适。"

"总得有个人先提出来吧？"郗萦咬住不放，"他先提的？"

刘晓茹勉强点了点头。

郗萦笑道："我看他八成是找到更满意的了。"

这句话把所有人都震惊了，戚芳尤其尴尬，郗萦目光扫向她时，她立刻转开了脸。

其他人都缩着脖子默默吃饭，换个人也许早被反驳了，但她们要么不愿要么不屑跟郗萦翻脸。刘晓茹不想亵渎这段逝去的感情，独自捍卫说："他不会，他不是那样的人！"

"你真了解他？"

"反正他不会。"泪水已在刘晓茹眼眶里打转。

郗萦笑笑："女人就是这么傻，被人蹬了还不忘给他涂脂抹粉。"

刘晓茹眼泪汪汪地嘟哝："小郗姐，你何必这么刻薄呢！"

郗萦不打算道歉，说："别这么脆弱，你又不是生活在童话里，现实就是这么残酷，很残酷。早点搞明白对你没坏处。"

午休后,郗紫走出办公室,冯晓琪一直留意着她,见她提了坤包一副要出门的架势,立刻蹦过来:"郗经理,你要出去?"

"嗯,跟王总约好下午谈点事。"

"我跟你一块儿去!"

"没你什么事,在公司待着吧。"

郗紫先去了趟洗手间,出来直接走侧首楼梯下到一楼,再转至大门口,她申请的奥迪车已等在那儿,冯晓琪两手空空候在车旁,像个小杂役。

郗紫气乐了:"你想怎么着?"

"我得陪你一块儿去。"冯晓琪低声说,但很坚持。

郗紫白他一眼,想一想,又无奈地叹口气:"会开车吗你?"

"会!"

司机正看好戏,郗紫俯身对他说:"谭师傅,您能不能下来,这车让小冯开一趟?"

冯晓琪三个月前刚拿到驾照,开车很小心,没有路怒症,一般都是他让别人。

郗紫奚落他:"宗先生给你什么好处了,这么听他的话?"

"没给什么,但我不能让你出事。"

郗紫嗤一声:"我能出什么事?"

"……像昨晚那样。"

郗紫这才想起来,问:"对了,昨晚后来怎么样?王总没为难你吧?"

冯晓琪脸忽然有点红,期期艾艾解释:"他本来挺生气的,后来我跟他说,宗先生是……是你男朋友。他好像有点害怕了。"

郗萦大笑。

冯晓琪讷讷："我想不出别的办法。"

他虽然有些慌张，但转弯时仍然很小心，切着弧度慢慢开，一丝不乱。郗萦忽然觉得他有点像宗兆槐——也许那混蛋年轻时就是冯晓琪这样的。

"郗经理……王总将来会和宗先生见面吗？"

"你怕谎言被戳穿？"

冯晓琪尴尬地笑笑。

"哼，这张单子没那么大分量，用不着宗先生抛头露面。"

"哦。"他松了口气。

郗萦渐渐止住笑，有点惆怅："你是不是觉得我很坏，像那种人人都看不起的坏女人？"

"不是……但有些事不能做，不管是为了什么目的。"冯晓琪变得更加小心翼翼，"宗先生是为你好。"

郗萦冷笑。

他们沉默了一阵，郗萦回眸时看见冯晓琪绷直的腰杆，一个还没被现实打击过的年轻人的腰杆，她一下子觉得自己老了。

"你让我想起刚毕业那阵。"她说了这一句，再也想不出下面该说什么，很多心绪，宁愿散入风中，也不愿道出口。

"别那么紧张兮兮的，"她恢复了平时那种带点玩世不恭的口吻，"我又不是第一天出来做事……有些事我比你明白，我掐着分寸呢！"

冯晓琪心里还有很多疑问，但他问不出口，他郑重地点了点头，不管郗萦是敷衍自己还是出自真心。

郗萦看看手表，如果是谭师傅开车，这会儿她都坐王总办公室了。她摊了下手，听天由命："得，等着迟到吧！"

手机铃声响,她一边在包里翻腾,一边嘀咕:"准是来催了!"

结果不是王总打来的,是母亲,问她周末回不回家吃饭。

郗紫很久没回过家了,上次她闹脾气离开后,母亲一直跟她冷战,过去,母亲经常用这招逼她认错或者就范。

电话里,母亲声音温和,不过仍能听出一丝僵硬,她还没从委屈里彻底走出来。郗紫顿生歉疚,如果这回母亲不主动打电话过来,郗紫都快忘了与她之间的不愉快了。母亲不再是她生活的重心,最多只占一小部分。

她答应星期天回去,母亲高高兴兴挂了电话。

在保安室做过登记后,冯晓琪陪郗紫一起往行政主楼走,上台阶时,楼里出来两人,胸前也挂着访客牌,年纪大点的男人冲郗紫直乐:"听说郗小姐天天来报到啊!王总真该给你在办公室加个专座!"

郗紫也笑着回敬:"我要真有这么个座儿,就没你刘经理什么事啦!"

等他们过去,冯晓琪问郗紫那两人是谁。

"华星的销售代表,华星你听说过吧,永辉的竞争对手之一。我们三天两头在这儿碰面,比情人约会还勤快!"

郗紫让冯晓琪在一楼待客区等她,冯晓琪却坚持要陪她上楼见王总,郗紫拿眼睛瞪他:"你听我的还是我听你的?"

冯晓琪不敢跟她争,红头涨脸地找了张沙发坐下,心里甭提多憋屈了。

这一等就是两小时,冯晓琪把什么可能性都想过了,他几次想往楼上冲,但楼里严肃的工作气氛阻止了他。过一会儿,猜疑再起,他一阵儿一阵儿地脸红脖子粗,前台负责接电话的女孩几次看他,眼神颇担忧,怕他突然急病发作。

王总亲自送郗紫下楼,两人谈笑风生,冯晓琪仔细打量郗紫,但见她衣衫整洁,发髻纹丝不乱,没什么异常。他缓了缓劲儿,觉得自己快成神经病了,T恤衫后背汗涔涔的。

王总见了他,想起昨晚的事,难免尴尬,打完招呼转身就上了楼。冯晓琪陪郗紫走出来,追着问情况。

"让咱们回去准备方案。"郗紫说着,叹一口气,"你们干的好事,我费多大口舌才把事情给圆回来。"

姚乐纯说,热爱美食者必热爱生活。郗紫的母亲对烹饪并无爱好,她家餐桌上的主旋律永远是简单。不是因为穷,是母亲没心情。

而当郗紫看到母亲整治出来的一桌菜时,她清楚地意识到母亲不是突然爱上生活了,而是在向自己示好。

菜色并无多少可取之处,其中还不乏外购的现成熟食,但郗紫的心还是软了。

面前这个女人,终归是自己的妈妈。

母亲从厨房走出来迎接她,笑容比平时多了些,言语也很温和,郗紫亲热地叫了妈妈,搜肠刮肚找轻松的话题跟母亲聊。母亲热汤时,郗紫就帮着盛饭,都是好兆头。但她俩对这种新的相处模式都有些不适应,尽管彼此都尽了最大努力去讨好对方。

饭吃到一半,两人的精神都有些松懈,也许是演戏演得累了,终于故态复萌,她们在一件小事上各执己见,和谐的局面到底还是给打破了。

母亲愤怒地撂下饭碗:"我要你回家不是为了让你气我的!"说完,她起身,气鼓鼓地进了房间。

郗萦呆呆地坐着,在道歉与不理会之间摇摆不定,但她不认为自己有错,难道她就不能发表自己的意见了?难道和母亲意见相左就是对她的不敬?

她决定不妥协,在过去的岁月里,她已经稀里糊涂妥协过很多次了。

郗萦简单收拾了下自己的东西,走到母亲的房间门口,语气还算柔和:"妈,我还有点事,得立刻赶回去,就不在家住了。"

母亲僵直地坐在床沿上,背影纹丝不动,郗萦看了一眼就挪开目光,逃一般离开了家。她真怕自己还没出家门,就听到母亲的哭声。

逃离,似乎是每个不快乐孩子青春期的主题,郗萦也没少幻想过,但她从未付诸实施,因为不敢。家虽然有时令她觉得压抑,甚至怨恨,但终究也是她的庇护之所,离开这里,她还能上哪儿呢?即使现在,她有能力离开了,可精神的一部分仍然对这个家恋恋不舍,她紧张惶邃的少女时代,枯燥乏味的青春期,贫瘠却是她无法割舍的回忆。

郗萦走在人行道上,内心充满愤愤,觉得自己被驱逐了。她所幻想的与她实际得到的永远是两回事,过去如此,现在依然如此。

"我觉得母女天生就是敌人,当然你和你妈妈是例外。"她在电话里对姚乐纯抱怨,"我们已经没办法坐在一块儿吃完一顿饭了。"

"这次又是为了什么?"

"她单位的某某被要求提前退休,她觉得那样不公平。我就说了句,领导这么做肯定有他们的道理,她就不高兴了!那人跟她又不熟!"

姚乐纯温柔地解释:"也许你妈妈担心自己会步那个人的后

尘呢!"

郗紫静默,然后问:"我是不是太任性了?"

"有点。"姚乐纯实事求是,但声音依旧柔柔的,毫无责备之意,"不过我可以理解,你这应该算一种反弹吧,觉得你妈妈说什么都不对,只不过你以前不敢反驳,现在敢了。郗郗,年纪大的人经常会感到孤独,不管以前多坚强,你最好多回去看看你妈妈,别跟她争,现在是你哄她的时候了。"

郗紫倔强地咬着嘴唇,思量,最后说:"可我做不到。"

"我有时也会这么想,但我咽不下这口气,我从小就在哄她高兴,可我委屈的时候,她怎么从来不晓得哄哄我?!"郗紫哽咽着,说不下去。

"郗郗,你……"

郗紫迅速挂机,捂着嘴巴,把眼泪使劲咽回去,姚乐纯的电话很快又打来了。

"郗郗,你没事吧?"她很担心。

郗紫努力平复心情:"没事。"

"来我家吃饭吧。我妈做了你喜欢吃的清蒸多宝鱼,吃完饭咱们好好聊聊。"

"谢谢,可我今天没心情,就想一个人待着。"

傍晚四点,郗紫走进一家茶餐厅,点了一碗鲜虾云吞面和一个菠萝包,她不饿,但总得吃点什么。

玻璃窗外人来人往,毫无新意,这景象可以是五年前,也可以是十年前,根本看不出什么差别。她也一样,都三十了,还在为一点琐事跟母亲怄气,永远也跳不出那个狭窄的圈子。究竟是什么把她囚禁在了同一个环境里?

有段时间她特别讨厌别人说她像爸爸,觉得爸爸做的事丢人。她努力模仿母亲的严肃,摆出凛然不可侵犯的架势,说她像母亲她会很高兴。

爸爸其实是个很和善的男人,远比母亲得人心。他唯一做错的那件事,郗紫现在想想也许并不完全是他的错。而她一直被母亲的言论所误导,努力憎恨着父亲。

她忽然惶恐起来,觉得自己走错了路,而且永远回不了头。一向很喜爱的云吞面也失去了鲜甜的滋味。

别想了。她勒令自己,何必给自己平添那么多负担,有些负担,她或许一辈子都承受不起,既然如此,不如索性抛开。

吃菠萝包时,她接到冯晓琪的电话,给王总的方案做好了。郗紫本想让他直接发过去,又担心不保险。

"算了,你发我邮箱吧,等我看过之后再发。"

从餐馆出来,时间尚早,郗紫决定回一趟公司。

处理完邮件,郗紫关了电脑准备回公寓——如今,只有在那五十平方米的出租房内,她才是真正自由的,放松的。

星期天的办公大厅里静悄悄的,任何一点小动静都逃不过耳朵。

等郗紫感觉到那人已近眼前时,才懒洋洋地抬起头,此前她一直假装埋首抽屉前,寻找一个印象中的移动硬盘。

宗兆槐双手都插在裤兜里,神情保守而谨慎,仿佛随时可能遭到攻击似的。

"找什么呢,丢东西了?"他口气很友好。

"移动硬盘,我记得放在这儿的。"郗紫关上一个抽屉,又拉开另一个。

"急着用吗？我那儿有,给你拿一个过来？"

郗紫笑："干吗对我这么好,心虚啊？"

宗兆槐也露出笑容,这一笑他放松多了："别找了,我有多的,跟我过去拿吧。"

"不去！"

郗紫推上抽屉,拍拍手,仿佛沾了灰尘似的,然后扬起眉毛问："找我有事？我要回去了。"

宗兆槐颇费思量地盯着她,似乎很想找个由头把她留下来,郗紫感觉到了,她利索地锁了抽屉,把背包挎在肩上,钥匙绕在食指上晃着圈,一副随时会离开的架势。

"还真有个事。"宗兆槐伸出手指勾了勾鼻侧,"叶南办了个酒会,下周三晚上,他想,咳,邀请你去。"

郗紫盯住宗兆槐,露出惊诧的神色："他邀请我？"

"嗯。"宗兆槐转开脸,打量着墙上一幅平淡无奇的静物图,"你有兴趣吗？"

郗紫眯着眼,饶有兴致地琢磨了他一会儿,很干脆地问："我可不可以带朋友？"

宗兆槐倏地把目光调回来,大约没料到她会这么问,明显有点猝不及防。

"都是叶南自己圈子里的人吧？"郗紫煞有介事地解释,"我又不认识,如果不能带朋友我就不去了。"

"……可以。"他终于说。

第九章 谁也改变不了谁

"你后悔过吗?""肠子都悔青了。""什么时候开始后悔的?""……你把我衬衫哭湿的时候。"郗紫短促一笑,水汽迅速蒙上眼睛,又慢慢退去。

宗兆槐忘带请柬了,叶南亲自到书画院门口来迎接,看到他身后跟着两位亭亭玉立的女子,叶南错愕得都快找不着词了,当然那只是一瞬的事儿。

"郗小姐,真高兴你能赏光,也不知道是我面子大,还是你们宗先生的面子大?"他快活地开着玩笑。

郗萦说:"我是宗先生的员工,他叫我来,我不敢不来。叶先生是宗先生的贵人,叶先生邀请宗先生,他再讨厌应酬也必须来,这道理是一样的。"

叶南哈哈大笑:"原来郗小姐这么了解你家老板啊!"他把目光转到姚乐纯身上:"这位是?"

姚乐纯没有像郗萦那样盛装出场,她穿了件白色无袖连衣裙,下摆遮到脚跟,露出水银色的尖头高跟鞋。她妆化得很淡,也自然,没有佩戴过多的首饰,最引人注目的是一副圆形耳环,夸张地在耳边晃荡,这样一个集端庄与纯美于一身的女子,很难不引起叶南的注意。

郗萦为他介绍:"这是我朋友姚乐纯。"

叶南向姚乐纯伸出手,姚乐纯大大方方接了,眼眸里带着一丝好奇,让叶南久久挪不开目光,刚才对着郗萦时的讨好和夸张有所收敛,他恢复了绅士风度:"很高兴认识你,姚小姐!希望今天能玩得尽兴!"

姚乐纯笑着表示感谢："我一直好奇这种私人酒会是什么样的，听小郗说叶先生也在办，我就说一定要过来看看。"

郗萦向叶南解释，姚乐纯是专栏作家，对烹饪、服饰都很感兴趣。"她想来看看酒会上的女孩子都是怎么穿衣打扮的。"

叶南笑声朗朗："欢迎欢迎！你们随便参观！"

酒会安排在一组中式庭院内，向某个书画院租的，进门就是个开阔的露天院落，四周一圈走廊，檐下点缀着宫灯，假山旁和亭台楼阁间，但凡是空地，都被摆上长桌，各种食物琳琅满目，宾客盈门，欢声笑语不断。

宗兆槐问叶南："这地方挺有意思，你们怎么找到的？"

"嗨，现在不是什么都讲创意吗？我们就来他个中西合璧，在有中国特色的房子里品洋酒！而且，越是谈生意这种俗气的玩意儿，越得找高雅的地方，沾点儿文明的气息，哈哈！"

他扭头去打量那两位女士时，正撞见姚乐纯朝郗萦做鬼脸。

叶南靠近宗兆槐，低声说："你可以嘛！原来跟我说一个都带不来，谁知道一下带来俩！能耐了啊！知道我最近空窗期，你想羡慕死我是不是？"

宗兆槐尴尬，也不知该怎么解释，只能回以调侃："这两位，都是能看不能碰。"

他原先担心郗萦会恶作剧地带个男性朋友过来，这样他的处境会相当尴尬，幸好没有。

书画院很大，走过露天中庭，便进入主厅堂，原先的屏风被拆除了，改成一个舞池，边上放着沙发、茶几等家具，几位调酒师正置备酒水,动作麻利而夸张。

叶南告诉他们:"等下这儿有舞会。"

再往后,是个面积略小的院落,许多人围在那里谈笑。

"里面大概还有两间厅房,两边也有些小房间,你们随便转着玩,不过有些地方存了书画院的东西,被锁起来了。"

叶南很忙,不断有人来请示问询,等他跑开一阵后再回来,发现只有宗兆槐坐在正厅沙发里喝饮料,郗紫和姚乐纯不知去向。

"两位美女呢,怎么把你一人丢这儿啦?"

宗兆槐耸耸肩,表示他也不清楚。

叶南从桌上取了杯刚调好的潘趣酒———一种混合了果汁和葡萄酒的调味饮料———在宗兆槐身边坐下,这会儿大多数人都还在室外。

"你能来我真高兴!"叶南说,"本来打算介绍个妞给你的,既然你自带了就算了。"

宗兆槐低声警告他:"在她面前别乱说话。"

"你指谁?"叶南逗他。

宗兆槐端着杯子在手心里把玩,叶南忽然不确定起来:"说真话,你到底看上了哪个,不会是姚小姐吧?"

他越想越觉得有可能,瞪着宗兆槐,一连问了好几遍,宗兆槐总算开腔:"她没有男朋友。"叶南是聪明人,稍稍一琢磨,立刻醍醐灌顶,手往沙发面上用力一捶,开心地笑:"我懂了!"

宗兆槐本想多叮嘱他几句,但叶南已撂下酒杯:"别傻坐着了,我带你转转,顺便介绍几个朋友给你认识!"

他先带宗兆槐去跟酒会发起人老徐聊了几句,宗兆槐以前也请他帮过忙,彼此都熟。

叶南交友甚广,跟不同系统、不同领域的能人们都亲热地称兄道弟,半小时下来,宗兆槐兜里多了厚厚一叠名片。

郗萦和姚乐纯站在后院一排长桌前边喝果汁边聊天,姚乐纯好奇的目光不时滑过四周,饶有兴致地打量着酒会上的各色人等。不过她和郗萦两人本身就是一道亮丽的风景,闪耀夺目,没少吸引眼球。

叶南一见她俩,立刻扔下宗兆槐疾步过去。

"可找着你们了!"他兴高采烈。

长桌旁有几张白色塑料椅,叶南拖了四把过来围成圈状,一副要畅聊一番的架势,郗萦说:"我们还想去游廊那儿看看呢!"

叶南没让,硬是拦她们在椅子里坐下:"先聊会儿,聊会儿再玩,今天晚上长着呢!"

他殷勤地端来饮料和小点心,使出浑身解数逗女孩子高兴,这本就是他的强项,郗萦还好点儿,姚乐纯从没遇到过这么有趣的男人,笑声就没停过。

郗萦说:"乐乐是学霸,从初中开始就是,她学什么都轻松,我怎么努力都追不上她。"

叶南闻听,热乎乎的目光立刻朝姚乐纯扫过来:"厉害啊!我从小就佩服学习好的女生,不过我们那会儿成绩好的女孩子长相都普遍抱歉——姚小姐,怎么没让我早点儿碰上你呢?"

他喝了几口酒,绅士风度略有不保。

姚乐纯眨巴着眼睛,脸倒是不红,甜甜地回答:"因为我们差着好几岁呀!"

叶南哈哈大笑,心里却忍不住琢磨,这丫头是真这么单纯还是装的啊?

舞会开始了,叶南动员大家起来活动活动,宗兆槐推托不会跳舞,就坐着挺好,叶南想请姚乐纯跳,但她也表示不会。

"你可以请小郗跳,她从小练芭蕾,舞跳得特别棒。"

叶南用请示的目光看向宗兆槐,他受不了,说:"你看我干什么?又不是我跟你跳。"

叶南笑呵呵地牵起郗紫的手:"那我就借用一下郗小姐了!"

宗兆槐盯着舞池里的郗紫,她穿一条绿松石色的礼服裙,裙摆上绣着金合欢图案,式样类似旗袍,但没那么正式。长发盘起,露出光洁修长的脖颈。她妆化得要比姚乐纯浓些,但也没像有些女人那样另造一张脸,依然是清爽风格,她很懂得掩盖掉脸部的小瑕疵。

姚乐纯没说错,一样是跳舞,郗紫的舞步远比旁人讲究,手的姿势、身形、移位、转圈,每个动作都精致到位,如水莲般轻盈飘逸。舞起来时,她身上的首饰在灯光折射下不时闪过一道光,熠熠夺目。

宗兆槐的目光不知不觉移到郗紫露出的一截小腿上,她绷紧的双腿在不断跃动,白皙、匀称、结实。他骤然想起它们被自己压在身下时的样子,他很快挪开了视线。

姚乐纯一直在观察他,当宗兆槐朝她看过来时,她说:"宗先生和我想的不太一样。"

"让你失望了?"

姚乐纯笑着摇头:"小郗说你不像个会做生意的人。"

"她没说错。"

"事实上你做得很好。我研究过一点面相,纯属业余爱好。"她注视着宗兆槐的眼睛,"你看上去很温和,但骨子里却很有主见,你不是那种容易被别人牵着鼻子走的人。"

她喝了口饮料,她和宗兆槐一样,只喝纯果汁。

"谢谢!"宗兆槐说。

姚乐纯报以友善的微笑:"不过我知道,小郗她其实很佩服你,不然不会去你的公司,她是个心气儿挺高的人。"

宗兆槐觉得她说这些话八成是客套,不过从她表情来看,又仿佛是真心,他不免猜测起郗紫对自己的评价来——这些评价当然来自郗紫初入永辉那阵,而且很显然,她并未把那件事告诉自己最好的朋友。

宗兆槐深吸了口气,笑笑,然后问:"你们认识很久了?"

郗紫在叶南手下翩翩起舞,不知疲倦,叶南有些喘,他快跟不上郗紫了。一曲止,他想回去,但郗紫站着不动,她在等下一支舞,她仰着脸,妆容完美,神情愉悦。

舞曲再起,两人重又跳起来,这次是支慢舞,适合聊天。

叶南皱眉思索,像陷入困境,郗紫问他在想什么。

"我记得有个成语,就是形容你这种女孩的,可惜一时想不起来了。"

"你觉得我是什么样的人?"

"漂亮,聪明,干什么都能很出色。那个词儿叫什么来着?兰……兰什么质什么的。"

"兰心蕙质?"

"对!对!就是这个成语,这是成语吧?"

见郗紫点头笑,叶南颇为得意。他长相英俊,神色中常带几分模糊的不在乎,像个单纯开朗的大男孩,实际上他和宗兆槐同岁,今年都三十六了。郗紫打量着他,暗想,长期养尊处优的男人就是不一样,从他脸上几乎找不到多少市侩的痕迹,除了那双过于精明的眼睛,眼睛总是喜欢暴露主人的秘密。

她仰头,微笑着说:"其实我这个人很笨,常常被人骗。"

"你真会开玩笑!如果你是个笨姑娘,你们宗先生怎么可能会喜欢上你?"

郗萦警觉:"他喜欢我?他怎么跟你说的?"

"哦,不,他没说过,是我自己看出来的。你是第一个引起他注意的女孩子,从首场面试开始。"叶南笑着解释。

郗萦嘴角泛起一丝苦涩的笑,那是叶南无法体会的,此刻他正想着怎么帮宗兆槐一把。

"他喜欢你,你没感觉吗?"

郗萦神色淡然:"我们只是工作关系,我都不怎么了解他。"

"你想知道什么,尽管问我!"

"跟我说说他以前的事吧,你们是大学同学?"

"对,我们在V大同读了四年书,我跟他还是舍友,不过那会儿我俩的关系可没现在这么好,他学习刻苦,我就比较懒散了,不是一条道上的人。他给我印象最深刻的是自控力超强,订了计划肯定会完成,能挡得住任何诱惑,这一点我们无人能及。"

"他那时候有女朋友吗?"

"这个没听说。应该没有吧,读书期间他挺忙的,学习、打工,还在学生会干着点什么,哦,他很热心,有人找他帮忙从不会拒绝,不过有时候太顾及别人的感受,自己会很累。"

他们一边聊一边跳,在舞池里缓慢地移动。

"倒是听说有女生追他,"叶南笑嘻嘻地回忆,"不过没成。兆槐说他算过命,姻缘在南方。"

郗紫轻哼了一声:"他那时候就信命?"

"我估计就是找个借口吧,直接拒绝多伤女孩子自尊——毕业后我们就分道扬镳啦!我回了三江,他也在老家新吴找到了工作。过了几年,他忽然联系我,说想在三江创业,我就开始帮他喽,我们合作了五年,直到现在。"

"你知道他有头疼的毛病吗?"郗紫突然问。

叶南愣了一下:"头疼?!"

郗紫告诉他宗兆槐见到撒花瓣变脸的事。

叶南听完也是蹙眉:"我不太明白,也许是工作时间太长引起的?他从没跟我提过。其实他完全没必要这么拼命,但他似乎挺喜欢这样,越是遇到麻烦越有干劲,好环境反而让他坐立不安。工作狂气质,呵呵。"

他看向远处的宗兆槐:"瞧,他正跟你朋友聊天呢,那样子算不上享受吧?我猜他更愿意这会儿是坐在自己办公室里。"

"我们好像从没吵过架。"姚乐纯噘嘴思索了一下,又肯定地点点头,"确实没有。"

"你经常让着她?"

"为什么这么说?"姚乐纯莞尔,"她对你发过脾气?"

宗兆槐微笑不语。

"小郗有时说话的确会比较冲,但她心很软,也从不算计别人。我不太喜欢有心计的女孩,我跟小郗在一起时很放松,我们还特别有默契。"

她聊到初中上体育课的事,老师要求每人一分钟内必须做三十五个仰卧起坐,没达标的要重做一遍。

"我才做了十个就累死了,小郗帮我按脚,我朝她使个眼色,她就开始这样数数:十三,十五,十六,十九,二十……我顺利过关!"

宗兆槐跟着她一起笑,姚乐纯真是个简单快乐的女孩,她和郗紫完全不同,也许郗紫渴望的正是她身上那种恬淡安静的气质。

姚乐纯打开了话匣子就有点停不住:"小郗尤其讨厌别人强迫她这样或是那样,也许和家庭有关,她很小的时候父母就离婚了,她跟母亲过,她妈妈对她非常严格。"

"我记得中考前两天,我突然不想复习了,看到书本就想吐。"她又回忆起来,"我约了小郗去逛街,我们吃冰激凌,试衣服,蹦跳舞毯,玩得真开心!最后还去看了场老电影《阿甘正传》,就是电影误事,没想到那么长,但我们又不想早退,就抱着侥幸心理坚持看完了。"

"结果被家长发现了?"

"发现了。"姚乐纯调皮地耸了下肩,"我还好,就挨了几句骂,小郗可就惨了,她妈妈罚她跪了一个小时。我后悔死了,都是我惹出来的祸。不过小郗一点事没有,说习惯了。她还说,幸亏马上要考试,不然她妈妈罚得更厉害。"

宗兆槐沉默了片刻,问:"这种事经常发生?"

"反正不算少。那时候我们总爱幻想,她和我是亲姐妹,就住在我家——她喜欢来我家玩,但从不过夜,她妈妈不许。"

他俩一齐看向还在跳舞的郗紫,她笑得很开心,视线不离叶南左右,看样子那家伙正在卖力地逗她。

"其实,她没表现出来的那么不在乎。"姚乐纯低声说,"她会把不开心的事藏在心里,藏很久……宗先生,你挺喜欢小郗的吧?"

宗兆槐把目光转向姚乐纯,她和善的神色中有一丝郑重。

"我想说句冒昧的话,可以吗?"

他点头。

"不管你们将来怎么样,请你,别伤害她。"她猝然低头,仿佛为自己的冒昧请求感到不好意思,但仍坚持说了出来,"她会受不了。"

"我渴了,我得去喝点什么。"叶南实在不想跳了,他已经陪郗紫跳了四五支舞,有点晕头转向,他从来不是舞林高手。

郗紫的手还搭在他肩上。

"别回去。"她低声说,"咱们到外面坐坐。"

叶南回头看看宗兆槐,他也正瞧着这边,眼神里含着明显的期待。但叶南是绅士,他无法拒绝任何女孩子的请求。郗紫拉着他的手跨出高高的木头门槛,这会儿外面的人大都拥入室内,长条桌上摆满吃剩的食物,一片狼藉,两个服务员在埋头收拾。

他们挑了块还算干净的地方坐下,郗紫头顶正对着一挂灯笼,她的脸笼罩在黄色光线下,带着一脸慵懒的倦意。

叶南取了两杯酒过来,分给郗紫一杯,他先喝了一口,很快吐出来。

"什么玩意儿!"他大叫。

酒里混杂了各种饮料,也许还有别的什么,滋味复杂,毫无口感。

郗紫捂嘴大笑。

有人来找叶南,他不得不走开一会儿。

夜依旧温热。

郗紫感到浑身每个细胞都在燃烧,但唯有独处时她才听得到它们精疲力竭的嚣叫。刚才在舞池里的欢乐如云烟般散尽。

燃烧,能量蒸发,残留下一堆灰烬。身体变得虚浮无力。一切都毫无意义。她呆呆地坐着,什么都不想。

一个戴眼镜的陌生男子出现在堂前石阶上,他四下望望,随后朝郗萦走来。

叶南在一棵桂树旁找到郗萦,他手上拎着瓶红酒和两个高脚杯——那些掺果汁的酒已经完全喝不出味道。

"酒预备少了,我让他们赶紧去添——你怎么跑这儿来啦?"

"这里没人打扰,"郗萦解释,"就是蚊子多了点——刚才有个男人问我是不是 XX 公司的。"

"哦,我们是叫了几个 XX 公司的美女助兴来着。"

他给郗萦指点那几个女孩子,她们形色各异,但无一例外,身材都很出挑。

郗萦问:"助兴是什么意思?"

"陪聊啊,喝酒啊,如果看对眼了,也可以凑个伴儿,不过那可不关我们的事啦!"

郗萦笑笑:"你给宗先生也准备了?"

"没!没!"叶南猛摇头狂摆手,"他从来不掺和这种事!我拿人格跟你担保!"

郗萦一脸了然:"我知道他对女人没兴趣。我一直怀疑他是 gay。"

"gay?!"叶南惊奇地瞪圆了眼睛,"老天,你怎么会这么想!"

随即,他以为抓到了问题的症结。

"好吧,我觉得跟你说实话会好一点儿,反正你早晚都会知道,"他是真心想帮宗兆槐,"他结过婚,大概在毕业四五年以后。"

郗萦神情逐渐认真。

叶南继续说:"不过他没请我,我是从别的同学那里听说的。后来我们再见面,他又恢复了单身,他告诉我那段婚姻很早以前就结束了,但没提原因,离婚不是什么让人高兴的事儿,我也不便多问。"

"他夫人你认识吗?"

"不认识。现在想起来,兆槐这个人真有点神秘,他很少谈自己的事,不管是现在,还是以前在学校。就连他结婚,我也后来才知道,他只是跟我们班长提了提,婚礼一个同学都没请,非常低调,说是怕麻烦别人。"

郗絮问:"他在新吴结的婚?"

"对,他前妻也是新吴人。"

"那他父母还在新吴吗?我看他好像不太回去。"

"是啊!他父母很早就过世了,他现在是孤家寡人,有点惨,是不是?"

郗絮陷入沉思。

叶南叹了口气,眼里闪烁着一丝困惑:"兆槐是个热心人,但要说跟谁走得特别近,好像也没有,我觉得他就是那种特别谨慎的性格,不过也不是坏事,他毕业后进了德国人开的公司,老外就挺欣赏他的。如果不是因为合作的关系,我也不太可能跟他走这么近。他这个人吧,怎么形容好呢?他不会轻易说出自己的想法,除非觉得有把握。"

叶南难得这么一脸郑重,郗絮想,他是在暗示自己对宗兆槐主动点儿吗?

"但兆槐人不错,真的。我喜欢他这样的朋友。我见过的生意人也不少了,偷奸耍滑、撒谎耍赖什么样的都有,但他不是,他做事讲信义,答应别人的事一定会办到。但也许感情上受了点挫折还是别的什么原因,他过日子有点像苦行僧……所以,我希望你能改变他。"

郗紫语气有点冷:"谁也改变不了谁。"

叶南笑起来:"这倒是,不过大多数女人在这方面都很有信心。"他带点期待地看着郗紫,"我还是希望你能对他产生点影响。我是指生活方面,至少能让他活得轻松点儿。"

姚乐纯和宗兆槐在桂树下找到他们时,郗紫正忙着数身上的蚊子包。

叶南嚷嚷:"我们被蚊子围攻了!我被咬了六个包!"

郗紫宣布:"我十一个。"

姚乐纯拉她去洗手间:"我带了风油精,赶紧去抹一点儿!"

"我觉得宗兆槐人不错。"姚乐纯一边给郗紫抹风油精一边说。

宗兆槐是她来酒会的第二个目的,她对郗紫嘴里频繁出现的这个男人充满好奇。

郗紫冷哼:"不错在哪里?"

"稳重,成熟,得体。"

郗紫冷哼:"他装的,你不知道他其实有多可恨!"

姚乐纯嗔道:"你听听自己那口气,说你对他没感觉,我死都不信——不过他毕竟是老板嘛,有时候工作没做好,批评你几句也是难免的,别总放在心上。"她忽然凑到郗紫跟前,使劲闻一闻:"你喝了多少酒?!"

叶南和宗兆槐靠在栏杆上低声交谈。

郗紫走上前说:"我想回去了。"

两个男人同时直起腰来。

叶南劝道:"还早呢!才十一点。"

宗兆槐则说:"我也想早点走,不习惯玩太晚。"

他说话时眼睛看着郗紫,而郗紫的目光却盯住叶南。

"叶先生,你方便送我一趟吗?"

叶南张口结舌,随后说:"行是行……"

"宗先生,麻烦你送送我朋友吧。"郗紫又转头对宗兆槐说。

姚乐纯忙表示不用:"我约了出租车,一个电话就能过来。"

宗兆槐没说什么。

叶南先去跟老徐打了声招呼,回到他们身边时说:"走吧。我送完你们也不想回来了,今天晚上他们恐怕要闹到后半夜去!"

他们一起走出书画院,叶南有点担心:"我身上能闻出酒味来吗?但愿别碰上交警。听说有那种专业碰瓷的,就猫在聚会地点旁边,等你把车开出去他就跟你撞,不给钱就报警,交警碰上酒驾的,管你三七二十一……"

到了停车场,宗兆槐捉住郗紫一条胳膊:"我的车在后面。"

郗紫回头笑,神态轻蔑:"我没说坐你的车。"

宗兆槐不理她,手上牢牢抓着郗紫,对姚乐纯说:"姚小姐,等你的车来了,能顺带送送叶先生吗?他喝了酒,不能开车。"

姚乐纯极为爽快:"没问题!"

郗紫冲她乐:"我没骗你吧,他这人心机深着呢,跟你压根不熟就敢使唤你!"

叶南嘿嘿地笑,显然对这安排很满意。郗紫还想说上几句,但宗兆槐已经拽着她走开了。

郗紫累了,在车上睡了一觉,宗兆槐没打扰她。

醒来时,郗紫发现车子已停在小区外面,身边的人抱着膀子,漠然凝视正前方。她懵懂地朝那个方向瞥了一眼,黑乎乎的,什么也看不见。

"到了吗?"她嗓子眼里都沾着浓浓的睡意,"那我下去了,哦,谢谢你送我回来。"

也许是睡了一觉,酒气散尽,她不再有微醺时的迟钝感,很利索地下了车,没栽跟头,没打滑,只是觉得困。

走了几步,她发现身后有人,扭头看,是宗兆槐锁了车跟上来。

郗紫便说:"你回去吧,我好好的,不用你送。"

宗兆槐什么也不说,只顾走路,好像两人事前约好似的。

郗紫见状,故意恶心他:"我累了,今天晚上不接待任何客人。"

宗兆槐依然不作声,超前她两步,脚步坚定,目的明确。

两人很快上了楼。爬楼梯时,他听到郗紫在身后笑:"忘了你从来不听别人意见了。"

宗兆槐先到,站在公寓门前等郗紫,她慢悠悠晃过来,背贴着门,脸仰起,朝宗兆槐挑衅地笑。

"开门。"他也笑着说。

"不开,我又没请你上来。"

宗兆槐去拉她套在腕上的包,她躲了躲,但不坚决,包从手腕上被拉下来,宗兆槐打开包的锁扣,从容翻找钥匙,两人脸上都带笑,像在玩一个游戏。

钥匙圈上套着五六把钥匙,有三把样子差不多的,宗兆槐轮换着试,颇有耐心。郗紫袖手旁观,还啧啧评价:"你对自己想做的事都这么执着吗?有没有人能拦得住你?你吃没吃过谁的亏?"

门开了,宗兆槐先推她进去,好像郗紫会跑了似的。

门窗紧锁了一天,屋里十分闷热,宗兆槐去找空调遥控器,却发现客厅里的床垫不见了,地板上空出来一块,看上去很空旷,不知怎么的,令他想起苍凉的荒原,明明背上热得起汗。

"遥控器呢?"他四处找了找,没收获。

"坏了。"

郗紫靠在墙边,又用那种看笑话的眼神望着他。

宗兆槐走到柜式空调前,叉起腰,略作研究,手动开启,他扬手试试风,是冷气。

他走回来,一直走到郗紫跟前,近到把她整个人都压在墙上,郗紫觉得墙面很热,而她后背很凉。她与他对视,彼此都眼神坚定,像在较劲。但郗紫很快败下阵来。

"你拿我当什么,觉得我很好欺负?"她偏转脸,语气有点无力。

宗兆槐伸手触摸她的脸庞,她扑了粉,又出了汗,肌肤有点黏答答的,却比光洁时更撩人情欲。

"你一晚上处心积虑,不就为了这个吗?"

整个晚上,她和叶南打得火热,故意冷落他,无视他,企图以此刺激他。

"你成功了。"他低声说。

他客观从容的语气仿佛一把钩子,把郗紫的羞恼吊了出来:"我没……"

但宗兆槐已迅速低头,直接用嘴堵住了那些气急败坏的辩白。

他的嘴唇炙热急切,在郗紫唇齿间反复碾压,如此贪婪的索取,不容她好好呼吸,郗紫觉得自己正在被掠夺,她再次沦为某种工具,这念头令她无法忍受,她使劲推开压在身上的男人。然后,她看清了宗兆槐的脸。他不再平静,布满欲望与不甘,眼睛仿佛变了颜色,更加幽深、阴沉、死死盯着她。郗紫觉得自己被吸进去了——那一旦进入便永无退路的世界,她像在海上遭遇了暴风雨,找不到方向,又无处可逃。

他再次欺身上来,郗紫腿发软,战栗从内心深处发出,她明白自己不可能抗拒得了——这才是最令她绝望的地方。

郗紫看清了他完整的身体,健康、匀称、性感,她的视线没在宗兆槐身上多作停留,尽管她想显得不在乎,甚至打算讥讽他几句,脸却不由自主红了起来。

宗兆槐覆身上来,紧贴住郗紫,嘴唇不断拨弄她的耳垂,令她心慌意乱。

"为什么把床垫挪进来?"声音近得简直像从郗紫自己身体里发出似的。

她躲闪,咬唇低语:"在外面睡不着。"

她试过两晚,一闭上眼睛就看见两具翻滚纠缠的身体。

她听到轻轻的笑声,很明显,宗兆槐洞悉她内心。

"以后如果再睡不着,记得给我打电话。"

宗兆槐草草冲了个澡,他没换洗衣服,只能把原来的衬衫和裤子重新穿上。走出卫生间时,房间里已经凉快多了。

郗紫穿着睡衣靠在床头,旁边的小柜上搁着两杯水,一杯喝了一半,一杯还是满的。宗兆槐端起满的那杯,一口气喝完。放下杯子时,他注意到柜面上有板药片,已经吃掉了几颗,便随手拿起来看了眼。

"这是什么?"他几乎是在开口的同时就明白了。

"在黎城时梁总买的,你看他想得多周到——"郗紫盯着他,"还是你让他买的?"

她总是不放过任何一个奚落他的机会。

宗兆槐把药放下,没吭声。

有时候郝萦真希望看到他发怒的样子,她一次次撩动他,可惜从来没能成功。

没有可以坐的椅子,除了床和衣橱,房间里没别的家具,宗兆槐在床沿上坐下,有点没着没落,索性也躺下来,与郝萦并排。

床尾正对墙,墙上挂了张相框,一个梳着发髻的少女在里面踮起脚尖,脑袋使劲后仰,摆出天鹅的姿势,眼神专注,表情凝重。她穿着白色舞鞋和蓬蓬裙,芭蕾舞标配,动作也是极具代表性的那类。

"那时我十三岁。"郝萦解释,"看上去是不是特别干净?"

"嗯,很漂亮。"

郝萦满足地叹息:"是舞蹈班的老师拍的,我觉得很美,有点不像我自己……我的整个青春期都没什么闪光点,苦闷乏味,那时我特别羡慕乐乐,我是说姚乐纯,搞不懂她为什么总能那么开心。"

不过姚乐纯看到她这张芭蕾舞照时也由衷表达了羡慕,是发自内心的,并非恭维。

"我拍不出你这样的感觉。"她心悦诚服。

郝萦也承认,姚乐纯太甜美,她没有郝萦这样清冷的气质,任何事情都有好有坏。

宗兆槐问:"你自己选的芭蕾?"

"不是,我妈逼我学的,她还逼我学很多别的东西:钢琴、美术、围棋、课外阅读,她想把我打造成全能女孩……噩梦一样的少女时期。"她干笑两声。

她唯一不反感的是阅读,这些年她涉猎广泛,文学、历史、哲学等人文类书籍尤为喜爱,以至于养成了每天都要读点什么的习惯。相对于枯燥的现实世界,书籍是个很好的避风港,尽管不一定能派上实际用场。

宗兆槐长久凝视照片中的女孩,她初显曼妙的身形,表情里的稚嫩和早熟,配合着拒人千里的清冷气质,各种比例都恰到好处。

"我以后再没这么好看过。"郗紫有些气馁地叹了口气,又忍不住问,"你觉得我现在和那时候是不是完全两样了?"

"变化不大。"

"哼,别安慰我了。"

宗兆槐朝她靠近些,还不满意,他伸手,把郗紫的脑袋尽可能往自己这边拨,两人的头靠在了一起,他露出心满意足的表情。

郗紫其实有很多话可以聊,从叶南那里得来的信息还未经宗兆槐本人核实,但她不想现在拿出来说,不想让宗兆槐觉得自己对他很热衷,也不想听任何矫饰过的理由。

或许他也一样。

他们沉默着,静静相偎,宛如一对心无芥蒂的恩爱情侣。

宗兆槐抓过她的手,放在自己掌心里细细研究,郗紫的手柔若无骨,指形也很漂亮,不知道是不是从小接触艺术训练的缘故。

郗紫在沉沉的倦意中陷入想象,想象他们有一个美好的开始——在她印象里,最初的确是美好的,即便是后来的打击,也无法抹煞曾有过的心灵悸动。那些细若游丝的温柔缓缓爬上心头,终至无法平静。

"为什么会这样?"她喃喃地问,悲从中来。

宗兆槐正摆弄她的手,这时候停下来,他明白郗紫指什么,他无言以对。

"你后悔过吗?"

"肠子都悔青了。"

"什么时候开始后悔的?"

"……你把我衬衫哭湿的时候。"

郗萦短促一笑,水汽迅速蒙上眼睛,又慢慢退去。

"没有后悔药可以吃。"她凛然表示,带着不可触犯的尊严。

"嗯,没有后悔药。"他温柔地重复。

"有些错,你得认。"

"我认。"

她试图使自己平静,等了会儿,情绪并没有恢复,温和的海面永远只是假象,暗礁和漩涡无处不在。

"可我还是恨你。"

郗萦坐起来,转过身子,俯视宗兆槐,她象牙色的睡衣与光裸的肌肤融为一体,在荧光灯下闪着幽冷的光,像蛇。

宗兆槐默然无语。

"这是最后一次,以后我不会再跟你上床。"她宣布。

宗兆槐还躺着,一只胳膊枕在脑后,他若有所思地望着郗萦,像在掂量她这些话的认真程度,或者在思忖还有没有别的什么空子可钻。

郗萦看穿他的心思,沉着脸强调:"我不是开玩笑。如果你硬来,我会辞职。"

良久,宗兆槐终于用力一抿唇:"好吧,听你的。"

"我觉得宗兆槐这人挺好的,"姚乐纯在电话里仍然这样坚持,"他听对方说话时很有耐心,也很真诚,大多数男人在公开场合都急于高谈阔论,好像没了他们的意见,地球就不转了呢!"

郗紫问:"你到底跟他聊什么了?"

"想到什么聊什么呀!哦,对了,他特别喜欢听你学校里的那些事,郗郗,我觉得他对你是认真的。"

郗紫都懒得纠正她,反问:"你怎么样,真把叶南送回家了?"

"没有,我们是一块儿坐车走的,不过先到我家。他没喝醉啦,路上嘴巴就没停过。"姚乐纯顿一下,笑了两声,"他这人很有意思,我们一上车,你猜他对我说什么?"

"我怎么没早点认识你?"

姚乐纯咯咯直乐:"你怎么猜到的,难道这是经典台词?"

"他在会所不就说过一遍了嘛!"

"你觉得他怎么样,郗郗?"

郗紫想了想,说:"是个明白人,可以跟他调调情,他会逗得你很开心,但如果你找男朋友是为了结婚,最好离他远点儿。"

她能想象姚乐纯此时的样子,靠在床上,脑袋歪枕着垫子,嘴巴慢慢嘟起来。不过她听上去没那么失落。

"我没想怎么着,随便问问而已。"

星期天,郗紫睡了个懒觉,天太热了,她有点不想起床,但封闭了一夜的房间里空气很浑浊,想到这一点,她就有点透不过气来。

她把门窗全打开,刷了牙,洗了脸,梳头发时,她琢磨起了这一天该怎么过的问题。她先想到母亲,那天饭桌上的争论随即蹿入脑海。母亲一直没再打电话来,郗紫觉得以自己目前的状态,也没心情再去应付她的臭脾气。

公司里当然有很多事可以做,有两个单子已初见眉目,虽然金额都不大,王总手上的要略微好看些,如果她再约他出来吃个饭,十有八九就能敲定了,他有这个实力。

但郗紫也没有回去加班的心情。

某个午后,她走过一段沿街店面,一条浅金色的拉布拉多犬懒洋洋地躺在建筑物的阴影里,她与它对视了一眼,它的眼神有点温柔,又似乎是不屑,它重新闭上眼睛,溜进去睡眠。

不知为什么,这平淡的一幕却令郗紫印象深刻,此刻想起来,她才明白自己当时的那种心情,她居然是在羡慕它——她希望能像那条拉布拉多犬一样懒散地活着。

是从什么时候开始,她身上的战斗力一点一点倦怠了下来?和宗兆槐第一次上床?

她将头发高高绾起,然后把梳子狠狠丢到架子上。

郗紫盘踞在客厅地板上看韩剧——姚乐纯送她的《蓝色生死恋》。她用饼干、薯片、橄榄以及冲在牛奶里的谷脆乐充饥。

她一边往嘴里塞各种零食,碎屑掉在地板上也不管,一边对着电脑屏啧啧称叹。女主被调包了,哥哥爱上妹妹了,女主得绝症了,最后男主也死了。太狗血了!

姚乐纯一定会反驳说:"这是好多年前拍的,那时候绝症和车祸还没现在这么普遍嘛!而且,你不觉得这片子很凄美吗?"

她真该给姚乐纯打个电话。

有人敲门,毫无预兆,郗紫吓了一跳,好一会儿她才赤脚溜到门边,透过门孔向外张望。门外站着个穿工作服的年轻男子,脸很陌生。

郗紫正犹豫要不要开门,男人在外面高声说:"郗紫小姐在家吗?

我是给你送货的!"

她不记得自己什么时候买过东西了,但还是拉开了门。

那人又确认了一遍她的身份,然后取出送货单要她签字,是一部公路自行车,对方是自行车专卖店的。

她没买过车,购物单上有宗兆槐的签名。

太阳完全落下去后,郗萦把解开包装的自行车推下楼,车子很轻,下楼不费事。骑起来也轻松,有三挡速度可以调节,她每挡都试了一遍。

镇上居民不多,但因为有个工业园,路都修得漂亮,笔直,四通八达。郗萦专找偏僻的小路钻,进得深了,能看到一座座白墙黑瓦的老房子点缀在绿野里,门前屋后插满木槿枝,正艳艳地开着紫花。丝瓜藤上硕果累累,茂盛的荸草都爬到马路上来了。

她把大半个小镇都兜了一遍,着实出了身汗,回到小区,她放慢速度,寻思这车也是个麻烦,她不想搬上搬下,就搁在楼底,这么一部时髦抢眼的亮蓝色公路车,不管用多大的锁早晚都得丢。

一个女孩突然蹦出来惊呼:"郗姐姐!你这车好漂亮!"是公寓一楼那个老太太的孙女,今年上初二。

郗萦趴在自行车头上,两脚踮地,笑吟吟地问:"喜欢吗?"

周一,梁健开部门例会,在办公室硕大的白板上拉出一张区域图,图上到处勾勾画画,用红笔圈起来的都是最近拿下的单子。郗萦认为红色触目惊心,像警报,不如用绿色好,但梁健炒股,就爱红色。

"看见绿色就觉得晦气!"

每个人都盯着图看,觉得这份成绩颇不赖。

"遍地开花啊!"梁健叉腰赞叹,"可惜都是些小花,要能再拿下张富宁那样的大单,咱们下半年的业绩可就漂亮了!"

人心多不足!郗苏暗想,她发现自己对与富宁相关的信息越来越麻木,而且特别喜欢拿来跟宗兆槐开玩笑。她喜欢看宗兆槐紧抿嘴唇忍受她嘲讽的样子。

但某些时候,比如她站在阳台里晾衣服时,痛苦会忽然袭上心头。

另一名销售代表杨志豪提出,他地盘上有个大单正在孵化中。

"具体金额还没出来,但肯定不小,我跟他们技术部的一位主管很熟,会持续跟进。"

梁健满意地点头:"很好!"

办公室门一直开着,宗兆槐忽然走进来,梁健停下,以为老板有话要说。

宗兆槐冲他摆手:"我没事,过来听听,你们继续。"

他在角落里找了张椅子坐下,与郗苏处在对角线上,她开会时喜欢把椅子侧过一点,正好与宗兆槐面对面,两人的目光短暂交汇,她很快荡开视线,但能感觉到他并没有。

"梁总,我有个看法。"郗苏把椅子拨正,直面梁健。

梁健盯着她,隐隐有些紧张似的:"你说。"

"我觉得目前的区域分配不太公平,肥肉都在南区,我负责的东区,还有李平的北区,葛诚海的西北区,全都是小打小闹,干着不得劲儿啊!"

房间里忽然静得只剩下呼吸声,负责南区的杨志豪最不自在,在椅子里扭动身子,想发言,但梁健先开了口。

"这个问题嘛,它是这样的,"他斟酌着解释,"一开始咱们就是按预期业务量来划区的,南区主要是汽车业发达,原先咱们没进这行时,志豪也老跟我叫苦来着,业务量完全赶不上东区。也就最近几个月才……"

郗萦打断他:"时移势易嘛!我认为公平最重要,区域划分又不是不能改的,既然公司以后的重心是针对汽车业,就该把新客户重新整理后重新进行分配。"

葛诚海发出微弱的赞同声,李平没吭声,大多数人的目光,包括梁健的,都投向宗兆槐,但郗萦没朝他看。

宗兆槐不知在想什么,一直没表态,直到听见梁健用提醒似的口吻叫唤自己,他才略显讶异地开口:"这事归梁总负责,他怎么分配你们怎么干,销售方面梁总最大,我都得听他的。"郗萦阴阴地瞥了他一眼,宗兆槐的视线也刚好落在郗萦脸上,他目光灼灼,软中带硬。

会议末尾,梁健总结性发言,区域划分比较复杂,暂时还按目前定好的走,不过他会认真考虑郗萦的建议。

"礼物喜欢吗?"

宗兆槐靠在郗萦的办公桌前,他又恢复了一贯的温和。郗萦径自坐在转椅里,整理零乱的文件,办公室的门关着,郗萦能想象来来往往的员工会投以怎样的目光,但她早已不在乎。

她头都不抬:"你在哪儿买的那车?"

"就在镇上,古竹路口开了家自行车专卖店,星期六我经过时进去转了转。"

"干吗送礼物?我生日早过了,而且我记得员工生日,公司只送蛋糕券,不送自行车。"

宗兆槐笑笑,一点不介意她的装模作样:"我觉得你会喜欢,就买了。"

郗紫岔开话题:"刚才开会,大家都等你意见,你为什么推三阻四的?"

"我怎么能在梁总的下属面前对他发号施令呢?"

"别装了!"郗紫冷笑,"谁不知道他什么都听你的。"

"那也不是我越权的理由,我不能破坏他在员工面前的威信。"

郗紫蹙眉,满含愠意:"这是两码事!我的要求难道不合理吗?"

宗兆槐平静地望着她:"合不合理,得由梁总自己判断。"

"虚伪!我算看明白了,在你心里,永远是公司最重要!永远!"郗紫恨恨地咬紧牙关。

宗兆槐先不作声,过了会儿,轻轻地说:"你想拿我撒气,别在工作的时候。换个角度,你也不会觉得自己这么做就对吧?"

"我为什么要拿你撒气?"郗紫尖刻地笑,"你算我什么人?到底是谁在混淆公私?我不过是说出了其他人的心声,是你和梁健不肯换人,杨志豪不是他亲信吗?说得好像我在和你们作对一样!"

"那你更不该在公开场合把这么敏感的问题提出来,"宗兆槐耐心解释,"会让梁健下不来台。你完全可以事后找他商量,你刚才的态度,和刁难没什么区别……你在 TEP 的时候,肯定不会这么做吧?"

郗紫不说话了。

"生气了?"宗兆槐柔声问。

她摇头:"好吧,我承认你说得没错,我是女人,做不到你那样,考虑问题能始终保持冷静——还有事吗?"

她昂起下巴,明显在下逐客令,宗兆槐不太想走,但没什么留下的理由。

他转身之际,郗紫忽然说:"哦对了,刚才忘了告诉你。"

宗兆槐期待地望着她。

"那辆车我送人了,送给了住我楼下的女孩,她很喜欢,我呢,特别讨厌亮蓝色。"

宗兆槐没吭声。

"你不会生气吧?"郗萦夸张地瞪起眼睛,仔细打量他。

"没,"他终于笑笑说,"你开心就好。"

郗萦把冯晓琪叫进办公室,她正在读一份财务报表,是冯晓琪帮她从财务部要来的。

"你从谁那儿拿到的这些数据?"

"杨经理给的呀!我本来想问他手下那些女孩子要,不过她们权限不够,提供不了。"

郗萦目含困惑:"杨经理没问你要这些资料是干什么用的?"

"没有啊,他一听是你要看,二话不说就给了——有什么问题吗?"

"没问题。"

数据很详尽,甚至超出郗萦的预期,她沉思片刻,朝冯晓琪努了下嘴:"你出去吧。"

冯晓琪刚转身,郗萦忽然又叫住他:"等等!"她问,"你以前是不是在物流部的?"

"嗯。"

"过来,我有几个问题请教你。"

冯晓琪走到郗萦身后,她的电脑屏已切换成另一张数据表。

她移动鼠标,问:"为什么报关项里没有 G 模块?我记得 G 模块也是进口货。"

"因为 G 模块很小,一万粒也就一个小马甲袋那么点儿,手提着就能入境。"

"你是说,线上使用的所有 G 模块都是从境外手提回来的?"

"对啊!一来速度快,二来这小东西不起眼,很容易过关。施总说报关手续太烦琐,还要等来等去耽误时间,反正咱们用量不大,一年手提个两三次足够用了,就没让报关。"

施总是财务部总监。

郗紫将鼠标往下移。

"那 C 型刀具呢?这款刀具的价格很贵,怎么报关单上的报价跟普通刀具一样?"

冯晓琪解释:"为了省钱,C 型刀具不但贵,损耗也大,施总说如果照实报成本吃不消,反正海关的人分不清各种刀具之间的差别。现在这种报法,咱们一年能省下来好几十万呢!"

郗紫皱着眉不吭声。

"郗经理,你怎么想起来问这个?"

"我在核算成本,发现有些数据对不上。"郗紫笑笑,"果然这里面故事很多啊!"

冯晓琪迟疑着:"你说,公司这么做,将来会不会有麻烦?"

郗紫说:"这你就别担心了,既然是施总的主意,他肯定会把账做平的。"顿一下,又说,"不过总归不是什么好事,就看有没有人去举报了。当然了,即使出问题,也不会落咱们头上。"

冯晓琪还是有些担心:"会有人去举报吗?我可不希望这种事发生。"

郗紫笑,嘴角含一丝讥讽:"那你去劝施总把该缴的费用都补起来喽!"

冯晓琪挠挠头:"怎么可能,他根本不会听我的。"

"这不得了！干好自己的活儿,你做不了主的事就别操心了!"

过了两天,梁健把郗萦找去,客气地奉上茶,笑容亲切友好。

"小郗,前几天你在会上提出的那个问题,我考虑过了,你看这样行不行,我把你跟杨志豪对调一下,以后他负责东区,南区这块就交给你,以前是我考虑不周,你一个女孩子,怎么也不能委屈你呀!"

他笑呵呵的样子明显是想邀功请赏。

郗萦问:"这是宗先生的意思?"

"不!不!是我的意思。"梁健忙解释,"我还没跟宗先生谈,只要你没问题,宗先生那里我来解决!"

郗萦不置可否,盯着他看了会儿,那眼神不是特别友好,梁健心里没底,他发现自己越来越不了解眼前这个女人,而且还很怵她。

郗萦回归销售部后,并未向梁健发过难,这在一定程度上造成了他的焦虑——如果郗萦有明确的要求提出来,他反而会觉得踏实些。

"梁总,您这是在给我挖坑吧?"郗萦似笑非笑,"我要是同意你这个办法,不仅得罪杨志豪,还把别的销售统统都给得罪了,您这招用得真不错!"

梁健一脸尴尬,但还是坚持说:"我跟杨志豪谈过,他对调动没意见。"

"他当然没意见了,那天会上我把矛盾一公开,他现在是架在火堆上的鸭子,被大伙儿狠劲烤呢!"

梁健哑然。

郗萦起身,盯着梁健,慢悠悠地说:"梁总,我不是想问你讨肥缺,我要的是公道。"

第十章 对赌

她脑子里混乱得厉害,不明白自己到底想要什么。人有时比自己想象的更坚强,有时又比自己以为的更脆弱。

最可怕的不是打击或者失败,而是迷失自己。

王总的单子总算签了下来,这是郗萦重返销售岗位后拿到的第一个单子。她要求梁健分一半提成给冯晓琪。

冯晓琪很不安:"我又没干什么。"

"你干的事可多啦!"郗萦说,"把客户堵在包厢里,到东到西都跟着我。"

冯晓琪的脸一下子涨得通红。

郗萦瞧着他直乐:"好了,跟你开玩笑的——提成到账记得请客啊!"

冯晓琪被梁健叫去谈了半小时,回来后给郗萦带话:"宗先生要你去他办公室。"

郗萦问:"宗先生表扬你了?"

"不是,他到梁总办公室,梁总跟他说了这个单子,他就让我叫你去见他……我看他好像不是特别高兴。"

冯晓琪的神色困惑而忐忑,郗萦安慰他:"他不会不高兴,咱们给他签了单子,又不是把单子弄丢了,他干吗不高兴?!"

她去找宗兆槐,宗兆槐正埋头研究合同。

郗萦带着胜利的微笑走近他:"是不是想夸我?我可不介意你当着大伙儿的面夸。"

宗兆槐用手指弹弹那份合同,不苟言笑:"这里面有猫腻吗?"

郗紫眯了下眼睛,口气不以为然:"哪张单子没猫腻啊?"

宗兆槐抬头看着她:"你该明白我指什么。"

他想必是回忆起了一些场面,浓眉越锁越紧。

郗紫调侃说:"没哪只猫不给一点荤腥就肯乖乖听话,我知道你让小冯看着我,可他还能二十四小时不间断地盯牢我?你这么个明白人,怎么有时候也这么幼稚啊!"

宗兆槐被堵得说不出话,嘴巴慢慢撮尖,似乎想表现出不在乎的姿态,但没控制好,郗紫看到他这副表情,心情忽然非常愉悦。

"哎,你以前不是只关心单子到没到手,从来不关心是怎么到手的!现在怎么变敏感了?放心,不会出事的,大家都在这么做。"

她眼见着宗兆槐脸色逐渐泛青,心里想,他发起怒来会是什么样,摔桌子砸电脑?

"你要实在不高兴,我去退了这单怎么样?不过我就算白牺牲啦!"

宗兆槐忽地站起身,脸色阴沉,眼眸中宛如有乌云滚过,郗紫退后两步,她明白自己过分了些,可有时候她真的很难控制住对他的怨恨。

梁健敲门进来,瞬时被房间里肃杀的气息震住:"那什么,我……我过会儿再来。"

郗紫飞快道:"梁总别走,我跟宗先生已经谈完了。"

她瞥了眼宗兆槐,他已经转身面对窗户,也许在努力调整表情吧。

邹维安有两个办公室,一个在二楼大厅,一个在车间,与质量检测部仅一墙之隔。他更喜欢待在车间的办公室里——质量检测部有不少年轻女孩。

郗萦在二楼大厅扑了个空,便径自去质量检测部找邹维安,她有问题要请教这位研发部大佬。

听完她的陈述,邹维安皱起眉头:"你怎么能直接告诉客户呢?这是 U3 的一个软肋,最好提都不要提。"

"我也觉得不太合适,但客户已经知道了!我再要掩饰,就有点像狡辩了,那样给客户的感觉更不好。"郗萦语气软软的,"邹总,你说我接下来怎么跟他们解释比较好?"

邹维安从文件柜里取出产品设计图,铺展在桌面上,开始和郗萦讨论解决方案。十分钟后,他的思路完全打开,一套说辞合情合理,无懈可击。

郗萦对他顿生佩服,邹维安虽然轻佻浮夸,但技术方面的确有真才实学,也难怪宗兆槐不计前嫌也要把他请回来。

"你先照这个说法给他们解释,再要有什么问题,直接打电话给我,我来对付!"

在美女面前,邹维安拍起胸脯来是一点不犹豫的。

"那就先谢谢邹总了。"郗萦沉吟了一下,又说,"我仔细看过质量检测部每星期发给客户的检测报告,数据很理想,按说不该发生这种问题。"

邹维安对着她笑:"质量检测部的报告你也能当真?实话告诉你,这些数据可不是线上随机检来的,他们有专人检测零件,先到线上选一批优质品,然后拿到实验室去测数据,一直测到每个数据都符合标准才填报进去,你说那报告能不理想吗?"

"不会老这么干吧?"

"就是这么操作的呀！否则客户看到数据有问题，立刻一个电话就追过来了，这不是自找麻烦？反正这也不算完全造假。"

"客户难道从来没发现过？"

"没法查呀！就是同一个零件不同时间不同机器检测，数据也不会完全相同。客户主要还是看结果，要是他们自己抽检不合格，那咱们可就惨啦！年前质量检测部老陈就被客户招去惠州，跟质检员一起在线上蹲了两宿，帮客户做返工，回来胡子拉碴，可憔悴了。"邹维安瞄了眼郗萦，"数据造假这种事吧，大家都是心知肚明，但不能拿到台面上说，一说问题就严重了。你在客户那边提到这茬儿也得留点神，可别说漏嘴。"

郗萦点点头，起身说："那我回办公室了，不打扰你忙。"

邹维安赶紧道："哎，你急什么！来都来了，再坐一会儿！"

"有事吗？"

"没事就不能跟我聊会儿了？"邹维安涎着脸看她，"小郗，你不要这么功利嘛！"

郗萦重新坐下，眼眸中汪起水灵灵的娇媚，笑道："这可是上班时间，你就不怕别人看见了说闲话？"

宗兆槐从生产部会议室出来后就直接走向邹维安的现场办公室。

和办公大厅不同，车间所有办公室的隔墙都是玻璃的，从外面看里面，一目了然。这种设计毫无私密性可言，因为他不希望工人们在瞥到办公室门窗紧闭时遐想联翩。

隔着两排机器，他老远就看见郗萦端坐在邹维安的办公室里，她侧对门，邹维安正对她，两人谈笑风生。邹维安手势乱飞，一双色迷迷的眼睛不住往郗紫胸前瞟。宗兆槐看不到郗紫的表情,但从她偶尔颤动的双肩判断,她笑得很开心。

门开着,宗兆槐在门边站住,既不敲门示意,也不打招呼,他想听听那两人到底在聊什么。

"脖子是最容易暴露的你知道吧,但他们的脖子一点看不出喉结,那皮肤,比女人还光滑……咦? 宗先生!"

邹维安猛然发现宗兆槐的存在,他条件反射般从椅子里弹起,满脸尴尬,有点无法收拾似的。郗紫没起身,仍旧趴在桌面上,颇为怠慢地扭头扫了宗兆槐一眼,脸上还荡漾着被逗笑的余韵。但宗兆槐没有看她,他盯着邹维安,面无表情。

邹维安很快恢复自如,刚才的眉飞色舞也一扫而光,显得老练沉稳:"是不是老金在催工艺改进的时间表了?"

宗兆槐点头:"可以了吗?"

"差不多了,还有两个地方我得跟工程师再确认一遍,半小时后就能发出来。"

宗兆槐略微点一点头,还是没看郗紫,直接转身走了。

邹维安长吁一口气,坐回椅子里,脸上现出懊恼之色。

郗紫好整以暇地打量他:"咦,你怎么好像很怕他的样子?"

邹维安掩饰着不自然:"没看见他刚才那脸色吗!老宗这人不高兴起来不会骂人,但脸阴得让你吃不消。"

郗紫不以为然:"他爱摆摆呗,你又没干见不得人的勾当,干吗去看他脸色!"

邹维安气笑:"他是老板,咱们打工的敢不看他脸色,还要不要混了?"同时又瞟了郗紫一眼,她好像有点没心没肺。

"我担心他对我有意见……是因为你在这儿。"

"关我什么事!"

"哎,你说实话,你跟他到底有没有……"

郗萦脸色一变:"有什么?"

"在一起呗。他追过你吗?还是你追他?"

郗萦站起来:"你这人真没劲!"

"不想说就不说,干吗翻脸哪?"

郗萦走到门边,忽然又转过身来:"你在永辉也好几年了,听说过有哪个女人搞定过宗兆槐了吗?"

"你不一样啊!"邹维安赶紧恭维她,"你看你从销售部转到行政部,又从行政部转回销售部,公司里有哪个人能像你这么来去自由啊!"

"那是我自己挣来的!"

邹维安见她动怒,着实有些意外,他虽然没想过对郗萦动真格的,但还是挺喜欢她的,也完全不想得罪她,正想开句玩笑把气氛软化下来,然而郗萦一点没有求和的意思,拔腿就走了。

女人只要在职场中活跃一点,身后必定会有一堆传闻尾随她,人们更愿意把她的升迁归因到某种特殊原因上——而且通常这类原因都免不了与某个有权势的男人挂钩,仿佛唯其如此才说得通,才合理,却完全没兴趣留意一下她的实际工作能力。

郗萦鄙夷持这种思维的人,而且从邹维安的话语中,她明确印证了这些人背后没少议论过自己。

她从 A 车间直接钻进原料仓库,然后横穿仓库前侧,走向对门,那里有道楼梯可以直达二楼大厅——这是条从厂区到办公室的捷径。

边门近在眼前,郗紫正要去推,忽然听到身后有急促的脚步声,她回眸,看见宗兆槐朝自己快步走来,她略微诧异,尚未有所反应,左胳膊已被一把揪住。

郗紫没有叫嚷,嘴角含着冷笑,看他要怎么样。宗兆槐闷不吭声把她拉进左旁一个小房间,门随即被关上。

这一系列动作如行云流水,干净利落,前后不超过五秒。

郗紫以前从未留意过这个不足十平方米的小房间,她每次经过这里,房门永远关着,也没见谁使用过它,墙上有扇一米见方的玻璃窗,透过窗户朝里看,漆黑一片。进到里面她才发现,房间里其实没有想象的那么黑,外面的光线透过窗户照进来,她很快看清角落里堆着一些废料——鼻子还能闻到久不通风造成的霉腐气。

"你什么意思?"郗紫冷冷地斜睨宗兆槐。

他不说话,幽深的眼眸凝在郗紫脸上,缓缓抬手,撩开她额前几根发丝,指尖轻触她的面庞,充满饥渴,用意不言自明——他终于撕下伪饰的面具,不再费心隐藏,就这么赤裸裸地把欲望写在脸上。

宗兆槐并非真的坚不可摧——他情欲的阀门已被郗紫打开,而她不会再让他得到满足,一想到这点,郗紫就觉得快意。

她用力挣扎,但没用,宗兆槐用身体和手臂钳制着她,总是这样,他掌控一切。

郗紫一脸凌厉瞪着他:"放开我!"

宗兆槐毕竟还有些绅士风度,郗紫很快感觉身上的束缚松了些,她果断推开眼前的人,掉头就走。眼看手就要碰到门,但瞬息间,她又被扳转回去,重重地推在门上,她恼怒之际,宗兆槐的脸已经迎上来,双手箍住她两边面颊,开始全心全力吻她。

郗紫抗拒,喉咙里发出含混的谴责,宗兆槐越发用力挤住她,吻得更深,他压抑的热情成倍释放出来,简直要把她一口吞下。郗紫奋力抵抗,绝不妥协,却如深陷沼泽,挣扎得越厉害,反而陷入得越深。

她渐渐手脚酥软,意识迷糊,如果不是还有一丝残存的理智,也许她会倒在他怀里,任他蹂躏。

忽然之间,郗紫明白过来,宗兆槐是想把她也拖进情欲的旋涡,与他一道沉沦。她笑起来,笑声极度轻蔑,从被他堵缠住的嘴里发出,在幽闭狭小的空间里回荡,听上去有几分阴森。

宗兆槐停下来,看着郗紫,他眼里的火寂静地烧着。

"笑什么?"他问,沙哑的嗓音仿佛也被火灼过。

"你不会想在这儿跟我干吧?"郗紫满脸讥讽,"你敢吗?"

宗兆槐默不作声笑了笑,手却摸索到郗紫裙子的拉链,他轻缓却极为果断地将它拉开。随后,他的手探入开口,以一定的力度抚摸郗紫。

郗紫用意志力维持身心冷静,不抵抗,也不示弱,两人笑吟吟地对视,仿佛在进行一场玩笑般的较量。

"你不像原来的你了。"她神情里含着惋惜,还有点居高临下。

"你不见得真的了解我。"他动作粗野,语气却还保持着轻柔谦和。

"我现在知道了,你其实是个假正经。"

宗兆槐一点不恼,浓眉微蹙,眼眸中流露出鼓励:"你还知道什么?一并说出来听听。"

"我认识的人里就数你最虚伪,表里不一,道貌岸然的伪君子……"

"还有呢?"他"上下其手",动作越来越露骨,郗紫没绷住,泄露出一丝呻吟,虽然短促,仍被对面的人捕捉到,他笑意更深。

郗紫定定神,咬牙堆砌出与他等量的笑容,继续剖析他:"你知道很多女孩子对你有幻想,可你装作什么都不懂,你给她们希望,让她们对你唯命是从……"

听到这里,宗兆槐脸上的笑容淡了些,显出思索的神情,郗紫以为他被击中要害,正暗自得意,宗兆槐忽然低首凑近她,与她脸贴着脸。

他轻声问:"你呢,你幻想过我吗?"

"我说了不会再跟你有关系,你也答应了的,现在这样算什么!"

她输了,而且气急败坏,尽管明知放弃游戏态度是虚弱的表现。

宗兆槐瞧出她是真怒了,便顿住手,没敢硬来,但他依然紧拥着郗紫。

"我可不可以反悔?"他低声问,像耍赖的孩子,郗紫转开视线。

"你见过有卖后悔药的吗?"她硬邦邦地说,身体也因为满腔怒意变得坚硬起来。

宗兆槐审时度势,终于松开了她。

郗紫衣衫凌乱,唇膏也被弄得乱七八糟,宗兆槐想帮她整理,她脸一偏,躲开,自行扣好衬衫扣子,拉上裙子拉链,又理了理头发,扔下宗兆槐,头也不回地走了出去。

郗紫在洗手间补妆,两个女孩隔着门板热切地聊天,她们下午有个培训,内容与时间管理有关,讲师是宗兆槐。

女孩们叽叽喳喳,颇为兴奋,走出隔间时发现郗紫也在,两人立刻不吭声了,互相交换的眼神中内容无比丰富。郗紫只扫了一眼就荡开视线,继续镇定地往嘴上抹唇膏。

下午她去续茶水时经过一间会议室,里面传出欢快的笑声,她捧着茶杯，无聊地往房间里瞥了一眼。

宗兆槐站在讲台前，笔挺的湖蓝色衬衫，崭新的烟灰色长裤，脖子里还破天荒打了根领带，谈吐稳健，笑容单纯，给人一种莫名的无辜感。

"虚伪。"郗紫默默地评价，他在衣着上的确越来越讲究了，因而也更贴合了"衣冠禽兽"这个词语。

郗紫出差，用邹维安的办法顺利解决了客户的疑虑，她在那座城市逗留了一个晚上，按原计划在翌日中午坐火车返回三江。

黄昏的火车站人多杂乱，郗紫随客流走出检票口，前往出租车等候区，途中她接到一个电话，她边走边听，差点被一辆电动车撞到。

她在天桥下面的水泥柱子旁站定，讲完电话后，发了几秒钟呆，然后把手机塞回包里，拖着拉杆箱继续走，但她很快又停下——宗兆槐正从街对面大踏步向她走来。

男人若是对女人有所欲求，会完全变成另一个人。

郗紫一身轻松地从宗兆槐车上下来，等他打开后备箱，取出自己的箱子和电脑包。她说声"谢谢"，伸手去接，但宗兆槐没给。

"挺沉的，我给你拎上去吧。"

郗紫站在台阶处不动，冷眼望着他。

"我渴了，上去喝杯茶就走。"他笑着央求。

郗紫默不作声地迈开了步子。

一进门，她先给宗兆槐拿了瓶水，他不接。

"喝凉水不太舒服，没有茶吗？我想喝茶。"

郗紫在厨房煮水沏茶，她什么都满足他，看他还想怎么样。

煮水的茶壶是姚乐纯送的，仿南部铁器的铸铁茶壶，烧开一壶水约需十分钟,大热的天,她站在炉子旁等着。

天气闷热,宗兆槐开了客厅空调——他已驾轻就熟,然后走进厨房,站在郗紫身后,先用目光将她身体的轮廓浏览了一遍,紧接着,他伸出胳膊,从后面搂住郗紫。

他的脸在郗紫的脖颈间轻轻摩擦,想要引起她的注意,而她无动于衷,但也没推开宗兆槐,自从接了那个电话,她就有点心不在焉。

宗兆槐像黏在郗紫身上似的,她走到哪儿他就跟到哪儿。水开了,郗紫用毛巾垫手,把茶壶从炉子上取下来沏茶,宗兆槐不再捣乱,但还是不肯松开她。

茶沏好了,郗紫准备把茶壶端到客厅去,她始终冷若冰霜。

宗兆槐按下她忙碌的手,阻止她出去。他开始吻她,吻所有嘴唇能触及的地方,他在郗紫身上求索,动作中带着明显的诱惑与央求。

无论开头她怎样气势汹汹,结果总是她输。

她闭上眼,仿佛看见一片荒原,原始的情欲漫天遍野。她的肉体感到刺激而满足,她的灵魂却茫然无所依托。

究竟是先有爱还是先有欲望?

恨与欲望可以相容吗?

郗紫得不出结论,她在感官的愉悦中起起伏伏,无法思考。那就先享受了再说吧。在这一刻,抛开束缚,做欲望的臣民,向眼前的对手妥协,与他一同沉沦……

他们在厨房结束后,分别洗了个澡,回到房间又来了一次,耗光所有精力,这才消停了。

宗兆槐裤兜里掉出一包烟,落在地板上,郗紫趴在床边,伸手去够,然后靠着床头,点了根烟。宗兆槐仰躺着,静静地看她。

"别咽下去。"他警告说。

郗紫拿眼角瞥了他一眼,用力吸,烟呛进肺里,她立刻流出眼泪,还是没学会抽烟。

宗兆槐没责备她不听话,也没嘲笑她,他倒是有点后悔提醒郗紫,明知她什么都跟自己反着来。

恶心过后,郗紫老实了,烟在她白皙修长的指间燃烧,她盯着那橘红色的小点开始回忆,尽是伤心事。

"我本来以为被男朋友甩了已经算人生低谷了,没想到跳个槽还被你狠狠坑了一把……男人没一个好东西。"

她扭过脸来,盯着宗兆槐:"喂,我这么说,你有没有意见?"

"同意。男人没一个好东西。"他显得心服口服。

郗紫笑了,拿烟的手在空中朝他点:"真没节操啊你,男人里的叛徒。"

烟灰掉在席子上,她俯身去吹,然后躺下。宗兆槐凑过来,小心地扶起她的脑袋,让她枕在自己胸前,他取过郗紫手上的烟,抽了两口,又放回去。

"还恨我吗?"

郗紫沉默半晌,幽幽叹了口气:"怎么能不恨呢?"

宗兆槐侧身,捧住她的脸,细致地吻她,额头、双眉、眼睛,像在作画。郗紫感觉到他动作里的柔情,他在向自己传达歉意。

她扪心自问,能原谅他吗?能放得下吗?

梁健很快把区域调整的方案公布了出来,新方案表面看挺公平,实际还是朝郗紫做了倾斜,有明显讨好的意味,不过这回郗紫没提出异议,她坦然接受了。

十月一过,真正意义上的秋天终于来了,白天阳光依旧炙热,却已是强弩之末,太阳一落山,肃杀的秋意立刻尾随而至。

郗紫坐在詹湖边的露天茶棚里喝茶,几只鸥鸟在湖面上低翔,羽毛洁白,姿势优美,天上飘了太多云,看不出太阳的位置,也许快要落山了,她微微觉出点凉意。

时近黄昏,她在等宗兆槐。

一壶茶刚刚续过热水,耳边就传来脚步声。郗紫扭头扫了一眼,宗兆槐到了,隔着一段距离,他朝她微笑,郗紫也露出淡淡的笑容。

宗兆槐泊好车朝这边走来时就一直盯着她看,湖边风大,她身上那件浅灰色长风衣显得有些单薄,她神情略忧郁,盯着不时泛起层层褶皱的湖面,陷在自己的思绪里,很深。

是郗紫主动约的他,也算是头一回,电话中没说缘由,从她的笑容里,宗兆槐分辨不出吉凶,他渴望好消息,但直觉告诉他,希望不大。

"来了?"郗紫招呼他坐。

"等很久了?开会耽误了点时间。"他表示歉意。

郗紫给他倒茶,烫口的高山乌龙,这种天喝,倒也畅快。

宗兆槐眯眼眺望湖中央,那里有个秀巧的亭子,孤零零杵在水中,身后拖着长而笔直的木桥。这个时段,四周没什么人,景色优美,却尤显凄凉。

郗紫掏出一个U盘递给宗兆槐,开门见山说:"请你来,是有份礼物要送你。"

宗兆槐没接,仿佛已意识到那是枚炸弹,但还是温和地问:"是什么?"

她笑笑,脸上是惯有的嘲讽:"永辉低价策略的秘密。"

偷漏税,瞒报海关,贿赂,做假账,篡改数据蒙蔽客户。郗䅉凭着记忆娓娓道来,这些内容花费了她数十个夜晚,早已烂熟于胸。

几个月来,郗䅉一直在偷偷搜集证据,有些是她自己从公司系统中得到的,有些是让冯晓琪代为整理的,冯晓琪并不知晓她的目的,他给郗䅉弄来一块块拼图,最终她拼成自己想要的结果。

"我在考虑,该把这些数据发给谁,海关?工商?税务?媒体?或者,直接给客户?"

宗兆槐没吭声。

郗䅉转头看着他,他很镇定,和平时没两样。

"你没什么要说的?"

"这些事,很多公司都在做。"

"但让有关部门知道就不一样了——严重的话,永辉可能会倒闭。"

宗兆槐想了想,点头承认:"有可能。"

他对郗䅉手上的东西大致做了评估,捅出去的话的确会给永辉带来不小的麻烦,但杀伤力没她期待的那么大,永辉可能会被要求高额罚款或是赔偿,如果他找叶南疏通关系,损失不至于致命——永辉既非上市公司,规模也不大。但意外永远存在,一个谣言击垮一家企业的例子也有,何况她掌握的都是真凭实据。

郗䅉端详他:"你怎么一点都不紧张?"

宗兆槐耸肩,显得很轻松:"没什么好紧张的,大不了从头再来第四次……我的经验已足够丰富。"

郗䅉被逗乐,神情不再是嘲讽,撇开他俩之间的恩怨,她是佩服他的。

"你为什么不威胁我？"

宗兆槐微笑着反问："我能拿什么威胁你？"

"视频啊！"她的口吻是彻头彻尾的玩世不恭。

宗兆槐望着她，神色认真："我不会一错再错。"

郗紫锐利的目光黯淡下去，包括敌意。过了会儿，她转过脸去，低声问："你看过吗？"

她指那段视频。

"没有。"宗兆槐苦笑一声，他还不至于猥琐至斯。

郗紫没回头，用力吸了吸鼻子，天越来越凉了，秋意渐浓。

"小郗，如果你去举报，我不怪你，我把公司交到你手里，你愿意怎么做都行……我只求你一件事，一旦你对永辉动手，不管结果怎么样，咱们以前的账都一笔勾销，可以吗？"

"你有什么资格这么要求我？"

宗兆槐笑了笑："你以为那些数据你是怎么拿到的？"

郗紫怔住，前后串联，恍然。那时她一直纳闷，以宗兆槐的为人，公司的保密措施怎么会如此差劲？

原来他什么都知道，却不阻止她，他静静地看着她折腾。

郗紫心潮起伏，她苦心经营的这些东西，无法再给她带来振奋。

两人静默良久，郗紫忽然抬手，将 U 盘掷入湖中，宗兆槐望着她，目光深沉难测。

郗紫盯着湖面那一圈细微的涟漪，眼神迷茫，喃喃低语："我做不到和你们一样卑鄙。"

她起身，宗兆槐伸手去拉她，被她用力甩开。她裹紧外套，一直朝前走，风大了，吹在脸上，令她阵阵起寒。

"我这是在干什么？"她质问自己，腿微微发抖，胃里有极不舒服的感觉。

也许她该强硬一些,她不是早就做好最坏的打算了?

只要宗兆槐敢拿视频威胁自己,她就公开那些证据,绝不退缩。一旦丑闻曝光,她会立刻消失,从此以后换个身份生活,她连地方都找好了。

但是,她果真希望走到最坏的那一步吗?那她根本就不该约宗兆槐出来谈判。

她脑子里混乱得厉害,不明白自己到底想要什么。人有时比自己想象的更坚强,有时又比自己以为的更脆弱。

最可怕的不是打击或者失败,而是迷失自己。

胃里猛然间一阵绞痛,也许是凉风吹的,她挺直腰杆,继续走,试图无视。

宗兆槐坐在湖边,缓慢地抽一根烟,目光远远落在郗紫笔直的背影上,他轻轻吁了口气。

本质上,他俩都是赌徒,疯狂,不计后果,一旦投入,甚至不惜以身家性命相搏,而他们又是如此深刻地看透了彼此——她赌对了他的愧疚,他也赌对了她的不忍。

如果郗紫当真去举报呢?他果然能像刚才说的那么轻松洒脱?

宗兆槐用力抽了口烟。

也许他会咬牙扛下来——那女人心里始终藏着口恶气,不管他怎么努力消除也无济于事。

有些时候,连他自己都糊涂,究竟什么是手段,什么是目的。

那个愈行愈远的身影,倔强而孤独,与自己何等相似,令他心生怜惜。他想留住她,拥她入怀,渴望他们能像正常情侣那样相处,但也清楚这念头不过是枉然。

那身影忽然顿住,紧接着软软倒在了地上。

宗兆槐心一沉,抛掉烟蒂奋然冲了过去。

郗紫因为胃出血住院一周,宗兆槐每天晚上都会来陪她;巧妙避开公司职员——他们一般会在晚饭前离开。

只有一次被冯晓琪撞见,当时宗兆槐正坐在郗紫床边,替她吹凉勺子里的粥。冯晓琪脸上的表情就像他自己做错了事被人当场逮住一样。

有天深夜,郗紫无端醒来,感觉自己的手被人握着,她转眸,看见宗兆槐坐在床前,头颅低垂,不知在想什么。

郗紫翻身,惊动了他,他起身,体贴地给她掖好被子。

郗紫定定地注视他。

"你以前,也是这么照顾你太太的?"

宗兆槐的手僵了一下,但神情并不惊讶,郗紫料想叶南早把酒会那晚的谈话都告诉他了。他没说什么,手在郗紫脸庞上轻轻抚弄了两下,柔声哄道:"接着睡吧。"好像她还是个孩子。

郗紫闭上眼睛,听着他的脚步由近及远,门轻轻开启,宗兆槐走出了病房。

她重新睁开眼睛。

四周很安静,这是个单人间,走廊里的光从玻璃窗外照进来,朦胧而恍惚,无精打采,这疲倦的夜,疲倦的人。

等了很久,她终于又迷糊过去,听到门被轻轻推开,有人进门,带来一股淡淡的烟味。

郗紫在半梦半醒之间皱了皱眉,随后又再次平静地沉睡过去。

出院后，郗紫提交了辞呈。

辞职书最先躺在梁健的办公桌上，半小时后到了宗兆槐面前，他打电话把郗紫叫去。

"什么意思？"他双眸紧盯着她。

"你犯规了。"郗紫微笑，"我警告过你，如果再有那种事，我会离开。"

宗兆槐握着笔，快速敲打纸面，像在寻找对策，然后他问："打算去哪儿？"

"你很快就会知道——咱们早晚还会再见面。"

宗兆槐想了想，又笑了笑，低头，很爽快地把字签了。

离职前一周，郗紫把冯晓琪叫进办公室，递给他一张升职单，冯晓琪从助理升任销售，自然是郗紫帮他安排的，一并交给他的还有一个前期工作已近尾声的项目。

"过两天我带你去跟客户碰个面，以后就由你盯着了，这张单子永辉把握很大，你可别搞砸，拿到手了，你这销售的位子也就算稳当了。"

冯晓琪立刻面露紧张，郗紫见状便安慰他："万一玩砸了也没事，你对宗先生那么忠心，他肯定会多给你几次机会的。"

冯晓琪红着脸说："谢谢郗经理，我会努力的。"

郗紫朝他瞥一眼："也别努力过了头，尤其独立做第一单的时候，会犯很多错误……不要老板鼓动几句就奋不顾身往前冲。记住，你的每个步骤必须要让老板了解，并得到他的认可。千万不要为了急于求成冒险……这只是一份工作，不是你的全部。"

冯晓琪点着头,神色中却闪过一丝迷茫,还有那么点心不在焉。郗萦看在眼里,只能暗自叹息,她能做的只有这些,其余得看他的造化了。

"郗经理,我能不能问个问题?"冯晓琪显然是鼓足了勇气才开口的。

"问吧。"

"你,你跟宗先生的关系为什么不公开呢?也免得别人在背后乱嚼舌根。"他嘟哝之间,明显愤愤不平。

午餐时,邻桌有几个人在聊郗萦的八卦取乐,尽是些不堪入耳的猜测,如果冯晓琪不认识郗萦,很可能会跟他们一样在心里鄙夷郗萦,但现在不同了,他知道郗萦不是他们嘴里的那种人,他受不了别人那样不负责任地攻击她。他一忍再忍,终于忍无可忍,让他们闭嘴不要乱说,结果嘲讽的矛头转而指向了他——谁让他短短数月就飞黄腾达了呢!

冯晓琪突然意识到谣言的可怕与恶毒,它们随意捏造,断章取义,而旁听者却总是乐于接受负面信息,真相只能永远被埋葬在喧嚣和愚蠢之下。

郗萦一愣,随即拉下脸来:"谁说我跟他是那种关系了?"

"可那天在医院,我明明看见宗先生照顾你……"

郗萦打断他:"你要哪天为了工作住院,我也会给你把粥吹凉。"

冯晓琪的脸唰的一下红透。

郗萦叹气:"你呀!真不适合干销售,脸皮太薄,随便一句玩笑脸就能红得像个番茄,出去了非被人欺负死——算了,反正也不关我的事了!"

冯晓琪忽然也倔强起来:"我不是为我自己,我听不得那些人在背后那么说你,我……我很生气!因为你根本不是他们说的那种人!"

他不仅脸红着,仿佛连眼睛都红了起来。郗紫不免动容,她从办公桌后转出来,坐在冯晓琪对面。

"你去跟那些人计较什么呢!当他们放屁不就完了?"

冯晓琪嘟哝:"你就一点都不在乎?"

郗紫摇头:"在乎又能怎么样,难道要每句话都去跟人争论一遍,那我还活不活了?"她想了想,又说,"别人之所以诽谤你,多半是因为在他们眼里你得到的太多了,如果你一无所有,你被人当八卦谈论的资格都没有。"

冯晓琪沉默着,他固执的神色令郗紫有些担心。

"小冯,你真的想做销售?"

他点点头。

"那你得学会适应恶劣的环境,将来你会看到很多白眼,听到很多难听的话,遇到各种你意料之外的难题,如果你受不了这些,干脆现在就退出来……太正直的人做不好销售。"

冯晓琪抬头看着郗紫,他看见她沉静背后的一抹凄楚,他不懂那究竟是为什么,也许只是他自己的错觉。

那天他离开郗紫办公室时,真诚地表示:"郗经理,你是个好上司。"

郗紫神色柔软,但脸上依旧挂着调侃的笑容:"别把我的话太当真,说不定我是在给你挖坑,过阵子咱们也许就成对手了呢!哈哈!"

郗紫出差回来的那个傍晚,在火车站接到华星销售刘明州的电话——她跟刘明州交过手,但彼此印象都还不赖。

华星在招销售骨干,开出的待遇很诱人,郗萦没有回绝,这毕竟是条可供选择的后路。华星很快安排了她和销售总监的面试,会谈在远郊一家咖啡馆秘密进行。面试内容五花八门,她一一应付了过去,总监对她表示满意。

他最后问郗萦:"你们宗总最近很猛啊,能跟我说说他制胜的秘诀吗?"

郗萦想了想回答:"如果一定要赢,就别给自己设底线。"

现在,她成了华星的一员。

宗兆槐问她为什么要离开,她归罪于他的"犯规",这当然只是托词。

郗萦想明白了一件事,她本不该留在永辉,成天与宗兆槐纠缠,她高估了自己的定力。这个错误使她陷入混乱。无论如何,永辉是宗兆槐的地盘——他像一张巨大的网,笼罩在所有人头上,也包括她。

换个阵营或许她能清醒些,倒不是说她如今依旧渴望报复,但一口气到底难平,何况她还差点做了他的俘虏。

郗萦搬出渔港,在华星附近重新租了间房。这是一年里她第二次搬家。她没麻烦姚乐纯,叫了辆车一次性将物品搬走,反正东西不多。

不过姚乐纯很快就知道了,她从叶南那儿得到的消息——不久前,她接受了叶南的追求。

"他追得太紧了,三天两头请我吃饭,我觉得他挺可爱的,他以前的那些事都亲口告诉我了,他还保证说以后只对我一个人好。"

"但愿他比他朋友靠谱点儿。"郗萦说。

"你是说宗兆槐？他怎么你了？"

"没怎么我，我是想提醒你，别对生意人指望太高。"

姚乐纯纠结了很久后说："可我喜欢他，我想跟他试试，抓住幸福也需要勇气，我以前太畏首畏尾了，这次我决定做个勇敢的人。"

郗紫还能说什么呢！

"你又搬家啦？"姚乐纯在电话里嚷，然后责备说，"怎么也不告诉我一声？"

"正要给你打电话。"郗紫顺口邀请她来新居吃晚饭。

"我当然要来！"

房子在城北，靠近火车站，比城东的渔港热闹很多，但姚乐纯不喜欢这里。

"这地方乱糟糟的，还闹。"

郗紫笑："反正也不是你住。"

"我还想常来看你呢！这里没一点比得上渔港。"

"你那是先入为主，我就觉得这儿更好，有人气。"

姚乐纯表示不解："你干得好好的为什么要辞职啊？"

"人往高处走，华星给的钱多。"

姚乐纯戳破她："你是不是想避开宗兆槐，他在追你吧？"

"你要这么说也行。"

"你不喜欢他？"

"喜欢他我就不走了。"

"可是为什么呀？"

郗紫不吭声。

"叶南跟我说，宗兆槐很喜欢你。他俩合作四五年了，宗兆槐真的从来没出去胡来过，叶南说他在感情方面特别挑剔。"

"那叶南有没有告诉你宗兆槐以前结过婚的事?"

"说了。不过那都是很久之前的事了——你不会因为这个看不上他吧?"

"就为这个。我不会跟一个离过婚的生意人谈情说爱。"

姚乐纯怔了会儿说:"你那是偏见。"

郗紫耸肩:"我承认,但改不了啦。"

姚乐纯还给郗紫带来一个消息——高谦结婚了。姚乐纯是从同学那里听来的,她告诉郗紫的时候,神态小心谨慎,仿佛唯恐郗紫会掀桌似的。

郗紫很平静地听完,感觉那像是来自另一个世界的信息。

"是个明智的决定。"她笑笑说。

恋爱拖得越久,开花结果的可能性越低,因为双方对彼此的秉性、缺陷已摸得一清二楚,在容忍与不屈间犹豫,没有法律约束,还有悔棋的机会,而人心往往倾向于退缩。

高谦算是活明白了。

郗紫离开永辉时留了一手,她拖着两个新到手的客户慢慢谈,等进了华星,速度瞬间加快,不过这次是为新东家争取。

客户难免跟她开玩笑——在哪家就说哪家的好话,也不知道该信她哪一句。郗紫不多废话,把好处费往上一提,再说服上司给出个更优惠的折扣,立刻堵住了他们的嘴。

永辉接手郗紫业务的是杨志豪,两人在"沙场"重逢,热乎得仿佛还在同一条战壕里。杨志豪笑着请郗紫手下留情。

郗紫说:"这话该我对你说才是,一想到宗先生现在成了对手,我就怕得要死!能不能透露一下,他会使什么招对付我?"

杨志豪转身就向梁健汇报了他从客户那里得到的情报。

"郗紫很清楚咱们的底线在哪里,她把价钱压这么低,咱们已经没有往下走的空间了,可是如果不签,南区一块肥肉就没了!"

梁健踌躇半晌说:"单子还是得拿下来,我去找宗先生商量!"

梁健向宗兆槐要一个超低折扣,并解释说:"南区是咱们的主战地,这一仗要输了,华星等于是骑到了咱们头上,以后咱们再想翻身就不容易了,即便亏本也得把这条线守住啊!"

宗兆槐在窗口站了会儿,说:"不能每次都打低价战,再打下去都快成白送了……这张单子,拿得下来就拿,拿不下来算了。"

"宗先生,您是不是……有什么顾虑?"梁健难免揣测,见宗兆槐不响,又低声劝,"可小郗她都走了,不再跟咱们有关系了。而且她是自愿走的,听说华星给她开的价码很高,从前的老账她应该不会再翻了吧?"

宗兆槐嗓音低沉:"她刚到华星,给她个机会立稳脚跟吧。没有她,我们这会儿大概还在到处钻头觅缝呢……梁总,咱们欠她的。"

梁健不敢说话了。

宗兆槐那天问郗紫打算去哪儿,她说"早晚还会再见面"时,宗兆槐就猜出了她的去向。

她没有彻底消失,而是选择继续留在这个圈子里,她还愿意跟他纠缠,这让宗兆槐觉得欣慰。

郗紫赢到了第一单,一个月后又赢到第二单,都是从永辉嘴里夺下来的。她在华星成为举足轻重的销售,威望火速飙升。但她并不觉得高兴,她摩拳擦掌准备跟宗兆槐恶战,没想到对方缩进乌龟壳,不接招。

她去争第三张单子时,又遇上杨志豪。

杨志豪说:"小郗啊,我之前没说错吧?这回你怎么也得手下留情了,否则我就得去喝西北风了!"

"这话说的,你们也可以放大招啊!又没人拦着!我都奇怪宗先生怎么忽然变窝囊了!"

"他要我们让你一步。"杨志豪的语气和眼神一样,颇具深意。

郗萦莞尔:"那你回去替我谢谢他!"

第三张单子,郗萦一如既往争得凶悍,杨志豪从各个渠道汇总来的消息判断,他们还是会输,这次已经不是低价就能解决问题了——郗萦把从永辉学到的招全用上了,她又有女性优势,成天缠着客户负责人不放,永辉很难插得进脚。

梁健和杨志豪聚在宗兆槐办公室里,一筹莫展。

宗兆槐来回踱着步,梁健的目光紧紧锁定他后背。

梁健心里是有些怨气的,如果不是一上来就让步,永辉现在不会这么被动——他按宗兆槐的意思,对郗萦插手的单子适当做了些避让,而郗萦则完全没有顾忌,而且只要是永辉感兴趣的项目,她统统都会来插一脚。

"她根本就是冲着咱们来的!"

宗兆槐终于停下脚步,转身说:"这件事你们别管了,我来解决。"

招标前两天,公司里弥漫着紧张的气氛,郗萦在自己办公室指挥手下整理资料,填写招标书,她现在有两个助理,都是头脑敏捷、干活麻溜的年轻人。

她在指点他们注意填写要点时接到了宗兆槐的电话。

"小郗,能出来见个面吗?"

郗萦看看表:"我忙着呢！这几天都没空,想见面啊,等开标以后吧。"

宗兆槐笑笑说:"到时恐怕来不及了——我在考虑,要不要把你贿赂郑立伟三十万的消息捅出去。"

郗萦走出办公楼,天阴得厉害,狂风肆虐,吹得她直打哆嗦,果然是春寒料峭。

坐在出租车里,她有些恍惚,像在不同的时空中穿行,去年的这时候她在哪里呢？她把头转向窗外,疾驰的风景在眼前闪过,又迅速在脑海中重现。

她看见街边停着一辆白色沃尔沃,一个长身玉立、长得很好看的男人正使劲拉起坐在木凳上的女子,那女人一脸凄惘,又仿佛下了某种决心——明知前面是个坑,也心甘情愿往里跳。

郗萦不明白她步入了怎样的困境,但她脸上那种义无反顾的怆然在一瞬间感染了郗萦,她想到了自己,想到从安逸无趣的旧环境中解脱出来后的日子,宛如一叶小舟在海上漂浮,努力寻找出路,却依然迷失了方向。

也许她和那女人一样,自以为只要意志坚定,只要敢拼,就能成为生活的主宰者,得偿所愿。

然而生活如此无情,它似一股洪流,汹涌向你奔来,你尽可以做出抵抗的姿态,却不见得能逃脱被吞噬的命运。

宗兆槐先到,脱了外套坐在沙发里喝茶,神情还跟从前一样笃定,见郗萦进门,只穿着单薄的裙装,他脸上堆起关切的神色。

"还在早春里呢,怎么只穿这么点,不冷?"

郗紫坐下来,不客气地瞪着他:"别废话,你到底想怎么着?"

宗兆槐给她倒茶,镇定自若:"想见见你,咱俩很久没碰面了。"

郗紫直奔主题:"你是怎么知道的,那三十万的事?"她自恃做得隐秘,但这世上大概是没有秘密可言的。

"这有什么难的,现在哪家公司不养几个商业间谍?"宗兆槐说着笑了笑,"别问我是谁,不可能告诉你的。"

郗紫想一想,问:"你想让我放弃这单?"

"成吗?"

"你是和我商量呢,还是威胁我?"

"呵呵,你说呢?"

"那你之前为什么要让着我?"郗紫扬起下巴,虎视眈眈。

宗兆槐蹙眉:"我也不能永远这么让下去,我是开公司,不是玩游戏,那么多人等我发工资呢!"

"我要是不想放弃呢?"

他抬眸,神色忽然变得正经:"小郗,我给你两个选择,第一,你可以不听我的,接着干下去,但如果单子落不到永辉手里,我会把你行贿的证据捅出去,客户有可能因此上法庭,如果是这样,华星不但做不成生意,名声还会受损,他们也不会容你再待下去。"

郗紫咯咯地笑:"真狠!这才像你原来的样子嘛——你以为就你有东西能往外捅?永辉那点儿脏事的证据我也全存着呢!"

宗兆槐面色平静:"没错,你也可以捅,不过你一旦这么做了,这个圈子不会再有人敢用你,因为谁的底子都不干净,到头来你还是得离开。"

郗紫咬牙:"那也比被你逼走痛快!"

"小郗,如果你想挤垮永辉,上次就不该把数据扔进湖里,当然你有备份,随时可以改变主意。也请你理解,我不得不这么做,因为永辉要生存下去。"

他语气温和,含有歉意,但目光一如往常般坚定。

郗紫静默半晌,才道:"说说你的第二条路。"

宗兆槐瞥了她一眼:"我再让你赢这一回,但过后你得辞职,完全退出这一行。"

"那我以后靠什么过日子?宗先生,你总得给人留条活路吧!"

"我会给你一笔钱,算投资也好,送你也好,随你。条件是以后别再干销售。"

郗紫笑得更厉害了:"你想安排我的生活?你以为你是谁?"

"我绝没有对你指手画脚的意思。离开华星后,你可以做任何你喜欢做的事……你不是真的喜欢干销售,对不对?"

郗紫转头不语,脸上依然带着轻蔑的笑意。

宗兆槐叹了口气:"小郗,你该清楚,我对你没恶意。我只是想要你以后的日子能过得舒心快乐一点。"

郗紫的笑容渐渐淡去,她问:"为什么?"

宗兆槐深深凝视着她:"我不希望你永远与我为敌。"

郗紫忽然心生倦意,在那个他早已经历过凤凰涅槃的世界里,自己依然手无寸铁,无所依托,她曾有的成功也无一不是在他事先的授意之下。他对付她,简直是小菜一碟。

郗紫虽然骄傲,但从不避讳事实。她微微叹了口气,仿佛已看清铺展在自己面前的路:更多的争斗、流血,但最终还是一样的结局。

她终归不是他的对手,因为她没法像他那样全力以赴,也永远做不到他的狠绝,更不可能与这个圈子里的人彻底同流合污。

"有时候我会觉得,这个世界其实是属于无耻之徒的。"她缓缓地说,"他们在居民区随意放鞭炮,直着嗓门吼卡拉OK,一点不在乎是不是打扰别人;他们开快车通过斑马线,还恶狠狠地摁喇叭警告行人闪开;找块地方建化工厂,污染水源,排放毒气,没人知道该去哪儿投诉才能让它倒闭。还有你,"她把目光转向宗兆槐,以那种不带主观憎恶,却依然含着深深批判的眼神,"你仗着有钱,可以收买很多人,让他们为你卖命,也可以像现在这样,超越常规竞争,用卑鄙的手段逼我就范。"

宗兆槐垂头不语。

郗萦蓦地笑了笑,仿佛对眼前的一切已经释然,她微微耸了下肩:"我接受。活在这世上,总得遵守这世道的规矩——既然输了,就得认。"

宗兆槐重又抬头看她,郗萦却避开他的目光,向着窗外低声说:"我选第二条路,赢了这单,我辞职。"

下

左眼中的世界

THE WORLD IN THE LEFT EYE

轮回

兰思思

著

浙江文艺出版社

目 录

第一章　新生活的起点　　1

第二章　恋爱到婚姻的距离　33

第三章　物质的与精神的　65

第四章　危险尝试　　97

第五章　尘封的秘密　131

第六章　烽烟再起　　171

第七章　岔路口　　201

第八章　各自预谋　　235

第九章　关于爱情　　271

第十章　命运的换位　307

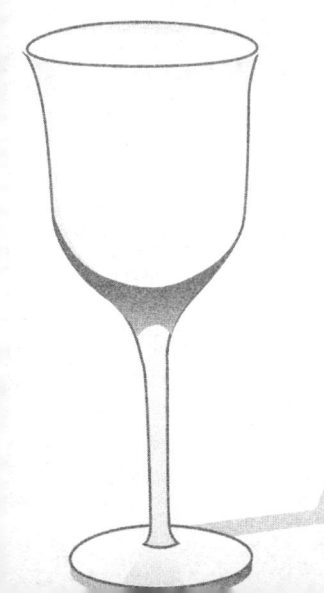

第一章 新生活的起点

慧慧十岁,读小学四年级,比同龄人瘦小,穿一件洗得泛白的海军蓝套裙,肤色微黑,一双眼睛又大又亮,里面交织着警惕、敏感和聪慧的光芒。她是一个人来的,从郗萦面前经过,目光扫过郗萦的脸时,郗萦感觉她仿佛是从很远的地方看过来。

6月21日,晴,夏至

心情很差,模拟考试的分数出来了,我又考砸了。

爸爸说:"一次成绩决定不了什么,继续努力,争取下次考好点儿!"

妈妈说:"女孩子成绩要那么好干什么,乖乖的别惹事就行了!"

我对自己很失望,成绩不好,我将来怎么考重点高中,又怎么去上理想中的大学呢?我才不要像隔壁小玲那样一满十八岁就去厂里做女工,每天钻进一辆旅行大巴,被拉到一个不准随便出入的地方,十个小时后再被放回来,灰头土脸的,好像是去坐牢。

我要离开这里,去很远的地方。

据说太平洋上有许多小岛,生活在那里的人喜欢往脖子上套花环,他们成天就是唱歌跳舞、划船捕鱼……还有撒哈拉沙漠,我也想去看看,它起伏的曲线真像女人的身体,是那种特别美丽的女人。我还要去非洲,看野羚羊迁徙,那里的野生动物可真多!坐在飞机上往下看,一定特别壮观吧!

我从不敢把这些想法告诉爸爸妈妈,他们会吓死的。

"沙漠?太平洋?非洲?!"他们一定会惊恐万状地瞪着我嚷,"都是些什么乱七八糟的东西!菲菲,你哪儿都别去,外面坏人太多了!"

我的理想太远大了，大到没人能理解。我跟哥哥聊过，我觉得他应该会懂，不过我讲给他听时，他多半是心不在焉的，既不反对也不赞成。

"哥，将来我去非洲，应该注意些什么呢？"

"呃……你得训练跑步，跑得比狮子和猎豹都快，这样才能避免被当作猎物吃掉。"他一边翻着专业资料一边对我说。

他总喜欢这样跟我开玩笑，可我一点都不觉得好笑！

也许在哥哥眼里，我就是个什么都不懂还特别爱幻想的小丫头吧！毕竟我才初二，他已经大一了。

但我觉得自己对这个世界已经认识得足够清楚了。而且我早就打定了主意——我不会总是留在这地方，不会永远看同样的风景！

——摘自《林菲日记》

慧慧完成了今天的素描作业，正在翻看郗紫带给她的画册。郗紫坐在她身旁。窗外夏日炎炎，爬山虎占据着整面矮墙，又朝掉漆的木格窗内偷偷摸摸挺进。

慧慧忽然抬头："郗老师，马奔跑的时候四个蹄子会全都离地吗？"

郗紫扫了眼画册，慧慧正在看法国画家热利科的一幅赛马画作。

"哦，这种四肢离地的画法其实是错误的，事实上马飞奔起来时四条腿得交替移动，不可能同时离开地面。不过要等照相机发明之后大家才能弄明白这个道理，这幅画是十九世纪初的作品，那时候人们还没搞清楚马奔跑时的状况，因为赛马的速度实在太快了！"

慧慧满意地点点头，继续埋头看书。

郗紫当慧慧的美术老师快一年了。

一年前,郗紫自己还是个学生,跟着秦霈学油画。秦霈开了家书画院,教授艺术课程,学生不多,以孩子为主。郗紫建议他去城南办个招生画展,那里学校多,生源丰富。

她主动为秦霈操办了这场画展,提前与几所学校取得联系,做公关,打广告,租展览馆,选取书画院学生画作中适合展出的作品。

画展办得挺成功,来了好多参观者,老师带着学生,家长带着子女,郗紫替秦霈预收了不少子弟。

就在那天下午,郗紫见到了慧慧。

慧慧十岁,读小学四年级,比同龄人瘦小,穿一件洗得泛白的海军蓝套裙,肤色微黑,一双眼睛又大又亮,里面交织着警惕、敏感和聪慧的光芒。她是一个人来的,从郗紫面前经过,目光扫过郗紫的脸时,郗紫感觉她仿佛是从很远的地方看过来。

郗紫叫住她,问:"喜欢画画吗?"

"我在学校的美术作业都是优。"慧慧答非所问,瞥一眼郗紫背后挂起来的一幅儿童画作,有点不屑,又有点羡慕。

郗紫取过一张素描纸和一支铅笔,递给慧慧:"画点什么让我看看,随便什么都行。"

慧慧画了一只笼子里的鹦鹉,个儿肥大,爪子有力地抓着横杆,脖子缩起,像在打盹儿,对自身以外的世界漠不关心。

"这是我奶奶养的鹦鹉,我叫它'大将军'。"

"嗯,画得不错,很传神。"郗紫细细欣赏着,口吻中充满赞美。慧慧骄傲得脸都红了,但拼命装出不在乎的样子。

郗紫问她要不要报名,慧慧迟疑着,她已经看到易拉宝上罗列的培训费用,那不是她能够承受的,但她用另一种不伤害尊严的方式拒绝了。

"我没时间,我四年级了,功课很多,而且你们的课程安排和我上学的时间有冲突。"

郗紫点头表示理解,想了想问:"那你什么时候有时间呢?周末总归会有点空闲的吧?"

"我家里没人可以陪我去你们那儿上课,我和奶奶住,她除了我们住的那条巷子,认不得其他地方。"

"你喜欢画画吗?"郗紫问。

慧慧矜持地点了点头。

"那这样吧,你不用来书画院上课,咱们挑一个你有空的时间,我上你家教你,也就是说,你会成为我的学生,不过我的水平不如书画院那些专业老师,你不会介意吧?"

慧慧流露出对弄巧成拙后果的惶恐:"可我……"

郗紫抢在她前面说:"我免费教你,我喜欢你画的'大将军',也希望有机会能看看它本来的样子。"

郗紫的判断没错,慧慧在绘画方面很有天赋,郗紫略加指点她就能记得一清二楚。差不多在学习了半年以后,她的素描水平就赶上了郗紫。郗紫虽然只教她素描,但从不限制她的兴趣——兴趣是最好的老师。慧慧有任何问题,郗紫都竭力解答。她不强迫慧慧非要有多大进步,而慧慧每次都不会让她失望。

她还带慧慧去参观画展,给她借阅各种类型的画册,介绍艺术方面的书给她读,慧慧如饥似渴,像海绵吸收水一样吸收郗紫传授给她的知识。

偶尔，郗紫也辅导一下她的其他功课。

"即使将来你去考美院，文化基础也得打结实，综合分数高，考上的希望也大。"她提醒慧慧。

杨奶奶给她们端来绿豆汤。

杨奶奶七十多岁，头发花白，背有点驼，她其实是慧慧的外婆，人很和善，话不多，眼神常常显得呆、茫然，有时坐在那儿一动不动，过一会儿，会忽然呵呵地笑上一声，令人微觉悚然。不过她脑子没毛病，问答自如。她在街道办事处领一份低保，还接一些小作坊里的手工活挣点零钱贴补家用。

她放下绿豆汤，眼睛盯着桌子，低声说："慧慧喜欢郗老师。"

她一边说一边又呵呵地笑起来，笑声里透着紧张，也让听到的人尴尬。郗紫假装没察觉，道了谢，端起绿豆汤慢慢喝。冰镇过的绿豆汤，喝下去沁人心脾，特别解暑。

杨奶奶看着她喝，又重复了一句："慧慧可喜欢郗老师呢！"

郗紫仰头，冲她笑笑。

慧慧涨红了脸，跳起来，推着奶奶往门外走："奶奶你出去吧！我在上课呢！"

慧慧平时很孝顺奶奶，家务活抢着干，但她是个自尊心极强的孩子。郗紫有时送她点小东西，还得颇费思量地找借口；跟她说话时，也得非常注意不流露出同情色彩。慧慧需要被平等对待，这一点在她们首次交谈时，郗紫就察觉到了。

郗紫给慧慧上课没有固定时间，她想待多久就待多久。夏天她走得要更晚些，一般会等日头西斜才动身，以避开烈日暴晒。

阳光逐渐转为金色,将木格窗的投影在桌面上拉得老长,郗紫瞥一眼窗外,意识到自己该走了。

杨奶奶在后门忙自己的活计,郗紫与她打了声招呼,由慧慧送出门。经过厨房时,郗紫会扫一眼挂在檐下的鸟笼,"大将军"照例缩着脖子谁也不理。这只鹦鹉不爱学舌,也不活泼,像个摆设,却是家里最受宠的一员。杨奶奶告诉郗紫,鹦鹉有灵性,它不说话,但心里什么都懂。

郗紫要走出巷子,转到大马路上才能拦到出租车。

她一直没去学车,也是受书画院那群人的影响:秦霱他们以落魄为荣,出门要么骑车,要么干脆步行;教篆刻的朱老师长年骑一辆破得快要散架的脚踏车来来去去,他说丢了也不心疼,不过就连小偷都看不上他这车。

慧慧的家位于城南一条老巷,属边缘地带,不太可能有拆迁机会,住在里面的人仿佛有些破罐破摔,塌坏的墙体无人修缮,有些人家的屋檐明显左高右低了,他们用一根木柱子撑住低矮部分了事。

人是一回事,大自然是另一回事。春天一到,老巷子里照样散发出生机勃勃的气息,斑驳的墙体上爬着茂密的常春藤。野花野草从墙根生出,一簇簇的随风摇摆,花季一直延续至盛夏。

巷子中间部分有块空地,大概占了三间房的面积,空地上有井,还有两三架洗衣台,一组健身器材——大概是居委会响应全民健身的号召安装的。郗紫才接近那块区域,就听到咔嚓咔嚓按快门的声音。她警觉地看过去,一个男人在井台旁支着三脚架,相机镜头正对自己,正欢快肆意地忙活。

郗紫讨厌拍照,画廊开张那天,秦霱嚷嚷着要拍张合影留个念,郗紫想溜开，被朋友抓住，强塞到队伍里。拍出来的照片上，她满脸不安，朱老师因此评价她很不上照。

那男人还在低头猛拍，郗紫感觉胸中一股气直冲大脑，她快步朝那人走过去。

男人直到她站定了才抬头，他穿白色T恤和牛仔裤，长相还算顺眼，神情中有股子俏皮劲儿，郗紫觉得有点反感，看他样子也不是特别年轻。

"你干吗拍我？"她问得很直接。

"我没拍你啊！"男人表情无辜。

他的镜头正对郗紫，怎么可能不是在拍她？！郗紫今天穿了件彩条纹夏季短旗袍，式样简约，头发又是盘起来的，和巷子的风格倒是相得益彰。

她提出要求："我要看看！"

男人认命地耸肩，后退一步，给郗紫让出位置。

他一张张往后翻，拍的都是墙根的花，的确没有郗紫，甚至都没捎带上她一片衣衫。郗紫看了会儿，有点尴尬，也觉得无趣，她直起腰来。那人也静默着，涵养挺好，没有表现出被冤枉之后的气愤。

她本该说点什么，至少为自己刚才的蛮横道个歉，但有点张不开嘴。她清了清嗓子，看看前面，没作任何表态，就这么一声不响走了。

郗紫打车到超市，挑了些新鲜蔬菜和水果，又到常去的那家卤菜店买了几样熟食，继续打车，前往吟香苑。

这里不是她的家，她每月大概来个两三趟，来之前会先通知钟点工把房子打理一遍。

她开锁进门，钟点工早走了，地板擦得油光锃亮，所有家具都纤尘不染,餐桌上插着一束百合,也是郝萦吩咐钟点工买的。她拎着食物走进厨房,开始料理晚餐。

在书画院,郝萦是学生,也是个有魅力的女子;在画廊,她是老板;在她自己的住所,她无须扮演任何角色,就是她自己。唯独在这里,她很难定义自己。

一个自甘堕落、自我放纵的女人?

一个"吸毒"上瘾者?

她把蔬菜放进滚烫的清水里焯几下,捞出,撒上油盐酱醋,拌一拌,装盘。据说蔬菜这样吃最健康——姚乐纯教她的。

郝萦把装好盘的菜肴和切成片的水果逐一端到餐厅,在桌上码放整齐。转头看窗外,天色已墨黑,路灯亮起来,蜿蜒向前,没有尽头。

晚餐准备就绪,她坐进沙发,翻看自己随身带的杂志。

门铃响了,她没起身。不多会儿,传来钥匙开锁的声音,郝萦这才甩下杂志站起来。

她不开门是不想给对方一种错觉,好像她是他私藏的田螺姑娘。等她不紧不慢走到门边时,门也恰好开了。

门外,宗兆槐单手提着行李箱,风尘仆仆,一脚踏了进来。

郝萦从华星辞职后,有很长一段时间都在旅途中。

她先是参加了一个前往韩国和日本的邮轮行,以为那会是一段轻松的旅程,因为有三分之二的时间都待在船上,不需要行军似的暴走。谁知她上船第二天就吐得一塌糊涂,船员对她的反应表示惊讶——"这次出海风浪算平稳了,我们上个月出来,这船晃得,人都能在甲板上打滚!"而且人也太多了,就餐、出关、入关,到处都得排队,把郗紫折磨得疲惫不堪。

"以后再也不坐邮轮了!"她向姚乐纯抱怨,咬牙切齿。

回家休息一周后,郗紫再次出发。

这次是自由行,计划很宏伟,首站是贵州,然后前往云南,再飞广州,沿海岸线向北走,途经厦门、福州、温州、杭州、苏州,最后从苏州坐火车回三江。每座城市她预备待一周,当然也随时可能改变计划。

姚乐纯直咋舌:"这得玩多久?一个月肯定不够吧!旅行很累的,你受得了吗?"

郗紫兴致勃勃:"我有的是时间!"

她游到杭州时,已经快十二月了,姚乐纯赶来加入她的旅程。

"我只能陪你一星期,我在外面睡不好。"姚乐纯说着,打量她,"你好像没瘦嘛!精神挺不错的!"

"吃得好啊!"郗紫给她介绍自己沿途吃到的各种美食,姚乐纯听得口水直流。

郗紫念念不忘的居然是贵阳的一种油炸豆腐皮,喷香。

"不过鱼腥草我始终吃不惯。"

天冷了,但还没下雪,走在西湖边有一种愁云惨雾的味道。姚乐纯开始盘问郗紫和宗兆槐的事,叶南告诉她,郗紫拒绝了宗兆槐的追求。

郗紫明白,跟自己最好的朋友是不能打马虎眼的,她讲了宗兆槐如何逼自己放弃在华星的工作,让她落到现在这种前途渺茫的地步,以此作为自己讨厌他的理由。

"可如果你愿意,还是可以回永辉,照样可以工作呀!"姚乐纯以她一贯的天真推断,"我觉得宗兆槐是想保护你,他一定觉得你做销售太累,还有风险。男人只有真心喜欢一个人,才会这样处处为她着想。"

"哼哼,说得好!为她着想,把她弄到走投无路的地步。"

"得啦!你要是真走投无路,哪里还有心情出来玩!"

姚乐纯很清楚郁紫倔强的脾气,她认为宗兆槐一定跟郁紫商量过,商量不通才会在职场上挤对她。

"咱俩的需求不一样,"郁紫不为所动,"我从小生活在我妈制造的阴影里,她控制我的一切,包括穿什么衣服,梳什么发型——我绝不想再找个控制欲很强的男人来套住自己。"

没过两天,叶南因为想念姚乐纯,直接从三江开车过来,加入了她们。

那两人小别重逢,腻得不行,恨不得分分秒秒粘在一块儿。叶南来之前,郁紫和姚乐纯住同一个房间,他来了之后,姚乐纯大概不好意思提,所以还是维持原状。

下午郁紫独自散步回来,一开房门就看见两人在窗边热吻,郁紫目不斜视,换了双鞋,说一声:"抱歉啊,我去咖啡厅,你们继续!"就又走了出去。

那天晚上,姚乐纯看电视时不停地更换频道,郁紫虽然在看书,也能感觉到她的心烦意乱。

"我说,你就别在我面前硬撑了,收拾收拾东西搬过去吧。"

姚乐纯笑嘻嘻地跳下床,走到郁紫身边,使劲亲了她一口。郁紫看她欢天喜地跑出门的样子,只能叹口气,友谊跟爱情相比,还是要廉价不少啊!

叶南很会照顾女孩,吃饭时,他基本都是打下手,给姚乐纯分餐的同时,也绝不会冷落郗紫。他带两人去吃日式铁板烧,落地窗外,可以看见一轮橘红的夕阳。

"如果兆槐也在就完美了!"叶南感叹,语气里有强烈的遗憾。

姚乐纯扫一眼叶南,他知道自己多嘴了,自动搬个台阶下:"当然啦,那家伙也不会来,他觉得任何娱乐都是浪费时间。"

郗紫置若罔闻,往嘴里塞着铜锣烧,对姚乐纯说:"也不知道为什么,最近很迷铜锣烧,好像机器猫也特爱吃这个!"

叶南对姚乐纯言听计从,让干什么就干什么,绝无二话。有回三人去吃淮扬官府菜,等了很久菜都没上来,服务生理由一个接着一个,姚乐纯等得不耐烦,吩咐叶南去他们厨房看看。

"得令!"他响亮地喊一声,屁颠屁颠去了。

郗紫冷眼旁观,忍不住称赞姚乐纯:"叶先生很有忠犬潜质——乐乐,想不到你调教男人这么厉害!"

姚乐纯一点不嘚瑟,平平静静地说:"这有什么,等哪天他主动提出来要跟我结婚才叫真成功呢!"

郗紫失笑,原来这丫头一刻都没放弃过理想。

"我有时也会胡思乱想,"姚乐纯说,"他对那些前任是不是也这么殷勤。"

"所以我佩服你啊,有勇气找叶南这样的男人。"

"我仔细想过,要么找个死气沉沉、忠厚老实的男人过一辈子,要么找个有趣但不那么可靠的男人过一阵子。"

"就不能找个既老实又有趣的男人吗?"郗紫问。

两人同时笑起来,她们谁也不信自己会有那么好的运气。

"如果非要选,我宁愿找有趣的男人,至少跟他在一起那段时间我是快乐的。"姚乐纯说。

叶南跑回来报告,厨房把他们的菜单搞错了,正在重做。他一再端详两位女士的脸并犀利地指出:"你们刚才是不是在谈论我?"

玩了两天,叶南有事要提前离开,姚乐纯恋恋不舍,最后决定跟他一块儿回去。

"你不会怨我吧?"她惴惴不安地问郗紫,"本来说好陪你一个礼拜的。"

"走吧,走吧!"郗紫说,"我还等你尽早搞定叶先生呢!"

郗紫又恢复了一个人的旅行。

吃过晚饭还早,她在酒店附近的街巷里乱逛,经过一家青年旅舍的书吧,里面有几个年轻人在抽烟。灰蓝色的烟雾在橘色灯下蔓延,给人虚妄的暖意。

郗紫推门进去,找一张空桌子坐下,点了杯咖啡,一边翻旧书,一边听旁边的人在聊什么。

年轻人都是驴友,正在交换旅途信息,他们经验丰富,口气老到,郗紫听得入了迷。

出来后,她改变主意,决定飞大西北,去驴友们提到的那座大山看看。

她通过网络在银都市预订好酒店,乘次日一早的航班前往。

那里刚下过一场雪,从飞机上望下去,到处银装素裹,显得高贵而神秘。郗紫兴奋起来,预感自己的选择是正确的。

她在酒店房间里安定下来后才打电话给姚乐纯,后者先是吓了一跳,紧接着陷入不安。

"那地方不太安全吧,你又是一个人,迷了路怎么办?"

"放心,我报了团,导游是当地人,丢不了。江南的小山小水我实在是看腻了,想见识一下雄浑大气的西夏风光。"她翻着旅行路线图册跟姚乐纯唠叨,"会先去看岩画,距今约……天哪!一万年!是中国游牧民族的艺术画廊。还要去看古长城,听说这里有段古长城保存得非常完好……"

姚乐纯不容置疑地丢给她一句:"时刻保持联系!"

冬天是旅游淡季,郗紫报的那个团仅有八人,除了三对情侣,另外还有一个和她年纪相仿的男人,长相粗犷,留一把络腮胡,看样子是搞艺术的。

他们先出发去看岩画,坐了三四个小时的车,接近中午时,天又开始下雪,雪下得绵密持久,导游开始为回程担心,但他更担心当天的收入,便抱着侥幸心理继续前进。

一行人冒着风雪登山,情侣们互相照顾,络腮胡走在郗紫身旁,时不时向她伸出援手,除了不太交流,两人和前面三对情侣没什么区别。不交流主要是郗紫的原因,她不习惯与陌生人太亲近。

岩画经过数千年的腐蚀风化,能清晰辨认的已所剩无几,看画地点又比较分散,他们一直在赶路,像一群迁徙的候鸟。

接近傍晚时,天黑得飞快,大雪丝毫没有停止的迹象。导游放弃了剩余的两个参观点,准备带他们回市区。车子开到半途,得知前方山体滑坡,路被堵死了。他们只能换道儿。

"今天有可能回不去了,得在山里过夜。"导游给他们打预防针,语气中隐含沮丧。

情侣们哀叹起来,郗紫反倒觉得有意思,按部就班的旅程多无趣。

　　导游带着他们七拐八弯来到一座山村,村落很小,他们被分别安排进几家农户,郗紫和络腮胡住同一家,房间在二楼。

　　郗紫在赶路途中收到姚乐纯发来的一条短信,问她到哪儿了,郗紫当时忙着跟上队伍,没来得及回,打算找到落脚点后再汇报,谁知此后手机再也搜不到信号,只得作罢。

　　山村生活条件艰苦,设施简陋,伙食粗糙,最难忍的是厕所,居然只是在露天挖一个坑。照顾游客心理,后加上了简易遮挡棚,幸亏天冷,闻不到臭味。

　　雪下了一夜,导游又带来坏消息,封山了,汽车进不来也出不去,什么时候道路畅通,得等通知。

　　广播里说,这是近年来此地遭遇的最大一场暴雪。

　　郗紫独自在村里转悠,找到一个类似邮局的地方,那里提供有线电话,要付费,她给姚乐纯打过去报平安。

　　"说不准得在这儿住几天,不坐车的话也可以走出去,但要走上一整天都不止,而且可能会迷路,或者遭遇滑坡什么的。这里除了卫生条件差点儿,其他都还好,还有就是冷。"

　　姚乐纯担心死了:"可你就一个人,在那么一个人生地不熟的地方……"

　　郗紫安慰她:"谁说我一个人了,我们团连导游在内九个人呢!还有个跟我一样可怜兮兮的单身汉,路上挺照顾我的,我正考虑要不要跟他发展个一夜情什么的。"

　　她这么说纯属开玩笑,不过当天晚上,他们围坐在住家用以取暖的火炉前,吃一种糊糊状的甜味食物时,郗紫发现络腮胡投向自己的目光变得大胆放肆起来。

络腮胡姓彭，自称曾是工程师，不久前刚放弃那份固定职业——他有自己的追求，至于是什么，他没说，郗紫也没问。

他不修边幅，看上去有几分邋遢，或许是为了营造某种风格吧。郗紫有点洁癖，对这样的男人总是敬而远之，哪怕是在一个近乎与世隔绝的小村庄里。

他们在村子里连着住了两个晚上，除了郗紫和彭工，其他三对情侣都处于焦躁状态，和导游吵了不止一架，但路况很糟糕，导游也没办法。

第三天晚上，郗紫为了避开彭工的追求，放弃了下楼取暖的享受，躲在阴冷的房间里看书。旅途怕负重，她挑了本很薄的小说——青山七惠的《一个人的好天气》，读过好多遍了。房间里灯光幽暗，很伤眼睛，但除了读书，也没别的消遣。

她好像听到楼下有一阵不太正常的骚动，也许是导游有新消息？郗紫迟疑着，要不要下楼去看看，随后木楼梯被很重地踩响，有人走了上来。

她的房间正对楼梯，拉开房门时，刚好看见有人正从下面走上来，是个男的，穿着厚实的蓝灰色相间的羽绒服，背一个塞得很饱满的登山包，还剩最后两级台阶时，他抬起头，郗紫瞬间屏住呼吸，呆在门口。

宗兆槐走到她面前，朝她笑，脸上满是喜悦和旅途带来的疲惫。他的出现完全是从天而降，在这样的夜晚，简直跟做梦没两样。

"你……怎么来的？"郗紫过于震惊，以至于失去了平时的伶牙俐齿。

"走来的。"宗兆槐继续背负着那一坨沉重的行囊，仿佛它完全没成为负担。

"先坐飞机到银都,然后拦了辆车往大山方向开,到危险路段,司机不肯走了,他给我画了步行到这里的路线图,我走了七个多小时,幸好他提供的地图很准确,我没走太多弯路。"

有一刹那,郗萦的眼眶湿润了,她无法否认自己此刻的感动,尽管明白早晚还是会醒,但这点感动足够她把宗兆槐迎入房间,而不是残忍地拒之门外。

郗萦关上门,转身,宗兆槐已甩下背包迎上来,两人很自然地抱在一起,宗兆槐低首,吻她,狂热而激烈。

一场性事不可避免。两人身上释放出的荷尔蒙足以驱散房间里的冰冷。在互相索取的过程中,郗萦发现,原来饥渴的不止宗兆槐一个人。

很快,宗兆槐瘫软在郗萦身上,他所有精力至此已释放殆尽,满足主要还是精神上的——他在几乎不可能的情况下找到了郗萦,这让他对两人的未来生出一点信心。

郗萦穿好衣服,打算下楼给宗兆槐弄点吃的,一开门就看见彭工狼狈地躲回自己房间的身影。农家的建筑物隔音效果差,他们在房间里整出来的动静估计人家全听见了。

宗兆槐疑虑重重地吃着糊糊,不时皱一下眉,但并未抱怨。

郗萦问他怎么会想到找来这里。

他很坦率:"怕你跟别的男人跑了。"

郗萦便笑:"姚乐纯什么时候变大嘴巴了?"她又问:"接下来怎么办?"

宗兆槐放弃了难以下咽的食物,把盆子放在一边,说:"我陪着你。"

"不带我走出去?"郗紫调侃他。

宗兆槐摇头:"老了,走不动了。等交通恢复吧。"来的时候完全是凭一腔意气。

"可能要一星期呢!你公司里能走得开?"

宗兆槐摊了一下手,又耸耸肩,表示事已至此,无所谓了。

再次遇见彭工,他不再频频偷瞄郗紫,而是一脸落寞,又带点孤高的神色。宗兆槐很容易就揣摩出首尾,此后他对郗紫差不多是寸步不离的。

雪停了,但地面上堆着厚厚的雪,郗紫穿短靴,一脚下去,雪几乎要倒灌进靴子。宗兆槐牵着她的手,两人在村子附近走走,很快就看腻了此地风景,到处是山,山上覆盖着白雪。

没地方可去,他们就窝在房间里聊天,气氛温馨和谐,居然没为任何事起过口角,这在郗紫的记忆里还是头一回,也许是环境的缘故。在这个完全陌生的地方,他们唯一熟悉的就是彼此,往事被隔绝,他们有的是旅途见闻可聊。

第二天傍晚,导游终于带来好消息,部分路段已经疏通,车子也准备就绪,翌日一早就送他们回城。

那天晚上,两人躲在被子里聊回程安排,郗紫忽然叹了口气:"你为什么要来找我呢?就不能让我安安静静过自己的日子吗?"

她从华星辞职后,宗兆槐曾经尝试着参与进她的未来,但郗紫没给他机会。

"想过……还是没舍得。"宗兆槐低声说,含着一丝歉意,他把郗萦的手拉到唇边,轻轻吻了一下,"接下来打算干什么?"

"还在考虑。"郗萦抱怨起来,"知道我为什么讨厌你吗?"

宗兆槐头枕左臂望着她,微笑聆听。

"你总是想操纵我的生活。本来我在华星干得好好的,你非要把我撅走,简直太霸道!"

对郗萦的指控,宗兆槐一点不介意,想了想说:"这其实是个能力问题,如果你真是做销售的料,没人能动得了你——我想撅走的人多了去了,但大部分不都还好好在自己的位子上待着?"

郗萦用手指扯住他两边脸颊使劲往外拉:"宗兆槐,你可真无耻啊!"

宗兆槐等她发泄够了才笑着说:"做销售太辛苦了,会老得很快……你就没有别的感兴趣的事可以去做了?"

郗萦确实有过很多主意,但总是变来变去,没哪个能在心上待满三天。

她侧身面向宗兆槐,学他的样子,脑袋枕着胳膊,打量眼前的男人。许久后,她伸出手,手指沿着宗兆槐的脸庞,细细地画他的轮廓。

"我想好干什么了。"她慢声细语说,"我要去新吴,在那里开个店,可以是书店,也可以是咖啡馆或者花店……等到那以后再说吧。"

新吴是宗兆槐的家乡,一座文化古城,离三江不远。他表情怔怔的,隔了会儿才问:"为什么?"

郗萦一如既往地蛮横:"怎么了,不可以吗?"

宗兆槐静默了几秒,终于笑笑说:"当然可以,你是自由的。"

这回答让郗萦满意了。

"我在那儿有栋房子,一直空着,你可以……"

郗萦打断他:"我会自己找房子住。我去新吴只是想换个地方生活,我觉得那儿挺合适……我没想过要别的改变。"

宗兆槐沉默。

郗紫翻身,仰面朝着天花板说:"你可以过来找我。"

他神色柔和了些,伸手去摸郗紫的脸,她躲开了:"但我们什么都不是。"

宗兆槐的手僵在半空,有点困惑,又有点尴尬,现在他明白,自己的千里追寻并未彻底化解郗紫心底久冻的冰块,她依然没办法接受自己。

去新吴的主意不再如流水般在心头一晃而过,郗紫越想越觉得它不但可行,而且对自己有极大的吸引力。她与宗兆槐约法三章:两人不住一起,互不干涉,可以见面但不算情侣。

"即使我们偶尔在一起,像现在这样,也只能算彼此需要。"她大言不惭地解释。

一种新型而怪异的关系,但总比什么都没有强。宗兆槐全都答应了下来。

一个月后,郗紫已在新吴落脚。

她千挑万选后租下了一套单身公寓,八十多平米,位于风景优美的湛湖边。

起先,她打算在湖边开家咖啡馆,为了选址,她环绕湛湖步行做调研,绕了两圈也没看上一个合适的地方,总有这样那样的不满意。她调研的范围扩大,开始在全城搜索。

一个雨天,她随便乱逛,走进一家古色古香的书画院。

房子应该是古宅翻新的,门廊里的砖瓦很新,柱子却是旧楠木。

院子边上种着几株芭蕉,枝叶碧绿生青,雨打芭蕉叶,发出噗噗的声音,令周遭更显清寂。

书画院门口的招牌显示,这里正在举办绘画展览,但除了郗紫,没有其他参观者。里面的幽静吸引着她,她在檐下收伞,打算进去瞧一眼就走。

全是油画,风格统一,颜色鲜亮,作者署名是同一个人:秦霈。郗紫越看越喜欢,她决定买下几幅,将来或许可以挂在咖啡馆的墙上。

她想找人谈谈价格,就朝后院走去,那里有两个人在对弈,旁边围着三五个观众,都是中年男人,个个脸上挂着深思的表情。这么多人,居然没有发出一点喧哗,郗紫觉得自己仿佛踏入寺院,正面对一群修禅的僧人,她对他们顿生好感。

有人抬头,注意到她,目光里含着审视与好奇。

她开口,略带拘谨:"请问,外面那些油画可以出售吗?"

这就是郗紫与杏城书画院里各位老师的初次照面。她没买到画——那些画全都有买家了,不过她留了下来,成为秦霈的学生,跟他学油画。

学画能让郗紫纷乱躁动的内心暂得宁静——一旦沉进去,会忘记自身的存在,她喜欢这种感觉。现实是个沉重的包袱,有机会能卸下片刻也是不错的。

她很快和书画院的老师们熟稔起来,这些人虽然其貌不扬,但个个身怀技艺,也都非常幽默开朗。

有次她问:"凡·高为什么要自杀?"

"性格怪僻,找不到女朋友。"说这话的是院长秦霈,他朝郗紫挤挤眼睛,"和曾经的我一样,后来我认识了我夫人,决定还是活下来。"

秦霂原来是美院教授,专教油画,干了二十多年,嫌学院里环境复杂不自由,出来开了家书画院,以培训为主业,他自己教油画,另有一个陈老师教素描,一个毕老师教山水,一个朱老师教篆刻。

学生有成人有孩子,孩子多一些,不过和其他培训机构比,这里学生算少的,一方面现在学这类艺术的远不如上数理化补习班的多,另一方面也因为秦霂对学生的苛刻,他看重潜质,喜欢收有灵气的学生,大概是以前在课堂上被气够了,现在只肯挑他欣赏的学生来教。

书画院的课程主要安排在晚上和周末,平时挺清闲,得空时,秦霂喜欢在院子里支个架子搞创作。通常,他的一幅画能卖七八千甚至更多,不过他不上进,一年也就能画个四五幅,如果靠作画,养活自己一个人都成问题。他夫人是一家时尚杂志社的编辑,据说挣得不少。

"我是吃软饭的,我夫人养我。"他乐呵呵地调侃自己。

除了教书和画画,秦霂把更多时间都花在招待狐朋狗友上了。他的朋友,年轻的年长的都有,这些人大多喜欢艺术,也都有点拿得出手的技艺。文化人会玩,他们经常搞艺术讲坛、文艺沙龙,参与的人不多,但都是聊得来的,且一聊就是大半天。今天弄个书法茶会,一帮人舞文弄墨;明天搞个红楼盛宴,文人们纷纷洗手做羹汤,菜品味道普通,但个个都有个响亮古雅的名字——功夫都用在起菜名上了。

就连随便聚顿餐,他们也要来个诗词接龙搞搞气氛,或是随便背一段名著选段,让别人猜出自哪本书。郗萦自诩读书多,却每每被罚,主要是这些人读书大都以古籍为主。有一次她恶作剧,背了一段对白,选自当下流行的一部通俗小说,结果也没人知道,她这才得以"一雪前耻"。

秦霭的朋友中有一个以卖画为业,经常拿些成品来书画院找人估价。郗紫没见过秦霭收他钱,但他经常请客。秦霭告诉郗紫,这人原先是他的学生,画画没天赋,改行做了鉴画师,但他眼光差,老看走眼。秦霭还说,他自己也想开个画廊,可惜精力不够。

郗紫觉得开画廊是个不错的主意,可以跟书画院挂钩,近水楼台,应该有很多便利,没有多想便说:"要不我来开吧,秦老师您指点我。"

秦霭兴致很高,人脉也熟,很快就帮郗紫选定了地址,离书画院不远的一栋民国建筑,风格也和书画院相仿,但面积只有其三分之一,那份产业属于秦霭的一个朋友。

郗紫爽爽脆脆签了份为期三年的合同,并预交了一整年的租金,是笔不小的费用,这引得书画院里那些人对她的背景很感兴趣,但郗紫对此轻描淡写,不愿多谈,大家便都说她神秘。

画廊的幕后投资人是宗兆槐,此外,他还每月给郗紫一笔固定费用,足够画廊正常运转以及她开销生活。但他从不出面替郗紫拿主意,一切由郗紫自己做主。

画廊刚开张那阵挺风光,由秦霭牵线办了几场画展,不过后继乏力,很快清冷下来,郗紫也不好意思老去麻烦秦霭,这才体会到什么叫"打江山易,守江山难"。她开始思考办这画廊的意义,起先当然是因为好玩,但现在的问题是要让它生存下去。

她先着手解决画源。

其实开画廊之前秦霭就放了风出去,不过应者寥寥,好点儿的画家都有自己固定的经纪人,新手的水平又参差不齐,不入眼的居多。

郗紫想了个办法,通过秦霭联系到美院的老师,郗紫得以从出色的学生作品中挑选自己合意的，以静物和风景画为主，她低价收进后，又找到一些装潢公司谈合作，把作品免费提供给样板房作软装布置，客人如果看上了，装潢公司会介绍他们到郗紫的画廊去买，她给装潢公司一定比例的回扣。运作一段时间后，画廊渐渐有了口碑，销量不大但还算稳定。

也有画者上门自荐，郗紫学会了鉴画，她的出发点和秦霈不同，秦霈着重看功底，郗紫专挑有新意、蕴含某种情绪且能让人眼前一亮的作品。

秦霈夸郗紫有商业头脑，他很喜欢这个有想法的学生，聊熟了，也难免会关心郗紫的私人生活。

"喜欢什么样的男生告诉我，我替你留意着。女人嘛，总还是要找个归宿的。"

他告诉郗紫自己常去的那家理发店，老板原来是个小混混，脸上有条刀疤，面相要多狰狞有多狰狞，后来娶了老婆开了店，就本分起来，待人和和气气的，看上去也就没那么凶恶了。

"男人需要女人，如果给凡·高一个好女人，他肯定就不会自杀了——女人也需要男人，正所谓阴阳调和。"

郗紫想，原来艺术家也不是不食烟火，也关注吃喝拉撒。不过她依然很喜欢和他们在一起。

总体而言，来到新吴后的生活和在三江时截然不同，而显然，郗紫更享受眼下的宁静与舒适。

宗兆槐取出给郗紫带的礼物——他刚从美国回来，除了香奈儿新款包和化妆品外，还有一件夏威夷特色的穆穆袍，长及膝盖，纯桃红色，裙摆右下角印着一大束蓝色矢车菊，色彩艳丽得咄咄逼人。

"太嚣张了!"郗紫展开裙子,边看边啧啧称叹,不过她很喜欢。

"不错呀!生意都做到美国去啦?"

"我对××学院的两项专利感兴趣,过去了解点情况,打算把其中一项买下来,看价格是不是合适。"

宗兆槐还想往下说,但郗紫显然没什么兴趣,她把裙子撂在沙发上,转身说:"饿了吧?先吃饭。"

蔬菜淡而无味,卤肉有浓厚的卖家气息,不过宗兆槐早已经习惯。郗紫常常抱怨她母亲对一日三餐漫不经心,事实上她自己完全是母亲的翻版。

吃着饭,宗兆槐问郗紫画廊的销售情况,她如实汇报,半个月内卖掉了两幅,平均收益四百块。

"不错,"宗兆槐说,"生意兴隆。"

郗紫白他一眼:"你就笑话我吧!"她夹了块烧鹅,狠狠咬一口,唧巴唧巴咽下。

"我不会让你的投资打水漂的。等哪天我的画廊里卖出名作,回报就来了。肯定有这么一天!不过得等。"

"嗯,你该知道,我比你更有耐心。"

其实宗兆槐从未担心过郗紫的生意,也不指望那间小小的画廊真能如她保证的那样,哪天一夜成名,飞来横财。

事实刚好相反,郗紫越落魄他越觉得踏实,他会宽慰她,但私下却希望画廊能继续这样不咸不淡地运营下去,他享受现在这种状态,喜欢郗紫依靠着他的感觉。

他这种心思当然逃不过郗紫的眼睛,当她为此责怪宗兆槐时,他就坦白说:"哪天你要是真发达了,估计就没我什么事了。"

郗紫给他画过一幅油画肖像,自认为是得意之作,挂在画廊不很显眼的位置。有一次宗兆槐忽然对她说,自己那幅肖像绝不可以出售。郗萦这才知道他偷偷跑去画廊看过,也不知道是什么时候,而她竟然没发现。

"你犯规了!"她指出。

"就这一次。"

宗兆槐随即狠狠夸奖了郗萦的进步,她听得陶醉,便没再跟他计较。

"也许我不该放弃画画的,不过那时候只要我在哪方面露出点出色的苗头,我妈就会盯着不放,直到把我弄疯为止。小孩子的很多天赋都是被大人扼杀掉的……如果坚持下来,现在说不定就能靠画画养活自己了。"说着,她扫一眼对面的宗兆槐,"真要那样,也不会认识你,还被你坑……"

宗兆槐难免觉得尴尬,随即又释然,他故意无视郗萦话语中的伤感,开玩笑说:"幸亏你放弃了。"

他来兴致时,也试着用郗萦的画笔涂鸦过,很快就半途而废,自嘲说:"一点艺术细胞都没有。什么人干什么事,我大概只能一辈子做做买卖了。"

周末,他只要有空就会赶来新吴市,但不是去郗萦的公寓——她不允许。宗兆槐在新吴南区的吟香苑有栋自己的房子,郗萦总是在那儿跟他见面。

那栋房子是联排别墅,装修得有模有样,一看便知是出自专业设计师之手。郗萦问宗兆槐,这是不是他当年的婚房,他说不是。

"那时候哪有钱买这么大的房子……后来买的。"顿一下,他又说,"本来也想处理掉的。"

郗萦等他说下去,他却没下文了,沉默一阵后才低声说:"留着就留着吧,毕竟我的根在这里,将来说不定会回来养老。"

郝紫笑话他老观念。

她不肯在宗兆槐这儿过夜,再晚也要回去——早上在自己的床上醒来和在宗兆槐身边醒来感觉是不一样的,郝紫承认自己别扭,但不想改。

和宗兆槐在一起时,郝紫从不主动打听在他的世界里正发生些什么,但宗兆槐有时难免会提起。

这两年,永辉的规模有了质的飞跃,员工已达千人,吃下了约五分之一的国内市场份额,仅次于宇拓,且有逼近的趋势。如此惊人的扩张,令同行们纷纷刮目相看。但宗兆槐的野心不止于此,他正围绕汽车配件领域不断扩展着产品线,终极目标是制造出独立品牌的汽车,这是个过于宏大的计划,但对宗兆槐而言,这正是他追求的那种挑战——将不可能变为可能。他正一步步做着准备,比如寻找各种融资渠道——扩张后现金流的紧张让融资日益成为最迫切的需求,以及挖掘和购买在未来能派上用途的新型专利。

永辉内部也有不少变化,戚芳跳槽去了外企,刘晓茹终于如愿以偿摆脱了销售部助理的角色,转去人事部负责招聘。还有那个在郝紫眼里显得傻气又可爱的冯晓琪,他居然成了永辉的金牌销售,这令郝紫大为诧异。

"榜样的力量。"宗兆槐跟她开玩笑,"冯晓琪有时会提到你,他好像知道你跟我在一起。"

郝紫觉得不太舒服,但她没法反驳,因为是事实。

"我老担心他太单纯,干不好销售。"郝紫不知道自己该不该为冯晓琪高兴,"他现在是不是变了?"

"变化不大。"宗兆槐说,声音低下去一些,"永辉现在的状态跟你在那会儿不太一样了……最困难的是开头,一旦打开局面,做起来也就是按部就班,用不着冒太多风险。"

当年他正是为了给永辉杀开一条血路才利令智昏,犯下大错。郗紫没有接茬,这番话语背后隐藏的深意她完全明白。

"如果那时候我知道……"

郗紫粗鲁地打断他:"现在说这些有意思吗?"

宗兆槐不吭声了,他用力搂住郗紫,把脸埋在她发间。

而郗紫自己却忍不住在心里倒带,把假设做下去,然后暗暗叹一口气。即使从头再来,他大概还是会那么干的,再怎么说,他也是个商人。

但永辉也不是能够永远高枕无忧的,宗兆槐面临竞争上的困境:原来那些不把永辉放在眼里的对手,眼看他在市场上横冲直撞,屡屡得胜,便联合起来对付他,他们通常的策略是,在一个项目中先想办法合伙将永辉挤出去,然后他们之间再拼刺刀夺领地。

听宗兆槐忧心忡忡谈论这些时,郗紫免不了嘲讽他几句:"对你来说没什么难的,送个妞过去嘛!"

她从不在宗兆槐面前掩饰自己的脾气,有时对他的态度还相当恶劣。

比如宗兆槐心情愉悦时喜欢哼哼小曲儿:"天空是什么颜色的,如果汪洋是蓝色的……"但他哼得心不在焉,声音像被揉成了一团,郗紫便不遗余力地取笑他。

"你是在背书还是在唱歌?如果是唱歌,我可听不出这歌和羽泉有什么关系!"

郗紫无聊时喜欢搞点小实验。她在茶壶里放一小撮红茶,再加一勺香草茶末,然后混点干果、奶油之类的进去,调出来的成品味道相当怪,香草味太浓了,盖过红茶,她只皱眉喝了一口就赶紧放下。

然后她把茶端给忙着在电脑前耕耘的宗兆槐。他三心二意之际,一下子就喝掉了半杯。

"好喝吗?"郗紫问。

"还不错。"他温和地笑着,显得挺满足。

郗紫把配方讲给他听,然后看着他苦笑的表情乐得直不起腰来。

对于郗紫的种种捉弄,宗兆槐当时不说什么,但会发泄在床上。他打乱郗紫的节奏,在她快感即将来临时故意不配合。

"还对不对我使坏了?"他哑着嗓子,半开玩笑地威胁。

不过这招不能老用,惹急了郗紫会翻脸,即便她迫于"形势"服软,过后也照样颐指气使如故,宗兆槐当然也不会拿床上的允诺当真。

有时公司会有突发状况,宗兆槐急着赶回去,手忙脚乱穿衣时会让郗紫帮忙,她不情不愿地过去,给他扣衬衫扣子。两人面对面离得很近,每当这种时候,宗兆槐会目不转睛地盯着她,像要把她的样子刻在脑子里带走。郗紫受不了这种眼神,她宁愿彼此都冷淡些。

极偶然的,郗紫会提及宗兆槐那段早年的婚姻——她从叶南嘴里得来的只言片语,他前妻是谁,为什么分开,有没有孩子。而宗兆槐并不乐意与她探讨。

很久以前的事了,那时候我才二十多岁,正是容易犯错误的时候。

什么错误?是你对不起前妻?

不,不是,都有错。归根到底,那时太年轻,什么都不懂。

他含糊其词,并竭力把话题往他与郗紫的未来转移,这同样不是郗萦乐意讨论的内容,谈话便不了了之。

郗萦不想让宗兆槐觉得自己对他的过去很好奇,在心理上,她做好了两人随时分开的准备。她和宗兆槐相处越久,这种感觉就越强烈。倒不是说他们在一起时有什么分歧,情况恰好相反,因为宗兆槐无条件地容忍她。

她喜欢在宗兆槐面前展现坏女孩的一面,当着他的面抽烟,有时爆几句粗口,发脾气时从来不顾及他的感受。

对此,宗兆槐眉头都不会皱一下,他照单全收。

宗兆槐不是个喜欢把甜言蜜语放在嘴上的人,他习惯用行动来证明,郗萦一个电话,他会尽快赶过来见她,她突发奇想要什么,他从无二话,千方百计给她弄来。

姚乐纯并不了解郗萦和宗兆槐之间恩怨的根源,她以喜悦的心情祝福郗萦。这让郗萦意识到,无论她有多排斥与宗兆槐成为一对,也改变不了身边朋友的想法。

她也想过离开宗兆槐,找个可靠的男人谈一次正常的恋爱。但宗兆槐已经把她宠得无法无天,她本来脾气就不好,在他的纵容下只有变得更坏,也许没人会受得了她,一想到这个郗萦就觉得灰心。

她感觉自己分裂成了矛盾的两面,一方面找不到可以彻底放下过去的理由,另一方面又贪恋宗兆槐为她营造的温馨舒适的环境,还有他无条件的包容——说白了,所谓成熟、独立,对不少人而言并非出自主观自愿,如果没有外界压力,谁都愿意像孩子一样任性地活下去。

只要别多想,现在的生活确实称得上颇可人意。

但有些静谧的深夜,尤其在与宗兆槐做爱过后,她会悲从中来,所有旧恨同时浮上心头,她觉得自己的生活一塌糊涂,而毁掉她的却是眼前这个仍然搅和在她生命里的男人。她终究没能摆脱得了他,终究还是遂了他的心愿,她认为自己没救了。

她哭的时候,宗兆槐会从身后用力抱住她,无声地抚慰她,任她推他、咬他、踢他,就是不松手,他很清楚郗紫想到了什么,她对他的怨恨犹如千年顽石。

他抱住郗紫怎么也不放手时,郗紫也会感受到一点真心,但能维持多久呢,他给不了她安全感,就像高谦,不论他们在一起多久。

男人全都一个样。

感情如一锅浑汤,很难熬炼出纯正之味,但最重要的,千万别在里面掺入苦味。一切别的滋味在它面前都不值一提,它会盖过所有,让你再也尝不到其他,只品得出苦,在各种甜蜜间若隐若现,永无止境。

沐浴后,郗紫试穿了那件穆穆袍,她在镜子前打量自己,宗兆槐就站在她身后,用赞赏的目光浏览她,又情不自禁伸手抚摸郗紫裸露的双肩,她的皮肤细腻洁白,凑近时,可以嗅到头发里苹果的甜香。

"买的时候就感觉你穿会很合适。"他望着郗紫的轮廓低语。

火辣辣的颜色呈现在郗紫身上,犹如愤怒之火燃烧,显现出悲壮的底色,宛如奏起了一曲交响乐。

郗紫笑:"原来我在你眼里是这么霸道的形象?"

"嗯,你是我的女王。"

"肉麻!"

宗兆槐俯首,细致地吻她。嘴唇从肩部慢慢往郗紫脖颈上挪动,呼吸渐促,像一个细若游丝、不断飘升且随时可能碎裂的音符,暗藏危险。他猛然抓住郗紫双肩,将她扳转身,正对自己,迅速而热切地捕捉到她的双唇,碾压辗转,释放焦渴。

郗萦在他无法自持的那一刻用力推开他。

"先去洗澡!"

她的口气和眼神一样冷酷,宗兆槐本有些失落,但看着她凛然闪开的有如女王般威严的身影时,又忍不住笑了起来。

第二章　恋爱到婚姻的距离

过了几秒,他说:"全是血。"压抑的口吻,梦中带来的恐慌仍未从他体内完全排出。

"谁的血?"

"不知道,看不清楚。"

不知为何,郗萦觉得他心里一定明白,但他害怕说出来。

房间里的灯关了，但窗帘开着，月亮刚巧移到窗框右上角，皎洁的光芒盖过城市绚烂的霓虹，银粉似的洒入室内，一切仿佛都安静下来。

他们在月光下做爱。

他们现在的生活毫无交集，如果非要说有，那么就是在这间房里，在这张床上。

在月色的衬托下，昏暗的房间里色调仿佛偏蓝。

郗紫想象自己置身事外，以一个旁观者的身份审视床上正在进行中的、她和宗兆槐之间的游戏，宛如一幅冷色调油画，无声而神秘，蓝色的底子，那样沉静、安宁，毫无往昔的激烈，仿佛彼此内心都波澜不兴。而热流隐藏在体内，伺机而动，一等时机成熟，它会以惊人的力量爆发出来。

冷与热交替的主题——油画最好的素材。

这是郗紫最放松也最享受的时刻，她允许自己的思绪稍稍偏离，或是异想天开。

除了宗兆槐，姚乐纯有时也会到新吴来看郗紫，叶南如果有空，会陪她一块儿来，他俩总是趁宗兆槐在的时候过来，四个人在宗兆槐的房子里聚会——郗紫的单身公寓容不下太多的人。

懒得出去吃饭时,郗紫会叫外卖,然后和姚乐纯一起买些蔬菜,躲在厨房里自制,口味依旧寡淡乏味,但她俩乐此不疲。

女人们忙碌的时候,叶南和宗兆槐就坐在客厅沙发里聊天。

"乐乐又要做菜了。"叶南忧心忡忡,但不忘压低嗓音,"她那手艺,你是没尝过不知道……"

"我知道。"宗兆槐打断他,面带微笑,"少油,没味精,搁二分之一指甲盖那么点盐——她把方法都教给郗紫了。"

"哎呀呀!哎呀呀!"叶南手抚大腿,长吁短叹,"如果那样吃是为了健康,我宁愿少活几年……"

等菜端上桌,两位女士殷切询问他们意见时,两人无不流露出欢欣鼓舞、得食此人间美味死而无憾的表情。趁女士们不注意,两个男人会迅速交换一个眼神,彼此宽慰。

郗紫准备饭菜时总是挑简单的来做,反正他们也不是为了吃才来的。偶尔,她在熟食店看到有熏鱼卖也会要上一点,尽管姚乐纯不太吃鱼,不是不爱吃,而是不太会吃。她十几岁时吃鱼被卡到过喉咙,父母心急火燎送她上医院诊治,兴师动众的,此后为了免除这种麻烦,她就很少碰鱼了。

但看见桌上有鱼,姚乐纯还是忍不住会尝一块。她吃鱼的时候神情专注,像有枚即将发射的火箭等着她发号施令。

一口鱼含在嘴里反复咀嚼时,郗紫问她对某个问题的看法,姚乐纯立刻举手阻止。

"等一下,情况十分凶险。"她面色凝重,仿佛在小心翼翼地给口腔排雷。

郗紫耐心等了她一会儿,问:"有没有化险为夷?"

姚乐纯从嘴里退出一根两厘米长的鱼刺,举在手上给大家看,脸上洋溢着胜利的表情。

叶南哈哈大笑,他最爱的就是姚乐纯这副认真可爱的模样。

"哎,郗萦,你看咱们四个人有多巧,你和乐乐是同学,我跟兆槐也是同学,这种缘分哪,是不是打着灯笼都难找?"

姚乐纯不以为然:"这种概率不低啊!我同学之间就有好多。"

叶南略失望:"是吗?我还觉得咱们比较特别呢!"

郗萦说:"要不怎么说我们跟你们这个年纪的人之间有代沟呢!"

"代沟?"叶南觉得新鲜,"咱们差几岁来着?"

"七岁。"

叶南嗤之以鼻:"二十岁才算一代,七岁哪来什么代沟!"

"现代人成熟早,差五岁就算两代人了。"

叶南做出受伤的样子,无助地看着宗兆槐:"怎么着,咱们已经这么老了吗?"

宗兆槐无所谓,眯着眼对郗萦笑:"那你叫声叔叔我听听。"

郗萦啐他:"你们已经到了男人最坏的年纪了!"

姚乐纯问郗萦:"你好像很久没回去过了,你妈妈没意见吗?"

郗萦说:"我回去主要是为了给她点钱,现在可以用网上银行转账了,用不着回去当面给,很方便的。"

"你这人,真无情!"姚乐纯摇头,"她才不会在乎你的钱呢!年纪大的人都希望孩子能经常回家看看他们。"

郗萦刚出来那阵的确有点想母亲,虽然每次持续时间都不长,而且很快就会被自由畅快的感觉所替代。那时候她坚持每个月至少回去一趟。她会不打招呼就回家,有时母亲外出了,她得以有机会好好打量这个家在自己缺席时候的状态。

母亲一个人的生活很简朴,吃剩下的菜舍不得倒掉,用保鲜膜覆盖好后存在冰箱里,还有过期的牛奶,吃了一半的苹果,林林总总,把冰箱填满,却显出从未有过的凄凉。郗紫看着看着会忽然感到一阵酸楚,仿佛看尽了母亲无趣而悲苦的一生。

如果时间还早,她就动手把冰箱里的残羹冷炙清理一空,上超市采购一批新鲜干净的食物替换进去。

她离母亲越来越远,这种距离感抵消了两人相处一室时滋生的怨愤,她开始怜悯母亲,但和母亲一样,她不太会表达内心真实的情感,她们很难融洽地谈论对一些事情的看法,或是单纯表达对彼此的思念,那会令双方都很难堪。郗紫总是以物质的方式传达孝心。

不过她的离开并未对母亲造成太大的困扰,相反,母亲似乎还松了口气似的。后来郗紫自己想明白了,她在母亲身边时,每逢亲朋好友询问她的个人问题,母亲很难找到借口推托。现在她去了另一座城市,远离众人视线,情形就不同了。

母亲可以大大方方回答那些八卦心奇重的闲人们:"她在外地创业呢,可忙了,我也不清楚情况到底怎么样。男朋友?也许有也许没有,她不提我也不问,孩子大了,由不得我了!"

这种似是而非的答案给郗紫的现状蒙上了一层神秘面纱,但谁也不敢再轻率地给她贴上"嫁不掉"的标签了。也许哪天喜帖突然就从天而降了呢!

这会儿就连姚乐纯都在问:"郗郗,你跟宗先生什么时候给我们发喜帖呀?"

婚姻真是个永不会落幕的话题。

当着这么多人的面,郗紫很难回答。宗兆槐就坐在对面,目光虚虚地落在她脸上,宛如一只小心翼翼的蝴蝶,没有重心,没有焦点。

气氛陡然间有点紧张。

叶南扑哧一声笑起来:"乐乐这阵子都快成结婚狂魔了!"

姚乐纯的脸色变了变,她没说什么,但紧张的气氛更加浓烈,而主角已瞬间转移。

在厨房洗碗时,郗萦总算有机会对这个悬而未决的问题做出解答。

"我们没有结婚的打算。"

"为什么?"姚乐纯不解,"是你不愿意还是宗兆槐不愿意?不过我感觉只要你有这意思,他肯定会答应。我觉得他是那种,唔,喜欢上谁就会全心全意对她好的男人,他不会在婚姻问题上表现吝啬的。"她说着,有点怅然。

"那是你还不够了解他这个人……他不论干什么都目的明确,从来不做亏本买卖。"

姚乐纯嘟起嘴:"那你觉得他想在你身上得到什么?"

郗萦挺了挺傲人的胸部,故意怪腔怪调:"我胸大。"

姚乐纯嗔笑着在她面颊上轻拧了一把。

郗萦正色说:"结婚是相爱的两个人之间的事,我跟他之间没有爱,顶多算生理需要吧。"她举起一摞碗,倒置,控干水分,若有所思地补充了一句:"我不打算结婚,这辈子都不想……我只求过得舒服。"

母亲婚姻的不幸像霉点一样布满她童年的记忆。后来她遇到高谦,然后是宗兆槐,她不是个容易爱上的人,而每一次动心,结果总是遗恨,也许这就是她的命。命运把脚牢牢踏在她脖子上,她不信自己还有反败为胜的可能。

她反问姚乐纯:"你跟叶南怎么样,对未来有计划了吗?"

姚乐纯叹口气,摇摇头,什么都不想说。

开车回三江的路上,姚乐纯很沉默,叶南几次拿笑话逗她,她都不怎么理睬,叶南当然清楚症结在哪里。

"还生我气呢?我是开玩笑的,没看见他俩那么尴尬嘛!以后啊,别在他们面前提结婚的事,那两个人都不会感兴趣!郜郜甚至到现在都不肯承认她是宗兆槐的女朋友!真搞不懂他们究竟算怎么回事!"

姚乐纯说:"我们和他们在本质上也没什么区别。"

"谁说的?区别大了去了!"叶南快速瞥她一眼,含情脉脉地说,"我爱你,乐乐!"

姚乐纯低声冷笑,把脸转向窗外。

她与叶南初次邂逅时,叶南说过一句令她印象深刻的话:"怎么没让我早点认识你呢?"

说这话时,叶南眼里含着柔情,仿佛有春风拂过,无论眼神和语气都那样真诚,不由你不信。虽然明知这极可能是花花公子在情场上惯用的套语,姚乐纯还是心动了。

女人对来自优质男的动人撩拨天生缺乏抵抗力,再清高的女子也不例外,更何况叶南不仅身家背景出色,而且还英姿俊朗,风度翩翩。

她给郜紫打电话询问叶南情况时,其实心里已经拿定了主意。姚乐纯虽然看上去略显柔弱,在感情方面却从不退缩,她屡次爱过,也失望过,但从未后悔过。

叶南细致体贴,幽默风趣,满足了姚乐纯对完美男友的一切幻想。

去年冬天,姚乐纯在山上租了间房写稿,有天晚上正觉寂寞无聊,叶南突然上山来看她,还带来她最爱吃的猪扒饭和小甜点。

深夜,她躺在叶南温暖的臂弯里,觉得自己是最幸福的女人,白天写稿的疲劳也一扫而光。

"我留下来会不会打扰你?"叶南是那种即使很想,也会征求对方意见的绅士,他尤其不会对女人动粗用强。

姚乐纯怎么可能拒绝呢!

不过第二天早上叶南还是走了,怕影响姚乐纯的工作:"等你写好了给我打电话,我来接你下山。"

叶南是个好情人,但他不需要婚姻。

"两个人感情好就在一起,不好就分开,没有比用一张纸把人捆绑在一起更蠢的了,民政局忙离婚登记的人一点不比忙结婚登记的人少,何必再给他们添麻烦!"

他俩刚开始交往时,叶南就是这论调。

起初姚乐纯还心存幻想,以为能够通过努力改变他,交往两年后,却仍然看不到这方面的希望,她开始陷入焦虑。

叶南无疑还是爱她的——她大概是唯一一个可以出入他公寓与他同住的女人。郗萦曾向姚乐纯转告过宗兆槐的评价:"叶南这次很认真啊!"

姚乐纯想不明白,叶南明明有个健康和谐的家庭,父母感情也都不错,为什么他会如此排斥婚姻?后来她总算琢磨清楚了,他不过是太精明,又有资本,不想为了一棵树放弃整片森林。一个范柳原似的人物。

想明白了,姚乐纯热乎乎的心也逐渐失去了温度。

她的手还在叶南手里握着,却不像从前那样感觉甜蜜了。

他们在一起的这两年里,姚乐纯没发现叶南在那方面有什么劣迹(比如脚踩两条船,或是和从前的女人藕断丝连之类),但感情的浓度总是在不断降低,热情也在减退。要怎样留住,她不知道。

也许叶南对她的爱正在消失,他俩现在的分歧正变得越来越大,姚乐纯需要结果,而叶南只愿意享受过程。

她三十三岁了,对结婚这件事还没死心,即便有一天叶南改变主意,愿意与她尝试,问题是,她得等到什么时候?她还等得起吗?

8月7日,大风,立秋

我一上数学课就犯困。我拼命掐自己手心,可是没用,睡意像泛滥的洪水,用不了几分钟就能把我淹没。可我不是存心这样,我也想好好听课,我控制不了自己,太苦恼了!

哥哥就不会。他说他一上数学课就精神抖擞。做数学题时,那些答案好像会自动跳到他眼前。他一定是在气我!

可我不得不承认,哥哥比我聪明好几倍,他总能在学校里名列前茅,奖状多得抽屉里都塞不下。他也比我用功,高考前那段时间,他吃过晚饭开始做练习卷,一直能做到深夜十一二点。我说好了陪他,主要是帮他赶蚊子(爸爸在门口种了很多花草,夏天成了蚊子窝,他也不肯拾掇掉),但一过九点我就开始打哈欠,一个接着一个。哥哥就接过我手上的扇子,催我去睡觉。他能考上重点大学,我一点都不觉得意外。

哥哥什么都比我优秀,只除了一点,他太在乎别人对他的看法。

有时候我会想,他读书这么用功,不见得是因为喜欢(有哪个小孩会真的喜欢学习,不喜欢玩呢),他想让爸爸妈妈开心,让他们为他自豪。我们还很小的时候他就这样,比如暑假里,爸爸同时要求我们俩写毛笔字,每人每天十张。我写了两张就觉得没意思了,哥哥却能不折不扣地写完,等爸爸晚上回来检查。爸爸如果表扬了他,他会高兴一整晚。

哼,有什么呀!爸爸忙自己的事还来不及呢,他只是随口称赞两句而已。我觉得哥哥有点讨好大人的心理,我就不会那样。别人表扬我也好,批评我也好,我还是我自己,我才不会为别人活着呢,为爸爸妈妈也不行!

不过即便我考试成绩再差,手脚再笨,爸爸妈妈也从来不骂我。七岁那年,我在外面玩的时候把钥匙给弄丢了,妈妈却怪哥哥没有照看好我。他们总能为我找到失败的借口。这种时候,我就觉得哥哥有点可怜,不过他从来不会因此对我耍脾气。

嗯,哥哥其实对我挺好的,一直很好。我同学聊天时经常抱怨在家里和兄弟姐妹吵架争东西的事,但哥哥什么都让着我。爸爸妈妈给我们买礼物,我的也总是比哥哥的多,哥哥从来不妒忌。

哥哥告诉我,小时候邻居婶婶在他面前挑拨说,如果妈妈生出来的是小弟弟,他们就不要他了,所以他一直祈祷妈妈生个妹妹,结果他如愿了!他觉得我这个妹妹是他求来的,所以格外珍惜。

"菲菲,我会照顾你一辈子的。"哥哥有次偷偷对我说。

——摘自《林菲日记》

七月上旬,雨季还没结束,湿润的空气仍在搅来搅去,房子里到处泛潮,被褥散发出难闻的气味,又没有阳光可以杀菌。所有东西都沾上了一层黏糊糊的气息,包括心情。

郗萦睡了个长长的午觉,爬起来时,睡意仍浓稠,需要一杯清茶将意识唤醒。

宗兆槐喜欢喝茶,郗紫有时也跟着喝一点,感觉不错,现在她也开始搜集不同的茶叶,品味口感。

她站在窗边,慢慢啜饮一杯绿雪芽,思考怎么打发这一天余下的时光。她不太想去画廊,最近淡季,有时坐一整天也不见有客人上门。她不反感在散发着淡淡的画料味的空寂之地度过一天,问题是她已经连着三天都是这么过的了。

书画院昨天晚上她才去过,跟老师们吃了顿饭,喝了不少酒,现在回想起来,后脑勺仿佛还有些疼。

喝完两杯茶后,郗紫决定去一趟大学城旁边的图书馆,她答应了慧慧,下次上课时带一本凡·高的画册给她看。

这是一家私人图书馆,位于大学路尽头,独门独栋,青砖砌成的长条形建筑,每面墙上配黑色铁框窗户,敦厚庄重,几乎没有装饰的余地。

大门外搭着凉棚,供人喝茶看书,窗台下围了一圈黄杨灌木,上面爬满茑萝和紫茉莉,这个季节正开花,艳艳地连成一片,随便截取一处就是一张好画。凉棚对面是个人工湖,湖边的水竹芋繁茂翠莹,枝头堆满紫色的花朵。

图书馆分上下两层,布局紧凑。这里的书主打文艺和社科,可售可借,藏书多,也较新,郗紫常能淘到惊喜。

艺术分类在二楼,靠窗,是个不错的位置。画册琳琅满目:凡·高、莫奈、马蒂斯……名画家的画册应有尽有。

郗紫抽出一册凡·高的作品,随手翻看。

凡·高用色鲜亮明丽,笔下的植物毫无安闲文静的气息,它们总是处于流动生长状态,让人心生不安,又挪不开眼睛。秦霈最欣赏凡·高,也总是为他的时运不济感叹。

她翻到《菲利克斯·雷伊医生》那一页,默读下面的注释——

"一八八八年年底,割掉自己耳朵之后的凡·高被送入当地医院,报纸大肆报道这个外来画家将割下的耳朵送给妓女一事……凡·高内心充满痛苦,但工作能让他得到一定程度的解脱,他为自己的医生创作了这幅肖像画……"

身边有人走过去,又倒退回来,郗綮没有在意。直到那人停在她身边,与她搭讪:"你也喜欢凡·高?"

郗綮抬头,见到一张似曾相识的脸,单根眉毛微微挑起,表情友善、欣喜,又充满好奇。

她愣了四五秒,终于想起来此人是谁——那个在巷子里支棱着三脚架拍花草的摄影师。

他比上一回见面看上去要年轻些,也许是刚理了发的缘故,当然肯定算不上小伙子了,年龄在三十到四十之间,生活大概比较悠闲,没在他脸上留下任何悲苦的痕迹。撇开主观好恶,这男人长得还是挺不错的,在人群里算得上出挑。

他望着郗綮,笑容殷切,似乎希望得到某种认同,也可能是谅解。不过郗綮却有一种感觉,这副刻意表现出来的友善神情不适合他,如果能除去那一脸笑容的话,他的男性魅力也许会更高一些。她想象男人耐心劝导模特儿时压着脾气的情形,可能还会掏出一两个玩具费劲地逗弄不听使唤的婴幼儿。

郗綮眼角的笑意被对方捕捉到了,他欢欣鼓舞地向她伸出手:"你好,我叫邓煜,没想到咱俩又见面了。"

郗綮不想和他握手,尽管他的手还热情地伸在她面前,不容拒绝的姿态。

她完全无视,淡淡地回了声"你好",没有报自己姓名,也不打算与他深入交流。郗萦从小就被母亲警告,对陌生人,尤其是男人,要保持相当程度的警惕。

邓煜并未因为她的失礼而尴尬,眼见她是不打算给自己回礼了,便潇洒缩回手,若无其事地说:"我也喜欢凡·高,他用色大胆,而且有东方风格,《星空》和《黄房子》虽然很经典,但我更喜欢他笔下的花和树,比如这幅《枝上杏花开》,是他送给刚出生的侄子的。"

郗萦快速翻过那页,不过这没能阻止邓煜如数家珍般的介绍。

"凡·高活着时很惨,一辈子就卖出去过一幅画……就是这幅《红色葡萄园》,不过在他死后一百年,他的《鸢尾花》拍卖出了五千三百万美元的高价,可惜,他无福消受……"

郗萦合上那本凡·高画册,往腋下一夹,又一个无礼的动作。她期望这样能让对方识趣退开。目光从书架上扫过,她又抽出两本,一本塞尚的,一本莫奈的,她打算撤了。

那个叫邓煜的男人并没有被她冷淡的态度逼退,他继续热情地跟她说话。

"塞尚的画本你最好选这本,质量更好一些,收的作品比较具有代表性——你是F大的学生?艺术系?"

郗萦终于转头问:"你看我像学生吗?"

邓煜趁势仔细打量她:"那么是……老师?"

郗萦笑着摇头,这种搭讪方式也太俗套了。她抱着三本沉甸甸的画册往楼梯方向走,邓煜紧跟上来。

"你就住这附近呢,还是在这儿上班?我可不可以留个你的联络方式?对了,还没请教你姓名。"

他的问题,郗萦一个都没回答,只管走下楼梯,到服务台,办理出借手续,邓煜总算住嘴了,但还没有要离开的意思。

管理员一边登记,一边快速扫了眼邓煜手上,随后又看看他的脸,大概觉得他这么两手空空的有点奇怪。

郗萦又去寄存处取包,邓煜不屈不挠地继续跟在她身旁。

"我是觉得,"他清了清嗓子,终于觉得有点无趣,现在他十分明了郗萦的态度了,"我们能够在这儿碰到很奇妙,我没别的意思,但也许将来你会……"

她取出自己的包,把三本画册往包里塞,画册太重了,不慎从手上滑脱,邓煜弯腰帮她捡起,又帮忙塞进她略显紧窄的包里。

"谢谢!"郗萦总算有了礼貌的表示。

邓煜蹲在地上,仰头朝她笑,很灿烂的笑容,满足且带着一丝胜利,像个不设防的少年。郗萦戒备的心理放松了一些。

"我得走了。"她把包挎到肩上,左手将穆穆袍抓起一些,以防过门槛时被绊到,"我想这只是个巧合,以后我们不太可能再碰面了。"

"怎么会呢!"邓煜十分乐观,"你经常来这儿借书吧?我也老来,肯定还有见面机会。"

郗萦没驳斥他,转身离开,邓煜忽然又追上来:"那么下次如果我们再碰到,你能不能告诉我你叫什么?"

郗萦想了想,点头:"行。"

隔了一天,郗萦才发现自己的借书证找不到了,她记得办完手续后随手将借书证夹在了哪本画册里,但她翻遍每本画册,都没有,也不在包里。

很快,她回忆起书本掉落在地上的情形。

郗絮重返图书馆,很巧,服务台的管理员还是前天那位,她把郗絮的借书证还给她。

"是一位姓邓的先生捡到了交过来的,就在那天你走后不久吧。对了,他还给你留了一张名片。"

邓煜在Z大历史系教课,头衔居然是教授。Z大就在图书馆边上,是新吴市名气最响亮的一所综合性大学,以生物工程系和法律系蜚声学界。

这么说来,他不是摄影师了?

不过,无论这人是干什么的,郗絮兴趣都不大。

名片背后还写着一行龙飞凤舞的字:"有空来Z大玩,我请你喝茶。"

郗絮冲着那行字皱了皱眉。

她一出门就把名片揉成一团,扔进了凉棚旁边的垃圾桶。

"什么叫巴洛克风格?"慧慧问,每次上课,她都有很多问题。

"'巴洛克'这个词最早源于西班牙文'barrueco',意思是不规则的珠子,后来也不知道怎么搞的就被挪用来表示艺术风格了,它有自由、放纵、荒诞、富丽、纤巧的意思。"

慧慧点头,又问:"塞尚的画好在哪里?"

"唔……他的画风比较坚实,有深度,比如这幅《从贝尔维所见的圣维克托山》,线条以水平和垂直为主,四平八稳,不会让人觉得颠倒错乱。而且你仔细看,是不是能感觉到强烈的空间立体感?"

慧慧认真地打量那幅画。

"他的构图注重整体感和平衡感,他致力于追求一种,唔,秩序和稳定……我这么说你能懂吧?"

慧慧抿紧了唇,努力感受,随后朝郗紫抱歉地笑笑。

郗紫伸手抚抚她的后脑勺说:"不要紧,你多看一些就能理解了。"

她把凡·高的画册翻出来,书签插在最后三分之一处,那是慧慧做的标记。

"你觉得凡·高怎么样?"

慧慧想了想回答:"也不知道为什么,看他的画感觉有点紧张,他为什么总喜欢把柏树画成火焰的形状?"

"因为他内心焦虑吧。"郗紫说,"凡·高是个天才,但他活着时不得志,家里没人支持他搞创作,除了他弟弟。"

"他后来是不是发疯了?"

"嗯,人长期不如意,积累到极点就会精神错乱。所以呢,心里有不开心要及时说出来。"

慧慧点头,眼神中流露出感动:"郗老师,谢谢你不把我当小孩子那么对待。"

郗紫笑:"为什么这么说?"

"大人对小孩子总是喜欢哄,比如奶奶,老是要我乖,还有学校老师,最好我们都像木头人一样规规矩矩坐着,什么也不想,不闹,他们就觉得省心了。没人像你这样跟我说过话。"

郗紫笑着摸了摸她的脑瓜,举止充满怜惜。

慧慧跑进房间,很快又回来,手上举着一张从旧杂志上剪下来的图片。

"郗老师你看!这是毕加索,他的画多好玩!他画的人一点都不像人,好像是很多个几何图形拼在一起——原来还可以这么画画呀!"

郗萦脸色变了变,压住不适说:"哦,我不太喜欢毕加索,他画的东西太抽象,太随意了,简直是对绘画的亵渎!"

慧慧对她激愤的口吻感到惊异:"可他是全世界公认的大师呢!"

"艺术本来就是一种主观判断,并不是说他成了大师,所有人都得欣赏他。"郗萦不想继续这个话题,"来,给我看看你最近的习作,有没有比上个月更进步?"

只有她自己清楚,讨厌毕加索不是因为什么风格问题,而是丑陋的记忆作祟——她忘不了那个黑色的夜晚,她在蓝湾会所见到的那些画与雕塑,它们成为黑暗记忆的牺牲品,与痛苦黏合在一起,被她永远打入冷宫。

上完课,慧慧说:"郗老师,我有东西送给你!"

她又跑进房间,很快抱着个玻璃罐子出来,透明的罐子里跳跃着一颗颗类似小豆子一样的玩意儿。

"这是我叠的幸运星,一共九十九颗!"

郗萦打开瓶盖,从里面拈出一颗星星放在掌心,是用塑胶纸折的,中空,把五个角捏出来想必是个费劲的事儿,但慧慧的手工做得很细致,星星看上去特别饱满。

郗萦道了谢,又问:"你功课这么忙,还有时间折纸玩呀?"

"有的。晚上睡不着的时候我就爬起来折一点,困了再睡。"

"奶奶有没有说你?"

"没有,她睡着了,我轻轻爬起来的。"

"你为什么睡不着呢?"

慧慧没吭声,过一会儿说:"我一共叠了两瓶星星,一瓶给老师,还有一瓶给妈妈。"

"你怎么给妈妈呢？"郗萦柔声问。

"她总会回来的,奶奶说,等我长大了,妈妈就会回来。"慧慧眼里闪着光,"我还给她准备了好多礼物呢！我拿给你看！"

慧慧给妈妈准备的礼物,有她画的画,折的手工,几张奖状,还有数不清的贺卡。

最早的一张贺卡是她六岁那年写下的,母亲节,幼儿园老师教他们做了送给妈妈,从那年开始,每年的母亲节、中秋节,还有春节,慧慧都会给妈妈送贺卡,整整齐齐地按日期收集好,一张不落。

郗萦望着那厚厚的一叠卡片,嗓子眼里仿佛被什么东西哽住,这是一个女孩对母亲最深情的召唤。她蓦地难过极了,因为这还有一丝不吉利的味道。

她想起慧慧此前也有过一些奇特的行为,比如有什么好吃的,她会藏一点在铁皮盒子里,说要给妈妈也留一份。那只盒子原来是装饼干的,边缘磨损得很厉害了,里面的东西也摞得高高的,快要满出来。郗萦毕竟是外人,不好提醒慧慧,食物有保质期,经不住藏,会坏掉的。杨奶奶也从来不劝阻孙女,反而还挺欣赏似的,她自己也有点这样。

有一天郗萦去厨房倒水,杨奶奶站在池子边择菜,突然抬头对挂在窗边的鹦鹉说:"好了好了,我知道了,别闹。"明明鹦鹉一动都没动。

郗萦一开始还以为她是在和自己说话呢！

她问过慧慧,爸爸妈妈去了哪里。慧慧说,他们都在国外打工,暂时回不来。这当然是奶奶告诉她的。

"我想他们可能做了错事。"慧慧垂着脑袋,低声说出自己的猜测——那是不久前的事,她已经把郗萦当成奶奶以外最亲密的人了。

"也许他们正在坐牢,不然怎么会老不来看我呢?奶奶在骗我,不过那也没什么,只要他们能回来就好了……我等他们。"

郗紫不知道该怎么安慰她。

"我们搬过很多次家,每次我都以为能见到他们了,可是每次都失望。不过我告诉自己,我一定离他们更近了。"

慧慧说她从来没有过固定的朋友,友谊才开始没多久,爷爷奶奶就带着她搬家了。直到爷爷过世,她们才停了下来。

"奶奶说,老了,搬不动啦。"

姚乐纯给郗紫发了条短信:"郗郗,我先给你打个预防针,到时你别太惊讶。"

"出什么事了?"

"我跟叶南要分手了。"

郗紫回:"我给你打电话吧。"

电话接通后,她劈头就问:"叶南提出来的?"

"不,是我要求的。"

"哦,那省得我拔菜刀了。"

姚乐纯笑了起来。

郗紫问:"他知道你的意思了?"

"是啊,最近我们一直在谈这个问题。"

姚乐纯解释了分手的理由:"我想结婚,可他不想。郗郗你是对的,你从一开始就看到了这结果,对不对?"

其实她不说,郗紫也猜出来了——上一次他们聚会时,姚乐纯就特别关心她和宗兆槐的婚姻问题。

郗紫说:"你也从一开始就看到了这结果,但你那时候不愿放弃。"

姚乐纯叹气:"是啊是啊!我就是这么不容易死心,总以为能够在自己手里有所改变,跟大多数自命不凡的女人一样。"

"别自责了,他配不上你。"

"不,别这么说。他也很痛苦,我能感觉出来。我们俩,怎么说呢,价值观不太一样吧,但他是个不错的情人,真的。即使分手,我也不想说他不好。"

"结婚"这个词儿是农历新年以后被频繁提及的。当然,这里面也有双方父母的意思——他们已经正式或非正式地见过彼此的父母和部分亲戚了,简直是张弓搭箭、势在必发的架势,但叶南初衷不改。

姚乐纯的父母对叶南意见很大,这也间接影响了她。起初,他们以玩笑的方式谈论这个敏感问题,但渐渐变得认真,然后拌嘴、辩论,最终不欢而散。

叶南对婚姻极尽嘲笑之能事,他认为姚乐纯不该跟那些家庭妇女一样庸俗——她们无论在背地里说了丈夫和婆家多少坏话,逢到亲戚聚会场合,从来不忘对还没结婚的大龄男女青年慷慨倾销令人反感的同情。

"我问他,那我们俩的出路在哪里?"姚乐纯现在已经不激动了,用客观的口吻转述给郗紫听,"他说他可以就这样跟我过一辈子。他说他一想到结婚生孩子那些事就脑袋发涨。"

"可以不生孩子。"郗紫说。

"哦,那别人肯定会怀疑他是不是能力上有问题,那会更加令他受不了。"

他们谁也说服不了谁,有时候,交谈会变得尖锐、暴躁,令人难以忍受——他们还在吃着饭,叶南拽下餐巾往桌上一扔,转身就走。姚乐纯继续慢条斯理地吃着,但已食不知味,满腹委屈。

半小时后,叶南会重回桌边,向她道歉,态度诚恳,然后两人一起回公寓。他们上床,激烈地做爱,好像问题全都解决了。

实际上所有麻烦都还静静地躺在原地。周而复始,矛盾像沉渣一样泛起,搅乱他们的生活,直到连性都拯救不了彼此。

"我不打算再折磨自己了。"姚乐纯带着疲倦说,"就这样吧,到此为止。"

郗紫决定回一趟三江,好好跟姚乐纯谈谈,她当然不是去给主意的,姚乐纯本质上跟她一样,对很多事都一意孤行。她去当个聆听者足矣,这是两人多年来的默契。

下了火车,她给姚乐纯打电话。

"啊?你回三江啦,来看我吗?太感动了!"姚乐纯大呼小叫,"可是我今天不能出来见你。"

"怎么了?!"

她嘴馋,又吃芒果了,然后又过敏了,嘴巴肿出来一圈,没法见人。

郗紫叹气:"你总是明知故犯。"

"可是芒果太好吃了嘛!"姚乐纯微微撒着娇,"好了,咱们明天见!你先去看你妈妈吧。"

郗紫去超市大肆采购了一番才赶往母亲那里。

两年前,母亲提前退休了。很多老人都会得退休后遗症,有孙辈绕膝的还好点儿,越是空闲的人越失落,无所事事,找不到生活的重心。但母亲不是个容易向命运或年龄屈服的女人,她把退休后的生活同样安排得井井有条。她参加晨练,在老年大学报了书画班,还尝试使用电脑写点东西。郗紫每次回来看她,她都显得兴致勃勃,充满活力。

她到家时,母亲正要出门,很惊讶郗紫这个时候回来。

"我正要去上课。"

郗紫说:"那你先去上课吧,我等你回来吃午饭。"

母亲在门口转了两个回合,放弃了:"你在家,我上课都没心思,算了,不去了!"

郗紫忙着把采购的食物往冰箱里塞,母亲在一边陪她,她愉快地告诉女儿:"最近我们那个班准备搞个书法大赛,他们都觉得我有希望夺魁——我给你看看这两天写的字,是不是比上次回来看到的强多了?"

郗紫欣赏了母亲的新作,又恭维了她一番,母亲简直容光焕发。

母亲喜欢参与各种竞技类游戏,她能从中找到自信和方向,但她同时又是个喜怒无常的人,一点小事就能让她心理崩溃。

郗紫做了简单的午餐:焖菜饭和鲜肉笋汤。吃饭时,母亲已经把自己这边的新闻都讲光了,谈话的触须逐渐向郗紫的生活圈延伸,她询问女儿的近况,有没有认识新朋友。

郗紫很清楚,所谓"新朋友"其实就是"新男人",她熟知母亲的各种套路,也深谙该如何巧妙周旋。

最后,母亲败下阵来,她沉默地吃完了饭,郗紫问她要不要再添点儿,母亲摇头。

"最近我常想,也许我对你的教育方式是有问题的。"母亲忽然自我检讨起来。

郗紫怔了一下,记忆中,母亲几乎从未认过错。她顷刻间就心软了,母亲终于意识到从前对她那些过于严苛的管教了——她把自己的喜好、意志和理想粗暴地强加在女儿身上,她的阴郁在家里形成灰色的网,致使郗紫长期生活在无法自拔的沮丧之中。

她以为母亲会就此向自己道歉,但母亲却说:"以前我太要强,所以努力把你培养成有本事的人,希望你以后即使不靠男人也能生活得很好。现在看到周围的同事都在忙着带孙子孙女,我却只能躲在老年大学里消磨时光,还得装出很开心的样子。唉,其实女人的幸福还是那些最平凡最普通的东西……紫紫,有机会,还是早点结婚吧。"

郗紫沉着脸不回应,她感到心寒。

母亲仰脸望着她,几乎带着乞求般的口吻问:"你到底是怎么想的呀?"

"没怎么想,走哪儿算哪儿。"

"可你都三十三了,再这么耗下去,你还能,还能找谁跟你结婚啊!"母亲彻底暴露出她的焦虑,"你真没有男朋友吗?如果没有,为什么要跑去新吴呢?"

"真没有。"郗紫冷静而残酷地回答。

母亲却不死心:"如果有就带回来……我不会再有意见的。"

郗紫想起当年母亲对高谦的嫌弃,高谦怕母亲怕得就像老鼠遇到猫。有次他俩正在郗紫房间里腻歪,母亲忽然回来了,高谦吓得直接钻到床底下,在那儿待了两个多小时,等母亲再次出门才敢爬出来。

郗紫禁不住在心里冷笑,现在母亲想必也觉得女儿在婚嫁市场上不值钱了吧?她在求自己不要挑三拣四呢!

不过她没把如此尖锐的质疑公然抛向母亲,没必要,她不过回来待上三四个小时,忍过去就好了,何必再起争执。

吃完饭,郗紫抢着把碗给洗了。母亲说,她这就去买菜,晚上做几个好菜给女儿尝尝。

她重又振作起来:"我刚报了个烹饪班,花样可多呢!"

但郗紫告诉母亲别忙了,她一会儿就走,晚饭也不在家吃。

母亲很失望:"你上哪儿去?"

"跟乐乐约好了吃晚饭,晚上就住她那儿了。"

这当然是托词,她用过好多次了,从母亲狐疑的目光判断,她并不相信女儿,只是不再像小时候那样严厉地戳穿她了。

郗紫去了宗兆槐的公寓。

他还跟从前一样,习惯住在公司里,只在郗紫回三江时过来跟她在此团聚。

这是一处精装修后出售的住宅,如酒店般华丽的大堂,光可鉴人的电梯,铺着高级瓷砖的走廊,所有房门都一模一样,在右上角整齐地标着号码。郗紫喜欢这里,像住进了酒店,每个人都是过客。

她买了两人份的晚餐配料,但宗兆槐很快又打电话给她,他临时有个应酬,不能回来吃了。

一个人的晚餐,郗紫懒得大动干戈,随便煮了点面条,配上蔬菜沙拉,将就对付了一顿。

洗完澡,她捧着一本书蜷缩在沙发里消磨时光。

将近十点,宗兆槐才回到公寓,进门就问有没有吃的,他饿了,饭局上光顾着聊天,都没怎么吃东西。

郗紫说:"我买了面条,给你下碗面条吧。"

"不想吃面条,太烫了,这种天吃完一身汗。"

偶尔,宗兆槐会在她面前任性一下,郗紫也纵容他。

"啊!我还买了面粉,本来打算明天早上用的。"郗紫搓了搓手,

"我给你煎块面饼吃吧。"

"这个可以!"宗兆槐亲了亲她,"乐乐怎么样?"

"还没跟她谈呢,电话里听上去挺平静的。"

"糟了,看样子是来真的,叶南这回惨了!"

郗紫边忙活边问:"叶南到底什么态度啊?"

"他到现在都没给我来过电话。"宗兆槐摇摇头,"算了,他们自己的事还得靠自己解决——我先去洗澡。"

郗紫调好加了盐的面糊,打开煤气灶,往平底锅里倒入少许油,等油热到七八分时,加两勺面糊进去,用木铲子把面糊刮成圆饼状,一面煎得金黄了,再翻一面。

她煎第三张饼时,宗兆槐洗完澡出来了,站在她身旁欣赏了片刻,夸她能干,他总是喜欢夸郗紫,哪怕她不见得真做得很好。

郗紫说:"我妈教的。我小时候就会做这个,因为简单,也好吃,我妈在厨房柜子里常年备着面粉,以免她加班回家晚,把我给饿着。"

"再好吃的东西也不能老吃。"

"有什么办法!我妈对做饭没什么耐心。不过今天她告诉我去报烹饪班了。多好玩!人上了年纪好像什么都会变的……除了性格脾气。"

她把第三张饼捞出来,放进盘子里。

宗兆槐说:"做这么多,我一个人吃不了。"

郗紫解释说:"我放太多粉了,吃不完明天早上还可以吃。"

她把最后两勺面糊倒进锅里,嘴上絮絮地说着与母亲的分歧,但心情并未像从前那样陷入阴郁,母亲如今的衰弱与平庸都让郗紫惊讶——她正在失去对女儿的影响力。

"有时候我看着她会突然有一种陌生感,要过一会儿才会恢复意识。哦,这是我妈,我是从她肚子里爬出来的——哎,你怎么一声不吭的?"

宗兆槐随手抓起一张凉下来的饼正吃着,手指上沾满了油。

"如果我有机会跟我母亲住一块儿,我会很高兴听她啰唆的。"

郗紫耸肩:"好吧,也许我是永不知足的那种人。跟我说说你父母行吗,他们在世的时候一定对你很好吧?"

"……我从没见过他们。"

郗紫顿了一下:"你不是说他们很早就……"

"不,不是那么回事,我不知道他们现在是不是还活着,我生下来就被丢在了福利院门口。"他一边说,一边把最后一口饼塞进嘴里,显得若无其事。

郗紫用干净的那只手揉了揉他的脸以示安慰,又迅速转回去,把最后一张饼翻了个面儿。

"那你知道他们是谁吗?我是说你的亲生父母。"

"不知道。他们除了把我的生日写在我衣服上外,什么都没留下。"

"这么说,你是在福利院长大的?"

"嗯。"

"你没想过要去找他们?"

"不找。"宗兆槐的声音里毫无感情,"他们把我扔了,我为什么还要去找他们?"

他忽然没胃口了,抽了一张纸巾,慢慢擦拭手指上的油。

郗紫把面饼放进盘子,嘴上还在追问:"就没人想要收养你吗?我听说很多生不出孩子的家庭会去福利院领养一个孩子,男孩尤其受欢迎。"

宗兆槐沉默了会儿,才说:"没有。"

他端起盘子:"可以拿出去了吗?"

"嗯。"

他立刻就走出了厨房。郗紫明白,这表明他不想继续谈论这个话题了。

不过稍后,两人结束激情,并排躺在床上时,郗紫忍不住重拾旧话题。

"也就是说,你在福利院一直待到十八周岁,考上大学?"

"嗯。"

"那你自制力蛮强的,我虽然讨厌被我妈管着,但公平点说,如果没有她逼我,我不见得能读得好书。"

宗兆槐哼一声:"你以为福利院是天堂?管我们的那些阿姨都很凶,不乖会挨揍。"

"你挨过?"

"很少。"

宗兆槐闭起眼睛,脸上笼着一层淡漠的神情,但也没有表现出不愿交谈的意思,郗紫翻了个身,趴在他旁边,仔细审视他的脸。

"跟我说说你是怎么认识你前妻的吧,你们是同学吗?"

她感觉到宗兆槐脸颊上的肌肉微微跳动了一下。

"不是,我很早就认识她了……算是邻居吧。"

"她住得离福利院很近?"郗紫猜测。

"……嗯。"完全是敷衍的口吻。

郗紫忽然有点紧张,很莫名地,她坐起来,拉开床头柜的抽屉,从里面掏出一包烟,抽了一根给自己点上。

宗兆槐睁开眼睛,把胳膊枕在头颅下面。

"你以前不抽烟。"他静静地望着郗紫,"你说过你讨厌烟味。你来面试的那天,还批评了我办公室里的烟缸。"

"人都会变的,不是吗?"郗紫说。

她抽了一口,将烟雾从口中缓缓推送出去,又问:"你们离婚后,你前妻去了哪里?"

"不知道。"

宗兆槐忽然变得有点焦躁,他从郗紫嘴上夺过烟,用力吸一口,又还给她,随后闷闷地说:"她跟我的合伙人跑了。"

这不是郗紫第一次向他试探,也许他认为这段往事迟早需要向郗紫交代清楚,既然这会儿又提起来,他便不再试图躲避。

然而讲述一段不愉快的回忆并非那么容易,宗兆槐说得断断续续,仿佛他的记忆不是完整的一块,它被打碎过,又被吃力地拼接在一起,但有些顺序前后弄错了。

郗紫通过提问和修补把前因后果串联了起来——

那件事发生在宗兆槐与前妻新婚的第一年,当时他的首次创业开始了没多久,他全心全意爱着妻子,也完全信任他的合伙人——一个沉默寡言到近乎木讷的家伙。

宗兆槐把公司内务委托给合伙人,自己则在全国各地到处转悠,期待把产品在更大范围内推销出去。

半年后,他小有斩获回到家乡,迎接他的却是一个晴天霹雳。

"你就这么让他们走了?"

"不然还能怎么样?"

郗紫叹了口气,掐灭烟蒂,重新躺回他臂弯里。

"你前妻坑了你,你舍不得找她发泄,所以就发泄到别的女人身上?"

她依然念念不忘当年那个圈套。

宗兆槐辩解:"我不是故意要那么干……我做生意,没什么靠山,当钱都解决不了问题时,只能……否则永无出头之日。"

他用手掌轻柔地摩挲郗紫的手臂,充满歉意。

郗紫没有躲避:"跟我说说你从前什么样儿,在你前妻背叛你之前。"

他漫不经心地思索着:"也没什么不同,无非就是努力做事,生存下去。"

"可你以前肯定没这么铁石心肠,对不对?"郗紫执着追问。

这么多年,他封闭自己,用疯狂的工作麻痹自己,对所有女人一概漠然视之,他当时一定被伤得不轻。

宗兆槐用嘴唇贴住郗紫的耳垂,温柔地吻了一下。

"你一定很爱她吧?"

他沉默。

"你还爱她吗?"

他依然沉默。

郗紫以为得不到答案了,反正她也不是特别想知道。

宗兆槐忽然开口:"那你呢,你还能爱我吗?"

郗紫想了想,缓慢地摇头,她眼望天花板,眸中闪烁着感慨的光芒:"这么说,我们都是遇人不淑了。"

"嗯,遇人不淑。"

他们的笑声低低地回旋在床与天花板中间,像承载了太多分量,无法升得更高,也无法从这里扩散出去。它化作一团团沉甸甸的灰色物质,浓稠地徘徊于四周,只有小心翼翼避开它,才能避免被蜇伤的危险。

宗兆槐一直牢记郄紫的规矩,他一般待到半夜会起身回公司的房间睡,把这里留给郄紫,即使这是他的公寓。不过今晚,他没走,郄紫也没提。他俩睡在一张床上,保持互相依偎的姿势,聊着天,直至各自沉沉入眠。

后半夜,郄紫毫无征兆地醒来,并非那种自然醒,胳膊上有阵阵酥麻感,她纳闷地转身,看见宗兆槐在睡梦中抽搐———一定是他的手或脚在抽动时触及郄紫,把她弄醒了。

他在做噩梦,铁青的脸,眼球飞速转动,他很想醒过来,但被梦魇拖住,挣脱不了。

郄紫用手大力推搡他,他闷在喉咙里的呻吟忽然冲了出来。

"不!不!不是这样!"他大喊着一跃而起。

郄紫坐在床上看着他,宗兆槐眼里的恐惧还未消散,他喘息着,怔怔地扫了眼四周,好一会儿,呼吸才变得松弛。

郄紫轻声问:"做噩梦了?"

"嗯。"他低头,为自己暴露的脆弱感到狼狈。

郄紫摸了摸他后背,汗涔涔的,便去卫生间拿来毛巾帮他擦拭。她没问噩梦的内容,怕受影响,人在夜里要比白天脆弱得多。宗兆槐也没有要倾诉的迹象。

拾掇了一番,两人重新躺下,郄紫伸手把台灯关了。

沉默的夜里,只听得见彼此的呼吸,时长时短,并非睡着后发出的那种。

郄紫转了个身,侧对宗兆槐,他没动,但郄紫知道他醒着。

"你睡得着吗?"她低声问。

"……睡不着。"

"在想什么?"

他不吭声。

"还在琢磨梦里的事?"

依旧不吭声,想必是猜中了。

过了几秒,他说:"全是血。"压抑的口吻,梦中带来的恐慌仍未从他体内完全排出。

"谁的血?"

"不知道,看不清楚。"

不知为何,郗紫觉得他心里一定明白,但他害怕说出来。

他以前有过害怕的时刻吗? 郗紫回想着,心中涌出淡淡的怜惜。她摸索着又把台灯打开,坐起身来。

"睡不着就别睡了。"她语气轻快,"你知道吗,古人不像现代人这样有所谓的夜生活,天一黑他们就上床睡觉,睡到半夜起来,忙活一阵,等觉得累了再回床上睡去。这叫分段式睡眠。"

宗兆槐神色轻松了许多,他也爬起身,和郗紫一样靠在床头坐着。

"他们半夜醒过来都干些什么?"

"有很多事情可以干啊! 弄点吃的、聊天、看书、写写文章,或是……做爱。"

两人对视一眼,笑容还荡漾在彼此的眼眸里,气氛已从沉重向暧昧转变。

宗兆槐凑近她,吻她脸颊。郗紫忽然笑起来,带着些微的轻蔑,那一点温柔的涟漪被破坏。他缩回身子,同时抓起郗紫的手,放在自己掌心把玩。

"想到什么了,这么好笑?"

郗萦说:"你不觉得人生很荒谬,很可笑吗？有些人想得到这个,有些人想得到那个,没人对自己的现状满意,为一件小事就能愤怒上半天,想不开,抱怨,牢骚满腹。但大家照样每天早上出门,忙自己讨厌的事,希望有一天情况能好转。"

"活着不就是这样吗？总得给自己找点希望。"

"是啊！可有时候大家入戏太深了。人最终都要死的,但好像没人意识到这一点,觉得可以永远这样过下去,所以才会把很多无聊的事看得那么重要——高谦,就是我那位EX,他跟我提分手时,罗列了几条我让他失望至极的罪状,你猜其中一条是什么?"

宗兆槐摇头。

"他怪我不肯用嘴给他做。"她又笑起来,"想想那场面多滑稽,这种话他居然说得出口,而且表情还很认真。"

第二章 物质的与精神的

郗萦再次笑起来,小虎牙时隐时现。现在邓煜可以肯定,他更喜欢郗萦笑的样子,尽管她最初吸引他的是冷漠。他觉得很愉快,因为让郗萦发出笑声的人是自己。

郗紫在咖啡馆与姚乐纯碰面时,她的芒果嘴还没完全恢复,微有些肿,但不是很明显,看起来有一种性感的可爱。

"我们谈妥了。"她心平气和地告诉郗紫,"正式分手。他给不了我想要的。"

姚乐纯一旦做了决定,很少会陷入自怨自艾中,也绝不抨击那个浪费她时间的人,她素来拿得起,放得下,因此郗紫也很难找到什么有力的语言去安慰她,有点多余似的。

"也好。要不要出去玩玩散散心,我可以陪你哦!"郗紫建议。

"不了。最近恐怕没时间,我妈正忙着给我安排相亲呢!"

郗紫瞠目:"你去相亲?!可你以前又不是没相过亲,那种场合,很难找到自己喜欢的男人吧?"

"心态问题。"姚乐纯说,"以前相亲,多少还带着不切实际的想法,难免会挑三拣四,现在我只有一个目的,把自己嫁出去。郗郗,我想体验结婚的滋味了。"

郗紫张了张嘴,却无话可说,喝掉半杯茶之后才又问:"你真觉得相亲能有用?"

姚乐纯抬眼,望着她笑,眼神有如大人看着天真的小孩。

在这样的目光中,郗紫猛然意识到自己和姚乐纯之间存在的距离——她最亲密的朋友实际上一直都比她成熟,姚乐纯总是很清楚自己想要的是什么。

"我不确定。没有什么事能够在开始之前就有把握的。但至少我敢去尝试。郗郗,还记得两年前我跟你说过的话吗?"

郗萦摇头,不明白她指的是哪一句。

姚乐纯慢慢地说:"抓住幸福更需要勇气——我一直没忘。"

"好吧。"郗萦握住她的手,"不管怎么样,我都支持你。"

姚乐纯笑得很温柔,然而,一丝悲哀不自觉地在她眼角浮起,让她的笑容看上去有几分凄美。

她们唏嘘了会儿,郗萦忍不住叹气:"爱情这玩意儿还真是奇怪,一阵风就来了,一阵风又走了,也没什么规律,好像只是见到某个人时荷尔蒙忽然过量分泌,和情欲没什么两样。"

姚乐纯不同意她的看法。

"爱情跟情欲还是不一样的,爱情即便消失了,心里也会留下点什么。"

郗萦撇嘴笑道:"嗯,留下一点幻影,然后被误会成可以长久相伴的东西。大家忙着结婚,制造小孩,争吵,和好,再争吵。就这么反反复复地把日子往下过。其实争吵就表明爱情早就没有了嘛!"

"所有的美好都是故意营造出来的,所有的幸福都是妥协的产物。"她最后这样总结。

姚乐纯对她的固执表示无奈:"你还是那么悲观。我倒是觉得,爱情也是可以维持下来的,只要当事人愿意花点心思,或者在某些方面适当做出点让步……爱情也许会慢慢变淡,但不会彻底消失,哪怕是转变成别的什么呢,比如亲情或者友情,那也是感情啊!人总是需要感情的。"

郗萦可没那么确定,但她没再反驳姚乐纯,似乎从她们长大以后,两人之间的观念分歧一直存在,但她们向来只是理智地表达,很少试图说服对方接受。

"我想结婚了。"姚乐纯低叹着重复,"我愿意接受婚姻,即使是一份亲情胜过爱情的婚姻。"

郗絷回新吴前,叶南打电话约她,想跟她聊聊。

"你喜欢吃什么,随便挑,我请!"他在电话里说。

郗絷不再像往常那么客气,直截了当地说:"我什么都吃不下,你找个能喝茶的地方就行。"

最后还是她挑的地方,在湖边的露天茶室——她不想跟叶南正儿八经坐在包厢里,谈论令人气馁的话题。

"以前跟你俩见面,我都是一次性搞定,现在好了,得分两批。"她嘲弄地摇头。

叶南瘦了些,精神也没从前那么矍铄了,看上去深沉了不少,脸上挂着一本正经的表情,像在哀悼什么。郗絷一点都不同情他。

"她好吗?"他闷声问。

"不好。"

叶南抬起头,扫了郗絷一眼,想说什么,又找不着词儿,只得朝远处叹了口气。

"我还是第一次被女人甩。"他自嘲地笑笑,"乐乐她,可真够狠的。"

郗絷自顾自喝茶,没理他。

叶南郁闷极了,手里拨弄着茶壶盖子。

"女人就是这样,一开始什么都不要求,等把人交给你了,紧接着就希望能控制你的思想。"

"你不觉得你这种想法很不要脸吗?"郗紫冷冷看着他,"即使是在现代社会,女人和男人的地位也是不平等的,别拿女权主义那套来说事,看看周围的人经常在谈论些什么就知道了,男人即使玩到四五十岁,只要想结婚,照样没问题。女人能有这种优势?你没权利责备乐乐。"

叶南恢复了一些以往的诙谐:"那你怎么就能不带任何想法地跟宗兆槐在一起?"

郗紫正色道:"别拿我跟乐乐比,我是个对婚姻没信心的人,她不一样。"顿一下,她说,"告诉你也没什么。"

叶南双眸立刻紧盯住她,眼里流露出警觉。

郗紫带着一丝报复般的快意宣布:"乐乐最近正忙着相亲,她下了决心,一定要把自己嫁出去。"

日子像长了脚,溜得飞快。当风吹过皮肤带来些微寒意时,郗紫意识到,秋天又来了。

再过三个月,她的画廊就开满两年了。

秦霈和书画院的老师们嚷嚷着要给她办个庆祝会。

"能挺过两年就算是站稳脚跟了!"秦霈表示。

但郗紫对此并不热心,她觉得还远没到有资本庆祝的时候,倒不是说画廊的生意每况愈下——经过她这两年的四处经营,画源质量和销量都在稳步上升,但仍然处在半死不活的状态,勉强能维持收支平衡罢了。这局面令她沮丧,好像面对一幅怎么修改都成不了精品的画作。

其实郗紫不缺钱,缺的是成功带来的满足感。

似乎每个现代人都需要一些掌声来点缀生活,即所谓的成就感,对习惯于用收益来衡量人生价值的前企业职员而言,尤其如此。

一个阴凉的下午,郗萦独自在画廊里布置店堂,她新收了几幅画作,仿印象派大师雷诺阿的作品。

灿烂的光线穿梭在树叶间,把斑驳的光影投射在地面及人的脸上、身上,这是夏日午后特有的那种恍惚而慵懒的气氛,在秋天格外令人怀念。郗萦把其中一幅《林间散步》挂在离店门最近的中心位置。

她双手叉腰正欣赏着,提示铃声响了两下,有客人进来。

翟先生是郗萦的老客户,他经营一家装饰用品公司,对艺术有一定的鉴赏力,也很有自己的想法,不算纯粹的商人,他喜欢称自己为工艺设计师。他和郗萦相识于某个楼盘的样板房,两人对那里的房间布置有不少共鸣之处,很快就成了朋友,进而发展到商业合作。翟先生有空时,会来郗萦的画廊坐坐,但时间不长。他对郗萦有好感,不过仅止于友谊,他有一个教钢琴的妻子和两个可爱的女儿,夫妻感情很好。

郗萦沏了一壶普洱招待他,又陪他欣赏了会儿新入的画作。

"不错。"翟先生评价说。

郗萦耸肩:"可惜卖不出好价钱。"

她开始给翟先生讲述困扰自己许久的有关经营方面的烦恼。

翟先生的公司虽然小众,但在圈内享有盛名——除了出售家装饰品,他还经常给重视品位的客户在室内装潢方面提供意见。

"你可以试试做个网站推广一下,我来给你设计网页。"翟先生环顾店堂,"不过你这里的风格也要好好调整,目前看,略显凌乱……主要问题是,线条太繁复了。"

郗紫笑道:"天哪!你要把我的地盘也搞成除了水平线和垂直线外一无所有的风格吗?那样我会连走路都不自在的,感觉像走进了什么恐怖机构。"

翟先生是包豪斯主义的忠实拥趸,而郗紫认为过于简洁的风格总有一种冷冰冰的味道,缺乏使客人产生眷恋感的温度。

两人说笑了一会儿,翟先生忽然一拍脑袋:"还真有个好事,也许能帮得上你!"

他从包里掏出一张请柬,某场文艺沙龙的邀请函,他经常混的那个圈子里的人办的。

"你可以去看看,顺便带一盒名片过去。这个沙龙办了四五场了,参加的人真不少,而且以小资、文艺青年居多,这帮人兜里都有些闲钱,也舍得在日常用品以外的地方花。你说不定能在那儿找到几个新客户。"

郗紫觉得这主意不错,但又有些迟疑:"可我又不认识他们……"

"到时我也在,可以帮你介绍。"

郗紫立刻向他表示了感谢。

她到得有点早,没找着翟先生。

酒店大厅的边上有些空沙发和几张长桌,长桌上摆着饮料、零食等物,郗紫挑了杯橙汁,在一个不那么显眼的位子上坐下。

下午三点——那是邀请函上标注的沙龙开始的时间,人陆陆续续进来,宴会厅巨大的枝形吊灯下,人影浮动,觥筹交错。

郗紫看时间差不多了,便给翟先生打电话。

翟先生正忙得焦头烂额,已经把沙龙抛至脑后——他的小女儿得了急性肺炎,在医院挂急诊。他向郗紫表达了歉意,并说会给一个姓陈的朋友打声招呼,让他代为照顾郗紫。

郗紫忙说:"不用了,你安心陪孩子吧,我自己可以处理。"她开玩笑:"我会尽量把名片发完,至于能不能打到鱼,得看运气了。"

别人都是呼朋唤友的,唯有郗紫孤零零一个,她也不主动发名片,端杯饮料站在一隅,静默地观赏交谈中人们形形色色的脸。

如果有人上来搭讪(居然有不少这样的),她就跟对方聊几句,时机合适时才递一张名片过去,这做法容易招人反感,但她气质迷人,谈吐优雅,而且来搭讪的大多是男人,他们都欣然收下了郗紫的名片,也个个承诺会光顾她的画廊。

郗紫没带一整盒名片,在票夹里塞了二十张不到的样子,带多了像发小广告的。一个小时后,名片还剩三张,她觉得目的已经达到,可以撤了。

正把名片塞回票夹,一个声音在她耳边响起:"你的名片,可不可以给我一张?"

这声音有些熟悉,引得她立刻抬眼。

眼前的男人板寸头,眉目疏朗,刮干净胡子的下巴隐隐泛出青色,深蓝色暗纹西装看上去不太合身,但他穿在身上显得悠然自得——一种表达个性的方式。他神色愉悦且带着一丝得意,不过很努力地克制着。

郗紫愣了一下,失笑:"原来是你。"这回连她自己都不得不承认,跟这家伙太有缘分了。

"后来找着你的借书证了吧?"邓煜一手端饮料,一手抄在裤兜里,"我一直等你给我打电话,是不是有点傻?"

"谢谢你交回我的证件。"郗紫礼貌地道谢。

"还记得上回咱们在图书馆的约定吗?"他一副念念不忘的表情。

郗萦爽快地抽出一张名片,递给他。

邓煜低头,仔细阅读这来之不易的信息:"金井阑艺术画廊,郗萦。"

他恍然大悟,名片上的内容很好地解释了为什么她会在图书馆借阅画册,此前他曾有过多种猜测。

郗萦说:"我就是个卖画的,欢迎光顾,我给你打折。"

邓煜再次向她伸出手,笑容灿烂:"郗小姐,很高兴认识你。"

郗萦被他认真的模样逗笑,两人仿佛初次见面那样行了必要的礼节。邓煜的目光停留在她脸上迟迟无法挪开,究竟是她冷若冰霜时迷人,还是像此刻这样笑容可掬迷人?

"你的画廊,为什么叫金井阑?"

郗萦已经解释过无数遍,看样子还得继续解释下去。

"李白《长相思》中有两句诗:长相思,在长安。络纬秋啼金井阑,微霜凄凄簟色寒——这就是我画廊名字的出处。"

"有什么特别含义?"邓煜凝眉做思索状。

"没有,取名字的时候翻了很多书,读到这两句诗时,忽然很有感觉。"

邓煜低声重复了一遍诗句,然后说:"你不觉得诗里有很浓重的古代女性的哀怨?"

"也许吧。所以我的画廊不太受欢迎。"郗萦无所谓地耸肩,"不过我还是很努力地想要把它经营好。"

"不如先改个名字?"

郗萦讶然而笑:"原来历史系教授也这么迷信?"

"越是研究历史的人才越迷信呢!因为很难找出人类历史发展

的必然规律。一切都是偶然,不如迷信一点省事。"

"你跟学生也这么说?"

"哦,那可不行!他们考试会考砸的。"

郗紫再次笑起来,小虎牙时隐时现。现在邓煜可以肯定,他更喜欢郗紫笑的样子,尽管她最初吸引他的是冷漠。他觉得很愉快,因为让郗紫发出笑声的人是自己。

"除了经营画廊,你还做些什么?"他进一步打听。

郗紫已经换过一杯饮料,这回是菠萝汁,甜度很高,喝下去沁人心脾,心情也跟着好起来。

"没什么特别的,看看书,四处走走,有时自己也画点东西。"

"你的画廊里有你自己的作品吗?"

"呃,我不是画家,我画的那些只能称为习作,还没到可以当作品出售的地步。"

"你太谦虚了——我要去你的画廊看看,一定会去。"

郗紫笑了笑:"说说你吧,你教哪段历史来着?"

"近现代,主要方向是从清末到民国前期,也就是北洋政府阶段,不过我个人对二战前后的那段时期更感兴趣,尤其是个人在战争中的生存状态……"

有人步履匆忙地朝他们走来,隔着人群就喊:"邓教授!"

他们在某个历史问题上起了点争论,想请邓煜过去评判。郗紫觉得这跟自己没什么关系,她站着没动,打算等邓煜一离开就悄悄溜走,但邓煜希望她一块儿过去。

被派来找邓煜的人姓陈,是翟先生的好友。他得知郗紫的身份后,拍着脑门表示歉意,翟先生半小时前给他打过电话,他一忙就给忘了,他也是沙龙的组织者之一。

"郗小姐,你也去听听吧!"为了弥补自己的疏忽,陈先生格外热忱,"听他们这些文化人打嘴仗好玩着呢!"

很快,郗萦就见识了一群靠嘴皮子吃饭的人是如何唇枪舌剑的,他们从一个话题转入另一个话题,从来不会冷场,也永远不可能形成一个统一的意见,总有正方和反方,以及无数个用来证明自己观点正确的例子。大家各执己见,几乎没人妥协。

话题像流水一样倾泻而下,又不断变换:集中营、侵略者心理、现代社会中的生存价值,以及,令郗萦印象尤为深刻的——高等游民。

高等游民,指不遵循社会常规生活、追求自我实现的一群人。

高等游民游离于世俗社会之外,他们逃离日常工作与生活,对普世价值不屑一顾,不拜金不经营人际关系,通过大量阅读积累知识,这些知识对他们的实际生活没多大帮助(至少解决不了衣食住行这类基本问题),但能令他们内心感到充实圆满。

邓煜对这种追求持赞成态度:"高等游民类似于古希腊哲学家伊壁鸠鲁提出的主张:远离尘嚣,亲近自然,摆脱现代社会对人性的束缚。"

也有人认为这是一种倒退。

"如果整个人类都追求游民生活,社会还怎么进步?科学根本发展不了,登月、太空旅行永远只能停留在想象阶段。"

邓煜反驳:"你什么时候看见过人类步调一致往同一个方向前进了?游民也只可能是一小部分人的理想,毕竟要放弃对金钱、欲望的追求,单纯满足于精神世界的充实,这对大多数人来说还是很难接受的。"

与邓煜持相同观点的一位女士补充说:"现代教育把每个人都变成了一台竞争机器,大家觉得为了一个职位拼杀是司空见惯的事,而人作为个体,却在这个过程中失去了自由和个性,按体制的要求来要求自己,懒得思考自身的独特价值,永远被舆论牵着鼻子走。游民的出现,是对这种麻木心态和对现代人习以为常的生活方式的反抗。"

郗紫喜欢这个游民的话题,在她远离正常生活的轨迹之后,虽然衣食无忧,内心深处却总有一股挥之不去的孤寂感,还有惶然不安。长久以来的教育和生活经验告诉她,她在这个社会中正变得越来越边缘化。母亲当面不说,但郗紫清楚她内心也是这么认为的,一个没有正规工作的人,总会被旁人以异类看待。她开办画廊,其实也是想缓解这样一种焦虑。

而此刻,郗紫在这地方听到的观点仿佛是佐证了她的生活的合理性和正当性。

她不是一个人,且她的生活方式正是某类高级知识分子的终极追求——说不定还是人类未来发展的一种趋势。她长期焦躁的心灵得到了某种程度的慰藉。

当激辩告一段落时,邓煜提议在场的每个人都介绍一下自己的生活观,他先讲了自己的:过简单的生活,茹素,喜欢与谦和温厚的人交往。

刚才为他补充发言的那位女士说:"邓教授,你好像还漏了一点。"她瞥一眼邓煜身旁的郗紫,"该不会是有变化了吧?"

邓煜仰头一笑:"啊,没变!是还漏了一点——我还是一个独身主义者。"

郗紫用新奇的目光打量他。

邓煜解释:"我认为独身的好处远胜过结婚,它意味着可以有更多自由,更多时间。"

他的目光从郗絷脸上划过,又投向对面。显然,多数听众对他的主张不陌生,没有人流露出惊诧。

联想到他在图书馆追着自己上下跑的举止,郗絷难免意外,莫非这又是一个曾经深受女人刺激的男性?

很快轮到郗絷,她用寥寥数语介绍了自己的现状,讲完后,发现所有人都盯着自己,一副想听到更多细节的神情。

她抿了抿唇,勉强又挤出来一句:"谢谢邓教授和陈先生拉我过来听你们聊天,我尤其喜欢关于高等游民的那些讨论,对我很有启发……谢谢!"

陈先生笑道:"郗小姐,原谅我问个比较敏感的问题,其实是替在场的男士们问的。"

大家都笑。

"——你结婚了吗?"

"没有。"郗絷回答,顿一下,补充,"我和邓教授一样,也主张独身。"

那天晚上,郗絷准备睡觉时,宗兆槐给她打来电话。他刚结束一天的事务,嗓音里透着倦意:"今天中午叶南约我吃饭,看样子,他还没从分手的阴影里走出来,唉。"

"他那是咎由自取。"郗絷打着哈欠给叶南盖棺论定,口气有点漫不经心。

宗兆槐问:"很累吗,白天忙什么了?"

"我还能忙什么,推销产品呗——你以为就你操劳呀!"

宗兆槐在电话那头笑。

起初,郗絷对他刺探自己的生活总是保持警惕和反感,好像怕他干涉似的,不过最近宗兆槐感觉到,她在这方面的戒备明显放松了。

笑过后,他柔声问:"有什么成果了吗?"

"哪有那么快!不过我今天混进了一个文化圈的活动,发掉十多张名片,希望会钓到一两条大鱼吧!"

"哦,能耐不小啊!你怎么混进去的?找谁帮忙了吧?"

"嗨嗨!我是不是什么都得向你汇报啊!"郗萦终于反应过来,没好气地回敬。

"不想说就不说呗——只要别用美色就行!"宗兆槐开着玩笑,见好就收。

"呸!你就会胡说八道!"郗萦却被勾起了一点谈兴,"哎,你听说过高等游民吗?"

"什么?"这个词儿对宗兆槐而言仿佛来自另一个世界。

郗萦把沙龙上听到的内容转述了一些给他听,宗兆槐总算有点明白了。

"这不就是消极避世吗?不工作,靠吃祖产生存,怎么听都像社会寄生虫。"

"吃祖产怎么了,他们又没有打家劫舍!而且只要没妨碍着谁,别人没资格对他们说三道四!"

宗兆槐从郗萦尖利的口吻中听出她的立场,立刻笑道:"我听说现在有些夫妻会选择去山林隐居,过田园生活,和你说的这个游民差不多——你喜欢那种生活?每天就是种菜、养猪、喂鱼,跟农妇可没什么区别。"

"还可以看书、画画,干自己喜欢干的事儿啊!"

宗兆槐又笑:"如果你什么都打算自给自足,可没那么多时间,光种点菜,管好那些家禽就够你忙活一整天了。"

郗紫越听越无趣,挥挥手:"算了算了,跟你真没法聊这些。我要睡了,你也早点休息吧。"

"在马丁·路德的宗教改革运动之前,西方画家主要以画宗教画为生,他们把《圣经》里那些经典的场面通过自己的想象画出来,教育不识字的平民,以此让他们对基督教更加虔诚。文艺复兴时期,产生了大量画宗教画的画家,是西方艺术史上最繁荣蓬勃的时期。但宗教改革之后,新教徒们反对在教堂里悬挂圣徒画像,因为在《圣经》里,上帝明确禁止偶像崇拜,反对把神具象化。这样一来,大批画家就失业了,为了维持生计,他们只能转去给贵族们画肖像。"

郗紫正在回答慧慧的问题——她搞不明白为什么早期西方绘画中会有那么多宗教画与肖像画。

"我懂了,"慧慧说,"后来画肖像画也没人感兴趣了,画家们只好改去画风景,再后来风景画也被人看腻了,他们又开始玩抽象,就有了印象派。"

郗紫笑着点头:"差不多就是这样。每种艺术风格都会经历自己的兴衰,不可能一成不变,也不存在永恒,艺术的核心本来就是创新。"

"郗老师,你说将来会流行什么呢?"

"这个我也不知道啊!不过我觉得呢,画画必须得传递你内心最真实也最独特的声音,不能光靠模仿别人,或者追逐潮流。只有能感动自己的作品,才可能感动得了别人。"

她给慧慧欣赏杜佩雷的风景画《早晨》。

"从这幅画中,你能感受到什么?"

"唔……这幅画的主要魅力在于它的诗意,"慧慧显然已事先阅读过画册,她正努力背诵书上读来的注解,"在东方既白的时刻,万物从朦胧的夜色中逐渐醒来……"

郗萦打断她:"不,不要背诵别人写的评论,忘了那些吧。艺术不是靠背诵就能获得的,我宁愿你对理论一无所知,也不想损害你的想象力——来,你站在它面前,看着它,你感受到了什么?别着急,慢慢来,一点一点仔细看,想到什么说什么。"

她打算给慧慧一点琢磨的时间,便起身去厨房,给自己倒了杯水,回来时却发现慧慧对着那页画册泪流满面。

"你怎么了?"郗萦又吃惊又心疼。

"我,我想妈妈了!"这就是慧慧从画中感受到的情绪。

郗萦一阵心酸,用力把她揽进怀里。

12月21日,阴天,冬至

今天是我十五岁生日,妈妈做了我爱吃的炒年糕和肉丝面,爸爸给我做了件新棉袄,其实我更喜欢商场里买的比较时尚的款式,不过爸爸的手艺也不赖,他给我做了十几年衣服了,我尤其喜欢夏天那些小碎花底的裙子。

我的生日哥哥从来都不会忘记(也不知道为什么,我随便说过的一句什么话他都能一直记着,我上三年级的时候,有一次说想吃路边那种烤得很香的鸡翅,但妈妈不许我吃,后来我都忘了这事儿了,有一天哥哥放学回家,给我带回来一大串,是他用存的零花钱买的)。他给我寄来一副手套和一条围巾,手套一只印着字母F,一只印着H,我在电话里问他什么意思,哥哥说,F代表我,H代表他。我故意为难他:"那爸爸妈妈呢?"哥哥不说话,只是笑,每次被我抢白,他就会这样。不过我很喜欢哥哥,除了爸爸妈妈,没人比他对我更好了。

我一直觉得自己是个特别的人,原因之一,我是冬至这天生的。

有人说,冬天出生的人天性冷淡,非常自我。这话只说对一半,我是有点内向,但这不代表我不喜欢交朋友,我只是比较羞涩,不擅长跟人打交道,我也渴望得到赞美和友谊。而且,对于感情,我并非无动于衷。

有人送了我一张生日卡。

下午上完体育课后我回到教室,发现它被压在我的文具盒下面。

卡片上就写了一句话:林菲,生日快乐!

没有署名。字很漂亮,不像女生写的,而且如果是女生,肯定会写上名字。

会是谁送的呢?

我心里猜测着,暗暗希望是Z,我觉得他和我一样,外表冷漠,内心火热。有几次,我们在操场上相遇,我看着他,他也看着我,我们彼此都不回避对方的目光,那种时候,我会觉得心里好像有东西在燃烧,发出噼里啪啦的响声。

可是Z太优秀了,喜欢他的女生那么多,他会注意到默默无闻的我吗?

我把卡片藏进书包,故意找机会在Z面前经过,他抬头看看我,眼里没有我希望的那种神情。我有点失落。

——摘自《林菲日记》

邓煜肩背嫩绿色摄影包,包的形状四四方方,右上角标有"National Geographic(国家地理)"的字样,他一边走一边搜索门牌号,嘴里还念念有词。

郗紫正把一盆枯萎的天竺葵从店里搬出来,满脸气馁——这是死在她手下的第五盆植物,他俩同时看到对方,郗紫直起腰。

"呀,你还真找来了!"

邓煜露出灿烂的笑容,快步朝她走来。

"我说过要来你的画廊看看,我是说话算话的人。"

郗紫把他让进店堂,里面冷冷清清,一个客人都没有。

茶是现成的熟普洱,郗紫找出一只茶杯,洗干净,给邓煜倒了一杯茶,他不肯坐下来,端着茶杯四处看。

"生意怎么样?"

"你不都看见了。"

"周末也没人吗?会不会是店面位置选得不太好?"

"也不全是。卖画毕竟和卖别的不一样,又不是必需品。我的客人比较固定,他们不会常来店里,我每次收到新品会拍照发给他们,等他们挑好了我再送货上门。但店面还得守着,说不准什么时候就有新客人上门呢!"

邓煜喝一口茶,又看看她:"上回在沙龙认识的那些人,有谁来过吗?"

"一个都没有。"郗紫摇头苦笑,"人心很难捉摸,做生意就麻烦在这里。他们都是随口乱答应的——除了你。"

邓煜仔细欣赏挂出的画作。

"这些都是你去艺术系收的?"

"是啊!"

"你收画,有什么标准吗?"

"我希望他们画自己喜欢的,最好是发自内心的东西,不过还是会有人研究市场喜好,画迎合大众的题材,也确实比个性化的作品好卖,没办法,这是现实。"

邓煜很快走到宗兆槐的肖像跟前。

"这是你画的?"

郗紫有些意外:"你怎么看出来的?"

邓煜指指画像右下角:"别的作品都有标注,这幅没有。"

他打量着被画得有些变形的宗兆槐,神情格外认真:"他是谁?"

"一个模特儿呗。"

"不像专业模特。"

郗紫对他的辨析力很感兴趣,走近了问:"那你觉得他像什么?"

"嗯……职业人,类似于商界精英那种。"

"难道不像老师,或是文化人?"

邓煜耸肩:"也有可能,我乱猜的。"他再度盯着画中的宗兆槐:"不过你看他目光坚定,应该是个极度理性的人,如果他做生意,会很得心应手。"

郗紫跟着打量了会儿自己的画作,也许因为太熟悉了,她笔下的宗兆槐反而给她一种前所未有的陌生感。

她笑着说:"看来我抓住了模特的核心部分。"

"他是你朋友?"

"算是吧。"

邓煜扭头望着她:"常来光顾你的生意?"

"很少。"郗紫不想再谈论宗兆槐,岔开话题问,"你饿吗?我这儿有榴莲酥,加热一下就能吃。"

正是下午茶时光,郗紫把四个榴莲酥放在白瓷盘里,用微波炉加热后,端到店里唯一的小桌上。

邓煜没客气,一口气吃掉了两个,并连赞"好吃",郗紫得意。

"我试过四五家西点房,就数他家做的榴莲酥最地道,那地方离这儿有点远,所以我每次去都会买上一两打。"

"我喜欢你这种吃货精神。"

"虽然我挣得不多。"郗萦笑道。

"这和挣钱多少没关系,注重品质是一种积极的生活态度。"

郗萦用纸巾抹去嘴边的碎屑,端起普洱喝一口解腻。

"你这个说法我倒是头一回听说,以前我老觉得自己活得特别消极。说起来真该谢谢你,那天听你们聊天,对我真的很有帮助。"她仰头望着高高的天窗,"基本上是重塑了我对生活的一些看法。"

邓煜说:"一个人看世界的方式其实在童年时就已经打下基础,这就像是一幅画的底子,以后的改变相当于在底子上涂抹更多的颜色,但底子的基调很难改变——所以,你应该感谢你自己。"

郗萦原先对他印象不好,以为他是那种喜欢随便勾搭女人的登徒子。不过一旦深聊,她就发现邓教授其实是个很有涵养的人,他功底深厚,但绝不卖弄,而且说出来的话颇有抚慰人心的功效。

不过后来她私底下也琢磨过,自己能够接受邓煜的接近,大概也和他自称是独身主义者有关,这差不多是免除了某种潜在的麻烦。

虽然郗萦并不认可与宗兆槐存在固定的情侣关系,也始终排斥彼此要忠于对方的念头,但两年的时间里,他们以一种稳固的方式维持着这种无法定义的关系,事实上,两人对彼此的忠贞程度远胜过许多貌合神离的夫妻,也在实质上形成了对第三者的排拒——哪怕她嘴上从来不肯承认。

再者,情感方面的屡屡失败也令郗萦对爱情这回事充满深深的疑虑,以至于对每个存心接近自己的男人都心怀警惕——她怀疑他们的目的,并深信自己的判断,因而更加发自内心地鄙视他们。

"男女之间最本质的东西就是性。所谓爱啊,牺牲啊,统统都是性的掩饰。到头来,男人哄着你的唯一目的就是想爬上你的床!"她不止一次向姚乐纯宣布过此类观点。

而和邓煜聊天却特别轻松,基本不需要斟酌什么,反正话题涉及的都是些虚无缥缈的东西,完全远离个人隐私。

他们偶然聊到人性,郄萦的口气不觉激烈起来。

"人都是自私的,奉行利己主义,而且这种特性已经被深深地刻在了人类的基因里。至于高尚、牺牲、道德这些文明社会的标准,本质上是有违人性的,人和动物其实没什么区别。"

她尤其强调不可滥用同情心。

"比如你看到一条断了腿的狗,千万别同情心泛滥去救它,也许它会以为你想攻击它,没等你帮到它就被咬了。人跟人相处的情形也差不多。"

邓煜对此并不认同。

"你过于谨慎了。世界本质上还是美好的,就像面对一幅画,即使不懂美学的人也能感受到其中的美,因为爱美是人的天性。人性也一样,善是一种本能,所以人能够通过做善事达到心灵宁静、自我救赎。"

郄萦在邓煜身上捕捉到了姚乐纯的影子:积极、善良、天真,这让她觉得新奇——她原本以为男人过了三十岁以后就不太可能对这个世界继续抱有单纯善意的看法了呢!

也许是她自己太专注于冷嘲热讽了。

邓煜邀请她参加一个读书会,讨论几部描写二战时期欧洲战事的作品,刚好轮到他主讲。

"我会介绍意大利作家普里莫莱维的两本书,他是犹太人,二战末期被关进奥斯维辛集中营,是为数不多的幸存者。你感兴趣的话就来捧个场吧,下周三下午,我想你应该有时间。"

郗紫答应赴约。

临走前,邓煜打开背包,掏出一个白色信封递给郗紫。

"我犹豫了很久,到底该不该把这个送你。但我觉得做人应该诚实。"

郗紫从信封中取出一张八寸大小的照片:她穿着短旗袍,在老巷里慢慢走,身后的墙根处盛开着一簇簇紫菀。

她猝然抬眼,瞪着邓煜。

"那天我骗了你。"他讪讪解释,"我的确拍到了你,很多张。你就像……一个天使,忽然闯入我的镜头,和周围的景色又是那么相称,除了拼命按快门,我想不出还能干什么。"

他一向顽皮的脸上居然泛出微红。

"后来被你发现,你还一副怒气冲冲的架势,我知道坏事了,当时有点慌张,你走过来的时候,我正一张张删除,说实话,挺心疼的。"

郗紫想起他低着头,专注对付相机的模样,一点看不出慌张嘛。

"事后想起来,我觉得自己真蠢,完全可以照实说,为什么要撒谎呢!"邓煜瞟了她一眼,"如果我说实话,你会让我保留那些照片吗?"

"不会。"

邓煜定定地注视她。

郗紫不得不解释:"我讨厌拍照,讨厌一切会留下自己影像的东西。"

"为什么?"

"不为什么,纯属个人喜好——你为什么要做一个独身主义者?"

邓煜笑着退让:"好吧。我尊重你的喜好。不过回家后我发现漏删了一张,特别高兴,拍得还不赖吧?"

照片被处理成了黑白色,在那个黑白的世界里,郗紫看上去优雅、沉郁,充满质感。这让她想起自己十三岁时的那张芭蕾舞照片。两张照片有着惊人的衔接感——跳芭蕾舞的女孩在邓煜的镜头下长大了。

"拍得不错。"郗紫微笑,"看在我挺喜欢的分上,原谅你了。"

姚乐纯有了新男友,以传统标准来衡量,对方条件相当好,硕士,家境殷实,在三江某杂志社任副主编,学识、谈吐都无可挑剔,最重要的,他不是姚乐纯相亲相来的,是她偶然去杂志社谈方案时邂逅的,副主编对她一见钟情。

"我妈说,我能找着这样的算是捡到宝了。"姚乐纯在电话里告诉郗紫。

郗紫问:"你自己什么感觉?"

"唔,我们刚开始相处,还可以吧,我觉得,至少在一起时有东西可以聊。他很明确地说想结婚,而且挺急的,大概也是家里催得厉害吧,他比我大三岁……我还在考虑,感觉太快了点……"

周末,宗兆槐回新吴,郗紫把这个消息告诉了他。

"我觉得他们很快就会结婚,我了解乐乐,她一旦拿定主意就不可能回头了。"

"这么快?"宗兆槐有些意外,但也不便发表更多意见,只说,"叶南估计会很难过。"

郗紫哼一声:"他有什么好难过的? 乐乐又不是没给他机会,他自己不要嘛！他难过还不是因为这次是乐乐喊停，他觉得没面子了！你们男人哪，肚子里打着无数小算盘，却总装出一副挺委屈的样子，好像女人给你们吃了多大亏似的，真是自私透顶！"

宗兆槐立刻举起双手："我申明，我绝对不是这样的人！"

郗紫白了他一眼："你不但不帮同类说话，还临阵投敌，你比他还不如呢！"她把一盘切好的水果拼盘塞到宗兆槐手里："端出去！"

那是晚饭后，他俩蜷缩在沙发里边看片子边吃水果。叶南和姚乐纯的话题聊够了，宗兆槐趁势又问郗紫在忙什么。

郗紫说："我有什么可忙的，高兴了去店里守着，不高兴就找个地方歇着，或者回家睡觉。"

"高等游民是怎么回事？"宗兆槐问，看似漫不经心。

郗紫愣了一下才反应过来，忍不住笑："你居然还记得，我以为你很快就会忘了呢！"

她把自己去参加文艺沙龙的事大致说了说，不过没提邓煜，她清楚宗兆槐敏感多疑的性格，虽然逗他是乐趣之一，但也深知，一旦把他的疑虑勾出来纯属自找麻烦。

近来他们之间互不干涉原则的边界正变得越来越模糊，主要原因在郗紫，她全凭一时的心情行事，有时会严厉指责宗兆槐对自己私生活的打探，有时则听之任之。而宗兆槐总有办法在彻底把她惹恼之前转移她的注意力，并在别的事上尽心尽力哄她开心。

"这么说，画廊最近生意有好转了？"

"狗屁！"郗紫皱着眉头，粗鲁地嘟哝。

宗兆槐放心地笑起来。过了一会儿，他忽然告诉郗紫，有家公司想收购永辉，找了中介跟他接触。

郗萦诧异："是什么人想买你们？"

宗兆槐犹豫了一下方说："宇拓。"

"那不是你们的竞争对手嘛！"郗萦重又把脑袋歪靠在他肩上，"他们买永辉干什么，产品线都一致，你们的开发能力还不如他们呢！"

"我也觉得纳闷……可能是被永辉追烦了吧。"宗兆槐笑着调侃。

"那他可以把你们的销售精英挖过去呀！犯不着把公司买下来吧，成本得多大——哎，你打算卖吗？"

"当然不卖。"宗兆槐说，"卖了我不就无所事事了？"

"你可以跟我学画画呀！虽然我水平不怎么样，但教你应该足够了！"

宗兆槐撂下餐叉，擦了擦手指，将郗萦拖进怀里。

"我对画画没兴趣，你有没有别的什么可以教我？"

撩人的前奏结束，郗萦忽然推开宗兆槐，她跪在床上，缓缓扭转脸，眼神迷蒙而妖媚，直勾勾盯着他——她在诱惑他。这是宗兆槐最喜欢的交合姿势，但郗萦很少让他得逞，除非心情不错。

她认真反思过这件事，结论是，也许她对宗兆槐的爱从未消失过，它被扭曲、压抑了，或是更多地转变为了恨，但无论如何，她对他依然存在强烈的情感，这种情感无法通过正常渠道宣泄，而在床上，他们理性世界中的恩怨得以暂时屏退，一切变得纯粹而简单——这就是渴求欲望得到满足的一男一女，她可以没有心理负担地释放自己，在男欢女爱中，那于实际生活中无法达成的眷恋得到了变相的满足。

这也是为什么她在高谦的床上总是处于被动地位，而在宗兆槐的床上,她却喜欢掌控主动的原因。

她相信宗兆槐的感受与自己类似——他每次都尽心尽力,毫无保留。

欢爱之后,两人分开。

宗兆槐汗涔涔地躺下,不理会郗紫推搡着要他去冲洗,手搁在前额,叹着气开玩笑:"早晚我会死在你手里。"

郗紫睥睨他:"现在知道后悔了?"

宗兆槐的眼睛一半被手臂遮着,他暗戳戳地盯着郗紫,牵起嘴角,仿佛在笑:"死不悔改。"

"嘴硬!"郗紫一把握住他那里,"敢不敢再来一次?"

宗兆槐口气放软,央求似的笑:"至少让我休息一小时。"

郗紫松开他,哼一声:"服老了吧?"

宗兆槐忽然翻身坐起,推倒郗紫并再次将她压在身下。

"谁说我老了!真的还想要?"

郗紫被他触到痒处,大笑着躲闪:"别闹!好好躺着说话。"

宗兆槐把脑袋移到她小腹上:"这里舒服,让我枕会儿。"

郗紫宠孩子似的由着他,又拿了两个枕头垫在自己脑袋下面,一只手轻轻揉弄宗兆槐的头发,他的头发发质硬,又剪得短,像一把刷子。

"等我五六十岁做不动了,你会不会把我甩了?"

"有可能哦。到时候去找一小鲜肉,我也吃一回嫩草。"

"有什么办法可以保证不被甩?"他虚心向女王请教。

"吃药喽!"

"我是认真的。"宗兆槐嗓音低沉了些。

这种试探以前也有,不过没这么直接,也许今晚他们之间有些什么正在悄悄转变,而宗兆槐最擅长钻头觅缝这种事。

郁紫的确没有如从前那样不加节制地挖苦他,静默片刻后,她说:"你把公司卖了,跟我一起隐居山林怎么样?"

"你真这么想?"

"如果我说'是',你愿意跟我走吗?"郁紫神色也认真起来,"咱们把现在的身份都去掉,到山里做一对全新的野人,这主意不错吧?"

宗兆槐面露难色:"能不能缓几年?我还有些事没办成,如果半途而废,这辈子总有点不甘心。"

郁紫冷笑:"我就知道,生意对你来说永远是第一位的——算了,强扭的瓜不甜。我们还是维持现状好了,什么时候想分开了就清清爽爽分开,谁也不欠谁的。"

宗兆槐欺身上来,缠着她问:"还有别的办法吗?更可行点的。"

郁紫蹙眉推开他:"你当我是贩卖办法的吗?别犯傻了,去洗澡,然后睡觉!"

可宗兆槐固执地搂紧她,不让她动弹,两人在床上僵持了好一会儿,郁紫才听到他又说:"我从没想过和你分开。我不想哪天……落得跟叶南一样的下场。"

他嗓音闷闷的,略含沙哑。

郁紫沉默着,她的心此刻是软的,但她给不了承诺——她心里有个死结始终解不开,她怕将来有一天会恨自己。

据说时间是医治创伤的良药。两年过去了,她心中却残恨犹存,时不时像毒针一样刺痛自己。郁紫意识到,时间治愈不了任何伤口,只能让记忆变淡。

更让她害怕的是,彻底遗忘后又会被再次推入深渊。谁能保证那样的事一定不会发生,谁能保证两年足以看透一个人?

读书会设在一家颇具特色的书店二楼,临窗,光线很好。靠墙一整面都是书架,书架前摆了两把椅子,分别给主持人和讲谈者坐,邓煜占据了其中一把。其他人与他们隔开两米左右的距离,座位分散而随意,呈散射状围着他们。大约来了二十多个人。

郗萦到得有点晚,椅子都被坐光了,一个扎马尾辫的女孩给她从楼下搬来一把简易塑料椅,安排她在最外沿坐下,还热情地问她喝什么,这里有咖啡和茶,茶歇处还摆了点心。郗萦怕打扰别人,摆手谢绝了。

不过邓煜还是一眼就看见了她,顿时眼眸闪亮,显出很惊喜的样子,郗萦也朝他点头致意。

主持人正在朗读书中的一段摘录,听上去像一首诗:

你可认得我们?我们是聚居区的绵羊,
一千年来被剪了毛,放弃了勇气。
我们是裁缝、书记员、领唱人,
在十字架的阴影之下枯萎。
而今我们认识了森林的小径,
我们学会射击,我们直直瞄准。
我若不为自己,谁会为我?
若非这条路,哪条路?若非此时,何时?
……

会后郗萦才知道这本书的名字就叫《若非此时,何时?》,讲述二战末期一群犹太武工队人员从俄罗斯一路走向巴勒斯坦,准备在那里建国的故事。

讨论异常热烈,参与者争相提问。郗萦没有举手,但别人发言,她都会认真听,尤其是邓煜的观点。

不久,话题从犹太人在二战中的遭遇延伸至日本侵华时所持的立场与心态。

"日本在二战时一直宣称要把欧美殖民者赶出亚洲,他们把美国当作头号敌人,而非中国,这跟咱们对抗战的普遍认知是完全不同的。日本人荒谬地认为,既然日本是亚洲唯一一个没被殖民过的国家,而且通过自己的努力实现了工业革命,那么它就理所当然是亚洲老大,有责任领导亚洲其他国家一起抵抗欧美的殖民侵略,而中国人显然没理由反对日本的这种大东亚共荣政策——当时日本政府就是这么给民众洗脑的。"邓煜在台上解释,"说白了,日本就是想独占亚洲资源,尤其是中国,对他们来说,中国是战略资源的储存场,是保证日本在太平洋战争中取得胜利的基础,必须打下来。"

后来,他们又讨论起中西文化的差别。

邓煜说:"民主自由的概念不是舶来品,庄子就有强烈的个人主义色彩。西方很多观念其实我们都有,但更为含蓄,而且也没那么多暴力色彩,东方人更注重自身修养,不强求别人,有知识分子的清高。"

再后来,是关于艺术电影。

邓煜被问及想法时说:"艺术电影喜欢强化极端情绪,在表现手法上也有着很强的实验性——往往脱离讲故事的基本原则,让人摸不着头脑,不明白导演究竟想表达什么,这些都造成了观众对艺术电影的接受障碍。不过我个人对艺术电影还是抱支持态度。它是对个性化的尊重,也就是说,它把人——无论这个人有多渺小——当成独特的个体来研究,而未来,这种尊重会逐渐消失:人人都追求相似的幸福,吃千篇一律的健康食品,想要什么,按键就能满足。个人越来越用不着思考,思考会变成某个精英群体的专利。到那时,艺术电影就算彻底死亡了。当然也有一种说法,艺术电影早已死去多年……"

读书会结束后,郗萦本想跟邓煜打声招呼再走,但好多人围着他讨论,看样子他一时半会儿脱不了身,郗萦跟谁都不熟,傻傻地站在人群后面很无聊,她决定先离开,反正邓煜知道她来过了。

出了书店,她沿人行道慢慢走,这一带是新吴的文化商业区,书店、影院、购物中心鳞次栉比,还有一座影视城基地。

她站在影视城巨大的拱形门廊下朝里张望时,邓煜喊着她的名字追了上来。

他先向郗萦道歉,刚才人太多,他都没办法顾及郗萦。

"觉得怎么样?我是说这样的交流形式。"

"很不错。"郗萦诚心诚意夸赞,"我平时喜欢看看书,但找不到什么人可以深入谈谈——光坐在那儿听你们聊就觉得收获很多。"

邓煜特别开心:"这样的读书会经常有,如果你喜欢,我把时间表发你一份,只要是你感兴趣的,随时可以去听。"

"好啊,先谢谢了!"

"那么,明天你有时间吗?"邓煜盯着她问。

郗萦诧异:"明天就有新的场次吗?"

邓煜笑道:"不是,我想约你吃饭,不知道你肯不肯赏脸?"

"什么事呢?"郗萦照例微笑着,神情中不自觉地含一丝警觉。

邓煜支吾一会儿,忽然顽皮地做了个鬼脸:"没什么事,就是想请你吃饭,可以吗?我实在找不出借口。"

郗紫本来是想拒绝的,但邓煜的直率一瞬间触动了她,她跟着笑笑,点头答应了。

那顿饭他们从中午一直吃到黄昏,菜盘子撤下去,又换上来茶盏和点心碟。

郗紫从来没有一次性讲过那么多话,嗓子都快哑了。可她又觉得很开心,仿佛许多问题都得到了解答。

这些问题如果说给别人听难免会有傻气的嫌疑,但邓煜不会,他从学生直接过渡到老师,也就是俗称的那种半辈子都没走出过象牙塔的人。

很多人在工作以后,不得不褪去或掩藏掉身上的学生气,时间一长,那股单纯的味道消失了,取而代之的是纯粹的社会属性——世俗生活的必需品之一。郗紫也曾是其中一员。

换作两年前,她是绝不可能谈论这些学究气浓重的问题的,如果旁听别人这样交谈,她大概也会投过去嘲弄的一瞥。

但郗紫过了两年边缘化的闲适生活,物质世界中的种种角逐对她的影响变得越来越淡,另一个世界则逐渐清晰起来——事情往往如此,只有放弃近处,才能看得更远。

"长久凝视深渊,深渊也必回之以凝视。"

深渊如何凝视,深渊是否有思想,被深渊凝视者命运如何——他们可以为这些莫名其妙的东西争论很久,并从中获得很纯粹的精神上的满足。

对郗紫来说,谈论实际生活,比如工作、前途、恋爱、婚姻这样的话题是沉重的,而哲学,人生的终极意义,存在的合理性这种形而上的问题则很安全,也令她愉悦。

人终归是需要朋友,需要倾诉的,那种天马行空式的交流以及来自异性视角的启发,和性爱、同性友谊一样重要——这一点在她遇到邓煜之前压根儿就没意识到。

第四章 危险尝试

慧慧抬头看着他——那双眼睛熟悉得令宗兆槐心痛,她已感觉到面前这个伯伯的敌意,尽管不明白是为什么,但所有与爸爸妈妈有关的问题,她都不想含糊其词,让人误会她实际上是个没有父母的孩子。

现在,郗萦只要一得闲就埋头于书本,而她的空闲时间往往很多。

她读的书五花八门,没有分类,多数是邓煜推荐的,也有她自己挑选的。每天去画廊,她会随手带上一本,在无人的店堂里独自品读,一天很快就过去了。

以前郗萦一本书要读很久,现在一两天就能搞定,因为想着读完后还有一个人可以聊聊心得,读书的主动性也就上来了。

怕自己有遗漏,她还会做些摘录:

"绝望比疾病更可怕……抵御绝望的两种方法:工作和战斗。"(郗萦备注:所以工作狂就是这么来的,因为绝望?)

"你被教导的观念十分简单,而世界万分复杂。"

——普里莫·莱维《若非此时,何时?》

"和平时期绝不能够无所事事,相反,应该努力地利用这些时间,以便在命运逆转的时候,就已经做好了反击的准备。"

"一个人如果在一切事情上都想发誓以善良自持,那么,他厕身于许多不善良的人当中定会遭到毁灭。"

——马基雅维利《君主论》

"做任何事,都永远不要完成。不断追求完成,并让自己一直处于此状态,是最美好的!"

——荒木经惟《天才写真术》

"在人的大脑中存在一个无意识的深层区域,我们的行为动机正是在那里形成。而那些不断重复的说法最终会进入这个无意识区域。到了一定时候,我们会忘记谁是那个不断被重复的主张的作者,认为它来自自己的判断,最终对它深信不疑……广告的威力就在这里。"

——勒庞《大众心理研究》

"昔日已是异国他乡。无路可寻。"

——南丁·戈迪默《达观女人》

有时,她连上床都捧着一本书,迟迟不肯放下,即使和宗兆槐在一起。

宗兆槐洗完澡,走进房间前就听到郗萦的笑声。

"看什么呢,这么高兴?"

郗萦正在读安迪·威尔的畅销小说《火星救援》。

"这本书里有个搞危机公关的美女嘲笑五个NASA(美国航空航天局)的天才,因为他们连最冷僻的知识都能搞得一清二楚。她问这几个家伙,高中里是不是只会做题,从没睡过女生?哈哈!"

宗兆槐爬到床上,先看看那本书橘红色的封面,再盯着郗萦,她则笑嘻嘻地捏住宗兆槐的下巴左右晃了晃:"哎,你怎么样,高中里有没有睡过女生?"

"女生是什么?"宗兆槐一脸茫然,"一种床垫品牌?"

郗萦大笑,手上的书很快让宗兆槐抽走并扔到一边,他的吻云山雾罩般落了下来。

宗兆槐对她突然而起的求学精神不太理解,但也不反对,人活着是该有所追求,不管这追求是务实的还是虚幻的。更何况读书让郗萦的笑容明显多了起来,待人处事上也比从前柔和了不少,喜怒无常的频率显著下降——而他无疑是最大的受益者。

郗萦频繁地与邓煜见面,有时是在读书会上,有时邓煜去画廊找她,有时两人就在外面找个地方吃饭喝茶。

邓煜不是新吴本地人,但他在此地已生活了五年,对这座城市的熟悉度远高于郗萦,他总能找到一些别出心裁的消遣场所,有些很热闹,有些则显得寥寥,但无一例外,都是些精致而且独特的去处。

他们聊天时特别投入,内容也非常广泛,从伊斯兰教什叶派与逊尼派的区别,到以色列建国中种种惊心动魄的意外。

"我同情犹太人在二战时期的悲惨遭遇,但他们在巴勒斯坦建国后,原来巴勒斯坦的阿拉伯人反而变成了流民,被赶来赶去,真叫人说不出来该同情谁。"郗萦说。

"所以你看到了,英国是一根搅屎棍,欧洲人在中东就没干什么好事。"

"政治上的问题不说,反正战争中最倒霉的永远是底层百姓。"郗萦叹息。

他们有时也会谈及生死,而郗萦对于活着的意义始终心存怀疑。

"既然人终归都会死,活着究竟是为了什么呢?"

邓煜说:"这个问题因人而异。至于我,既然无法决定自己的出生与死亡,而且活着的感觉还不赖,那就在生命还存在的每一天,尽情享受生活吧。人生到头来的确就是虚无。如果能明白这个道理,就没必要为了琐事生气,反正都会过去。"

"你倒是挺有甘地精神的。"郗紫不认同,"可忍受本身就是件很痛苦的事呀!如果是我,遇到不公平的待遇,我还是会选择反击,才不会逆来顺受!"

她的观点又引起关于"以暴制暴"是否合理的讨论。

邓煜说:"我读过路内写的一本小说,叫《慈悲》,书中的男主角劝他老婆别动不动就操菜刀,人一旦习惯了暴力就不大肯讲道理了——以暴制暴很简单,但不能从根本上解决问题,只会带来新的暴力,比如武侠故事里为父报仇的例子,只要双方还有子嗣,报仇模式可以无限制地重复下去。"

郗紫说:"我忽然想起来一个电影情节,《辛德勒的名单》里的。哎,这电影你看过没?"

"当然!"

"里面有这么一段:辛德勒向纳粹头子阿蒙解释 Power(权力)的含义,他说真正的 Power 不是我可以随便杀人,并且真的去这么做了,而是我有权杀人,但我选择不杀,宽恕对方比杀掉对方更能显示 Power 的力量。"

"嗯,我记得,阿蒙的确是被这些话触动了,所以他放过了给他洗浴缸的男孩。"

那男孩因为没按正确的方法做清洁工作而被纳粹头子训斥。

"要照阿蒙从前的脾气,肯定当场就一枪把他崩了。"

郗紫撇嘴:"可他并没有真的放过那孩子啊!等他发现自己的指甲被磨坏是因为那男孩把浴缸刷毛了,他不还是端着枪从阳台上把男孩给射杀了——对这样的魔鬼,我不知道除了以暴制暴还能怎么办?我坚信人性本恶,而且在可恶可善时,通常会选择恶。"

邓煜争辩道:"阿蒙那么做不完全是人性善恶的问题,还因为习惯。他在极权制度下放肆惯了——这就是人类需要法律来约束行为的原因。"

他们聊得深入后,分歧也愈加凸显。

邓煜发现,郗紫内心始终怀着一种愤恨,他不清楚那究竟是什么造成的,但这种情绪令她看待问题时充满偏激,而且不管他怎么劝导,她都很难真正放下。

"道理我都懂,但就是做不到。"有时她也会自嘲。

而多数时候——两人观点不同时,郗紫是不容易被说服的,邓煜出于职业惯性,也不会轻易放弃立场,他们互不相让,并为此争论不休。最严重的一次,郗紫竟然一赌气,起身拂袖而去。

邓煜惊愕之余,难免会在私底下猜测是否有什么东西触及了郗紫的底线或是昔日的伤口。不过他只是想想,不会主动去试探。

下次再碰面时,郗紫已心平气和,而且有些不好意思。

邓煜朝她竖起大拇指:"好个爱憎分明的姑娘!"

两人笑着,互相道歉,冰释前嫌。

"我回去后好好想了想,你是对的。"郗紫说,"不知道为什么,我总觉得自己身上有一股可怕的戾气,想改又改不了。"

"慢慢来,自我改变可没那么容易。"

即使是在这样的情况下——郗紫的过去仿佛触手可及,邓煜也绝不轻易打听。

他拿出做老师的耐心来开导郗紫。对此,郗紫是感激的。

邓煜身上有一种格外平和的气质,那是郗紫最缺乏也最羡慕的。有时她会不无功利地想,如果能经常听邓煜说说话,自己有一天是否也会获得那种波澜不惊的宁静?

郗紫经常会把自己和邓煜交谈的内容转述给姚乐纯听,次数多了,姚乐纯难免起疑。

"这个邓煜到底想干什么,他在追你吗?"

"没有啊,只是一般朋友!"郗紫辩解,"比较聊得来的那种。"

她还把邓煜的独身主义宣言亮出来,但并未打消姚乐纯的疑虑。

"你最好还是留点神,总觉得他目的没那么简单。"姚乐纯说,"我是担心宗兆槐知道了会有什么想法,男人在这方面是很敏感的。"

"他知道了我也不怕。"郗紫照样满不在乎。

姚乐纯说:"你不怕是你的事,但也得考虑一下他的感受吧。如果是宗兆槐跟别的女人特别亲密,你知道了也会难受,是不是?"

郗紫还真没想过这个问题,但她立刻嘴硬:"只要他有别的女人,我肯定会离开他,没什么好难受的。"

姚乐纯轻声叹息:"郗郗,我说句实话你别生气,这两年,你被宗兆槐惯坏了。我不知道你们之间究竟发生过什么,让你这样怠慢他,但我很少看到有男人像他那样爱一个女人。"她顿了一下:"他真的很爱你,郗郗。但人的耐心是有限度的,尤其在感情方面,不可能永远这样下去。"

郗紫不语。

"如果你对他有感情,就好好珍惜;如果没有,就趁早分开。我真怕哪天你们会闹出什么不愉快来。"

姚乐纯说话时声音和平时一样柔柔的,而郗紫听在耳朵里,却有一种针扎般的难受。

姚乐纯见她总是沉默,料想是自己话说重了。

"我不是想干涉你的私生活,但咱们已经不年轻,再也耽误不起了。"她又叹了口气,才说,"郗紫,我决定结婚了。"

尽管早有预料,正式听到这个消息时,郗紫还是感到震惊。

"这么快啊!"

"是啊,反正已经决定了,不如趁早办了。两家的大人也都催得急。"

姚乐纯告诉她,婚礼定在明年元旦。

"我们打算下个月去领证——我妈妈高兴坏了。"

"那你呢?你高兴吗?"

"……说不上来。感觉就是在经历人生的一个重要阶段吧。但也许是等太久了,没有想象中那么激动。"

郗紫忍不住问:"你爱那个人吗?超过对叶南的感情?"

姚乐纯笑:"这个没法比,目的不一样啊!不过想到他会成为我的丈夫,还是觉得蛮踏实的。简单点说,结婚不就是两个人凑在一起过日子吗?"

郗紫觉得她笑声里藏着一点点悲哀,可能连她自己都没察觉。

"不知道叶南知道了会怎么想。"郗紫忽然也惆怅起来。

"谁知道呢!对他来说,我是过去式啦!"姚乐纯故作轻松。

"说不定他会来抢亲呢!"

这个假设让姚乐纯笑了好一会儿:"你以为是在拍电视剧吗?"

郗紫自己都没料到,姚乐纯打算结婚的消息会让她如此震撼。她有一种被甩下的感觉。也许以往她对自己的未婚身份无所谓,大半原因是有姚乐纯这个"难姐难妹"作陪,她们在同一条路上相互扶持,彼此宽慰,得以心安理得地走到今天。

但分岔口终于出现了。

姚乐纯是她的一面镜子,郗紫经常会下意识地通过她比照自己的状态,从生活到情感。

时至今日,要说她对宗兆槐一点感情都没有显然是虚伪的。事实上,她依赖他,离不开他,尽管嘴上从不曾松口。

有时候她觉得自己很爱宗兆槐,也真心愿意去爱,但另一些时候,当过去那些事从脑海中闪过——她想象梁健在电话里请示宗兆槐,而他表示同意(也许是嗯了一声,也许仅仅是默认)时,无论是哪种形式,都足以令她怒火重燃。

况且,她爱他,好像也找不出什么特别的原因,就因为他对自己很好,或是在床上能给她带来快乐?

而她恨他的理由却是有真凭实据的,犹如一块切割方正的黑铁,沉甸甸地摆在两人面前,藏都藏不起来。

如果能像韩剧里那样来一场狗血的车祸,把记忆中那些黑暗物质抹得一干二净就好了。

而姚乐纯的忠告言犹在耳。

"如果你对他有感情,就好好珍惜;如果没有,就趁早分开。我真怕哪天你们会闹出什么不愉快来。"

这忠告犹如一盆冷水,迫使郗紫从混沌舒适的现状中清醒过来——也许,真的到做出决定的时刻了。

她辗转反侧,久久难以入眠。

这似乎是两人在一起后的第一次,郗紫开始认真思考她与宗兆槐的未来。

慧慧病了，感冒、发烧，终日躺在床上昏睡。

郗紫摸摸她发烫的额头，很担心，问杨奶奶："有没有上医院去看过？"

"街道卫生所的医生早上来过，给配了药，说今天能退烧就没事，退不了就得送医院，我刚给她吃过退烧药——郗老师，我忘记给你打电话，害你白跑一趟，真对不住！"

郗紫说："你就是告诉我慧慧没法上课，我也会来的。我就在这儿坐着，陪陪她。"

杨奶奶出去后，郗紫坐在慧慧床前看着她。慧慧盖在被子里的身躯瘦瘦小小，薄得像纸片似的，脸因为发烧而红扑扑的，呼吸略微粗重，仿佛有些困难，长长短短的杂音在房间里回旋。

郗紫隔一阵就拿手背去试试慧慧的额头，她打定主意，到四点钟如果慧慧还不退烧就送她去医院。

慧慧枕头下压着一本褐色封皮的日记本，露出一个角，郗紫小心地将它从枕头下面取出来。

有一天，慧慧把这本日记本偷偷塞给郗紫。

"我妈妈写的。"她说，"你可以读。"

那是她和郗紫亲密的一个表示，因为郗紫常常问起她妈妈的事。

慧慧告诉郗紫，日记本是妈妈留在家里的唯一物件，两年前她翻旧物时无意中发现的，她一直珍藏着。

她还给郗紫看过一张妈妈的照片，也是唯一的一张。照片上的林菲才十六七岁，清秀白净，神色略显羞赧。

郗紫问慧慧："怎么没有你爸爸的照片呢？"

慧慧也不清楚，猜想说："爸爸不爱拍照吧。"

郗紫还问过慧慧,妈妈日记里的哥哥是谁?慧慧说是舅舅。
"那舅舅现在人呢?"
慧慧说:"舅舅不是奶奶生的,他长大了知道自己不是亲生的,就跑了,不要我们了。"

日记本很旧,边角都磨毛了。郗紫翻到她上次读过的地方,还剩没几页,这本日记就快读完了——

4月5日,细雨绵绵,清明

倩倩星期天上午来我家玩,爸爸妈妈都在铺子里忙,家里就哥哥在,他下午三点的火车回学校。我和倩倩在房间里说话时,哥哥给我们送来好多零食水果,他特地跑出去买的,他怕我不会招待同学,让倩倩觉得自己受到了怠慢。他跟爸爸妈妈真是一个样。

哥哥走后,倩倩说:"你哥哥长得真帅!"

这还是我头一回听到别人对哥哥的评价,哥哥从不把同学往家里领,我们和街坊也没多少来往,关于我和哥哥的长相,好像只有家里人才在意,妈妈常常夸我漂亮,但她从来没夸过哥哥,可能男孩子不需要这种鼓励吧。

那天我破天荒送哥哥去车站,一路上不断朝他看,我拿平时看学校里那些男生的眼光打量哥哥,发现倩倩说的一点没错,怎么我以前就没发现呢?

哥哥问我看什么。我就把倩倩的话告诉了他,他居然脸红了,还怕我发现,故意转过头去,假装看路上的汽车。

真好玩,哥哥居然也会脸红!

我本来想送哥哥去火车站的,但到汽车站他就不让我送了。我只能看他背着行李包挤上公交车,费劲地在玻璃窗里朝我挥手。

雨停了,我慢悠悠地往家走,路边的石楠和垂丝海棠举着花苞,只等天气一回暖就开放。玉兰花已经盛开过了,焦黄的花瓣落了一地,被雨一淋,邋邋遢遢的。

初三的日子就快结束了,不知道进了高中,这种平淡无奇的日子会不会有所改变?

真希望能像哥哥那样快点进大学呀!

慧慧忽然动了动,郗萦探身查看,她眼睛没睁开,嘴巴努动几下,迷迷糊糊唤了声什么,翻个身,又睡着了。

郗萦琢磨了一下才明白她喊的什么——妈妈。她在做梦,梦里有妈妈。郗萦忽然想把她抱在怀里。

日记读完了,郗萦把它放回原处,怔怔地坐着,想了会儿心事。

耳边有脚步声响起,她扭头,杨奶奶端着一碗粉丝汤进来,汤里还卧着两个白色的水铺蛋,这是新吴人待客最常见的点心。

郗萦怕惊动慧慧,接过碗后起身走出去,和杨奶奶坐在厨房里说话。

厨房有张小木桌,靠墙摆着,就两个位子,杨奶奶择菜,郗萦坐她对面吃粉丝,她其实吃不下,但盛情难却。

杨奶奶主动和郗萦扯闲话,问郗萦母亲身体怎么样,最近有没有回去看看。她今天似乎很清醒。

郗萦忍不住告诉杨奶奶,慧慧在梦里喊妈妈。

杨奶奶沉默了会儿,叹一口气说:"慧慧这孩子,命苦啊!"

郗萦小心翼翼问:"她妈妈,为什么总不回来呢?"

"回不来了。"杨奶奶挤了挤老眼,仿佛有泪,"人早没了。"

郗紫心头一阵猛跳："怎么会……可慧慧一直在等妈妈。"

"那是我们骗她的,让她有个念想,老头子也有个念想,假装菲菲有一天会回来。"她停下来,伸手擦了擦眼角,"她生慧慧时难产,没救得过来。老头子把菲菲当命根,孩子没了,他接受不了,后来就一直迷迷糊糊的……幸亏还有个慧慧。"

杨奶奶说着,又拿手去擦眼睛,可她眼睛里是干涸的,眼泪很久以前就流光了。她也很久没跟人倾诉过了,说出来还是觉得难受,但忍不住要往下说。

她告诉郗紫,她嫁的男人是个裁缝,那时候人家说嫁裁缝可靠,不愁吃穿。男人对她是好,可她生不出孩子,嫁过来十多年了,还是没有,两个人急啊!她四十岁时,夫妻俩都不指望了,谁知孩子就来了。

"这孩子是我求神拜佛求来的,我心里明白。"杨奶奶又有点神神道道起来,"本来命中没有的,我心诚,菩萨就借了我一个,后来还是把她带走了。"

杨奶奶的男人做了一辈子裁缝,最后也死在缝纫机旁。

那是两年前的一个五月里,慧慧放学去找爷爷,她看见爷爷趴在缝纫机支架上,一根针戳进他面颊,他居然不喊痛。慧慧用力推爷爷,但爷爷再也醒不过来了。

男人一死,家里没了靠山。幸亏街道对她们很关照,了解情况后立刻给杨奶奶办了低保,还给她找了点零碎活贴补家用,慧慧在学校里的学杂费都是免掉的,祖孙俩就这么东拼西凑地把日子往下过。

"听慧慧说,你们以前经常搬家?"郗紫问。

"是啊!在一个地方住久了,总有人来问三问四,老头子烦这些,也怕慧慧多想,就只能换地方了。"

讲述往事时,杨奶奶并未流露出过多的痛苦,只在提到女儿时才会皱着眉叹口气。肝肠寸断的时刻已经过去,现在那伤口上结了一层厚厚的痂。而且她也老了,年老的人跟往事之间隔着足够安全的距离,令她有勇气偶尔回顾一下。

她支离破碎的回忆中,一句话都没提到养子。

郗紫又问:"慧慧的爸爸呢?"

"爸爸?"杨奶奶依然用她那没有起伏的声调说,"走了。跟另一个女人跑国外去了,又结婚啦!再也没来过音信。"

她摇摇头,觉得理所当然似的:"男人哪有靠得住的。"

黄昏时分,慧慧出了一身汗,烧退了,人也清醒过来。郗紫松了口气,杨奶奶邀请她留下来吃晚饭,郗紫答应了。

"你妈妈的日记我看完了。"郗紫悄悄告诉慧慧。

"你觉得怎么样?"慧慧虚弱的脸上浮出期待。

"她和你一样,是个很可爱的女孩子。"

慧慧露出苍白的笑容,口气甜甜的:"等妈妈回来,你一定要见见她。"

"……我会的。"郗紫摸摸她的额头,不敢看她的眼睛。

姚乐纯做事很有条理,像结婚这种一辈子只有一次的大事更是不敢掉以轻心,她把所有细节都罗列下来,排上日期,编成一张时间表,做掉一项就拿红笔勾掉一项。

一个下午,她到杂志社去讨论一篇约稿,完事后在未婚夫的办公室坐了坐,再有两天他们就去领证了。

未婚夫很忙,聊天时电话不断,姚乐纯不想打扰他,十分钟不到就起身告辞,她约了家具城的一个老板,打算去看看最近出的新品。

"要我送你吗?"未婚夫问。

姚乐纯很体贴地拒绝了。

未婚夫含着歉意叮嘱她路上小心。她笑笑,走出去。

出了杂志社,姚乐纯一眼就看见对面的街边停了辆白色的凯迪拉克,她不免多瞧了两眼,这种车子如今马路上越来越多,再也不能像早年那样当作身份的象征了。

一个男人靠在车头,垂着脑袋抽烟,那姿势是她极为熟悉的。等看清了他的脸,姚乐纯的心便跳得不规则了。但去家具城得走到街对面拦车。她定一定神,镇定地走斑马线横穿了过去。

男人似乎有心灵感应,在她离自己最近的那一刻猛然抬头,随后,目光牢牢锁定她。

姚乐纯没有躲避,径直迎上去,微笑着跟他打招呼:"你怎么在这儿,好巧啊!"

叶南说:"不巧,你每个月三号会到这儿来谈稿子,我等你半天了——上车。"

但姚乐纯不想上车,她往身后的杂志社大楼扫了一眼,如果她的未婚夫在哪扇窗户后面目送自己——虽说这种可能性不大,应该会看到这一幕。

叶南仿佛摸透了她的心思,眼眸暗了暗,抛掉烟蒂,大步过来,用力抓起姚乐纯的手腕,不容商量就把她拖到车边,拉开车门,将人塞进去,关门。然后,他飞快绕过车头,跳上驾驶座,点火,踩油门,车子咆哮着汇入车流。

姚乐纯从未被如此粗鲁地对待过,在错愕与晕头转向中呆了好一会儿才缓过神来,总体而言,她还算镇定。

"你要带我上哪儿?"

叶南不理她,始终板着脸,只狠狠地踩油门、踩刹车,打方向盘。

姚乐纯抬高了一点嗓门:"你有话能不能直说?我还有事,都跟人约好了!"

回答她的是更快的车速。窗外,风声愤怒,他们仿佛正在穿越一场疾风骤雨。

姚乐纯感到一种压抑的暴戾,眼前的叶南令她陌生,她闭嘴,默默承受他变相的怒气。

车子终于在一片树林边停下,落叶萧萧,秋意苍凉。

叶南转头看她,眼里布满血丝,姚乐纯那一点本就微薄的愠意也消失了,她有点可怜他。叶南瘦了不少,而且不修边幅,从前那个风度翩翩,特别在意自己形象的公子哥儿消失了。

"发生什么事了吗?"她柔声问。

叶南不说话,眼里的锋芒逐渐消退,脑袋慢慢凑过来,忽然伸手抱住姚乐纯,他要吻她。

姚乐纯一惊,连忙抗拒:"叶南,你别乱来!"

"因为你要结婚了,嗯?"他问,含着讥诮。

"是的。"姚乐纯正色道,"有什么问题吗?"

叶南用手指捏住她下巴,把她转过去的脸使劲又扳回来面对自己,他捏得她很疼,他以前可从没这样粗暴过。

"你跟他上床了?"问的时候简直咬牙切齿。

他眼里满是妒火在灼烧,这火已经烧很久了,叶南觉得自己五脏六腑都快烤焦了。

姚乐纯羞恼不堪,用力推开他:"你发什么神经!"

她下车,往树林里走,心中充满耻辱。

叶南追上去,把她往回拉,嘴上低吼:"到底有没有?"

这问题像噩梦一样纠缠着他。

姚乐纯气红了脸,想也不想,回身就甩了他一巴掌。

掌声清脆,在叶南面颊上留下五个清晰的指印,他单手捂脸,怔了片刻,索性凶狠起来,把姚乐纯拽进怀里,低头搜寻她的唇,她左躲右闪,他就在她脸上乱吻一气,把她当棉花似的揉弄。

正乱哄哄闹着,叶南突然听到哭声,心一凉,像被兜头浇了盆冷水,他总算清醒过来。他做了自己以前最不耻的事,他居然因为嫉恨,欺辱起心爱的女人来。

"别,别哭,乐乐!是我不好!对不起!都是我的错!"

他捧起姚乐纯的脸,慌了神似的哄她,又把她搂进怀里,那温软甜香的味道是他渴念许久的,现在他的心不再躁动,他全身都踏实了。

姚乐纯在他怀里渐渐止住啜泣,她明白这样纠缠是无谓的,也很危险,她必须离开他。

"叶南,我就要结婚了。请你以后别再来骚扰我。我有我自己的日子要过,你也一样。"

她抹干眼泪,想从叶南怀里挣脱开来,但他固执地抱着她不放。

姚乐纯叹气:"别耍小孩子脾气好不好?"

"我不让你走。"他果真像孩子一样耍起赖来。

姚乐纯简直无奈:"你究竟想怎么样呢?过去的就让它过去吧。"

"你不就是想结婚吗?"他轻咬她耳垂,低声却是恶狠狠地说,"我跟你结!马上就结!"

重新坐在宗兆槐办公室里的叶南已是脱胎换骨,宛若换了个人。

"人一辈子总得结一次婚。我怕等我想结婚的时候,她已经嫁人了——你这算什么表情?"

宗兆槐摇头笑:"你们变化太快,我一时适应不了。"

叶南用手指叩击沙发扶手,显得很感慨。

"男人再看穿一切也有弱点,尤其是遇上了特别中意的女人之后,我一直知道爱情不存在什么永恒,以前老拿这套理由说服自己离开一个又一个女人,可到了乐乐这儿,不管用了,嘿嘿!"

宗兆槐只能盯着他笑。

"我没法忍受她和别的男人在一起,光想想那人拿手碰她我就受不了,这种想法很幼稚是吧?但是没办法。"叶南摇头叹息,"除了把她娶回来,我还能怎么办?"

"结了婚,你俩能好好过吗?"

叶南摊手:"这个我也没经验,甭管好歹,先试试吧——你见过几十年如一日,始终甜蜜幸福的婚姻吗?"

宗兆槐想了想,如实回答:"没有。"

"那不得了!婚姻这东西吧,我是这么想的,算是得到某种东西的代价吧,你想得到多少,就必须先付出多少,可能付出比得到的还要多一些,反正就是个扯不清的买卖,但是千金难买我乐意嘛,即使是个大坑也得往里跳啊!"

宗兆槐笑着摇头:"你跟她也是这么说的?"

"那当然!我们讲好了要对彼此诚实,乐乐最大的优点就是思想开通。哦,我俩都摊开来明说了,我承诺结婚五年内会好好约束自己。"

"那五年以后呢?"

叶南思索着,手一拧下巴,笑道:"我也不知道五年以后会怎么样,说不定我真被她改造成绝代好男人了呢!"

"如果我是姚乐纯,我不会选择你。"

"说的是。所以我很佩服乐乐,她有勇气跟我这样的人结婚。"

叶南笑了两声,又觉得不是滋味,忍不住嘟哝:"我也不是那么差吧!至少我是真准备兑现五年诺言的,很多家伙在婚礼上敞开了嘴巴发那种一辈子只爱你一个的狗屁誓言,一转身瞧见哪个伴娘漂亮,还不是照样跟人家眉来眼去!"

"婚礼日期不变,就是换了新郎……麻烦肯定有啊,一大堆,我妈那儿就得费不少口舌呢!"姚乐纯在电话里告诉郗萦。

"她很生气?"

"嗯,差点就不理我了!可是没办法,我还是爱叶南,与其等结了婚再反悔,不如趁现在说清楚,长痛不如短痛吧。"

"你对叶南这么有信心?"郗萦有点担忧。

"我也不确定他结婚后会变成什么样子,但我愿意冒这个险。"

"听说你们有五年之约?"

姚乐纯笑起来:"这家伙,连这种玩笑话都往外说!是啊!我们是约了五年。我是想,如果五年内他能一直规规矩矩的,五年以后大致也不会走样,习惯养好了嘛!"

姚乐纯的声音听上去坚定而快乐,一如她平时的为人,郗萦忽然心生艳羡。

"乐乐,我真羡慕你,你从小就这样,定下一个目标,然后努力去实现,不管这个目标一开始看上去多么不可思议,最后总能被你变成现实。"

宗兆槐再来新吴时,郗萦告诉他,自己想领养个孩子。

她脑子里时常会蹦出些稀奇古怪的想法,宗兆槐早已见怪不怪,他还跟郗萦开玩笑:"喜欢就自己生一个,何必那么费事去领养。"

"我怕痛。"郗萦说,"而且我也没打算结婚,将来老了,有个孩子在身边,心里踏实些。"宗兆槐把她揽到自己大腿上坐着,他下巴顶在郗萦肩上,过了好一会儿才问:"你想领个什么样的,男孩还是女孩?"

"女孩。"

"可我比较喜欢男孩呢!"

郗萦笑:"反正是我养,跟我在一起的时间多。"

"好吧,"宗兆槐松开她,"是不是得先去申请,然后再到指定机构去挑孩子?手续好像挺复杂的。"

"孩子我已经选好了。"

宗兆槐十分意外:"谁?多大了?"

"我的一个学生。"郗萦暂时不想透露太多,"你如果感兴趣,明天我带她出来,你跟她见个面怎么样?"

慧慧头一次进入这种灯火辉煌的高档餐厅,走到门口就有点迟疑,她穿着一件郗萦特地给她挑的格子呢大衣,瘦小的身体裹在里面,格外楚楚可怜。

郗萦一直抓着她的手,轻声安慰:"别紧张,我们是来吃饭的。"

服务员友好地朝她俩微笑,慧慧轻轻地松了口气。

宗兆槐早一刻钟就在包间里等着了,听到推门声,他立刻抬头,看见郗萦领着个黑瘦的女孩走进来,那女孩神情怯怯的,然而眼眸很亮,像夜空中的星星,透着灵动,他的心莫名地揪了一下。

慧慧照郗紫教的,称呼宗兆槐为伯伯。房间里是一张四人座的方桌,慧慧和郗紫坐一边,宗兆槐坐在她们对面。

一开始气氛很好,宗兆槐问什么,慧慧就答什么,条理清晰,语言简洁,是个聪明孩子。

郗紫事先警告过宗兆槐,领养的事她还没跟慧慧提过,也别问孩子有关父母的事,她可能会受不了。

但宗兆槐忽然问慧慧:"你爸爸妈妈是干什么的?"

郗紫变了脸色,拼命给宗兆槐使眼色,他却看也不看她。

慧慧很有尊严地回答:"他们都在外地工作,不常回家。家里就我和奶奶两个人。"

"你见过他们吗?"

慧慧憋红了脸,说不出话来,换个场合她也许会撒谎,但她把实话都告诉过郗紫了,她不敢在自己喜欢的老师面前乱说话。

郗紫给她倒果汁,岔开话题说:"慧慧爱吃冰激凌吧?来,咱们选个你喜欢的口味。"

宗兆槐继续问:"那你知道他们的名字吗?"

慧慧抬头看着他——那双眼睛熟悉得令宗兆槐心痛,她已感觉到面前这个伯伯的敌意,尽管不明白是为什么,但所有与爸爸妈妈有关的问题,她都不想含糊其词,让人误会她实际上是个没有父母的孩子。

"我当然知道,"她不卑不亢地回答,"我妈妈叫林菲,爸爸叫华浩。"

宗兆槐的声音陡然沉下去:"你奶奶是不是姓杨?"

慧慧用力点头,好奇和一丝惧意从她眼中闪过,敏感如她,已经察觉有什么地方不对劲了。

郗綮闭了闭眼睛,不再试图用菜单引开慧慧的注意力,一切都比她预想的提早了,但也没什么,人生不总是这样吗?

她转过脸去看宗兆槐,他面色铁青,仿佛刚被毒虫蜇过,眼里尽是森冷的光,他用这样的目光重新打量慧慧,也用同样的目光与郗綮对视。

"这就是你看上的孩子?"他笑着问,仿佛洞悉郗綮所有的诡计,那笑容挂在略微扭曲的面庞上,冷漠森然,令人心生寒意。

郗綮沉默,她不能当着慧慧的面为自己辩解。

宗兆槐站起来,把餐巾丢在桌上,不理会慧慧惊诧的眼神,转身拂袖而去。

他走后,包间里安静了好一会儿,慧慧终于怯怯地问:"郗老师,伯伯他是不是讨厌我?"

郗綮搂着她,摇头:"不是,和你没关系,伯伯在跟我生气呢!"

"可他知道奶奶姓什么。"慧慧很警觉,"他是不是认识我奶奶?"

"也许吧。"

"那他认识我爸爸妈妈吗?"慧慧嗓音都发颤了。

郗綮无言以对。

"郗老师,如果伯伯认识他们,"慧慧的身子绷得笔直,还有些战栗,宛如摸到希望的门环,"能不能,能不能……"

"不,伯伯不认识你爸爸妈妈。"郗綮不得不掐灭她的幻想,"他听我提过你家里的事……他以前,遇见过你奶奶,但他不认识你爸爸妈妈……他不认识。"

慧慧闷在她怀里不吭声,过了片刻,她失望地哭了起来。

郗綮送慧慧回家。路上,慧慧答应不跟奶奶提起今晚的事。即使郗紫不叮嘱她,慧慧也不会说的,那个脸皮铁青的伯伯让她害怕,奶奶知道了也会害怕的。

从慧慧家出来,郗紫直接打车去了宗兆槐那儿。

客厅亮着灯,宗兆槐枯坐在沙发里,双眸微闭,脸色已恢复平静,但郗紫却隐约有一种暴雨将至的感觉。

她在沙发的另一头坐下,与宗兆槐保持一定距离,她动作轻柔,小心翼翼。

宗兆槐睁开眼睛,朝她看过来,眼眸如潭水一样幽深,连郗紫都摸不到底,但她知道今晚的谈话对彼此都至关重要。

"我刚把她送回家。"郗紫说,算开场白,"没跟她奶奶提起你。"

宗兆槐转开目光,低声问:"你怎么找到她的?"

"查你的户籍,顺藤摸瓜。"

她费了有小半年时间,跟各种人打交道,当然也花了不少钱,终于在那条陋巷找到了想要找的人。

"这就是你来新吴的目的——打听我的过去?"宗兆槐语气镇定,一脸了然。

郗紫认识他三年了,对他的各种情绪变化都掌握得很清楚,只有在对付难题时他才会表现出这种异乎寻常的冷静。现在,她成了他的难题,站在与他对立的那一边。

她没否认。

"我刚进永辉时,你给我的印象那么好,好到几乎找不到缺点,可后来,你却对我做了那样的事,让我实在……你本质上不是个没有良知的人,为什么会那样做,我总想不通,我想知道,在你身上究竟发生过什么……我觉得一定有原因。"

"那么现在,你了解了多少?"他依然平静,像在谈论别人的事。

"不是很多。"

起先,郗萦以为慧慧是宗兆槐的女儿——他能毫不手软地利用自己,当然也有可能抛弃亲生女儿。

为了印证猜测,她还偷偷收集了两人的头发去做亲子鉴定。

她没想过,如果慧慧真是宗兆槐的女儿,自己是否还能继续和他相处下去——一个对待亲情冷漠至斯的男人。但毫无疑问,拿到鉴定结果时,她确实大松了口气。差不多就在那时,她已经猜到宗兆槐所遭受的打击究竟是怎样的了:林菲不仅婚内出轨,还跟别人有了孩子。

"你并非一直待在福利院对吗?林菲的父母收养了你。你就是她日记中经常提到的哥哥……也是她后来的,丈夫。"

"你还看过她的日记?"宗兆槐眼中有光蓦地一闪,脸上起了异样的变化。

郗萦解释:"慧慧给我看的,是林菲留给女儿的遗物。"

宗兆槐顿了片刻才问:"日记里都写些什么?"他双臂抱在胸前,完全不信任的样子,又像是在抵御回忆即将对他造成的伤害。

"全是些生活琐事,她上初中时候写的。不知道后来有没有继续写下去。慧慧说,她只留下了这一本。"

宗兆槐沉默下来,脸上再看不出波动的情绪,郗萦望着他,缓缓道出自己的推论。

"我读了那本日记,感觉林菲是个很幸福的女孩子,父母、哥哥都宠着她,她唯一的苦恼是读书不行,不过家里人从不会因为这个责骂她……也许就是因为这一点,她才有了很多不切实际的幻想。"

她想去非洲,想环游世界,总而言之,她向往远方,且无时无刻不在期待着能够打破贫乏生活的未来。

宗兆槐垂下眼帘,那些他竭力想忘却的时光正如洪水一样涌来,无论他怎样铁石心肠都抵挡不住——林家的裁缝铺子,他上学、放学必经的巷口小卖部(他时常带林菲去那里买一种圆溜溜的像子弹一样的糖果),以及巷子里永远湿漉漉的井台。

他离开福利院到林家时才四岁。也许他是林家的福星,来了仅仅半年,养母就怀孕了,有些事真的没法用科学道理来解释。

他五岁那年,林菲出生,他以一个哥哥的身份呵护着这来之不易的妹妹,那样全心全意地爱她,心无旁骛。成年后,他娶了她,以为可以用一辈子来守护这看着长大的女孩,然而,人生在世,总有意外发生。

"华浩就是那个合伙人?"郗萦继续用谨慎的语气问,回答她的也依旧是沉闷的静默。

"他破坏了你们的感情,逼得你跟林菲离婚,林菲难产过世后,他没有带走孩子,而是去了国外,很快又跟别的女人结了婚……后来这些事,你都知道,对吗?"

宗兆槐盯着角落的某个点,仿佛陷在一个封闭难熬的困境里。郗萦理解那种心情,被深爱的人背叛是什么滋味,她领教过。

"我找到慧慧,一开始只是想了解你的过去,可是慢慢地,我喜欢上了她。她母亲有错,但孩子是无辜的,所以我有了个想法,我想收养她。毕竟那些事过去这么多年了,林菲也早就不在了。还有林家的老人,他们曾经养育过你……如果林菲知道你善待她的孩子,她会感激你的。"

对面的人无动于衷,郗萦虽然还在往下说,不安却逐渐加深。

"也许,也许林菲早就后悔了,那个勾引她背叛你的男人,哪一点都不如你,她会被诱惑,应该只是一时好奇,这能从她的日记里看出来,她对陌生事物的兴趣远远胜过她已经拥有的,包括身边的人。"

郗紫深深吸了口气,她即将说出最重要的那句话。

"如果你能接受慧慧,那么,我也就能完全放下那件事……我们三个,可以组成一个家庭。"

如果他们能克服各自内心深处那深入骨髓的仇恨,给慧慧一个温暖幸福的成长环境,那么郗紫觉得,她将为她目前这迷茫的、毫无头绪的生活找到一个具体实在的目标,一个有力的支撑点。这是对人生的一种超越,她将有能力再次以积极的心态去迎接生活,她将看得到光明和未来的方向。

但宗兆槐不为所动的神情让郗紫意识到自己太天真了。

"我办不到。"他终于表态,嗓音沙哑而阴郁,"我一看见那孩子就会想起过去,我不想再和过去、和林家扯上任何关系。"

他站起身,不看郗紫:"即使你一辈子恨我,我也不可能接受这么荒谬的想法……对不起。"

他已经很久没用这种不带一丝感情色彩的语调和郗紫说话了,好像她只是个在跟自己谈生意的过客。

宗兆槐走了。这是他第一次抛下郗紫独自离去。

郗紫眼中噙泪,但努力忍住,不让自己哭出声。

她怀揣着的一个梦破碎了,那里曾酝酿过她和宗兆槐脆弱的未来。这是她自设的一个赌局,可能赢,也可能输。

现在她明白,她跟宗兆槐之间算是完了。

郗紫拣慧慧上学的时间去见杨奶奶。

杨奶奶坐在后门口,那里光线敞亮,她正把一只只棉纱手套扯成絮状。郗紫请杨奶奶进屋,她有话要讲。

闲聊了几句后,她问起杨奶奶对慧慧以后的安排,话说得隐晦,但杨奶奶一下就懂了。

"能怎么办呢,我就指着自己晚几年再死,等慧慧成人了,我也就闭得上眼了。"她叹气,"就怕老天爷不肯让我多留。"

"慧慧,就没有别的亲戚了吗?"

"亲戚?上年纪的都走得差不多了,年轻的也没什么来往,指望不上。更别说我们搬来搬去这么多回,联系早断光了。"

郗紫觉得是时候了,便把领养慧慧的想法委婉地表达出来,杨奶奶听得糊涂,郗紫解释了好几遍她才明白,但仍然不太相信。

"那你将来结了婚,慧慧怎么办呢?"

郗紫说:"我不会结婚,拿慧慧当亲生女儿养。"

但她知道这么解释对杨奶奶的说服力不够,想了想,又道:"即使我结婚,也不会亏待慧慧。我会供她读到大学,将来她长大了,有自己的理想,只要我能力够得着,总归会支持她。"

杨奶奶还是迷糊:"郗老师,你为什么非要领养慧慧呢?"

"慧慧聪明懂事,我很喜欢她。"郗紫说得真心诚意。

杨奶奶哦了一声,却不表态,又扯了会儿棉纱手套,忽然说:"你不会现在就要把她带走吧?"

"不会。"郗紫忙说,"她爱住哪儿就住哪儿。一切以她的意思为准。"

杨奶奶点头:"我也是这么想。她跟我在一起习惯了,不见得肯出去。等我将来老死了,你再来带她走,她总也是肯的。慧慧也喜欢郗老师。"

郗紫表示完全没问题,而杨奶奶的脸色没有郗紫期待的那么明朗。

"郗老师,你对慧慧有这份心,我先谢谢你,不过领养的事,得看慧慧自己的意思。这孩子心思深,不一定说得动。"

郗紫点头:"我会好好跟她谈。"

杨奶奶不知是悲是喜,怔了半天方说:"这样也好,将来我死也死得放心些。"

郗紫认为,收养慧慧对双方来说都是好事,只是这件事要怎么对慧慧说明白却颇费思量,慧慧是个敏感的孩子,又一心一意在等父母归来。郗紫决定先不捅破,等时机成熟再说。也许等她再长大一点,她自己就会从父母的幻梦中醒过来,而那时,她还有郗紫在身边。

这么想着,郗紫重新振作起来,她开始站在一个母亲的角度,为慧慧规划未来。

慧慧目前上的是一所普通小学,郗紫了解到那个片区还有一所民办小学,教学质量高,将来至少有一半学生可以直升重点中学。她决定把慧慧转到那所民办小学里去。

郗紫先把这想法告诉了杨奶奶,杨奶奶对考虑教育前景这类问题显然已有很深的隔膜,她只问:"民办小学得花很多钱吧?"

"钱您别担心,都由我来,将来慧慧读书、生活的所有开销我也会负担。"

杨奶奶低着头,哎了一声,又说:"那等慧慧放了学,你跟她说吧,她愿意去就去。"

然而慧慧听了郗紫的想法并不兴奋,她说:"我不想转学,转了学我就见不到我那些好朋友了。"

"你到新学校,还可以交到新的好朋友啊!"

慧慧摇头,不管郄紫怎么劝,她就是不答应转学,郄紫没想到自己的一腔热情这么快就被泼了冷水,她有点手足无措。

"郄老师,你为什么对我这么好?"慧慧问,眼里闪烁的却不是感激的光,而是狐疑。

"因为我觉得慧慧有天赋,将来肯定能有出息,不想你就这样被埋没了。"

"如果我有天赋,在哪里读书都是一样的,为什么非要换个地方读才会有出息?"

郄紫耐心地给她解释学校之间的差异,以及对升学造成的影响。慧慧沉默地听,却仍是一副事不关己的模样。

等郄紫讲完了,她才低声问:"奶奶跟我说,你要我做你的女儿,有这回事吗?"

郄紫一阵窘迫,脸都红了:"慧慧,我喜欢你,也很想帮你,如果你愿意,将来我们可以一起生活。"

"可我有妈妈!"慧慧倏然抬头,神色中布满敌意,眼里竟然还蓄满泪水,"我不要别人做我妈妈!"

她猛然站起身,哽咽着跑进一间空屋子里躲了起来。

郄紫尴尬极了,她走过去开门,但慧慧把门反锁了,她只能隔着门板向慧慧解释。

"你误会了。我不是要你认我做妈妈,我只是,只是想像一个妈妈那样对你好,我,我不会勉强你的……慧慧,你出来好不好?"

慧慧不开门,在里面哭得昏天黑地,把这多年思念母亲的委屈全都倾泻了出来,郄紫听得鼻子发酸,忍不住也掉了泪。

杨奶奶听到动静走进来,敲着门让慧慧出来,慧慧不肯,在门里边嚷:"奶奶你让她走,她走了我才出来!"

杨奶奶抱歉地看着郗紫:"对不住,郗老师,这个事,只能慢慢来。"

郗紫怅然若失,点头说:"我明白。那我……改天再来,等她心情平静一点。"

她俩在外面说话,慧慧听得一清二楚,她高声喊:"我不要再看见你!我也不要再看见那个伯伯!我哪儿都不去!我要一直待在这里等爸爸妈妈回来!"

"什么伯伯?"杨奶奶突然间变得机警,转头盯着郗紫。

郗紫有点困难地解释:"是我一个朋友……上次带慧慧去吃饭时偶然碰上的。"

慧慧驳斥她:"不是这样!那个伯伯是郗老师的男朋友!"

杨奶奶的目光顿时变了,变得陌生而警惕,令郗紫难堪,同时也有些心寒,她一心想做好事,可人家偏偏不领情,仿佛她是个骗子。

出门时,杨奶奶已经恢复温和的神色,她一再向郗紫道歉,并表示慧慧这个样子,恐怕很难成得了事。她浑浊的老眼望着郗紫,里面闪动的是无比复杂的情绪。

"而且郗老师这么年轻,将来说不准还是会结婚,有自己的孩子。我别的不怕,就怕慧慧到时候吃苦……领养的孩子,终归不如自己生的亲呀!"

"我是苏州人。不过在所谓的吴侬软语中,我最喜欢听上海话。"邓煜像平时一样侃侃而谈,"上海话轻快、透明、家常,还带一点喜气洋洋的味道,如果用颜色来表示,我觉得它是暖色调的。"

下午的老茶馆里,客人多得让郗紫意外。她持杯喝一口茶,往窗外扫一眼,灰蒙蒙的霾,阳光昏黄惨淡。

"苏州话呢,是另一种味道,抑扬顿挫,慢条斯理,透着深思熟虑。苏州人一开口,就好像是带着千年叹息在跟你讲话。昆曲你听过吗?我觉得吧,没有比昆曲更苍凉的戏曲了。"

邓煜聊着他对语言的微妙感受,郗萦却无心聆听,这几天她连遭两场变故,整个人都心神恍惚,很想找个人说说话,但面对邓煜,那些令人烦闷的红尘中事又说不出口。

"嗨,在想什么?"邓煜察觉郗萦的心不在焉,忽然拿手在她眼前晃了晃。

郗萦受惊,回过神来:"怎么了?"

"你走神了。"邓煜嘴角泛起一丝狡黠的笑,"我上课时,经常看到学生脸上挂着你现在这种表情,随便抓一个出来提问,准保一问三不知。"

"你经常这么干?"郗萦也笑了笑,"我当学生的时候最痛恨被老师捉冷刺了。"

"一般不会。我喜欢用温和一点的方式提醒他们,尤其是对女孩子。"

"你真绅士。哎,有没有女学生给你写过情书?"郗萦打起精神跟他开玩笑。

邓煜笑而不答,反问:"你呢,你在学校里有没有给老师写过?"

郗萦摇头:"我很怕老师,也不太合群,那种事,得性格很外向的人才干得出来吧。"

"我觉得你性格很好啊,大方干脆,人又聪明,还有那么一种,唔,高贵纯洁的气质……这么说吧,我认识的女性当中,你是最特别的一个。"

听到赞赏,女人总是高兴的,郗紫笑道:"你把我描绘得我自己都不认识了。"

"难道从来没人夸过你?不可能吧!"

郗紫想起自小到大收到的各种便条、贺卡上的溢美之词,不过像邓煜这样直接放在嘴上说出来还是头一回碰到。

她说:"人哪有没毛病的,也许有一天你认识了真正的我,会让你吓一大跳。"

邓煜笑意更深:"你现在就告诉我,让我吓一大跳吧,我很久没被吓过了。"

郗紫笑着摇了摇头。她情绪低落,连笑容里都沾着些微忧郁,邓煜很想逗她开心。

"哎,我想起来上初中那会儿,每天放学要从横街上走过,那里小流氓多,看见漂亮女孩会吹口哨,口哨声越多说明女孩子越漂亮。女孩们当面给他们白眼吃,心里却喜滋滋的。还会暗地里比谁得的哨声多。将来找婆家,媒人介绍时还可以这么说——当年她在横街上可是八声哨的姑娘呢!"

郗紫被逗笑了。

"你猜你在我们街上能得几声哨?"他扫了眼眉开眼笑的郗紫。

"我怎么知道!你觉得呢?"

邓煜却不肯说了,而郗紫的心思也很快转到了别处。

"邓教授,你喜欢小孩吗?"

"喜欢啊!"邓煜不假思索,"小孩子很有趣的。"

他又滔滔不绝起来:"我有个同事生了俩女儿,老大十一岁,老二才四岁,不过老二比老大活泼,小心思一堆。我经常上他们家玩,特别爱逗老二,她也很喜欢我,我跟他们住一个小区,有时她会拉上爷爷到我家楼下来等我下班。不过有一次我随口叫了她一声老二,没叫她大名,她就再也不搭理我了。"

"生气了?"

"是啊,四岁的小孩子也有尊严的。"

"好玩!"郗紫笑了会儿,忍不住好奇,"既然你这么喜欢小孩子,为什么不结婚呢?"

"这可就说来话长了。"邓煜给两人杯子里都添满茶水,"我原来以为自己会在二十八岁前结婚,那时候给我介绍女朋友的人很多。其中有一个,我也挺喜欢的。"

郗紫认真听着。

"不过有一次我们约会,那时候两个人还不算特别熟吧,那女孩居然向我打听一年能挣多少钱,我立刻觉得她很庸俗,回去后就提出了分手。后来又和几个女孩相处过,结果都一样,总是在某件小事上失败。我大概属于那种见微知著型的性格,一眼就能望到结局。朋友们对我说,像我这样的很难找到伴侣,太求全责备了。我觉得也是。可能因为我本质上是个怕麻烦的人,结婚又尤其麻烦。过了三十岁,我就打消了结婚的念头,觉得一个人过也不错,自在。"

他今年三十六岁,正好本命年。

"你呢,你决定独身的原因是什么?"他问郗紫。

"我对婚姻一直心怀恐惧。"

郗紫缓缓讲起父母离异带给自己的童年阴影,不过没提高谦劈腿给她造成的伤害,更没提宗兆槐,这些事太复杂也太累心,她不想说出来供人讨论。

"我以前也不喜欢小孩子,"她又说,"我母亲是严母,她对我的教育方式让我刻骨铭心,我很怕自己有了小孩后,会和母亲一样,强行给孩子灌输很多负面的东西,我不想要一个和我一样不快乐的后代。"

"你能这么想,说明你有反省意识,所以不太可能在下一代身上重复那些错误。"

"谁知道呢!人的性格很难改变的,哪怕对自己了如指掌。"她叹了口气,"可是最近我忽然犯傻,想着要当个母亲了。"

邓煜望着她充满自嘲的笑,心里忽然动了一下。

"有些事,顺其自然吧。"他说,"一辈子那么长呢,随时可能有变化。"

郗紫轻轻摇了摇头:"不想了,反正也不可能了。"

第五章 尘封的秘密

多数时候,生活呈现出一种混沌状态,没有明确的开始,也不存在真正的结束。就像她母亲,多年来赌气似的活着,也许就为了等父亲给一个结局:忏悔、回归——正如无数故事中演绎的那样。但那样的结局没有出现,而母亲的一生也不知不觉已近尾声。

话虽这么说,郗紫后来又去了趟杨奶奶家。她左思右想,还是原谅了慧慧——她怎么能跟一个才十一岁而且还饱受思母之苦的小孩子置气呢。

然而慧慧仍然不肯见她,哪怕郗紫退而求其次,只想回到最初的师生关系。

更严重的是,慧慧开始怕郗紫,她怕郗紫强行把自己带走,那样她就再也等不到妈妈了。这些话都是她边哭边隔着门板告诉郗紫的。

郗紫无法,只能死心,她给杨奶奶留了一笔钱,还有自己的联络方式。

"以后遇到什么困难,您可以打电话给我,我不会不管的。"

杨奶奶自然千恩万谢,但郗紫明白,自己在她心中的形象早已破碎不堪。

深秋了,枯叶落了一地,踩上去沙沙作响。风吹来,人裹在长风衣里,依然瑟缩。

郗紫一路走回去,心里盛了好多迷惘,但她随即自我解嘲,要活得那么明白干什么呢?人本质上和一片落叶、一棵枯草没多大区别,有多少事是自己能够真正做主的?

到头来一切都是空的。一切成空。

回到住宅区,她乘电梯上楼,刚踏入楼道,就看见自己寓所门前站着一个人,后背靠墙,一条腿屈膝,正垂头沉思。

郗紫心绪纷乱,顿了片刻才缓缓走过去,脚步声惊动了宗兆槐,他转过头来,看见郗紫,身子立刻站直了,目不转睛地盯住她。

郗紫没理他,掏出钥匙开门,宗兆槐默默地跟进去,又随手把门关上。

他极少来郗紫这里——很早前郗紫定下的规矩,不过反正两人已经分手了,他无须再遵守从前的承诺。

郗紫把宗兆槐晾在一边,自己在敞开式厨房里煮水沏茶,她快渴死了。

宗兆槐在她身后站了会儿,感觉到自己被无视了,他有点尴尬,清清嗓子说:"关于那个孩子,你要领养就领养吧……抚养费我来出。"

郗紫背对他,不吭声,他就对着她的背影继续说话。

"你可以送她去上寄宿学校,或者到其他什么地方,总之别放在眼前就好,我跟她……没缘分。"

讲完了,他靠近些,轻轻拥住郗紫,动作轻柔而珍惜:"郗紫,咱们和好,行吗?"

郗紫再也忍不住,眼泪从眼眶里滚落下来。

宗兆槐听到啜泣声,把她翻转过来面对自己,他给她擦泪,细致地吻她,抚慰她。

"我搞砸了。"郗紫抽泣着说,"她不愿意,没可能了,我,我不知道怎么会……"

她不明白自己哪来那么多委屈,竟然越哭越凶。

宗兆槐把她的脸按在自己胸前,哄孩子似的轻拍她的背,仿佛怕她哭噎了,任郗紫的眼泪再次浸透他的衣衫。

该谈的业务都谈完了,梁健仍坐着不动。

宗兆槐扫了眼他忧心忡忡的脸,问:"还有事?"

"是这样,富宁这期的打款日子马上到了,但他们上期的回款还没给咱们打过来呢!施总找了我好几次,让我想想办法,他说他催对方财务催得都没脾气了,富宁方面一直推托他们最近资金紧张,可咱们资金也紧张啊!"他看看宗兆槐,"我琢磨着给阮副总打个电话,不过不敢自作主张,想先问问您的意思。"

宗兆槐一听就明白他在打什么主意,立刻说:"没这必要,他已经帮咱们拿到了项目,绝对不能再拿别的事去烦他。记住,用得太狠,容易把人逼急,逼急了对咱们也没好处。"

"可施总那边……"

"我来想办法吧,实在不行就拿些内部股去银行做短期抵押。你让施阳来找我,我跟他谈。"顿一下,他又说,"下周再说吧。这礼拜我挤不出时间了——明天叶南结婚。"

姚乐纯与叶南的婚礼定在圣诞节前夕,郗紫是伴娘。婚礼前夜,宗兆槐被叶南拉出去喝酒,郗紫在姚乐纯家帮完忙就回了母亲那里。

母亲听说是姚乐纯的婚礼,非常失落,看到郗紫兴致勃勃地为第二天怎么打扮费心思,更是气不打一处来,可又怕说了什么不好听的惹女儿生气,她再来个一走了之,现如今,郗紫能回家过夜都属于值得珍惜的事了。

"妈,乐乐也请了您,请柬在我包里,您明天要不要跟我一块儿去?"

母亲没好气:"我去干什么?人家嫁女儿有什么好看的!"说着,闷头闷脑就回了自己房间。郗紫本来也没指望她去,只是出于礼貌问一声,想不到还把母亲的脾气给勾了出来。

那天晚上母亲一直躲在房间里不出来,郗紫经过她房门时,依稀听到里面有说话声,大概是在跟谁打电话。

天蒙蒙亮时,郗紫就爬起来对着镜子梳妆打扮,母亲也早醒了,在厨房做好早点,然后走进郗紫的房间。

"这次回来,没那么快走吧?"母亲问,"在家多待几天好不好?"

郗紫正把自己塞进一条紧巴巴的窄裙里,含糊其词地说:"得看店里有没有事,我们如果不能随叫随到,有的客户以后就不来光顾了。"

母亲似在斟酌,片刻后决定直说:"昨天晚上我跟陈阿姨聊天,她说有个不错的小伙子可以介绍给你,我答应她了,就这两天,你挑个时间去跟人见个面。行就行,不行我也不勉强你。你看姚乐纯都结婚了,你以后可得上点心。"

"我不想见。"郗紫断然回绝,"妈您就别替我操心了。"

"你是不是有人了?"母亲再次用狐疑的目光端详她。

"没有。"郗紫挑了一支口红,旋开盖子,开始往嘴唇上抹,"我不是不想结婚,但随随便便找个人结婚,然后再离,您觉得有意思吗?"

母亲被她噎得说不出话来,搁从前她早摆脸子了,不过今天居然克制住了自己,转身出去,走到门口又返回。

"你早饭还没吃呢,口红等吃了粥再抹呢!"

"不吃了,要来不及了!"

话音刚落,桌上的手机响起来,宗兆槐的车已到小区门外。

婚礼一如所有俗套的形式那样按部就班进行着,郗紫不觉得自己有多羡慕这些仪式,然而,当叶南历尽千辛终于敲开新娘的房门,随后飞奔进来,抱着姚乐纯旁若无人地狂吻时,在一片笑闹声与掌声中,郗紫的心头到底还是泛起丝丝缕缕的惆怅。她知道,从今天开始,她与姚乐纯再也不是走在同一条道上的亲密伙伴了。

即便如此,她依然由衷祝愿密友幸福,并警告叶南说:"如果你让乐乐受委屈,我不会饶了你。"

宗兆槐就站在叶南身后,笑着数落郗紫:"没你这么说话的,这是他们的婚礼。"

叶南则谦虚地表示:"应该的,郗郗说得没错,以后我接受监督!"

在婚礼现场,姚乐纯执意把郗紫和宗兆槐安排在主桌,两人身份相同,都是媒人。因为郗紫的叮嘱,姚乐纯没在家人面前提过她和宗兆槐的关系,姚母以为她始终单身。

"小郗你也要抓紧哦,早点找个男朋友!"

郗紫笑着回答:"不着急,一个人过也挺好的。"

她刚说完,就感觉宗兆槐的手在桌子下面朝她摸索过来,并在她腿上捏了一把,她没敢回头瞪他。

新人敬酒时,郗紫成了主力,替姚乐纯挡酒,酒瓶里掺了一半矿泉水,喝多了不会醉,但容易想上厕所。她憋不住时,只能跟姚乐纯打声招呼,暂时退场。

上完洗手间,郗紫顺便又补了补妆。

镜子里的人,有着红扑扑的脸,水汪汪的眼,乳房圆润,纤腰鼓臀,也难怪刚才敬酒时,老有男人有意无意地往她身上靠。

洗手间里人来人往,没法多待,郗紫很快出来了。走廊上,宗兆槐抱着膀子站在窗前,像是在等人。

郗紫走过去,冷不丁拍一下他的肩,开玩笑说:"你怎么在这儿,排队上厕所呀?"

宗兆槐扭头扫她一眼,一句话不说,突然抓起她的手腕,拖着她往人迹稀疏的地儿走,郗紫心知又有什么地方惹到他了,抿着唇,顺从地跟他走。

拐了两个弯,来到一片黑灯瞎火的区域,三间仿古装饰的包厢紧挨在一块儿,门窗一律紧闭。宗兆槐逐个去按门把手,前两间都锁着,他又试了最后一间,运气不错,门一下就开了。他把郗紫推进去,自己紧随其后,反手把门关上。

包厢里,几张圆桌靠墙立着,怕沾尘,还蒙上了桌布。房间里漂浮着一股残羹剩饭的味道。

郗紫被他按在墙上,幸亏有墙纸,没那么冷。

"你发什么神经?"她水汪汪的眼睛瞪着宗兆槐。

"惩罚你。"

郗紫笑得迷蒙:"哦,我做错什么了?"

宗兆槐低头看她:"你刚才跟长辈说的什么,这么快就忘了?"

郗紫假装失忆:"没说什么呀!不就是那些听得耳朵里都快长茧子的客套话嘛!"

"要不要,我帮你回忆回忆?"

他捏住郗紫的下巴,目光在她鲜润欲滴的嘴唇上停留了几秒,俯身作势吻她,郗紫慌忙避开:"别!会弄花的!"

宗兆槐倒没用强,手往下移,忽然探入她衣领,笑容里微含挑衅。

郗紫有点恼,同时又觉得刺激,门外不时飘来脚步声和说话声,虽然不是近在咫尺,但也离不太远。

宗兆槐腾出手,扯开郗紫的上装,让她的左肩裸露在外,他盯着那一块白皙的皮肤,眼眸暗了暗,情欲在迅速堆积,还有别的——久压心底的不甘。

郗紫瞪着他:"这可是你好朋友的婚礼,他们随时可能打电话过来,你就不怕受了惊,变阳痿……哎!"

宗兆槐的唇已重重落在她肩上,那地方异常敏感,是他最喜欢的挑战起始点,从肩部开始,吻如一条游动的蛇,蜿蜒而下,紧张伴随着酥麻销魂的滋味,令郗紫双腿发软。

她有些着急,想推开宗兆槐,但他像生了根,一步都不肯挪动。

"宗兆槐,你再乱来,我就……"她咬牙警告。

"你就什么?"宗兆槐终于松开她,一脸好奇地望着郗紫。

"我就……"

郗紫脑子里空空荡荡,一点威胁措施都想不出来,反被自己的色厉内荏逗笑了。

宗兆槐用手指轻抚她脸颊,语气轻柔缓慢:"你就嫁给我,好不好?"

他目光如水,唇边含着笑,仿佛在跟郗紫开一个温柔的玩笑。

郗紫扑哧一声乐了:"你可真会挑地方。"

说完,她突然发现,笑容正慢慢地从宗兆槐脸上褪去,他的神色逐渐凝重。

郗紫有些紧张:"你什么意思?"

"求婚。"他是认真的。

也许一开始他只是想逗她,但气氛如此合适,而这想法显然在他心里存很久了。

郗紫毫无准备,怔了好一会儿,才道:"咱们不是早说好了,谁也不会成为谁的负担,你又何必多此一举?"

宗兆槐低头看着她:"乐乐结婚,你就一点想法都没有?"

郗紫的心事被触动,脸朝一边扭过去:"有什么好想的,我又不是她。"

宗兆槐把她的脸又扭回来:"知道你最大的毛病是什么?口是心非。"

郗紫心里忽然很乱,可这种乱又不同以往,不再是凝固难化的恨,即使有,程度也大大减轻,过去那固守心房的铁栅栏似乎坍塌了,她不知道是什么腐蚀了它们。

也许是彼此间那一次次的努力,即使挫败,却并非徒劳,因为在那之前已心有期待。预先的原谅,不自觉的妥协,对彼此的渴望,它们融汇成一股说不清的力量,悄悄瓦解了坚硬的抵抗。时光让记忆淡漠,日常生活的种种细节形成新的土壤,覆盖在过去的废墟上,人们得以据此重新盖屋造舍,开始新的征途。

眼前的人还在仔细扫描她,想要从她身体里挤出一个满意的答案,他的胸膛紧紧抵着郗紫,那样坚实、可靠,充满港湾的味道。

如果再坚持几秒,也许她脑子一热,真就答应了。

手机突然响起来,宛如一盆凉水浇下,蹿升的温度迅速下降。

郗紫掏出手机,看也没看就接,却不是姚乐纯打来的,耳边响起的是邓煜的声音,和平时一样轻松明快。

"郗小姐,今天画廊不开吗?"

郗紫被硬生生拽回现实。

"我,呃,我回三江了,参加一个朋友的婚礼……对,这两天都不开……等我回去再说吧,真不好意思……好,拜拜!回头见!"

她打电话时,宗兆槐目光如炬,一瞬不转地盯着她。

"谁给你打电话?"他隐约听出是个男人,语气还挺欢快。

"客户呗,你管那么多干什么!"郗紫推开他,自顾自整理衣衫,"赶紧出去吧,乐乐肯定等急了。"

姚乐纯的电话如约而至,郗紫匆忙拾掇完毕,丢下宗兆槐先跑了出去。

婚宴一结束,新人就被送去机场,他们将连夜飞往塔希提,在那里度过两周的蜜月。

郗紫随宗兆槐一起回到他的公寓,两人心情都不平静,叶南和姚乐纯之间的绵绵爱意仿佛传染给了所有人。

郗紫在厨房柜子里找到一瓶红酒,她嚷嚷着要喝。

宗兆槐取笑她:"婚礼上还没喝够?"

"那个不算!都是掺了水的酒,而且还得时刻赔笑脸,累死我了!"

两人翻箱倒柜找开瓶器,然而没找着,最后宗兆槐用一把水果刀将瓶塞子挑了出来。

郗紫兴致很高,一下就灌下去两杯,宗兆槐却连半杯都没喝完,郗紫跟他开玩笑:"是不是怕喝醉了,说出什么我不该听到的秘密?"

"喝醉了就看不清你的样子了。"他望着郗紫,静静地说。

她不知道自己有多美,放浪恣肆,目空一切,即使在床上征服过她那么多次,宗兆槐也不敢确定自己在她心里究竟有多少分量。放在十年前,他很难相信自己会对这类女人着迷,他一直以为天真单纯的女性更吸引自己。

郗萦的手再次伸向酒瓶,这回她扑了个空,酒瓶被宗兆槐挪走了。他抓住郗萦的手,把她拉近,又将她整个儿抱起。

"我还没喝够呢!"她嘟哝着,嘴里散发出红酒特有的香气。

宗兆槐把她抱到床上,边亲边扯开她的衣服。郗萦咯咯地笑,她受不了痒,伸手阻挠宗兆槐:"别闹!"

但他没像从前那样点到为止,低声说:"中午的事还没完——我说了要惩罚你。"包厢里那股残羹剩饭的味道忽然涌出来,非但没让郗萦觉得反胃,反而如催情剂,合着酒精的作用把情绪点燃。

她叼住宗兆槐的下唇,细细啃咬,但不再弄痛他,这是纯粹的挑逗,一旦进入游戏,她可以毫无负担地沉浸在情欲带来的欢愉里,尽情享受。她从未觉得这样有什么不妥,男人可以,女人为什么不行?

结束后,宗兆槐坐在床边,背对郗萦收拾自己,房间里弥漫着一股荷尔蒙的味道。

"有好几次,我都忍不住想离开你。"郗萦说。

他迟疑了一下才反问:"为什么?"

"怕上瘾。"

宗兆槐弄干净自己,又套上内裤,回到床上,搂住郗萦:"现在呢?是不是已经上瘾了?"

郗萦笑:"不告诉你。"

宗兆槐亲了一下她的脸颊,然后躺在她身边:"你就一点都不考虑我那个建议?"

这回他没像白天那么严肃,而是闲聊式的,也许是不想惹郗萦反感:"我是说,咱们也学叶南他们,干脆结婚算了。"

郗萦问:"结婚后和现在的日子有什么区别呢?"

"没区别,你还是想怎么过就怎么过。"

"那这婚结了有什么意义？万一哪天我烦你了，想走还得多一道程序。"

"也不是一点好处都没有。"宗兆槐侧身对她，笑容戏谑，"结婚后再分开，你可以分我一半财产。"

郗絷被逗笑："商人就是商人——可我跟你不一样，我又不是商人。"

"那你是什么？"

"我也不知道，"郗絷真心迷茫，她改成趴着，下巴搁在平放的胳膊上，"我觉得自己像一团柳絮，被风吹到哪儿算哪儿，就是安定不下来。"

糊里糊涂过日子是一回事，它可以被当作一种短暂的放纵而允许存在，但婚姻不一样，它严肃、坚实，不容儿戏，你必须格外小心，如同面对一个充满诱惑与危险的城堡。

至少目前她还没有做好心理准备。她扫了眼身边的宗兆槐，他的眼神显示，他并没抱太大希望，郗絷暗松了口气，她真怕他逼着自己立刻要给个答复。

宗兆槐伸出手，沿着她后背起起伏伏的曲线抚摸下去。

"结了婚，再有个孩子，你的心就能安定下来……你不是想当妈妈了吗？"

"我不想做妈妈了，那个想法只是一时的。"郗絷说，"现在反而觉得没能收养慧慧是件幸事。"

她向宗兆槐讲起自己在遭到慧慧拒绝后手足无措的狼狈，完全不知道该怎么应付。

不过收养慧慧的失败并非一点意义都没有，它让郗絷认识到，不是每个问题都会配备完美的解决方案。

多数时候,生活呈现出一种混沌状态,没有明确的开始,也不存在真正的结束。就像她母亲,多年来赌气似的活着,也许就为了等父亲给一个结局:忏悔、回归——正如无数故事中演绎的那样。但那样的结局没有出现,而母亲的一生也不知不觉已近尾声。

郗萦自己也一样。

此前,她过于注重要给自己和宗兆槐寻找一条可行的出路,她以为慧慧就是她要找的出路,然而不是——没人需要她那一厢情愿的拯救。事实上,连她自己都不见得需要。她要的其实就是个形式,几级台阶,源于她素有的骄傲。

母亲大概从来没有这样自省过,而郗萦希望能避免重复母亲的不幸,所以她最终决定放弃高傲,向爱妥协,回到宗兆槐身边。

她带着反省的口吻继续说:"也许我不适合当妈妈吧。毕竟不是每个人都适合做家长的。我就见过很多父母对自己的孩子歇斯底里大骂,简直像对待仇人。你说,在那种家庭中成长起来的孩子能快乐吗?"

宗兆槐有些不以为然:"那也由不得孩子,父母要生他们出来,他们自己可做不了主。"

"是啊!"郗萦想想就觉得惆怅,"所以会有人提出'反出生主义'这种奇怪的想法。有个叫昆丁·克里斯的人认为,生孩子比杀人更残忍。他说谋杀将他人的性命缩短,而生孩子则是造出了一桩本无必要的死亡。"

宗兆槐蹙眉:"这种说法真荒唐,如果人类都不生孩子,不是很快就灭绝了?"

"我也觉得很矛盾。"郗萦说,"它抵抗死亡的武器是让人从根上就不存在,但不存在就没有这些思维和意识了,宇宙间一片空茫茫的,意义何在呢?而且人类基因中写着延续求生的本能,我一直觉得厌世和自杀行为是基因中的某一环坏掉了。"

"能不能聊点儿别的?"宗兆槐抱紧她,神色略含不悦。

然而郗萦谈兴正浓。

"你说,这算不算一种面对死亡时的安慰?因为人终有一死,谁都逃不过,所以干脆否定出生,跟死神叫板……"

她没留意到宗兆槐抱住自己的双臂正越来越僵硬。

"不过,我觉得这种想法可能要到五六十岁才理解得了,因为那个年纪的人离死亡的距离比二十几岁时要近得多……唉,生命也许真的很无聊吧,但完全否定它的价值也是走另一个极端……"

宗兆槐忽然松开她,翻身坐起,冷冷地说:"你是不是太闲了?有时间多关心关心实际问题,这种无聊的东西去弄明白了干什么!"

他径自下床,打开房门走出去。

郗萦完全没料到他反应会如此之大,被抢白得嘴唇都哆嗦了,也哗啦一下坐起,却不知道该干什么。

生了会儿闷气后,她又不气了,反骂自己昏头,也不看清楚眼前的对象再说话,活该!

人跟人还是保持距离比较安全。

她叹了口气,重新躺下,只觉得兴味索然。

过了十多分钟,宗兆槐从外面回来。他大概抽了烟,又漱了口,把一股香烟与薄荷的混合气味带上了床。

他重新搂住郗萦,为刚才的态度道歉,并低声解释:"最近压力很大,富宁从半年前开始,回款就一直拖拖拉拉,不知道在搞什么鬼。"

这两年永辉为富宁投入很大,扩建厂房,增加生产线,还有那些为自身拓展做准备的新技术研发,每一项都需要大笔款项投入,导致资金周转紧张。

"我现在每天考虑最多的问题,是怎么把东边的墙拆下来补西边的墙。"

郗紫说:"你能行的,你不就擅长这个?"

宗兆槐苦笑:"我也不是超人。"

"别人不行,但你行,因为别人都没你狠。"

宗兆槐无语了片刻,叹口气说:"我再狠,也不会用在你身上。"

郗紫冷笑:"说得好像你没对我狠过似的。"

宗兆槐无言以对。

过了片刻,郗紫发出一声低叹,她的气很快就消了,近来她好像越来越攒不住怒气了。

她回转身,面对宗兆槐:"睡吧,别想了,公司的事等回了公司再想。"

早上,郗紫接到母亲电话,让她陪着去泰山路买点东西,说有朋友住院了,空手去难看。

郗紫在冠之林炒货店门前等了一刻钟,没看见母亲的人影,只能给她打电话。

母亲说:"你往东走,一直走到电影院门口。"

"你在电影院?"

"你往前走就是了。"

电话一直没断线,郗紫已经看见电影院的霓虹灯招牌了,大白天灯没开,不过那么大的字很容易识别。

"我到了,您在哪儿呢?我没看见啊!"

母亲口气忽然变得贼兮兮的:"紫紫,看没看见一个手里拿着一束红玫瑰的男孩子？"

郗紫莫名其妙,左顾右盼后总算找到吻合母亲描述的对象,是有这么个手持鲜花,傻呵呵站在路边的男人。

母亲说:"那是陈阿姨他先生单位的同事,姓赵,博士生,家里条件好,人也特别老实,一直没谈过女朋友,陈阿姨说介绍你们认识认识……"

郗紫站着不动,仔细打量赵博士,那哪是什么男孩,发际线直推到看不见的地方,鼻梁上架一副黑框眼镜,怎么看都像奔五十的样子。

她不觉倒抽一口凉气。

回到新吴已近黄昏,郗紫在厨房给自己做简单的晚餐,宗兆槐的电话来了。

"怎么招呼都不打一声就走了？"

郗紫不好明说是为躲母亲的逼婚,只道:"客户急着要货,反正我在三江也没什么事,不如早点回来。"

"是昨天给你打电话的那个？"

郗紫愣了一下才反应过来,她也懒得解释,"嗯"了一声。

宗兆槐笑道:"这是什么客户,买一幅画都这么着急,又不是等米下锅。"

郗紫不高兴地说:"你听你那口气,你卖零件是做生意,头等重要,我卖画就不是做生意了？看我哪天发了财把你那厂一收购,你还得管我叫郗总！"

宗兆槐哈哈大笑,笑完了,忽然说:"你只要点个头,我现在就可以管你叫郗总。"

"去！别胡闹了，我在煮面条呢，水都烧开了！"

宗兆槐恋恋不舍："这周可能没时间回去，要下礼拜才能见得了面。"

"不是才见过面嘛！好好干活去吧，乖！"

挂了电话，宗兆槐对着手机发了会儿愣。

施阳抱着个文件夹敲门进来，那是和银行签署的一些贷款合同及保密约定，需要宗兆槐签字。

宗兆槐收了心神，一一看过，没什么问题，便把字签了。

施阳有些忧虑："宗先生，这些借款的周期都不长，只能解解近渴，咱们还得往长远方面想办法。"

"长远考虑，那就只能上市了。"宗兆槐说，"但上市后约束太多，很多事操作起来会有麻烦。还有你财务上那些老账，能做到干干净净，不怕人查吗？"

"这个……"

施阳当然不敢打包票，他很清楚老板对上市的种种顾虑，但不上市就圈不到资金，这好像是所有公司在做大后都会面临的困境。其他融资渠道也有，不过都附加了各种苛刻的条文规定，宗兆槐又最不喜欢别人对他的地盘指手画脚，作为财务总监，施阳的日子不好过。

宗兆槐不是不明白施阳的难处，他缓和了语气说："先这样吧。你跟几家银行再好好谈谈，看能不能争取多点好处。上市早晚都得上，不过我想再拖两年，等咱们把准备工作做全面一些。别忘了博特的教训，匆忙上市，没两年就往外爆丑闻，那么大的公司一下就破产了，前车之鉴。"

"我明白，宗先生。"

施阳刚走,桌上的座机就响了起来。

秘书说:"宗先生,宇拓的曾小姐又打电话来了。"

"说我不在。"

秘书为难:"早上她打过来时我就这么说了,中午她打来时我也这么说,这是她今天第三次打过来找您,她还说,您平时很少出去抛头露面,百分之九十的时间都在公司。如果不想接她电话,咳,最好找个有点说服力的借口。"

宗兆槐听得笑了起来,想了想说:"那你把她接进来吧。"

他心不在焉地等了片刻,一个女人的声音在耳边响起:"你好,宗先生,我是宇拓的曾敏。"

她嗓音沉稳,听上去成熟专业,这在职场上是有好处的,不容易引起异性的浮想联翩。

宗兆槐说:"我知道。"

曾敏笑声友善,她没有调侃宗兆槐几次三番躲避自己,开门见山道:"那你一定也知道我找你是为什么了。"

"收购?"

"没错,我希望咱们能约个时间面谈。"

"有话就现在说吧。"

"电话里不太方便。"曾敏坚持,"有些情况,我觉得你有必要先了解一下。"

宗兆槐语气温和,但没有让步:"虽然我百分之九十的时间都在公司里,但也有很多事要忙。而且我不打算卖掉永辉,还是别浪费你我的时间了。"

曾敏叹口气:"既然你这么说,那好吧。不过相信我,咱们早晚还是会见面的。"

宗兆槐笑笑没接茬，直接挂断了电话。

周末，即使宗兆槐不回新吴，钟点工也会去他寓所打扫，这是郗萦定下的规矩。这个保洁员很有责任心，打扫时如果发现有地方损坏会及时通知郗萦，比如马桶漏水，哪路电线跳闸等等。郗萦不止一次向宗兆槐抱怨他当年找的装修公司实在是山寨到家了。

宗兆槐解释："装修的时候我人都不在新吴了，也没谁能帮着监督，能装成这样算不错了，至少大部分设施都还能用。"

这次保洁员又打电话给郗萦，她擦洗书房门时，门把手莫名其妙松脱了。郗萦便找了个时间过去，在小区外的五金店里挑了一把锁，带师傅上门安装。

师傅在房门口干活，郗萦没法走开，又不愿表现得像监工，就在书房里转悠。

这个朝西的房间平时从来不用，于是顺理成章变为储藏室，存放着一些无用但扔了又可惜的旧杂物品。东西不多，一只书柜，几个行李箱，还有一套不错的真皮沙发——是郗萦给换掉的，她更喜欢布艺沙发。

所有的家具都蒙着一层灰，这里是保洁员唯一不用打扫的区域。

郗萦小心绕过沙发，走到书柜前。

书柜分上下两层，上层是双开玻璃门，里面塞满各种旧书，许多世界名著，看上去都没怎么翻过，书页都发黄了。

书柜下层则整整齐齐码着两摞纸制品，尽是些旧杂志、课本，还有笔记本之类的。郗萦失笑，想不到宗兆槐这么念旧，跟个老太太似的留着那么多没用的东西。

她随手抽出两本笔记本翻了翻，都是宗兆槐高中时的课堂笔记。

那时候他的字显得有些拘谨,但无疑很工整,公式、定律抄写得清清楚楚,郗萦仿佛一眼就能看穿他无聊的学生时代。

她又看了三四本,很快就失去兴致,想把笔记本按原来的顺序放好,不料遭遇困难,其中一本的规格比其他本子大,她怎么都塞不进去,干脆把整摞本子都搬出来重新整理。

刚把半摞本子搬出来,就听啪的一声,有东西掉下来,正好落在刚才清空的地方。

郗萦扭头扫了一眼,心跳瞬间漏掉一拍——那是一本褐色封皮的本子,和林菲的日记本一模一样。

她弯腰,朝柜子里面仔细瞧了瞧,这本本子大概是被宗兆槐塞在了最靠柜壁的部位,如果不是搬动外面的物品,很难发现它的存在。

郗萦拾起本子,各种猜测像千军万马般从心头掠过。

莫非当年林菲和宗兆槐约好买一样的本子来记日记?他俩青梅竹马,这么做也是极有可能的。但宗兆槐为什么至今还留着它?里面藏着怎样的秘密?

她犹豫要不要打开来看。如果里面记录的是他对林菲的绵绵情意,郗萦不确定自己会是什么样的滋味。

但好奇差不多是所有人的弱点,郗萦深吸一口气,然后小心翼翼地翻开日记本。

映入眼帘的却是娟秀干净的字体,她一眼便认出,那是林菲的笔迹。

也就是说,这是林菲的日记本,而非宗兆槐的。

日记本有很明显的撕碎的痕迹,一些页张丢失了,还有一些扯碎后又用透明胶带重新拼补了起来。

郗萦读了一页又一页,完全忘了现实的存在,甚至忘了修锁师傅,直到师傅扬声对她说:"锁修好了,你来试试!"她才如梦初醒。

她根本没有心思检查门锁质量,草草打发走师傅,又奔回书房,捧着林菲的日记,继续陷入那个她既熟悉又无比遥远的世界。

在林菲笔下,郗紫曾有的猜测都被推翻——她原先把事情想得过于简单,完全没料到真相竟然会是另外一副模样。

8月21日　晴

天热得像个大蒸笼,太阳是不是离我们太近了,稍不留心就能把地面烤焦。

这几天,我总是早早地起床,连早饭都不吃就去图书馆。早晨是一天中最凉快的时候,不过现在是暑假,爸爸说我没必要这么用功,他不知道我去图书馆并不是为了复习,我随身带去的课本几乎就没翻动过几页。

今天早上,哥哥在我房门口等我,我不想跟他说话,但他拉着我的手,用乞求的眼神盯着我,后来妈妈来叫我们吃早点,他才松了手。

我跟妈妈一块儿出的门,这样可以避免哥哥再纠缠我——经过那件事之后,我不知道是不是还应该称呼他为"哥哥",可是不叫他哥哥,又该叫他什么呢?

此刻,我就坐在图书馆的阅览室里,这里没有空调,一只大吊扇在天花板中央有气无力地转动,摊开在我面前的是高二数学集训题汇总,我才做了两道填空题。

我的脑子里塞了很多乱麻,已经乱好几天了。我很想找个人倾诉,可是能跟谁去说呢?爸爸妈妈那里,我更是一个字都不敢提,他们会吓坏的。

也许我该把它写下来,那样心里会轻松一些。

我已经决定了,将来要当一个作家。书写是作家的职责,不管是幸福的时光,还是悲伤的经历,都得有如实记录下来的勇气。

哥哥是七月底回家的,他毕业后很快就被一家德国公司录取,正在试用期。

爸爸很高兴,说哥哥终于能挣钱了,不过哥哥说公司里很清闲,几乎没什么事做,他上班时就蹲在设计室,跟工程师学画图纸,有时也溜到车间去待一会儿。他五点就下班了,一回家就忙着做晚饭。

晚饭本来该我做,不过哥哥说"没关系",他做也是一样的。我们吃过晚饭后,还得上铺子给爸爸妈妈送饭去。夏天生意好,他们经常忙得顾不上回家吃晚饭。

一切都是有预兆的,在那件事发生之前,还发生过另外一件小事,只是当时我没有留意。

那天晚上,哥哥一个人去送饭,我把碗洗了,又烧满六个水壶的热水,然后去洗澡。洗好后,我站在浴缸里,用毛巾把身上的水擦干,就在这时,卫生间的门忽然被推开,哥哥一头闯进来,他不知道我在洗澡,而我正对门站着,他把我看了个清清楚楚,然后满面通红地退了出去。

我没有惊慌失措。我们家只有一个卫生间,也从不上锁,像这种误闯的事时有发生,虽然很少在洗澡的时候,因为谁在里面洗澡,其他人通常都是知道的。

事后,我跟哥哥都没对此发表意见,我觉得这不算什么,不值得大惊小怪。

过了两天,公司里调休,哥哥只能在家休息。上午他辅导了我两张试卷,听得我头昏脑涨。中午我们下了点面条当午饭。他问我下午还做不做题,我说不做了,我想看小说。

我躺在床上读张爱玲的《十八春》,看着看着就睡着了,醒来时正好两点。外面暑气正炙,我到客厅,开了冰箱拿冰棍吃,想到哥哥在家,我就给他也拿了一根。

哥哥的房门关得紧紧的,我当时想,他也不嫌热。

我推门进去,他躺在床上,侧身,背对着门,不知在干什么,嘴里发出一种奇怪的声音,好像受伤了似的。门开时,他被惊动,扭过头来看我,一脸狼狈,额头上还有汗。

我举着冰棍走过去,问他在干什么,他不说话,在床上坐起来,随手抄了本书,装模作样地看,也不接我的冰棍,那样子奇怪极了。

他不理我,让我有点生气,我把冰棍重新放回冰箱。我自己那根很快吃完了,我擦了擦手,想起刚才的情形,我觉得哥哥肯定有什么秘密瞒着我。

我又回到哥哥的房间,他还坐在床上看书,不过看上去平静多了。我再次追问他刚才在干什么,他却说:"菲菲,你进来之前应该先敲门。"

他说话的时候,眼睛还是盯着书,看也不看我,他以前可没对我这么冷淡过。

我生气了,一把拔掉他的书,怒气冲冲瞪着他。

他终于朝我看过来,而且还一动不动地盯着我,眼里是我完全陌生的神色,我有点发虚,可又觉得不该就这么走了,哥哥从来不敢对我发脾气,哪怕我有时候把做错的事赖在他身上。

"别那么看着我!"我有点恼怒地冲他嚷。

可他还是那样看着我,一声不吭的,好像在用眼神谴责我,我就伸手去遮他的眼睛,像小时候那样想迫使他认错。

哥哥拽住了我的手,让我动弹不得,他一脸异样,我几乎以为他要揍我,又觉得不太可能。

然后他忽然俯身,把我压在床上,嘴唇贴着我的嘴唇,他居然开始吻我!

起初我太震惊了,没想到反抗,被他闷头闷脑亲了一会儿才想起来要推开他,可我力气没他大。我就咬他,他吃痛,总算松开了我。

我气哭了,抹着泪表示要告诉爸爸妈妈,他慌了神,不停地哄我,答应请我吃冰激凌,还要给我买一条很贵的裙子,我的气才算消了。

他说他从小就喜欢我,等我长大了还要跟我结婚。他说这些话时无比认真。其实他不说我也知道。

我也曾经幻想过和男孩子谈恋爱,没有合适人选时,也会拿哥哥充数,不过总感觉怪怪的,也许是因为跟他太熟悉的缘故。

至于结婚,对只有十八岁的我来说,实在是太遥远了。

我说,除非他告诉我刚才他在干什么,否则我不会原谅他。

他很无奈,问我:"菲菲,你究竟是真傻还是装傻?"

我站起来要走,他赶紧拦住我。

他想了想,好像很犹豫的样子,不过还是拉开书桌抽屉,从里面掏出一本书递给我:"看吧,看了你就懂了。"

那是一本漫画书,里面的内容让我面红耳赤。我曾听说班上有男生偷偷看这种书,没想到哥哥也会看,他可是好学生啊!

"'食色,性也。'孔夫子说的。"哥哥大言不惭地解释。

这是我第一次看这种书,我承认自己太好奇了,虽然有点尴尬,但还是从第一页看到了最后一页。很多以前只能靠幻想的情景,现在都被画了出来,简直是个新奇的异类世界。

书很薄,翻了几下就没了。

不知怎么回事,我感觉心里痒痒的,就像皮肤在毛衣上蹭擦时那样,有点热,又有点刺痛。

我正琢磨的时候,哥哥忽然低声说:"菲菲,你想不想试试?"

他眼里又泛起那种异样的神色来,不过他是面带微笑问我的,好像在开玩笑。

我很清楚,在我这个年龄,这种事是绝对禁止的。可鬼使神差地,我竟然没有拒绝。

然后,玩笑变成了真的,一切都稀里糊涂地发生了。

起先都还好,哥哥学着漫画上的样子,亲我,脱我的衣服,我很紧张,他不断地抚摸我,安慰我,每做一步都会问问我的意见。渐渐地,我平静下来,觉得可以继续下去。哥哥就脱掉了短裤,我无可避免地看到了他那个东西,它的丑陋令我震惊。

我还在迷糊错愕时,他已经分开我的腿,压在我身上,那个东西在我腿间滑来滑去。事已至此,我本想闭着眼睛过去就算了,可是哥哥却总也无法成功,似乎不能得门而入,他撑在我身上那副狼狈相真让我沮丧,我一直以为哥哥是有能力掌控一切的,到头来他跟我一样毫无头绪,搞得一团糟。

真正的噩梦还在后面,当他终于进入时,我感到头皮撕裂般的痛,我怎么也没想到,那种事非但不享受,还如此痛苦。

我让他停下来,可他不肯,他的脸就在我眼前,那上面布满贪婪,他用双手控制着我,不断地在我身体里进进出出,我开始感到恐惧,好像目睹哥哥在做一件极其私密的、见不得人的事,他独自在干着这件事,而我只是他用来达到目的的道具——一个玩具娃娃。

我哭着推他,不顾一切地扭动身体,要阻挠他这样无耻地利用我。哥哥终于松开我,我再次看到他腿间的东西,它令我恶心。

我以为爱情是神圣的，谁知竟会这样龌龊不堪。

我跳下床，想逃回自己的房间。但哥哥抓住了我，他一边向我道歉，一边把我按回床上，我激烈地反抗，这回他没敢再插进来，我能感觉那东西在我臀部使劲地摩擦，再后来，有一股黏糊糊的东西释放出来，弄得我屁股和腿上都是。

我哭哭啼啼的时候，他一边帮我擦干净，一边发誓会一辈子对我好，只爱我一个人。

可我觉得他再也不是从前那个让我感到心安的哥哥了。我厌恶他做的这件事，也开始厌恶他这个人。

我永远不会原谅他了。

10月18日　阴

吃晚饭时，他们谈起我高考填报志愿的问题，我说我想考Z大，哥哥立刻反对，他说那所学校太远了，回家不方便，而且也不适合女孩子。他列了好多理由，爸爸听得频频点头，现在爸爸什么事都喜欢跟哥哥商量了。妈妈不懂这些，但她也劝我考个离家近一点的学校。

我当时没说什么。

吃过晚饭，爸爸妈妈又回铺子干活了，我去哥哥房间，他一脸惊喜地看着我，最近这几个月我都不怎么搭理他。

他请我进去，我站在门口没动，对他说："如果你阻止我报考Z大，我就去死。"

说完我转身就走。

我写完半面英语试卷时，哥哥终于出现在我面前，我没看他。

"都依你。"他说。

我听得出他很无奈，但我还是不想理他，他等了会儿，轻轻走了。

我相信哥哥对我的感情,从小他就对我特别好,一有空就带我出去玩,有点零花钱也都花在了我身上。可我心目中的爱情不是这样的,真正的爱情是干净纯洁的,而哥哥那天的所作所为完全破坏了这种感觉。

我突然很难过。

2月27日　晴

我被监视了。

这感觉我从去年圣诞节开始就有了。

圣诞节时,我收到了A同学的贺卡,别人都说A喜欢我,不过他没当面跟我说过,他把他的情感都写成了文字。A长得普普通通,成绩也很一般,我没把这事放心上。收到贺卡后,我随手夹在了语文书里。(我总不能当着他的面扔进字纸篓吧?)

晚上,哥哥"奉命"来我房间给我讲解难题,高考就在眼前了,我没法赶他走,而且他给我讲的解题方法比我们数学老师的更容易弄懂。

我翻找作业本时,语文书掉在地上,A的贺卡暴露了,没等我反应过来,哥哥已经弯腰将它拾起,并很自然地打开来看,我根本来不及阻止。

他阴沉着脸,问我是不是在学校里谈恋爱了,我很气愤,谴责他没权管我的事,他脸色忽然就变了,把那张卡片撕得粉碎!

我不是心疼A的贺卡,但我痛恨哥哥的态度,这样粗暴干涉我的私事!

我赶他走,即使我哪所学校都考不上,我也不要他给我补习!

可这件事还没完。

元旦倩倩来找我玩,哥哥竟然提出要陪我一块儿去,我断然拒绝,可是倩倩很高兴,她说人多了更好玩,非让哥哥一起去。

那天我们班有十来个人在肯德基聚餐,别的同学都是一个人来的,就我还带了"家长",我坐在沙发里生闷气,哥哥却一点都不觉得尴尬。我下了决心,非考上Z大不可,我得离他远远的,如果有可能,我再也不回来了!

还有上个礼拜,老师放学比较早,我回到家,正撞见哥哥从我房间里走出来,看见我,他愣了一愣,我头皮都快气炸了,问他为什么进我房间,他说他找一本书。

我冲进房间,发现书桌上的一些东西被挪动了,那是我之前故意做的记号,我一直怀疑他,这回被我逮个正着。

我恨死他了!他根本不是在找什么书,他是在监视我!

我要小心了。

这本日记我是随身带在书包里的,可是谁知道哪天会不会被他看到。

我决定以后不再写日记了。

11月7日　雨

我跟哥哥和好了。这件事说来话长。

高考填报志愿时,在哥哥的说服下,爸爸同意让我第一志愿填Z大,作为回报,第二志愿我填了本地一所专科学校。

我不是胡乱选择的,我仔细算过分数,Z大是我最有把握考上的本科院校。但我太不走运,那年分数线拦得奇高,我落榜了,只能去新吴专科学校读会计。

爸爸妈妈很高兴,哥哥也很高兴,不过当着我的面他不敢流露出来,还使劲安慰我,可惜没什么用。我失望极了,我离自己的理想差着十万八千里,可能再也实现不了了。但我又不想回去复读,想想每天对着课本的日子……我实在受够了。

算了,就这样吧。

学校在新吴县,那里离家远,坐车单程就要一个半小时,我选择了住校。

起先,我对住校抱有很大的新鲜感,但一个星期下来就失望透顶。这里说是县城,其实就是个小镇,很没意思。

我们宿舍住了八个女生,有一半经常夜不归宿,剩下四个,我跟其中两个都吵过架,她们不打招呼就用我的东西,简直跟小偷没区别。最后那个倒是很用功,可惜眼里看不到别人,而且她晚上自修后回宿舍会弄出特别大的动静吵醒别人,几乎全宿舍的女生都跟她吵过。

我没有朋友,孤零零地一个人上课、吃饭,好像被抛弃在了荒漠里。现在,我有点相信哥哥的话了,他说我不见得能习惯住宿舍。

开学后第一个周末,哥哥就来学校看我,给我送来好多零食,还带我去校外的饭店打牙祭。他问我在学校习不习惯,我说挺好的,我不想让他知道我的窘境。他给我留了手机号码——他新买了个手机,他还说,本来打算给我也买一个的,不过听说我们学校不允许用这个。

哥哥说,他在公司干得不错,升了职还加了薪,他问我想要什么,下次来给我带。

可能因为寂寞吧,我对他没再像以前那么排斥了,不过还是觉得别扭,我让他以后别来看我了。

冬天来临的时候,我遇上了麻烦。

每个星期三晚上,我有一节计算机选修课要上。

搞不懂为什么要把选修课放在晚上,从宿舍走到上课的北区 B 楼,要经过一片黑乎乎的竹林,旁边是一条河,路灯蓝幽幽的,像鬼火,而且每次走到这里,身边就不剩什么人了,特别诡异,真不知道跟我上同一节课的人都跑哪儿去了。

如果不走这条路,就得绕远道,比这儿更荒凉,学校外面是大片农田,根本看不到高楼大厦,就连村庄都在两三里地以外。据说选在这地方建校是因为地皮便宜。

那天晚上,我上完选修课回宿舍,发现有个男人一直在后面跟着我。起先我没留意,因为路上人挺多的,走到竹林时,我才警觉起来。

那人像甩不掉的影子,我走得快他也走得快,我慢下来他也就慢下来。我真怕他会忽然冲到我面前拦住我。后来我干脆跑了起来,一口气跑到宿舍门口,那里人多了,我稍稍心安,再回头看,那人不见了。

晚上我做了个噩梦,我这人其实胆子特别小。

但噩梦很快又在现实里重演,接下来的一周,那个变态再次出现,不光晚上跟踪我,有时白天我也能看见他。

我不想描述他的长相,他让我既讨厌又害怕。我也不知道他究竟是谁,看上去不算我们的同龄人,但如果不是学生,他是怎么混进来的?

我不知道该怎么办。

告诉老师?老师不见得会管,他们只要一下课就找不到人影了,即使是上课,他们也习惯于望着天花板,不屑关心一下教室里昏昏欲睡的学生。至于班主任,除了刚开学时露过一次面外就再也没见过他人,我连他办公室在哪儿都不清楚。

而且我该怎么说呢？那个人并没有袭击过我,他所做的仅仅是默默地跟着我,尽管这足以令我神经衰弱。

我失眠了好几个晚上,最后决定把这件事告诉哥哥,也许只有他才能帮得了我。

我给哥哥打电话,他听完后沉默了两分钟,然后问了我几个问题,我照实说了。下一节选修课是后天,哥哥让我照常去上课,他说到时会来找我。

"菲菲你别怕,有我在呢!"他说。

星期三,我魂不守舍地上完课出来,心里还在想哥哥会怎么办时,他突然出现在我面前。看见他,我立刻感觉踏实了。

不过哥哥没跟我说什么,他让我走在前面,假装他不存在。我忐忑不安地往竹林走,并听哥哥的话,没有像以前那样回头回脑。

到了竹林,行人一下就少了,不过我知道哥哥在我后面,我不像之前那么害怕了。

身后一直很安静,也许那个人今天没来。我决定,等走过了竹林我要停下来和哥哥说话。

我还在胡思乱想时,忽然从后面传来吆喝打斗的声音,我转身一看,哥哥和那个人正扭打在一起!

我大惊失色,手上的书撒了一地,想也没想就冲过去,我怕哥哥受伤!

可我不知道该怎么拉架,只能徒劳地在一旁大喊大叫,周围一个人都没有,我的叫声听起来像个神经病。

没过多久,那人就跑了,跑的时候一瘸一拐。哥哥挣扎着从地上爬起来,我扑上去扶住他,看见他鼻青脸肿的,嘴角还有血,我当时就哭了。哥哥从来没打过架。

我掏出纸巾给他擦血迹,哥哥说先送我回宿舍,他还得赶最后一辆回城的公交车。我坚持送他去车站,反正车站离我们宿舍很近,穿过一条弄堂就到,他拗不过我。

路上哥哥说,如果变态再出现,就给他打电话,下次他会来点狠的。我问他怎么样算狠,他没解释。

我看着他的肿眼泡,担心他明天不能上班,他说没关系,他可以请假。在车站,他看着我说:"菲菲,为了你,我什么都敢做。"

我又开始掉眼泪,不过这次是高兴的。我终于明白,这个世上,哥哥是对我最好的人,有些时候,连爸爸妈妈都不如他。

变态没再出现,我终于能踏踏实实睡觉了。

以前我很少给哥哥打电话,现在差不多天天都打,我也不知道怎么忽然会有那么多话要讲。为了不受干扰地打电话,我特别研究了宿舍附近的几个公用电话,不过没什么用,一到晚上,每个电话机旁都排长队。

快放寒假时,哥哥特地请假来接我,不过他弄错了日子,提早了一天。哥哥说他不想回去了,晚上就在这里找个宾馆住一宿。

下午考完专业英语后,我无心再复习,反正明天上午的高等数学,复不复习都一样。

我带哥哥去镇上唯一的电影院看了场老电影,哥哥一直拉着我的手。电影结束出来,天完全黑了。我们找了家面馆吃晚饭。

哥哥问我宿舍几点关门,我说九点,他看了看时间说还早,可以去他房间里玩一会儿。

第五章 尘封的秘密

他订的是个单人间,很小,天花板一直往窗户的方向倾斜下去,走到窗口得蹲着,但这已经算镇上最好的宾馆了。哥哥说这地方比他去深圳、北京出差时住的宾馆差太多,这里连免费矿泉水都不提供。

哥哥虽然才工作了两年,但已经去过很多地方,还出了好几趟国,去过美国、德国,还有日本。他给我讲在国外的见闻,我听得羡慕极了,到世界各地去走走看看,那曾经是我的梦想,不过现在哥哥替我实现了,也挺好。

我上洗手间时,发现这个小宾馆里居然提供安全套。

门是关着的,我偷偷地把那东西拿起来研究了一番。哥哥在门外问我喝什么,我忙把它放回原处。

其实来这里之前我就预感会发生什么,所以当哥哥抱着我亲我时,我一点都不意外。

这几天我思前想后,觉得不可能再找到一个比哥哥更好的男人了,我应该放下幻想,脚踏实地。哥哥说了会对我好一辈子,我相信他。

可当他的手在我身上摸来摸去的时候,我再次有一种恶心的感觉。

我知道我们宿舍那几个女生夜不归宿时都在干什么,她们个个都有男朋友。有时候,她们会在宿舍里旁若无人地交流那方面的经验,显得很有兴致的样子,而我只想把耳朵塞起来。

难道我是个怪胎?

我命令自己什么都别想,尽量配合哥哥,一开始他很克制,等进入我身体后,他的表情又变得贪婪起来,急吼吼的,我再次感到无法忍受。

问题一定出在我身上。

爱一个人,不就是得这样奉献自己吗?

后来我不得不闭上眼睛,祈祷这一切赶紧过去。

幸好这次我没觉得很痛,稍微忍一忍就过去了,而且他也没再把我身上弄得一塌糊涂,他用了酒店提供的安全套。

完事后,哥哥一副心满意足的表情,我暗暗松了一口气,像过了个大难关。

一不留神我就错过了回宿舍的时间。哥哥说干脆就住这儿吧,明天早上他会早点叫醒我。

夜里,我们挤在那张单人床上,他搂着我说,等我一毕业就跟我结婚。

"不知道爸爸妈妈会不会同意?"这是我最大的顾虑。

"我会说服他们的。"他说着,吻了吻我的耳朵。

哥哥永远都这么自信。

我觉得疲倦,很快就睡着了。

3月12日　阴

离毕业只有几个月了,最近大家都忙着找实习单位,我没什么要忙的,哥哥早就帮我安排好了。

哥哥说,他打算把我们的关系告诉爸爸妈妈,我很紧张,不知道他们会有什么反应。哥哥让我放宽心,说交给他办就行了。

有一天晚上,宿舍楼下的阿姨喊我下去接电话,我以为是哥哥,谁知是妈妈打来的,她问我,和哥哥的事是不是真的?

妈妈语气里没有一点责备的意思,可我还是难受死了,好像干了什么坏事,支支吾吾半天才表明了态度。

妈妈说,你愿意就好。哥哥对你实心实意,把你交给他,我跟你爸也放心。

其实爸爸妈妈一开始是不同意的,而且很震惊,是哥哥说服了他们。

他说我从小被家里人宠惯了,嫁出去肯定不放心,也不见得能生活得安逸,但他不一样,他从小和我在一起,对我的性格脾气都很了解,也知道该怎么照顾我,他有能力让我过得幸福。爸爸妈妈被他这些话说动了。

哥哥还宣布了一项计划,他准备自己创业,将来要让全家人都过上好日子,爸爸妈妈当然很高兴。

这些细节都是哥哥事后在电话里告诉我的。

我问哥哥是不是真打算创业,他说是的,已经盘算很久了。

"我不能让他们一辈子都在裁缝铺上忙活,太辛苦了,再说往后裁缝生意会越来越差,除了老年人,现在没人愿意穿手工做的衣服了。"

哥哥井井有条地规划着未来的生活,我一方面觉得很安心,另一方面也有点悲哀,好像我的一辈子都被安排好了,一眼就能看到头。

这种感觉很不好,幸亏它只是偶尔才会爬上我的心头。

7月22日 晴

哥哥真的开了公司,现在我就在这家公司上班。

本来我想留在实习的那家单位,人家连转正通知都发给我了,不过哥哥不同意,他说他的公司正需要人,希望我能去帮忙。他还跟爸爸妈妈解释,那家想要我的公司加班太频繁了,他担心我吃不消,至于他的公司,作息由我说了算,肯定不会累着我。

其实根本不是那么回事,哥哥之所以反对我去那家公司,原因很简单,我们部门里有个男同事想追求我。有好几次加班到很晚,都是他送我回家的。最后一次,正好让出差回来的哥哥撞见了。

他的担心是多余的,我对那个殷勤的男同事没什么兴趣,可我怎么也说服不了哥哥。为此,我们还闹了几天脾气,但爸爸妈妈都站在他那边,他们要我听哥哥的话。我觉得很没意思,再闹下去,好像我真想跟那同事怎么样似的。

冷静下来想想,哥哥也是因为爱我才会这样紧张,这么一想,我气就消了,虽然还是有那么点心灰意冷。

我觉得哥哥变了,没有以前那样对我百依百顺了,不知道是不是因为开了公司的缘故。

他的公司规模很小,连工人在内也才十几个人,像个小作坊,生产一种塑料膨胀螺丝,哥哥说现在房地产很火,带动了装修市场,他做这个赚钱快。

我问他是不是打算一直做这种白色的小东西,他说当然不是。

"这种东西只能小做做,算过渡,将来我要建大厂,办成百年企业,像德国公司那样。"

不过他没说他将来要做什么产品,可能自己也没想好吧。

公司不是哥哥一个人的,他没那么多钱。他找了个合伙人,叫华浩,他俩原来都在那家德国公司,也都是搞技术的。

哥哥跑销售,一天到晚在外面泡着,我跟华浩打交道的机会比较多,因为他管公司一切内务。可我非常讨厌这个人,不是因为他长得怎么样,而是他对人总是冷冰冰的,一副爱理不理的样子,有时问他一点问题,他口气还挺冲。

"没看见我忙着嘛！"这是他说得最多的一句话。

哼，好像我很闲似的。

我跟哥哥告状，他还笑话我娇气，说在公司里可不比在家里，还是得服从命令听指挥。要不是看在哥哥的面子上，我真想离开这破地方。

哥哥筹划着买个大房子，他希望结婚后全家人都能搬进新房去住，不过后来公司要用钱，这件事就搁置了。

哥哥是个很有本事的人，爸爸妈妈也这么说，他们还说当初收养哥哥的时候就看出来了。我觉得他们有点得意得忘乎所以了。

他们不知道，哥哥其实早就"背叛"了他们。

前几天妈妈催哥哥早点把户口迁回家，她担心影响我们结婚登记，哥哥说最近忙，过一阵再办。

晚上哥哥偷偷把我叫过去，给我看他的户籍资料，原来他早把户口迁回新吴了，不过没到家里，而是落户在了公司，更让我吃惊的是，哥哥还改了姓，他不再姓林，变成了姓宗。哥哥说那是一位他非常敬重的老师的姓氏。

我问他为什么要改，他抱着我直乐。

"傻瓜，因为我要娶你，就不能再做你的哥哥了啊！"

他还告诉我，他一满十八周岁就瞒着爸爸妈妈把姓改了，反正后来他的户籍一直挂在学校，他们也不知道。

他还警告我："先别告诉爸爸妈妈，他们会不开心的。"

"难道能瞒一辈子吗？"我说。

"等结婚以后吧。"他一脸陶醉，"可以让咱们的第一个孩子姓林……"

可我没有他那种憧憬的兴致。

不知道为什么,嫁给他始终让我觉得别扭,如果同学们知道我是和自己的哥哥结婚,他们会怎么想呢,会不会笑话我?

也许哥哥也有同样的感受吧,不然他干吗要去改姓呢?

我忍不住把这种不舒服的感受告诉了哥哥,他想了想说,那就搬家吧,结婚的时候也不搞太多的仪式。

他这么体谅我,我感觉好了一些。

不过,还有一件事。

哥哥什么都好,但我讨厌跟他上床,我以为慢慢就会习惯的,可是……

唉,不管怎么想都没用,不想了。

后面的日记被撕掉了很多页,其中一页没撕干净的,上面写了几个潦草的字,郗萦仔细辨认,发现写的是:"我理想中的爱,是克制而冷静的……"

她猜想,这应该是林菲对华浩情感变化的体现吧,他们之间究竟发生了什么,郗萦无从得知,但不难猜出,在日复一日的相处中,冷漠的华浩激起了林菲的征服欲——这是她在宗兆槐身边完全体会不到的。

至于华浩,郗萦不认识也不了解,但客观想象一下,无论哪个男人,在一个相对封闭的环境中,遇到林菲这种娇嫩清纯、脑子里又充满幻想的女孩,很难无动于衷吧?

宗兆槐大概做梦都不会想到,自己最后会栽在其貌不扬的华浩手里。

郗萦翻到日记的最后一页,那上面写着一段话,依然是林菲的笔迹，显然，这是她后来追加上去的，而且是明确写给宗兆槐的——

"哥哥，我走了。请你原谅，我没法像爱一个丈夫那样爱你，我不想再骗自己了。"

那么，这本日记是林菲临走前特意留给宗兆槐的，或许，她想借此向宗兆槐说明自己离开他的原因。

郗萦完全能够想象宗兆槐读这本日记时的心情，他在最美好的年华倾尽全力去爱一个女孩，而她却无情地甩下他，跟另一个男人跑了。临走时还用这本日记在他心上狠戳一刀。

日记本的残破表明，宗兆槐曾想将其撕毁，但最终还是把它留下，也许就是为了提醒自己铭记这份深刻的伤害——这就是他对女人疏离乃至憎恶的根本原因。

郗萦在毫无心理准备的情况下闯入一扇门，门后面的秘密令她喘不过气来。

从小生长在家人溺爱中的林菲，她对于爱情的所有幻想都是朦胧梦幻的，她还不具备协调精神之爱与肉体之爱的能力。

在她眼里，这两种爱互不关联，根本不是一回事，十八岁的林菲还沉浸在少女的梦幻之中，她能够接受的仅仅是精神之爱。

然而，二十三岁的宗兆槐并不了解这些，他的心理和生理早已发育成熟，他压制着焦渴等待心爱的女孩长大，而这种压制是危险的，很容易就被偶然的碰触摧毁。

终于，他引诱了林菲，使她过早接触了性，并由此对性爱留下恶劣印象。

宗兆槐满足了自己的欲望，却在同一时刻，破坏了与林菲之间原本纯洁美好的关系。他以为一切都在朝自己期望的方向发展，却不知道在林菲心里，这件事成了一个丑陋的疤痕，阻碍着两人的感情。

如果他能再耐心等上几年，等林菲的心智足够成熟，等一切都水到渠成后再进入下一步，他们或许会很幸福。

然而他亲手毁掉了这种可能性。

第六章　烽烟再起

"咱们是不是都老了？觉得哪个地方好，就只会惦记这地方。"

"这里人少安静，又全是陌生面孔，是个密谋、胁迫的好地方。"

曾敏听出宗兆槐语气里的怨毒，抿着嘴，无声地笑。

锅子里冒起了青烟,随即飘出一股焦味,郗紫慌忙把炉火关了,一脸沮丧。

"红烧肉太难做了,一放糖就把握不了火候——今天只能吃素了。"

宗兆槐打开冰箱翻找:"这不还有块猪肉吗!"

"我没信心做了。"

"我来做吧。"

郗紫不抱希望:"算了,化冻都得半小时呢!"

宗兆槐找出两个鸡蛋和一个番茄:"那就来个番茄炒蛋,这个做起来快!"

他挽起袖子,颇有架势地忙活起来。

郗紫在一旁收拾锅子,时不时看看宗兆槐,有了观众,他兴致也高起来,砧板敲得当当响。

"你悠着点,小心把手指头剁下来!"说完,郗紫叹口气,"难得想卖弄一次,做顿大餐,结果把最重要的一个菜搞砸了。"

宗兆槐说:"红烧肉是我拿手绝活,下回想吃,你准备好肉和作料,我来做。"

"你是不是很会做饭啊?"

"很会谈不上,但肯定比你熟练。我以前在外企打工,十几个人到德国出差，晚饭都是我做的，尤其是一道红烧鸡块，回国后他们还念念不忘。"

郗紫诧异："宾馆里还能做饭呀？"

"我们自己带电磁炉去，反正住的是家庭式旅馆，管理比较松。而且我们都是晚上偷偷做，一个月下来，厨房里到处都是油腻腻的，负责后勤的小实习生可惨了，听说我们走后，他趴在厨房里搞了一整天卫生。"

"你们可够缺德的！"郗紫边笑边摇头。

"没办法，在德国一个多月呢，那里的东西又吃不惯，总不能天天喝白开水吧！"

宗兆槐把蛋液倒入锅中后，就不和郗紫聊天了，一脸认真模样。

郗紫望着他的侧影发呆，想象好多年前，他大概也如现在这样，躲在厨房里给心爱的女孩做饭。她的目光从宗兆槐头顶慢慢往下移，仿佛要重塑对他的认识。

他的头发总是理得很短，着装也不再如郗紫初见时那样随便，一件做工考究的浅蓝色衬衫，配上挺括的西裤，衬衫背部打褶裥的地方微微向外扑出，仿佛在里面储藏了一点风。

这副精英的装束与手里拿一把炒菜铲子的样子实在不协调，而他浑不在意，炒个菜都是一脸自信的表情。

郗紫开始神思游离。

他与年轻时有什么不同吗？他还记得那些事吗？

肯定记得，任谁都不可能忘得了。那些点滴的细节，沉积在心底，也许会在夜半时想起，那时他是怎样的心情？

她注意到宗兆槐始终挺得笔直的腰杆。

"是不是什么麻烦都难不倒你？"她没头没脑地问。

宗兆槐正弯腰把炉火关小,随口说:"怎么可能呢!比如最近公司资金周转的问题就让我头疼得要命。"

郗紫不想听他念叨生意经。

"如果你遇到很棘手的困难,我是指让你特别痛苦的那种,你会怎么处理?别老想着你公司那些事。"

"你呢,你怎么办?"

"我嘛,我就劝自己朝前看喽,想想未来,想想远景,人不能总那么倒霉吧!"

"那我跟你不一样,我觉得痛苦的时候,不会抬头去看远处,而是低头,只盯着脚底下这段路,我就盯着这一小截路朝前跑,什么都不想,跑着跑着,就把最艰难的一段给跑过去了。"宗兆槐关掉炉火,转过身来,"我相信我的脚,它们从来不会骗我,总能把我带到安全的地方。"

郗紫笑了笑:"你的想法真特别。"

宗兆槐靠近她:"你今天怎么了,尽问些怪问题?"

他低头去亲她,郗紫下意识地躲了躲。

宗兆槐敏感地端详她:"怎么了,心里有事?"

郗紫掩饰着摇头:"没。"

她抱住宗兆槐,略略踮起脚,主动跟他亲热。宗兆槐立刻热情回应,缠绵了一会儿,他忽然停下来,低声说:"去房间。"

郗紫嗔道:"饭还没吃呢!"

宗兆槐拉着她不停步:"过会儿再吃。"

郗紫始终无法进入状态,她的思绪飘在遥远的某个点上,注意力怎么也集中不起来。她明白自己是被林菲的日记困住了——已经一个星期了,她深陷其中,迟迟走不出来。

前戏做完,宗兆槐松开她,低着头戴安全套,郗紫的视线转东转西,最后还是停留在他胯间。

她仰头亲了一下宗兆槐的脸:"是我的问题,可能……最近有点累。"

真不该去窥探别人的秘密。了解一个人无法宣之于众的过去,犹如切开他的胸膛查看五脏六腑。

对于林菲日记中的秘密,如果郗紫只是了解个大概,她不会像现在这样无法自拔。然而,那么多丰富、私密的细节形成一个个极富冲击力的画面,镌刻在她脑海里,无论怎么努力都驱赶不走。当她进入相似的场景时,那些画面便不顾理性阻挡强行切入,令她深受干扰,以致无法全心投入。

她决定永远不跟宗兆槐提及自己看过那本日记的事,她还希望自己能尽快忘掉日记里的内容。然而,真的能忘记吗?

那一句句描述被她贪婪地吸收,并融入血液,她正不知不觉以一种新的目光去看待宗兆槐,他再不是昔日那个亲密无间的男人,他的微笑与温柔都不再纯粹。

郗紫现在明白,幸福快乐其实是建立在无知的基础上的,情侣之间尤其如此,掌握对方的隐私不但不会增进彼此的感情,反而可能是一种伤害。

叶南大步流星走进宗兆槐的办公室。

"到底是铁哥们,俩礼拜没见就想我了,哈哈!中午一块儿吃饭,先说好,我请客!你可别跟我争!"

宗兆槐背手立在窗前,脸上的笑容很勉强:"蜜月怎么样?"

"还能怎么样,不就是个形式嘛!不过乐乐很高兴,我也就没什么好抱怨的了。呵呵!丈夫的责任不就是哄老婆开心嘛!"

"对不住,你刚回来就有事要烦你。"

叶南只觉得他严肃得不同往日,不过没太在意,他知道宗兆槐最近为资金问题操碎了心,以为又是想托他找银行说项。

"说吧,什么状况?"

他正要往沙发里坐,宗兆槐却指了指办公桌:"有点东西……你先看看。"

桌上躺着一只快递信封,已经拆过了。叶南拿起来,一边伸手去掏里面的东西,一边调侃宗兆槐:"怎么着,是不是有人给你寄来了天价账单?"

信封里装着的是一份A4打印文件,薄薄两页纸,纯文字通稿,叶南才读了个标题便愣住了,随即一目十行,迅速将文章扫了一遍。

"这是污蔑吧!"他抬头瞪着还站在窗边的宗兆槐,一副难以置信的表情。

宗兆槐默然无语。

叶南猛然意识到事态的严重性:"到底怎么回事?"

宗兆槐说:"今天早上有人给我送来的,说下周一见报。如果不想见报,就给钱。"

"这是讹诈!哪份报纸干的,这是?"叶南激动不已,用力将稿子摔回桌上,又抓起信封上下打量,那上面没有任何寄件方的信息。

宗兆槐闷声解释:"是写这东西的人亲自送来的,保安等我一到公司就交给了我。两小时前,那人给我打了电话。"

叶南冷笑:"有什么好怕的!凭这么个破文章就想让人掏钱?!异想天开!"

"……他还有照片。"

照片让宗兆槐收起来了,他实在没办法让叶南欣赏那上面的内容。

叶南脸色微变:"你的意思,这上面写的,都是真的?"

宗兆槐没吭声,算默认了。

叶南略略思索,顿时倒抽一口凉气——永辉在富宁莫名中标的疑团终于有了解答。

"郗萦她……自愿的?"他口气里含着强烈的怀疑,以他对郗萦的了解,很难想象她会愿意干这种事。

"不是。"

叶南松了口气,望着宗兆槐的眼神里多了一层含义,仿佛第一次认识他。

"保安应该认得这人吧?"叶南突然想到。

宗兆槐摇头:"认得也没用。"

叶南随即也回过神来,对方就是吃定宗兆槐不敢声张才这么明目张胆的。

"到底是哪份报纸?"

宗兆槐报了个名字,是一家本地小报,专以花边新闻吸引眼球,销量比大报还好,叶南认识那里面一个副总编。

他立刻掏出手机:"我找老余问问。"

宗兆槐叮嘱他:"别太直接,万一不是……"

叶南朝他挥挥手:"放心,我知道!"

电话很快打完,叶南告诉宗兆槐:"老余不知道这事儿,估计是那记者自己想搞事。"

宗兆槐沉思片刻，说："我懂了。"

直觉往往会在理性思考失去方向的时候跳出来，比如此刻，他感受到强烈的不安，仿佛变天前，浓黑的乌云正气势汹汹朝自己涌来。

叶南不解："什么意思？"

"这是个暗示。"宗兆槐把宇拓的骚扰告诉叶南，"十有八九是姓曾的女人布下的局。"

叶南蹙眉："他们还惦记着要把永辉买下来？你不是早回绝了嘛！怎么还不死心？"

宗兆槐苦笑："看样子是没有，连这种东西都挖出来，这下有得陪他们玩了。"他瞥了眼叶南："别告诉你老婆，她肯定会跟郗萦说，郗萦她，受不了这个……她一直在努力忘记。"

叶南摇头："这种事，能瞒得住吗？"

"尽量吧……实在不行，也得由我来告诉她。"

叶南点点头，目光复杂地看看宗兆槐，嘴巴张开又闭上，最后还是忍不住责备道："兆槐，这事你办得真不地道。"

宗兆槐无言以对。

"难怪郗萦老是对你那种态度。"叶南叹了口气，打住，心知多说无益，"你肯定是宇拓在使坏？"

"别人谁有这份闲心去翻两年前的旧账，前不久我刚跟曾敏通过电话，她当时说话的口气……我感觉错不了。"宗兆槐说，"不过你还是帮我留意着报社那头，如果真要见报，你认识的那个副总编不可能不知情，到时还得麻烦你……"

叶南双眉微拧："我跟老余的交情顶多能做到提前预知，如果他们存心要钱，我怕光靠求情没什么用。"

宗兆槐说："钱我可以给。但我不想跟个傻子似的花了钱，还看到这东西印在报纸上。"

那天傍晚,宗兆槐把自己关在办公室里,谁也不见,任何电话都不接。

他长久地坐在椅子里,手掌相对,顶住下颏,陷入沉思。

就这么反复思量了一个多小时,他果断抓起电话,拨通曾敏的号码——与其被动等待,他更愿意掌握主动。

"宗先生,没想到你会给我打电话。"

曾敏语气欢快,还带一丝诙谐,听不出任何惊讶的意味,宗兆槐马上明白自己的推测是正确的。

"我遇到点麻烦。"说话时,他尽量保持平静。

"希望我能帮到你。"曾敏愉快地说,"你知道,其实我一直在等……"

宗兆槐打断她:"咱们见个面吧。"

晚上八点,宗兆槐和曾敏坐在一间港式茶餐厅的双人卡座内,两人各自点了一份商务套餐。

曾敏用好奇而新鲜的目光打量对面的宗兆槐——这是他俩初次见面。

"宗先生,你比我想象的温和多了。"她笑吟吟地评价。

而宗兆槐无意寒暄:"是你在跟报纸的人做交易?别跟我绕圈子,如果不是你,咱们没必要再谈下去。"

"没错,是我。"曾敏爽快承认,"也谈不上交易。大家是朋友,他帮我个忙而已。"

宗兆槐眼睛微微眯起:"宇拓自己也不干净,你们有料抖,我也有料可抖。你开这个头,对谁都没好处。"

"我知道,不过你说谁的料更吸引眼球?"曾敏微笑着,像背新闻稿那样一字一顿说,"永辉董事长利用女朋友色诱客户公司高管。"

宗兆槐的脸色先是很难看,慢慢又平静下来,他问:"你是什么时候到宇拓的,怎么以前没听说过你?"

"哦,我在宇拓法务部,专管各种疑难杂症,但不涉及销售,你没听说过我很正常。"

"你以前是干什么的?"

"律师。进宇拓前,我一直在律所待着,大概干了十来年吧。"

宗兆槐直起腰往后一靠,双臂抱在胸前:"律师也耍流氓手段?"

曾敏笑了起来。

"你以为律师是干什么的,捧着法律条文照本宣科就行了? 真要那样干,早在你们这种人手里死上十次八次了。"

宗兆槐轻吸了口气,又徐徐吐出。

曾敏扬起眉毛,语气里含一丝俏皮:"宗先生,现在你愿意跟我谈收购的事了吗?"

宗兆槐此时的处境,不亚于被人掐着脖子谈条件,没得选择,不过到底意难平,冷哼一声说:"如果我无所谓呢? 你去抖吧,新闻随便发,到时把阮副总一起拉下马,大家撕破脸干。我也跟孔志成学学,怎么一边把客户往烂泥里踩,一边还能把生意轰轰烈烈做下去。"

曾敏宽容地笑着,解释道:"孔董当然想得到你可能无所谓。其实这把柄用处不大,无非是想通过它试试看,能不能把你引到谈判桌上来——以前我们联络过你好几次,但你太骄傲了,连个面谈的机会都不肯给我们。"

两人的套餐上来了,但谁也没动筷子。宗兆槐脸色阴沉,只管闷头喝茶。

曾敏望着他,又说:"你不是一点都不在乎吧?如果你无所谓,咱们今天也没机会坐在同一张桌子前了,你说是不是?不过郗小姐的事不是重点,他们要我转达给你的信息是,宇拓收购永辉的决心很大,如果你不肯,他们会堵死你的资金链,你往后的日子会非常难过——你不会真以为富宁没钱付给你们吧?"

宗兆槐低头望着茶杯,听曾敏继续往下说。

"这个秘密落到宇拓手上后,阮副总等于是被我们捏住了,说难听点,他的前途可都在宇拓手里攥着呢!拖你们的款子也是宇拓的意思,阮副总如果不照办,孔董把这事往富宁上头一捅,多少人等着把阮思平拉下来,他对宇拓能不言听计从?所以啊,你们的钱不知几时能拿到呢!你的厂房不是在建二期吗,钱还够用?还有那么多原料,很多都是记账的吧?如果有个风吹草动,供应商们一拥而上,再加上公司里人心惶惶的。一个企业建起来很难,倒下去却非常容易。我见过太多这样的例子……明智的做法,不如趁现在卖个好价钱。"

"为什么照自己的想法做点事这么难?"宗兆槐抬起头,望着对面的女人,"的确有人做公司是为了卖个好价钱,但我不是,我想把永辉做大,想看着它在我手里变强。"

"我明白。"对面的女人也望着他,"我知道你投了很多钱进去,也借了很多钱,导致现金流紧张……这大概是多数民企的一个弱点,缺乏防御措施,急功近利,摊子铺得太大,几乎是在把自己往泥地里推。"

"如果我按部就班,也许要百年之后才能达成愿望。"宗兆槐摇头,"我等不了。"

他们沉默了一小会儿。

曾敏道:"我只是个代人传话的,不过有一点我可以承诺你,只要你同意出售永辉,我会尽力帮你争取一个好的价格。将来你还可以拿这笔钱干别的……你的理想,没人能买得了。"

宗兆槐笑笑,不想再说什么,刚才只是一时的情绪波动,此刻已平复下来。

"他们为什么会派个女人来谈?"他转话题,想缓和一下硬邦邦的气氛。

曾敏睬了一下眼睛:"怎么,你看不起女人?"

"不是,感觉有点奇怪而已。"

"他们知道宗先生不好打交道,但很有绅士风度,相信不会太为难女人。"曾敏开玩笑般解释,又说,"不过我知道这是假象——宗先生向来下手无情,不论对手是男是女,我主动要求做这个项目,是因为搞定了有一大笔佣金可以拿。"

宗兆槐笑了两声,又叹一口气:"你没必要把事情捅到报社去,直接找我,我不敢不出来见你。"

曾敏宽慰他道:"我就是借那记者的名头用一下,没给他看具体资料,你可以放心。"

不知道为什么,宗兆槐相信她说的是真的。

"你从哪儿挖出来的?"

曾敏笑:"这我可不能告诉你,今天已经说了很多不该说的话了。"

她向宗兆槐伸出手,神色真诚:"宗先生,很高兴能认识你。"

宗兆槐只得也伸出手,与她握了握。

曾敏说:"也许咱俩立场不同,很难成为朋友,但就我个人而言,我对你没有任何敌意,我希望能在不影响宇拓利益的前提下帮到你……但愿接下来,咱们能合作愉快。"

宗兆槐笑了笑,笑容微含苦涩。

吃完饭,宗兆槐招手叫服务员过来结账,曾敏问:"AA 吗?"

宗兆槐有些意外:"不,我买单。"

"谢谢!"

结完账出来,两人一起往停车场走,他们都是开车来的。

宗兆槐问她:"你经常跟人 AA?"

"是啊!气头上的人不仅不愿意为我付账,连我想帮他付账都嫌弃,所以不得不问问清楚。"

宗兆槐笑起来:"你约谈的一般都是男人吧?居然让女人掏腰包,有点说不过去。"

曾敏耸肩,一副无奈状:"没办法,工作性质决定的,只要一上谈判桌,男人们常常会忘记我还是个女人。"

听她这么说,宗兆槐也略觉抱歉——刚才他犯了和那些男人同样的错误。此刻,他换了一种目光重新打量曾敏。

她穿一件浅灰色职业西装,长裤,脚上是一双水黑色窄口高跟鞋,鞋跟又细又高——宗兆槐记得郗紫还在公司上班时也爱穿这种鞋,他搞不懂女人们为什么喜欢把自己装进这种摇摇欲坠的鞋子里招摇过市。曾敏个子高挑,穿上高跟鞋后几乎与宗兆槐齐平,一头长发做成大波浪型,乌黑茂密地披在肩上。但她肤色不太好,暗沉沉的,面颊上零星洒着些雀斑,忽略这些,她仍是个长相出色的女人。

曾敏发现宗兆槐在打量自己,微微一笑说:"我三十七岁生日刚过,目前还是单身,这种状态大概要延续到老了。"

宗兆槐没想到她会这么大方地介绍个人隐私,一时不知该如何接口。

曾敏见状又道:"以后咱们接触的机会多着呢,你早晚会问到这些。与其等你来打听,不如现在我主动告诉你。"

宗兆槐料想她经常被人议论,不过看她神色并不尴尬,大概司空见惯了,就也坦率地问:"为什么不结婚,工作太忙了?"

他接触过的多数单身职业女性似乎都爱用这个借口做挡箭牌。

"曾经有过结婚的机会,好多年前了,那时我才二十出头,在学校里谈的男朋友,毕业后谈婚论嫁时发现他妈妈特别厉害,儿子又太软弱,什么都听妈的,我一琢磨,嫁过去恐怕没舒心日子过,只能算了。后来也陆续认识了一些别的人,都因为这样那样的原因错过,不知不觉就到了现在。"

顿一下,她又说:"不过主要原因还在我身上。我发现自己总能一眼就看透男人,很多男人都喜欢装,装有钱装有本事,或是装不在乎,其实脑袋里空空如也。女人习惯找自己崇拜的男人去爱,我的问题是找不到一个能让我心服口服的男人。"

宗兆槐说:"单身也没什么不好。"

曾敏扭头看看他,眼眸中闪过一丝俏皮:"是啊!挺好,自由自在的,想干什么就干什么。"

梁健敲门进来:"宗先生,您找我?"

宗兆槐点头,等梁健在沙发里坐定,他拉开办公桌抽屉,从里面取出一份资料,但没有立刻递给梁健。

"前两天,宇拓的曾敏来找我,他们不知道打什么算盘,非要把永辉灭了才高兴。"他语气平和,波澜不惊。

梁健则一脸惊讶:"他们还是想收购?"

"嗯。"宗兆槐踱步到他跟前,"这回恐怕搪塞不过去,他们给我挖了个大坑……你看看这个。"

梁健接过资料,才扫了两行脸色就变了:"这……他们,他们怎么会知道?"

"你觉得会是谁走漏了风声?"

"这个……还真是难说。"梁健锁眉沉思,一副不得要领的神色。

"这件事,除了你跟我,还有阮思平,不大可能有别人知道了吧?"

"还有蓝湾会所的小丁。"梁健忙提醒他。

宗兆槐若有所思点点头:"也有可能。"

梁健把资料撂在一边,急切地问:"宗先生,现在咱们怎么办?"

宗兆槐没有接茬,他重新拾起资料,翻到后面一页,又递给梁健,神情依旧很平静。

"不过,如果是小丁,他为什么会连细节都弄得一清二楚?"

梁健屏息提气,脑门上微微渗出汗来:"我也不太清楚,要不,我找他问问,就是不知道他现在人在哪儿……"

他嘟哝着,抬眼时,发现宗兆槐轻靠在沙发上,沉默地盯着自己,目光幽邃,深不见底。梁健本来还想再撑一会儿,却在这样的注视下感到一阵发虚——多年的默契,他清楚宗兆槐什么都明白了。

"这几天,你为什么总躲着我?"

梁健说不出话来,他并非没说过谎,但在宗兆槐面前,依然缺乏圆谎的勇气。

宗兆槐又问:"宇拓给了你多少钱?"

"对不起,宗先生……"

"人心不足,我能理解。"

"我不是为了钱,"梁健苦恼不堪,"我在外面不检点,被宇拓抓了个把柄在手里,他们一定要我说清楚永辉中标的原因,不说就把视频发给我老婆。如果让我老婆知道,我的家庭就完了……我实在被逼得没办法了,才……"

宗兆槐只能暗自苦笑,这算不算因果轮回?

梁健满脸羞愧,他起身,摘下工作牌,轻轻搁到宗兆槐面前:"宗先生,我知道我错了……我今天就辞职。"

"我没赶你走。"

梁健站着不敢动。

"我只是希望,以后再遇到这类事,你能先来找我,咱们商量着办。"宗兆槐抬头看看他,"我就这么不值得你信任?"

梁健涨红了脸,愧悔交加。

宗兆槐拾起他的工作牌,亲手给他挂回脖子上。

"忘了这件事,好好打起精神,咱们还得一起对付宇拓丢过来的麻烦。"

梁健百感交集。

宗兆槐又郑重叮嘱:"今天的事别跟任何人提,我也不知道你跟宇拓的交易……懂吗?"

"懂了,宗先生。"

宗兆槐拍拍他的肩:"你先出去吧。"

梁健从宗兆槐办公室里走出来,双脚犹如踩在云端,绵软无力,他逃过了一劫,但并未觉得有多高兴,后面有更大的风浪即将尾随而来,可他却连宣布退场的资格都没有。

郗萦沏了壶大红袍招待刚到画廊的邓煜。

邓煜兴致勃勃打量着四周:"你这里的格局怎么变了?"

郄絮说:"我专门请朋友过来帮我重新设计的,昨天刚忙完,觉得怎么样?"

"比以前好看。"邓煜赞道。

"你这么说我真高兴,总算没白费功夫,我那朋友专搞室内设计的,不过以前我不太喜欢他的风格。"

"极简主义很经典,不容易过时。"

"嗯,极简主义,我就猜到你会喜欢,"郄絮调侃说,"你是个怕麻烦的人,对吧?"

邓煜笑起来:"极简主义并不等同于怕麻烦。"

郄絮耸肩不辩解,反正她也辩不过邓教授,她很有兴致地给邓煜展示了几幅新收的作品,并指着其中一幅说:"这是我最喜欢的一件,打算自己留着。"

画面很简单,暗黄色的基调,一株掉了叶子的乔木孤零零地杵在长长的地平线上,有一些模糊不清的远景,水墨一样晕染开去。除此之外,别无他物。

邓煜摇摇头:"太荒凉了。"

郄絮端着茶杯站在他身边:"可我还是喜欢,你不觉得人生就像画里这样,热闹过去了,最后就剩下自己,什么都得自己去承担。"

"何必这么悲观,人活着还是有很多有趣的事可以做,也可以交到很多聊得来的朋友。"他朝郄絮挤挤眼睛,"比如你和我。"

"是吗?不是你说人活着就是虚无?我还考虑过把这幅画送你呢!"

邓煜笑道:"是我的罪过,不该给你灌输那么多颓废的观念。"

"不怪你。我又不是三岁,还那么容易被洗脑。"郄絮撇了一下嘴,"有句话你说得没错,一个人眼里的世界是什么样子,大致在童年时就定下基调了,以后很难改变得了。我呢,其实一直是个悲观愤世的人,虽然我也不喜欢这样。"

"你对自己要求太高了。"

"也许吧。"郗萦沉默一下,还是忍不住想倾诉,"前阵子我对未来有过一些计划,也考虑过换一种生活方式,但好像没那么容易。"

邓煜表示理解:"这种状态,人人都会经历,顺其自然就行了。"

"主要是……"郗萦轻轻摇头,"干扰太多了。"

"说明还没到改变的时候。"

"邓教授,你是怎么对付这种情况的?我是指对某件事举棋不定的时候。"

"别想太多,给自己找点事忙活着,转移掉注意力。过段时间,心情自然会平静下来,到时候再拿主意就容易多了。"

"这不就是逃避?"

"也可以这么说。反正再麻烦的事,只要有足够的时间,都能解决。如果一段时间后还解决不了,说明超出你的能力范围了,那又何必为难自己!要努力活得开心,避免让自己陷入困境……很多困境,其实都是自己给自己设定的。"

郗萦想了想,笑:"有道理啊!不过我刚把画廊整理了一遍,接下来还能干点什么呢?"

"明天你有没有时间?"

"当然,我的时间多到用不光。"

邓煜打了个响指:"明天下午我没课,带你去玩好玩的。"

郗萦打车到约定的北城中央公园,邓煜已经早早等在门口,肩上还扛着个大黑箱子。

郗萦指指箱子,甚是诧异:"你这是要干吗,打算逃亡还是变魔术?"

邓煜神秘一笑:"等一下你就知道了——走吧,先进去找地方。"

一路上郗萦可没闲着,猜他箱子里究竟是什么东西,而且越猜越离谱。

"不会是干尸吧?听说古吴博物馆最近丢了一具汉代女尸,天哪!难道是被你打劫了?!"

邓煜仰天长叹:"真是败给你了——不是干尸,是无人机!"

"无人机?干什么用的?"

"航拍啊!我从同事那儿借来的,昨晚上突击学到半夜。"

他给郗萦介绍了一番这时髦的玩具,郗萦狐疑:"这东西,能随便往天上飞吗?"

"当然不行!只能在安全区域飞,如果误闯禁飞区,会有人来你家查水表。"他模拟警察上门的口气,"有人在家吗?开门,查一下你家水表!"

"现在水表都装在外面啦!不需要入室。"

"哦,这样啊——那就假装送快递的。"

郗萦又笑:"快递只送到楼下,得自己下楼去拿!反正我从来不会给陌生人开门。有一次户籍警上门做安全推广,不管他怎么解释我就是不肯开门,他只能隔着门跟我说话,后来楼下的老太太听不过去,上来告诉我,这警察是真的,我才把门打开。"

"你还挺谨慎!"邓煜做了个鬼脸,"那就只能把楼下的老太太一起叫上了,还得在她腰上顶一杆枪,防止她露马脚:老太太哆哆嗦嗦敲你的门,郗小姐,开开开开开门啊!"

郗萦笑弯了腰。

百密一疏，邓煜忘带数据线了，他蹲在装配好的无人机旁敲自己的脑袋，满脸懊恼。

郗萦问："什么数据线？"

"连接遥控器和手机的，没有这根线，飞机上不了天。"

邓煜一下子萎靡不振："我什么脑子啊！出门前还提醒自己千万别忘了小配件，转个头还是忘了！"

"算了，下次再飞吧，这公园我还没来过呢，咱们转转去。"

"可背着这没用的家什四处转悠多傻呀，问题是它还死沉死沉的。"

"那就不转悠了，咱们找个咖啡馆坐着总可以吧？"

把东西重新整理装箱后，邓煜唉声叹气地跟着郗萦走，像霜打的茄子。

郗萦说："人这辈子不如意的事多了去了，你这点小事根本算不上什么。"

"你还挺会安慰人。"

"等你经历了足够多的倒霉事，就会明白迅速接受失败也是一种能力，像你今天这样，连失败都谈不上，别气鼓鼓的啦！"

邓煜摇摇头："可我还是觉得自己很蠢。本来想给你显摆一下高科技，让你开开心，因为一根数据线，我只能显摆自己的愚蠢了。"

"没关系，我照样很开心啊！"

邓煜听出她的不怀好意，忍不住斜睨她，郗萦哈哈大笑。

"以后别这么老气横秋地说话，"邓煜忽然道，"你一个小姑娘，能经过多少事。"

郗萦浑身哆嗦了一下："拜托！我都三十三啦，哪里还是什么小姑娘!"

"年龄和心态是两回事。你的心态就还是个小姑娘,一方面善良体贴,但遇到让你麻爪的事也很容易翻脸——你不知道,我在水井巷偷拍你那次,你走上来兴师问罪时,我浑身都发虚,你当时那种气势吧,就好像身后站着千军万马。"

郗萦乐道:"可你很镇定呀!至少也是个大帅的档次,咱俩旗鼓相当。"

"我那是装的。其实我已经做好被你砸烂相机的准备了。"

郗萦回想当时情形,自己的确很不友善,不免赧然:"我是不是太凶恶了?"

"我觉得你只是不太喜欢和陌生人搭讪吧。跟你熟悉以后,我发现你的优点越来越多,也越来越……可爱。"

"我也想不通,你干吗非要跟我搭讪呢!你一个准备一辈子独身的男人,又不想泡妞,在图书馆里跑上跑下追着我,很容易让人误会成色狼。"

邓煜一时没吱声,然后低声说:"我也不知道为什么……可能很多事,不是不能改变的。"

然而郗萦并没留神在听,她抬头就看见有一家咖啡馆近在眼前,欣喜地喊:"终于有地方可以歇歇脚了!"

这免费公园里游客不多,商业自然也不繁荣,两人走了近一里地,才算寻摸到一家开业的咖啡馆,幸好内部装饰看上去还算像样。

咖啡出人意料地难喝,两人对视一眼,心照不宣地皱起眉头。

邓煜说:"今天简直诸事不顺!晚上我请你吃饭。咱们去市区挑一家好点儿的馆子,弥补白天的损失。"

郗萦欣然答应。

除了他俩,咖啡馆里另有一对小情侣,缩在最角落的位子,相互依偎着,燕子呢喃似的窃窃私语。

郗紫把目光从那对情侣身上收回时说:"邓教授,我能不能请教你个问题?"

"嗯哼?"

"这个问题,可能有点敏感。"

邓煜顿时两眼放光,食指朝她一勾:"放马过来。"

"兄妹之间……有可能产生爱情吗?"

邓煜听得直眨巴眼。

郗紫尴尬地笑笑:"是不是觉得我挺变态的?"

"不是!这是个很严肃的问题——我只是没想到你会忽然问这个……还以为会跟我有关呢!"

邓煜挺认真地思考了一会儿,说:"正常情况下不会,除非彼此不知道是兄妹关系,世俗伦理对个人的影响是很深的,这类不合道德常规的情感会遭到先天压制。"

"那如果是,没有血缘关系的兄妹呢?"

"哦,那就另当别论了。"邓煜端起咖啡喝了一口,再次皱起眉头,"名义上的兄妹关系虽然也会受道德伦常的约束,但远没有前一种压力那么大,咱们中国自古不就有童养媳的形式存在吗?同一屋檐下,两个人从孩子到成人,彼此心心相印,也是很美好的一件事。"

郗紫端着咖啡杯出神。

"不过,爱情产生的根源来自异性间的神秘感,"邓煜又说,"两个人如果天天生活在一块儿,把彼此都看得清清楚楚,爱情发生的概率就不可能太高。即使有感情,也是以亲情为主。就说夫妻吧,不还有'七年之痒'一说?因为相互间太熟悉,天长日久难免生厌。这也是人类情感模式发展的必然规律,几乎没人能逃得过。"

郗翼一言不发,看上去神思悠远。邓煜一再端详她:"在想什么?"

她回过神来,掩饰着反问:"这就是你不愿意结婚的原因——怕爱情有一天消失?"

"我不愿意结婚是因为找不到合适的人,"邓煜语速骤然放慢,"如果有一天……"

郗翼脸色忽然一变:"我明白了。"

邓煜猝不及防,没来由地慌了一下:"你……明白什么?"

然而郗翼投向他的目光是没有焦点的,她的注意力显然在别处,邓煜有些失望,同时又暗松了一口气。

咖啡喝得满嘴苦涩,郗翼招手叫来服务员,想看看这里有什么甜品供应,那女孩正在收银台后面打电话,手机上连着充电的数据线,她朝郗翼做了个稍等的手势。

看见那根数据线,郗翼心念一动,起身朝那女孩走去。

邓煜不明所以,呆望着她,眼见郗翼跟女孩短暂交涉了一番,随后转身向自己招手,他赶忙也起身过去。

"这种数据线行吗?你不是说连接线都是标配?"郗翼手上拿着一根白色数据线,是问那女孩要过来的。

邓煜仔细检查线头,高兴地说:"苹果的,应该能用!"

大草坪上,邓煜将无人机向前平举,求神拜佛似的转了一圈,第一遍自检没通过,他擦擦汗,挪开几步,做第二遍自检,还朝郗翼快速扫了一眼,她站在一棵榆树下,脸上挂着很明显的走神的表情。

郗翼在琢磨林菲的日记。

妈妈语气里没有一点责备的意思,可我还是难受死了,好像干了什么坏事,支支吾吾半天才表明了态度。

哥哥什么都好,但我讨厌跟他上床,我以为慢慢会习惯的,可是……

就在刚才,她和邓煜聊那个兄妹话题时,一个念头忽然从她脑海中闪过。

林菲背叛宗兆槐,也许并非因为爱上了华浩。当然,华浩的冷漠能够满足林菲对异性的想象:神秘、巨大的差异,以及由征服带来的满足感与成就感。但即便她没遇见华浩,也有可能和其他人做同样的事,因为她始终无法接受和宗兆槐以夫妻名义相处。

林菲大概永远都不会爱上宗兆槐,并非仅仅因为那次错误的性爱冲动,而是源于一种道德负罪感——

她一直把宗兆槐当作兄长,从未产生过男女之爱。宗兆槐的爱只能带给她乱伦的错觉,而她当时年纪太小,还无法厘清自己的情感,只是单纯觉得性爱很恶心。

或许后来是她主动引诱了华浩——她想借此弄明白那个长期困扰自己的问题:难道我是个怪胎?

显然,她从华浩那里找到了答案。

"哥哥,我走了。请你原谅,我没法像爱一个丈夫那样爱你,我不想再骗自己了。"

这是林菲最后的顿悟,她要把自己从乱伦的痛苦情绪中解救出来。

几番波折,邓煜的飞机终于顺利上天。回到咖啡馆欣赏航拍成果时,他觉得面子总算给挽回来了。

"我拍得怎么样?"他得意扬扬地问。

"我觉得看你试飞比看成果更有意思。"

邓煜忍不住瞪郗紫,但想到自己笨拙的表现,也绷不住笑了。

郗紫的手机响了,她看看来电显示,随即起身:"我接个电话。"

邓煜有些无聊地东张西望,目光最终还是落在玻璃门外的郗紫脸上,她正在打电话,微微低着头,她的脖颈和侧脸,弧度都很美,脸上有一种既凝重又失神的表情,邓煜忍不住猜测她是在跟谁通电话。

宗兆槐在电话里告诉郗紫,他今天晚上回新吴。

郗紫没有立刻回应,宗兆槐便问:"你晚上有事?"

"……没事。你回来吧。"

挂线后,郗紫又发了会儿呆,才推门进去。

她看上去心事重重的,邓煜问:"谁的电话啊?"

这是他第一次刺探郗紫的私生活,但郗紫并未意识到这一点,她的心思依然晃荡在别处。

"今天晚上不能跟你吃饭了,临时有点事。"她抱歉地说。

"没关系,咱们下次再约。"邓煜掩饰着失落,大方地笑了笑。

"谢谢你飞无人机给我看,今天玩得很开心。"

"我还有个同事是天文爱好者。下次我问他借个天文望远镜,咱们一起去观星怎么样?"

宗兆槐冲完澡出来,发现窗户开了一半,郗紫穿着睡袍坐在窗前抽烟,夜风凛冽,吹得她脸发白,而她浑然无觉,茫然发着呆。

"小心着凉。"宗兆槐走过去把窗户关上。

郗萦轻轻咳嗽了两声,把烟蒂掐灭,接过宗兆槐递上来的外套,披在肩上。

"今天上哪儿玩了?电话打到画廊也没人接。"

宗兆槐一开始打郗萦的手机没人听,便试着往画廊打了一个,那里有一台电话传真两用机,但还是没人接。

"跟几个朋友去中央公园写生了。"

郗萦说着,忍不住鄙视自己,只有心怀鬼胎的人才会撒谎,从什么时候开始,她在宗兆槐面前也变得心虚起来了。

宗兆槐没有追问下去。

"我可能有段时间不能过来看你。"

"在忙什么?"郗萦并未太在意。

"无非是公司里那些烦心事……你要是生意不忙,可以来三江陪陪我。"但他很快又改主意,"算了,你来了我也不见得有空。"

和自己在一起时,他很少这么心烦意乱,郗萦察觉到了,不免留神起来,抬眼细瞧眼前的人,似乎比从前憔悴了不少,她的心微微发软。

"有空我会回去的——对了,乐乐前两天给我打电话,说她怀上宝宝了。"

宗兆槐振作了一些:"有这事?叶南快当爸爸啦!这家伙,居然不告诉我。"

"可能是不好意思吧,我听乐乐说才刚刚确认呢!过几天我打算回去看看她,顺便也看看你,还有我妈。"

宗兆槐故作轻松地笑道:"哦,我排在乐乐后面,还不算太惨。"

宗兆槐与曾敏第二次见面，还是约在上回那家茶餐厅。

曾敏说："咱们是不是都老了？觉得哪个地方好，就只会惦记这地方。"

"这里人少安静，又全是陌生面孔，是个密谋、胁迫的好地方。"

曾敏听出宗兆槐语气里的怨毒，抿着嘴，无声地笑。

"你不服气，我完全理解。但你该想想三年前，你是怎么从宇拓嘴里挖出那么大块肉来的。你下手时，就该清楚将来会有这么一天。"

"照你的意思，像我们这种小公司，只能永远追在大公司屁股后面吃人家剩下的？"

"别激动，我只是就事论事，"曾敏扫了他一眼，"你认为宇拓这回的手段不地道，其实我们也是跟你学的——你不仁，我不义。话说回来，好好一张单子硬生生给劈成两半，你能想象宇拓当时的心情吧？"

宗兆槐冷着脸呵呵了两声。

曾敏又说："年轻那会儿我不信因果轮回，但最近几年，我在这圈子里滚来滚去，看到太多忘恩负义的事，也接触过不少唯利是图的人，他们虽然能风光一时，但几乎都没好结果，所以我想，胜利永远只是暂时的，商界定律和能量守恒定律类似：你付出多少，就得到多少；反过来，你得到太多了，将来早晚是要偿还的。"

宗兆槐手上握着个没拆封的糖包，轻敲桌面："你这些话我是不是可以理解为，宇拓今天这么对我，早晚有一天也会栽？"

曾敏无奈地笑起来。

"咱们还是别争了，搞得像小孩子吵嘴一样。"她缓和语气，"其实，宇拓想买你的公司，恰好证明了你的成功，那句话是怎么说来着的,'木秀于林,风必摧之'。"

宗兆槐低头喝茶,他此刻的感受却是,人为刀俎,我为鱼肉。

"聊点实际的吧。"他重拾平静,"坦白告诉你,永辉我是不会卖的。"

曾敏张嘴想说什么,宗兆槐阻止了她:"但我可以跟你们合作。"

"合作?怎么个合作法?"曾敏饶有兴致等着听他自救。

"宇拓入股永辉,作为股东,享受年底分红,同时双方签署书面约定:两家公司在市场上不再是竞争关系,一方已经介入的项目,另一方自动放弃,具体怎么分配可以再谈,到彼此满意为止。"

曾敏问:"入股上限是多少?"

"不超过百分之二十五。"

曾敏含笑望着他,眼神里颇多戏谑:"我完全看不出这对宇拓有什么吸引力。"

宗兆槐解释说:"你们收购永辉的目的无非是不想再被追着屁股打,但真把永辉收购过去对宇拓又有多少好处?永辉无论是规模还是研发能力都不如宇拓,企业文化和宇拓也不一样,一旦收购,不出三年就成鸡肋。扼杀竞争对手的方法有很多,但犯不着花钱把对手买下来吧?灭了永辉,难道以后就没有别的对手了?宇拓一个个都花钱去买?!"

曾敏挑眉笑,没有反驳他。

"你这个办法也不是不可行,但百分之二十五的入股上限实在太低,恐怕打动不了做决定的人。"

"入股只是个形式,但入股后两家公司就是合作关系,在市场上可以避免相互血拼。这样一来,宇拓的目的达到了,永辉还是我的公司,咱们各取所需,有什么不好?"

曾敏凝神思索一番,说:"行,我先回去转达你的意见,至于后续怎么样,我说过,我只是个办事的,还得老板说了算。"

宗兆槐点头,他当然清楚,自己出这个对策很有可能只是拖延时间而已,后面会怎么发展,多半由不了自己,但他实在不甘心束手就擒。

第七章 岔路口

郗萦本想好好说的，保持理性，冷静地解决问题，然而一开口就重回过去的窠臼：刻薄、嘲讽。她忽然明白，决定你成为什么样人的，是你血管里流淌的血液——她继承了母亲的血液：倔强，不妥协，无论用多少理论武装自己。

郗紫以为姚乐纯有了宝宝会很开心,孰料一见面就发现她状态不是很好,有点蔫蔫的。郗紫没经验,以为初期孕妇都是如此,她欢天喜地地要把耳朵贴到姚乐纯肚皮上去。

"来,让我听听,是不是有胎动了!"

姚乐纯嗔道:"三个月还没满呢,肚子都没显出来,哪来的胎动呀!"

这是三月中,大气略微回暖,阳光透过玻璃晒到橡木色的桌面上,气氛是温馨而美好的。郗紫把刚刚去商场买的婴儿服装一件件摊开来给姚乐纯看。

"这颜色怎么样,宝宝会喜欢吧?"

姚乐纯说:"我喜欢就行了,宝宝还什么都不懂呢!"

郗紫兴奋:"哎,等孩子出来,我必须当干妈呀!"

"那还用说!"

"你妈妈一定很高兴吧?"

姚乐纯露出愁绪:"高兴是高兴,不过上礼拜她去医院体检,查出来有轻度糖尿病,她急死了,怕宝宝出生她没法帮忙带。"

"轻度糖尿病问题应该不大,好好吃药就能控制,用不着太紧张。"

"我也这么说,她胆儿小嘛! 对了,你妈身体怎么样,应该挺好的吧?"

"还行。她作息规律,最近在做一种什么操,说是保养身体,她主要是为我犯愁。"

"又催你结婚了?"姚乐纯眨了眨眼睛。

"催啊,不过没用,我现在学会怎么应付她了,当面答应,转身就忘。"郗紫笑,"奇怪,以前我怎么没想过这招呢？平白置了好多气。"

姚乐纯忽然叹了口气,引得郗紫细细打量她。

"乐乐,你好像瘦了,脸色也不太好。"

"心情也不好。"

郗紫听她口气不对,忙问怎么了。

原来姚乐纯怀疑叶南趁她孕期在外面乱来。

那天晚上叶南洗澡时,姚乐纯靠在床头看电视,听到他手机响了一下,她便拿过来扫一眼,结果看到一条短信提示,语气很暧昧,明显是女人发的,她顿时觉得万分堵心。

"你没问问叶南?"

"问了。"

"他怎么说?"

"他当然否认了,说是人家开他玩笑。"

"你先别动气,也许真是别人开玩笑呢!"郗紫咬牙,"开这种玩笑的人真缺德。"

但姚乐纯并没有从烦恼中走出来。

郗紫又宽慰了她几句,叶南的电话就打过来了,听说郗紫也在,立刻嚷嚷着晚上他请客。

"你让郗郗别走,我这就回去!"

等姚乐纯挂了电话,郗紫说:"等他回来,我给你探探口风。"

姚乐纯还是没精打采的:"他那人精着呢,嘴巴很紧的,你不可能打听出什么来。"

叶南二十分钟内就赶到家了。

他先跟郗紫寒暄,又对姚乐纯嘘寒问暖,两人大概才吵过架,姚乐纯对他爱答不理的。叶南偷偷对郗紫做了个夸张的鬼脸,好像认定她跟自己是站同一阵线的。郗紫又觉得,他看自己的眼神有些奇怪,不像从前那么坦荡了,躲躲闪闪的。

叶南说:"郗郗,晚上咱们四个一起吃顿饭吧,好久没聚了——你赶紧给兆槐打电话!"

郗紫说:"还是你打吧,我昨天回来都没见着他人。"

叶南警觉起来:"怎么回事?你俩也吵架了?"

"没有啊!他最近很忙,吃住都在公司,跟闭关练功一样。"

姚乐纯白了叶南一眼:"你巴不得天底下的男女都吵架才好呢!"

"哪有的事!"叶南忙赔笑,"我这不是担心他俩嘛——得,那我给他打!"

叶南拨通宗兆槐的号码,才说了两句嗓门就高起来。

"怎么每次找你都没空啊?喂,今天你老婆也在这儿!你要不过来她明天可就走啦!"

郗紫听了不觉蹙眉,叶南忽然把手机递给她:"他要跟你说话。"

宗兆槐在电话里说:"对不起郗郗,今晚有个重要的谈判,我没法过来,你跟叶南他们吃吧。"

"没关系,反正也不是我请你,你和叶南说清楚就行了……你是不是碰上麻烦了?"

"嗯,有点棘手。"宗兆槐不愿多谈,"你什么时候走?"

"看情况吧,也许明天下午。"

宗兆槐沉吟,然后说:"那我晚上尽量早点结束,一完事就过去接你。对了,你们在哪儿吃?"

郗萦便问叶南,叶南转头,殷勤地征求姚乐纯意见:"要不咱们就在丽都找个地方好不好?"

"随便。"姚乐纯对他态度还是淡淡的。

郗萦就对宗兆槐说:"在丽都。"

"哦,我跟人约在梅苑,离丽都不远,到时你等我电话。"

"行。"

通完电话,郗萦把手机还给叶南:"以后别称呼我是他老婆,难听死了,我们又没结婚。"

叶南冤枉地大叫:"这可不怪我,兆槐自己就是这么称呼你的,我们都习惯了!"

郗萦一脸郁闷,姚乐纯瞧着她忍不住笑。

"对了郗郗,宗兆槐是不是在忙收购那个事儿呢?"

叶南立刻抢着告诉老婆:"就是为这桩事!最近兆槐都快焦头烂额了。"

姚乐纯诧异:"他不会真打算把公司卖掉吧?"

叶南见她终于肯跟自己好好说话了,高兴得眉飞色舞,一股脑儿把话往外倒:"怎么会!公司可是他的命根子,卖掉了他下半辈子怎么打发?不过这回遇上个难缠的,要跟他玩强买强卖……"

郗萦听得狐疑,打断他问:"强买强卖是什么意思?"

"不就是宇拓要买永辉嘛!"

"宇拓想买永辉,我听他提起过,"郗萦说,"但如果他不想卖,宇拓凭什么能强买?"

叶南端详她,小心试探:"兆槐他,难道没跟你提过?"

"提什么？"郗萦不解。

"哦，那没什么。"

郗萦更加疑惑，死盯着他："到底什么意思啊？"

叶南急于掩饰，随口说："是这样，宇拓不是要买永辉嘛！兆槐他当然不肯卖了，所以呢，宇拓就派了个娘们儿出来跟兆槐谈收购。那女的叫曾敏，我打听了一下此人的背景，是个厉害角色，著名政法大学毕业，早年做过律师，后来被挖到宇拓法务部，是宇拓接班人孔锋的心腹。这女人平时在公司里很低调，也没多少人注意她，但做起事来特别能忽悠，一副为你着想的架势，等谈完项目签完字，你发现自己上当已经来不及啦！嗨，女人就是有这种迷惑人的优势。"

郗萦听了，一言不发。

姚乐纯用力拍了一下叶南的胳膊，朝郗萦努努嘴："我觉得宗兆槐不是那种容易被迷惑的人，不管对手是男人还是女人。"

叶南一瞧郗萦的表情，猛然回过神来，赶紧为宗兆槐撇清："对对，别人可能会，他绝对不会！"

他们在丽都一家台湾餐馆吃晚饭，饭桌上谈的多是育儿经，叶南显然做足了功课，聊起来头头是道，姚乐纯虽然依旧对他爱答不理，不过听着听着，神色明显柔和下来。

饭后三个人又坐着喝会儿茶，说说话。

姚乐纯孕期不能喝茶，叶南给她要了杯果汁。坐了没多会儿，姚乐纯起身上洗手间，郗萦想陪她一块儿去，姚乐纯没让。

叶南立刻表示担心："你走路小心点儿！"

姚乐纯瞥了丈夫一眼："哪儿就那么娇贵了。"

剩下郗萦和叶南面对面。

郗紫还没来得及盘问叶南,他却先倒起苦水来,说的是同一件事——被姚乐纯发现手机里有暧昧短信,他坚称自己是冤枉的。

"真是一哥们儿跟我开玩笑!"他边说边掏出手机翻给郗紫看,"瞧见没?就是这货,男的,如假包换!我怎么可能在乐乐怀孕期间干那种事呢!这不没事找抽嘛!我脑子又没进水。"

郗紫不为所动:"到底有没有?"

叶南简直要呼天抢地:"姑奶奶,真没有!是不是非得我说有你们心里才踏实。可我也不能把白的硬说成黑的啊!没有就是没有嘛。乐乐这纯属心理作用。我跟她走到现在这步不容易,我怎么可能……郗郗,你好歹帮我劝劝她。"

"你要我怎么劝?"

"这么说吧,正因为我以前花过,知道那是怎么回事了,等于有了免疫力,才不会像有些男的那样,老婆一怀孕就出去鬼混。"

郗紫不吭声,托着腮,若有所思地打量他。

叶南态度特别诚恳:"我说的都是真的。"

姚乐纯一回来,两人就闭口不谈了。

怀孕的人特别容易累,姚乐纯打第三个哈欠时,叶南忍不住问:"要不,早点回家休息?"

"没关系,再坐会儿。"姚乐纯不想这么快跟郗紫分开。

郗紫见她面露倦色,也担心她的身体:"你们还是早点回去吧,别累着宝宝。"

叶南抽出手机要给宗兆槐打电话,被郗紫制止。

"他在谈正事呢,就别去骚扰他了。"

叶南笑嘻嘻地对姚乐纯说:"老婆你听见没,郗郗越来越体贴兆槐了!"

姚乐纯白了他一眼,问郗紫:"那你去隔壁星巴克坐会儿?"

郗紫笑笑说:"你们别替我操心了,我刚刚吃撑了,想在这附近走走,消消食。"

三个人一起出了丽都,叶南去取车,郗紫就陪姚乐纯在路边等着。

郗紫说:"刚才叶南主动跟我说了那个事,就是一男性朋友跟他恶作剧。"

姚乐纯嘟哝:"他当然这么说了。"

郗紫道:"一个人撒没撒谎,从他眼睛里就能看出来,我感觉叶南没撒谎。"

姚乐纯没说话。

"叶南他真的很爱你,你一生气,他甭提多紧张了。"

姚乐纯努了一下嘴:"可能是我太敏感了。算了,不去想了。"

郗紫笑着挽住她胳膊:"就该这样嘛,做了夫妻就得互相信任。"

"郗郗,你越来越像情感专家了。"姚乐纯也笑起来,"你和宗兆槐怎么样了,什么时候能请我们喝喜酒呀?"

"不知道啊!"郗紫自嘲,"所谓医人者不能自医。"

"你到底对他哪里不满意呢?"

"没有哪里不满意。"

姚乐纯嗔道:"那你们还等什么呢?等着等着人就老啦,难道你俩准备就这么不明不白走到白头吗?"

郗紫低头笑笑。

"郗郗,我知道你在怕什么,你怕跟你母亲一样,落到一个糟糕的婚姻里,对不对?"

郗紫不语。

"结婚是有风险,但也没你想的那么可怕。"姚乐纯的声音如春风化雨,"结了婚,会有很多实际问题要操心,比如夫妻间的磨合,不久还有小孩要养,不再有时间做白日梦,心会慢慢踏实下来,人也就不浮躁了。"

似乎身边的人都是这种论调,不过从姚乐纯嘴巴里说出来,郗紫就没那么反感了,她知道姚乐纯是真的担心自己,也许她只是自以为过得潇洒吧,她的生活始终少了点什么,一点分量,或是责任。

人终归不能生活在"生活"之外,因为做不到真的超凡脱俗,因为永远心有羁绊。

郗紫抬眼,姚乐纯目光柔和地注视着她——这是一张即将为人母的脸,平和、沉稳、自信,即使有些微的烦恼化为皱纹点缀其间,也依然是美丽的,它们令她更加成熟。

郗紫为之动容,一缕崭新的渴望悄悄从心头升起。

"我会好好考虑的。"她说。

她终于放软了口气,姚乐纯的笑容里溢满欢欣,张开手臂与她拥抱了一下。

送走姚乐纯夫妇,郗紫沿丽都前面的主街慢慢地向东逛,梅苑就在这条路的另一边。

完美是不存在的,她边走边想。

从前,她与宗兆槐身体和谐但内心疏远,现在,心在一点点靠近他了,可身体却产生了排斥。她知道这是偷看林菲日记的恶果。

如今在床上,她常常会产生一种错觉,仿佛在场的不是两个人,而是三个,那种感觉既恐怖,也令她分神,根本无从谈及享受。

但也许这只是暂时的,过段时间就能恢复,而且谈到婚姻,似乎"爱"与"信任"更为关键,此前她就是卡在了这里——她无法完全信任宗兆槐,这才是他俩之间最大的问题。

她该不该学学姚乐纯,勇敢地敞开心扉,往前跨一步呢?

曾敏迟到了,推门进包间时,宗兆槐正低头看表。

她连声道歉:"对不起对不起,让你久等了——刚跟孔董他们开完会,就为商量咱们这事儿,我也没法提早退场。"

宗兆槐起身邀她入座,嘴上说:"希望你带来的是好消息。"

曾敏微微一笑,并不着急亮牌。

这次他们约在一家东南亚风味的饭店。出于礼貌,宗兆槐等曾敏到了才点菜,曾敏也不含糊,一口气点了六七个。此外,她还要求服务员开一瓶红酒。

宗兆槐半开玩笑说:"我谈正事的时候从不喝酒。"

曾敏神色俏皮:"那我跟你相反,越是紧张就越爱喝点什么,酒精可以起到放松神经的作用。"

"我明白了,看来不是好消息。"

曾敏笑起来:"宗先生,你太紧张了,确实应该喝点酒,调节一下心情。"

宗兆槐苦笑:"换作是你,心情会好吗?"

"我跟你不一样,我一辈子都在给人打工,对我来说,没什么比挣钱更重要。"曾敏看看他,"而且我是女人,没你们男人那种野心,我很早以前就做好打算了,等赚够了钱就辞职,趁着还不是太老,好好享受几年悠闲日子,也算对得起自己。"

"赚多少算够?"

曾敏伸出手来比画了一下:"我算过,以我活到六十岁为标准……"

宗兆槐忍不住插嘴:"六十岁是不是年轻了点?"

"我感觉差不多了,活太长也挺无聊的——像我这种没有家累的人,有个五百万就能过得很舒服了,我又不打算给谁留遗产。"

宗兆槐点头:"五百万,对你来说不算天文数字。"

"是啊!不过我这人花钱特别大手大脚。"曾敏伸出手掌,"我妈说我五指并不拢,属于漏斗型,留不住钱财——真被她蒙对了。"

服务员把红酒开了拿上来,在曾敏的劝说下,宗兆槐勉强让她给自己倒了半杯。

曾敏举杯,宗兆槐也跟着把杯子举起来,神色却是无奈的:"好像还没到庆祝的时候吧?"

"是还没到。"曾敏眨了眨眼睛,"不过可以预祝咱们合作顺利!"

碰杯后,宗兆槐象征性地抿了一口便搁下酒杯,也不动筷,眼睛牢牢盯着对面的曾敏,曾敏当然明白他在等什么。她双掌交叠,放在桌上。

"孔董开了好几次会,反复讨论你提出来的那个方案,我也明确告诉他,你对收购有多不感冒。就在刚才,他们定下了最终条件。"

宗兆槐屏息望着她。

"孔董同意签不竞争协议,但要求把股票收购的上限提升到百分之三十五。另外,永辉每年要提前把财务报表发给宇拓,比如费用预算、预估的销售额等等。"

宗兆槐一听就笑,身子重重地往后一靠,摇头说:"永辉没有上市,目前我手上有百分之七十二的内部股,剩下的百分之二十八,其中百分之十在员工手里,另有百分之十八抵押在银行——照孔董的意思,宇拓分到百分之三十五,我手上还剩百分之三十七,两者仅仅相差百分之二。宇拓只要再弄到百分之三,就能超过我,成为永辉最大的股东——收购百分之三,对孔董来说根本不算个事。"

"你可以做做员工的工作,把他们手上的股票收些回来,银行方面,只要你不违约,那百分之十八早晚还是你的。"

宗兆槐轻哼一声:"人心难测。我可以做底下人的工作,你们难道就不能做了?只要我一点头,往后的态势就很难控制了。再说,收购需要大笔资金,我目前最缺的就是钱——你们孔董算得够精!"

曾敏目含同情:"问题是你没得选择……这是他们最终的决定,如果没什么意外,不大可能改了。"

宗兆槐深深吸气,又徐徐吁出,胸口感觉异样地闷。

宇拓走了一招缓兵之计,表面上给他一个台阶,但只要他接受下来,宇拓就等于是把利爪插进了永辉的心脏,吞噬永辉只是个时间问题。

沉思期间,他喝了好几口酒,曾敏没有打扰他,等他酒杯空了,她默默地给他重新斟满。

宗兆槐忽然问:"如果你处在我的位子上,你怎么办?"

曾敏毫不犹豫:"我会把公司卖掉,尽我所能争取个好价钱。"

宗兆槐失笑:"忘了你只想养老了。"

"养老用不了那么多钱,但我不会在一件没有希望的事情上死抠,拿了钱,将来还可以东山再起。"

"你以为你们孔董不会在协议里写上竞业条款?"

"他会。但你可以干别的呀,为什么非要在这个行业里待着呢?"曾敏循循善诱,"我以前读过一本书,英国军事家哈特写的《战略论》。他大概是这么说的:通常被看作是漫长而曲折的间接道路,有时却往往能成为通往目的地的最短路径。所以,你该乐观一点,也许你卖掉永辉,在别的领域反而能发挥得更好呢!"

宗兆槐摇头苦笑:"远水解不了近渴。我经营永辉八年多,几乎倾注了所有心血才把它做到现在的规模,换个行当,还得从零开始……更何况,这不是我主动的选择!"

他搁在桌上的手逐渐握成拳状,无论怎么努力开导自己,总难摆脱那股深深的受辱之感。

曾敏表示理解:"你已经很有风度了,换了别人不可能再跟我同桌吃饭。"

冬阴功汤上来后,她先给宗兆槐盛了一碗,神色真诚:"这是第一次,我希望自己的谈判对手能赢。"

宗兆槐瞥她一眼,神色缓和了些。

"谢谢你这么说。"他叹口气,"我没法很快回复你,给我点时间,我得再仔细想想。"

谈判告一段落,两人的神经不再紧紧绷着,曾敏开始大快朵颐,宗兆槐没想到她胃口这么好。曾敏笑着解释:"我都快饿死了,谈项目很耗体力的。"

她喝完一碗汤,见宗兆槐尽喝茶,不动筷,便说:"你怎么不吃,不饿吗?"

"你多吃点吧,我没胃口。"宗兆槐的心思显然还在公事上,"你们孔董真精明,派你来跟我谈,我就是想冲你发火也撂不下脸。"

曾敏咯咯笑了会儿,看似不经意地问:"你和郗小姐还有来往吧?"

宗兆槐微微蹙眉:"这也是业务范畴内的问题?"

"不是,我好奇而已。"

她快速看了看对面的宗兆槐,又低头去夹盘子里的菜,却没有马上往嘴里塞。

"告诉你个秘密。"她低声说,"宇拓一年前就有收购永辉的想法了。所以这一年来,我一直在研究你,虽然能查到的资料不多,但大体上你的个人经历我都知道:有过一段短暂婚史,后来一直独身,为人低调,做事风格特别……"

"特别?"

"只要能达到目的,可以不择手段。我这么说,不算言过其实吧?"

宗兆槐扯了扯嘴角。

"但很长一段时间里,我都找不到可以把你请到谈判桌上来的突破口,直到我把注意力转向……"她猛然顿住口。

宗兆槐却替她说下去:"梁健?"

"你猜到了?"曾敏有点尴尬,很快又释然。

"又不难猜。"

"也对,以你的智商,确实不难猜。"她微微偏转脸,"我估计你早猜到了,不过孔锋对梁健很有信心,我也不便说什么……顺便说一句,今晚的谈话,我不会告诉孔锋。"

她说出了宗兆槐希望听到的话——他主动爆出梁健,其实就是想赌一把。

"为什么?他不是你上司吗?听说还很器重你。"他表现出饶有兴致的样子。

曾敏耸了一下肩:"没错,但我有选择告诉他什么或是不告诉他什么的权利,而且——你不见得希望他知道吧?"

她又用那种既锐利又复杂的眼神盯着宗兆槐,也许是期望得到一点回应,宗兆槐避开了。

"不过我对你那些手段不太感兴趣。我最好奇的是,你对郗小姐……究竟是一种什么样的感情？"

她把话题又绕了回来，宗兆槐笑笑，依然不回应。

曾敏不知不觉就喝多了，两朵红云卧在面颊上，和她整体气质颇不相称。这问题在她心头盘桓了很久，一旦有机会问出口，就有点刹不住车。

"还有，郗小姐又是以什么样的心态和你相处的呢？她一定恨你吧？我想，那件事本身——我是说她跟阮思平上床——也许不是最伤女人心的，最令她伤心的，大概是她曾经仰慕的男人设计利用了她。不过她肯定还爱着你，不然不会继续留在你身边……矛盾啊，好像是进了一个死循环。"

宗兆槐任由她说，始终不置一词。

曾敏再次把目光投向他。

"你呢？和她在一起是因为愧疚还是真的喜欢上她了？"她的脑袋略略往一边歪，仿佛在费力思索，"男人会喜欢上自己的一枚棋子吗？"

宗兆槐低头笑笑，神色平静。

曾敏看着这样的他，忽然醒悟过来，关于那件事，他是什么都不会告诉自己的——他公私一向分得很清。

她再次耸肩："对不起，我好像问的问题太多了，呵呵。"

宗兆槐当着她的面扫了眼腕表，九点半了，他惦记着去接郗萦。

曾敏的盘子里还堆了不少食物，但她已经吃不下了，见宗兆槐心思游离，清楚他无意继续，便主动提议结束。

宗兆槐松了口气，礼节性地问她："你是怎么来的？"

"开车。"

"怎么回去？"

"当然开回去了。"

宗兆槐瞧着对面那张红扑扑的脸:"你喝了不少酒,就算有把握开回去,路上万一遇到交警也麻烦。"

曾敏没坚持,问:"你上哪儿?如果方便就捎我一程。"

如果今晚没和郗萦约好,宗兆槐自然不会拒绝,但他不愿让郗萦久等,更不想让她和曾敏有任何接触的机会——曾敏说她研究了自己一年多,显然也研究过郗萦。

"我给你叫一辆车怎么样?"

曾敏满怀期待的神色中流露出一丝失落,但她掩饰得很好。

"也行,那就谢谢你了!"

宗兆槐本可以把曾敏托付给服务台,请他们代为叫一辆出租车即可,但考虑到这女人对未来的谈判至关重要,他还是决定亲自陪曾敏到路边打车,反正这地方是闹市,出租车多的是。

走下饭店台阶时,曾敏脚一软,不免趔趄,宗兆槐及时扶住她,台阶有七八级,他挽着曾敏慢慢往下走。

"我今天丑丢大了。"曾敏再次道歉。

宗兆槐笑着调侃她:"没想到你这么不能喝。"

"坦白告诉你,平时出来应酬我从不喝酒,今天是例外。"

宗兆槐没问她为什么破例,他能感觉出曾敏对自己有好感。在目前这种微妙的情形下,这绝对算不上坏事,但倘若处理不当,也可能演变出糟糕的结果。

曾敏大概在等他问点什么,但宗兆槐只是小心地护着她走下台阶,一到平地上,他挽着她的手明显松了劲,不过没有立刻放开。

"我很少见到像你这么沉得住气的男人。"曾敏扭头对他说。

她处理过许多麻烦,有一回,被她约谈的男人气头上,居然抄起架子上一个仿宋瓷器朝她砸过来——为了证明自己没说谎,她停下脚步,撩开刘海,给宗兆槐看额角,那里的确有个淡棕色的伤疤。

曾敏眼巴巴望着宗兆槐,仿佛在等他安慰,或别的什么,目光中流露出某种渴望。

宗兆槐本该推开她,但她眼中那股孤独的气息莫名触动了他,他心有不忍,觉得这女人也不容易。

可他实在不知道这时候该说点什么,于是鬼使神差地伸出手,往那伤口上轻轻地摸了摸。

短暂而轻柔的碰触,如蜻蜓点水,一晃而过,但足以抚慰人心。

曾敏在他手指触及自己肌肤的那一刻闭上眼睛,在微微的陶醉中,脸上流露出一丝浑然不觉的迷惘,这表情令她一下年轻了十几岁。

那时他们已经站在马路边上,橘红色的路灯从头顶明晃晃地照下来,把他们站立的区域变成了一个微型舞台。

曾敏靠在他身上,也许是真醉了,也许是故意,宗兆槐尽量忽略这一点,伸长脖子看向路尽头,希望很快能有一辆空车经过。

曾敏忽然轻轻地笑了起来。

"刚才跟你说的那些话,有关退休后过好日子……其实都是鬼扯,呵呵!"她自嘲地解释,"单身是很自由,可也很寂寞呀,尤其到了晚上……有时候实在受不了,就去酒吧泡上一整夜,也会跟陌生男人回去,不是因为那方面饥渴,而是想……晚上能有个人陪,睡不着的时候就会觉得,夜真长啊!"

宗兆槐被她这么靠着,听她说着这些也许清醒过来会懊悔万分的话,有点不知所措。他没多少应付女人的经验,即便能感觉到来自女人的好感,顶多局限于耍耍嘴皮子。他没想到事态进展会如此之快。

他犹豫着,到底该不该推开她——平心而论,他不反感曾敏,也正因为如此,才更不想给她虚妄的期待。然而推开她同样可能伤到她自尊。

这样想着,他略含烦恼地转过头,看向路的另一边——郗紫正站在离他们十来米远的街角处,默不作声地盯着他们。

一路上,两人基本沉默,太尴尬了。宗兆槐希望有机会解释,但郗紫不问,他主动提起来,有点不打自招的心虚感。

终于到家了。

郗紫问:"喝茶吗?"口气镇定而平淡。

以往他俩若是晚上碰面,总是先洗澡,再缠绵,之后才顾及别的。

"好。"宗兆槐不敢有任何反对意见,他断定郗紫心里有火,他只想顺着她。

郗紫在厨房煮水,宗兆槐便去冲淋,内心始终忐忑,这一关简直比宇拓给他设的难题还不容易过。

水开了,水壶盖子发出噗噗的声响,沸腾的水溢出来,差点把炉火浇灭,郗紫这才惊觉,手忙脚乱地关火,拎起水壶往放了茶叶的壶里冲水。

宗兆槐很快从浴室出来,身上披着浴袍,边用大毛巾擦头发,边四下张望。

空气中飘来冻顶乌龙的幽香,郗紫已经把茶壶和茶杯都端至客厅。她则坐在沙发里,不像平时那样跷着脚或是歪着腿,她坐得端端正正,这姿势让宗兆槐更加不安。

他在郗紫身边坐下,手里叠弄着毛巾,轻声问:"你不去洗澡?"

郗紫答非所问,她依然表现得很平静:"今天吃晚饭的时候,叶南说宇拓要买你的公司,而且还要强买,有这回事吗?"

宗兆槐轻轻皱眉:"没那么严重,叶南这家伙就爱夸大其词……是富宁那张单子出了点问题。"

郗紫一听就转开了目光。

宗兆槐小心地瞄她一眼,继续解释:"宇拓对三年前丢了富宁那半张单子一直耿耿于怀,照他们的意思,富宁的业务该全部归宇拓,现在他们就想着要把在永辉手上的这部分业务也转移过去,收购只是个手段。但我不想卖掉永辉,所以正努力往合作的方向上谈。"

"有合同在,你怕什么?"

宗兆槐苦笑了一下:"合同还有一年多就到期了,宇拓和富宁的关系很深,如果现在不谈妥合作,到时候恐怕会被踢出局。"

郗紫抬起头,面无表情地问:"你就非得做富宁的生意?当初不是说富宁只是一块接单子的跳板吗?"

"是这么说过,但经济一直上不去,大单子不好找。富宁又刚接下一个国家级的大项目……如果现在放弃,前几年的努力就算白费了。"

郗紫听了,没再发表意见。

宗兆槐不安,时不时瞥她一眼,而郗紫只是沉默着,神色莫测。宗兆槐舔了一下嘴唇,准备主动交代跟曾敏的那一节。

"郗郗,今天晚上……"开了口才发现着实困难,那是郗紫亲眼所见,他越撇清,越容易招她疑心。

郗紫却不想听,打断他说:"那人就是曾敏吧?"

"嗯。"宗兆槐心里没底,点头承认,"她代表宇拓跟我谈合作的事。"

"你们谈得顺利吗?"

"不好说,吉凶难料。"

"没事,曾敏会帮你的,我看得出来。"她的口气既不像讽刺,也不是开玩笑。

宗兆槐就怕她来这一手,皱着眉把毛巾撂在桌上。

"我跟她没什么事,她今天喝多了,我不能把她撂那儿不管。"

"今晚有几个人吃饭? 就你们俩吧?"

宗兆槐被问住,他转开脸,忽然觉得烦闷,还很累。

郗紫笑笑说:"我又没怪你。"她端起茶杯喝了一口:"你挺用得着她的吧? 她对你也有意思,这样挺好。"

"你什么意思?"

"就这意思呗,你不是想让她帮你保住富宁的业务吗? 你尽可以按自己的想法去做,不用顾忌我。"她露出认真思索的神情,过一会儿又补充,"如果我妨碍了你,千万记得告诉我,我不会不识趣的。"

她加重语气:"我一点都不想成为别人的绊脚石。"

愠怒在宗兆槐眼里堆积。

郗紫本想好好说的,保持理性,冷静地解决问题,然而一开口就重回过去的窠臼:刻薄、嘲讽。她忽然明白,决定你成为什么样人的,是你血管里流淌的血液——她继承了母亲的血液:倔强、不妥协,无论用多少理论武装自己。

宗兆槐和曾敏在路边的暧昧她看得一清二楚,她一下就猜到那女人是谁。宗兆槐发现她之后也没立刻与她打招呼,只是稍稍和曾敏拉开点距离。

很快,有一辆出租车停在他们面前,他把曾敏扶上车,向的哥交代清楚去向,等车子开远了,他才快步走向郗萦。

她本不该意外宗兆槐的这些反应,她认识他三年了,知道他一直就是这么个人,永远分得清轻重缓急。她也相信宗兆槐不会移情别恋,那只是出于某种需要——为了他的公司,他的事业。

回来的路上,她考虑过各种处理方式,甚至包括无视那一幕,继续和他维持下去。但她做不到,她终归还是在意的,很在意。

郗萦站起身:"刚给我妈打了电话,今天得早点回去,我也该多陪陪她了。"

她拾起放在沙发上的小包,正欲走,宗兆槐拦住她。

"你非要这么气我?"

郗萦仰头笑了笑:"你不觉得,你现在更应该关心的是你的公司吗?还是多想想怎么跟曾小姐搞好关系吧!"

他瞪着她,她也瞪着他。

可是他能把她怎么样呢,又不能揍她,他觉得自己的耐心快用光了。愤懑是一股可怕的力量,其中还夹杂着不被理解的委屈,总得发泄出来才能罢休。

宗兆槐伸手抄住郗萦后脑勺,俯首,用力亲她。

他的怒气,有一半是因为郗萦说对了——他的确想利用曾敏,在自己可以承受的范围内。这使得他根本无从反驳,而郗萦还用那样讥诮的口吻说出来,一点不给他留情面。

郗萦激烈抗拒,如果宗兆槐不是预先扣住她双手,很可能脸上已挨了耳光——她就像一匹烈马,不管对她多好,终难驯服。

她咬了他,宗兆槐吃痛,松开嘴,口腔里满是血腥味,两人再次瞪着对方,仇敌似的。

郗紫的胳膊还被他牢牢攥着,这囚徒似的滋味令她赫然想起往事,她眼里满是怨毒,一如当年她在他办公室心碎的那一刻。

宗兆槐望着这双眼睛,里面毫无柔情蜜意,他努力了两年,不过是枉费心机,郗紫牢牢记着的始终只有恨而已。

这么想着,他的情绪骤然失控,仿佛精心搭建的沙塔被一阵风吹垮。

他沉着脸把郗紫按倒在沙发上,没等郗紫爬起来,他已甩掉浴袍,单腿跪在她后背上钳制住她。裂帛声中,郗紫的裙子连同内裤全被扯了下来,她赤裸着下身,毫无尊严地呈现在宗兆槐面前。

郗紫气疯了:"宗兆槐你混蛋!"

宗兆槐心里有一团火在烧,他仅仅是牵了牵嘴角,随后褪去自己的内裤,俯下身,这一次,他要用自己喜欢的方式,不再听任郗紫摆布。

"放开我!"郗紫拼命挣扎。

她想回头,但脑袋被宗兆槐按着,根本动弹不了,她感觉到他的另一只手抄在自己小腹处,用力向上一提,迫使她臀部拱起。

"混蛋!"她怒极呜咽,脸颊紧贴沙发的姿势让她连哭闹都无法大声。

宗兆槐并不理她,从后面强行进入。

郗紫唯有两只手还是自由的,她朝后使劲乱抓,在宗兆槐光裸的胳膊上挠出一道道伤痕,却依然阻止不了他的入侵。

混乱中,她还能清楚地感知宗兆槐正在逐渐亢奋,缠缚住她的手变得更有力道,好像郗紫不是一个人,而是一个供人享乐的充气娃娃。

这念头如鬼魅似的钻入脑子,令她突然之间哆嗦了一下,仿佛被林菲附体。

屈辱感、受伤感,还有汹涌奔来的愤怒交织在一起,它们一拥而上,填满她整个身体,她的嗓子眼里翻滚着咒骂,泪水却滚滚而下。

她反抗得如此激烈,宗兆槐不得不改变姿势,用全身压住郗紫。他喘息着加快速度,好像一列即将冲出轨道的火车,在两人同时发出的叫声中,横冲直撞抵达终点。

所有的嘈杂在一刹那全都偃旗息鼓,房间里安静得诡异。

一丝羞耻感从郗紫心头滑过,她没想到如此情形下自己居然还能达到高潮,简直是莫大的讽刺。她应该忍着,而不是发出叫声让宗兆槐获悉她身体的秘密——那一刻,他还不忘如往常那样用力抵住她——这会减轻她对他暴行控诉的力度。

宗兆槐还趴在郗紫身上。熟悉的身体,熟悉的温度,令他心底卷过深深的眷恋,他有些懊恼,希望能做点什么平息郗紫的怒气。

身下的人开口了:"滚!"语气冷而闷。

他听话地松开她,起身。

郗紫弯腰捞起散在地上的衣服就往身上套,动作僵硬,手微微颤抖。裙子的拉链口被撕裂了,她狠狠地打了个结固定住。穿罢衣服,她又理了理凌乱的头发,这才抓起自己的包。

宗兆槐想阻止,但郗紫用寒冰一样的眼神瞪着他,他只得松手。

然后,她头也不回地离开。

门阖上的声音仿佛在屋子里回响了很久。

宗兆槐重新披上浴袍,靠着沙发的脚坐在地板上,一只脚平伸向前,一只脚屈起,脑子里面和眼前的房子一样,空空荡荡。

地板有点冷,但他不在乎,低着头,给自己点了一根烟,对着静寂的客厅吞云吐雾。

郗紫没有回家,这个点,母亲早睡了,她无处可去,以前还能找姚乐纯凑合一下。

她随便找了家连锁酒店住下,一进房间就踢掉脚上的鞋去冲澡。

她把水温调得比以往略高,微热的水流冲刷过皮肤,舒服得令人战栗。她闭上眼睛,仰头迎着水洒下来的方向,真想把自己变成一缕雾气,就此蒸发。

洗完澡,她爬上床,身体很累,但睡意全无。

她先是趴着,很快被耻辱的记忆敲了一下后脑勺。她翻过身来仰躺,像个神经病似的瞪着空无一物的天花板。

良久,她笑起来,一发不可收拾,直到泪水从眼眶里涌出。

关于那个选择——如果时光倒流,重回三年前,宗兆槐还会做出同样的决定吗?

他俩在一起后,他几次三番说不会。但郗紫现在知道,答案不会改变:他不会为了任何人放弃富宁,还有永辉,反过来说,他会为了他的事业不惜一切代价。

这三年来,宗兆槐没变,变的是她自己,努力做自我调整,改变观念,消化过去,终至袒露心扉,承认对他的感情。她以为这就是成熟、蜕变。

而今晚,她产生了一瞬间清醒的错觉——从一个漫长而迷糊的梦中醒来。在那之前,她一直错误地以为自己是掌握主动的一方。

如果他面对的不是自己,而是背叛前的林菲,是否会有不同的选择?郗紫遏制不住如此设想,尽管明白这样不公平,无论对谁。

她只是突然找不到自己的位置——在窥探过宗兆槐与林菲的过去之后,这个危险就一直隐隐存在。

宗兆槐把生动鲜活的自己全部给了林菲,现在的他,犹如一个从过去中蝉蜕而出的影子,所以能声色不动、喜怒不露、冷静克制、进退自如。没有什么能撼动得了他的意志,包括郗紫。她本该清楚这个事实,只不过走着走着,误把梦境当成了现实。

　　她感到愧悔,在她这个年纪,本不该如此天真。

　　似乎天真是每个女人的通病,以为能够单凭爱情驾驭男人。而事实恰好相反,真正被愚弄的往往是那个自我感觉良好的人。

　　郗紫缓缓滑入梦乡,却始终睡不熟。思绪在浅层睡眠里跳跃挣扎,睡着了比醒着时还累。

　　夜半,她莫名醒来,梦里的思索尚未散尽,她抓住其中一条的尾巴,那是某个声音对她的大声诘问。

　　三年前,她三十岁,和姚乐纯在酒吧喝着酒,立下了许多豪言壮志。

　　三年后的今天,除了始终萦绕于身上的不安全感,她还有什么?

　　一阵虚空兜头朝她袭来,她惶惶不安,被勾起烟瘾。

　　她下床,从包里翻出一包淡薄荷味的香烟,还有一只廉价打火机,这打火机勾起了她另一番回忆。她已经掏出一根烟,顿了顿,还是放了回去。

　　以往,每当心烦意乱时,她就靠烟、靠任性、靠做爱发泄调整,然而没有一样东西给她带来过好结果。

　　她把整包烟都丢进字纸篓,重新爬回床上,用枕头垫着后背,双臂抱膝,就这么呆呆地坐着。有些场景不必费力就能轻易记起:那个心灰意冷的黄昏,她看到的绝美落日,以及夕阳下平静如水的心情。

　　此刻,她无比渴望能再次获得那样的安宁。

　　这一夜,郗紫基本没合眼,她想了很多事,也预见了很多种可能性。她看见自己再次走到了三岔路口。

但这一次,她要格外冷静,更加审慎地考虑未来——她已经很难再重燃激情,也许,这是她这辈子最后的机会了。

上午十点,郗紫从无梦的睡眠中苏醒,这一觉质量颇高,弥补了熬夜的乏累。

她洗漱完,退房,打车到火车站,买了回新吴的车票,在候车室坐定后才把手机打开。

宗兆槐给她打了十几个电话,分布于不同时段,还有数条短信,口气从试探到焦虑,满怀歉意。

郗紫逐条翻完,想了想,主动给他打回去。

终于听到她的声音,宗兆槐明显松了口气:"对不起,郗郗,昨晚是我不好……"

"别说了,我不想再提这事。"

"你在哪儿?我现在就去找你,咱们好好谈谈。"

"我已经到火车站了,马上就回新吴。"

"那你在车站等我,我开车送你回新吴,咱们可以路上聊。"

"算了,你也够忙的,别跑来跑去了。"

她忽然变得这么体贴,宗兆槐一时竟无法适应,不过他了解郗紫的脾气,心知再纠缠下去她可能就没好性子了,只得说:"也行……那么,我尽早抽时间去看你。"

电话那头一阵静默。

宗兆槐不安:"郗郗。"

"宗兆槐,我们分手吧。"

"……郗郗,昨天是我不对,我最近……"

"不是因为昨天的事。"

"那是为什么?"

"我不想再跟你这样下去了。"

轮到宗兆槐沉默了。

郗萦握着手机,尽管已拿定主意,手心仍微觉汗意,她很清楚,宗兆槐绝不是那么好对付的,尤其当你站在他的对立面上时。

"等你冷静一点咱们再谈好不好?"宗兆槐终于开口,依然是温和的口吻。

"我没有不冷静。"郗萦也努力让语气平和,不带任何赌气的成分。

"你再好好想想,别急着做决定,我也好好想想,这件事,我希望咱们能面对面谈。"宗兆槐深深吸气,"郗郗,我最近真的很忙,再给我点时间,行吗?"

"……好。"郗萦到底还是心软了。

挂了电话,宗兆槐呆坐片刻,缓缓抬手,猛然将桌上的文件、纸笔等物统统扫落在地。秘书听到动静,立刻敲门进来,但见宗兆槐黑沉着脸端坐在椅子里,地上一片狼藉。

"宗先生,需要帮忙吗?"她怯怯地问。

"不用,你出去吧。"

"那我把东西给您捡……"

"出去!"

秘书涨红了脸,惊慌失措地退了出去。

宗兆槐闭上眼睛,轻叹了口气,他很少这样在员工面前失态,那女孩算撞在枪口上了。

感觉自己平静了些后,他起身离开座位,没走几步,脚下就踩到一支水笔。他低头看了看,又慢慢蹲下身去,将散落的物品一件一件拾回桌上。

曾敏的声音在电话里格外温柔,她向宗兆槐道歉:"我想我昨晚说了很多胡话,希望没给你造成困扰。"

宗兆槐说:"没那么严重,闲聊而已,不必放在心上。"

"不,我想了又想,还是决定给你打这个电话解释一下,我的确有错。昨晚我实在是……我以前从没这样过。"

"你喝多了。"

"我是指,"曾敏咬着唇,压低嗓门,像是在跟自己较劲,"跟有工作关系的男人调情,那样会显得很不专业。"

宗兆槐没想到她这样坦率,但他不清楚曾敏这么说究竟代表什么,只得保持谨慎,继续宽慰她。

"你想多了。你没做什么出格的事,喝多了开几句玩笑挺正常的。"顿一下,他用更加轻松的语气说,"不过你的酒量真是有点差劲啊,呵呵!"

曾敏笑了笑:"其实我很清楚自己说过些什么,我……真的很抱歉。"

梁健敲门进来时,宗兆槐正坐在椅子里,面向窗外出神,似乎对有人进来浑然不觉。梁健不得不咳嗽两声。

"宗先生。"

宗兆槐转过身来,面色已恢复如常:"来了?坐。"

他亲自给梁健倒茶,梁健接在手上,局促地喝了一口。宗兆槐在他对面坐下。

"和孔锋见过面了?"他目含期待。

"见过了。"梁健忙搁下茶杯,正襟危坐,"他向我打听你愿意接受的底价。我都照你教我的说了。"

"他信吗?"

梁健点头:"他说只要你愿意,价钱他可以找他爸商量……我听他的意思,好像很急。"

"很急?"

"对,我感觉他希望这件事能尽快了结。"

宗兆槐皱眉沉思。

梁健又说:"孔锋这人倒是不难打交道,一旦信任你了,你说的话他还是能听进去,他的问题是比较善变,主意经常换——一开始他不同意对永辉部分控股,他想一步到位,所以才会让我跟你私下打听。不过今天见面,他口气又变了,说能合作也行。"

"那是因为,有人在后面给他出主意。"宗兆槐用手指有节奏地叩击茶几面。

"曾敏?"

宗兆槐摇头:"曾敏只是个打工的,没兴趣也没能力给他提供太多意见。"

他直起腰,换了个舒服的坐姿,左臂搭在沙发靠背上,双脚交叠在一起。

"出主意的人,十有八九是他姐姐孔薇和姐夫沈强。"他双眉微拧,完全进入谋虑状态,"沈强专搞销售,孔薇负责财务,都是不省心的主。这两人大概没少在孔锋跟前指手画脚。"

梁健深以为然,他跟沈强在夺单时屡次交过手,清楚他为人诡计多端,不容易对付。

宗兆槐忽然话锋一转,道:"孔锋虽然是总经理,但实权都不在他手上,站在他的立场想想,但凡有点脑子,应该不会觉得舒服吧?"

梁健设身处地地一想,立刻点头,并触类旁通。

"这么看,孔薇夫妇也不会舒服,公司实际上是他俩在管,但孔志成将来交权不可能交给女儿,孔锋再没能耐,董事长的位子是稳坐的。他俩应该比孔锋更不好受。"

"所以我在想,收购永辉的主意很可能是孔薇提出来的,至于她打什么算盘,"宗兆槐看着梁健,"就得靠你去弄明白了。"

梁健挺直了腰杆:"行!交给我,我再找孔锋探探口风。"

"也别太性急,万一引起他怀疑就麻烦了。"

"孔锋手上握着我的把柄,他觉得我不可能反水,所以我感觉,他还是挺相信我的。"

"这就好,但还是要小心。"

宗兆槐叮嘱完,若有所思地沉默了会儿,又说:"现在还只是猜想,不过,只要他们姐弟之间不是铁板一块,咱们就有办法自保了。"

梁健依然用力点着头,心情却很沉重。

和以往的战斗一样,他再次与宗兆槐捆绑在一起,只是这一次,情形比较特殊,他成了双料间谍,无论跟哪边交谈,他都必须表现出自己是在真心诚意给对方出主意,偶尔,他自己都会迷糊,他究竟是站在哪一边的?

不过,当他与宗兆槐清冷的目光相对时,立刻就清醒过来了。

"万一,他们姐弟之间感情不错呢?"他忍不住提醒宗兆槐,经验告诉他,期望越高,跌得越疼。

"那就再想别的办法。"宗兆槐并不沮丧,反而微微含笑,"你什么时候见过两条狗和和睦睦地在一个饭盆里吃饭了？"

月亮挂在山尖上方，又大又白。

郁紫在敞开的帐篷里躺着，正对那枚满月，它明亮得晃眼，像一面古代仕女用的镜子，微微泛着淡金色的光。

不晓得这会儿几点了，她懒得去找手机查时间，反正不早了。

山上寒气逼人，她身上裹着羽绒服不觉得，脸和脚没采取多少保护措施，凉意便如海边的浪潮，一阵接一阵涌来。

她想自己是疯了，才会跟邓煜跑到这荒山野地里来看月亮，周围十里不见人烟，真是杀人越货的好地方。退到几年前，这种场面稍微想一想就不寒而栗，不过面对邓煜，她一点危机感都没有，这家伙此时正像个孩子似的捣鼓刚借到手的天文望远镜。

望远镜很拉风，细烟囱那么粗的镜筒有近一米长，三脚架能拉到半人多高，带个遥控器，可以根据指示自动搜索星系并锁定目标。

然而邓煜调试了两个多小时，除了能看清月亮外，别的星星和肉眼所见区别不大，他之前曾扬言可以看见土星的光环。

"调不出来！"他不得不气馁地罢手，"要不再看看月亮吧！"

"不看了。"郁紫脑袋枕在手臂上，舒服得不想动弹，"刚才看了那么一会儿，我的眼睛都快被亮瞎了。"

"下次得带个滤镜过来。"

邓煜嘟哝着回到帐篷口，坐在郁紫旁边，这才感觉到冷。

"都春天了，怎么晚上还凉飕飕的？"

"春寒料峭呗。"

邓煜一过来，帐篷里闲适的气氛就没了，郁紫觉得继续躺着不太好，便也坐了起来。

月光把清辉洒落在山巅上,照着树木轻轻摇晃的影子,多少有些惊悚。

郗萦问:"要不要下山了?"

"再待会儿,难得夜里到山上来。"

这么晚了肯定是回不去的,他们在山脚下租了一间民舍,不过那是退而求其次的选择,他们原先打算在山上露营,但看样子待不了整晚,会冻死的。

邓煜环顾四周,感慨说:"哎呀,这地方真幽静,忽然很想唱点什么。"

郗萦立刻警告他:"别唱,小心把怪物招来。"

但邓煜已经低声唱了起来。

"则为你如花美眷,似水流年,是答儿闲寻遍,在幽闺自怜……"

郗萦没想到他嗓子这么好,和专业的听上去几乎没区别。当然,她也没怎么听过昆曲,又见他跷着兰花指,便笑话他:"邓教授,你做这手势,真是说不出的娘娘腔。"

邓煜低头看看自己的兰花指,索性往下巴那里一比画:"妩媚吗?"

郗萦笑到肚子痛:"男人怎么能妩媚呢?"

"这有什么!辛弃疾的词不是这么写的吗?我见青山多妩媚,料青山见我应如是!辛弃疾妩媚得,我就妩媚不得?"

笑够了,郗萦停下来,打量邓煜的侧脸,他长得不算英俊,但相处久了,会觉得这是个既舒服又养眼的男人,确切地说,他是个开心的大男孩。和这样的人在一起,不会想很多,心情是放松而愉悦的。

"你是不是跟师傅学过唱戏?"郗萦问。

邓煜点头。

"启蒙老师是我爷爷。他特别爱听昆曲。你知道苏州人喜欢泡茶馆,他去的那地方不听评弹,听昆曲,我那时还很小,大概都没上小学呢,就经常被他带去听戏喝茶,一坐就是半天。要不是我妈拦着,我说不定现在也唱上昆曲了。"

"你爸爸妈妈呢,还在苏州?"

"爸爸在,妈妈五年前过世了。"

"我和你刚好相反,我妈妈还在,爸爸早走了。"

"那咱俩也算同病相怜。"邓煜低头看看她,"我觉得你最近变了。"

"嗯?你指什么?"

"具体我可说不清,也许是精神状态吧。上回见你你还愁眉不展的。本来我以为你不会跟我出来了。"

"算你的功劳吧。"郗萦说,"我得谢谢你,总有办法逗我开心。"

邓煜挤眉弄眼:"你知道就好。以后要多跟我出来玩。"

"可我从没像你这么快乐过。"郗萦轻叹,"我好像从小就过得不开心,总是担心被人否定,怕活得没价值。"

"你母亲对你是不是很严格?"

郗萦笑道:"果然是邓教授,一语就能道破天机。"

"小孩子不开心通常都跟家庭有关——她对你期望很高吧?"

郗萦便讲了些小时候与母亲相处的事给他听。她很久没回忆过那么久远的事了,也许有些事经过时光的腐蚀,已变得面目全非,但那些受伤的情绪总还深埋心底,久久不能释怀。

"我其实是个好胜心很强的人,从小我妈就要求我'一定要赢,绝不能输',所以我很早就有竞争意识,听到别人比自己厉害,就忍不住想追上去超过他,长大后,这种意识更是贯穿方方面面,只要一干活,就惦记着要怎么才能赢的问题。"

"竞争主要由资源稀缺导致,只要这种状态不改变,竞争是无法避免的。"邓煜说,"不过父母的心态对孩子会起到决定性影响,我爸妈在这方面对我管得就不严,有点放任自流的意思,所以我过得比你松散不少。"

"真羡慕你。我也想过要改变,尤其这两年,一再提醒自己要慢一点,别有那么深的功利心,我又不愁吃穿,干吗老要逼自己,把生活搞得紧张兮兮的呢!道理是明白的,可一到实际中就又陷入以前那种心态了。骨子里根深蒂固的东西,要擦除干净真的很难……告诉你,你可别笑,我十几岁的时候还想过自杀,不过没那个胆子。"

邓煜朝她做了个鬼脸:"青春期真危险,幸好你撑过了那个年龄段……其实人到一定年纪,心理会自然而然稳定下来,然后会发现很多以前看得特别重的事原来也没那么重。"

"是啊!好歹闯过来了,全须全尾的。"郗紫说,"如果我以后有小孩,一定不会逼他去做学霸,还有,我宁可他自私一点,别为了赢得表扬去讨好长辈。"

她说起小时候跟母亲去亲戚家拜年的事来。

母亲和亲戚聊天,桌上堆着一盘带壳花生,郗紫自己不吃,把剥了壳的花生一粒粒排在母亲面前。亲戚夸她孝顺,母亲也满意地摸了摸她的后脑勺。她始终记得自己当时沾沾自喜的心情。

"如果从小就有意识地去讨好别人,长大就会养成看人眼色行事的习惯,你的喜怒哀乐都操控在旁人手中,实在太累。"

"如果你有小孩,"邓煜慢慢地说,"我希望,那也是我的小孩。"

第八章 各自预谋

出了家门,走在余晖尚存的街边,郏萦拨通了宗兆槐的号码。

"我回三江了。"她镇定地说,"你方便吗?想跟你见个面。"

宗兆槐也很平静:"我在公司,暂时脱不开身,如果很急,你就到公司来吧。"

郗紫怔了三四秒才反应过来他在说什么,她扭转脸,想打量邓煜是不是开玩笑,如果是,这个玩笑未免也太轻佻了。

邓煜也正盯着她,脸上的神色却绝非调侃。

两人离得太近,郗紫连冷静一下的时间都没有,只能低着头,不吭声。

邓煜说:"希望我没吓着你。"

郗紫不免尴尬:"你忘了你的原则了?你是要一辈子独身的……我也是。"

"我没忘,我以前跟你说过,事情总是在不断变化着……我也很惊讶,还会爱上一个人。"

他的手伸过来,轻轻搭在郗紫手背上。"可碰上了就是碰上了,逃也逃不掉。两个独身主义者,只要够勇敢,也可以尝试新的生活方式。"邓煜温柔地注视着她,"你认为呢?"

郗紫忽然心乱,她关于未来的计划中根本没有邓煜,同时又觉得自己很蠢,她以为邓煜只不过是个爱玩的大男孩,他俩之间也仅存在普通性质的友情,但男女之间哪有纯粹的友谊呢?

邓煜俯身过来,郗紫来不及躲避,轻柔的吻已落在她脸颊上,不带任何索取的意味,像一个单方面的誓言。

"我不会逼你,这不是小事,如果你不接受也没关系。"

郗萦只能朝他笑笑,笑容依旧不自然。

邓煜抬头看看月亮,它正往山后方落下去,他对着月亮说:"我得谢谢它,给我勇气把想说的话都说出来。"

郗萦局促之间想,为什么人们总喜欢在月亮底下表白,是为了让誓言像月光一样洁白吗?

"如果……"邓煜沉吟着,又说,"如果你打算拒绝我,我希望,咱们还能和从前一样,仅仅作为朋友来往,行吗?"

郗萦有点难过,她已经决定离开新吴了,虽然还没最终确定接下来去哪里。

"……好。"她轻声说。

她是个在月光下说谎的人。

夜已深,宗兆槐还在办公室里来回踱步,梁健坐在沙发上,神情肃穆。

梁健带回来的消息印证了宗兆槐的猜测,孔家姐弟之间有着很深的隔阂,只是因为宇拓至今还是孔志成掌舵,他在子女面前又有绝对权威,矛盾才一直没有浮出水面。

孔薇无论智商还是情商都远高过弟弟,孔志成也明显偏爱女儿,这十几年,孔薇夫妇待在老爹身边尽心尽力的同时,自然也少不了培植心腹,两人在公司的根基比孔锋深很多。但因为孔志成的传统观念作祟,他们最终逃不过被边缘化的命运。

孔志成原来打算等孔锋年满三十后就把位子交出去,只是这几年他左看右看,孔锋的表现实在不如人意,兼之女儿女婿在各自的岗位上已驾轻就熟,孔志成也担心儿子上位后排挤姐姐姐夫,对公司造成无法挽回的伤害——孔锋过于性急,两年前就偷偷地在自己的势力范围内换人了,力图早日清除姐姐的势力。

如今孔锋已三十四岁,孔志成还没有退居幕后的打算,孔锋焦虑日深,认为是姐姐在父亲跟前进了谗言,只是他素来惧怕父亲,不敢公然挑衅,才维持住了表面上的一团和气。

"收购永辉,其实是孔志成的主意,"梁健告诉宗兆槐,"他也清楚移交的事不能再拖,又觉得有必要把儿子女儿拆开,否则这公司早晚被他们斗垮。所以孔志成想了个主意,把永辉买下来给孔薇夫妇当分手礼,孔薇对此也是愿意的——这都是我从孔锋的言谈中推测出来的。"

宗兆槐边踱步边沉吟,收购永辉,既能给女儿送上一份厚礼,又消灭了一个有力的竞争对手,孔志成的确老谋深算。

"难怪孔锋那么急着要完成收购,把孔薇夫妇扫地出门后,宇拓就是他一个人的了。"

梁健点头道:"如果是按宗先生的意思谈,宇拓和永辉合作,那孔薇要离开宇拓还得耗上好几年,这也是孔锋之前着急的原因。"

"孔薇不见得真想走吧?我看这个合作的提议能够继续下去,一定是她跟孔志成要求的,目的也是想拖时间。"

"很有可能,这样下去,孔家姐弟俩的矛盾肯定会激化。"

"买一家公司送给女儿,亏孔志成想得出来。"宗兆槐呵呵了两声,"他就不怕孔薇以后把永辉当作据点,跟孔锋撕破脸抢市场?"

"我估计孔志成也想到过,他肯定会跟孔薇约定一些条件,不过有没有用就两说了。但真要闹到那个地步,不管怎么着也是两家公司之间的竞争,总好过在一家公司里搞内讧。而且孔志成对自己的权威很有信心,只要他在,两边应该都不敢放肆。"

"孔志成心脏不太好吧?"

"对,去年做过一次搭桥手术,当时孔锋以为自己的机会来了,没想到他父亲对移交的事只字不提。"

在房间里转了不知多少个圈后,宗兆槐终于停了下来。

"你帮我约一下孔薇,我想跟她见个面。"

梁健有些诧异,但还是点头说:"好的。"

"注意别闹出动静,这个会面必须是秘密的……但你得想办法让孔锋知道。"

梁健迟疑着问:"你和孔薇是要私下达成什么协议吗?"

宗兆槐笑笑:"不,只是喝茶。"

梁健更加困惑:"那我该怎么跟孔锋说呢?"

"什么都不用解释,你只要让他知道我跟他姐姐见过面就行了。"

梁健想了想,恍然大悟:"你是要让孔锋怀疑孔薇背着他搞小动作?"

宗兆槐点头。

"不管我跟孔薇有没有私订协议,孔锋都会认为我们在瞒着他密谋。只要他起了疑心,就会对收购产生抵触情绪,这对咱们是有利的。"

梁健蹙眉,有些担忧:"但收购是孔志成的意思,孔锋再有意见,也不敢反对他父亲。"

"那是因为他的底线没被触及。他会不会跳起来,取决于咱们的烟幕弹能放到多大——如果他发现密谋的内容会危及他的利益呢?如果他以为我跟孔薇准备联手对付他,把宇拓的资源一点一点挪到永辉来,直到榨干宇拓,让他守着个空壳过日子,你认为他能忍?"

梁健明白,宗兆槐此刻告诉自己的只是个大概的策略,这些信息会在经过缜密加工后,由他负责传输给孔锋。但他担心自己完成不了如此艰巨的反间任务。

"宗先生,孔锋虽然能耐不大,但毕竟在宇拓干了这么多年,没那么容易轻信。我觉得,以我一个人的力量,可能达不到你要的效果。"

宗兆槐沉吟不语。

梁健察言观色,轻声说:"如果能在宇拓里面找个人跟我配合,成功率就会高很多。"

"孔锋在宇拓最信任谁?"

"曾敏。"梁健不假思索,"她当初就是孔锋招进宇拓的,这回孔志成找人谈收购,也是因为孔锋的力推,这差事才落到曾敏手里。"

"他们俩,有没有什么特别的关系?"宗兆槐低声问。

如果有那方面的关系会比较难办。

梁健很有信心地说:"应该没有。我感觉孔锋对曾敏只是单纯的信任。他提到过一句,说孔薇夫妇在宇拓上下拉拢人心,但曾敏是唯一一个没被他们拉过去的高管。这次收购,孔锋也是怕自己吃亏,所以竭力把曾敏推出来主事。"

他怀着期待看向宗兆槐:"如果能说服曾敏帮咱们,这个胜算就很大了。"

宗兆槐约曾敏吃晚饭,她欣然答应。

"我听说你和孔薇见过面了?"她的声音听上去颇愉悦,一点没为孔锋担心的意思。

"嗯,只是喝喝茶而已。"

"应该不是喝茶那么简单吧?"

宗兆槐笑笑,看来孔锋把疑虑都告诉心腹了。

"晚上见面谈吧。"他说,"我的确有点不太简单的事想跟你聊聊……属于咱俩私下性质的,所以,能不能先别向你们孔总汇报?"

曾敏听得笑了起来,很爽快地回答:"没问题。"

在饭店包间里,宗兆槐将自己的计划向曾敏和盘托出,她很冷静地听着,既没流露出惊讶,也没表示反对。

听完了,曾敏依旧沉默。

宗兆槐也不催,静静地等,他明白自己是在赌,但并非一点把握都没有。

桌上的菜凉了,茶水也温吞吞的,他没叫服务员过来更换,这种时候,还是避免任何干扰为妙——人的思维有时是很奇怪的,瞬息万变,也许一个微小的举止就可能促使其改变主意。

良久,曾敏终于扬起脸,神色平静,判断不出任何倾向。

"我为什么要帮你?"

宗兆槐真诚表示:"你要什么条件,咱们可以商量。"

"你知道孔锋让我出来谈这个项目,允诺了我多少佣金?"她伸出手指,在宗兆槐面前比画出一个数字。

宗兆槐眉头都没皱一下:"孔锋答应给你多少,我翻倍。"

曾敏不觉笑:"你可真肯下血本啊!"

她双手撑着桌子,下巴高高昂起。宗兆槐打量她那一脸的嚣张,仿佛大局全由她一手掌握,但他没什么话可说,曾敏的确有这个资本。

至少她没有拂袖而去。

"可你知道吗,实际上我不缺钱,我缺的是……一个心仪的男人。"曾敏双眸直勾勾盯着宗兆槐,她比之前更大胆了。

宗兆槐开始相信,这女人能够走到今天,绝不是靠运气。他忽然有些欣赏曾敏,从某个角度来看,他俩有着相似的本质——不放过任何对自己有利的机会,即便成功率不高,也要试过才死心。这个领悟让他对接下来的谈判增添了不少信心。

"找男人不是我的强项。"他含笑装傻。

"你的意思是,给男人找女人才是你的强项喽?"

宗兆槐脸色勃然一变,但随即化作无奈的笑,他的笑没有棱角,仿佛对方怎么宰割自己都不会还击。

曾敏一身锐刺就在他这样的笑容里柔化。

"对不起,我又胡说八道了。"她语气缓和,目露歉意,"在你面前,我好像很容易就说错话。可能跟你给我的印象有关,你属于那种,怎么说呢……容易让女人放松警惕的男人。"

宗兆槐依旧宽和地笑着。

曾敏飞快挑了一下眉:"不过我知道你实际上一点都不弱,你很有策略,知道什么时候该用什么态度。就像现在,你明明想让我做叛徒,而我竟然一点都不反感。"

"因为我没有耍弄你,我告诉你的就是我实际想要的。"宗兆槐坦率道,"你说你研究了我一年,所以我想,不如干脆点,怎么想就怎么说,反正我在你面前已经没什么秘密可言。"

曾敏笑得妩媚了些:"我喜欢你这种态度……你对策反我应该有把握吧?"

宗兆槐摇头:"如果不是没有别的办法,我不会来求你跟我合作,太冒险了,有个成语你肯定听说过,叫垂死挣扎。"

曾敏仰头笑,不过这回的笑容格外柔和,不含一丝讥讽。

宗兆槐叹了口气,怅然道:"想要保住点自己的东西真难。"

"也许是你太固执了呢?"

"也许吧。"他看着曾敏,"我想在你身上赌一把,输了大不了也是死。既然横竖都是死,为什么不先试试,试过了再死,至少以后不会觉得遗憾。"

曾敏正色说:"即便你这次赢了,以后的路也不见得能走多远。别怪我说话难听,树大招风,你又有那么个软肋背在身上。今天宇拓可以挖到,明天别的对手也可以挖……除非你不在乎了。"

宗兆槐默然无语,片刻后,他转头望向窗外。

"走一步算一步吧。人生在世,谁知道明天什么样,但今天能争取的还是要争取。"

曾敏也转头去看窗外,天已经墨黑,不知哪里的霓虹灯在闪烁,各种颜色映在对面的墙上,即使没有声音,也让人觉得闹心。

她望着那些五颜六色的光影,喃喃低语:"孔锋待我不薄,可惜……"

"其实你是有把握的,"她转过头来,"不然不会把这么敏感的计划说出来……你很清楚,我会帮你。"

宗兆槐深深地注视着她,眼里的神情很难描画,曾敏突然之间无法与他对视,她迅速转眸,朝着虚空笑了笑,竭力表现出轻松的神色。

"我会帮你,你知道原因是什么,当然,还有你承诺过的那笔钱——挣谁的钱不是挣呢!"

宗兆槐明白,今晚他的任务已圆满完成。

想到自己身份的转换,曾敏一刻都不愿多留,提了自己的包告辞。

"我先走了,你等我消息。"

宗兆槐起身欲送,被她拦住:"别客套了,还是小心点比较好。"

曾敏离开约十分钟后,宗兆槐才慢吞吞从包间里出来,边走边拨通梁健的号码。

"她答应帮咱们,你可以开始了。"

走去停车场的路上,宗兆槐突然想给郗萦打个电话,但手指在屏幕上摩挲了几下,还是放弃了。

电话里谈不出什么实质性的东西,他最近又不可能离开三江,而且,他也不确定郗萦到底是不是已经气消了,草率地骚扰她,说不定会让事情变得更糟。

郗萦被秦霱拉去书画院办画展,又是一年来学生们的作品汇总,有几幅颇可一观的,秦霱问郗萦要不要拿去画廊试卖,郗萦犹豫了一下才说"好"。

秦霱一再端详她:"小郗,最近是不是有心事?怎么老见你皱眉头啊!"

郗萦说:"没有,我不是一直都这样吗?"

"你以前可爱笑了,做事也麻溜。这两天我看你老走神。"

郗萦笑道:"我听懂了,秦老师是批评我干活不积极呢!"

接下来两天,郗萦集中精神,把展出安排得井井有条。秦霱夸了她两次,末了还是拍拍她的肩,和颜悦色地说:"小郗,你神经绷得可有点紧哪!开心点,年轻人嘛,没什么大不了的事!"

郗萦简直气馁,不觉想,看来一个人的精神状态,不管怎么掩饰都是瞒不了人的,更何况是秦霱这种盯着一株植物都能研究上一整天的人,目光何其毒辣。

画展为期一周,从第三天开始就门前冷落鞍马稀了。秦霱也不在意,照例每天一过四点就收工,领着一群人到湖边找一家饭馆吃湖鲜。郗萦有时去,有时就找借口推掉了。

她喜欢待在黄昏时的书画院里。

那时门还没关,但已没什么客人上门,一缕斜阳打在庭院正中的四方形石砖上。寂静的时光总能安抚躁动的心灵。她拿着一块毛巾,沿展示墙从东向西,逐一擦拭展画玻璃框上积了一天的尘埃。

她干得如此投入也是因为过不了多久,她就将跟这里的一切告别。

这两年她虽然过得迷糊,但平心而论日子是舒适的,其中有一半原因得归功于书画院这个世外桃源般的存在。

那天傍晚,仍旧由她留守院子,正做着清洁工作,门口忽然传来脚步声,郗紫诧异回眸,看见邓煜背着他那只绿色摄影包,正跨过门槛朝她走来。

自从山上下来后,他俩就一直没再碰面,此刻乍一相对,都有些尴尬。

"我恰好经过这里,"邓煜欲盖弥彰地解释,"看到外面的介绍,说有展览,就……想进来看看。"

郗紫说:"不是什么了不得的作品,都是些学生习作,挂出来给小孩子和家长看的。"

邓煜走到一面墙跟前,装模作样地欣赏:"小孩子能画到这个水平也很了不起了。"

"你看的那幅是个五十多岁的老伯画的。"

"你们,咳,还收这么大年纪的学生?"

"是啊!只要想学就可以来,没有年龄限制。"

郗紫走到邓煜身旁,停下,感受到他的局促,这反而令她平静下来,还有一点感动,她曾经误会过邓煜是泡妞高手,可他好不容易表个白都紧张成这样,简直像一个初出茅庐的小男生。她对他的好感又增加了一点。

到底她对他有多少好感呢？郗紫量不出来，以前只是不讨厌他，后来渐渐喜欢和他见面，听他谈天说地。

一个人喜欢上另一个人，可能一见钟情，也可能就是像她对邓煜这样，今天积累一点，明天积累一点。可是要爱上他，似乎还要积累很久。

此刻，望着仰头发愣的邓煜，郗紫忽然希望自己能爱上他。

爱上这样一个男人，也许她的人生会简单得多。

邓煜察觉郗紫在打量自己，便转过头来，四目相对，两人同时笑了笑。

邓煜有些不好意思，坦白说："其实我来这里，是因为想你了。"

郗紫没吭声。

邓煜不安："如果你不想见我，我以后不来了，我……不希望给你任何压力。"

郗紫抬起头来："邓教授，你难道从来没有追过女孩子？"

邓煜眨了眨眼睛，老实说："追过两次，很久以前了。"他认真思索："追女生也是有规矩的，对吧？"

郗紫被他逗乐了。

"我是个很怕规矩的人，所以总是在这方面失败。"邓煜朝她做了个鬼脸，现在他感觉轻松一点了。

秦霈从外面匆匆跑进来，人尚未现身，嗓门倒是大得惊人。

"小郗，快别忙活了，跟我去滨湖酒店吃饭，人都齐啦，就等你呢！"

话音未落，他猛然看见邓煜，眼睛顿时眨得比蜜蜂翅膀还快，豁然开朗，指着郗紫嚷嚷："哈哈！我总算明白你最近怎么回事了！"

郗紫百口莫辩。

在秦霑的怂恿下,邓煜也被拉去酒店吃晚饭。

宴席上,大家没少开两人的玩笑,邓煜也是个能聊的,又跟书画院的老师们志趣相仿,越谈越投契,这顿饭还没吃完,已经在约下一顿了。

不知道为什么,看着邓煜面对老师们的提问,那应对自如的样子,郗紫没来由地觉得开心,还有那么点骄傲——这些老师虽然待客友善,骨子里却都挺傲气,不容易瞧得上谁。郗紫知道,他们是真心喜欢邓煜。

晚饭吃到尾巴上时,郗紫接到姚乐纯的电话,她起身去厅外。

姚乐纯在电话里告诉郗紫,她跟叶南冰释前嫌了。

"那个开玩笑的家伙被他揪着领子到我跟前来道歉了,搞得我挺不好意思的。"她听上去轻松了不少,"我觉得还是应该多信任他一些,这次我也有不对的地方。"

"乐乐,你会越来越幸福的。"

这样说着,郗紫竟有些唏嘘,她虽然心中已经有了一个关于未来的计划,但幸福对她来说还是个颇为遥远的坐标。

姚乐纯一下听出了她的落寞。

"郗郗,你最近还好吗?"

"就那样吧。"她本该再具体说点什么,但终究没有。

如今,姚乐纯隶属于某座城堡,她关心的、烦恼的,无不与城堡中的热闹相关。而郗紫还在城堡外游荡——结婚者与未婚者之间好像天然有一道屏障,一旦划定界限,便再也无法逾越。

喝高了的秦霑把郗紫的手抓过来,交到邓煜手里,郑重其事地嘱咐他:"好好对小郗,别让她伤心。"

郗紫和邓煜都很窘迫,尤其是邓煜,脸一下子红透了,他说:"我不会的,秦老师。"

如果他是很老练的,或是油腔滑调地说出一番甜言蜜语,郗紫肯定无动于衷,可他红着脸,说"我不会的"时,郗紫忽然有一种想哭的冲动。

她不明白自己究竟是怎么了。也许她在什么地方走错了道,此刻努力想要回去,却总是无法鼓起信心。

宴席散后,邓煜陪郗紫在街边等车。

"我送你回去吧。"他说。

"不用了,咱俩不是同一个方向,各自打车走吧。"郗紫冷静地说,她的心情已从酒店里高涨的气氛中凉却下来了。

邓煜不敢勉强她,但他坚持先让郗紫上车。

在车上,郗紫回眸,透过模糊肮脏的车后玻璃望出去,只见邓煜还站在街边,身子挺得笔直,不住地向她挥手。

她的眼眶再次湿润。

距离密谈已过一周,梁健反馈回来的消息是令人振奋的。

孔锋在高管会议上和姐姐大唱对台戏,公然反对收购,孔志成气得猛拍桌子,指着孔锋的鼻子骂他不成器,孔锋不敢与父亲作对,矛头直指姐姐和姐夫,多年的积怨就此爆发,矛盾从地下转为公开,双方谁也不让步,最后因为孔志成的立场问题,孔锋落败,愤然出走,导致会议没法继续下去。

回到办公室的孔志成急怒攻心,心脏病发,被送往医院,经抢救后总算脱离生命危险,但医生警告需要长期调养。

曾敏的电话也很快打来了。

她笑声爽朗:"宗先生,你厉害啊!挑得那姐弟俩一点情分都不讲,直接在会议室里互相揭短。"

宗兆槐苦笑:"我也是不得已而为之。"

"晚上一起吃个饭吧——宇拓现在乱套了。好戏连台,你想不想听?"

宗兆槐心想,真是个无情的女人,语气里丝毫听不出愧疚。

"过两天吧,最近见面不太合适。"

曾敏似乎怔了一下,随即半开玩笑地问:"是不是你那位女朋友说什么了?"

那天晚上,郗萦看见她的同时她当然也看见郗萦了,女人在这方面总是格外敏感。

宗兆槐笑得有点无奈:"她不算女朋友……但比女朋友还厉害。"

曾敏少不了又拿他开几句玩笑,但总算没有勉强他。

挂了电话,宗兆槐闭上眼睛,暂时可以缓口气了,但这胜利多少还是带点侥幸意味——如果曾敏不肯援助他呢?如果孔家为了长远利益相互妥协了呢?

郗萦有些烦躁,她已经上床很久了,却迟迟无法入睡。睡眠和等车、找东西一样,心焦不得。

她爬起来,拧开台灯,电子表显示,此刻是深夜十一点半。她抓起手机,搜索到邓煜的号码,她想给他打个电话,刚才她躺在床上,脑子里滚满了想对他说的话。

然而,她的手指怎么也点不下去,邓煜明朗的笑容和男孩般微红的脸在眼前闪过,她颓然扔下手机,再次倒在床上。

郗萦不想否认,她已经产生了靠近邓煜的渴望,但她该怎么解释连自己都不敢轻易碰触的过去呢?

早晨,郗紫孤零零地坐在餐桌前吃潦草烹制的早点,睡眠不好,后脑勺感觉沉甸甸的。一会儿她还得去书画院,画展已经结束,需要清理现场。

手机在房间里一个劲儿响。郗紫扔下调羹,赤着脚就冲进去。

电话是宗兆槐打来的,他说这两天会回新吴。

"来得及就今天,来不及就明天……郗郗,我想你了。"

他语气温柔,充满缱绻,仿佛两人在三江时的那场冲突从未发生过。郗紫怔了一下,到底没说出过于狠心的话来。

"哦,行。"

宗兆槐察觉出她的失望,便问:"怎么了,你有事?"

"我正准备出门。"

"最近在忙什么?"

"帮书画院的老师办个画展。"

她不带情绪的回答令宗兆槐没辙,只得说:"那你忙吧,我到了新吴再给你打电话。"

书画院里一团糟,几个老师正把画作从墙上摘下来,又胡乱地堆在门边,连出入通道都给堵住了。

朱老师告诉郗紫:"请的那个小帮工一早打电话来说病了,咱们只能自己动手了。"

陈老师哼着小曲说:"自己动手,丰衣足食啊!"

郗紫问:"怎么没看见秦老师?"

"他昨晚喝醉了,又是吐又是闹的,回去被夫人训了大半夜,这会儿大概在补觉呢!"

郗絷便跟老师们一块儿干活,她打算先把通道清理出来。

毕老师一边忙活一边说:"小郗,什么时候把你男朋友叫出来玩。"

郗絷纠正他:"邓煜不是我男朋友。"

"我知道,我知道,凡事都有个过程。今天不是,过两天也许就是了呢!"

郗絷习惯被他们调侃了,抿嘴笑,不反驳。

老师们专业上在行,整理起东西来就随心所欲了,边干边闲聊,郗絷了解他们,过不了多久,他们会陆续出去抽烟,然后就一个个都溜得不见踪影了。

也好,她喜欢安静地做事。

半小时后,郗絷拿着笤帚簸箕返回前厅,那里果然一个人都没了,墙上空荡荡的,所有画作都已拆下,还算齐整地码在她规定的一角。

她开始扫地时,邓煜走了进来,和昨天一样,肩上背着包。

"郗絷,早!"

郗絷骤然听到他的声音,心脏一阵猛跳。她明白,这是个信号,暗示着她已经开始用一种崭新的心情来对待眼前这个人了。

"你今天没课?"她继续扫地,故作平淡地跟他说话。

"上午没有,下午有两节。"

邓煜跟在她身边,她挪动一点,他也挪动一点,尘土在他脚下飞舞,他也没想到要避一避,那样子有点滑稽。

喜欢一个人时,是会变得很傻。

"我请你吃饭吧。"他试探地说。

"还是我请你吧。"郗絷直起腰,指了指地上那些画,"不过你得帮忙干活——把画全搬到小仓库去。"

中午,两人在必胜客吃披萨。

邓煜说:"昨天晚上,我很想给你打电话,又担心你已经睡了,怕吵醒你。"

郗萦心里一动,想起自己几次三番辗转难眠,这就是所谓的心有灵犀吗?

"你想跟我说什么?"

邓煜不好意思地笑:"不知道,就是很想听到你的声音,是不是有点傻?"

郗萦忽然变得有点严肃:"你能不能告诉我,你究竟为什么喜欢我?"

"我觉得你很好。"邓煜显得小心翼翼,怕说错话似的,"我想我以前那么笃定地要做一个独身主义者,不是因为真看开了什么,而是还没遇到我想要共度一生的人。"

"你觉得我好在哪里?"

邓煜认真思索了一番,然后说:"你温柔体贴,既有能力又有想法,跟你在一起永远不会乏味。"

"其实我这个人脾气很差,定力也不足,而且最近脑子里一团乱麻。"

邓煜笑:"是因为我吗?"

郗萦扫了他一眼,又迅速转开视线。

"你想听实话吗?"

"当然。"

她没有迟疑就说了出来:"我配不上你。"

邓煜一脸惊诧:"你怎么会这么想?"

郗萦低下头,沉默了一会儿,再次抬起头时,她问:"晚上有空吗?"

"有。"

"那么,我们找个地方喝酒吧。我想告诉你一些事,关于……我的过去。等你听完再决定,是不是还愿意继续喜欢我。"

邓煜喜忧参半。

"你能现在说吗?"

"不,我还没准备好。"郗萦强笑道,"晚上吧,有夜色的掩护,那些事说出来感觉会容易些。"

下午,郗萦回到画廊,在那里枯坐了半天,她想,邓煜大概也不会平静吧,但愿他不会讲错课。

喝着茶,郗萦把要对他坦白的话又重新组织了一遍。她意识到自己正在对某些敏感部分做修饰,忍不住唾弃自己。

她不打算隐瞒过去,就是为了排除可能埋进未来的隐患。为此,她必须让邓煜全面了解自己,她因骄傲而犯下的错误以及她后来的放纵,只有在他接受得了这样的自己时,她才能放下心理负担,认真考虑和他在一起的可能性。

既然如此,她又何须修饰出另一个自己呢? 那只会让邓煜对她的用意感到模糊不清。

郗萦大口喝掉杯中的茶水,仿佛那是壮胆的酒。

然后,她把之前的语句统统推翻,重来。

晚上九点,她和邓煜在北新街的一间酒吧相对而坐。邓煜要了一扎黑啤,郗紫点了果酒。

"下午的课怎么样?"她故作轻松问。

"挺好。"

"没讲错话?"

邓煜笑:"我只要一站到讲台上就什么都忘了。"

为避免干扰,郗紫先把手机关了,她并不觉得紧张,但脑子里始终昏昏沉沉的,塞满了无数句子、停顿和标点。邓煜也是一副轻松的样子,但神色中难掩忐忑,他显然也意识到,这是一次注定两人前途命运的交谈。

"该从什么地方说起呢?"郗紫把玩着手中的酒杯,像是在找寻可以登入回忆的台阶,"我不是新吴人。"

"我知道。"

"来新吴前,我在二江一家小公司做销售。时间不长,大概一年左右吧。在那之前,我一直待在一家美资企业,干了七年行政和培训,对销售可以说一窍不通。"

"那后来为什么想去做销售呢?"邓煜轻声问,声音里始终透着谨慎,仿佛郗紫随时会跳出来给他一刀。

"想改变。那年我三十岁,和朋友在酒吧过生日,我们聊了很多,然后我发现,自己这小半辈子一直被失败围绕着,像一个破不了的魔咒。"

她停下,喝一口酒。

"如果我知道后来会发生些什么,当时大概就不会牢骚满腹了。"

"后来……发生了什么?"

"我对销售一窍不通,但说起来很可笑,我在那家小公司却干得不错……差不多是,给了它一次重生的机会。"

郗紫笑容惨淡,她不得不说一点停顿一会儿,事先没有料到,原来真到讲出来会这样困难。也许因为她对邓煜已经心存期待。

"那时候,公司正在夺一张大单,他们把我安排在这个项目组,因为客户的负责人……对我……印象不错。单子没多少希望,但头头们不肯放弃,他们觉得……"

邓煜忽然打断她:"别往下说了。"

郗紫戛然而止,一脸茫然。

也许是她痛苦的表情让邓煜心有不忍,也许他已经猜到后面的戏码,也许他忽然决定终止这本就虚无缥缈的感情。

郗紫默然等待着,做好最坏打算,并努力平复涌动的心潮——她终究没有自己以为的那样洒脱。

然而,邓煜握住了她的手,表情严肃而认真。

"郗紫,不管那时发生过什么,都已经过去了,你没有义务告诉我,我也不想知道……我渴望拥有的,是你的未来,不是你的过去。"

郗紫怔怔地听完,又待了会儿,才猝然一笑,脸颊上凉凉的,湿湿的。

"你真的,不在乎?"她再次与他确认,"不管那时候发生过什么?"

邓煜摇头,神色坚定。

郗紫这才伸手抹去泪水,绽放出轻柔的微笑,笑容里充满感激和暖意。直到此时,她才终于愿意相信,自己遇到了曾以为只可能出现在梦幻中的男人。

他们一直待到酒吧关门才离开,两人的话总也说不完。

郗紫觉得,邓煜嘴里描绘出来的未来太美好,有点遥不可及,但又极具诱惑力,一开始她只是当傻话听,渐渐也当了真,产生渴望,想要抓在手里,细细品尝。

爱情究竟是什么呢?这问题她以前很少思考。

在高谦那里,她以为爱情是一生一世不变的承诺,后来,他们的结局还是变了。

至于她和宗兆槐之间,那是一种说不清楚的强烈情感,他们彼此疯狂索取,伴随其间的却是她对他时断时续的恨与不安——他的过去以及给她造成的永久性伤痛如杂草般缠缚住脆弱的情感,他们的爱没有可以顺畅呼吸的空间,因而也无法生长,成形。

现在,她遇到了邓煜,渐渐明白,爱情其实很简单,如同静水深流,不与他人相干,只是两个人默默厮守,知道未来有他相伴,一切足矣。

邓煜告诉郗萦,有一家位于 K 市的学校想聘他过去,可以升正教授。

郗萦问得有点傻:"你现在是副教授吗?"

"对啊!我比较懒,不会经营人际关系,光知道玩。"

"你现在这样也不错,走得越高,越没有自己的时间。"

邓煜表示赞同,但又说:"不过我很喜欢 K 市,南方城市,四季如春,空气也好。我去过那所学校,在湖边,建得很漂亮,又幽静。"

"那你还犹豫什么呢?"

"可那地方的教育质量没我们学校好啊!就是个三流大学吧,跳过去,好像有一种往低处走的感觉。而且我也担心工作环境,据说规模小的学校人际关系特别复杂,不容易应付。"

郗萦想想也是。

邓煜盯着她笑:"现在就更不会去了,因为有你在这儿呢!"

郗紫低下头:"我……还不能和你开始。"

邓煜一愣,随即说:"没关系,我能理解。对你来说,这件事也确实,确实挺突然的……"

"我不是那个意思……我,还有一些以前的事没完全了结……我不想因为那些事,影响到你。"

邓煜沉默了会儿,点点头:"好,那我等你。"

凌晨时分,邓煜送郗紫到住宅楼下,郗紫本有点担心他会跟自己上楼,但没等她说什么,邓煜已止步于楼前,他转身,轻轻抱住郗紫,吻了吻她的额头,像在宠爱一个柔弱的小孩。

"晚安。"他轻声说。

郗紫怀着梦幻般的柔情推开家门。

客厅里亮着一盏落地灯,灯光朦胧,而宗兆槐俨然端坐在沙发里——她一个激灵,从梦中苏醒过来。

"去哪儿了,打你电话还关机?"宗兆槐抬眼问她,嗓音里布满疲惫。

"跟朋友在一起。"郗紫眉头微皱,"你怎么跑这儿来了?"

宗兆槐半眯着眼睛端详她:"凡事都得有个分寸,你跟朋友出去玩我没意见,但这么晚回来,万一发生什么意外……"

"那也是我的事。"

郗紫把包往沙发里一撂,只觉得心烦意乱:"你也知道现在是深更半夜了,还跑来干什么呢?有什么事比你的生意还急,非得今天晚上谈个子丑寅卯出来?"

宗兆槐沉默片刻,叹口气,起身走到郗紫身边:"好了,是我不对,我也是担心你。"

他伸手去抱郗萦,但她躲开了。

她倔强的姿势让宗兆槐意识到,上次的麻烦还没完。他觉得很累。

"郗郗,别跟我吵行吗?最近一直很烦,好不容易麻烦处理得差不多了,本打算明天回来,实在惦记你,就连夜开车过来了。"

郗萦虽然绷着脸,可是听他用沙哑的嗓音说完这些话,心到底还是软了,低声问:"渴不渴,我给你泡点茶?"

宗兆槐其实不想喝茶,但又怕把关系再次弄僵,便点头说"好"。

郗萦在厨房摆弄茶水,心情还没完全从酒吧的氛围中切换过来,她暗自叹息,一个人的生活如果过得像穿越剧,也是够累的。

正出神,宗兆槐走进来,轻柔而坚决地搂住了她。

熟悉的气味包裹着郗萦。十分钟内,她在两个男人的怀里逗留过,郗萦忽然有些迷糊,自己究竟更留恋哪一个?

趁端茶出去之际,郗萦再次摆脱了宗兆槐。恍惚只是一瞬间的事,如果所有事都赶在同一天发生,她不会退缩。

但宗兆槐不是来跟她谈判的,他只是想从郗萦身上找安慰。

"还在为那件事生气呢?不是早告诉你了,我跟曾敏只有生意上的关系,没别的。"

郗萦道:"我也说过,我没为那件事生气,你和她怎么样是你的自由,跟我没关系,我也不关心。"

她把茶杯放在宗兆槐面前,尽量坐得离他远一些:"咱们一开始就说好的,互不干涉私生活,我一直记着这一点,希望你也没忘。"

宗兆槐在对面盯着她,那眼神充满琢磨和嘲讽的气息,仿佛早已洞穿郗萦内心,令她惶然不安,不得不转开视线。

"你以前总说我无情。"宗兆槐慢慢地说,"这两年我对你怎么样你心里最清楚。"

他依然用那种眼神望着郗紫:"可你对我呢?忽冷忽热,高兴怎么样就怎么样,咱们俩,到底谁更无情?"

"既然话说到这份上,那我干脆再讲明白点,我上次在电话里说的不是气话,我是认真的。我不想跟你继续下去了,请你以后,别再来找我。"她不敢看宗兆槐的眼睛,但坚持把话讲完,"再这样下去,我们只会越来越厌恶对方,何必非要走到那一步呢!"

说完,郗紫屏息等了一会儿,宗兆槐没有任何反应,她忍不住抬眼,眼前所见,是一张铁青的脸。

她忽然很难受,也许不该在这样的深夜谈分手,可她又怎么能刚离开一个男人的怀抱,就投入另一个男人的怀抱!

"不早了,我要睡了,你走吧。"她放软了口气。

宗兆槐忽然低声笑起来,笑声森然,令郗紫心跳加速。她一直知道,他不是只有和善好脾气的一面。

有那么一瞬,她甚至疑心宗兆槐会杀了自己,深夜的角落里仿佛藏着怪兽,青面獠牙,怂恿人犯罪。

而他终于还是走了,甩门而出,没再说一个字。

郗紫靠在门上,浑身发软,她发着愣,眼泪不知不觉涌出。

最后,她擦干泪水,拿定了主意。无论如何,这次她再不会回头。

清晨的曙光里,宗兆槐坐在自己的办公室里,沉默地看着窗外。

只有在这儿,他才觉得是真正自在的。有很长一段日子,他始终找不到一块属于自己的空间,直到创立了永辉。

他像呵护自己的孩子一样爱着永辉,确保它有生存下去的机会。

他渡过一个又一个劫难,现在,他依然还能端坐在这里,心知这不是什么奇迹,每个劫难背后,他都损兵折将。

然而,他的辛酸无人能懂。

他自己也有很多事情搞不懂,就比如在感情方面,为什么他再怎么努力都无法得到预期的收获?

可生活哪里容得下那么多解释呢?它像海边汹涌咆哮的浪头,无序而混乱,打到谁算谁倒霉,而且永无止境。

只有事业是他能够把握的,也许这辈子,他注定只能消耗在这一件事上了。

他坐着,发了很久的呆,眼睁睁地看着天边的光线由弱变强,世界由宁静重新陷入嘈杂,即使隔着很远的距离,他仿佛也能听到市声喧嚷。这意念中的繁华犹如一只无比有力的手,将他从茫然无际的荒原中拯救了出来。

手机响了。

是曾敏来电,给宗兆槐带来宇拓的后续消息:她已收到官方通知,收购永辉的项目无限期搁置。

"昨天孔锋去医院看他爸,结果被赶了出来,别提多狼狈了。"曾敏叹了口气,"瞧这架势,可能要变天。"

宗兆槐觉得有意思:"你是说孔锋接不了班了?"

"很有可能啊!如果我是孔志成,也不会把这么大个公司交给孔锋糟蹋,到他手里大概活不了太久。"

"是谁通知你项目暂停的?"

"孔薇的人,现在整个公司都是她说了算,你看变天的可能大不大?"

宗兆槐没有回应,转而笑笑说:"你好像一点都不替孔锋担心。"

曾敏也笑了起来:"我是不是挺狼心狗肺的?不过我也待不了多久了。孔锋一走,我留着也没多大意思,倒不是说要向他效忠。但好多人都把我跟他看作一条船上的,即便我死皮赖脸再多赚几个月工钱,哪天孔薇做了我的上司,肯定不会对我手软,我才不给她称心如意的机会呢!"

"曾敏,晚上咱们见个面吧。"

"哎哟,审批终于通过啦?"

宗兆槐对她的玩笑置若罔闻,只说:"你我之间还有些账目没了结。"

结束通话后,宗兆槐忍不住想,曾敏也没什么不好,她要什么会尽力争取,得不到也不耍情绪。但为什么男人对这样的女人总是敬而远之?

也许男人天生就是贱骨头,女人越不给好脸色看,反而越念念不忘。他真该把这个秘密告诉曾敏,她要是学会了,也许就可以摆脱孤单了。

这么想着,宗兆槐自嘲地笑起来,对着一成不变的窗外摇了摇头。

宗兆槐边喝茶边等曾敏。

这回曾敏没让他等太久,十分钟不到,门就被推开,宗兆槐只觉得眼前闪过一抹亮色——曾敏出人意料地穿了一条颜色鲜艳的长裙,裙摆一直盖到脚踝,还化了妆,戴了耳环,和平时干练简洁的风格迥然相异。

乍见之下,宗兆槐愣了一愣,曾敏则朝他嫣然一笑,还大大方方地在他面前转了个圈。

"好看吗?"

宗兆槐点头:"好看。"话说得由衷,女人终究还是打扮成女人的样子更有吸引力。

曾敏坐下来,双臂往桌沿上一搁,饶有兴致地打量他。

宗兆槐倾身为她倒茶,笑问:"看什么?"

"看看你心情怎么样——终于保住了公司,是不是松了一口气?"

"这得感谢你。"宗兆槐不失时机地掏出支票,推过去。

曾敏接在手上,仔细数了数数字后面的零,夸张地挑起眉毛:"真不错,看着就觉得暖心啊!有了这笔钱,我可以提前退休了。"

她把支票收好,满足之余,忍不住又叹息:"我缺的是男人,可每次得到的总是钱。"

宗兆槐喝了口茶,平平淡淡地说:"男人的好处哪里比得上钱,还是有钱更可靠些。"

曾敏大笑:"我明白你怎么能干成那么多事了——不过,如果我说放弃这笔钱,问你要别的,你愿意吗?"

宗兆槐当然明白她指什么,他既不能说愿意,也不能说不愿意,只得抿唇朝曾敏笑笑。曾敏清楚自己问了也是白问,但总忍不住想撩拨他,他越回避,她反而对他越感兴趣。

"好吧,这么问你,其实我也挺紧张的,不是怕你不答应,而是怕你答应。说真的,你很有魅力,但我知道,没哪个女人能 hold 住你。"她思索着,"和你在一起,大概会缺乏安全感吧。"

"为什么这么说?"宗兆槐心有所动,他从未想过站在女人的角度审视自己。

"因为你城府既深,野心又大。"曾敏直言不讳,"还豁得出去,为了目的什么事都敢干,也什么都舍得。"

宗兆槐听得眼帘低垂,片刻后,才轻声说:"我没你说的这么坏……那是仅有的一次出格。"

曾敏平静地看着他:"对一个女人来说,一次已经足够,她会记你一辈子。"顿一下,又说:"也许就因为这个,她一直不愿意跟你有结果。"

宗兆槐沉默了会儿,忽然笑:"你说你研究了我一年,我还以为你吹牛,看来是真的。"他望着曾敏:"被一个人暗地里研究的感觉可不怎么好,有点毛骨悚然。"

曾敏无所谓地耸肩:"这有什么!每天都有很多人在研究别人,只是大多数人没机会知道罢了!你难道就没研究过那些客户?"

宗兆槐笑,她没说错。

"为什么不放弃?"曾敏忽然问。

"放弃什么?"

"郗萦。"她决然下判断,"我替你盘算过,你留她在身边,跟手上捧个炸弹没什么区别。"

宗兆槐勉强笑着道:"不至于吧。"

曾敏目光锐利:"你想要永辉走得更高更远,就得尽早把这个把柄处理掉。否则,万一那件事曝光,会把你跟她都炸得体无完肤。真到那时候,你想她还愿意跟你在一起?"

她微微一笑,继续道:"而且,如果她真想一辈子守着你,你俩现在早结婚了。"

宗兆槐被戳中心事,好一会儿都默然无语。抬头时,看见曾敏还盯着自己,他只得故作轻松地笑了笑。

"就当我……死脑筋吧。"

这回轮到曾敏不解:"她对你就这么重要?"

"我没有始乱终弃的习惯。"宗兆槐半开玩笑地说。

"你的意思是,除非她主动离开你,否则你不会放弃她?"

宗兆槐不笨,眼睛盯着别处,声音里却没有犹豫:"不管出现哪种情况,我都不会放弃她。"曾敏盯着他看了数秒,目光渐渐黯淡下来。

但她依然想不明白:"你到底是爱她呢,还是想补偿她?"

这次宗兆槐没有给她回应。

曾敏也无所谓,兀自猜测:"两者兼而有之,是吧?"她自己给自己倒茶,重又恢复了潇洒。

"我见过很多条件和你差不多的男人,所谓成功人士,有些事业上根本不如你,可排场却不小,家里有正牌老婆,外面再养一个,心黑的养两三个的都有。"她摇摇头,"没一个例外。就像孔锋,还有他的好姐夫沈强。看着这些人,你会觉得结婚意思也不大,尤其对女人来说。"

她把目光转向宗兆槐:"可你不一样,你跟她在一起快三年了吧,我知道你一有时间就往那边跑,去见她。一开始我觉得你很傻,后来又有点感动,再后来……看吧,女人都是感性动物,不管提醒自己多少遍看问题要冷静……我是不是又多嘴了?"

"没,讲得挺在理。"

曾敏笑道:"可惜啊,还是跟你没缘分。我就不假装大方祝福你们了。"

"能理解。"

后来,他们放下这个话题聊起了别的,气氛便轻松愉悦多了。直到结了账,走出包厢,在走廊上,曾敏忽然又说:"遇到你,既是她的不幸,也是她的运气。"

这回曾敏没有开车过来,也许她还是心存了一些期待的。宗兆槐主动提出送她回家,她欣然答应。

曾敏住在惠园里,那是个高档小区,她独自占着一套两百多平米的跃层式。

"等我辞了职,就把这套房子卖了,够我环游地球两遍了。"她开着玩笑,"当然,我得省着点儿花。"

宗兆槐说:"不用省,万一钱不够了,给我打电话。"

"谢谢!"曾敏笑得眼泪都快出来了,"不过你知道我不会给你打电话的,说白了,咱俩是同一种人。"

到了小区外,曾敏说:"就停路边吧,我可以自己走进去。"

宗兆槐依言靠边停车,转过头时,发现曾敏目不转睛地盯着自己。

"就要分开了,也许是永别,"她说,"能答应我最后一个要求吗?"

"你说。"

"可不可以……亲我一下?"

她偏着脸,路灯光衬托出她无比的娇媚,神情却是戏谑的,把真心隐藏在背后,即使到最后也不忘奋力搏一下。

她没说错,他俩其实是同一种人。

宗兆槐顿了片刻,俯首过去。

曾敏配合地仰起脸,闭上眼睛,而宗兆槐的吻却落在她脸颊上。

过了几秒,她睁开眼睛,嘴角含着一抹自嘲的笑意。

"再见。"她说。

"再见。"

曾敏推门下车,一直朝前走,没有再回头。

暑假刚刚开始,教师宿舍楼里静悄悄的,好多老师都出门玩去了。

邓煜的住所在一栋青砖黛瓦建筑的三楼,靠西第一栋,外墙上爬满了藤蔓植物,墙根种着些紫茉莉,正是开花时节,五颜六色的小花散在茂盛的枝叶间,看着就清凉。

邓煜虽是单身汉,家里却是出人意料的整洁,小客厅里最显眼的是排了满墙的书架。天热,他往木地板上甩了两张席垫,和郗萦一起盘腿而坐,有风从侧面的窗户吹进来,他们喝的还是滚烫的绿茶。

"夏天最好别喝冰水,不容易发汗。"邓煜很注重养生。

聊了会儿闲天,郗萦说:"我有点事想跟你商量。"

"嗯,你说。"邓煜心情很好。

"那天你提到有去K大的机会,现在那机会还在吗?"

"哦,你说那个呀!我拒了,不过系主任说哪天我要是改主意,还可以去找他。"

郗萦好奇:"他为什么这么看重你?"

"我写过一本书,专门研究抗战期间在华居住的日本人,主任读过这本书,他认为写得有深度。"

邓煜起身,在书架上找到自己那本著作,递给郗萦:"就是这本。"

"邓教授,你可真低调。"

"不是低调,这本书出版后没什么反响,要不是你问起,我都快忘了。"邓煜笑着说。

郗萦随手翻了几页,但心思并不在内容上,她很快把书放下,看着邓煜。

"如果我说希望你去K大,你愿意吗?"

邓煜怔住:"你的意思是,你愿意跟我一起去?"

郗萦点头:"你说那地方环境不错,适合隐居。这几年,我一直想找这么个偏僻的地方待着,新吴虽然不是大城市,但人口太多,还是感觉闹。"

邓煜看出她不是开玩笑,不觉面露诧异。

郗萦知道这个决定对邓煜而言有些突然,便又说:"我是这么考虑的,趁现在暑假,咱们可以先去 K 市住上一阵……我希望和你在那儿开始。"

邓煜惊喜:"你说真的?"

"嗯。等你对 K 大,还有我,咳,了解足够多以后,再决定要不要留在那里,以及,跟我在一起。"

"你没开玩笑?"

"当然。"郗萦低声说,"我本来就决定……离开新吴了。"

邓煜迟疑了一下:"那你说的那些旧事……都了结了吗?"

"等咱们去 K 市之前,我都会处理好的。"

"郗萦,你不会有什么麻烦吧?"邓煜忽然担心起来。

"不会。"郗萦给了他一个安慰性质的笑容。

短短一周内,郗萦已瞒着宗兆槐做下一系列安排。

她先说服邓煜跟自己以旅游者的身份去 K 市住一个月,并通过网络在 K 市租好了一套房子。然后,她买了一周后出发去 K 市的火车票,邓煜从新吴走,而她自己则从三江出发。

她这样向邓煜解释:"我得先回趟三江,看看我妈,顺便跟她说一下咱们的计划。"

邓煜说:"干脆我和你一块儿去三江,我也正好见见你母亲。"

"以后吧。这次就算了,我跟我妈关系不太好,我怕到时候你会尴尬。"她软声细语叮嘱邓煜,"从三江去 K 市,会经过新吴,到时我在车上等你。"

搞定邓煜这一头,郗紫又去找秦霈,拜托他两件事,一件是画廊,她打算转赠给秦霈。

"不管您是打算继续做下去,还是把里面的东西都处理掉了关门,我都没意见。"

秦霈被打了个措手不及,一脸为难相:"这个,经营画廊,我恐怕人手不够。"

"没关系,您慢慢拿主意,房租我已经付到年底,这半年里,您可以先尝试着做做,到年底再拿主意也不迟。"

"小郗,你到底要上哪儿啊,怎么这么突然?"

郗紫笑笑说:"我来新吴不是也很突然吗?我在这儿已经待很久了……等将来安定了,我还会回来看你们。"

"你跟小邓一块儿走?"

郗紫犹豫了一下,点点头。

秦霈这才露出释然的笑:"那就好,女孩子最好不要一个人独来独往的。"

"还有件事,也想麻烦老师。"

是关于慧慧。

郗紫把慧慧的个人资料和历次的素描作业交给秦霈,又说:"这孩子在画画上有些天分,希望老师能收她做学生,好好指点,将来说不定会有出息。"

秦霈低头翻着,赞许地点头:"才十一岁吧,能画成这样确实很不错了。"

听他这样说,郗紫心里一块石头算落了地。

"不过最好别让慧慧知道是我把她介绍过来的。"

秦霈诧异:"怎么回事?"

郗紫低声说:"我想办好事,可惜没办成,这孩子……有点记恨我。"

离开书画院时,郗紫的目光掠过种着芭蕉的院子和一间间古朴的厅堂,一丝留恋从眼眸里划过。

她最后对秦霈说:"我走之后,万一,我是说万一有人到这儿来打听我的情况,麻烦老师什么也别说……我不想再跟过去有任何瓜葛。"

临出发前一天,郗紫又和邓煜见了一面,叮嘱他别再去书画院了,也别去画廊。

"画廊我已经脱手了。"

邓煜本来挺高兴,这时不免困惑:"为什么这么急啊,难道你以后不打算回来了?"

郗紫说:"现在什么也别问,等咱们到了K市,我会把所有事情都告诉你。"顿一下,又补充一句:"如果你想知道的话。"

当天傍晚,郗紫回到三江,去见母亲。

看着母亲在厨房里为自己忙碌,她忽然有一种感觉,自己正越来越远离母亲,仿佛母亲已被她抛弃。不管她对母亲是爱多或是怨多,这个人终究是将自己养大的人,她在这世上唯一的亲人。

"妈。"郗紫轻轻地喊,"我要去一趟西藏。"

"啊?"母亲转过身来,一脸担忧,"去那么远的地方干什么?"

"人活一辈子,总得去远一点的地方看看才甘心。"

母亲不吭声,郗紫心知她是不满的,但不再像从前那样反对自己了,反对了也没用。

"也许要去个一年半载。"她对着母亲的背影解释,语气前所未有地温柔,"等回来以后我会找个环境好点的地方定居,到时把您也接过去,以后咱们一直住一块儿,您说好不好?"

母亲沉默半晌,同意了,不同意又能怎么样呢?

和母亲一起吃完饭,郗紫收拾了东西要出去,母亲失望:"又不在家住啊?"

"不是,我出去逛逛,买点东西,回来可能会比较晚,您不用等我。"

"哦,那就好,注意安全。"

郗紫觉得心酸,现在她能住在家里,母亲就觉得是莫大的安慰了。

出了家门,走在余晖尚存的街边,郗紫拨通了宗兆槐的号码。

"我回三江了。"她镇定地说,"你方便吗?想跟你见个面。"

宗兆槐也很平静:"我在公司,暂时脱不开身,如果很急,你就到公司来吧。"

第九章 关于爱情

"懦夫!懦夫!没用的东西!"她喊得声嘶力竭。

走廊里静悄悄的,没人出来阻拦她。但郁萦知道有人正从门眼里欣赏自己的丑态。

看吧,看吧!反正她什么都不在乎了。

宗兆槐的办公室没多少变化。郗紫坐在沙发里，望着墙角垒起的那些纸箱，四年前的很多事从眼前飞速掠过，却已恍若隔世。

宗兆槐给她倒了杯热腾腾的高山乌龙，白色雾气在空调制造的冷风里飘来飘去。他什么也不说，放下茶杯，在郗紫对面坐下。

他俩一直处在冷战期，半个多月了。不见面，也不通电话，实在也是无话可说。

此刻，宗兆槐坐在那里，眼睛微微眯起，注视着郗紫，似乎对谈话内容已有所预知。

郗紫喝了口茶，放下茶杯时，她鼓起勇气说："还是那个事，分手吧，我希望，咱们能好聚好散。"

对面的人岿然不动，连眉头都没皱一下，仍用一种幽深的目光凝视她。

郗紫的心跳得如此之快，仿佛随时会从胸膛里蹦出来，她不喜欢这样畏缩的自己。她挺直了腰杆，准备迎接即将到来的风暴——她不相信宗兆槐会轻轻松松答应分手。

宗兆槐沉默良久，很突兀地笑了笑。

有个周末，叶南约他出去喝点小酒。叶南现在是准爸爸，模范丈夫，被姚乐纯收拾得服服帖帖，晚上出个门都要在夫人那里报备。

宗兆槐问他难不难受,叶南笑着摇头:"如果是你爱的那个人对你管头管脚,只有幸福,怎么会难受呢!"

宗兆槐听了,怅然无语。

"郗萦还跟你闹着别扭吗?"叶南问,"这都多少天了,脾气越来越大了啊!"

宗兆槐轻声问:"以你的经验,如果一个女人几次三番甩脸色闹分手……说明什么?"

叶南目光犀利:"她还跟你上床吗?"

宗兆槐低下头。

叶南用同情的目光注视着他:"说真话?"

"嗯。"

"她真的想离开你了。"

现在,宗兆槐盯着眼前这个即将弃自己而去的女人,他问:"你是不是有别人了?"

"没有。"郗萦神色不动。

宗兆槐勾起嘴角笑了笑。

郗萦解释说:"这些天,我反复考虑咱们之间的关系,我既做不到全心全意爱你,也没办法全心全意恨你,所以,还是分开吧,分开对你我都好。"

"那么,你跟我在一起这三年算什么?"

"互相利用吧。我不觉得我欠了你什么,你也一样。"郗萦转开眼睛,"这三年我过得很迷茫,以前也有过差不多的情况,但总还能找到一点往前走的动力,但在你这儿,什么都是矛盾的,越来越矛盾……我也想让自己别在意从前那些事,但我做不到。"

"现在说这些,是不是太迟了?"

"也许吧。"郗紫抬头扫了他一眼,"但我不想再这么糊里糊涂过下去了。"

她一字一句地说出来,像在宣读一个誓言。

宗兆槐靠在椅背上端详着她:"说得挺动听,可你觉得我就这么好糊弄?"

郗紫一惊:"我没有糊弄你。"

他嘴角泛起一个嘲讽的笑容:"郗紫,你不是一向天不怕地不怕的,什么时候变这么胆小了,敢做不敢认?"

郗紫的脸红了又白。

"我这辈子,最恨被人骗——说实话吧,你说实话咱们还可以好好商量。"宗兆槐倾身向前,语气宛如诱导,"用你的话讲,好聚好散。"

郗紫内心挣扎,在信与不信之间摇摆。终于,她抬起头,勇敢地与宗兆槐对视。

"对,我找到能够托付一生的人了。"

宗兆槐避开她的目光:"是谁?"

"我不会告诉你。他和我们之间的事无关,他属于……另一个世界。"郗紫的声音低下来,有一种朦胧般的轻柔,"我最初向往的那个世界,现在既然有机会,我希望还能回到那个世界里去。"

他们沉默了一会儿。

之后,宗兆槐开口:"你不是打算一辈子不结婚吗?主意改得真快,女人是不是都这样?"

"我是说过,那时觉得自己这辈子没什么指望了,混到哪儿算哪儿。但是我遇到了那个人,他让我意识到,不能再这样漫无目的地混下去,一辈子说短不短,说长也不长。"

邓煜让她见识了另一种男人,和他在一起,郗萦会忘记自己经历过的痛楚和迷乱,她的心得以重归宁静,不再像置身大海似的起起伏伏,她渴望留住那种滋味。

她不知道怎么了,眼眶中仿佛有泪水涌出,她努力忍着:"以前我不懂爱情是什么样的,直到遇见他,我才懂。"

宗兆槐眼里似有两簇火焰在燃烧,他死死盯住郗萦:"关于爱情,我也不懂,你能不能教教我?"

郗萦终于把眼泪憋了回去,她笑了一下,竟有一种凄艳绝伦的美,宗兆槐看在眼里,燃烧着的火苗逐渐黯淡,终至熄灭。

"我说不清楚,也许,等你自己遇到那样一个人,不用别人解释自然就懂了……在他身边,你会觉得很踏实。"

"你怎么能肯定,他就是你一直在等的那个人?"

宗兆槐嗓音里含着挑衅,这股火药味也同样出现在他的眼眸里。

郗萦正视着这双充满敌意的眼睛,语气坚定:"我愿意赌一把。"

"如果输了呢?"

"我认。"

宗兆槐再次陷入沉默。

然后,他终于说:"那么,我祝你好运。"说完,他舒坦地仰靠在沙发上,整个人看上去都是放松的,仿佛真的释然了。

郗萦有些意外,以她对宗兆槐的了解,原以为这会是一场艰苦卓绝的谈判,她为此设计良久,精心准备。

她本可以一走了之,但也深知一旦惹恼了宗兆槐,她的未来会后患无穷。她主动来找他,也是希望能够以和解收场。

没想到这么容易就过了关。意外之余,郗萦也有些感动,还有很多难以说清的情绪。

她站起身,准备告辞。

"也许以后,我们不会再见面了。我一直有点恨你,因为那件事,以后不会了……谢谢你,这些年对我这么好。"

她语气真挚,渴望一个和解的微笑,而宗兆槐只是面无表情地看着前面,宛如她这个人早已不存在。

郗紫意识到自己的愿望有点过分了,她朝宗兆槐微微点一下头,转身朝门口走去。而他什么也没说,听任郗紫离开了自己的办公室。

上午九点一刻,郗紫在三江车站登上开往 K 市的火车。这是一列象征着新生的火车,她忐忑而期待。

她和邓煜事先约定,车子到了新吴站,邓煜直接上六号车厢跟郗紫会合。她一早就给邓煜打电话,然而他手机关机,也许还没起床。郗紫决定等上车后再打。

车子尚未开动,陆续有乘客匆忙奔来,在郗紫身后推推搡搡。她找到自己的座位,把行李放上架子后,迫不及待坐下,再次拨了邓煜的号码,而他的手机依然是关机状态。

郗紫有些不安,难道邓煜还在睡觉?可现在都快十点了。

或者,他忘了是今天出发?

但明明昨晚郗紫跟他又确认过一遍车次的,他俩的往来短信还在郗紫手机里存着。

还是她自己的安排上出现了什么失误?

郗紫闭上眼睛,在脑海中迅速整理思路,希望抓住一点蛛丝马迹。最后,她徒然叹气,也许是他手机没电了。

只能等到了新吴再说了。

从三江到新吴,只需经停两个小站,前后花不了半小时。

很快,列车车速放缓,徐徐驶入新吴站。郗紫的脸几乎要贴到窗玻璃上,她瞪大眼睛,拼命搜索乘客中有无邓煜的身影。

没有,哪里都看不见他。

不祥如浓雾般包围过来。

郗紫突然起了一阵强烈的疑心,也许邓煜这个人从未真实存在过——他不过是自己因为神经错乱而幻想出来的一个理想的影子罢了。

她立刻就对这疯狂的想法嗤之以鼻,然而很快,她后背猛起一阵寒意——邓煜会不会出事了?否则他不可能平白无故失约,郗紫完全想不出他这么做的理由。

列车在新吴站仅停靠五分钟,郗紫的心分分秒秒都沉浸在焦虑之中。

还剩最后三十秒火车将重新启动,郗紫不再心存幻想,果断抓起行李包,奋力分开上车的人群,在含混不清的抱怨声中直扑到车门边。

工作人员在外面吹哨子示意,车门发出嘎嘎的响声,准备关闭,郗紫不顾劝阻往外一挣扎,从车上跳了下来。

一出火车站,郗紫就在街边拦了一辆出租车,直奔邓煜宿舍。

她敲门,里面没人应,斜对面宿舍的门开了,一名和邓煜年纪相仿的女子走出来。

"你找谁?"

"邓煜,邓教授,他在吗?"

"请问你是哪位?"

郗紫张了一下嘴,想说自己是邓煜的女朋友,却如鲠在喉,说不出来。

"他在家吗?"她又问了一遍。

邻居摇头:"一大早就提着行李出门了,说是去旅行。"

郗紫焦急:"知道他上哪儿了吗?"

"他没说——你不会是,郗小姐吧?"

"对!我是郗紫!"她像是抓到了救命稻草。

女子眉头舒展:"邓教授出门前关照过我,说你可能会来,他有一份东西托我转交给你。"

郗紫愣愣地目送女子反身进屋,完全摸不着头脑,邓煜这是在搞什么?

这么说,他不是忘了,也没出事,而是有预谋地避开自己了?

为什么?!

女子很快又转出来,手上抓着一个封得严严实实的信封:"喏,就是这个。"

"谢谢!"

郗紫接在手里,有点沉,但不厚,她猜是邓煜写给自己的信——他临阵脱逃了,总得给自己一个交代吧。

女子问:"你要不要进屋坐会儿?"

郗紫谢绝了,她没心情。

她一边往楼下走,一边急切地拆信封,上面缠了好多胶带纸,真不明白邓煜为什么要包得这么费事。一时拆不开来,郗紫干脆把包搁在一楼台阶上,又从化妆包里翻出指甲钳,这才在信封上撕开了一道口子。

她从信封里掏出一份文件样的资料,没几张纸。当她看清并理解了第一张纸上那用大号字体标示的题目时，眼前顿时一黑。全身的血液仿佛都停止流动，或是被抽干了，导致她神经麻木，整个人和一堵墙、一扇窗没什么区别。

静止、木然，死气沉沉，也许会永远这样下去，直到腐朽为止。

然后——她不确定是多久以后，血液重新涌回来，她的双手、嘴唇、指尖统统开始颤抖，无论怎么控制也停不下来。

郗絷用发抖的手指掀过第一页，命令自己看向第二页，那上面印着一张从视频中截取出来的照片——四年前的床照，淫秽至极，不堪入目。

尽管早有预料，她的身子还是明显晃了一下，她不得不抓住楼梯扶手，靠着栏杆，慢慢往下滑，在台阶上坐下。

巨大的恐惧退潮后，羞耻占据了她全部的身心，还有绝望。

水泥台阶冰凉，那股冷冷的气息穿透周身，和体内翻滚的热浪冲撞、搏击，令她天旋地转，无法呼吸。

她捂住胸口，努力让自己平静下来。

没什么大不了的，一切都会过去。有一天，她此刻的痛苦终将成为另一个标本，被她塞进记忆库的最底层。

都会过去的，必定如此。

终于，郗絷又能正常呼吸了，意识到手上还捏着那几张纸，她把它们折起，放回信封，又把信封塞到行李包的底部，这东西烫手，隔着那么多层层叠叠的障碍，她依然能嗅到它充满恶意的气味。

血管里刚才还在倒流的血液重新恢复秩序，心不再乱跳个没完，人也因此而冷静，一些脉络逐渐清晰起来。

她试着体谅邓煜，想象他在看到这份资料时的心情，然而仅仅开了个头，郗絷便已无地自容，邓煜的确有理由躲得远远的。

可是,他在酒吧深情表白的样子赫然跃入脑海——他说,他不在乎郗紫的过去,他想要的是郗紫的未来。言犹在耳,而人已不见。

血液再次躁动起来,带着崭新的恨意,重新奔腾。

郗紫猛然站起,短暂的晕眩过后,她冲上楼,朝邓煜宿舍的门一阵乱踢乱踹。

"懦夫!懦夫!没用的东西!"她喊得声嘶力竭。

走廊里静悄悄的,没人出来阻拦她。但郗紫知道有人正从门眼里欣赏自己的丑态。

看吧,看吧!反正她什么都不在乎了。

她的一只鞋因为这番暴力飞脱了出去,顺着楼梯直滚到下面的平台上。

郗紫忽然咯咯地笑了起来,眼前的一切都是一场笑话,包括她事先的那些精心算计,全都是白费劲。归根结底,她怎么会是宗兆槐的对手?!

终于,她觉得累了,便拢了拢头发,女王似的走下楼梯,在平台上把鞋子穿好,再往下走,到最后一级台阶,抓起行李包,昂首阔步离去。

郗紫一直走,不停地走,每一步都好像踏在末日的边缘。

她步行至宗兆槐在吟香苑的住处。她本来有这里的钥匙,分手那天,她一件件一桩桩都向宗兆槐交割清楚了。

在寓所对面的窗前,郗紫坐在自己的行李箱上,靠着墙,点燃一根烟——她经过街边小卖部时买的,然后给宗兆槐打了电话。

两小时后,宗兆槐的身影出现在楼道口。

他在走廊这头略作停顿,端详窗边的女人——郗紫风尘仆仆,面带倦色,形象很差地坐在行李箱上。当她扭过头来看见宗兆槐时,脸上并无多少愤怒,相反,还带着些玩世不恭和嘲讽的意味。

那神色如此熟悉。宗兆槐缓步走到她身边。

郗萦抬头扫了他一眼,懒懒地站起来,依然是那副无所谓的样子。宗兆槐俯身,默默地拎起她的行李箱。

随后,他开了门,请郗萦进去。

"坐吧。"他说。

郗萦站在门边不动,冷冷地注视着他。

"这么快就输了?"

郗萦转开脸,冷笑两声。

"你看中的男人也不怎么样。"宗兆槐坐进沙发,远远地望着郗萦,"你以前没说错,男人全都差不多,没一个好东西。"

"我认。"郗萦说,"我不怪他。"

她在走廊里枯坐的这段时间,把前前后后的事都想了一遍。

即便她能过得了眼前这关,和邓煜顺利躲去 K 市,她也不见得能逃得过下一关。因为面前这个人不可能眼睁睁地看着她和别人过幸福的日子。至于邓煜,是她把他想得过于天真了——人哪有单纯到什么都无所谓的呢!

郗萦的手从背后伸出来,手上抓着那几张纸,她朝宗兆槐走过去,一边走,一边将纸撕成碎片,手一扬,碎片在宗兆槐头顶纷纷飘落。

他端坐在沙发里看着郗萦,纹丝不动。

"你毁我第一次的时候,我就该想到也许会有第二次。可我居然傻到相信你,相信你会那么大方地让我走!"

"那么你呢,你是怎么对我的?"宗兆槐同样也是冷冷的,"三年的感情,你说丢就丢了。你把我当什么,垃圾?"

"这是我的自由!我有选择的权利!"郄萦激动地嚷道,"凭什么我的生活要由你说了算!"

宗兆槐耸肩:"对,你有选择的自由,我也一样,我做什么也是我的自由!"

郄萦咬牙切齿:"你以为你这么干能得到什么?你只会让我更加恨你!"

"我知道你恨我,你从来没放弃过对我的恨。这几年,不管我怎么做,你只记得我对不起你,一有机会,你就想着离开!我为你做过什么,你从来都看不见!"

"我尽力了,但我做不到。"郄萦嗓音低下去,"我没办法跟一个算计过我的男人过一辈子。"

宗兆槐猛然站起,风度尽失:"那么当初你就不该留下来!给我错误的信号,让我以为只要尽力弥补,你就能回心转意!"

他和郄萦一样咬牙切齿:"为什么在可以走的时候不走?"

他永远记得郄萦发现真相后在他办公室里心碎欲裂的神情,那时他确实很想弥补她,尽一切可能。如果当时她选择拿钱离开,而不是一而再,再而三地撩拨自己,出于愧疚加忌惮的心理,他绝不会追上去纠缠。

郄萦瞪着他,哑口无言,她没法告诉宗兆槐,那时她对他还残存着感情,不管这感情是恨也好,爱也好,都远远没有消耗干净。

宗兆槐伸手,用力握住她的双肩,郄萦觉得疼,可她已无力反抗,眼前的宗兆槐面色铁青,再无一丝温润和善。

"你留下来,究竟指望得到什么?报复我?你留在我身边,就是在琢磨要怎么报复我才痛快,对不对?"

不过现在都无所谓了,那些无法宣之于口的较量与博弈,进攻与忍让,全都没必要衡量了,他不再抱有幻想,他和她一样,心里沉淀下来的只有恨——曲终后的恨,无可挽回。

他松开郗萦,背过身去。

"世道变了,路不那么好走了,但有一点不会变,你可以选择,别说什么迫不得已,你永远可以选择……今天的局面是你一步步选择的结果。"

郗萦身子一软,跌进沙发,她的满腔愤怒早已无影无踪,她茫然不知前路,像个无家可归的孩子。宗兆槐在她眼前踱着步,如同每一次他陷入困境时那样。

越艰难,就得越冷静。他总是这样告诫自己。

"你以为你现在很惨?呵呵,十二年前,我比你惨十倍!"

十二年前,他新婚宴尔,怀着对未来生活的美好憧憬,全力以赴为事业奔忙,在懵然无知之中,遭到妻子的背叛。

"华浩是个没脑子的孬货,他做下丑事后想溜,但我事先冻结了公司账户,他一分钱都拿不出来。他带着林菲身无分文地跑了——我得感谢我的养父母,如果没有他们,我不会预先知道那两个人在打什么主意。"

宗兆槐呵呵笑了两声:"我不知道你有没有听说过这样的父母,女儿做了错事不但不规劝,还怂恿她跟野男人私奔!"

他恨养父母的原因就在于他们没原则地维护女儿。

彼时他受了打击无处可诉,只能回去找养父母,希望得到他们的支持,然而养母却劝他:"她喜欢谁你就让她跟谁吧。"

他一直清楚养父母对林菲的溺爱,但这种话从养母口中说出,依然令他震惊,且难以忍受。

连养父都求他跟林菲离婚。

"出了这样的事,我也不好受,但菲菲已经有了他的孩子,这孩子她是肯定要生下来的,就算你肯原谅她,你能受得了那个孩子吗?你们还是离了吧。"

宗兆槐愤懑难平,他坚决不同意离婚,并表示孩子生下来他认,他愿意当自己亲生的养。

但没人被他感动。

养父说:"你现在是这么讲,可如果菲菲回来,你想着自己吃的亏,肯定不会对她还跟从前那么好,我清楚你的脾气……还有那个孩子,你容不了的。"

养母更直接:"孩子都不是你的,你拖着菲菲有什么意思呢?"

他的感情受到了践踏,一钱不值,那是他珍藏了二十多年并还在努力为之奋斗的感情。在这个他曾经当作温暖港湾的家里,他忽然就成了个多余的人。

林菲还是跟华浩走了,临走时给他留了一本日记,作为她不爱他的证明,以及她非离婚不可的决心。

正是这些人和事让宗兆槐产生了疯狂报复的想法。

"我千方百计寻找华浩的下落,两个月后,他终于被我堵在出租屋的门外。"

宗兆槐知道林菲就躲在那间出租屋里,但他没有进去,他是来找华浩谈判的。

"我要跟他结算,把他当初投入公司的资产还给他,除此之外,我另外给他加了十万块——拿出这笔钱差不多让我倾家荡产,但我有个条件。"他的嗓音里有一种冷酷的快感,令郗紫毛骨悚然。

"他得离开林菲。"宗兆槐转过身来,脸上带着残忍的微笑,"他没多想就答应了。看看林菲,她挑了个什么样的男人!没错,我恨华浩,但我更恨林菲!我把她当成这辈子唯一的爱,可她一点都不珍惜,宁愿跟一个人渣走!女人有原则吗?"

他笑起来,阴森的笑声在屋里回荡,落脚之处全都沾染上恨意。

与宗兆槐达成协议后,华浩就骗林菲回家看看情况,将她独自留在了出租屋。他一走就是好几天,林菲终于感觉不对劲,便联系了父母,父母四处搜寻华浩无果,只得将女儿又接回家。

那时林菲已大腹便便,还在期待华浩能回心转意。只有宗兆槐知道,华浩一拿到钱就溜去国外投奔亲戚了。

宗兆槐很爽快地跟林菲办理了离婚手续。三个月后,林菲在医院里孤独地产下一个女婴,终日郁郁寡欢。

有一天,她让父母把宗兆槐叫到家里,质问华浩的离开是不是他在背后搞鬼。宗兆槐不加隐瞒,把真相统统说了出来,林菲在他面前失声痛哭。

在门外偷听的林家父母火速冲了进来,当即就把宗兆槐赶出了家门。此后,他与林家彻底决裂。

宗兆槐走到郗萦跟前,低头望着她,眼里不带一丝热度。

"这么多年,我一直提醒自己别再上女人的当……可我遇到你,还是疏忽了!"

是他伤害郗萦在先,这颠覆了他原先对女人的防备心理,面对郗萦的痛苦,他于心不忍,终至放下戒心,接近她,尽力弥补她,渴望赢回她对自己的爱,甚至憧憬过两人的未来。

"女人是最不知好歹的东西,全都贪得无厌,永远不值得相信,而你,再次向我证明了这一点!"他牙齿咬得咯咯作响。

郗萦的心寒冷如冰，她想逃离这里，把宗兆槐的声音连同他这个人都甩得远远的，但她动弹不了，此刻的宗兆槐像换了一个人，面目狰狞，陌生可怖。

他还没有说完。

"你说我算计你，难道你就没有？你以为我真不知道那个什么教授的存在？你以为这些日子你躲着我，我就不知道你在干什么了？你想报复我，就该对现在的结果有心理准备——我不会再给别人机会背叛我，绝对不会！"

以前，郗萦曾数次撩拨宗兆槐，试探他的底线，想看看他翻起脸来究竟是什么样子，而他总是忍让，真逼急了，也不过拂袖而去。他从不与郗萦正面起冲突，这给她造成了某种错觉，以为他怕自己，不论她做什么，他都不会翻脸。

而这全都是假象。

他忍让她，包容她，无非是因为觉得郗萦还属于他，但从郗萦下决心离开他的那一刻起，她所有的资本都已消耗殆尽。从那时起，她已成为宗兆槐的敌人，他那些惯用的冷酷手段将毫不留情加诸郗萦身上。

宗兆槐的胜利宣告还未结束。

他缓缓俯下身，凑在郗萦耳边，低声问："你想知道林菲究竟是怎么死的吗？"

郗萦的心咯噔一下，来不及推理，但她已隐约猜到。她瑟瑟发抖，扫了眼面前这张魔鬼般的脸，屏住呼吸，忽然从沙发中跃起，想逃——她不想再听从宗兆槐嘴里吐出的任何一个字。

宗兆槐及时而有力地抓住了她。

郗萦被他猛然往回一拉，身体失衡，直接摔倒在地板上。她的脚踝被崴到，疼得一时半会儿爬不起来。

"她不是难产死的，是产后抑郁。"恶魔的声音重新萦绕在郗萦耳旁，"她在卫生间里割开了自己的动脉……浴缸被她的血染成了红色……你能想象那种场面吗？"

可怕的记忆之门被打开，黑暗顿时一涌而出。宗兆槐嗓音战栗，微微扭曲，既像兴奋又像痛苦。

郗萦面色煞白，眼泪从眼角渗出，她闭上眼睛，听天由命。

痛苦与报复的快感在宗兆槐体内燃烧，他望着眼前已一败涂地的郗萦还不满足。

"起来！"

他抓住郗萦的胳膊将她拎起，郗萦拖着疼痛不已的右脚无声地挣扎着，眼泪越来越多地涌出眼眶，恍惚中，她看到了林菲。

林菲在离她不远的地方，与她一样蓬头垢面，悲伤、绝望，找不到出路。

眼前一阵乱晃，是郗萦随宗兆槐跌跌撞撞地往某个地方走。强烈的晕眩中，她还看见林菲也拖着疲惫的双脚，一步步往卫生间挪去。

浴缸里放满了水，林菲抬起左脚，探入水中，然后是右脚。她穿着睡袍站在浴缸里，低头盯着水面，然后慢慢地蹲下去，双腿放平，她靠坐在浴缸边沿上，水很快将她的身体浸没……

宗兆槐把郗萦推搡进卫生间，她一个激灵，清醒过来，用力推开他，反身欲逃，但宗兆槐再次抓住她的手腕，力道一收，郗萦便跌入他怀中——他的前胸紧贴郗萦的后背，他把郗萦紧紧地搂在怀里，用这种亲昵的姿势控制住她。

"就在那儿!"宗兆槐用下巴示意郗紫看浴缸,"她在浴缸里撒满了花瓣,天晓得是从哪儿弄来的!"

花瓣下面是血红色的海洋。

宗兆槐的面部肌肉剧烈抖动,他咬牙低语:"拜她所赐,我做了十多年的噩梦!"

郗紫眼神恐惧,无助地盯着浴缸,她忘了脚痛,身子拼命往后抵,不敢再多靠前半步,尽管此刻的浴缸洁白,空无一物。她啜泣起来,绝望的声音塞满狭窄的空间。

宗兆槐发泄够了,才松开她,喃喃地,却是坚定地重复:"没有人可以再背叛我,没有人!"

他们彼此都已精疲力竭。所有想说的、该说的话也都已说尽。

宗兆槐放开郗紫,缓缓退出卫生间,郗紫却还软软地靠在墙上,仿佛有一根绳索将她绑在了那里。

不知过了多久,她听到宗兆槐的声音从客厅里传来:"我还有事,得马上回三江……走的时候,记得把门关好。"

他说得心平气和,仿佛又变回往日里那个温润沉静的男人了,可郗紫听他说着这些话时,手脚止不住再次颤抖起来。

门打开,又关上,宗兆槐走了。

郗紫腿一软,彻底瘫坐在地上。

卫生间地面的瓷砖冰凉,而她浑然无觉,就这么坐着,任思绪驰骋千里。

林菲死了。

她的脆弱、敏感,以及对爱人的幻灭导致了她的死亡。郗紫不想成为第二个林菲,然而,她又比林菲高明多少?

她自以为聪明地谋划好了出路,到头来才发现,得到的结果却与林菲当年惊人地相似。一想到宗兆槐对曾经深爱的女孩尚且如此不容情，郗紫就直打冷战。

最可怕的不是失败，而是发现自己被逼到了角落，已无路可走。

她真的再没有选择了吗？郗紫问自己。

没错，她是输了，输得底都不剩，但有什么呢？已经不是第一次了，拍掉身上的尘土，她还可以重新再来。

她想起身，然而坐久了，脚发麻，好容易站了起来，却挪不开步。她抬头，看见镜中的自己，自然是憔悴的，脸上仿佛还落着灰尘，一副倒霉透顶的模样。

她试着朝自己微笑，可泪水却扑簌簌落下。太不争气，她用手指狠狠地抹去泪痕，新的泪水又涌出来，争先恐后，像在嘲笑她伪装的坚强。

终于，她崩溃了，颓然垂下双手，扑在台盆上放声大哭。

再怎么努力也掩饰不了，她从内到外都已千疮百孔，她要怎么弥补，怎么治愈自己？

她连走出这个房间的勇气都没有！

她哭得意识昏沉，视线缓缓落在镜架上。

架子上摆着宗兆槐的洗漱用具，寥寥数物，都是她买的。她在这几件东西上来回搜寻，目光锁定了刮胡刀。

她拾起刮胡刀，仔细琢磨了会儿，又用手指试了试刀锋，皮肤很容易被割破，但割不深，她把它重新放回原处。

脚能动了，她一步步走进厨房。

厨房里有各种刀具，摆放的位置郗紫都了如指掌。她挑了最小巧的那把，平时切橙子用的。她还找到了某次喝剩下的半瓶红酒。她拔掉瓶塞，很豪爽地一口气灌下去大半，这才觉得很渴，她已经一天没喝过水,也没吃过东西了。

酒精在她血管里奔腾怒吼,她感觉自己被激活了,深入骨髓的痛如河水漫出堤岸,朝她汹涌袭来。

站在放了半缸水的浴缸前,郗紫短暂思索了一下,还少了点什么。

花瓣。

她不可能再跑去花店买花,想起来以前曾买过一包干花放在衣柜里熏衣裳,应该还在。她进房间,打开橱柜,很快就找到了那包干花。

她剪开花包,将里面零零碎碎的花片全都撒入浴缸。

干花皱巴巴的,枯瘪丑陋,色泽黯淡,已经辨别不出它们还是鲜花时的颜色。

这真是个遗憾,她想。

但随即,她闻到一股花香,浓郁扑鼻,便又释然了——即便选择同样的结果,也总得和别人有点细节上的差别吧。

她试了试水,温和舒爽,于是抬起左脚,探入水中,然后是右脚。她没有脱衣服,和林菲一样,她不想走之前让人看到自己裸露的身躯。

她坐进水里,干净透明的水轻柔地包裹着她,她的纺绸衬衫紧紧粘在身上,变成了她的又一层肌肤。

浴缸平台上,依次摆放着水果刀、手机,还有喝剩的小半瓶红酒。

郗紫拿起酒瓶,仰头一气喝光。她高举瓶子,松手,酒瓶磕倒在灰色瓷砖上,没碎,滚了几滚,停在台盆柱旁。

她取过手机,习惯性地扫了眼时间,但没进脑子,时间对她已失去意义。她拨了宗兆槐的号码——没有用快捷键,而是一个数字一个数字地拨了一遍,那曾经烂熟于心的号码。

最后一次给他打电话了。她怀着难言的情绪,这情绪里既有仇恨,也有报复的快感,还有一丝委屈——她摇摇头,不愿承认,那不过是习惯的作用,跟她本人无关,她弃之如敝屣。

最后一次。

这念头猛然渗入她的意识,她还没和姚乐纯打过招呼,还有母亲。

算了,太麻烦,也太伤感。她只想干干脆脆地离开,她只想——让他听到自己最后的声音。她要化成一根尖针,永远扎在他心头最痛的地方,因为他也曾这样对待过自己。

他的噩梦会不会持续下去,没完没了?

手机响了很久,宗兆槐才接,他没开口,知道是郗萦,他在等她先说话。

郗萦便说了。

"你从来不懂真正的爱是什么,你认为付出了就必须得到回报,如果得不到你就破坏……你不懂应该放开不属于你的东西,也不懂宽恕。"她吐出的字句微含战栗,在清冷的瓷砖面上撞击、回荡。

宗兆槐没有任何回应,但郗萦知道他在听。

"她死了,因你而死。你真的一点都不在乎吗?"

郗萦终于听到一丝不稳的气息,也许他想反驳,也许他意识到了什么。郗萦笑笑,最后说:"如果,再来一次呢?"

她没给宗兆槐说话的机会,就将手机沉入水中,然后,她果断拿起平台上最后一样东西,那把水果刀。

宗兆槐开着车行驶在返回三江的路上,他用免提接听了郗萦的电话,她的声音在车内盘桓萦绕,余音不绝。

他明白发生了什么,但他没有机会阻止,回拨过两次郗紫的手机后,他放弃了,他清楚郗紫的脾气。他尽快从栈道下高速,找到返回的路口,掉转车头,疯了似的往回开。

一路上,他出奇地冷静,仿佛对这结果早有预料,他疑心自己重回了某个梦境,多年来始终纠缠他的、他竭力想摆脱却怎么也逃不出来的噩梦。

四十分钟后,他重新站在自己的公寓门外,定一定神,他掏出钥匙,开门,明明脑子很清楚,手却慌乱而无力,插了几次才插对锁孔。

他推门闯入,没有迟疑,直扑卫生间——那里亮着灯,他站在门口,望着展现在眼前的一切,瞬间失却呼吸。

没错,他的确是在梦里,这么多年,从未醒来。

深夜,宗兆槐坐在抢救室外的走廊里,弓着腰,手指深深地插入发间,浑身止不住地颤抖。当体内仇恨的毒瘤再次破裂时,他的确恨不得郗紫立刻就死了。

现在她真的要死了,他却如此害怕,仿佛赴死的那个人是他自己。

他像中了蛊,脑子里反复回响着郗紫最后说的那几句话,赶都赶不走。

"她死了,因你而死。你真的一点都不在乎吗?"

"如果,再来一次呢?"

离婚后,林家父母又搬过一次家——从宗兆槐买的房子里搬了出去。林菲的死,他是事后才得知的。

他没有去参加葬礼。

有一天,大概就在葬礼后不久,养母忽然打电话叫他去,他本不该理会的,却着魔似的答应了。

他们的新家在一条破破烂烂的旧巷子尽头,像一个与世隔绝的坟墓。进门就是灵堂,触目惊心,林菲的遗像挂在墙上,宗兆槐的目光刚一碰触就迅速躲开了。

只有养母在家,他没看见养父,也没问。

养母仿佛苍老了十岁,眼神浑浊,气息混乱,她把宗兆槐领到暗沉沉的卫生间,让他欣赏极为恐怖的一幕——她还保存着林菲自杀时的那缸鲜血淋漓的水,和着无数花瓣。

"是你杀了她,是你,你杀了她。"养母在他身后不断重复这句话,像一个神经错乱的病人。

她恨他,所以要把他也拖入噩梦的深渊。

宗兆槐悚然回眸,透过养母疯狂的双眼,仿佛见到昔日的林菲,那一刻,他心如刀割。

然而人终究无法背负着沉重的十字架活下去。宗兆槐决意抛开这段痛苦的往事,他勒令自己不去判断是非对错,宁愿把这结果当作一场因果报应,不去后悔,即使哭,也只当是被风吹迷了眼。

他的心肠就是这样一点一点硬起来的,从林菲的背叛开始,直到她死,他完全蜕变成另一个人。这个人,有时连他自己都觉得陌生,但唯其如此,他才能继续活下去。

当他终于从麻木中清醒过来时,发现窗外已微微泛蓝,天快要亮了。

他听到脚步声,猝然回眸,几名戴着浅蓝色帽子的医护人员正从门那边的走廊里快步过来,他咽了口唾沫,听到喉咙里发出一种奇怪的咕噜声。他想自己的眼神一定是怯懦的,呈现出死亡的灰色。

他起身,站在原地,一动不敢动,等待死神的最终裁决。

郗紫从一连串杂乱的梦中醒来,但不确定自己是否真的醒了,以前她也有过自以为醒了,之后却发现那是她在梦里做的又一个梦的经历。

那时她曾想到,梦是没完没了的,不到醒来的那一刻,谁能明白自己究竟是在梦里还是在现实?人这一辈子也许就是在做一个漫长的梦呢!

她睁开眼睛,过了片刻才分辨出这是病房,到处都是雪白色,如静止的帆。

床头架子上吊着几袋点滴,她左手冰凉,塑料袋里的液体正缓慢流入她体内。鼻息间也感觉异样,他们给她插了氧气管,看来她昏迷得不轻。

她整个人像被蜘蛛网困住的一只昆虫,动弹不得。

郗紫短暂迷糊了一下,然后确信自己没死,地狱里不可能有这样明亮而温暖的场面。

放弃生命是需要极大勇气的,在拿起水果刀时,她深切意识到了这一点——她下不了手,在手腕上留下很多刀伤,最后那一刀是发了狠割下去的,但也不够深,血所以流得慢,再加上宗兆槐及时赶回,她才保住了性命。

即便如此,她的血还是将浴缸里的水染成了一片淡红色,她徘徊在意识的边缘,宗兆槐把她从水中捞起,冲下楼,送医院,这些场景她都有印象,但不深刻,也不真实,像是在做梦。

此时,她躺在静谧的空间里,想着林菲的逝去,以及自己的复活,既没有欣悦,也没有失望,心情平静得仿佛一切都与她无关。

一名护士进来看了看她,脸上流露出惊喜:"你醒了?"

她没开口,仅仅眨了一下眼睛作回应。护士迅速消失,一分钟后,医生赶了过来,接着,更多的人拥进病房。

她又活了,世界重新在她眼前舞动,热闹非凡。

姚乐纯已是大腹便便,在叶南的陪伴下走进病房。她显然哭过,眼睛红肿得不像话,一进房间就扑到郗紫身边,握住她的手,再次哽咽:"郗郗,你怎么这么傻?"

让姚乐纯伤心,郗紫觉得抱歉,但她什么都不想说,便闭上眼,做疲倦状。姚乐纯细碎的啜泣如虫子般咬噬着她的耳膜,叶南则在一旁轻声抚慰妻子。

姚乐纯渐渐平静,握住郗紫的手却还是不肯放,好像怕一个不留神,郗紫又会干出什么可怕的事来。

叶南轻声对郗紫说:"郗郗,兆槐一直在外面,没你的同意,他不敢进来。"

郗紫依然双眼紧闭,无动于衷。

姚乐纯朝叶南皱了皱眉,示意他不要刺激郗紫,但叶南无视她的埋怨,干咳两声又说:"他……让我带句话给你。"

"叶南,别再说了!"姚乐纯满脸不悦,阻止丈夫。

"他说他在乎。"

在姚乐纯愠怒的瞪视下,叶南终于闭上了嘴巴,反正他转达的使命也完成了。

只有郗紫明白这句话的含义,她的脑袋忽然动了动,把脸转向另一侧,过了片刻,一滴泪顺着眼角缓缓流出。

姚乐纯与叶南都看见了，两人面面相觑，不明所以。

叶南仿佛看见了某种希望，俯身再度试着与她沟通："郗郗，我叫他进来，可以吗？"

"不！"郗紫终于开口，嗓音干枯喑哑，"我不想看见他，永远……你让他走。"

叶南一脸沮丧，直起腰，叹口气，怏怏地走了出去。

姚乐纯仍陪着郗紫，心里装着很多疑问，可又不敢问，只能充满怜惜地反复摩挲郗紫苍白的手腕。

那只手腕上绑着纱布，遮住了伤痕累累的割痕，一想到郗紫曾对自己做过什么，姚乐纯再次心如刀绞。

宗兆槐站在门外，面如死灰，叶南抱歉地望着他："你别急，等她出了院再……这事只能慢慢来。"

宗兆槐不抱希望地苦笑一声。

叶南拍拍他的肩："走，出去抽一根。"

两人下了楼，在病房侧门的一处阴影里抽烟，相对无言。

事态发展到如此地步，完全超出叶南预料，这两人之间问题的根源他心里是有数的，但有些事，外人不方便过问，即使搞明白了也于事无补，还徒增尴尬。两个人之间的事，终究只能两个人自己解决。

"还好没出大事。"他只能泛泛地宽慰宗兆槐，"早上我去找主治医生问了问情况，医生说，她手上的刀痕凌乱，估计动手时犹豫了……不过郗郗的脾气真是够犟的。"

宗兆槐低下头，眉心轻微抽搐。

叶南瞥他一眼："兆槐，如果你真爱她，就多顺着她点。女人呢，遇到事情脑子容易短路，就得多哄哄，不能硬碰硬。"

"她要走。"宗兆槐艰难地开口,试图解释,"跟……另一个男人,我当时……气疯了。"

郗紫一直坚持不结婚,不生孩子,他觉得只要两个人在一起也未尝不可。可那天她告诉自己,她遇到了想嫁的人——那个人扭转了她的观念,想要将她拽回寻常生活,而倔强如她,竟然愿意为了对方而改变,宗兆槐被侵入骨髓的妒意控制,完全失去了理智。

那种滋味,叶南也有过体会,他默然无语。

片刻后,宗兆槐长长吁了口气说:"都过去了,只要她活着,怎么都好。"

他的确不懂什么是爱,但他在乎,一直都在乎。

姚乐纯接完电话,忐忑地对郗紫说:"你妈妈马上就到了。早上我们过来,你一直没醒,我很担心……就通知了你妈妈。"

母亲来了,没有大惊小怪,一进病房,先将女儿上上下下检查一遍。姚乐纯用一个拙劣的理由掩饰真相,一向多疑的母亲居然接受了。

她坐在郗紫床边,片刻不离左右,还对姚乐纯说:"小姚你回去吧,怀孕的人不要在医院里久待,这地方细菌多,容易感染。"

姚乐纯舍不得郗紫:"阿姨,让我再待一会儿吧,我晚上才回三江。"

母亲平静地望着她:"郗紫有我照顾呢,你可以放心。"

这就等于是下逐客令了,姚乐纯只得与郗紫告别,依依不舍地叮嘱:"等你出院,我再来接你。"

郗紫总算有了反应,轻声说:"你也保重身体。"

姚乐纯红着眼圈点点头。

叶南和宗兆槐返回楼上,看见姚乐纯在病房外站着,叶南忙奔过去。姚乐纯告诉他,郗紫的母亲来了。宗兆槐一听立刻面露紧张。

"哟,那我们是不是得进去打声招呼啊?"

叶南正欲推门,姚乐纯忙把他拦住。

"算了,都别进去了,她妈妈的脾气有点古怪,不会愿意敷衍你们的,我刚才就被她赶出来了。反正有她在,咱们都不用担心郗郗。"

三个人离开病房区,准备乘电梯下楼。

叶南问姚乐纯:"她妈妈有没有问你怎么回事?"

"问了,我说郗郗走路不小心,从楼梯上摔下去了……她妈妈没说什么。"

宗兆槐在旁边低声道:"谢谢……"

姚乐纯没看他,语气有些生硬:"我不清楚你们之间究竟发生了什么,但我尊重郗郗的意见,请你以后别再来找她。"

叶南轻轻捏了捏她的手,有责备之意,姚乐纯半辈子没当人的面说过重话,这几句话说完,她自己脸先红了。

宗兆槐诚心诚意地说:"我明白了。"

郗紫在医院住了一周多时间,母亲寸步不离地守着她,没有一句责备的话,也没有问这问那让女儿烦心。郗紫记得小时候自己生病,妈妈会变得特别有耐心,如果她曾经向母亲撒过娇,大约都是在病中。现在,母亲大概又把她当成了不懂事的小女孩,全心全意照顾她的起居,不对她发脾气、摆脸色,母女关系空前和谐,这让郗紫的身体恢复得很快。

她比预定日期提前了两天出院,没有通知姚乐纯。

母亲替她去办出院手续,回来说,账户上还剩两千块钱,问郗紫要银行账号,方便把钱退回去。

郗紫道:"我的卡有点问题,等等再说吧,咱们先回家。"

她没告诉母亲,那些钱是宗兆槐预交的。

母亲也没追问,帮她提着收拾好的行李包,郗紫自己还背了个旅行包——她在新吴就这么些东西,别的都被她当累赘处理掉了,母女俩一前一后下了楼。

宗兆槐站在病房楼前的花坛边,默默地看着她们走出来,又上了一辆等候在路旁的出租车。

他每天都来,也知道郗紫今天出院,可他什么都做不了,只能这么远远地望着,直到出租车在视野中消失不见,他还站在那个地方,保持目送的姿势,像一尊雕塑。

郗紫跟母亲回了三江。

母亲延续在医院时的态度,耐心、和善,凡事有商有量,每天变着法儿给女儿做营养餐补身体,她上的烹饪班学费没白交,口感快赶上中档饭店厨子的水平了。

回家安顿好以后,郗紫才给姚乐纯打电话,但拒绝了出来聚聚的提议,她现在还不愿见任何人。

对于前路,郗紫暂时不去想,就这么舒舒服服在母亲家住了一个月。宁静是在一个月后的傍晚打破的。

那天吃过晚饭,郗紫坐在阳台上读一本休闲小说,母亲端着水果盘出来,坐在她身旁。

盘子里装着切好的红西柚和脐橙,郗紫随手拈起一瓣红西柚来吃,酸甜多汁,非常可口。

"很新鲜啊！妈你在哪儿买的？"

"超市。"母亲转头看着她，"你回家一个月了吧，有什么打算没有啊？"

郗紫没觉得意外，母亲是个极度重视规划的人，从来都认为浪费时间是可耻行为。

"我会重新找份工作，这两天正在网上刷简历。"

她没撒谎，既然活过来了，日子还得按寻常方式过。

"不去新吴了吧？"

"不去了，以后都在三江待着。"

母亲赞许地点头："这样最好，哪儿都比不上自己家——紫紫，工作方面，也别太挑剔，看得过去就行了。"

郗紫朝母亲投去感激的一瞥，正欲说点什么，母亲却接下去道："尽快找个人结婚才是最要紧的。"

郗紫立刻感到一阵沮丧，她没作声。

"你看你这几年在外面过得乱七八糟的，是为什么？就是没尽早结婚，一个人到了一定年龄，就得干这个年龄段的事，一旦错过了，生活也会跟着乱。"

郗紫努力抑制住抵触情绪问："如果我找不到可以结婚的人呢？"

"你努力找，怎么会找不到呢？"

"事实上，我找到现在，就是没找着合适的。"

"你不能太挑，每个人都有长处和短处，眼睛不能光盯着别人的短处。"

郗紫实话实说："妈，我目前的状态，没法接受婚姻，我怕即使结了将来也会离，害人害己……你再给我点时间，让我缓缓气儿行不行？"

母亲的脸色难看起来:"你还要我等多久?这一个月在家里我好吃好喝地伺候你,你可不能没良心!"

郗紫又急又委屈:"妈!结婚又不是完成任务,能随随便便就找个人结吗?"

"那你慢慢挑吧!你都三十四的人了,再拖下去,看谁还要你?只能给人当后妈,把别人的孩子当自己孩子养,你以为那滋味好受?"

"既然不好受,我不结婚不就行了!"郗紫也烦躁起来,水果也不想吃了,起身欲溜。

母亲看出她的企图,生气道:"我都为你急死了!真是皇帝不急太监急!你到底想怎么样?!别以为我不知道你在新吴住院是怎么回事!"

郗紫心头一凛,脚下立刻顿住。

母亲恨恨道:"你为了一个男的闹自杀对不对?"

其实郗紫早该明白,医院那种地方有什么秘密能瞒得了人呢?

"人家当面不说,背地里朝我指指戳戳,你知道我每天在医院进进出出都什么滋味吗?丢人!"

可母亲在郗紫面前一点不满都没表现出来,因为她要强,好面子。郗紫脸色惨白,回过身来:"既然你知道我为了男人自杀,为什么还要我去找男人?"

"那能是一回事吗?"母亲的声音恢复了往昔的严厉,"你找个正经男人,他能那么对你?能不跟你结婚好好过日子?这么多年我怎么教你的,一个女孩子首先要懂得自重!可你呢?你怎么能那么自轻自贱,为一个不值得的男人自杀?"

母亲越说越气:"你就从来没为我想过!"

郗紫用力点头:"对!我没为你想过,我自杀是咎由自取!那你呢?你养我是为什么?你把我当成木偶,你要我怎么走我就得怎么走,否则我就是不孝顺,不自重!你关心过我的感受吗?没有!你关心我真的想要什么吗?没有!因为你不在乎!你在乎的只有你自己,还有你的面子!"

她一口气喊出这些话,这些话在她心上萦绕了不知多少年,现在她终于有机会扔给母亲了。

母亲一脸惊异:"你怎么会这么想?我一直希望你过得开心啊!"

"那我现在告诉你,我从来就没开心过!你逼我弹钢琴,学画画,练跳舞,你要我成为一个优雅的女人,因为你想证明给爸爸看,没有他,你照样可以把女儿培养得很出色!可惜我不够优秀,总是让你失望。你知不知道,我从小最害怕的事就是看你皱着眉头翻我的成绩单!我很努力,但就是没法出类拔萃。"

那熟悉的沮丧感再次涌入心头,郗紫微含哽咽:"我很累,我不开心,可我怕你失望,我想看到你笑,可你总是对我皱眉头,嫌我什么都做不好!"

母亲呆住了,她第一次倾听女儿的心声,却震惊地发现她们彼此都不了解对方,她们一直在曲解对方。

"紫紫,我当然希望你快乐,你是我这辈子唯一的指望啊……"母亲的态度柔软下来。

郗紫没理会母亲微弱的辩解,她完全沉浸在自己的情绪里,她还没说够,她要说个痛快。

"有段时间我自我否定得厉害,可当我代表学校到区里表演舞蹈时,又忍不住想,如果妈妈在就好了,她会为我骄傲的——看,你的目的达到了。我一直在你给我设定的框架里成长,用你拟定的标准衡量自己,我早就失去自己了,我成了你的附属品!"

"我,我没有……"

"我在 TEP 一干就是七年,那地方死气沉沉的,可每次想跳槽你都有意见,因为 TEP 名声好听,你说出去脸上有光。你从来就没问过我喜不喜欢那样的生活!我现在告诉你,我不喜欢,一点都不喜欢!"

郜紫用憎恨的目光盯着母亲,那赤裸裸的眼神让母亲打了个寒噤。

"我现在一无所有,惨到家了!可我突然想明白了这是为什么,为什么我总是成功不了,因为你要求我的那些事你自己也没做到!这根本就是基因问题!"

郜紫嘴角挂起一丝残忍的笑:"你做人不成功,还丢了丈夫,你只有我了,怎么能放任我平庸下去?可是没用,咱们的基因是相同的,成败早就决定了。你不认输也没办法!"

母亲嘴唇哆嗦着,单手扶住椅背,像随时都会倒下去。

她终于见到自己强压教育下种出来的恶果——她以为自己的苦心女儿迟早能明白,然而事与愿违,失败就这么明明白白地摆在眼前,由她倾注一生心血的女儿向她宣布出来。她的内心瞬间崩溃。

"你知道我发现这一点后再看着你是什么滋味吗?怜悯!天,我居然在可怜我自己的妈!"

"别说了,求你别说了……"

母亲朝女儿伸出手,哀哀乞求,忽然,她的面庞呈现出某种扭曲,紧接着,身子委顿下去,软软地倒在了地上。

下午两点,开完例行会议,宗兆槐抓起车钥匙走出去,秘书抬头看看他,欲言又止。他主动报备:"我出去一趟,有事打我电话。"

秘书连连点头。

他没有具体的目的地,孤魂野鬼般开着车,往人迹稀疏的郊外走,那里道路宽广,绿树成荫,即使不足以改变心情,走一遍,看一看也是舒服的。

以前他还能寄情于工作,但近来他再也不能集中注意力在某件具体的事务上,明明在考虑问题,却冷不丁发现自己已经走神,只能一有空就出来散散心,试着调节一下紧绷的大脑。

他还没有完全绝望,这得感谢郗萦,如果她死了,他想自己就真成一具行尸走肉了。

车子上高架开了一段后,他看到人民医院的指示牌,便从最近的栈道下去。

前几天他约叶南吃饭,得知郗萦的母亲病了,已经在医院住了一周,她现在成天在人民医院守着,照顾母亲,很孝顺。

叶南有郗萦母亲的病床号——姚乐纯要他代自己去探视。

"我打电话问她什么时候去合适,她说什么时候都不合适。"

这的确是郗萦平常的口气,宗兆槐听在耳朵里,竟然有一种如饥似渴之感。

叶南说:"不过我还是抽空去了趟医院,一出电梯就碰上她,我俩站在走廊里聊了几句,她连病房都没让进,直接把我恭送下楼了。"

"她看上去,还好吗?"

"气色不错,跟以前一样漂亮。"叶南开着玩笑。

宗兆槐低头喝酒。

叶南歪头思索了一下,叹口气说:"我在想,她是不是连我也一起恨上了?"

"她跟母亲关系不太好,大概不希望被别人看见。"

叶南释然:"看来还是你了解她啊!"

宗兆槐苦笑着又灌了口酒。

"哎,我有个主意!干脆呀,你代表我跟乐乐再去探望她母亲一次,怎么样?别说我没给你创造机会啊!"

宗兆槐瞥他一眼:"你倒是什么馊主意都想得出来。"

"我这不是在给你找借口嘛!否则你哪有理由接近她?别以为我不知道你没事就去她家楼下转悠啊!"

宗兆槐顿时一脸尴尬。

叶南说:"那天在医院,郗紫让我转告你,以后别在她眼前晃来晃去,她在小区里看见过你好几次。"

"……"

"她既然肯提到你,说明气已经消大半了,这时候你总得主动点儿吧。"

"你不了解她,她没那么容易回心转意。"宗兆槐犹豫着,"还是等过阵子再说吧。"

叶南没好气:"怎么着,你还等她先来跟你搭讪吗?"

也不是没可能。

宗兆槐想起郗紫第一次跟自己翻脸后,打扮得妖艳夺目,扭到他办公室来挑衅的情形。

"奇迹总会发生。"他笑笑说。

不过最后他还是问叶南要了郗紫母亲的病床号。

此时,宗兆槐就守在住院部底楼对面的林荫道上。一个多月前,他也是这样守在另一座城市相仿的位置,为的是看同一个女人一眼。

不知等了多久,他终于看见郗紫从楼门里出来,站在台阶最上层,一脸迷惘,茫然四顾。下午四点的阳光还很耀眼,她用右手手掌搭着前额,似乎在找什么。她看上去和过去没什么两样,神情冷漠,又有些傲然。

不多会儿,有辆出租车停在路边,司机开门下来,朝她招招手,郗紫立刻发现了他,快步下台阶迎上去。

宗兆槐希望她会回头,看见隐藏在树荫下的自己,哪怕像从前那样轻蔑地朝他笑笑也是好的,但郗紫头也不回就钻进了车内。

他又觉得这样也好,他现在有点怕面对郗紫。想起她时,心里会没来由地一阵痛,随即是欣慰。至少她还活着,好好地活着。

第十章 命运的换位

"也许她将来会清醒过来,也许她失败了想找个地方落脚……我得给她守着这地方。"

"为什么?你为什么要这么让着她?"叶南无法理解,"你已经不欠她了。"

宗兆槐往停车场走,步履缓慢,神思飘忽。快到自己的车前时,梁健给他打来电话。

"宗先生,刚刚听到个消息,关于宇拓的。"他语气急促而激动,"昨晚他们秘密开了董事会,整晚上都在讨论大事,就在半小时前,会议结果出来了——孔志成退了,新任董事长不是孔锋,是他姐姐孔薇!"

"哦,消息确切吗?"

"确切!是孔锋自己说的。"

宗兆槐心神有所收敛,暗忖孔志成这老头还挺有魄力,曾敏当时真没料错。

"孔锋没闹?"

"没有,他大概明白自己不可能再扳回来了吧。"

孔锋落魄后,很多从前表示要忠心耿耿追随他的下属忽然就作猢狲散了,反倒是梁健,经常主动约他出来喝酒散心,令孔锋略感欣慰,他不知道梁健这么做,完全是出自宗兆槐的授意。

梁健的语气微含沮丧:"原来指望孔锋当家,咱们能过几年安生日子,孔薇和沈强,一个比一个棘手。尤其是沈强,胆子大,爱冒险,相当难搞,以前有孔志成在,他的很多手段被老头子压着不给用,咱们还能占点便宜,往后他没了挟制,肯定会拼命打压我的人。"

宗兆槐觉得梁健的担心有些夸大其词,他忧虑的却是另一件事。

"先别灰心,虽说宇拓的当家人定下来了,不过要整顿全局、厘清线索还需要一阵子,咱们得好好利用这段时间,看还有什么能做的——我这就回公司了,见面再商量。"

不出半天,宇拓易主的消息就在圈子内传遍。

宗兆槐和梁健坐在办公室里,看着从四面八方传递过来的同一条信息,不觉笑道:"不知道现在有多少家公司跟咱们一样,正闭门商谈对策呢!"

梁健可没他那么轻松,他忧虑着自己未来的工作是否好做,于他而言,沈强如放出笼的老虎,还没正式交手,他已先怯了三分。

宗兆槐说:"你和孔锋关系不是挺好的,能再做做他的工作吗?"

梁健明白所谓做工作,无非是再挑点事儿,让孔锋在宇拓内部闹一闹,但如今尘埃落定,孔锋再闹也掀不起多大波澜了。

"我听说,他原来那些铁杆下属不少都跳槽了,这些家伙以前没少跟孔薇作梗,留下来肯定要被新当家的收拾。还有些脸皮厚脑子活的,早就偷偷转了风向,效忠孔薇和沈强去了,现在孔锋手上一个兵都没有,就是个光杆司令,就是想闹,也没人帮他。"

宗兆槐轻叹:"有个做商人的父亲也不是好事,翻脸就不认人。他……真就这么认输了?"

梁健说:"我也觉得奇怪,几天前还跟孔志成拍桌子踢板凳的,现在结果一出来,他反而没火气了。"

宗兆槐陷入沉思,喃喃低语:"不像个好兆头。"

大约一周后,宗兆槐接到个陌生电话。

一个女子的声音，硬朗而明快："宗先生吗？我是孔薇，不知道你有没有时间，我想请你喝茶。"

宗兆槐长吁了口气，仿佛一直在等的另一只靴子终于重重地砸在了地板上。

孔薇和上回见面时差别不大，短发、微胖，穿一身紧身的黑色套装，不算漂亮，也不难看，宗兆槐记得，她比自己大两岁，今年四十二。

"怎么沈总没来？"

孔薇笑道："他有别的事要忙，我这不是刚接手吗，千头万绪得尽快厘清。再说，不是所有事情都需要他参与，尤其是一些需要慢慢谈、细细谈的大事，人多了，我怕宗先生感觉有压力。"

她笑容柔和，跟一个长期养尊处优的家庭主妇没什么区别，很难让人相信，这个女人不久前刚从父亲手中接过使命，即将成为一家拥有数千员工的公司掌舵人。

"上次你请我喝茶，我以为你想跟我谈条件，没想到真的只是喝茶而已。"

宗兆槐笑笑，没说什么。

"没多久孔锋就在家里闹，接着又去公司闹，那时候我才明白你请喝茶的用意。"孔薇说，"其实我得谢谢你，宗先生。没有你挑唆，我爸不会看清楚我那个傻弟弟原来这么没用。他想要宇拓长久生存下去，就只能把公司传给我。"

她脸上毫无讥讽之意，更无恼怒之色，的确，她是胜利者，可以对昔日的敌人含笑宽宥。

宗兆槐问："你今天请我喝茶，应该不是光喝茶这么简单吧？"

"没错，你我的时间都很宝贵，浪费不起。再说，咱们也不是生活中的朋友,没事就能约出来喝喝茶……不过,我希望以后我们能成为这样的朋友,喝茶只是喝茶,不带别的条件。"

宗兆槐坐直身子:"有事你就直说吧。"

"还是上回那个事,我想收购永辉。"孔薇微笑着,语气轻描淡写。

"为什么?"宗兆槐面无表情。

"上次收购是我爸的意思,他想买下永辉给我做个依靠,我爸人厚道,不想我干了这么多年,两手空空离开宇拓。这次呢,反过来,是我想收购永辉。"

"然后送给你弟弟当慰问品?"宗兆槐满脸嘲讽。

孔薇点头:"孔锋虽然不成器,到底是我们孔家的孩子,安身立命需要资本。"

她忽然笑了笑,是那种尖锐的笑容:"况且他那么能闹,不给他点事儿干,我以后也没法好好经营宇拓。"

"你就不怕他有了基业,将来做手脚反过来对付你?"

"不怕。他有多少斤两,我这个做姐姐的最清楚。"孔薇笑得笃定,"他翻不出什么浪花来的——宗先生,这件事我必须做成功,你开个价吧。"

"你口气真大,凭什么我必须卖给你,还想拿那个丑闻要挟我?"宗兆槐耸了一下肩,"无所谓,你公布吧,我女朋友都跑了!你尽管往外抖,我也攒了一点有关你们的趣闻,包括你先生沈强的,你有兴趣听吗?"

孔薇面色一僵,自然猜到丈夫落在别人手上的大概是何等好事,不过她随即恢复正常,不露声色地笑了笑,什么也没问。

"大家一起往外爆丑事,这个圈子肯定能好好热闹一阵!"

"宗先生,我知道你特别会算。好吧,我承诺,这次不玩阴的,我诚心诚意想跟你合作。"

"怎么个合作法?"

"永辉还是由我们控股,你可以留下来继续经营公司,用不着担心孔锋,名义上他是永辉的董事长,实际就是个摆设,真正掌权的人是你——我会给你最大限度的权力和支持。"

宗兆槐哼一声:"但我依然是个打工的,为你们孔家卖命。"

"我不会亏待你的。"

宗兆槐转开视线,无动于衷。

孔薇见他毫无兴趣的样子,便说:"当然,还有另一种选择,我单单买下你的公司,而你得离开永辉,并且五年内不能从事类似行业,你可以考虑做点别的。"

她的口气,仿佛已将永辉纳入囊中,听得宗兆槐直想笑,但他笑不出来。

"那么多公司,为什么你们非要买我这家?"他盯着孔薇,口气生硬。

"一开始是我看好你的公司,毕竟是为我自己,要买就买最强的嘛!不过这次收购,其实我无所谓买哪家啦,反正也不是给我自己,但孔锋坚持要买永辉。说起来可笑,我这个傻弟弟从小就这样,只要是我觉得好的东西,他就也觉得好,而且想方设法要弄到手,虽然他嘴上从来不肯承认。"

孔薇的笑容让宗兆槐再度不舒服,他端起面前的杯子,将茶水一饮而尽,放下茶杯时,人已经起身。

"我明白告诉你,永辉我不会卖。天下也不是你们孔家的,不是你们想怎么着就能怎么着——等你有了足够的本钱再找我谈吧。"

说完,他抛下孔薇,扬长而去。

郗紫去看姚乐纯,两天前,姚乐纯在妇幼保健院顺利诞下一个女儿。

病房在八楼,叶南为姚乐纯包了个房间,里面有两张床,她躺在靠窗的那张上,床头多出一块区域,婴儿专用,郗紫蹑手蹑脚走过去,看见一个肤色泛红、紧闭双眼、握着小拳头正呼呼大睡的宝宝。

她很少有机会这样接近新生儿,只觉得稀奇,压低嗓门问姚乐纯:"咱们说话会把她惊醒吗?"

"不会,打雷都甭想把她弄醒。"

"那她什么时候会醒啊?"

"饿了的时候吧。"姚乐纯也没太多经验,"反正她一天得睡二十多个小时,难得张开眼睛看看外面。"

"她认得你吗?"

姚乐纯笑了:"不知道,这个阶段,应该什么意识都没有吧。"

"你什么时候能出院?"

"得住满一周,体检后如果母婴都没问题就可以回家了。"

"出了院你得去月子中心吧?"

姚乐纯说:"不去了。叶南的妈妈前几天听到有一家月子中心小孩大批感染病毒的新闻,她吓坏了,一定要让我回家坐月子,叶南就去把月子中心的服务给退了,这两天他们都在忙着找月嫂。听说好的月嫂很早就被预订掉了,真要找不着,只能由我妈来照顾了。反正叶南的时间也自由,随时可以在家陪我,有他俩在,我觉得挺踏实的。"

郗紫诧异:"叶南也会照顾宝宝?"

"是呀,你想不到吧!"姚乐纯得意起来,"这两天晚上都是他在病房里守着我们,晚上还要给宝宝喂奶粉,我奶水不足,宝宝吃不饱。对了,他包起尿片来可熟练了,我说将来他要是找不到工作,还可以去当月嫂。"

郗紫轻笑:"乐乐,你真厉害,居然把叶南这样的人都改造成功了。"

姚乐纯朝她扮了个鬼脸:"很不容易的,没少跟我怄气。"

郗紫对着婴儿一再端详,看个没够。

"我能不能抱抱她?"

"当然。"

郗紫刚要伸手,忽然想起自己才从外面进来:"等等,我先把手洗干净!"

不多会儿,她搓着洗干净的手从卫生间出来,兴奋地走到婴儿床跟前。

抱小婴儿不是那么容易的事,因为身体太柔软,简直无从下手,在姚乐纯的协助下,郗紫才成功地将小家伙抱入怀中,她的手僵硬地撑着,不敢多动。

"乐乐,她的眼睛像你,和你一样大,还有眉毛,也很清秀。"

"是吗?"姚乐纯弥勒佛一样笑着,"叶南说鼻子和嘴巴像他。其实我觉得谁都不像,刚出生的小孩子五官还没长开,看上去都差不多,也就是大点儿小点儿的区别。"

小婴儿一点不嫌弃郗紫的怀抱,照样睡得稀里呼噜,郗紫低头望着她,觉得莫名感动。

"她有名字了吗?"

"大名还没取,小名叫点点。"

郗紫温柔地说:"点点,我是你干妈,你长大了可得叫我哦!我要给你买好多好多漂亮衣服!"

姚乐纯打趣地问:"那干爸是谁?"

"不着急,慢慢找呗。"

"对了,昨天……宗兆槐来过。"

郗紫没接茬,姚乐纯察言观色,就没再往下说。

又抱了会儿,郗紫觉得手酸,怕一不留神把宝宝给摔了,就小心翼翼把她放回床上。

"叶南人呢?"

"他回去吃饭了,顺便给我拿炖汤过来。"姚乐纯看看时间,"也该回来了——哎,你母亲怎么样,身体有好转吗?"

郗紫低着头解释:"她上个礼拜就出院了,说话有点含糊不清,扶着能走几步,大多数时候得轮椅伺候着,中风后遗症。"

姚乐纯唏嘘了会儿,问:"那以后就在家里养着,你照顾她?"

"我把她转到康复中心去了。"郗紫说,"她现在时刻得有人看着,我还要出去工作,没那么多时间。"

姚乐纯点点头:"也是。"

"我给她配了全套护理服务,药也都用最好的。"

姚乐纯动容:"你妈妈肯定很欣慰,没白养你这个女儿。"

郗紫没有接受这种赞美,悄悄地把脸转向一边。

姚乐纯又问:"你工作找得怎么样了?"

"没定呢,有两家可选,我还在考虑去哪家。"

"具体做什么的?"

"一家是做市场,还有一家做人事……都差不多吧。"郗紫努着嘴,无所谓地笑笑,"差不多的平淡无奇。"

她搬了一张椅子在姚乐纯床边坐下,眼睛里涌起感慨:"乐乐,还记不记得我三十岁生日那天,咱俩在酒吧喝酒?"

姚乐纯微笑:"当然记得了。"

一晃四年过去了。

"那时候我说要出去闯闯,宁愿冒险也不想在死水一潭的地方待下去了。"

"是啊!你还说你要跳到左眼的世界里去,因为那个世界惊险刺激。"

郗紫嘴角勾起一丝艰涩的笑。

"那些都是喝醉了酒瞎编的傻话。"她顿了顿,坦然承认,"我输了……输得彻彻底底。"

"别这么说……"姚乐纯去拉她的手。

"你是对的。你有信心,也有耐心,你走的路很稳也很安全,所以你得到了幸福。我的想法太幼稚,错得离谱,但我已经回不了头。"

郗紫的眼圈陡然红了起来,她偏着脸,不想让姚乐纯看见。

姚乐纯望着这个从手帕时期就亲密无间的好友,她现在已经不太能明白郗紫了——为什么她眉宇间总锁着愁绪,为什么她对前途不抱希望。

她知道郗紫一定经历过什么,她试图去了解,但找不到入口。如果一个人的遭遇连最亲密的朋友都不想说,那她是真的被伤到骨子里了。

"还有机会的,郗郗。"姚乐纯心酸,紧握郗紫的手,"无论到什么时候,四十岁、五十岁,甚至六十岁,只要有信心,就还有希望。"

也不知怎么搞的,泪水呼啦一下就冲出来,仿佛溃堤一般,郗紫哭得不可收拾,像要把一生的眼泪都流光。

姚乐纯慌得从床上直起腰来,抱住她,不断拍她的背,怕她哭噎了。

良久，郗紫终于哭痛快了，用纸巾擦干泪迹，脸上显出一丝羞愧："我得走了，还要去看我妈。"

姚乐纯望着她红通通的眼睛，很是担心："郗郗，你没事吧？"

郗紫努力绽出笑容："没事了。"

"过去的事别再去想了，以后要好好的。"

"嗯，我懂。"郗紫又朝婴儿扫了眼，"真想看看她醒着的时候什么样。"

"那你记得经常来看我。"

郗紫点点头。

她俩还在告别时，叶南左右开弓，拎着两大包东西走进病房，抬头看见郗紫，立刻面露喜色。

"哟！郗郗也在啊！饭吃了没？没吃跟乐乐一块儿吃吧！"

郗紫避开他探究的目光："我吃过了才来的——听说你现在成新一代好男人了，文能爱老婆，武能疼闺女。"

"你就别笑话我了！"叶南呵呵地乐。

"郗郗马上就走了，去看她妈妈。"姚乐纯吩咐叶南，"你帮我送送她。"

叶南便陪郗紫走出来。

郗紫不想让他打听自己为什么眼睛红肿，也不想听他提那个人的名字，于是一路上可劲儿夸他。

叶南丝毫不见骄矜，反而叹气说："我也是没办法呀！你不知道，乐乐生了孩子有多能作，晚上既不要我妈陪，也不要她自个儿的妈陪，死盯着要我陪，我能怎么办，只能硬扛了！"

"那也值得啊！"郗紫说，"小孩子敏感着呢，谁照顾她多，她就认准谁。"

"那是！我女儿将来肯定跟我亲！"叶南又眉飞色舞起来。

不知不觉已到门口，郗紫跟他挥手作别，顺利脱身。

母亲坐在床上，神情呆滞，左脸颊有块面积不小的青肿。

护工向郗紫解释："你妈妈趁我们不注意要从床上溜下来，没留神摔了一跤，脸在床沿上磕到了。我刚用冰块给她敷过，消肿估计得有几天。"

郗紫轻声问："她是不是又闹着要回家？"

护工点点头，又表示理解："刚来我们这儿的老人都不习惯，得有个适应过程，你别担心。"郗紫把新买的水果从塑料袋里取出，搁在电视机下面的案台上。

"妈，这是你喜欢吃的枇杷，刚上市，二十块钱一斤，很贵吧？还有车厘子，一箱两百，我不知道新不新鲜，就给你挑了一些尝尝，好吃下次我给你买整箱。苹果也别忘了吃，帮助消化的。"

护工啧啧叹道："郗小姐真是孝顺，咱们这儿就数你来得最勤快，还天天给妈妈买好吃的。我要有你这么个女儿，那真是三世修来的福气！"

郗紫分了些枇杷给护工："你拿去尝尝鲜，也不知道甜不甜。"

护工谢过，拎着袋子出去找人分享了。她一走，母亲忽然活泛起来，枯瘦的手一把抓住郗紫的裙摆。

"我要回家。"她含混不清地提要求。

郗紫仿佛没听见，轻轻掰开母亲的手，继续软声细语叮嘱：药得按时吃，要配合医护人员的工作，那样对恢复健康有好处。

也许她的确没听见，中风后，母亲说起话来像是嘴里含着一大口食物。

"我要回家。"她又说了一遍。

这回,母亲是在房间里一片寂静时说的,她确信郁紫听见了,她睁着渴求的眼睛,无助地望着女儿。

"我要回家。"这句话每时每刻都在母亲心上回荡。

然而,郁紫还是没什么表示,她找出水果刀,到水池边洗净,把一个苹果一切二,又走回来,一脸沉静安然。

"妈,吃苹果。"

她用不锈钢勺子刮出果肉,喂给母亲吃。

母亲忽然明白,郁紫是故意的。

她无视母亲的愿望,正如当年母亲也曾无视她的愿望——郁紫小时候,母亲也是这样对她的,无视她眼泪汪汪的样子,把她锁在空无一人的屋子里做功课。中午时,母亲会带着午餐回去。对于母亲的各种要求,郁紫没有任何抗拒的余地。

那时,母亲于她而言就是天,不容反驳,不必解释,只要去做就行了。

现在,郁紫要把这一切都倒转过来。

她按世俗的标准照顾母亲,给母亲提供最好的物质条件,但就是不给予她所渴望的亲情温暖,而这并不妨碍她在外人眼里成为一个孝女。

母亲不寒而栗,她唯一的女儿正在对自己悄然实施着报复。

到底是什么让郁紫的心肠变得如此坚硬?

绝望的母亲嘴里咀嚼着果肉,两行浊泪缓缓地从眼眶里流出,而郁紫专心致志挖着果肉,对母亲那一脸悲苦的神色视而不见。

离开病房后,郁紫径直朝出口走,护工气喘吁吁追上来:"郁小姐!"

郗紫驻足。

护工手里拿着一份单子,她来给郗紫推销一种新型的营养物质,据说对老年人尤其好,营养丰富,且容易消化吸收。

"我觉得很适合你母亲,就是价格贵了点……"

郗紫接过单子,粗粗扫了一眼就说:"那你给她订上吧。"

护工大喜过望:"还是郗小姐爽气,我给别的病人家属推荐,她们都疑神疑鬼的!"

"我母亲就拜托你了。"

"郗小姐你放一百个心!你妈妈交给我,我保证把她养得白白胖胖的,哈哈!"

告别了护工,郗紫继续朝前走,快到门口时,又听见有人叫唤自己,声音很陌生。

她转头,一个戴墨镜、穿黑衣的女子正从一辆黑色奔驰车中下来,眼睛直盯着郗紫,明确无误找的就是她。

郗紫等在原地。

女子走近,微笑着与她寒暄:"郗小姐,是来看你妈妈的吧?"

郗紫直截了当地说:"我不认识你。"

"我叫孔薇,宇拓集团董事长——有点事想跟你聊聊,我想你可能会感兴趣。"

郗紫对宇拓并无好感,她转身走自己的路:"对不起,我没兴趣。"

孔薇没放弃,跟在她身边,慢悠悠地说:"你知道我是怎么认识你的吗?"

"……"

"我见过你的照片,我是指,你帮你们宗先生搞定阮副总的那些照片。"

郗萦猛然收住脚,呼吸也瞬间急促起来,血液飞速涌入大脑,但她立刻提醒自己冷静,克制住发怒的冲动,等心绪平静了些,她才转眸望着孔薇,冷冷地问:"你想干什么?"

孔薇说:"抱歉,我不是存心要触痛你,我找你是想跟你合作。你先听听我开的条件,再决定是不是要拒绝我。"

郗萦想说"不",但念头蓦地一转,听听有什么不行的呢?反正她目前的生活也没什么亮点可言,而眼前的孔薇说不定能提供某种契机。

孔薇抓住了她神色中的微妙变化,语气更加温柔热切:"咱们找个地方坐下来慢慢说,好不好?"

郗萦静默片刻,缓缓点了点头。

经历过生死,还有什么是放不开的?

梁健风风火火推开办公室的门往里闯。

"宗先生!你听说了没,阮思平退休了!"

宗兆槐正凝神思索,他也刚听说这个突然的消息,还没来得及理出头绪。

梁健道:"听富宁的人说,他是主动请辞的,好像是健康方面的原因。不过我感觉事情没这么简单!"

"也不见得。"宗兆槐沉吟着道,"阮思平胆子小,最近宇拓又拿旧事出来做文章,他日子难过,干脆一走了之,图个清净也是可能的。"

梁健一屁股坐进沙发:"他这一走,咱们可就麻烦了,本来有个什么事还能找他商量着办,这以后,找谁去?"

"用不着太紧张。无论谁接他的位子,咱们努力把工作做到位,只要他是一个人,就有对付他的办法。"

"可富宁的合同还剩一年都不到了。这会儿正是敏感期,万一新人上台,把政策变来变去的,咱们的合约也不知道能不能续得下去。"梁健愁眉苦脸。

宗兆槐说:"咱们的人跟那批来审核的家伙不是搞得挺热乎的,维安在技术方面也配合得不错。现在情况暂时不明朗,你先把底层工作盯牢,免得员工在背地里瞎议论,自乱阵脚。"

"嗯,我知道。宗先生,也不知道富宁这回上台的会是谁,至今没有一点风声透露出来,我在富宁向好几个部门打听过,他们也表示猜不出来。"

但有一个人肯定早就知道了。宗兆槐暗忖,这突变的局势也多半是她搅和出来的吧?

"我承诺,这次不玩阴的,我诚心诚意想跟你合作。"

宗兆槐在心里呵呵了两声,在这个圈子里混,怎么可能不玩阴的。只是他暂时还没参透孔薇走的这步棋用意何在。

她是向自己表示,过去的那页揭过不提,重新开始,还是说,把阮思平这个碍眼的踢走以后,她就可以对永辉大动干戈了?

宗兆槐心里骤然沉甸甸的。

富宁很快就发布了一系列公告,包括阮思平的继任者,以及好几项政策调整,其中当然也包含采购政策。

继任者对永辉而言是一张生面孔,看背景资料,又是从某个不起眼的角落里扒拉出来的四平八稳的人物,这好像是富宁的一条不成文规定,越是风头足的人物越没可能得到升迁。

宗兆槐把与永辉相关的条款摘出,反复钻研,很快就感觉,那些看似官样文章的字里行间,仿佛藏着一根绳,要把永辉捆绑起来,丢进垃圾堆。光资质审核那一块里,若是细究,永辉就有好几条不符合要求,比如从事行业的年限、交货期规定等等。

宗兆槐隐隐感觉到一股凌厉的劲风正朝自己扑来,看来孔薇是准备卡永辉的脖子了。

"这件事我必须成功。"

宗兆槐对着虚空笑笑,如果躲不掉,那就让风暴早点来吧。

午后,宗兆槐走出办公楼,在厂区周围随意转转。正是午休时间,员工们进进出出,散步的散步,聊天的聊天,个个都显得愉悦而满足。

他办企业,除了给自己找一点精神寄托外,也有给予的快乐,看着这么多人依靠自己的工厂得到生存保障,一种成就感便油然而生。

一旦公司易手,他不确定会有多少人离开这里,也无从得知公司最后会变成什么样。

宗兆槐的手在裤兜里慢慢攥成拳头,他绝不会放弃。

另一个裤兜里的手机忽然振动起来。

号码很陌生,他不想接,按断,又把手机重新塞回兜里。现在各种商铺、写字楼的电话推销广告铺天盖地,让人烦不胜烦。

但手机很快又振动起来,是同一个号码。他不免好奇,这么执着的推销员倒是很少碰到。

他接了,耳边很快响起一个女人的声音,这声音足以令他呼吸骤停,血液倒流。

"宗先生,我是郗萦——好久不见。"

夏日午后,阳光炙热,街上空无一人。一堵厚厚的玻璃幕墙将热浪隔离在外,清凉的茶室里,宗兆槐与郗萦相对而坐,时隔数月,他们终于又见面了。

宗兆槐打量着眼前思慕许久的女子,目光略带贪婪。

郗萦瘦了些,但不算明显,穿一身黑色西装套裙,很普通的职业款式,也无额外配饰,那些从前显而易见的女性美如今被收敛了个严实,只在举手投足间若隐若现。如此低调得体的打扮,在宗兆槐眼里,却比往昔更具诱惑。

她的眼神也起了相当的变化,双眸望着对方时,不再如过去那样咄咄逼人,或微含轻蔑,一切强烈的情绪仿佛都化作一缕轻烟,于不经意间飘过,又瞬间消散,沉淀于眼底的是幽远深邃的光,让人很难猜出她究竟在想什么。

"你还好吗?"宗兆槐先开口,语气难免生涩,"我以为你不会愿意再见我。"

郗萦低头喝口茶,轻描淡写地说:"我是代表宇拓来跟你谈生意的,我们想收购你的公司,永辉。"

宗兆槐一怔,忽然全明白了。他有些失落,随即又轻轻笑起来,孔薇真会找人,而且这回的确是被她摸到了门道。不过也没什么,至少给他和郗萦创造了见面的机会。

凡事都得往好的方面想,不是吗?

"郗郗,我一直想去找你。"他无视那些生意经,依然希望对面的女子能接收到他的思念之情。

郗萦蹙眉:"别叫我郗郗。"眉头随即又舒展,"你嫌孔董没资格跟你谈,孔董就找到了我,不知道宗先生肯不肯给我一个面子,大家好商好量把这个麻烦事给办了?"

宗兆槐望着她的眼睛:"我很想你,郗紫。"

郗紫不看他:"不过我得提醒你一句,你愿意也好,不愿意也好,永辉都得卖,因为——我会尽最大的努力促成这个项目。"

宗兆槐败下阵来,轻叹一声:"你就这么想看我倒霉?"

"倒霉?你怎么可能倒霉呢!收购永辉是要拿真金白银出来的,到时你会成为一个大富翁!"

"你知道我志不在钱。"

郗紫笑吟吟说:"对,我知道。"

宗兆槐从她眼神中读出一丝恶意,他明白了,郗紫是来找自己复仇的。他转头去看窗外,深呼吸,然后笑了。

"这么说,要阮思平下台也是你的意思了?"

郗紫勾勾嘴角:"孔薇要我帮她做事,总得先有点表示吧。"

"你就不怕阮思平把事情捅出去?"

"他?"郗紫摇头,"他不敢,捅出去除了往自己身上泼点脏水外,没别的好处。至于其他人,阮思平在位时,他们就巴不得找点什么茬尽早捅掉他,好把位子让出来。他一下台,没人会拿正眼瞧他,从前的事再臭也没什么意义了。人走茶凉,这个世界从来都是势利的。"郗紫扫了眼宗兆槐:"我也不怕你出去爆,永辉能不能续约都攥在我们手里呢!你敢爆,我就敢让续约黄掉,到时候你就守着永辉走下坡路吧。"

她嗓门不大,但威慑力十足。

宗兆槐不觉失笑:"士别三日,当刮目相看。"

郗紫没有笑,从包里掏出烟盒,取出一根点上,悠然抽了一口,又说:"万一实在有人闲得慌想搞事,那就搞呗,我不在乎。人嘛,活着就图个舒坦,不过你舒坦了,肯定有眼红的人会来找你麻烦……得慢慢学着习惯。"

宗兆槐一时无言。

郗萦眯眼在烟雾后面打量他。

岁月算蛮善待这个男人了,经过那么多要命的坎坷,他看上去依然英气逼人,仿佛永不会老。也许正因为他的心是金属质地的,冰冷坚硬,才能让他从容走到现在吧。

而现在,她的任务就是要他低下那颗从不肯认输的头颅。

静默了一会儿,宗兆槐问:"你很想做成这笔买卖?"

"当然。"郗萦优雅而娴熟地弹掉些烟灰,"孔薇承诺我,买下永辉后不会留你在公司,永辉名义上归孔锋所有,但具体事务都由我管,算是我事业的新起点吧。我觉得,与其去接受一个市场部主管或是物流专员之类的无聊职位,不如再冒一次险。"

她的目光终于投向宗兆槐:"其实我骨子里很像个赌徒,对不对?既然是赌,就可能输也可能赢。我以前输过,输得很惨,不过,人不可能一直那么倒霉吧?"

"如果这次还是输呢?"

郗萦想一想,耸肩,眼睛弯成月牙状,笑微微的,有一股说不出的妩媚。她朝宗兆槐吐出一个烟圈,语气轻柔而婉约:"我认喽。"

宗兆槐突然气息不稳,猝然移开视线。

郗萦似乎想起些什么,咯咯笑了两声,那笑声既不尖刻,也没多少恨意,更像是看破现实后的悲悯般的感慨。

喝完两盅茶,宗兆槐抬起头来。

"给我两天时间,两天后我会给你答复。"他说,"不过咱们有言在先,到时必须你来,只有见到你我才会给答复。"

"没问题!宗先生做事就是爽快。"郗萦展颜,举起茶杯,"那就,预祝咱们合作成功。"

宗兆槐没有举杯。

郗萦无所谓地挑了一下眉,把茶杯放下,又将烟蒂在烟缸里掐灭。

"我希望两天后听到的是好消息。如果你不想卖,也请拿出充分的理由来——大家都别绕圈子,浪费时间。"

两天时间一晃而过。他俩又坐在同一张桌子前。

宗兆槐说:"我可以把永辉转赠给你,但我不会把它卖给宇拓。"

郗萦朝对面的人嫣然一笑:"什么意思,你想策反我?"

"转赠给你后,永辉无论名义上还是实际上都会是你的公司,你用不着去做孔薇的傀儡,这样对你只有好处没有坏处。"宗兆槐解释道,"孔薇只是想利用你,一旦收购成功了,她不见得会履行承诺。"

郗萦挑眉笑:"先拿我出来做挡箭牌,等宇拓打了退堂鼓,你再想办法慢慢对付我——宗先生,你这主意打得不错。"

宗兆槐摇头:"我不是策反你,也不会对付你。把公司给你,我心甘情愿,给宇拓,我说服不了自己。"

郗萦微笑:"那么,你为什么心甘情愿把公司送给我呢?"

"你知道为什么。"

"不,我不知道。"

宗兆槐深吸了口气,轻声说:"因为我爱你。"

两人同时安静下来,之后,郗萦再度笑了起来。

"你以为我会再相信你?"她摇头,"第一次,你把我打入十八层地狱,让我好几年都缓不过气来。第二次,你逼得我差点就死了。"

郗萦在冷静之后想明白了一件事,她自杀,其实是宗兆槐期望的结果——他想要她死。他把路都给她设计好了:林菲的死法,浴缸,还有独自将她留下。

他恨她,因为同样的背叛。

领悟到这一点,她对宗兆槐便再也不存半点幻想。

宗兆槐的爱是有限度的,限度之内,你可以为所欲为;超出限度,他不会再珍惜你,甚至不惜代价要毁灭你——除了乱伦的错觉外,林菲对宗兆槐超强的控制欲同样充满厌恶和排斥,正如郗萦从母亲那里感受到的一样。

"宗先生,你不爱我,你爱的只是你自己,还有你看得比什么都重的事业。"郗萦微微扬起下巴,眼眸中是不被迷惑的冷静,"如果你真想证明你爱我,那就按我开的条件办,爽爽快快地把公司卖给宇拓。"

宗兆槐沉默。

郗萦冷冷地瞥他一眼:"上回咱们坐在这里时,我告诉过你,别绕圈子,别浪费大家的时间。我再给你最后一次机会,你还可以有三天时间考虑,不过我明白地告诉你,如果你还是不肯卖,富宁的合同你就别想了,还有银行方面的贷款,我保证你再也贷不出一分钱。我会掐断你所有的资金链,顺便给你做做舆论造势,到时你就等着讨债鬼们来围堵你的公司吧!"

她倾身向前,声音忽然变得低柔:"知道为什么我不会再相信你吗?因为你是个商人,永远改不了商人的本性……一个商人是不可能无条件爱上别人的,他永远都在算计,也习惯了算计。"

她又直起腰:"但也不是坏事,对吧?毕竟,这个世界本质上是无情的,是属于你们这些工于算计的人的。"

郗綮拎起包,准备走了。临走时又朝宗兆槐莞尔,神色俏皮,眼眸中完全看不出仇恨。

"以后,我得好好向你学习。"

深夜,不知几点,宗兆槐再次从一场噩梦的搏杀中逃离,醒来时,睡衣已被汗水浸透。

他梦见郗綮血淋淋地跨出浴缸,往他房间里走,一直走到他床前,慢慢俯身,朝他诡异地笑,那是一张死人一样惨白的脸。

他大骇,拼命想从床上爬起来,却总是跌倒,床垫变成了泥潭,将他深深困住。当他再次扬起脸时,郗綮的脸已变成林菲的,这令他更加难以承受,他闷声叫着,一跃而起,终于摆脱泥潭,夺路而逃,却一下子撞在门板上。

也多亏这一撞,把他给撞醒了,救了梦中的自己一命。

他惊魂甫定,爬下床去冲洗。

站在花洒下,温热的水流冲刷着皮肤,给他重返人间的慰藉,而心跳的速度依然快得令他虚脱。

据说梦是黑白的。

可他的梦既非黑白,也无色彩,它们常常是灰色的,混沌一片,如烂泥,他深陷其中,徒劳挣扎。而在不远处,总是有个伤口在流血,源源不绝。他想去阻止,却无法从泥地里迈出脚步。他看见的血是有色彩的,分外地红,触目惊心,每每让他骇醒。

他这辈子所求卑微,只想保住手上拥有的。

从幼时起,他就缺乏安全感,他想抓住可以依靠的东西:一个温暖的家,一个爱人。为此,他愿意做任何事。

他费很多心思在周围人的身上,避免他们起冲突,让他们都能开心快乐,因为只有他们高兴了,他才觉得安全,也才能称量出自己的价值。

然而他似乎注定生下来就不幸,一次次被人抛弃,先是亲生父母,然后是爱人、朋友、养父母。

唯有一样东西是他终于学会留住的——事业。他熟悉生意场上的各种规则,并运用自如。

他以此为信仰并赖以为生,直到遇见郗萦。

他们似乎注定是彼此的噩梦,互为因果,却又无法分清孰对孰错,明明他曾倾尽全力去爱她,弥补她。

一定是有地方出了差错。

生平第一次,他开始对自己产生怀疑。

他不想噩梦继续,不想和心爱的女人无休无止争斗下去。这意愿如此强烈,盖过一切欲念和疑虑。

他关掉花洒龙头,心跳逐渐缓和,随之而来的是倦怠感。谁说梦里的疲累都是虚幻的?

梦境飘远,现实在脑子里回归明晰,不过他没像以往那样立即进入非此即彼的算计。

他从以往的那套程式中脱身而出,以一个旁观者的角度审视自己,是否还要牢牢抓住他的"信仰",是否还有兴趣也有精力再跳入那个看起来永无休止的轮回?

厌倦从心底深处涌出。他意识到,是时候改变了。

他必须放弃一些东西,才有可能得到另一些渴望许久的东西,比如内心的安宁,比如没有噩梦的睡眠。

走出卫生间时,他无意间朝客厅玻璃门外扫了一眼,晨光熹微,穿透云层,打在湛蓝的天空中,如此纯净,如此安详。他忍不住走过去,隔着玻璃,欣赏这一刻静谧的美,仿佛有无限深意蕴含其间。

过了片刻,他伸出手,掌心按住光洁的玻璃,内心渐渐觉得清凉。

书桌上摆着一摞厚实的资料,层层叠叠的信息中,蕴含着一个恶毒的方案,是宗兆槐用来保住永辉的最后屏障。

这些东西他准备很久了,原打算当面交给郗紫,让她转赠孔薇。

这最后一击也没什么惊心动魄处,无非是利用那些固有的内部矛盾做做文章,再钻头觅缝地深入下去。寥寥几个招数,老套但实用,屡试不爽。

人心既复杂又简单——有欲望就有弱点,有弱点就有猜忌。挑动人性的弱点是他的长项,不见得每次都能赢,但没关系,输了还可以再来,因为人总有弱点,总可以挑得起来,只要你耐力持久。

但,有什么意思呢?

没完没了的争斗,彼此算计,彼此伤害。

是他把郗紫拉进了这个圈子,并推波助澜,令她走到与自己敌对的这一步。现在他想把她拉出来,但知道不可能。

她已今非昔比,宗兆槐从她冷而淡然的眼神中同时看到了某种终止与开始:往日柔情早已灰飞烟灭,她对付他,不会手软,而他为了生存下去,也不得不施以狠手。

他留下,两人必定拼得你死我活。这是他最不愿意面对的。没有人能在那个圈子里找到幸福,他们将越行越远。

那么,他先退吧,也许他走了,她慢慢也就觉得没意思了。

宗兆槐拾起那几份资料,粗略地扫一眼,然后一张张撕掉,像蝴蝶的残片落在桌上和地上。他的手抬起又落下,更多的蝴蝶残片纷纷飘落。

郗紫的办公室在宇拓二楼大厅最角落,她自己挑的,图清静。当然只是临时办公室,永辉被宇拓收购已成定局,这一阵,两边都忙着各种手续上的事宜,而郗紫得在走马上任前,将诸如组织机构重组、新公司愿景及策略走向等问题一一厘清。最难搞的当然是老员工的筛选:哪些人可以留,哪些人则必须清除出永辉。

桌上电话铃响。

"郗总,那个叫刘晓茹的又打电话来找您了,说有重要的事要跟您说……"

世上没有不透风的墙。自打她即将就任永辉总经理的消息传出后,电话就络绎不绝,大多来自永辉的在职人员,那些昔日曾与她共过事的,或是仅有一面之缘的,甚至有些她连面都没见过的,纷纷来电,借着向她道贺的机会打探对永辉未来的安排。她应付了开头几个后,这类电话就统统不接了,全交给秘书处理,秘书做了一份厚厚的电话记录,郗紫空闲时粗略翻翻,全是无聊的废话。

最执着的就是这位刘晓茹,隔两天就打来,心态宛如买彩票,郗紫接不接都不影响她的情绪。

听着秘书有点无奈的口气,郗紫便说:"接进来吧。"

她决定接,不是指望刘晓茹会向自己爆猛料:一个小文员能掌握什么有价值的信息,无非是些长三短四的八卦而已。郗紫刚做完一份报告,有点累,打算休息一下,正好在这个空当,她有心情听听阔别多年的故人之声。

电话一通,郗紫就听到刘晓茹的笑声,还跟从前一样欢快。

"晓茹?"

刘晓茹的笑声戛然而止:"小郗姐!"随即又咯咯地笑:"哎呀,不好意思,我叫惯了改不过来,以后是不是该叫你郗总啦?"

郗紫笑笑,问:"找我有事?"

"没什么大事,就是想跟你聊两句。我很早就听说宇拓想收购永辉,没想到这事还成真的了!更没想到以后会是你来管我们!"

听到这里,郗紫有点后悔接这个电话,但还是打起精神应对:"你现在好吗?"

"我前年结的婚,去年生了个儿子,现在儿子都快满周岁啦!"

"恭喜你,真是好福气。"

"哪儿呀!跟小郗姐比起来可差远了!你不知道我们这儿有多少人羡慕你,你这才叫人生赢家嘛!哈哈!"

郗紫正寻思找个由头挂电话,刘晓茹忽然口吻一改,软声道:"小郗姐,其实我打这个电话给你,是想问问你对永辉老员工会有什么具体安排?"

郗紫差点笑出声,她有什么安排怎么可能告诉一个小文员,这刘晓茹脑子真是进水了。

"这个嘛,等交接工作完成后,人事部会发通告的。"

"那……我有可能换岗吗?"

郗紫语气略含关切:"怎么了,你对现在的位子不满意?"

刘晓茹叹口气:"我在永辉都七年了,除了四年前从销售部换到人事部外,就没一点变化。"

"这也情有可原,你不是忙着结婚生孩子嘛!有得必有失。"

"是啊是啊!不过我现在婚也结了,娃也生了,想在事业上再发展发展……小郗姐,看在咱俩过去的分上,你可不能把我撇下不管呀!"

"你对哪个职位感兴趣?"

刘晓茹听意思仿佛有戏,立刻压着兴奋低声说:"采购部吧,如果能在采购部当个主管,我这辈子就别无所求了。"

郗紫平静地说:"我跟人事部商量一下看,到时你留意公司的邮件通知。"

"太谢谢你啦,小郗姐!果然朝中有人好办事呀,哈哈!"

通完电话,郗紫无奈地笑了笑,又摇了摇头。

人事部经理敲门进来,把初步拟定的人员去留名单递给郗紫审核。

郗紫一眼就发现邹维安也在裁员名单里,立刻问:"为什么要把他裁掉?"

人事部经理解释:"我搜集到的员工反馈对他评价很低,尤其是最近,发表了很多负面言论。"

"哦?都说些什么?"

"什么世道变化太快,有人辛苦做事什么都没捞着,有人翻个跟头就能卷土重来。"

这分明是在影射郗紫,不过她没在意。

"这人虽然毛病很多,但技术方面强,是个能干活的,这样的人能留的要尽量留下来,否则将来公司里光剩下一群趋炎附势的小人,却没几个干实事的,那才叫自找麻烦。"郗紫把邹维安的名字圈起来,"你尽快帮我和他约个时间,我想亲自跟他谈谈。"

"好的。"

又看了一会儿,郗紫把包括梁健在内的好几个高管名字都从"保留人员"名单中划掉了。如今,梁健的把柄已转移到郗紫手里,她用不着担心他。

　　人事部经理暗暗吃惊，别人先不论，梁健可是孔锋钦点要留下的，他迟疑了一下说："梁总干销售很在行，是不是把他……"

　　郗萦打断他："销售多的是，不难找。真要一时半会儿招不着合适的，还可以从原来的队伍里提拔。"

　　人事部经理一脸为难相。

　　郗萦又道："你想想，这些高管在老公司时的待遇就相当优厚了，咱们不可能再给他们在福利上加码，成本太高了。也就是说，以后咱们是没办法激励这帮人为新公司拼命的。与其这样，不如叫他们把位子让出来，咱们再亲自提拔中低层人员上来，这既是给实际干活的人机会，也能确保他们对新公司忠心耿耿。而且还能让其他员工看到升迁的希望。这些对维持新公司的稳定是非常重要的。"

　　人事部经理听得眉头舒展，频频点头，但还有一丝疑虑："不过孔董那里该怎么交代呢？尤其是梁健，他特别关照过要给梁健安排好位子。"

　　郗萦笃定道："这你不用担心，我会跟他解释。"

　　她继续往下浏览，冯晓琪也在保留人员名单中，职位是销售部经理，她沉吟了一下，提笔想做点注解，这个人她是打算重用的，但随即顿住，可以缓缓再说，等跟孔锋谈过后再公开也不迟。

　　刘晓茹的名字则位于裁员名单的末端。郗萦的目光在那个名字上停留了会儿，人事部经理何其敏锐，立刻凑上来问："还有什么问题吗，郗总？"

　　"没什么。"

　　郗萦把调整后的名单递回给他："暂时先这样，等我跟相关人员谈过后，你组织个会议，咱们尽快把去留问题敲定。"

一切进展都很顺利。两个月后,郗紫的办公室从宇拓挪到了永辉。

姚乐纯在电话里抱怨:"郗郗,你最近怎么忙成这样,想找到你真不容易。"

郗紫抱歉说:"一直在开会,一个连着一个的,手机又不能带进会议室,这是我自己规定的,得以身作则呀!你以后要找我,打给我秘书吧,她会及时告诉我的,一有空我就给你打回去。"

"算了,太麻烦,反正我也没什么要紧事。你星期六有空吗?出来吃个饭吧,我都快一个月没见着你了。还有点点,马上就满周岁了,你再不多跟她见见面,她都快不认得你这个干妈啦!"

"你等等啊!"郗紫抓着手机走到办公室外间,问秘书,"给我看看星期六有什么安排。"

这个秘书当然早不是宗兆槐在时的那个秘书了,她是郗紫从十几个应聘者中精挑细选出来的,脑子好,人机灵,不必翻记录就给郗紫报出了一串行程,从周六到周日。

郗紫对姚乐纯说:"对不起啊,乐乐,这周看来不行,两天都有事,得去见几个官员疏通一下关系。要不这样,等我有空当,我打给你,到时我请你们全家吃饭,好不好?"

姚乐纯很失望,但也没办法:"行吧,你最忙,都听你的——对了,郗郗,有件事,我想想还是告诉你。"

郗紫已经回到办公室,重新在黑色真皮办公椅上坐下,手边是一杯温度恰好的咖啡。这个办公室也不是宗兆槐以前的那个房间,原来是梁健用的,她让人把里面的旧家具统统处理掉,换了一批自己喜欢的新款式。宗兆槐的办公室则被改造成资料室,专门收发传真、复印文件。她还把一个中型会议室精心装饰后给孔锋当董事长办公室,但这位董事长自从和姐姐斗争失利后就一蹶不振,每周顶多来公司里晃一圈,其余时间都花在吃喝玩乐上,成了彻底的甩手掌柜。

郗紫舒服地仰靠在皮椅上,听姚乐纯汇报宗兆槐的近况——

他把出售永辉所得的三分之二以不记名的方式捐助给了几家福利机构,并委托其中一家对林家祖孙俩以匿名方式实施捐助,承担下两人的全部生活开支及慧慧的教育费用,直到慧慧经济独立为止。

剩下的三分之一,他在一座多山多水的小县城里租了一块地,办了个大型农庄,雇了些当地农民在农庄里养养鸡鸭鹅猪,还挖了鱼塘,种了蔬菜。农庄的产出则供给城里的一些饭馆,这些饭馆很小,不过都是些有想法的人开的,在选材上非常挑剔——叶南则是饭馆与农庄之间牵线搭桥的那个人。

姚乐纯说:"他现在像变了个人,成天跟老农民混在田里种菜,还亲自去捡鸡蛋,忙得不亦乐乎。晒得比以前更黑了,不过状态看起来不错,他说劳动让人变得简单,他挺享受这样的生活。"

郗紫光听不接茬。

姚乐纯轻叹了口气:"郗郗,也不知道为什么,我有一种感觉,好像你俩换了个身份,我记得你有阵子特别向往田园生活呢!没想到最后去过这种日子的人是他。"

郗紫笑笑说:"我跟他的基础不一样,他比我命好多了,不用为钱发愁,当然想怎么活就怎么活了。"

"你要还想过那种生活,也不是不可以啊!何必把自己搞得这么累呢。上次我们去农庄,宗兆槐还提到你,问我们你在公司是不是顺利,他一直都很关心你的……"

"不好意思,乐乐,我得去开会了。真对不起,下次我打给你。"郗紫道着歉,"对了,务必代我向点点问好啊!"

郗紫并未起身奔向另一个会议室,她端起咖啡杯,慢条斯理地啜了两口,脑子里还回旋着姚乐纯刚传递过来的那些信息。

宗兆槐开了个农庄?!太不可思议,也很没出息,所谓逍遥的日子,不过是失败者聊以自慰的借口而已。

她很想笑,但没笑出来,一些遥远的记忆从脑海中飘过,它们模糊,却又柔软。

秘书进来提醒她:"郗总,明年的预算讨论会五分钟后开始,财务部林总他们已经在会议室里等您了。"

郗紫清醒过来,立刻打消杂念:"好,我一会儿就到。"

喝干咖啡,理了理会上要用的文件,她抱起笔记本电脑,精神抖擞地走了出去。

叶南对宗兆槐说:"女人要是耍起狠来,男人只能靠边站。"

彼时,宗兆槐正蹲在田边捡拾土块,所有的大土坷垃都得敲碎,这块地即将种土豆。

"孔薇找郗紫不过是想赌一把,但郗紫心里肯定清楚,你会把公司给她的,她一开始就算好了。"

"那又怎么样?"宗兆槐并不在意。

"那又怎么样?!"叶南不满地瞪他,"你还看不出来,她早就变了!"

"无所谓,她喜欢做什么就去做吧。"

"那你以前立下的那些大志呢?要做独立品牌的汽车,这可是你自己说的啊!"

"呵呵,我不做,别人也会去做,用不着担心。"

"行！你能想开就好！但还有一点,郗紫喜欢什么我管不着,我的意思是,你别老惦记着她了！她跟从前可不是一回事了。她现在连姚乐纯都疏远了,我觉得她是要跟我们所有人都一刀两断！"

宗兆槐还是一副处变不惊的架势,停下来,眯着眼看看远处。

"也许她将来会清醒过来,也许她失败了想找个地方落脚……我得给她守着这地方。"

"为什么？你为什么要这么让着她？"叶南无法理解,"你已经不欠她了。"

宗兆槐陷入稍长时间的沉默,然后说:"只有这样我才觉得内心安宁……我现在吃得香睡得好,也不再做噩梦,我还有什么不满足的？"

叶南哑然,叹口气问:"如果她一直春风得意呢？"

宗兆槐抬头扫他一眼,笑问:"你在圈子里也混这么多年了,见过常胜将军吗？"

"那……她要是一辈子不醒呢？"

"不管她怎么样,我总是在这里。"宗兆槐低头,将一块土坷垃扔回地里,轻声说,"这是我的事……我自己的选择。"

太阳洒下第一道光芒时,宗兆槐已经坐在顾山山顶的小亭子里,从这里可以俯瞰整个农庄,它是一块微带弯曲的长条形,有点像腰果的形状,坐落在山脚,有一条山道从农庄后门直通山顶。

他每天都很早起床,沏好一壶茶,慢悠悠地沿着山道爬上山顶。

上山时,天还只是微微露出一点曙光,山不高,登到山顶不过半小时,他喜欢坐在亭子里等日出。这样的生活他已经过了两年。

两年来,他从一个成天忙于算计的商人,蜕变为日出而作日落而息的农人。从前他只感叹时间不够用,然而时间是有弹性的,当你的生物钟缓慢下来以后,时间陡然就多了出来。

也有些时候,他在田间专心侍弄庄稼,一小时下来,恍若过了一个季节。

在这儿住得久了,和周围的邻居也渐渐熟络,他们添了新电器却不懂怎么操作时,就会来找宗兆槐,他也乐于向邻人们提供帮助。得到的馈赠则是自酿甜酒、粽子和咸肉。

山野闲居适合没有野心的人,现在,他就是这样一个别无所求的闲人。

但也不是一点寄托都没有。谁也无法超脱自身情感的束缚,就算你鄙视它,也不得不被它牵引左右。

空闲时,他喜欢坐在这个小小的凉亭里,望着山脚下那条弯弯曲曲通向市镇的环山公路,他的农庄就在环山公路边上。门前不远处有个车站。

他的目光在公路、车站以及上山的小道间穿梭。他长久地望着这些地方,等着有一天,那个熟悉的身影会出现在视野里。

尽管这希望显得很渺茫,但人活着总得有个盼头。

而公路上总是车流不断,回旋往复,生生不息。

图书在版编目(CIP)数据

左眼中的世界 / 兰思思著. —杭州：浙江文艺出版社, 2021.2
ISBN 978-7-5339-6406-1

Ⅰ. ①左… Ⅱ. ①兰… Ⅲ. ①长篇小说 – 中国 – 当代 Ⅳ. ①I247.5

中国版本图书馆CIP数据核字(2021)第023431号

图书策划	柳明晔
责任编辑	张　可
营销编辑	宋佳音
特约编辑	黄秋展　王雪婷
封面插画	沈晓洁
封面设计	仙德 WONDERLAND Book design
版式设计	吕翡翠
责任印制	张丽敏

左眼中的世界

兰思思 著

出版	浙江文艺出版社
地址	杭州市体育场路347号
邮编	310006
电话	0571-85176953（总编办）
	0571-85152727（市场部）
制版	浙江新华图文制作有限公司
印刷	杭州杭新印务有限公司
开本	880毫米×1230毫米　1/32
字数	481千字
印张	20.75
插页	2
版次	2021年2月第1版
印次	2021年2月第1次印刷
书号	ISBN 978-7-5339-6406-1
定价	96.00元（全2册）

版权所有　侵权必究
（如有印装质量问题，影响阅读请与市场部联系调换）